KB236106

20세기
창극의
문화사

무대와 무대 너머

송소라 Song, Sora

고려대학교 국어국문학과를 졸업하고 동 대학원에서 석사학위와 박사학위를 마쳤다. 고려대학교 CORE 사업단, BK21플러스 한국어문학미래인재육성사업단의 연구교수를 하였으며, 한국전통문화대학교, 금오공과대학교, 원광대학교, 숙명여자대학교 등에 출강했다. 2016년 「북한의 〈심청전〉 수용 양상과 의미」로 한국어문학국제학술포럼의 우수논문상을 수상하였고, 2018년 박사학위논문 「20세기 창극의 음반·방송화 양상과 창극사적 의미」로 제17회 판소리학술상을, 2021년 「남성훼절서사 다시 읽기—해학과 풍자에 가려진 여성혐오」로 제19회 어문논문상을 수상하였다. 현재는 고려대학교 민족문화연구원에 소속되어 학술연구교수로 강의와 연구를 수행하고 있다. 고전서사를 기본 바탕으로, 판소리와 창극, 전통공연예술 분야에 많은 관심을 두고 관련 연구를 수행하고 있다. ahena01@naver.com

20세기 창극의 문화사
무대와 무대 너머

초판발행 2025년 6월 20일

지은이 송소라

펴낸이 박성모
펴낸곳 소명출판
출판등록 제1998-000017호
주소 06641 서울시 서초구 사임당로14길 15 서광빌딩 2층
전화 02-585-7840
팩스 02-585-7848
이메일 somyungbooks@daum.net
홈페이지 www.somyong.co.kr

ISBN 979-11-5905-468-6 93810
정가 37,000원

ⓒ 송소라, 2025

이 저서는 한국연구원의 '우수박사학위논문출판지원사업(2020.11.2.~2022.11.1)'을 받아 작성되었습니다.

CULTURAL HISTORY OF CHANGGUEK
IN THE 20TH CENTURY :
ON AND BEYOND THE STAGE

신진한국학연구총서 002

20세기 창극의 문화사

무대와 무대 너머

'창극'이라는 용어는 1930년대에 비로소 등장하여 자연스럽게 사용되었다. 무엇보다 이 용어는 '방송, 음반'을 통해 등장하였고, 이들 속에서 일반적, 대중적으로 사용되었다. 음반과 방송에서 사용된 '창극'의 의미는 좀 더 포괄적이었다. 전통음악을 기본으로 하여 전문 소리꾼이 일반의 방송극(방송드라마)에 개입한 때도 '창극'이라는 용어로 대상을 지칭하였기 때문이다. 이는 음반도 마찬가지이다.

송소라 지음

일러두기
- 이 책에 수록된 기 발표된 연구논문은 다음과 같다. 아래 논문을 그대로 싣기보다 책의 흐름을 고려하여
  일부 수정하여 삽입하였다.
  ① 「20세기 창극의 음반·방송화 양상과 창극사적 의미」, 고려대 박사논문, 2017.
  ② 「20세기 창극 〈장화홍련전〉의 존재양상과 특징적 면모」, 『우리문학연구』 57, 우리문학회, 2018.
  ③ 「음반 창극 〈사명대사〉(1971)의 형식적·내용적 특징과 자료의 의미」, 『공연문화연구』 39, 한국공
  연문화학회, 2019.
  ④ 「창극 〈가로지기〉(1979)의 서사적·연행적 특징과 의미」, 『고전문학과 교육』 43, 한국고전문학교육
  학회, 2020.
  ⑤ 「창극의 성격과 양식에 관한 재고찰 - '창극논쟁'을 넘어서기 위하여」, 『민족문화연구』 91, 고려대
  민족문화연구원, 2021.
  ⑥ 「KBS 창극 〈이춘풍전〉(1982년)을 통해 본 TV 창극의 매체적 특징 고찰」, 『한국연구』 8, (재)한국연
  구원, 2021.
- 근현대 신문기사의 경우 한자어를 한글로 바꾸고, 현대 맞춤법과 띄어쓰기 원칙에 따라 수정하여 기술하
  였다.
- 신문기사 인용의 경우 본문에 출처를 밝혔고, 연구논문, 증언, 기타자료의 경우 미주로 출처를 밝혔다.
- 신문 및 잡지에서 식별이 되지 않은 글자는 동그라미 표시하였고, 음반에서 식별할 수 없는 소리의 경우
  네모 표시하였다.
- 프로그램 명칭, 창극 작품 명칭에는 〈 〉를 사용했다. 소설의 경우 『 』를 사용했다.
- 인용문에서 밑줄, 굵은 글자체는 저자가 표시한 것이다.

　이 책은 저자의 박사논문과 그 후의 연구를 토대로 엮은 것이다. 총 2부와 부록으로 구성되며, 제1부에서는 극장과 매체를 통해 창극이 존재한 20세기 창극의 흐름을 드러내고자 했다. 그리고 제2부에서는 구체적인 작품을 통해 다양한 형태로 존재한 창극의 여러 모습을 소개하고자 했다. 마지막으로 부록은 저자가 연구하는 과정에서 확보한 자료를 관심 있는 연구자들과 공유하고자 정리한 것이다.

　저자는 박사논문에서 20세기 창극이 무대에서만 존재하지 않았다는 점을 강조했다. 따라서 박사논문은 20세기 음반과 방송으로 존재한 창극의 실상을 드러내는 데 많은 무게가 실렸다. 그러나 단행본을 낼 때는 20세기 창극 전반을 다룰 필요가 있다는 생각이었다. 따라서 시기별 무대에서 존재한 창극의 면모를 추가했다. 각 장의 첫 번째 항목이 이에 해당하는 것으로, 책을 만드는 과정에서 새로 작성했다. 기존의 연구를 바탕으로 정리한 성격이 강하며, 음반과 방송 창극에 비해 내용이 소략한 것도 사실이다. 그러나 관련 연구의 출처를 주석을 통해 비교적 상세히 제시하여 관심 있는 연구자들이 공부하는 데 도움이 될 수 있도록 하였다.

　제2부에서는 20세기 무대와 방송, 음반으로 존재한 창극 〈장화홍련전〉, 1971년에 발매된 음반 창극 〈사명대사〉, 1979년 국립창극단에서 공연된 무대 창극 〈가로지기〉, 1982년에 방송된 방송 창극 〈이춘풍전〉을 대상으로 각 작품의 서사적, 연행적, 매체적 특징 등을 언급하며 다양한 환경에서 존재한 창극의 면모를 실증하고자 했다.

　사실 '20세기 창극 전반을 다룬다'는 것은 저자의 역량을 생각할 때 감히 가당치 않은 일이다. 백여 년의 창극사를 개인이 정리할 수 없기도 하거니와 저자의 연구력이 미천하여 시기를 아우르는 정합한 시각을 세우는 것도 어려운 일이기 때문이다. 그럼에도 용감하게 책을 낸다. 부족함이 많은 연구더라도 관련 주제에 대한 논의가 활발하였으면 하는 바람 때문이다. 이 책의 오류가 있다면 그것은 온전히 저자의 책임이다. 여러 선생님의 질정과 가르침을 겸허히 기다릴 수밖에 없다. 그리고 계속해서 정진할 수밖에 없다.

저자는 고전문학을 전공하였고, 그 가운데 판소리와 창극, 한국의 전통문화와 예술에 관심이 많아 지금까지 관련 연구를 하고 있다. 전통과 옛것, 옛이야기는 결국 나와 우리의 근원과 연결된다는 생각이다. '근원.' 멋진 말이다. 그것을 실체화하여 짚을 수는 없지만, 그것을 탐구해 나가는 일은 결국 '지금, 여기, 이와 같은 모습으로' 나와 우리가 존재하게 된 이유와 과정을 막연히라도 알게 한다. 그것이 인류학적으로, 국가 사회적으로 어떤 실질적 의미가 있는지는 모르겠다. 물론 애써 포장하여 의미를 부여하자면 해 볼 수는 있겠으나 연구의 시작이 그와 같은 사명감에서 비롯된 것은 아니기에 거창한 말로 저자의 연구 분야와 이 책의 의의를 말하고 싶지는 않다. 다만, 새로운 것을 배우고 알아가는 즐거움 자체에서 비롯된 모든 호기심과 탐구가 어느 분야에서든 조금씩이라도 우리를 나은 방향으로 이끌길 바랄 뿐이다.

좋아하는 일을 하며 살 수 있다는 건 행복한 일이다. 그리고 그것은 결코 그냥 주어진 것이 아니다. 부족한 연구를 책으로 만들 수 있도록 아낌없는 지원을 해 준 한국연구원에 가장 먼저 감사한 마음을 전한다. 한국연구원의 우수 박사학위논문 출판지원사업이 아니었으면 감히 학위논문을 책으로 엮을 생각을 하지 못했을 것이다. 부족한 논문을 긍정적으로 평가해 주신

심사위원분들께 이 기회에 다시 한번 감사함을 전한다. 그분들의 평가에 부끄럽지 않은 연구자가 되도록 하겠다. 학문의 길목에서 저자에게 많은 가르침을 준 수많은 선생님과 동료들, 선후배들에게도 진심으로 고마운 마음을 전한다. 세상의 그 무엇도 스스로, 혼자서 만들어진 것은 없다.

두 아이를 키우며 연구를 지속할 수 있었던 건 언제나 저자가 힘들 때마다 든든한 지원군이 되어 주셨던 양가 부모님 덕이었다. 어려운 시간을 한결같이 함께 해주신 것에 감사함을 전한다. 이 책이 모쪼록 그분들께 작게나마 기쁨을 드릴 수 있으면 좋겠다. 공부하는 엄마의 시간을 배려하며 엄마를 향한 그리움을 어른스럽게 인내해 준 두 아들과 공부하는 아내를 한결같이 자랑스러워 한 남편에게도 이 지면을 빌어 깊은 고마움과 더할 수 없는 사랑을 전한다.

2025년 6월
송소라

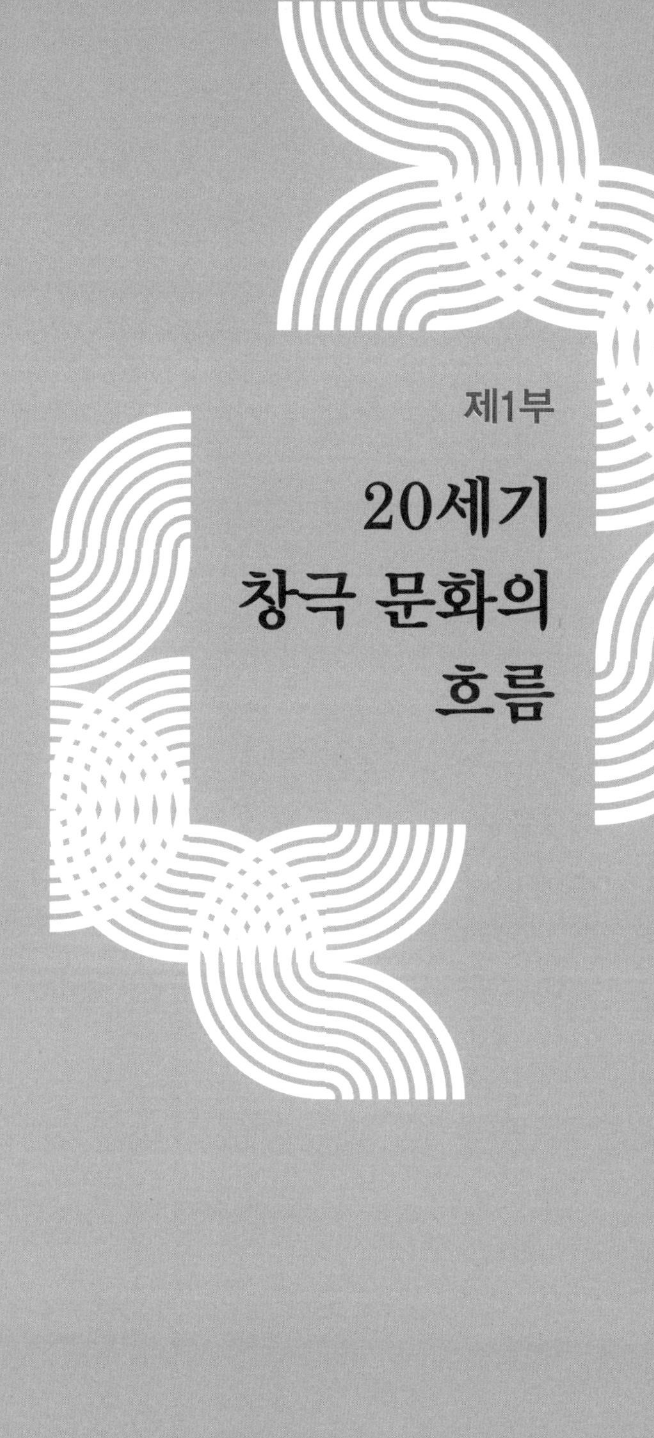

제1부

20세기
창극 문화의
흐름

들어가며

1. 20세기 창극의 무대와 무대 너머

'창극'은 판소리 혹은 그와 비슷한 소리 형식을 토대로 형성된 음악극이다. 판소리가 18세기 즈음 생겨나 19세기에 융성한 예술이었다면 창극은 20세기에 생겨난 예술이다. 그리고 그 생성에는 극장이라는 공간이 중요한 요소로 기능했다. 1902년 '희대'라는 실내 극장이 생기면서 기존 마당에서 열린 공연물이 극장으로 들어오게 되었고, 판소리 역시 새로운 연행 공간인 극장과 만나면서 양식상의 변화를 꾀했다. 그리고 그 과정에서 혼자 소리하던 것을 여러 명이 나누어서 소리하는 분창 형태의 초기 창극이 나타났다.

극장으로부터 탄생한 창극은 전통에 기반을 둔 새로운 극 형식으로 100년이 지난 오늘날까지 이어지고 있다. 그리고 오늘날 창극은 여러 형태로 존재하며 끊임없이 변화를 모색하고 있다. 일찍이 유영대는 "창극은 고정불변의 원형을 가진 고전극이 아니며, 당대의 대중 관객과 함께 호흡하는 음악극을 지향하면서 움직이는 장르"[1]라고 했다. 실제로 창극은 언제나 당대의 사회 및 문화와 소통하며 존재했다. 그리고 이때 사회 및 문화는 단지 그 시대의 주요 사안과 문화적 분위기만을 말하는 것이 아닌, 당대 새롭게 등장하고 변화하는 문화 매체도 포괄한다.

이 책은 창극이 20세기에 존재한 문화 매체와 상호 교섭하며 존재한 양상을 탐색한 결과물이다. 창극이 성립하고 생명력을 이어온 20세기는 이전과는 달리 라디오와 음반, 텔레비전이라는 새로운 매체가 문화의 상당 영역을 장악한 시대라고 해도 과언이 아니다. 그리고 창극은 무대극으로 출발하였음에도 새롭게 밀려오는 20세기의 문화 환경에 적절하게 대응해 나갔다. 창극은 라디오가 존재하던 시기에는 라디오를 통해, 유성기 음반이 유행하던 시기에는 음반을 통해, 그리고 텔레비전이 등장한 후에는 라디오, 음반LP과 더불어 텔레비전을 통해 무대 외에 대중과 소통하는 연행 기반을 마련했다.

초기 유성기 음반 제작사는 전통음악을 소재로 한 음반을 적극적으로 발매하는 와중에 창극도 음반화하는 작업을 행했다. 물론 이때 발매된 창극 음반은 전체 유성기 음반 가운데 많은 수를 차지하지는 않았다. 그러나 1920년대 중반 이후 무대에서 점차 밀려나는 구극舊劇을 음반화하여 그 생명력을 이어갔다는 점에서 의미가 있다. 그리고 무엇보다 당대 창극을 살펴볼 수 있는 실증적 자료라는 점에서 그 중요성이 크다. 20세기 후반의 경우, LP의 보급이 활발해지면서 발매된 창극 음반은 당시 범람하는 대중 음반 속에서 '국악 음반'의 한 장르로 음반 시장에 자리를 차지했다. 이들 음반은 상업적 이익 창출은 많이 하지 못하였지만, 국악의 보존과 창극의 대중화를 위한 꾸준한 시도였다.

방송의 경우를 살펴보면, 라디오와 텔레비전은 청취율, 시청률의 척도를 만족시키기 위해 창극을 적극 수용했다. 창극 역시 새로운 매체인 라디오와 텔레비전을 통해 그의 존재 기반을 확장했다. 20세기 전반前半, 1920~1930년대 라디오의 활발한 보급을 위해 당시 인기가 있었던 판소리와 구극舊劇, 창극을 라디오의 주요 레퍼토리로 삼았다는 점, 그리고 20세기 중·후반1950~80년대 라디오와 텔레비전이 어느 정도 영향력을 발휘하였던 시기에는 오히려 무대극으로서 침체기를 겪은 창극이 방송을 통해 대중에게 다가갔다는 점은 전통예술로서 창극과 대중매체의 관계를 보여주는 흥미로운 현상이다.

그간 창극사에서 20세기에 등장한 새로운 매체와 창극의 관계는 크게 주목받지 못했다. 20세기 초반의 경우, 유성기 음반을 대상으로 창극 음반의 음악적 변화에 주목한 배연형2)의 논의가 있지만, 이후 창극 유성기 음반에 관한 후속 연구가 이루어지지 못했다. 20세기 중·후반기의 창극 연구는 1962년 국립극장 산하의 전속단체로 출범한 국립국극단1973년 국립창극단으로 개명 중심의 공연에 연구가 집중되었다. 이로 인해 이 시기 음반과 방송으로 존재한 창극은 아예 관심의 대상이 되지 못했다.

이것은 창극이 장르상 '극'에 속하고, '극'이란 모름지기 무대를 떠나서는 존재하기 어렵다는 일반적인 시각에서 비롯되었다고 할 수 있다. '창극 →극→무대 창극'의 자연스러운 관계 속에서 창극 연구의 대부분이 이루어진 것이다. 하지만 '극' 혹은 '드라마'의 존재 기반을 '무대'로만 한정하여 볼 수는 없다.3) 이를 창극에 적용하여 말한다면, 창극 역시도 그것이 연행되었던 '무대' 이외의 매체가 있었으니, 우리는 이에 주목할 필요가 있다.

또한, '무대'로만 초점을 맞추어 창극을 살필 경우, 사실상 20세기 중반까지 창극의 실상을 구체적으로 알 수 있는 방법은 없다고 해도 과언이 아니다. 어느 시기에 어떤 작품이 누구에 의해 주도되었는지를 소개하고 있는 신문자료 이외에는 당시 창극의 대본도 영상도 남아있지 않기 때문이다. 구술 자료와 신문 기사의 공연평을 통해서 당시 무대극을 재구한다고 하여도 실상을 파악하는 것에는 한계가 있다. 반면 음반과 방송자료를 통해 창극의 일면을 본다면, 그 음악은 물론이거니와 내용도 살필 수 있어, 당대 창극의 모습을 보다 구체적으로 파악하는 데 유리하다.[4]

무엇보다 ① 20세기 초반 대중문화의 핵심이었던 라디오와 유성기 음반의 레퍼토리 가운데 하나가 창극이었다는 점, ② 20세기 중·후반 음반으로 창극이 제작 및 발매되어 상당수 대중에게 보급되었다는 점, ③ 마지막으로 국립창극단의 공연 레퍼토리 외에 방송에서 직접 창극을 제작하여 다룬 프로그램이 있다는 것 등은 창극을 극장 중심으로만 볼 것이 아니라, 보다 넓고 다층적으로 볼 필요가 있음을 시사한다.

창극의 향유 공간을 극장으로 제한하고 공연을 통해서만 창극을 이해하려 한다면, 당시 존재했던 창극의 일부만을 파악할 뿐이다. 따라서 20세기 창극을 이해할 때, 창극이 존재하였던 범위의 확장은 반드시 필요하다. 특히 유성기 음반은 선학들의 각고의 노력으로 정리 및 복각되는 과정을 거쳤다.[5] 해방 이후의 남겨진 LP음반들 역시 그 시대의 창극을 구체적으로 이해하는 자료이기에 각별한 의미를 가진다.

2. 20세기 매체 관련 창극 연구의 동향

그간의 창극에 관한 연구는 크게 판소리에서 비롯된 창극의 생성 및 역사적 전개 과정을 탐색한 연구,[6] 창극의 양식적 특징을 고찰한 연구,[7] 창극의 음악적 특성에 주목한 연구,[8] 창극의 작품을 중심에 둔 연구,[9] 창극의 발전 방향과 미래를 고찰한 연구[10) 등으로 이루어졌다.

이 가운데 본 연구가 따른 사적史的 기술 방식으로 창극을 고찰한 연구를 살펴보면, 먼저 창극의 생성 및 역사적 전개에 관한 박황[11)과 성경린[12)의 연구를 소개할 수 있다. 이들은 창극의 형성과 시대별 전개 양상을 살폈다. 박황은 초창기 원각사 무대의 창극에서부터 해방 이전까지를 대상으로, 성경린은 해방 후 국립극장에서 공연된 창극을 중심으로 창극사를 기술했다. 이후 일제강점기까지로 시대를 좁혀 창극사를 보다 구체적으로 기술한 백현미,[13) 김성혜,[14) 이수정[15)의 연구, 개화기 연극사를 다루는 과정에서 창극의 실상을 전통연희의 범주 아래에서 꼼꼼히 살핀 유민영[16)의 연구가 있었다. 그리고 백현미[17)는 창극이 형성되는 1900년대부터 국립창극단의 활동이 이루어지는 1990년대까지 시기를 확장하여 통합적인 창극사 기술을 함으로써 '창극사 연구'의 중요한 성과를 이뤘다. 더불어 최근 김향은 20세기 초부터 2020년대까지 약 120년에 걸친 창극사를 '이면론'의 방법으로 기술한 연구서를 제출하였다.[18)

시대별 창극계의 동향에 대한 연구자들의 관심은 이후에도 지속됐다. 김재석[19)은 1900년대 창극의 생성 문제를 개화담론과 창극 생성 주체와의 관련 속에서 검토하였고, 김민수[20)는 초창기 협률사와 원각사의 공연활동은 물론, 1910년대 중·후반 창극의 전개양상, 이후 1940년대 창극의 현황을 살폈다. 또한 김남석[21)은 1930년대 조선성악연구회가 공연한 창극 〈춘향전〉과 〈심청전〉, 〈흥보전〉, 〈숙영낭자전〉, 〈옥루몽〉 등의 공연 과정과 그 면모를 세밀하게 검토했다. 아울러 해방 공간의 창극에 주목한 손태도[22)의 연구도 주요하다.

당대 창극의 공연 현황을 최대한 사실에 맞게 정리하고, 판소리사의 시각에서 혹은 연극사의 시각에서 창극이 갖는 의미를 도출해 낸 선학들의 연구는 창극 연구의 매우 중요한 업적들이다. 그렇다면 이제 매체 즉 음반과 방송의 관계 속에서 창극을 논의한 성과를 보도록 하겠다.

먼저, 20세기 초반의 방송과 음반을 중심으로 창극에 접근한 연구들이다. 일제강점기 경성방송국의 국악프로그램은 활발히 연구된 측면이 있다. 당시 국악프로그램은 경성방송국의 주요 프로그램이었던 바, 이에 대한 충실한 자료집[23]이 발간되면서 연구가 진행되었다. 창극을 중심에 두고 당시 라디오 방송을 분석한 연구는 없지만, '전통음악'의 범주 아래에서 경성방송국의 라디오 프로그램은 꾸준한 연구의 대상이 되었다.

송방송[24]은 1920년대 방송된 전통음악의 곡목과 공연양상을 개괄적으로 논의하였고, 이후 경성방송국의 라디오방송에 출연한 여류명창의 활동을 중심으로 당대 방송에 대한 논의를 구체화했다. 또한, 논자는 명인들의 방송 및 음반 활동을 개관하면서 당시 전통음악이 수용되는 환경에 대한 폭넓은 관심이 필요함을 강조하였다.[25]

국악방송[26] 가운데 판소리와 창극에 관한 연구는 일제강점기 전통음악의 전개 양상을 고찰한 정영진[27]의 논문에서 다루어졌다. 논자는 방송과 유성기 음반에서 판소리의 어떤 곡목들이 주로 노래 되었는지, 그것이 누구에 의한 것인지, 그리고 어떠한 양식으로 연행되었는지 살펴보았다.

유성기 음반을 중심으로 근대 판소리와 창극을 살펴본 배연형[28]의 논의는 20세기 초반 변화하는 미디어의 환경 속에서 판소리와 창극의 행보를 보여준 중요한 성과이다. 뿐만 아니라 배연형[29]은 유성기 음반으로 제작된 창극 전집을 정리하여 각각의 작품을 해제하는 것은 물론 사설을 채록하는 일차 작업을 수행함으로써 창극 유성기 음반의 선구적 성과를 이뤘다.

미디어와 판소리와의 관계를 직접적으로 다룬 논의는 김경자[30]가 수행했다. 논자는 대중매체의 발달에 따른 판소리의 변화를 라디오, 레코드를 통해 살펴보았다. 김경자는 판소리가 근대 시기에 공연양상과 전승방식의 변화를 겪으며 과거의 청중과는 다른 새로운 청중을 확보할 수 있었다고 했다. 그리고 이로 인해 판소리 음악의 변화도 필연적으로 나타났다고 했다.[31]

다음으로 해방 이후, 즉 20세기 중·후반 음반과 방송을 대상으로 창극에 접근한 연구들이다. 먼저 음반 쪽을 살펴보면, 해방 이후 창극 음반에 관한 연구는 거의 이루어진 바가 없다고 해도 과언이 아니다. 다만, 판소리 LP 음반을 비롯한 창극 음반 자료의 현황이 노재명[32]의 글을 통해 정리되었고, 그가 운영하는 국악음반박물관www.hearkorea.com에 실물 역시 상당 부분 존재함이 알려졌다. 그리고 김태현[33]이 1950~1960년의 국악음반 현황을 음반 제작사별로 정리하였고, 최혜진[34]은 20세기 후반 판소리 관련 장시간 음반의 발매 양상을 정리했다. 음반으로 제작된 창극 작품에 대한 본격적인 분석은 송미경,[35] 저자[36]에 의해 이루어졌으나, 향후 더 많은 연구가 산출될 필요가 있다.

방송 쪽에서의 연구를 살펴보면, 방송과 창극과의 관계를 다룬 최공섭 KBS PD의 짧은 글이 있다.[37] 최공섭은 KBS의 창극방송 기록을 중심으로 ① 방송 초창기의 국악프로그램, ② 해방기 국악프로그램, ③ 1970년대의 국악프로그램, ④ 1980년대의 국악프로그램을 소개하고, 방송프로그램으로서 창극을 다룬 〈KBS지정석〉을 언급했다.

그리고 저자는 20세기 중·후반 전통음악의 방송 가운데 판소리 및 창극 프로그램의 몇몇을 확인하는 연구를 제출했다.[38] 그리고 1980년대 방송으로 제작되었던 KBS 창극 〈이춘풍전〉1982을 통해 텔레비전에 수용된 창극

의 면모를 소개했다.[39]

20세기 중·후반의 창극을 비롯한 전통음악 프로그램에 대한 연구는 여전히 충분히 이루어지지 못하고 있다. 이는 경성방송국 시절에는 국악프로그램이 방송에서 중요한 위치를 점하였지만, 이후로는 점차 주목받을 위치의 프로그램이 아니었기 때문일 것이다. 남아있는 실물 자료 역시 생각보다 빈약하여 논의 대상에 대한 구체적인 분석을 어렵게 한다. 그러다 보니 해방 이후 창극방송은 말할 것도 없고 전통음악 방송조차 제대로 정리되어 있지 못한 것이 사실이다. 예능·오락 프로그램을 정리하고 있는 저서에서조차 전통음악 프로그램에 관한 서술이 충분치 않고, 누락되어 있는 경우마저 있다.[40]

한편, 20세기 후반 라디오 방송에서 다룬 판소리에 관한 연구로 이유진의 논의가 있어 간략히 소개하고자 한다. 논자는 1967년 동아방송DBS에서 제작 방송한 김연수 창 연속 판소리를 대상으로 라디오 연속방송의 조건이 텍스트와 연행 방식에 미친 영향을 살폈다.[41] 이후 동아방송의 판소리 녹음 보존 현황을 파악하고, 이것의 자료적 가치와 활용 방안, 동아방송의 연속 창극 방송 등을 논했다.[42]

20세기 초 격변의 시기에 출현한 경성방송국과 유성기 음반은 '근대의 방송과 음반'이라는 점에서 그 자체로도 논의할 많은 과제를 남기고 있다. 아울러 당대 문학과 음악을 직접적인 소리와 사설을 통해 구체적으로 보여준다는 점에서 이들에 대한 깊이 있는 이해를 도모케 한다. 2000년대 이후 경성방송국과 유성기 음반에 관심을 둔 연구가 증가한 것도 베일에 가려져 있던 대상이 하나씩 정리되면서 연구의 영역으로 들어오는 것과 관계가 있을 것이다.[43] 또한 '미디어'의 역할과 기능이 21세기에 접어들며 중요하게

부각되었기 때문에 20세기 초의 매체에 대한 관심도 자연 증가했다고 볼
수 있다.

3. 논의 대상과 기술 방식

이 책에서 논의의 대상으로 삼고 있는 '창극'은 21세기 현재 일반적으로
합의가 된 '여러 명의 판소리 창자혹은 소리꾼이 서로 배역을 정하여 무대 위에
서 공연하는 음악전통음악극'만을 일컫지 않는다. 이와 같은 정의에 따르면
'창극'은 '판소리'와 '판소리 창자'를 그 본질로 삼기 때문이다. 즉, 판소리
창자가 주요하게 등장하고, 또한 음악의 어법이 판소리혹은 남도창에 기반을
두지 않는다면 창극이라고 말할 수 없는 것이다.

일찍이 백현미는 "창극이라는 용어의 1차적 함의는 전통연희자들이 무대
위에서 역할을 나누어 공연하는 연극"[44]이라고 했다. '창극'이라는 용어가
생기기 이전 판소리 창자는 물론 전통연희자들이 무대 위에서 '극'의 형식으
로 행하는 공연은 일찍부터 있어 왔는데, 이를 지칭할 만한 용어가 당시로서
는 일률적이기 않았다. 따라서 '창극'으로 이를 설명하고, 기술한 것이다.[45]

본 저서는 '창극'이라는 용어가 생기기 이전에 행해진 전통연희자들의
극 형식의 공연을 '창극'이라 지칭하는 것에 동의한다. 그러나 이와 다른 차
원에서 짚어야 할 것은, 실질적으로 '창극'이라는 용어가 등장하였을 때, 그
것이 무엇을 의미하는가이다. 다시 말하면, '창극'이라는 용어가 등장하였
을 때도, 그것은 전통연희자들이 무대에서 역할을 나누어 공연하는 것을 일
컬었느냐 하는 점이다.

'창극'이라는 용어는 1930년대에 비로소 등장하여 자연스럽게 사용되었다. 무엇보다 이 용어는 '방송, 음반'을 통해 등장하였고, 이들 속에서 일반적, 대중적으로 사용되었다. 음반과 방송에서 사용된 '창극'의 의미는 좀 더 포괄적이었다. 전통음악을 기본으로 하여 전문 소리꾼이 일반의 방송극^{방송드라마}에 개입한 때도 '창극'이라는 용어로 대상을 지칭하였기 때문이다. 이는 음반도 마찬가지이다.

이에 이 책에서는 '판소리를 포괄한 전통음악을 기본으로 하여 전문 예인이 역할을 나누어 공연하거나 방송, 혹은 음반화한 음악극'을 '창극'이라 일컫고자 한다. 이렇게 창극을 바라볼 경우, '여러 명의 판소리 창자 (혹은 소리꾼)이 서로 배역을 정하여 무대 위에서 공연하는 음악^{전통음악극}'으로 창극을 검토하는 것과 두 가지 점에서 차이를 갖게 된다.

첫째는 공연의 주체가 반드시 전통 예인으로만 구성되지 않아도 된다. 이를테면 판소리 창자 혹은 소리꾼과 일반 배우들이 함께 등장하여도 이를 창극의 범주에 넣을 수 있다. 실제로 1934년 시에론에서 발매한 창극 〈춘향전 전집〉에는 판소리 창자 김정문, 신금홍 외에 신극배우 심영과 남궁선도 녹음에 참여했다. 1950년대 이후에는 방송과 음반에서 일반 배우와 판소리 창자가 함께 극을 꾸리는 경우가 많았다.[46]

다음으로, 이와 같은 창극의 정의는 무대 창극만을 '창극'으로 인정하는 것이 아니라, 방송과 음반으로 존재한 창극까지 함께 아우른다. 전통연희자 및 당대 전문 예인들이 1920년대 이후 방송과 음반 활동을 꾸준히 한 것은 중요한 현상이며, 이들이 보여준 창극 역시 창극사에서 짚어야 할 지점이다. 따라서 저자는 창극의 외연을 보다 넓혀 창극의 문화사를 기술했다. 구체적으로는 일제강점기부터 1990년대까지를 검토의 시기로 삼아, 무대극,

음반, 방송의 측면에서 창극을 조망했다.

무대극의 경우엔 선학들이 수행한 연구들을 참고하며 기술하고, 음반, 방송의 측면은 저자가 수집하고 정리한 자료를 중심으로 기술했다. 이로 인해 무대 창극사는 연구사 정리의 측면이 강함을 미리 밝힌다. 더불어 1960년대 이후의 무대 창극은 국립창극단의 활동 및 작품이 주된 논의의 대상이 되었다.

음반 창극의 검토 대상은 다음과 같다. 20세기 전반기의 경우, 복각된 유성기 창극 음반이 그 대상이다. 현재 복각되어 발매까지 된 것은 이를 직접 구입하여 확인했고, 일반적인 발매에까지 이르지 못한 경우는 〈한국음반아카이브 연구소〉http://sparchive.co.kr/의 음원 자료를 참고했다.

20세기 중·후반기의 창극 음반은 노재명,[47] 김태현[48]의 글과 국악음반박물관[49]의 음반 목록을 참고하여 정리했고, 개별 음반의 실물은 저자가 직접 최대한 수집, 확인하여 세부 내용 파악했다.

방송 창극의 경우, 논의 대상은 다음과 같다. 창극이 방송에서 프로그램화되는 경우는 크게 3가지로, ① 첫째는 국악 프로그램 가운데 하나로 창극을 편성하여 직접 방송하는 것이고, ② 둘째는 극장에서 공연되는 창극을 중계하거나 녹음 혹은 녹화하여 실황을 들려주거나 보여주는 것이다. 그리고 ③ 세 번째는 라디오 혹은 텔레비전을 통해 정기적으로 창극을 프로그램으로 제작하여 방송하는 것이다.

20세기 전반기前半期 경성방송국의 경우 직접 방송과 중계방송으로 창극이 방송되었다. 중계방송은 1930년대에 이르러 그 모습을 볼 수 있고, 대부분은 국악을 방송하는 과정에서 민요와 판소리, 아악, 정악 등과 더불어 창극을 직접 방송하는 형태였다. 이때 방송된 창극의 레퍼토리와 출연진 등의 세부 정보는 당시 신문을 통해 확인할 수 있는데, 약 한 시간에 가까운 방송이었다. 따라서 20세기 전반기前半期에는 창극이 방송에서 프로그램화되는 첫 번째와 두 번째의 경우를 검토 대상으로 했다.

해방 후 한국 방송이 성립한 이후에도 창극은 ① 국악 프로그램을 다루는 과정에서 편성되기도 하고, ② 무대 창극을 녹화하여 실황을 송출하는 형태로 방송되기도 했다. 첫 번째의 경우 라디오가 전성기였던 시절에는 '입체 창극'의 이름으로, 텔레비전이 보편화된 시기에는 전승 5가의 토막극 형식으로 방송되었다. 하지만 1960년대에 이르러서는 〈국악무대〉, 〈국악한마당〉, 〈국악의 향기〉 등 버라이어티 형식의 국악 프로그램에서 창극을 코너 중 하나로 짧게 편성했다. 다만, 프로그램의 중심이 창극에 있지 않았기에, 창극의 편성이 고정적이지 않았을뿐더러, 창극이 송출된 경우에도 그 세부 내용을 확인할 길이 없다.[50] 따라서 이 경우는 연구의 대상으로 삼을 수 없었다. 두 번째 경우는, 무대 창극을 녹화하여 그대로 내보내는 것에 불과하므로 해방 이후 방송 창극의 특징을 보여주는 것이라 말하기에 무리가 있다. 따라서 이 역시 논의의 범주에서 제외했다.

20세기 중·후반에는 ③ 창극을 정기적으로 제작하여 방송하는 경우가 나타났다. 1950년대 〈라디오 창극〉과 1970년대 〈내 강산 우리 노래〉, 1980년대 〈KBS지정석〉이라는 프로그램이 대표적인 예이다. 한국방송이 설립된 이후 창극을 프로그램화한 의미 있는 현상이라는 점에서 20세기 중·후반 방송 창극의 경우 이를 중점적으로 다뤘다.[51]

제1장

초기 전통극의 존재와 창극 용어의 등장

1. 20세기 초 극장의 설립과 초기 전통극의 존재

창극이 언제부터 시작되었으며, 최초의 창극이 무엇이었느냐는 오랜 시간 창극 연구자는 물론 창극계 인사들의 관심 사항이었다. 현재까지 정리된 창극의 시작, 이른바 최초의 창극은 1902년 경성 최초의 실내극장이었던 '희대戲臺'에서 이루어진 전통연희, 즉 '소춘대유희'의 다양한 연희 가운데 공연된 〈춘향전〉이다.

1902년 고종 즉위 40주년을 맞추어 왕실의 칭경예식이 예비되었다. 이를 위해 봉상시에 공연장을 만들었는데, 이를 '희대'라 칭했다.

희대연습戲臺敎習 칭경예식 때에 쓸 뜻으로 희대를 봉상시奉常寺 내에 설치하고 한성 내 춤과 노래를 잘하는 여령女伶을 선별하여 여러 연희를 교습하는데 참령參領 장봉환 씨가 주로 맡는다더라.『황성신문』, 1902.8.15

희대(戱臺)란 중국식으로 말하면 극장이란 말입니다. 조선의 옛 연희는 똑바른 의미의 무대를 필요로 하지 않았고 특정한 극장 시설도 생기지 않고 말았습니다. 한말 고종 황제 광무 6년[1902] 가을에 등극 40년 경축 행사를 서울에서 거행하기로 하고 조약을 체결한 동서양 각국의 군주에게 초청장을 보냈습니다. 이러한 귀빈을 접대하기 위하여 여러 가지 신식 설비를 갑자기 진행하였습니다.

그중의 하나로 봉상시(奉常寺)의 건물 일부를 터서 지금의 새문안 예배당 있는 자리에 벽돌로 둥그렇게, 말하자면 로마의 콜로세움을 축소한 형태의 소극장을 건설하고 여령(女伶)과 재인(才人)을 뽑아서 예희(藝戱)를 연습시켰습니다. 규모는 보잘것없지만 무대, 세 방향의 계단식 관람석, 가로막, 준비실을 설비한 조선 최초의 극장입니다. 또 한창 시절 런던의 로열극장과 비엔나의 왕립극장에 비견할 수 있는 유일의 국립극장인 것만은 사실이었습니다.

이에 관한 사무를 처리하기 위하여 협률사(協律社)라는 기관이 궁내부 관할하에 설치되었습니다. 처음에는 경축 행사를 위해 기생과 재인들을 예습시켰으나, 불행히 그해 가을에 콜레라가 유행하여 경축 행사가 다음 해로 연기되고 협률사는 일반 오락 기관으로 기생, 창우, 무동 등의 연예를 구경시키면서 다음 해를 기다렸습니다. 광무 7년에 이르러서는 봄에 영친왕이 천연두에 걸려 가을로 밀렸고, 가을에는 농사 형편이 근심되어 또 일본과 러시아의 풍운이 급전하여서 명색만 갖춰서 예식을 치르는 통에 모처럼 준비한 희대가 소용없어지고 말았습니다.

이에 협률사는 슬그머니 상업극장으로 변화하여 이것저것을 연행하고, 한편으로 기생과 창우의 관리 기관 노릇을 겸하여서 찐덥지 않은 세간의 평을 거듭 받더니, 광무 10년 4월에 이르러 봉상사(奉常司) 부제조 이 아무개의 상소가 있어서 칙령으로 이를 혁파하여 버렸습니다.[1]

위 글은 각각 1902년 황성신문과 최남선의 『조선상식문답』의 일부이다. 여기서 사용된 '희대'는 특정한 무대나 극장을 가리키는 고유명사가 아닌 일반 명사라고 할 수 있으며 이미 오래전부터 공연장의 의미로 사용되었다.[2] 흥미롭게 봐야 할 것은 최남선의 기술 가운데 칭경예식을 위한 사무를 관리하기 위해 '협률사'라는 기관을 궁내부의 관할하에 두었다는 것이다. 최남선은 이후 협률사가 '상업극장으로 변화하여 이것저것을 연행하고, 한편으로 기생과 창우의 관리 기관 노릇을 겸하'였다고 하였는데, 그의 서술로 보면 협률사는 극장이자 관리기관이다.

'협률사'의 존재와 기능은 이후 관련 연구를 통해 정밀하게 밝혀졌다. 조영규는 문헌에서 확인할 수 있는 '협률사協律司'와 '협률사協律社'가 명백히 다른 대상이라고 했다. 그에 따르면 '協律司'는 구한국정부의 음악기관이며 기생들을 관리하였던 장악원의 후신인 교방사敎坊司의 이칭異稱이다. 반면 '協律社'는 희대라는 연희 공간에 연희자들이 상주하면서 일반대중들에게 연희를 판매하고 영리를 추구하는 연희회사이다.[3] 이태화는 협률사가 연희회사, 즉 연예기획사라는 조영규의 주장에 더하여 '예술인협회', 혹은 '예술인조합'의 성격도 가졌을 것으로 보았다.[4]

중요한 것은 '무대, 세 방향의 계단식 관람석, 가로막, 준비실'원문에 따르면, 舞臺(무대), 三方觀覽席(삼방관람석), 引幕(인막), 準備室(준비실)을 갖춘 극장이 20세기 초에 설비되었고, 이와 같은 공간을 활용하여 영리를 추구하는 연희회사인 협률사가 다양한 전통연희를 보여주는 공연을 마련했다는 것이다.

본사本社에서 소춘대유희笑春臺遊戲을 오늘 시작하오며 시간은 오후 6시부터 11시까지요 등표等票는 황지黃紙 상등표上等票에 값이 일 원이오 홍지紅紙 중등표에 가

금 칠십 전이오 청지靑紙 하등표에 오십 전이오니 구경하실 내외 여러분들은 살펴
서 오시되 훤화喧譁와 주담酒談과 흡연은 금하는 규칙이 있으니 이를 따라줄 것
을 바람. 광무 6년 12월 2일 협률사 고백告白, 『제국신문』, 1902.12.5

협률이라 하는 뜻은 풍악을 갖추어 놀이하는 회사라 함이니, 마치 청인의
창시와 같은 것이라 외국에도 이런 놀이가 많이 있으니 외국에서 하는 본의
는 장차 말하려니와 이 회사에서는 전국에서 광대와 탈꾼과 소리꾼 춤꾼 소
리패 남사당 쌍재주꾼 등을 모아 합이 팔십여 명이 한 집에서 숙식하고 논다
는데 집은 벽돌 반 서양식으로 짓고 그 안에 구경하는 곳을 셋으로 나누어 상
등 자리에 일원이요, 중등에는 칠십 전이오 하등은 오십 전가량이라 매일 오
후 여섯 시에 시작하여 밤 열한 시에 그친다 하며 하는 노름놀음인즉 갖은 풍악을
갖추고 혹 춘향이와 이 도령도 놀리고 쌍줄도 타며 탈춤도 추고 무동패도 있으며 그
외에 또 무슨 패가 더 있는지 자세하진 않으나 대개 이상 몇 가지로만 말해도 풍악 도
구와 가무의 연숙함과 의복과 물건 차린 것이 별로 보잘 것은 없으니 과히 초초치 아
니하며 춘향이 놀이에 이르러는 어사출도 하는 거동과 남녀 만나 노는 형상 일판을 다
각각 여러 복색을 차려 놀며 남원 일읍이 흡사한 듯하더라 하며 망측 기괴한 춤도
많은 중 무등을 세 층으로 타는 것이 또한 장관이라 하더라. 「협률사구경」, 『제국신문』,
1902.12.16

협률사에서 기획한 공연은 유료로 이루어졌다. 그리고 '노름'이라는 이
름 아래 다양한 전통연희가 공연되었다. 특히 이 가운데 〈춘향전〉의 한 장
면을 복색을 갖추고 역할을 나누어서 표현한 무대가 있었던 것으로 파악이
되는데, 이것을 가장 이른 시기의 창극으로 보는 것이 일반적 견해이다.[5]

1902년 12월의 공연 이후 1903년에도 협률사의 공연은 몇 차례 더 이루어졌다.[6] 그리고 한동안 공연이 이루어지지 못하다가 1906년 협률사 공연이 재개되었고,[7] 1907년에는 폐지되어 관인구락부로 지정되었다.[8] 1907년 2월 초부터 약 1년여 기간 동안 관인구락부가 독점 사용한 '희대'는 연희장으로써의 기능은 상실했다.[9] 이후 1908년 이인직이 이곳을 인수하여 원각사로 개칭했다.[10]

한편, 이 무렵 경성의 곳곳에 광무대, 단성사, 연흥사, 장안사 등의 사설 극장 또한 생겨나고 있었고, 이들을 중심으로 당대의 공연문화가 형성되었다. 그리고 창우들의 공연은 이들 극장의 레퍼토리 가운데 하나였다.

화용연회華容演戱 사동 연흥사에서 각종 연예를 확장하는 중인데 우선 화용도를 실시하기 위해서 사원 한 명을 며칠 전에 삼남 등지로 **파송하여** 창부 삼십 명을 모집한다는데 이에 드는 경비는 지화紙貨 팔백 환가량이라더라. 『대한매일신보』, 1908.5.6

본인 등이 고아원 수리비에 부족한 경비를 보조하기 위하여 단성사를 일주일 빌려서 자선 연주회를 개최하오니 선의를 베풀 여러분은 특별히 임해주길 바람. 음력 5월 29일로 시작하여 6월 5일까지 개회함. 만약 비가 오면 폐회함. 개회순사 일 주악奏樂, 일 신사와 부인 연설, 일 창부연합 각종 연예, 일 기생 연예, 일 무동, 일 랄탕패 연예, 발기인 조병욱 김충진 등 고백 『대한매일신보』, 1908.6.30

단성사 폐지 단성사에서 재정이 군졸하여 폐하였다는데 사장 이익우 씨가 연홍사에서는 창부들을 모집하여 〈화용도〉 공연을 준비하려 하였고, 단성사에서는 고아원 수리비 마련을 위한 자선공연의 레퍼토리 가운데 하나로 창부연합의 공연을 준비했다. 이후 단성사는 1909년 폐지 위기 속에서 원각사 창부를 고용하며 극장 유지를 도모코자 했다. 이들 창부의 공연이 판소리의 형태인지 역할을 나누어 분창을 한 창극의 형태인지는 명확히 확인하기 어렵다. 다만 사설극장에서 전통연희자로서 창우들의 공연활동이 활발하게 이루어진 것은 매우 고무적인 일이며, 이는 이후 원각사에서 1908년 11월 창극 〈은세계〉가 올라갈 수 있는 기본 동력이 되었다고 할 수 있다.[11]

한 가지 주목할 것은 이 시기의 공연은 '창극'의 명칭으로 일컬어지지 않았다는 것이다. 전술한 1902년의 〈소춘대유희〉, 1908년의 〈은세계〉 뿐만 아니라 그사이의 전통연희자들, 특히 창우들의 공연 어디에도 '창극'이란 표현은 없다. 다만, 현재의 연구자들이 소급하여 '창극'으로 명명할 뿐이다. 그렇다면 연구자들이 창극으로 지칭한 공연물과 실제 '창극' 용어가 등장하여 지칭된 공연물은 어떻게 같고 달랐을까. '창극'의 용어가 언제 등장하였는지 보도록 하자.

2. '창극', '창극조' 용어의 등장과 의미

'창극'이라는 용어를 확인할 수 있는 가장 이른 시기의 신문 기사는 1920년 5월 13일 『동아일보』에 실린 윤백남의 칼럼이다.

연극과 사회

겸하여 조선현대극단을 논함

팔

윤백남

기자는 조선현대극단을 논하는 데 있어서 소위 신파라 구파라 함에 대하여 다소 이론이 있다.

신파라 하는 명칭의 유래는 생각건대 조선신파 배우 여럿이 그것을 만들 때에 재래에 없던 신파를 새로이 일으킨다는 그네들의 포부의 일단을 표현하기 위하여 거의 무의식으로 신파란 이름을 썼음이 원인이라 하겠고 또 하나 중요한 원인은 최초 조선 신극을 창시함에 당하여 전부 일본 신파 연극을 직수입 또는 모방한 까닭에 우연히 조선신파라는 명칭을 붙였다.

그러나 일본의 소위 신파는 일본 고유의 구극에 대응하여 칭함이니 이를 직수입하여 조선신파라 함은 엄격한 의미로 이것을 논할 때 그 타당치 아니함은 노노呶呶할 바가 없다. 그러나 신파라 하는 이름이 구파라 하는 것을 연상시키는 결과로 춘향가와 흥부전과 심청가를 창하는 창부들이 극의 의미를 해석하지 못한 결과 무대의 색조를 무시하고 기교를 전연히 몰각하여 가극도 아니요 보통극도 아닌 일종의 변태창극?을 아이적 정신으로 무대에 올리는 그네들의 소위 구파와 비교하는 폐가 있을진대 이는 조선신극에 대하여 결코 사소한 문제가 아닐 것이로되 오늘날 일반 공중이 이를 비교하여 보지 않고 이해하고 또 신파란 문자에 대하여 하등 의아의 마음을 두지 않는다면 이름의 문제는 오히려 지엽의 문제이니 들어 깊이 논할 바 못 된다. 윤백남, 「연극(演劇)과 사회(社會) (8)」, 『동아일보』, 1920.5.13

윗글은 당시 조선에서 사용되고 있던 '신파', '조선신파'에 대한 윤백남의 의견을 담고 있다. 윤백남은 '신파新派'의 유래와 본래의 의미를 적시하며, 당시 판소리 창자들이 연행하였던 〈춘향가〉, 〈심청가〉, 〈흥부가〉 등의 공연에 '구파舊派'라고 이름 붙이고 이를 '신파新派'와 연결 지어 바라보는 당시의 태도를 문제시했다. 그러면서 윤백남은 당시 '구파'라 지칭하였던 공연을 '가극歌劇', '보통극普通劇', '변태창극變態唱劇?'의 용어로 표현하고 있는데, 이 과정에서 '창극唱劇'이라는 단어가 튀어나온다.

김재철은 1933년 『조선연극사』를 집필하면서 판소리를 "구극"으로 지칭하였고, 원각사의 신극과 대비하여 판소리 창자들이 공연하는 〈춘향전〉, 〈심청전〉 등의 무대를 구극으로 설명했다.[12] 당시 이러한 공연들을 지칭하기 위해 구파舊派의 명칭이 일반적으로 쓰인 것이다.

한편, 윤백남은 당시 '창하는 창부들이 하는 춘향가, 흥부전, 심청전'을 가극도 보통극도 아닌, '일종의 변태창극?'이라고 표현했다. 이때 여기에 '?'가 붙어 있는 것으로 보아 '창극'이라는 용어가 일반적으로 쓰이는 형태가 아니었음을 짐작할 수 있다. 즉, 이 기사에서 '창극?'은 그 용어의 불확실성은 물론 오히려 '창극'이라는 말 자체를 윤백남 자신이 당시의 '구파舊派'를 설명하기 위해 굳이 만든 새로운 어휘인 듯한 인상마저 준다.

'창극唱劇'이라는 단어는 이후 1928년 『조선일보』에서 다시 만나볼 수 있

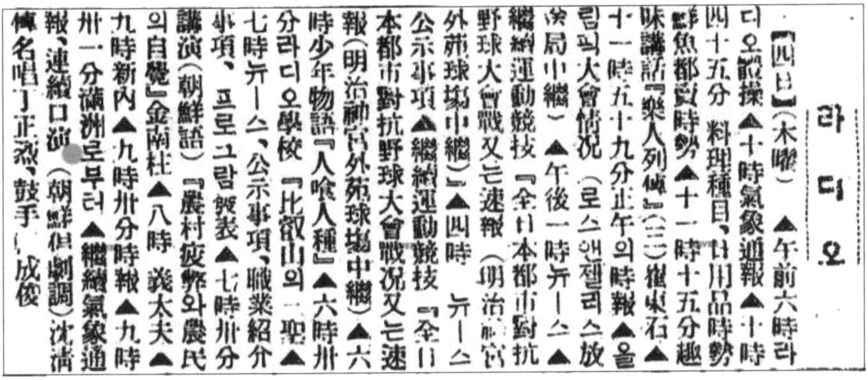

〈그림 1〉『동아일보』, 1932.8.4

고, 역시 구극舊劇을 지칭하는 의미로 쓰였다.[13] 그러나 '창극'이라는 용어의 활발한 확산과 정착이 이루어지지는 않은 것으로 파악된다. 왜냐하면 전통연희자들의 공연이 '조선구극', '조선구파', '가극' 등의 명칭, 혹은 그저 〈춘향전〉, 〈홍보전〉 등의 작품 제목으로 소개가 되는 경우가 더 많았기 때문이다.

'창극'이라는 용어는 이후 1932년 8월 라디오 프로그램 소개란에서 다시 확인된다. 정확하게는 '창극조唱劇調'로 확인이 되며, 이때 창극조는 모두 판소리를 지칭했다.

이혜구에 따르면, 당시 판소리를 '창극조唱劇調'라 부른 것은 일본말 신문에도 조선어방송 프로가 게재되기 때문에 되도록 우리말을 한자로 써야 했기 때문이라고 한다. 일본 가타카나로 판소리라고 써 보았자 일본인 청취자가 알 수 없기 때문에, 빅타 축음기 회사 이기세 문예부장이 광대 '창唱'자, 연극이라는 '극劇'자, 조율한다는 '조調'자, 그래서 광대가 하는 극의 소리란 뜻의 창극조라고 했다는 것이다. 그 후 제2방송과 윤백남 과장이 굳이 광대를 밝힐 필요가 있느냐 하여 광대 창唱자를 부를 창唱자로 고쳐 썼다고 한다.[14]

판소리를 창극조로 지칭하는 흐름은 1940년대까지 이어졌던 것으로 보인다. 대표적인 예가 1940년대 발간된 정노식의 『조선창극사』이다. 『조선창극사』에서 '창극'은 사실 '판소리'다. 그러나 그렇다고 하여 당시 정노식이 "창극=판소리"라고 인식했다고 보기에는 무리가 있다. 정노식은 당시 판소리를 '창극조'라 명명하였던 분위기 속에서 이를 따르고 있었기 때문이다. 그의 서문을 보자.

내 지금 생각나는 것을 진술코저 한다. 나는 조선창극조-광대소리를 퍽 좋아하고 찬양한다. 어찌 나쁘이랴.[15]

광대 제씨여, 고전의 창극조에만 힘쓰지 말고 현대적 요구에 응하여 신방향을 취함이 어떠한가. 춘향전이나 홍보전이나 기타 고전이 옛날 그 시대에 있어서 시대상을 배경으로 한 작품이라 하면, 오늘날 시대상을 배경으로 한 작품을 넉넉히 내놓을 수 있을 것이 아닌가. (…중략…) 내 조선창극조 광대소리에 대한 취미를 남달리 가졌으므로 들을 기회가 있을 때마다 꼭 빠지지 아니하고 들었고, 광대와 마주할 기회만 있으면 언제든지 붙잡고 종으로 횡으로 이에 대한 이야기를 들었다. 이 다소의 견문을 종합하여서 그 인물을 들춰내고 와전을 교정하고 지리멸렬에서 고구하여 전통을 세워서 역대 명창에 한하여서 그들의 약전 및 그 예술과 사적 발달을 개술코자 하나, 그러나 창극조가 어느 시대부터 생겼으며 누가 광대의 효시인지 문헌의 기록이 없는 만큼 재료를 얻을 빙거가 전혀 없고 전설로는 증좌가 모호하므로, 따라서 기술하기가 퍽 곤란하고 의문이 많다.[16]

정노식은 '조선창극조'를 '광대소리'라 하고 있는데, 광대소리는 곧 판소리를 말하는 것이다. 당시 판소리를 일컫는 말로 '창극조'가 있었고, '창극'과 구분하여 사용되었다. 이는 1930년대 중·후반 경성방송국의 '창극조'와 '창극' 국악방송 목록을 통해서도 확인할 수 있다. '창극'과 '창극조'의 구분은 1940년 『조선창극사』가 기술되었을 때는 어느 정도 자리를 잡았다. 여러 명의 등장인물이 존재하고 연극적 성격을 보다 많이 갖는 소리인 '창극'에 대한 인식이 넓어졌기 때문이다.

판소리 애호가 정노식이 1인 무대예술인 '판소리곧 창극조'와 다인多人 무대예술인 '창극'을 구분하지 못했을 리는 없다. 그가 서술하려는 대상은 판소리로서 '창극조'이고, 그것의 사적 기술을 저서의 목적으로 뒀다. 무엇보다 정노식은 '역대 명창에 한하여서 그들의 약전 및 그 예술과 사적 발달을 개술'하고자 『조선창극사』를 지었다. 따라서 그의 의도대로라면 "조선광대사"가 되어야 맞을 것이다. 실제로 『조선창극사』는 정노식이 앞서 1938년 『조광』에 발표한 「조선광대의 사적 발달과 그 가치」를 수정 보완한 것이다.[17] 그렇다면 정노식은 어째서 판소리 혹은 광대의 사적 기술을 '조선창극사'라 명명하였을까?

저자는 당시 창극이 인기를 얻고 있었던 현실 속에서 그와 같은 제목이 나온 것이라 본다. 즉, 그의 의도대로라면 『조선창극사』는 "조선광대사" 혹은 "조선창극조사", "조선판소리사"라고 해야 옳을 것이다. 하지만 무대공연으로 창극이 점차 확대되어 가는 상황 속에서, 창극의 원류를 찾는 의미에서 "창극사"라는 제목을 저작에 붙이지 않았을까 한다.

용어와 관련하여 유의해서 봐야 할 것은 창극조唱劇調(판소리)와 구분되어 창극唱劇이 독자적 용어로 쓰일 때는 〈춘향가〉, 〈흥보가〉, 〈심청가〉 등의 판소리를 뜻하는 창극조도 아니요, 전통연희자들의 분창 형태 판소리 공연도

아니요, 현재 일반적으로 사용하는 종합 연행물로서 창극의 의미도 아니었
다는 것이다.

6대 회사 레코-드 전戰

레코드의 홍수이다. 레코드 예술가의 황금시대이다. 레코드 외에는 오락을
갖지 못한 중산 가정에서는 찾느니 레코드뿐이다. (…중략…)

마지막 한 마디를 아끼지 못할 것은 창극이라는 새 조선 소리의 출생이다. 빅타의
문예부에서 그야말로 심혈을 기울여 역작한 단종애곡은 과연 대중에게 크나
큰 느낌을 주었으며 갈 길이 막혀 가슴을 치던 조선 소리에 일도一道의 광명을
비춘 데 있어서 그 공이 적다고 볼 수가 없다. 뒤를 이어 비록 큰 효과는 거두
지 못하였다고 하나 「시에론」에서 장한몽을 녹주의 창으로 상하 편을 발매하
여 상당한 수익이 있는 모양이다. 앞으로 반드시 이 창극은 명사가 앞을 다투어
취입 발매할 것이요 세상에서도 밤낮 같은 소리만 듣다가 새 맛 새 느낌 나는 창극
을 들을 이상 창극만 찾을 것은 명확할 것이니 이로써 일본의 「낭화절浪花節」에 흡사
한 창극의 유행이 놀라울 것이다.[18]

1933년 10월 『삼천리』에 수록된 기사 속에서 '새 조선朝鮮 소리'로 호명
되는 창극은 '새 맛 새 느낌나는' 소리이며, 일본의 나니와부시낭화절와 흡사
한 유행을 일으킬 것이라 보고 있는 기대에 가득 찬 소리이다. 〈단종애곡〉
과 〈장한몽〉으로 설명되는 이 음악은 박월정과 박록주가 창을 담당한 1인
음악극으로 파악된다. 〈단종애곡〉은 윤백남이 작사하고, 이기세가 창화하
여 박월정이 부른 곡으로,[19] '판소리' 개량운동의 일환으로 시작되었다.[20]

이러한 창극은 이후 '신창극조新唱劇調'로 호명되며 라디오 방송으로도 소

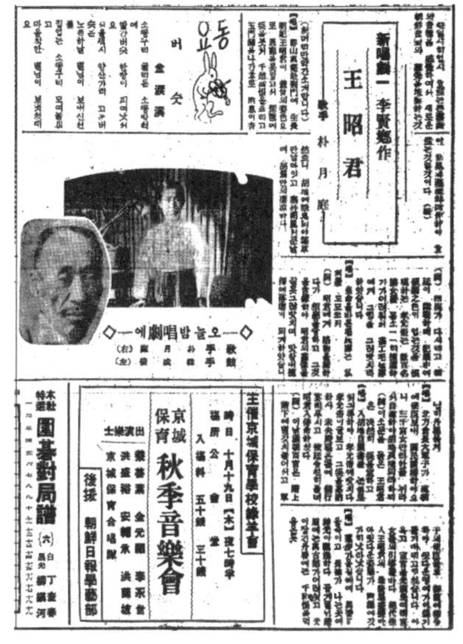

〈그림 2〉『조선일보』, 1933.10.20.

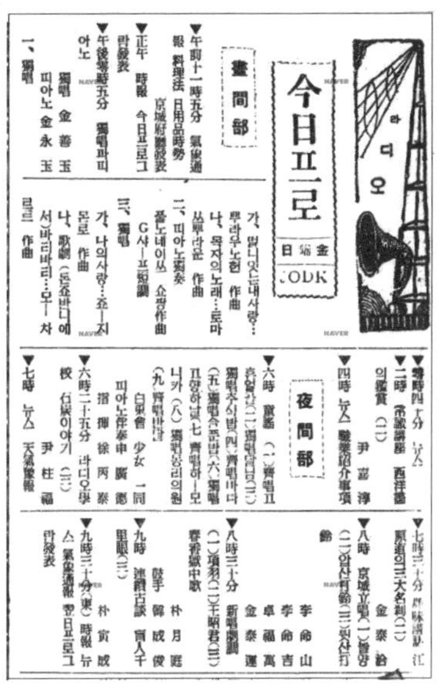

〈그림 3〉『동아일보』, 1933.10.20.

개가 되었다. 특히 이현경李賢卿[21]이 만든 창극 「왕소군」은 라디오 방송으로 송출이 되고 이에 관한 광고가 신문 지면을 통해 여러 차례 나갔다.

'신창극조新唱劇調'의 음악이 어떤 형태였는지는 확인하기 어렵다. 다만, 판소리 개량 운동의 일환으로 전개되었다는 점에서 볼 때, 전통 판소리의 음악과는 분명 달랐을 것이다. 또한, 아니리로 짐작되는 사설의 면모를 살펴봐도 전통 아니리의 말투를 활용하지 않고 당대의 말투로서 표현이 되었음을 확인할 수 있다.

(사詞) 사해가 다스리고 조정이 한가하매 비빈妃嬪 중에 경국지색이 없는 것을 한탄하는 효원제는 수백 명 궁녀를 몸소 일일이 선택하기가 어려워서 화공 모연수에게 그림을 그려 바치라 하였습니다.

(창唱) 황명을 받든 모연수는 사리를 도모하고자

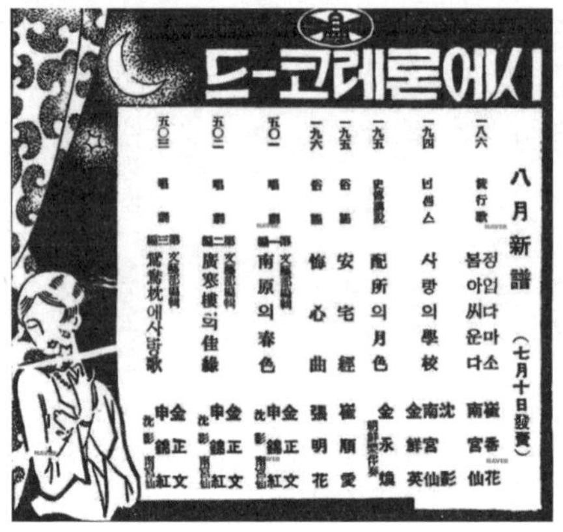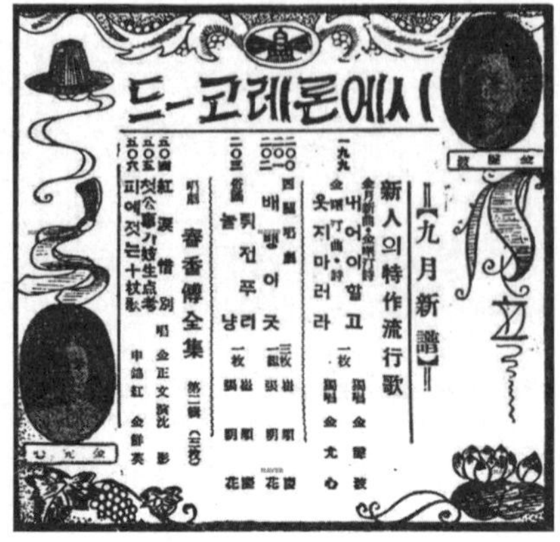

〈그림 4〉『동아일보』. 1934.7.15　　　　〈그림 5〉『동아일보』. 1934.8.18

(사) 소군에게 뇌물을 청하다가 거절을 당하고 그것을 함혐含嫌하여 소군의 초상을 잘못 그려 바치어 마침내 간택에 낙선이 되게 하였습니다.『조선일보』. 1933.10.20

흥미롭게도 창극은 그 용어가 등장하였을 때는 전통 판소리의 레퍼토리도 아니거니와 소리에 있어서도 그와는 다른 느낌의 '조선朝鮮소리'를 지향했다. 기존 판소리를 지칭하는 창극조에 '새로운'의 의미가 더해지며 사용되었던 것이다.[22]

또한, 이 무렵 '창극'의 이름으로 발매된 레코드는 이전 토막극의 판소리 공연이었던 전통연희자들의 구극舊劇과 달리 신극을 하는 사람과 함께 녹음한 것이었다는 점도 주목할 부분이다. 1933년에 발매된 태평판〈춘향전〉은 태양극장의 배우들이 대사하고, 판소리 창자 김남수가 창을 맡아 녹음한 음반이다.[23] 뿐만 아니라 1934년 7월부터 발매한 시에론 창극〈춘향전 전집〉역시 표제어는 창극으로 삼고 있으되, 이 음반에 참여한 사람은 판소리 창자 김정문, 신금홍 이외에도 신민요 가수인 남궁선, 배우이자 가수인 심영이라는 점에서 태평판 〈춘향전〉과 유사한 형식적 면모를 보이고 있다. 즉, 창극이라는 용어로 발매되었던 음반들은 생각보다 그 범주가 다양하고, 판소리 혹은 판소리극만을 지향하지 않았던 것이다.[24]

요컨대 창극은 용어의 출발 면에서 보면, 무대극으로서 '구극', '구파'를 의미하며 튀어나오긴 하였으나, 1930년대 초기에 음반과 방송을 통해서 본격적으로 사용되었다. 조선어 라디오 방송이 시작됨과 동시에 우리의 음악을 표현할 용어가 필요했고, 그 과정에서 '창극(唱劇)조(調)'라는 단어가 생성되었다. 이후 '창극(唱劇)조(調)'로 사용되며 판소리를 지칭하는 의미로 '창극'의 용례가 이용되었고, 이러한 경향은 꽤 오래 지속됐다.

더불어, 이와 같은 용례 속에서 새로운 판소리, 즉 새로운 창극조를 지칭하면서 '창극'이라는 단어가 따로 의미화되기도 했다. 연극배우들이 참여한 태평판 〈춘향전〉, 시에론 〈춘향전 전집〉, 서도소리 등을 창극으로 지칭한 것은 흥미로운 현상이다. 이러한 면모는 '창극'이 기본적으로 판소리를 함의하면서도 그 용례 안에서 다루어진 음악과 극의 형식이 생각보다 다양하였음을 보여주는 것이기도 하다.[25]

제2장

일제강점기 창극의 존재

1. '구극^{구연극}', '구파'로서 무대극과 조선성악연구회의 창극 정립

1910~1920년대 창극은 '구극', '구연극', '구파' 등의 명칭으로 광무대, 장안사, 단성사 등의 사설극장에서 활발하게 공연되었다. 이 공연의 연행주체는 주로 판소리 광대, 기생 등이었다.[1] 이들은 1934년 조선성악연구회가 결성되기 전까지 창극을 대중에게 선보이는데 상당한 기여를 했다. 이들의 활동 및 공연을 유추할 수 있는 일부 자료를 보기로 한다.

▲각처 연극장의 정황▼

▲서부 원각사圓覺社에서 흥행하는 문수성文秀星 신연극은 조산부양성소助産婦養成所의 경비가 군졸함을 애석히 여겨 매월 이익금 중으로 얼마큼이든지 영원히 기부하기로 작정하였다고

▲사동 연흥사演興社에서 흥행하는 혁신단革新團 신연극은 날이 지날수록 더욱 연구하여 관람자의 취미를 돕기 때문에 밤마다 인산인해人山人海를 이루는 중 박

동보중친목회朴洞普中親睦會의 경비 군졸함을 듣고 크게 애석히 여겨 경비를 보조할 차로 장차 연주회를 설행한다 하고

▲남부 구리개 고등高等 연예관演藝館에서는 근일에 사진 전부를 바꾸어서 활동하는데 장절 쾌절하여 보는 자의 감상을 일으킴으로 관람자가 답지遝至한다 하고

▲중부 장대장골 장안사長安社에서는 각종의 구일 연역을 설행하는데 심정순沈正淳의 가야금병창과 이동백李東伯의 판소리로 관람자의 환영을 받는다 하고

▲중부 파조교 단성사團成社에서는 구일 연극을 설행하는데 밤에는 시곡詩谷 예기들이 각종 정재呈才를 보는 중, 농선弄仙의 승무로 인하여 관람자의 손뼉 치는 소리가 채채하며 낮이면은 씨름판을 붙여서 관람자의 흥기를 돕는다 하고

▲동대문 안 광무대光武臺에서도 구일 연극을 설행하는 중 옥엽玉葉과 **채란彩蘭** 두 기생의 명창 단가로 밤마다 관람자가 답지한다더라.

기자가 신구연극을 물론하고 연극을 주장하는 자에게 할 말로써 경고하노니 신연극은 만족한 줄로 생각지 말고 어디까지 연구하고 또 연구하여 신파의 원조元祖가 되기를 바라며 구연극은 풍속을 괴손하고 질서를 문란케 하는 폐단이 많은즉 아무쪼록 개량하여 사회의 환영을 받는 동시에 가히 쓸만한 재료는 영원히 유지하여 구일 풍속의 참고 거리를 짓게 할지어다. 「연예계정황(演藝界情況)」, 『매일신보』, 1912.4.2

▲ 장안사長安社 쟝안사에서는 낮에는 상품을 태여 놓고 씨름을 붙이는데 연일 여러 사람이 승부를 도웁는 소리에 장안사집이 떠나갈 듯하며 밤에는 또 구연극을 하는데 남광대와 여광대의 노래와 남원 명창에 송만갑宋萬甲이도 출연하며 승무와 땅재주도 신출귀몰한다더라 ▲광무대光武臺 동대문 안 광무대에서는 역시 구연극을 하는데 여자 명창으로 유명한 채란 옥엽 두 사람이 소리를 하여 구경하는 사람은 그 소리에 칭찬하기를 마지아니하여 도로 하여 놀라지 않은 자가 없다더라. 「연예계정황(演藝界情況)」, 『매일신보』, 1913.2.15

▲광무대光武臺 춘향가 땅재주 산옥 옥엽의 판소리 줄 타는 재주 한양무▲장안사長安社 박타령 검홍의 잡가 초행 해선의 병창 판소리 검무 꼭두각시 승무▲단성사團成社 무부기 조합의 연주회 ▲연흥사演興社 구연극 각종 ▲인천仁川 축항사築港社 단성사 배웅현 일행의 출장개연 조선 구연극[2] ▲평양가무기좌平壤歌舞技座 활동사진 ▲해주극장海州劇場 혁신단 임성구 일행의 신파 연극흥행 ▲우미관優美館 활동사진 영사 ▲제2대정관第二大正館 활동사진 할거사「연예계(演藝界)」, 『매일신보』, 1914.6.9

자료를 보면, 당시 '구연극', '구극'이 판소리 분창만을 일컬었던 것은 아니었다. 가야금병창, 승무, 씨름, 땅재주, 기생들의 노래, 정재, 판소리 등 다양한 전통연회를 '구연극'으로 지칭했다. 그리고 이는 일본에서 유입된 '신파극', '신연극'과의 구분에서 나왔다. '구연극', '구극'의 명칭 아래 이루어진 다양한 전통연회 가운데 판소리 분창은 '노름', '구연극 무엇무엇'이 아니었을까 한다. 그리고 이들은 단지 판소리만을 보여주는 것이 아닌 연극적 요소가 상당히 가미된 형태였을 것이다.[3]

이 시기 전통연회자들이 참여한 공연 가운데 연극적 형태가 강화되었음을 명확히 확인할 수 있는 것으로 신구파극을 들 수 있다.

경성구파배우조합京城舊派俳優組合에서는 이십오일부터 삼 주일간 작정하고 단성사에서 연주회를 한다는데 구연극도 몇 달 동안 연습하였고 또 신연극도 흥행하기로 작정하여 혁신단 배우와 합동으로 흥행한다더라.「구파비우의신연극」, 『매일신보』, 1916.8.26

지금 단성사에서 개연하는 신구극 개량단改良團 일행은 고대소설 장화홍련전을 신파로 꾸며 그동안 실습을 다 마치고 이십사일부터 흥행을 한다는데 매우 재미

가 있다더라.「구파비우의 신파극」,「매일신보」, 1917.2.25

경성구파배우조합개량단일행京城舊派俳優組合改良團一行은 그동안 단성사에서 개연하다가 이번 기생 연주회가 마침을 따라 사월 일일부터 구소설 사씨남정기謝氏南征記를 십팔 막에 나누어 단성사에서 흥행한다더라「사씨남뎡긔를 흥힝흔다」,「매일신보」, 1917.4.1

1915년 결성된 경성구파배우조합[4]은 신연극신파극을 하는 배우들과 연합하여 새로운 극을 꾸리는 시도를 했다. 그리고 이렇게 하여 공연된 〈장화홍련전〉, 〈사씨남정기〉 등은 전통연희의 성격을 가진 구연극에 비해 연극성이 강화된 공연이었을 것이라 짐작된다. 또한, 김창환, 이동백을 위시한 여러 판소리 연희자들이 해당 조합의 구성원이었는바, 이들의 연행에 판소리 음악이 있었을 것이란 가능성도 충분히 생각할 수 있다.

신구파 합작 연극은 광무대에서도 연행되었고 역시 연극적 성격이 많았다.

광무대에 신구파극

경성 황금 유원안 광무대光武臺에서는 한 달 전부터 남녀배우가 실습하여 온 거금 사십 년 전 허몽사의 가정비극을 지난 십사일부터 흥행한다는데 그 예제는 홍안박명紅顔薄命이라는 삼십오 막으로 새로이 개량을 하여 신파 구파의 합작으로 만들어 명창 배우가 중간마다 창을 대이고 재미있게 실연을 하는 중 부인의 절조와 가정 문제의 모든 덕임으로 첫날 만원이 되며 모두 연극에 대하여 눈물을 많이 흘리더라는데 제일 산중에서 맹호가 돌출하여 대활극을 이루는 것은 더욱 볼만하다더라.「매일신보」, 1917.10.16

광무대에서 연행된 〈홍안박명〉이라는 극은 남녀 명창 배우가 참여한 신구파극의 연극이었다. 대활극의 요소도 넣은 삼십오막의 극이라는 점은 기존 구연극구극과는 레퍼토리와 양식에서 차이가 있었음을 짐작케 한다.

창극은 1934년 조선성악연구회가 결성되면서 무대극으로서 정형화된 형태를 갖춘다.[5] 조선성악연구회는 1930년대 초반에 활동하였던 '조선음률협회'를 계승한 단체로 송만갑, 이동백, 정정렬, 김창룡 등 판소리 창자를 중심으로 결성된 단체이다. 조선성악연구회의 역사적 연원은 1925년부터 시작되는데, '조선악연구회'라는 이름으로 이동백, 김창룡 등이 1925년 2월 10일과 11일에 걸쳐 판소리 〈춘향가〉와 〈심청가〉를 시행한 것이 계기였다. 이 조선악연구회가 이후 '조선음률협회'[6]로 재정비되고 이후 조선성악연구회를 결성하는 모태가 된 것이다.

조선성악연구회는 1934년 5월 명창대회를 시작으로 판소리 전승오가의 레퍼토리인 〈춘향전〉, 〈심청전〉, 〈홍보전〉, 〈토끼타령토끼전〉 등을 공연하였고, 실전판소리의 레퍼토리인 〈배비장전〉, 〈숙영낭자전〉, 〈옹고집〉 등도 공연했다. 이뿐 아니라 〈편시춘〉, 〈농촌야화〉, 〈마의태자〉, 〈백제의 낙화암〉 등과 같은 새로운 작품을 무대에 올리는 시도도 했다. 조선성악연구회의 공연은 1941년까지 이루어졌다.[7]

조선성악연구회는 창극을 정립했다는 의의를 가지고 있는데, 그들이 공연을 통해 이룩한 창극의 면모는 한 편의 완성된 작품을 무대에 올리는 것, 각색 및 연출을 도입하여 연극 양식을 지향했다는 것, 창과 대사의 표현 방법에 대해 고민을 했다는 것, 무대 장치 및 음향의 시청각 요소를 고려했다는 것 등이다.[8] 이러한 변화는 다양한 전통연희를 무대에 올리는 과정에서 판소리 또는 판소리 분창을 구극 또는 구연극의 자장 안에서 다룬 것과는 명백히 다른 형태였다. 또한, 신극 혹은 신파극과 결합하여 한 편의 공연을 올린 것과도 다른 것이었다.[9]

2. 유성기 음반의 등장과 창극 음반의 발매

일제강점기 창극은 무대에서만 존재하지 않았고, 음반을 통해서도 존재했다. 특히 유성기가 등장하면서 전통음악을 음반화된 형태로 대중에게 선보이는 과정이 있었는데, 창극도 그 일환으로 음반의 형태로 제작되어 대중에게 소개되었다. 본 장에서는 이의 면모를 살펴보도록 할 것이다.

1) 유성기의 등장과 전통음악의 초기 음반화

유성기가 조선의 일반 대중에게 널리 소개된 때는 1899년으로, 유성기를 틀어주고 관람료를 받는 식으로 선보였다. 배연형 따르면 이때 유성기는 '말하는 기계'로 인식되었으며 음악을 들려주기보다는 소리를 재생시키는 신기한 기계로 받아들여졌다고 한다.[10] 그럼에도 이후 기계를 소개할 때 '음악'은 주요한 수단이었고, 이를 바탕으로 돈을 받기까지 하였으니 개화기 조선에서 유성기가 갖는 상업성과 오락성은 이때부터 시작되었다고 해도 과언이 아니다.

서양 격치가에서 발명한 유성기를 사와 서서西署 봉상사奉常司 앞 113통 9호에 두었는데 그 중에 가적생슬歌笛笙瑟 소리가 운기運機하는 대로 나와 완연히 연극장演劇

^場과 같으니 여러 사람들은 이곳으로 와서 감상하시오. ^{「황성신문」, 1899.3.10}

외부에서 일전에 유성기^{留聲機}를 사서 각항 노래 곡조를 불러 유성기 속에다 넣고 해부 대신 이하 제관인이 춘경을 구경하려고 삼청동 감은정에다 잔치를 배설하고 서양 사람의 모든 기계를 운전하여 쓰는 데 먼저 명창 광대의 춘향가를 넣고 그 다음에 기생의 화용과 및 금랑 가사를 넣고 말경에 진고개패 계집 산홍과 및 사나이 학봉 등의 잡가를 넣었는데 기관되는 작은 기계를 바꾸어 꾸미면 먼저 넣었던 각항 곡조와 같이 그 속에서 완연히 나오는지라 보고 듣는 이들이 구름같이 모여 모두 기이하다고 칭찬하며 종일토록 놀란다더라. ^{「독립신문」,}
1899.4.20

중서 징청방 주석동 제23통 10호(양지아문^{量地衙門} 건너편 지물포^[紙廛在家] 아래집)에서 일등 유성기를 사서 두고 완유장을 차렸는데 만곡청가^{萬曲淸歌}가 신기한 기계로 나오니 여러 사람들은 많이 들어 와서 즐겨 들으시오. ^{「황성신문」, 1899.4.26}

남서 광통교 남천변 제1곡 서편 제1가^{第一家}에 유성기 처소를 신설하였는데 각색 유명한 가곡생적^{歌曲笙笛} 소리가 구비하오니 여러 사람들은 이곳으로 오셔서 완상하시기를 바라옵나이다. ^{「황성신문」, 1899.4.27}

개화기 조선에서 유성기를 소개하는데 더할 나위 없이 좋은 수단은 단지 사람의 목소리가 아닌, 음악이었다.[11] 특히 유성기에 관한 가장 이른 기사로 보이는 1899년 3월 10일의 기사는 유성기를 통해 '가적생슬^{歌笛笙瑟}'의 소리를 들려준 것으로 보인다. '완연^{完然}히 연극장^{演劇場}과 같으니'라는 기사의 표현은 유성기를 설치하고 음악을 틀어주는 유희의 공간이 있었음을 짐작케 한다.

1899년 4월 20일의 기사는 유성기에서 나온 구체적인 음악을 제시한다. 명창 광대의 〈춘향가〉, 기생들의 가사와 잡가가 그 음악이었고, 이를 반복 재생했다. 이후에는 보다 본격적인 광고로 유성기를 소개하고 노래를 들려주었다. 유성기를 구매한 개인이 이를 가지고 이른바 '완유장玩遊場'을 설치하여 사람들을 불러 모은 것이다. 이는 일반인들에게 익숙한 곡조를 통해 신기한 기계를 알리고 이를 이용하여 돈을 벌고자 한 것으로 이해할 수 있다.[12) 초창기 유성기는 그 자체를 '보고', 여기에서 나오는 노래도 '듣는' 일석이조의 즐거움을 주는 대상이었던 것이다.

유성기가 갖는 상업적 가치는 음반 발매로 본격화되었다. 유성기 음반 발매가 증가하면서 자연스럽게 유성기 자체의 판매수도 올라갔기 때문이다. 1907년 미국의 콜럼비아에서 평원반을 판매한 것이 조선의 일반에 보급된 최초의 유성기이지만, 유성기가 대중적인 오락도구로 자리 잡는 때는 1930년대에 이르러서라고 봐야 한다. 1928년 전기녹음電氣錄音 방식으로 유성기 음반이 생산되면서 음질의 획기적인 개선이 이루어졌고, 이에 따라 저렴한 유성기도 출시되었기 때문이다.[13) 이 과정에서 다양한 레퍼토리의 음반이 발매되며 유성기가 하나의 문화로 자리 잡았다.

1928년 전기녹음 방식으로 변환되기 이전, 나팔통 녹음으로 유성기음반이 제작되었던 1927년까지의 현황을 간략하게 소개하겠다. 한국 음악을 담은 평원반이 처음 발매된 것은 1907년 미국 콜럼비아레코드에 의해서였다. 대한제국의 연주자들이 일본 오사카로 건너가 원반을 취입하고, 그 원반을 미국으로 가져가서 음반으로 제작한 다음 다시 조선으로 수입하여 발매했다. 배연형에 따르면 현재 발견된 당시 음반은 〈유산기遊山歌〉, 〈적벽가赤壁歌〉, 〈백두가白頭歌, 휘몰이잡가〉, 〈산념불山念佛〉, 〈양산도梁山搗〉, 〈다정가多情歌〉, 〈낭군가郎君歌〉, 〈시절시조時節詩調〉, 〈황계사黃鷄詞〉를 담은 9매이다.

이후 미국 빅타사에서도 한국 음반을 제작했는데, 빅타레코드는 콜럼비아와 달리 기술자가 직접 서울에 와서 원반을 녹음하고 미국에서 제작하는 방식이었다. 따라서 콜럼비아의 조선보는 총수 삼십 면, 연주자는 겨우 5명에 지나지 않지만, 빅타의 조선보는 수량이 세 배에 가깝고 또 연주자를 각지에서 소집하는 일이 가능했다. 정확한 녹음일이나 발매일은 밝혀지지 않았으나, 1908년으로 추정되며 빅타 역시 콜럼비아 음반과 더불어 일제강점기 이전 대한제국의 음반을 담고 있다는 점에서 상징성이 크다고 할 수 있다.[14]

일제강점기 이후 한국 음반의 녹음은 일본의 지배하에 놓이게 되는데, 1909년 5월부터는 일본에서 자체적으로 음반을 생산하기 시작했다. 일본의 대표적인 음반회사는 일미축음기로, 개인회사였던 이 회사는 1910년 10월 주식회사 형태로 전환하면서 주식회사 일본축음기상회로 재출발했다. 그리고 이곳에서 1911년 9월부터 한국 음악을 대량으로 발매하였는데, 이것이 바로 'NIPPONOPHONE 일축조선소리반'이었다.[15]

일축조선소리반은 1913년 2차 녹음을 하고, 1923년 3차 녹음을 하였는데, 그 사이 10년의 공백이 생긴다. 그 이유는 해적판 업체들의 난립으로 일본축음기상회 등 음반회사들이 경영위기에 빠졌기 때문이다. 1923년 다시 조선 음악이 발매될 때는 '닙보노홍'이란 한글 상표명도 등장했다. 그리고 이때부터 일부 일본식 유행가가 처음 취입되었다. 일본축음기상회는 1925년 8월부터 '일축조선소리반'을 새롭게 발매하였고, 이때 판소리와 잡가, 민요 등 전통음악의 전반과 신식유행가와 연극의 녹음도 새로 시도했다.[16] 음반 레퍼토리의 다양화가 본격적으로 이루어진 것이다.

신식유행가와 연극영화의 녹음까지 레퍼토리의 범위가 본격적으로 확장되기 이전, 즉 1925년 이전까지 초기 유성기음반 회사는 '전통음악'을 중심으로 음반을 발매했다. 앞서 콜럼비아1907년와 빅타1908년, 그리고 1911년에 투입된 주식회사 일본축음기상회의 NIPPONOPHONE의 경우, 음반의 주된 레퍼토리는 잡가, 민요, 단가, 판소리와 같은 성악곡과 피리연주와 같은 연주곡들이었다. 현재 확인할 수 있는 것들에 한해 레퍼토리의 현황을 살펴보면 다음과 같다.

〈표 1〉 초기 유성기 음반 레퍼토리(1907~1923)[17]

음반발매년도 / 음반회사	음반수록곡	취입자
1907년 미국 콜럼비아	〈유산가(遊山歌)〉, 〈적벽가(赤壁歌)〉, 〈백두가(白頭歌)〉(휘몰이잡가)〉, 〈산염불(山念佛)〉, 〈양산도(梁山搗)〉, 〈다정가(多情歌)〉, 〈낭군가(郎君歌)〉, 〈시절시조(時節詩調)〉, 〈황계사(黃鷄詞)〉	한인오, 관기 최홍매 외 3인
1908~1910년 미국 빅타	〈육자배기〉, 〈개싸움〉, 〈토끼화상〉, 〈간다구타령〉, 〈적벽가〉, 〈유산가〉, 〈농부가〉, 〈육각거상〉, 〈수심가〉, 〈농타령〉	기생 향선, 고자대감, 율객 박팔괘, 벽도, 채옥, 계옥, 모란, 금주, 창부 송만갑, 평양 가객 오인(五人), 악공 등
1911년 NIPPONOPHONE	〈수심가〉, 〈심청 우는 소리(女兒沈淸哭歌)〉, 〈제비가 일·이장〉, 〈뒷산타령〉, 〈놀량 일장〉, 〈성주풀이〉, 〈제갈선생 동남풍가〉, 〈조자룡 활쏘는 노래〉, 〈새타령〉, 〈님타령〉, 〈휘모리 중타령〉, 〈창 내고자〉, 〈배따라기〉, 〈장끼타령〉, 〈홍타령〉, 〈조자룡 조조 대전가〉, 〈춘향 옥중가(烈女春香獄中歌)〉, 〈박타령〉, 〈장첨사 타령〉 등	유명갑, 박춘재, 김홍도, 문영수, 심정순
1913년 NIPPONOPHONE	〈찬미가 제칠십이장〉, 〈찬미가 제오장〉, 〈찬미가 제일백육십장〉, 〈찬미가 제이백오십장〉, 〈대취타〉, 〈취타 굿거리〉, 〈양,고,돈〉, 〈묘소견지투〉, 〈개싸움〉, 〈계성(鷄聲)〉, 〈농부가〉, 〈별출육지가(鼈出陸地街)〉, 〈놀부악심가〉, 〈흥부고성가〉, 〈신신애가〉, 〈백구타령〉, 〈삼봉사방아타령〉, 〈심청수선인가(沈淸遂船人歌)〉, 〈병신상담가〉, 〈전초일대전동달가(前抄一隊田同達歌)〉, 〈여창수심가〉, 〈여창빈빈수심가〉[18] 등	송만갑, 송기덕, 박춘재, 조목단, 김연옥, 이정화, 문영수, 구승현, 한응태, 김영직, 김은직

음반발매년도 / 음반회사	음반수록곡	취입자
1915년 미국 빅타	〈육각 성주풀이〉, 〈조조가 관공께 비는데〉, 〈육자백이 상·하편〉, 〈이별가 상·하편〉, 〈단가 상·하편〉, 〈이별가 일편〉, 〈심청가 상·하편〉, 〈춘향가 상·하편〉, 〈홍부 가난타령 상·하편〉	김해선, 박리화, 엄계월, 이동백, 신경연, 김봉이, 박팔괘, 김창환
1923년 NIPPONOPH ONE	〈죽장망혜(竹杖麻鞋)〉, 〈대장부가(大丈夫歌)(一), (二)〉, 〈적벽가(赤壁歌)〉, 〈방아타령〉, 〈서울 양산도〉, 〈긴난봉가〉, 〈제비가〉, 〈유산가〉, 〈너와 나와 살게 되면은 과 홋도뽀루〉, 〈박타령(一), (二)〉, 〈박타령(三), (四)〉, 〈신식 청춘가 오동추야 달 밝은데〉, 〈신식 청춘가 간절한 생각은 너 하나뿐인데〉 등.	김일순, 조국향, 김연연, 한부용, 이류색, 유운선, 박채선, 강남중, 신옥란, 신옥진, 신옥련 등

1907년의 미국 콜럼비아와 1908~1910년 미국 빅타에서 녹음된 레퍼토리를 보면, 대개가 민요 혹은 잡가이다. 1911년과 1913년의 일축음반은 〈춘향 옥중가烈女春香獄中歌〉, 〈박타령〉 〈별출육지가鼈出陸地街〉, 〈놀부악심가〉, 〈홍부고성가〉, 〈심청수선인가沈淸逐船人歌〉 등으로 판소리 레퍼토리가 많은 비중을 차지한다. 이외에도 〈찬미가〉와 같은 찬송가, 〈양,고,돈〉, 〈묘소견지투〉, 〈개싸움〉, 〈계성鷄聲〉과 같은 동물흉내 소리[19]도 새로이 녹음을 시도한 레퍼토리로 보인다. 그럼에도 전통음악 중심으로 음반 구성을 하였음을 쉽게 확인할 수 있다.

녹음을 한 연주자 혹은 성악가들의 구성을 보면, 1907년의 콜럼비아 음반은 한인오, 관기官妓 최홍매 외 3명으로 기록이 되어 있다. 또한, 1908년 빅타의 음반 참여자로 각 지방에서의 기생과 가객이 모집되었는데, 눈에 띄는 것은 전라도의 창부 송만갑이다. 1915년의 빅타 발매에는 김창환, 이동백, 김봉이 등 당대 유명한 소리꾼이 음반 녹음에 참여했다. 1911년 일축의 첫 녹음자 역시 경기명창 박춘재와 김홍도, 서도명창 문영수, 판소리 명창 심정순, 피리 연주자 유명갑 등이었고, 1913년 일축의 2차 한국 음반 취입 시 조모란, 박춘재, 문영수, 송만갑, 송기덕 등이 취입 연주자들이었다.

무엇보다 전통음악을 주로 담당하던 예인들이 녹음에 적극 참여하며 초기 음반 발매를 주도했다는 사실은 중요하게 봐야 할 지점이다. 전통음악은 1910년대 중반까지도 극장 무대는 물론 음반시장에서도 중요한 레퍼토리로 꾸준한 사랑을 받았다. 당시 극장은 기생과 판소리 창우 중심의 다양한 연희를 선보이며 관객을 끌어들였고, 김창환, 이동백, 송만갑, 박춘재 등은 극장의 간판스타였다. 이를 보면 당시

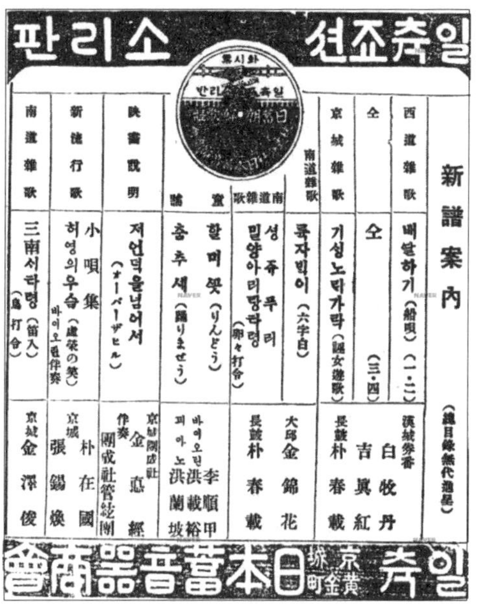

〈그림 1〉『동아일보』. 1926.9.27

유성기 음반 발매는 상업적 성격이 짙은 만큼 당대 인지도가 높은 인기 가객을 섭외하여 제작했다고 할 수 있다.

전통음악 중심의 유성기 음반 레퍼토리가 보다 다양해진 때는 1926년 이후다. 일본축음기상회에서는 1925년 8월 '일축조선소리반'을 새로 발매하는데 이때 발매된 음반은 판소리, 단가, 민요, 잡가 등 여전히 전통음악이 중심이었다.[20] 그러다 1926년 9월에는 전통음악 이외에도 동요, 영화해설, 신유행가 등이 새롭게 추가되었다.

일축조선소리판

신보안내 (총목록 무대통정無代通呈)

서도잡가 배따라기 (선패) (일·이)

같음 (삼·사)

경성잡가 기생 노래가락(무녀 유가遊歌)

남도잡가 육자배기(육자백)

남도잡가 성주풀이, 밀양아리랑타령(란란卵卵 타령)

동요 할미꽃, 춤추세

영화설명 저 언덕을 넘어서

신유행가 소패집, 허영의 웃음바이올린 반주

남도잡가 삼남 새타령(조鳥 타령)「동아일보」, 1926.9.27

동요와 영화해설은 이전 음반에서는 볼 수 없었던 레퍼토리이다. 레퍼토리 다양화의 배경에는 1925년 9월 '제비표標 조선朝鮮레코드'라는 상표로 일동축음기주식회사가 한국 음반을 내기 시작하면서, 음반시장의 경쟁이 심화된 상황이 있었다. 기존의 레퍼토리 이외에 다양한 레퍼토리로 폭넓은 구매층을 확보하려는 움직임이 일어난 것이다. 더군다나 일동축음기주식회사의 경우는 조선의 전통음악을 음반의 주된 구성으로 하면서도, 〈사랑스러운 클레멘타인〉, 〈카르멘〉 등의 양악을 함께 구성했다.[21]

그리고 1926년 11월, 창극 〈춘향전〉의 음반 발매가 이루어졌다. 일본축음기상회는 이동백, 김추월, 신금홍을 중심으로 한 창극 〈춘향전〉을 1926년 11월부터 이듬해 9월까지 꾸준히 발매했다. 민요와 잡가, 판소리, 기악연주 중심의 유성기 음반 레퍼토리가 일본식 유행가, 동요, 영화해설로 다양해짐에 따라 당시 인기가 있었던 창극의 음반 취입도 자연스럽게 이루어진 것이다.

2) 유성기 음반의 확대와 고대가극古代歌劇 〈춘향전春香傳〉1926~1927의 발매

초기 전통음악을 음반 녹음의 주된 레퍼토리로 삼았던 유성기 음반은 1915년 이후 8년의 공백을 갖는다. 그리고 전통음악 이외의 레퍼토리를 가지고 시장으로 돌아온다. 음반시장의 8년의 공백 기간 동안 식민지 조선의 문화 흐름은 서서히 변화하고 있었다. 전통연희 중심의 무대극 자리에는 신파극과 근대극, 그리고 영화가 새롭게 들어서며 관객층의 분화를 일으켰고, 서양악기 반주의 유행가도 대중의 사랑을 받으며 재래의 전통음악과 더불어 대중음악의 주요 장르로 부상했다.

창극 역시 1900년대 극장의 성립과 더불어 등장하여, 이후 원각사와 광무대, 연흥사, 단성사 등의 사설극장과 함께 점차 대중성을 확보하여 나갔다. 유성기 음반이 등장하던 1907년과 1908년에도 창극 공연은 이미 존재했다. 그리고 빅타의 1915년 음반 발매가 이루어진 1910년대 중반 이전은 이미 창극이 '구극舊劇'의 명칭을 가지며 극장에서 활발한 공연 레퍼토리로 자리를 잡은 때였다.

구극 레퍼토리가 극장에서 중요하게 다루어졌음에도 음반 발매로 이루어진 때가 1926년이라는 것은 음반 시장의 공백도 한 원인이거니와, 초기 음반을 발매할 때, 3분 내외로 압축해서 녹음을 담아야 하는 유성기 음반의 특성상 이야기가 있는 극 장르를 음반으로 제작하는 게 어려웠던 원인도 있었을 것이다.[22]

초기 유성기에 담은 판소리는 대체로 중요 대목을 취입한 토막소리 형태였고, 1925년에 이르러서야 판소리 전체 서사를 살리는 연속 형태의 녹음이 이뤄졌다. 일례로 1925년 김창룡은 일축소리반으로 〈심청가〉를 녹음하면서 여러 장의 음반으로 심청 이야기의 상당부분을 취입하였고, 이동백은

<춘향가>의 앞부분부터 중요 더늠을 차례로 60~70분 가량 녹음하여 전곡 취입을 시도했다.[23] 이렇듯 판소리 한 작품을 나누어서라도 전 내용을 녹음하려는 의식이 있었기에, 판소리의 연장선상에서 당대 극장에서 인기가 있었던 '고대가극'인 창극도 음반의 레퍼토리로 들어올 수 있었다. 다음은 1926년 11월 창극 <춘향전>의 유성기 음반 발매에 대한 광고기사이다.

> 춘향전 소리판 전편완성
>
> 고대가극
>
> 영원히 쇠잔의 비운에 빠져가든 반도 고대극 『춘향전』도 소생의 기쁨의 길을 일축의 노력과 반도 명창 이동백, 김추월, 신금홍 삼 인의 열성으로 재생되어 일축조선소리판으로 출현하였습니다.
>
> 전편 십팔 매 중
>
> 제1회 발매 (12월) 이몽룡 광한루 구경가 (5매 연속)
>
> 제2회 발매 (12월) 이춘이별가 (3매 연속)
>
> 취입자 일행
>
> 김추월, 이동백, 신금홍
>
> 10월부터 매월 계속하여 발매합니다. 사설은 전부 인쇄하여 첨부합니다. 「동아일보」, 1926.11.20

이 광고는 춘향전을 소리판으로 '전편완성全篇完成'하여 발매하겠다는 것을 내세운다. 당시 기사를 꼼꼼히 살펴보면, 창극의 전편발매는 두 가지 의미를 가졌다. 첫째는 극장에서 점차 밀려나는 구극을 음반으로 전부 녹음하여 부활의 기회를 얻음과 동시에 영구성을 갖추고자 한 것이다. 두 번째는

3분 남짓으로 녹음할 수밖에 없는 유성기에 서사의 형식을 가진 음악극을 녹음하고, 연속발매 함으로써 지속적 음반 판매를 도모한 것이다.

먼저, '쇠잔의 비운에 빠져가는 고대극 춘향전을 소생의 기쁨의 길'로 가게 하겠다는 광고는 1920년대 중반 이후 극장에서 점차 밀려나는 전통연희의 처지와 재기를 위한 노력을 짐작하게 한다. 실제로 전통연희 공연장으로 꾸준한 행보를 이어간 광무대는 1924년 한 해 동안 극단 토월회에 대관을 해 주었다가 1926년 5월 다시 전통연희자들을 극장에 전속한다.

광무대에 구파 부활

7일 밤부터

광무대 주인 박승필朴承弼씨는 오래전에 광무대光武臺를 토월회土月會에 일 년 동안 신극을 흥행해 온 관계상 조선 고대의 가무를 들을 기회가 없더니 이번에 토월회가 흥행을 중지하자 다시 박 씨가 인연 깊은 광무대에 돌아와 이번 조선박람회朝鮮博覽會를 개회하여 대대적 흥행을 하는데 일류 명창 이동백李東伯 씨를 비롯하여 김추월金秋月 신금홍申錦紅의 명기 명창을 망라하여 지난 7일 밤부터 매일 밤 7시에 개관한다는데 이로부터 오래 못 듣던 고대 가무가 다시 「스테이지」 위에 부활하리라더라.『매일신보』, 1926.5.8

위의 기사는 신극단체 토월회에 광무대를 대관했다가 다시 돌아온 박승필의 행적과 이동백, 김추월, 신금홍과 더불어 고대가무를 부활하려는 광무대의 움직임을 다루고 있다. 광무대는 전통연희를 공연하는 대표 극장으로 기능하다 신극의 무대 공간으로 1년간 전환된다. 조선 고대 가무를 들을 기회가 없었다는 기사의 표현은 토월회에 대관을 해 준 약 1년간 전통연희가 광무대에서 연행되지 못했던 상황을 보여준다.

1920년대 중반까지 그 자체로 혹은 신극과 결합하여 무대 공연을 지속한 구극창극은 1924~1925년 주춤하는 경향을 보인다. 구극 광고를 확인하기 어려울 뿐더러, 이 시기 극장 광고를 살펴볼 때 극장의 주요 레퍼토리는 권번 중심의 기생 연주 및 신극 공연에 치중되어 있기 때문이다.

1926년 5월 이동백, 김추월, 신금홍 등의 명기명창이 행한 조선 가무는 광무대의 '스테이지' 위에 전통연희를 재기시키려는 시도였다. 그리고 1926년 11월 이들을 중심으로 한 창극 〈춘향가〉의 음반 발매 역시 같은 선상에서 이해할 수 있다. 즉, 1926년 이동백과 김추월, 신금홍의 〈춘향전〉 녹음은 무대극으로 주춤해지는 창극을 음반으로 발매함으로써 이를 찾는 사람들의 수요를 충족할 뿐만 아니라, 1920년대 중반 이후 점차 활발해지는 음반 시장의 영향력 아래에서 음반을 통해 고대가극을 부활하여 보급하려는 움직임이었던 것이다.

또한 서사를 가진 전통음악을 여러 장으로 연속하여 발매하는 것이 상업적으로도 유리했을 것이다. 실제로 이 음반은 총 18매로 구성되었는데, 1926년 11월에 '이몽룡광한루구경가李夢龍廣寒樓求景歌' 5매를 발매하기 시작하여 1927년 9월 '재봉춘再逢春(어사출도御史出道)' 최종편最終篇 1매 발매를 끝으로, 약 11개월에 걸쳐 가극 〈춘향전〉의 전편을 완성했다.[24]

신보를 알리는 기사에서 타 음반은 목록만 제시하는 데 반해 〈춘향전〉의 경우는 "고대하시든 세계적 걸작 춘향전 어사발행御使發行, 농부가農夫歌 이동백李東伯, 김추월金秋月, 신금홍申錦紅 취입",[25] "공전절후空前絶後의 대걸작 춘향전 속편 2매枚 이춘재봉가李春再逢歌",[26] "레코-드계의 신기록 십팔연속반중 춘향전 최종편"[27]의 문구를 덧붙여 연속 음반의 성격을 강조했다. 이른바 이전에 음반을 구매했던 소비층의 연속적 구매를 독려한 것이다.

3) 1930년대 창극 음반의 발매 현황

1926년에 '고대가극 〈춘향전〉'의 이름으로 시작된 창극의 음반 발매는 1928년 유성기 음반이 전기녹음 방식으로 생산되기 시작하면서, 그리고 1930년대 중반 창극이 무대극으로 재기에 성공하면서 본격적으로 이루어졌다. 다음은 유성기 음반의 창극 음반 발매 현황이다.

〈표 2〉 유성기 창극 음반 목록(1926~1942)[28]

발매년도	음반 번호	작품	음악가 및 연주자	비고
1926.11~ 1927.9	일축조선소리반 K594~K611	고대가극 춘향전	이동백, 김추월, 신금홍, 북 이흥원, 장고 조진영	
1931.2	Columbia 40146~40147	극 춘향전 (1~4)	김영환, 이애리스, 윤혁, 박록주	신구극(新舊劇) 결합
1933.6	Victor 49223~49226	창극 단종애곡	윤백남 작사, 이현경 창화, 박월정, 북 한성준	박월정 1인창 근대극 소재
1933.8	Taihei T.8053~T.8057	창극 춘향전	태양극장 전원 삼십 명 총동원, 창 김남수	태양극장 단원 중심, 연극에 치우침
1933.9	Chieron 123~124	창극 장한몽 이별편, 상봉편	박록주	박록주 1인창 근대극 소재
1933.12	Victor 49246~49247	창극 춘향전 어사 남원들어가는데	박월정	박월정 1인창 판소리 대목
1934.5	Victor 49276	창극 불운한 김옥균 상, 하	정정렬	정정렬 1인창 창착판소리
1934.7~10	Chieron 501~512	창극 춘향전 전집	창 김정문, 신금홍, 반주 신태준, 극 심영, 남궁선	신구극 결합
1934. 8	Chieron 200-202	서도창극 배뱅이굿	최순성, 상녕화	서도창극
1934.9	Taihei T.C1001-1004	창극 배맹이굿[29]	작사 작곡 김관준, 김종조	김종조 1인창 서도창극
1934.10	Kirin C176, 177	고대비극	이소연, 석금성, 양백명, 강석제,	태양극단 단원 중심,

발매년도	음반 번호	작품	음악가 및 연주자	비고
		추풍감별곡	류장안, 최승윤, 김남수 창	연극경향 강함
1934.10~1935.4	Columbia 40540~40557	조선가요 춘향전	이화중선, 김창룡, 오비취, 권금주, 고수 한성준	
1934.11.26	Chieron 221-222	서도창극 다리굿 상, 하	최순경, 장명화	서도창극
1935.12~1936.11	Polydor 19235~19258 재판(再版) X599~620	창극 심청전 전집	이동백, 정정렬, 김창룡, 조학진, 문연향, 임소향, 고수 한성준	
1935.12~1936.7	Polydor 19260~19277	창극 화용도 전집	이동백, 정정렬, 김창룡, 조학진, 문연향, 임소향, 고수 한성준	
1936.10	Regal C364(1 KR388) C364(2 KR389)	창극 배비장전 상, 하 (이별편)	정남희, 조앵무, 북 정원섭	
1937.4.30~5.4(녹음) 1937.7(발매)	Victor KJ-1111~KJ1129	춘향전 전집	정정렬, 이화중선, 박록주, 임방울, 김소희, 고수 한성준	
1937.7. 1941.10(재판)	Okeh 12018~12037	춘향전(창극)	정정렬, 이화중선, 임방울, 김소희, 신숙, 북 정원섭, 해금 지용구, 대금 박종기, 현금 신쾌동, 오케 효과단	
1941.	Okeh 20087~20098	흥보가(창극)	이화중선, 임방울, 오수암, 김록주, 반주 정원섭, 신쾌동 외 오케 고악단(古樂團)	
1942.11	Okeh 20133~20148	창극 심청전	김연수, 박록주, 김옥련, 정남희, 김준섭, 반주 오케 고악단	

  표를 보면, 1926년 11월의 고대가극 〈춘향전〉 이후 창극 음반은 1930년대에 들어 발매되었다. 눈여겨볼 것은 1920년대까지 구극, 구파극, 가극의 명칭으로 사용되던 판소리 중심의 극이 1930년대에는 '창극'이라는 명칭을 갖게 되었다는 점이다. 그런데, 1935년을 전후로 '창극'이 포괄하는 음반의 성격이 달라진다.

4) 유성기 음반의 유행과 1930년대 전반기前半期 창극 음반

　1930년대 유성기 음반은 1920년대와 달리 급격하게 유행의 흐름을 타면서 주요 레퍼토리에도 변화를 겪는다. 전통음악 중심으로 제작되었던 유성기 음반은 1920년대 후반 유행가와 영화해설이 음반의 주요 레퍼토리로 진입하면서 점차 다양한 장르를 담기 시작했다. 1930년대에 들어서면 유성기 음반에는 영화해설, 영화극, 연극, 동요, 동화극, 서양 음악, 재즈송 등의 장르까지 담겼다. 이에 따라 전통음악이 차지하는 비중도 자연 줄어들 수밖에 없었다.

　육대회사六大會社 레코드 전戰 레코드의 홍수이다. 레코드 예술가의 황금시대이다. 레코드 외에는 오락을 갖지 못한 중산 가정에서는 찾느니 레코드뿐이다. 콜럼비아 빅타만이 접전을 하던 때는 그야 말마따나 한 옛날 이야깃거리로밖에는 남지를 않게 되었다. 전선全鮮 300이 넘는 대소 축음기점에서 매월 각 회사가 적어도 50종에 가까운 신보를 내놓건만 그것이 한 가지에 1,000매 2,000매가 손쉽게 팔려간다. 조선 말 레코드를 만들어 내는 회사와 그 값을 보면 빅타 1원 50전 콜롬비아 1원 50전 폴리돌 1원 50전 시에론 1원 태평 1원 오케 1원 이 여섯 가지 회사가 지금 거의 부리나케 상략商略을 꾀하고 문예부를 독려하여 흥미있는 레코드를 많이 팔아보고자 머리 악을 쓰고 덤비는 형편에 있다. <u>이제 각사에서 거느리고 있는 전속예술가를 보면</u> 빅타 이애리수(지금 휴양 중) 강석연 최남용 전옥 강홍식 콜롬비아 채규필 김선초 임헌익 김선영 최명주, 폴리돌 왕수복 왕평 김용환 신일선, 시에론 김연실 나선교 김영환 최향화 남궁선, 태평 이난영, 오케 신불출 전춘우 신은봉 서상석 백화성 등이다. 모두가 <u>유행가수가</u> 아니면 넌센스에 <u>특재 있는 사람들</u>이다. 이리하여 네 회사 스물 다섯 사람의 전속 예술가의 피와 기름을 짜내다시피 빚어내는 레코드가 곧 거리에서 들리는 확성기의 목 메인 하소가 되어 나오는 것이다. 레코드 회사가 여러 곳이요 경쟁이 심해진 만큼 예술가의 쟁탈전이 없을 수 없다. 왕수복과 최명주는 다 평양기생이다. 평양서 악사의 지사를 만나 목소리를 가다듬어 제1착으로 콜롬비아에 취입을 했다. 과연 그 성적은 놀랠 점이 있었다. 그리하나 콜롬비아의 문예부장 이원배 씨의 자리가 움직이자 난개爛個가 가라앉기 전에 폴리돌에서 왕수복이를 슬쩍 가로채 가고 최명주는 오케에서 발이 닳도록 쫓아다녔으나 기어코 콜롬비아에 주저앉고 말았다. 전옥이는 폴리돌에 첫 취입을 했으나 슬그머니 빅타의 전속이 되었으며 신불출 군은 일시 콜롬비아의 음입을 간다고 떠들더니 오케에 가서 웃음거리도 부청을 꾸미고 있다.

(…중략…) 그러면 과연 그네들이 받는 취입료는 얼마나 되나? 어느 회사마다 그 내용은 비밀에 부치니 들추어낼 길은 없으나 유행가이면 한따불에 갑 100원, 을 60원, 병 30원, 정 20원가량이겠고 넌센스나 극이면 사람 수효따라 갑 120원, 을 80원, 병 40원가량이겠고 기생소리이면 갑 70원, 을 50원, 병 20원쯤 되리라고 생각한다.

(…중략…) 마지막 일언을 아끼지 못할 것은 창극이라는 새 조선 소리의 출생이다. 빅타의 문예부에서 그야 말마따나 심혈을 기울여 역작한 단종애곡은 과연 대중에게 크나큰 느낌을 주었으며 갈 길이 막혀 가슴을 치든 조선 소리에 일도의 광명을 빗긴 데 있어서는 그 공이 적다고 볼 수가 없다. 뒤를 이어 비록 큰 효과는 거두지 못하였다 하나 「시에론」에서 장한몽을 록주의 창으로 상하편을 발매하여 상당한 수익이 있는 모양이다. 앞으로 반드시 이 창극은 명사가 앞을 다투어 취입 발매할 것이요 세상에서도 밤낮 같은 소리만 듣다가 새 맛 새 느낌나는 창극을 들은 이상 창극만 찾을 것은 명확할 것이니 이로써 일본의 「낭화절」에 흡사한 창극의 유행이 놀라울 것이다.[30]

1933년 『삼천리』에 수록된 다음의 기사는 이전과 달리 변화한 1930년 대 전반기前半期의 레코드 시장의 분위기를 집약적으로 보여주고 있다. 이 기사는 당시 조선 레코드계의 호황과 6대 음반회사가 치열하게 경쟁하는 과정, 그리고 인기 있는 레코드의 레퍼토리 및 새로운 장르로서 '창극'의 의미를 살펴볼 수 있는 지점을 제공한다.

6개의 레코드회사가 매월 50종의 신보를 내고, 한 가지에 1,000~2,000매가 손쉽게 팔려간다는 내용은 당시 레코드계의 호황을 단적으로 보여준다. 서로 인기 있는 가수를 뺏고 뺏기는 과정에 대한 정보는 상업적 이익을 극대화하기 위한 6대 레코드 회사의 경쟁구도를 확인케 하며, 경쟁을 이루는 핵심 장르가 바로 유행가와 넌센스였음도 알 수 있다. 음반 취입료도 유행가 가수와 넌센스 배우가 가장 많이 받았고, 기생妓生이 가장 적은 대우를 받았다. 1920년대와는 음반 시장의 분위기가 매우 달라진 것이다.

그 외중에 언급되는 '창극'은 당시 음반 시장에서는 새로운 장르로 '새 조선 소리의 출생'이라고 표현되었다. 그리고 그 시도로 제작된 빅타의 〈단종애곡〉에 대해 '갈 길이 막혀 가슴을 치든 조선소리에 일도의 광명'이 되었다고 했다. '밤낮 같은 소리유행가와 넌센스, 혹은 조선 소리의 경우 익숙한 판소리와 민요, 잡가를 가리키는 것으로 볼 수 있다-저자만 듣던' 대중에게 창극은 '새 맛 새 느낌 나는 소리'가 될 것이라는 언급과 각 음반회사가 창극을 발매할 것이라는 전망, 더불어 창극이 새로운 유행을 이끌 것이라는 예견은 음반으로서 '창극'이 대두되는 1930년대 초의 분위기를 느끼게 한다.

1930년대 전반기前半期 '창극' 음반은 판소리와 같이 1인창의 소리를 말하기도 하였지만, 분명 전통 판소리와는 다른 성격이었다. 앞서 창극의 용어 문제에서도 언급한 바와 같이, 박월정의 〈단종애곡〉과 박록주의 〈장한몽〉을 예로 하여, '새 조선 소리=창극'으로 보는 당시의 태도는 전승 5가에서 벗어난 레퍼토리를 창극으로 범주화한 의도를 이해하게 한다.

유성기 음반이 발매되기 시작하면서 판소리 창자는 〈춘향전〉, 〈심청전〉, 〈흥보전〉, 〈화용도〉, 〈토끼전〉 등의 주요 대목을 1930년대 초에도 꾸준히 취입했다. 다만 유행가와 넌센스, 영화해설 등에 점차 밀려나 말 그대로 '갈 길이 막혀' 있었다. 따라서 과거와는 다른 '새로운 소재'로 조선 소리를 담아내는 일이 필요했고, 그 과정에서 〈장한몽〉, 〈불운한 김옥균〉과 같은 음반이 '창극'의 이름으로 발매되었다. 즉, 이른바 현대의 '창작 판소리'라 할 수 있을 만한 것이 '창극'이라는 이름 아래 등장한 것이다.[31]

'창극'은 전통극을 음반에 담을 때에도 변화를 꾀하여 새로움을 추구했다. 시에론의 〈춘향전 전집〉을 이 과정에서 이해할 수 있다. 시에론레코드 Chieron Record는 1931년 11월부터 1935년 후반까지 한국 음반을 발매한 음반회사로, 본사는 도쿄 니혼바시구 와카마쓰쵸에 있었다. 그리고 그 모체가 되는 회사는 일본 나고야에 있던 제국 발명사였다.[32] 시에론레코드가 한국에 진입할 때는 이미 빅타1928와 콜럼비아1929가 레코드 시장을 장악하고 있는 때였다. 시에론은 일본에 있던 수많은 군소 레코드 회사 가운데 하나로 큰 규모의 자본을 가진 회사는 아니었던 듯하다. 따라서 한국에 진출할 때 큰 회사들과 경쟁하기 위해 1원짜리 염가반 위주의 음반을 제작하였고, '대중본위大衆本位 흥미중심興味中心'을 회사의 구호로 삼으면서 대중적인 인기 위주의 음반 제작에 주력했다.[33]

시에론은 창극 〈춘향전 전집〉을 1934년 7월부터 발매했는데, 당시 광고의 구성을 통해 '대중본위 흥미중심'으로 음반을 발매한 시에론의 방침을 엿볼 수 있다.

시에론레코드

팔월 신보 (칠월 십일 발매)

일팔육 유행가 정없다 마소 봄 아씨운다 최향화 남궁선

일구사 넌센스 사랑의 학교 심영 남궁선 김선영

일구오 사전강설史傳講設 배소의 월색 김영환 (조선악 반주)

일구오 속요 안택경 최순애

일구육 속요 회심곡 장명화

오〇일 창극 제1편 남도의 춘색 (문예부 편집) 김정문 신금홍 (심영 남궁선)

오〇이 창극 제2편 광한루의 가연 (문예부 편집) 김정문 신금홍 (심영 남궁선)

오〇삼 창극 제3편 원앙침에 사랑가 (문예부 편집) 김정문 신금홍 (심영 남궁선)「동아일보」, 1934.7.15

시에론레코드의 8월 신보 광고를 살펴보면, 음반의 구성이 당시 대중적 인기 장르를 지향함을 알 수 있다. 신민요 가수인 최향화와 남궁선의 유행가, 1925년 이서구의 역사극 〈배소配所의 월색月色〉의 해설, 그리고 서도명창이면서 신민요를 부르기도 한 최순애와 장명화의 속요가 이를 보여준다.

이 시기는 전술한 바와 같이 유성기 음반의 레퍼토리가 다변화됨에 따라, 유행가와 넌센스 위주의 단막극과 영화해설 등이 음반 목록의 많은 부분을 차지했다.[34] 시에론도 이 흐름을 적극적으로 탔다고 할 수 있다. 특히 1934년 이 시기 시에론의 문예부장이 이서구였다는 점은 이 음반의 성격을 이해하는데 중요한 지점이다. 이서구는 극단 토월회를 이끈 대표적인 극작가이자 연출가로 일제강점기 연극은 물론 방송과 레코드에도 몸을 담으며 대중극을 선도한 인물 가운데 하나이다. 이서구가 시에론의 문예부장을 맡은 시기는 적어도 1933년 10월부터[35] 1935년 12월 즈음[36]이다. 〈배소의 월색〉 역시 이서구가 작사한 역사사극으로 변사 김영환이 조선악 반주에 맞추어 이를 강독했던 것으로 보인다. 〈배소의 월색〉 외에도 시에론의 음반에는 이서구 작의 극 해설이 여러 번 실렸다.[37] 이러한 시에론에서 낸 창극 음반에 토월회, 태양극장, 청춘좌의 배우였던 심영과 유행가 가수 남궁선이 참여한 것은 자연스러운 일이었을 것이다.

시에론의 〈춘향전 전집〉은 앞서 1935년 1월 1일자 『조선일보』도 언급한 바와 같이 "각매各枚에 그 제목을 달리한 것이 그 특색"이다. 무엇보다 이 제목이 전래의 판소리 소리대목 명칭을 따르고 있지 않다는 점에서 주목을 요한다.

> 시에론 춘향전 전집 제목
> 『제1편』 남원춘색南原春色
> 『제2편』 광한루의 가연
> 『제3편』 원앙침에 사랑가
> 『제4편』 홍루정별紅淚情別
> 『제5편』 첫 공사가 기생점고
> 『제6편』 피에 젖는 십장가
> 『제7편』 옥중길몽獄中吉夢
> 『제8편』 이 도령 어사배명御使拜命
> 『제9편』 일각천추 남원행
> 『제10편』 옥중상봉
> 『제11편』 어사출도
> 『제12편』 이화춘풍李花春風

'남원춘색', '광한루의 가연', '원앙침의 사랑가', '홍루정별', '첫 공사가 기생점고', '피에 젖는 십장가', '일각춘추 남원행' 등과 같은 제목은 〈춘향전〉의 소리대목을 말하는 종래의 방식과는 다르다. 신극의 세련됨을 추구한 것이다.

또한, 이 시기 서도소리 〈배뱅이굿〉을 '창극'이라 명명하여 발매한 음반도 주목을 요한다. 이른바 '창극'은 흔히 남도소리를 바탕으로 한 판소리에서 비롯되었다고 보는데, 이 무렵 '창극'의 용례를 살펴보면 소리의 성격은 문제되지 않았다.

정조正調 배뱅이굿

서관창극西關唱劇의 웅雄

배뱅이굿도 하고많습니다. 그러나 그 진진津津한 맛은 최순경이를 따를 사람이 없고 최순경의 배뱅이굿 중에도 내용을 묘하게 정리하여 노래를 중심으로 신취입을 한 시에론 배뱅이굿이야말로 황평안에서 좋아하시는 여러 분들의 기대에 맞을 것이라고 믿습니다. 삼매일조三枚一組를 들어보시면 얼마나 개량된 맛이 많은가 잘 아실 것입니다.[38]

태평레코드

김종조 씨 출세 역작편 창극 배뱅이굿

『배뱅이굿』은 서도산西道産의 명창극名唱劇으로 이번 김종조 씨의 독특한 창법에 의하여 일성一瞽 만건곤하다시피 된 문제의 호화 작품이다. 미신을 타파하라는 열렬한 부르짖음은 현대인의 탄력 잃은 생명수요 또 한참된 교시教師이시다.[39]

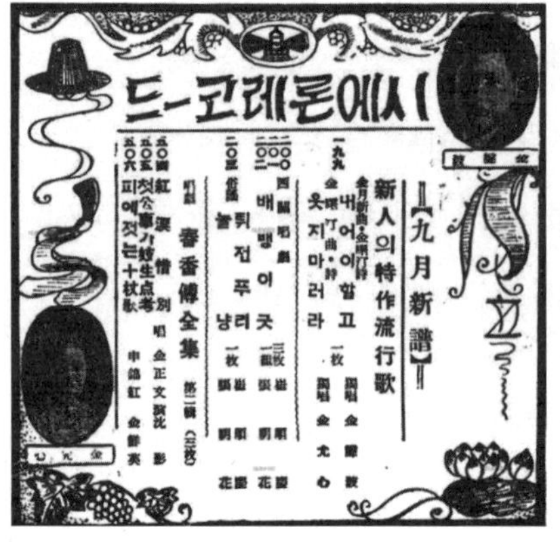

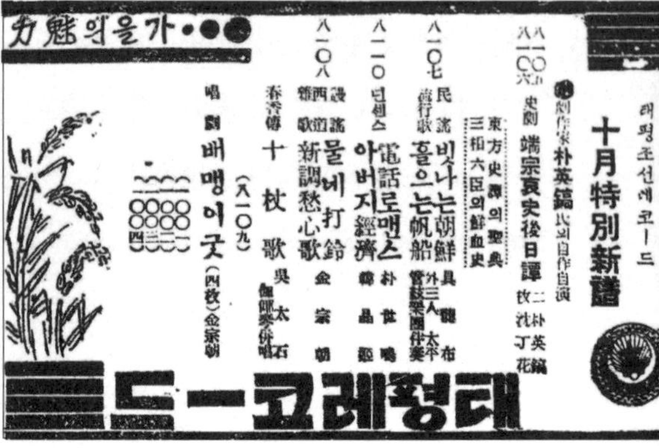

〈그림 2〉『동아일보』, 1934.8.18　　〈그림 3〉『조선일보』, 1934.9.8

　　1934년 9월 시에론의 음반 신보는 최순경의 '배뱅이굿'을 소개하고 있
다. 최순경의 배뱅이굿이야말로 평안도인들의 기대에 가장 잘 맞을 것이라
고 하며, '새로 취입함'을 강조했다. 같은 해 10월 태평에서도 '배뱅이굿'을
음반으로 선보이는데 김종조의 독특한 창법 아래에서 매우 뛰어난 작품이
나왔다고 했다. 주목할 것은 두 음반회사 모두 '배뱅이굿'을 소개하며 이를
'창극'이라 명명하고 있다는 점이다. 당시 '창극'이 포괄하는 음악의 종류
가 남도소리에 국한되지 않았고, 또한 판소리만도 아니었음을 확인할 수 있
다. 조선음악을 기반으로 하되, 극적 성격을 띨 수 있는 음악에 '창唱'과 '극
劇'이 합해지는 '창극唱劇'의 명칭을 부여한 것이다.

　　이후 배뱅이굿은 오케, 빅타, 콜럼비아에서도 발매가 되지만 이때에는
'창극'이 아닌 '서도창극조西道唱劇調' 1936, 오케, '서도가요西道歌謠' 1939, 빅타, '서
도잡가西道雜歌' 1941, 콜럼비아의 명칭으로 소개되었다. '창극'의 외연이 점차 좁
아지면서 서도소리가 주가 되는 음악에 '창극'을 붙일 수 없었던 까닭으로
이해된다. 특히 1936년까지도 배뱅이굿을 '서도창극조'로 명명했던 것은
창극의 범주가 점점 좁혀지고 있는 상황을 여실히 드러낸다. 즉, 배뱅이굿

을 '창극→창극조→서도 가요→서도 잡가, 서도 민요'로 점차 다르게 범주화하면서 창극의 외연 역시 달라졌던 것이다.

1930년대 전반기 '창극'이 함의하는 포괄적 범위는 1930년대 중반기까지 이어졌다.

레코드화 된 춘향전

창극·독창 기타 80여 종

춘향전은 그것이 고전문학의 빛나는 금자탑으로 오랫동안 조선 사람에게 적지 않은 애독물로 되는 한편 그것이 또 노래로 전하여 최근에는 레코드 각 회사가 경쟁하여 그 춘향전을 노래로 창극으로 혹은 드라마로써 취입하여 더 한층 이 고전문학의 금자탑을 빛나게 하였다. 그리면 각 회사의 레코드를 소개하려 한다.

컬럼비아 반

1. 창극 춘향전

『창』 이화중선, 김창룡, 오비취, 『북鼓』 한성준 이것은 춘향전을 창극화한 것으로 애정편을 6매 이별편을 6매, 합 12매로 하여 취입한 것이다. 이는 설명과 대창對唱과 대화로써 된 것으로 장편 레코드이다.

2. 난향이 춘향의 훼절을 강권 『창』 정정렬 『북』 한성준

3. 이별가 『창』 송만갑 『북』 한성준 (…중략…)

15. 기생들이 모인다. 박록주 『북』 한성준

시에론 반

춘향전 전집

『제1편』 남원춘색

『제2편』 광한루의 가연 (…중략…)

『제11편』 어사출도

『제12편』 이화춘풍

『창』 김정문 신금홍

『연演』 심영 남궁선

『반주』 신태준

이도 창극으로 된 것으로 12매의 장편이다. 이것은 각 매에 그 제목을 달리한 것이 그 특색으로써 춘향전을 총해설하였다. (…중략…)

태평 반

창극 춘향전 광한루편 춘향집편 이별편 옥중편 출도편

태양극장 이소연 이동호 석금성 강석연 최승이 양백명 김진문 유진안 김남수

이것은 5매로되 창극이다 이도 그 각 편을 분류하여 장면 장면을 달리하여 극적으로 구성하였다. 그러나 창에 있어서는 그 형식이 거의 대동소이하다.

오케 반

오케에서는 장편 레코드가 업고 모두가 단편적인 것이다.

1. 몽중가 이화중선 장고 김종기

2. 동풍가 동同

3. 사랑가 이화중선 이중선 장고 김종기

4. 자진사랑가 동同 (…중략…)

27. 춘향모 자탄 최소옥 『조선일보』, 1935.1.1

위 기사는 당시 각 음반회사에서 레코드화된 〈춘향전〉을 소개하여 나열하고 있다. 이 기사는 '창극'이라는 용어를 사용하며 당시 레코드화된 창극

을 언급하고 있는데, 이를 통해 1935년 초 당시 '창극'의 범주를 추측해 볼 수 있다. 이 기사가 '창극'이라 명명한 대상을 살펴보면 먼저 콜럼비아의 장편 〈춘향전〉이 있고, 시에론의 〈춘향전〉, 그리고 태평레코드의 〈춘향전〉이 있다. 하지만 이 3개의 음반회사에서 발매한 〈춘향전〉의 성격은 모두 다르다. 먼저, 콜럼비아의 〈춘향전〉은 판소리 창자가 주축이 돼서 '설명說明과 대창對唱과 대화對話'로 극을 구성하고 있다. 하지만 시에론의 경우는 판소리 창자만이 취입자가 아니었다. 전술한 바와 같이 여기에는 판소리 명창은 물론 신극 배우들도 함께 등장하고 있는 것이다. 태평의 경우는 좀 더 다른데, 판소리 창자는 박남수라는 기생 한 명이 있을 뿐이다.[40]

1930년대 전반기 창극은 급변하는 유성기 음반의 유행 속에서 전통음악의 생존을 위한 일환으로 다층적 형태로 존재했다. 특히 유성기 음반의 발매와 기획이 상업적 성격을 띠었고, 유행의 속도가 매우 빠르게 변화하고 있었다는 것을 생각할 때, '창극'은 단순히 판소리에서 파생된 음악극을 넘어 다양한 의미와 범주를 가졌다.

5) 무대 창극의 정형화와 1930년대 중中·후반기後半期 창극 음반

1930년대 중반 이후로 취입된 창극음반은 전반기前半期 창극음반에 비해 그 성격이 보다 명확하고 일관된다. 그리고 목록에서 확인할 수 있는 바와 같이 현재에 통용되는 '창극'의 개념에 부합한다. 먼저 취입자들은 모두 판소리 창자로 구성되었고, 일인창의 극이 아닌 2인 이상의 소리꾼이 참여하여 음반을 취입했다. '창극'이라는 명칭 아래 창작 작품을 다룬 경우도 없거니와 신극배우가 함께 취입한 경우도 확인하기 어렵다. 또한, 레퍼토리에서도 1930년대 전반前半과 차이가 있다. 1930년대 전반에는 신소설 『장한몽』

은 물론 〈배뱅이〉, 〈다리굿〉과 같은 서도소리가 '창극'이라는 이름 아래 음반의 레퍼토리로 활용되었다면, 1930년대 후반에는 〈춘향전〉, 〈심청전〉, 〈화용도〉, 〈흥부전〉 즉, 판소리의 전승 5가가 음반의 주된 레퍼토리였다.

그렇다면 이와 같은 변화는 무엇에서 시작된 것일까. 아마도 조선음악가들의 재결집의 장이었던 1934년 조선성악연구회의 활동과 이로부터 비롯된 창극 정형화의 시도였을 것이다. 1930년대 후반기 유성기 음반에서 다루는 '창극'의 형식이 이전에 비해 일관성을 유지한 것은 창극이 이의 영향에서 안정적으로 범주화되었기 때문이다.

그럼에도 1930년대 중반 폴리돌에서 발매한 음반과 1930년대 후반 오케에서 발매한 음반 간에는 차이가 있다. 곧, 폴리돌의 음반이 소리의 더늠을 중시하는 경향을 강하게 띠며 창극의 '음악성'을 강조한다면, 오케의 음반은 배역을 철저히 나누고 녹음자의 연기력을 중시하는 창극의 '연극성'을 강조하고 있기 때문이다.[41] 그 구체적인 내용을 살펴보도록 하겠다.

(1) 창극의 '음악성' 강조 – 폴리돌 〈심청전〉, 〈화용도〉 1935~1936

1935년 폴리돌에서 취입한 창극 음반은 〈심청전〉과 〈화용도〉이다. 폴리돌은 1927년 5월에 설립된 유럽계 음반회사로 본사는 일본 도쿄에 있었다. 폴리돌 레코드는 1924년 도이치 그라모포에서 독립한 영국 회사로 유럽계 회사인 만큼 서양 음반을 들여와서 라이센스로 제작하거나 일본 음반위주로 생산했다.[42] 폴리돌레코드가 한국 음반시장에 진출한 때는 음반시장이 급성장을 하던 1932년 9월로, 콜럼비아1928.11, 빅타1928.12, 시에론1931.1 143)에 이어 네 번째로 한국에 진입하였지만 축적된 경험과 기술로 빠르게 시장 지분을 차지했다.

폴리돌의 〈심청전〉과 〈화용도〉는 이전에 발매된 적이 없는 작품인데다, 타 음반회사가 취입한 적 역시 없는 작품이었기 때문에 경쟁력이 있었다. 또한, 폴리돌의 〈심청전〉은 총 24매로 다른 창극 음반에 비해 가장 방대한 양으로 발매되었고, 〈화용도〉도 18매라는 적지 않은 양으로 발매되었다. 무엇보다 이동백, 정정렬, 김창룡의 근대 5명창 가운데 3인이 두 작품에 모두 참여하였다. 이 두 음반은 동시에 발매되었다.

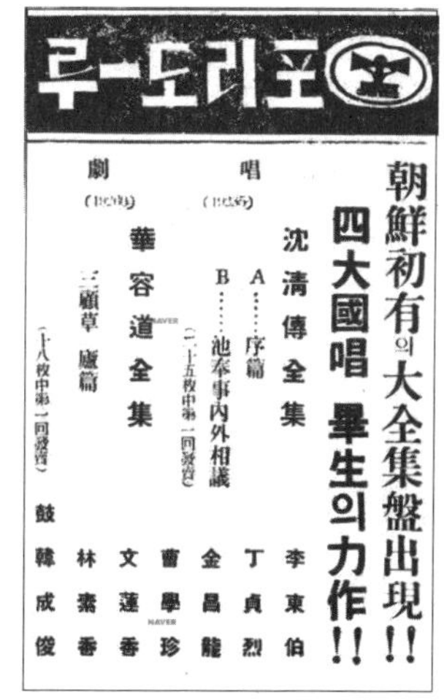

〈그림 4〉

창극

조선 초유의 대전집반 출현!! 사대국창四大國唱 필생畢生의 역작!!

심청전 전집

A… 서편

B… 심봉사[44] 내외 상의 (25매 중 제1회 발매)

화용도 전집

삼고초려편 (18매 중 제1회 발매)

이동백 정정렬 김창룡 조학진 문연향 임소향 북 한성준 「동아일보」, 1935.12.12

폴리돌은 창극 〈심청전〉과 〈화용도〉 전집을 발매하며 명창들의 인생 역작임을 강조했다. 폴리돌의 〈심청전〉과 〈화용도〉는 '창극'이라는 장르 아래 발매되었지만, 판소리 완창 녹음의 성격이 짙다. 이동백1867~1950, 김창룡1872~1943, 정정렬1876~1938은 녹음이 이루어질 당시 각각 69세, 64세, 59세로 원로명창에 가까웠다. 그럼에도 이들이 주요 배역을 맡을 수 있었던 것은 이것이 '소리로 듣는' 음반이기 때문이다. 소리의 공력이 무엇보다 중요하다는 것이다. 따라서 음반 참여자는 이동백, 정정렬, 김창룡, 조학진, 문향련, 임소향의 6인이지만 실제로 소리대목에서 큰 비중을 차지하는 인물은 단연 이동백, 정정렬, 김창룡이다.

〈심청전〉의 경우, 음반에 수록된 42개의 대목[45] 가운데 창 부분을 중심으로 연행자의 비중을 살펴보면, 정정렬 23회, 이동백 18회, 김창룡 31회, 조학진 4회, 임소향 12회, 문연향 3회이다.[46] 정정렬과 이동백, 김창룡의 비중이 압도적으로 많고, 심청 역을 맡은 임소향이 그나마 많은 창을 하였다. 문연향의 경우는 604-A의 '심청 장승상댁행'에서 장승상역 부인역으로 그의 소리를 잠깐 들을 수 있을 뿐이다. 그리고 나머지 2회는 합창이 이루어지는 '방아타령'과 '맹인 개안'에서 임소향과 함께 부르는 소리이다. 조학진의 경우도 611-A '심청 임당수'와 611-B '심낭자 용궁행'에서만 단독의 소리를 들을 수 있다. 나머지 2회는 다 같이 부르는 '방아타령'과 '맹인 개안' 부분이다.

기왕의 창극 음반이 배역에 따라 인물을 고정하여 녹음하는 것이 아니라 남성의 역할과 도창을 남성 창자가 나누어서 하고, 여성의 역할을 여성 창자가 나누어서 하는 형식이었다고 할 때, 이동백, 김창룡, 정정렬에 비해 조학진과 문연향의 비중은 매우 적다. 그리고 이와 같은 편차는 폴리돌의 〈화용도〉에서도 확인이 된다. 최동현은 폴리돌 판 〈적벽가〉〈화용도〉 전집을 일컬음 - 저자는 총 59대목의 창으로 구성되었는데, 각 창자별로 부른 대목수가 김창룡 13, 이동백 16, 정정렬 28, 조학진 5, 임소향 2라고 했다.[47] 역시 조학진과 임소향의 창이 극히 적고, 문연향은 참여하지 않은 것이다.

〈심청전〉과 〈화용도〉는 그간 작품의 주요 대목이 음반으로 취입된 적은 있었으나, 전체 내용을 모두 담아서 음반화된 적은 한 번도 없었다. 이런 측면에서 폴리돌의 〈심청전〉과 〈화용도〉는 각 작품의 전체 내용을 처음으로 음반화하였다는 점에서 의미가 있다. 또한 당시 기량이 높은 명창의 소리를 충실히 담은 녹음이라는 의미도 가지고 있다.[48] 나아가 '창극'의 측면에서 보자면, 유행가와 넌센스의 인기로 판소리 음반의 취입 비중이 점점 줄어들고 있는 상황 속에서 '창극'의 형식을 빌어 '전편, 완창'의 면모로 기존의 판소리 음반과는 다른 '새로움'을 추구한 의미가 있다고 할 수 있다.

(2) 창극의 '연극성' 강조 – 오케 〈춘향전〉[1937], 〈흥보전〉[1941]

유성기 음반으로 제작된 창극 전집의 마지막은 오케 레코드에서 진행되었다. 오케는 〈춘향전〉, 〈흥보전〉, 〈심청전〉 총 3개의 창극 작품을 발매했다.

1937년 7월에 발매된 오케의 〈춘향전〉은 앞서 녹음된 빅타 레코드의 〈춘향전〉을 의식해서 서둘러 만든 음반이다. 김소희의 증언에 따르면, 오케는 빅타 〈춘향전〉의 중심인물이었던 정정렬에게 또 춘향전을 하자고 했다. 이미 빅타에서 다 해 놓은 것이긴 하지만 박종기, 신쾌동에게 연주도 맡기고, 신숙도 새로 투입하여 오케의 〈춘향전〉이 만들어졌다.[49]

〈춘향전〉

(전편全篇)

조선가반계朝鮮歌盤界에 다시 베풀기 어려운 최대의 향연입니다.

이 창극 춘향전은 레코드만으로도 수없이 거듭되었으되 취입 예술가와 반

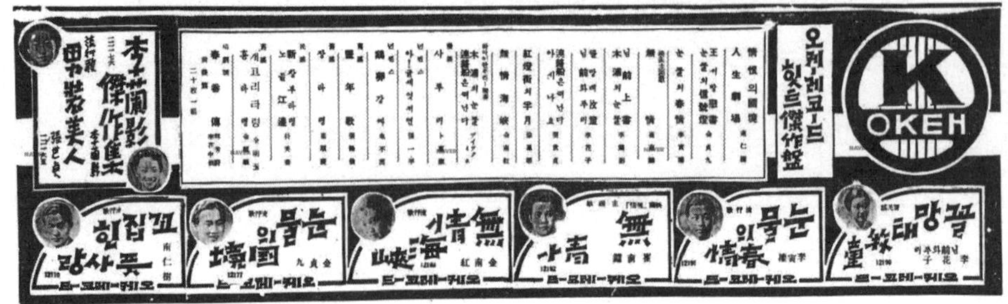

〈그림 5〉『동아일보』, 1938.12.28

주에 있어 이만한 강력진이 없었고 앞으로 다시 재회할 수 없는 조선 판소리
의 역사를 지운 승리반입니다.

취입 예술가

임방울 정정렬 이화중선 신숙 김소희

반주자

지용구 정원섭 박종기 신쾌동 오케 고악단 오케 효과단

전편前篇 10매 발매중

(후편 10매 추후 발표)

오케 레코드『동아일보』, 1937.7.15

오케에 관한 당시의 광고는 1938년 12월 '오케-레코-드 힛트 걸작반傑
作盤'에서도 볼 수 있다. 이때 유의해서 봐야할 것은 힛트걸작반의 수록곡
들이다.

1938년 12월 오케-레코-드 힛트 걸작반(傑作盤)[50]

장르	곡명	취입자
유행가	정한의 국경, 인생극장	남인수

장르	곡명	취입자
유행가	왕서방 연서, 눈물의 신호등	김정구
유행가	눈물의 춘정	이인권
영화주제가	무정(無情)	최남용
유행가	님 전상서, 목포의 눈물	이난영
유행가	꼴망태 목동, 님 전 화풀이	이화자
유행가	연락선을 떠난다, 아시나요	장세정
유행가	홍등가의 반월	서봉희
유행가	무정해협	김남홍
독주	목포의 눈물, 연락선은 떠난다	하와이안키티
만담	사투리	복혜숙
넌센스	아! 글쎄 어쩌면	손일평
넌센스	계란강짜	신불출
구요(舊謠)	풍년가	장학선
구요(舊謠)	장타령	최순경
민요	신창부타령, 노들강변	박소용
구요(舊謠)	개고리타령, 홍타령	김명옥, 김순희
창극조	춘향전	임방울, 이화중선 이십매 일조(二十枚一組)

이 힛트반에 수록된 곡들은 대부분이 유행가이다. 구성을 살펴보면 유행가 9종, 유행가 연주 1종, 만요 및 넌센스 3종, 구요舊謠 3종, 민요 1종, 창극조 1종임을 알 수 있다. 이 히트반의 구성은 당시 유성기 음반의 인기 종목을 가늠하게 한다. 이 가운데 오케의 〈춘향전〉은 '창극조唱劇調'라는 장르로 소개되었다. 당시 판소리를 '창극조'라 부르는 경향이 있었다는 점을 생각할 때, 오케의 〈춘향전〉은 20매의 방대한 양으로 구성된 당시 판소리와 창극의 대표 음반이었다.

이 음반은 전편 10장, 후편 10장의 총 20장 40면으로 구성되었고, 정정렬도창, 이화중선월매, 임방울이몽룡, 김소희춘향, 신숙방자, 기타이 출연을 하고, 정원섭이 북을 맡았다. 또한 지용구해금, 박종기대금, 신쾌동거문고 등이 반주를 맡아 이전 창극 음반과 차별화했다. 또한, 빅타 레코드의 〈춘향전〉에 비해 아니리를 강조하여 연극적 면모를 더 갖추었다.[51]

한편, 오케 〈춘향전〉은 당시 무대극에서 볼 수 있었던 반주 음악을 담고 있다. 이런 점에서 오케 〈춘향전〉은 창극이 정립되는 형태가 음반을 통해 잘 드러난 작품이라고 하겠다. 그리고 이와 같은 면모는 이후 오케에서 발매한 1941년 창극 〈흥보전〉과 1942년 창극 〈심청전〉에도 이어졌다. 두 음반 모두 오케 고악단古樂團의 반주 아래에서 녹음이 이루어진 것이다.

오케 〈흥보전〉의 경우 도창과 놀보 역에 오수암, 흥보 역에 임방울, 흥보 마누라 역에 이화중선이 고정 배역으로 출연했고, 다른 배역은 4명의 창자가 적절히 분창했다. 실제로 음반을 들어보면 오케의 창극 음반은 20세기 중반 창극과 이질성이 가장 적다. 특히 〈심청전〉은 1930년대 후반부터 이루어진 창극의 정형화를 가장 잘 예증하는 음반 가운데 하나라고 할 수 있다.[52]

요컨대, 1930년대는 창극이 정립되고 정형화가 이루어지는 때이긴 하지만 전반기와 후반기를 나누어서 볼 필요가 있다. 저자는 1930년대 '창극'이라 명명된 유성기 음반을 통해 1930년대 전반기前半期에는 '창극'이라는 용어가 포괄하는 범위가 넓었음을 확인했다. 그리고 창극 양식의 정립에 대한 노력은 1930년대 중·후반에야 비로소 이루어졌고, 음반을 통해서도 그 면모를 확인할 수 있다.

3. 경성방송국의 개국과 라디오 창극 방송

본 장에서는 일제강점기 방송으로 존재하였던 창극의 모습을 살펴보도록 할 것이다. 방송 창극은 경성방송국의 개국과 긴밀한 관련을 맺으며 등장하였고, 방송 환경에 적합한 형태로 나름의 특징을 보였다.

1) 경성방송국의 개국과 초기 라디오 창극의 내용

1927년 2월 16일, 사단법인 경성방송국은 호출부호 'JODK'를 사용하면서 식민지 조선에 최초의 정규 라디오 방송을 실시했다.[53] 경성방송국의 출발은 '사단법인'이라는 용어에서 알 수 있듯 민영의 형태로 운영이 시작되었다. 하지만 실제 라디오방송은 조선총독부의 적극적인 주도권 속에서 이루어졌다. 경성방송이 개국한 지 두 달 후인 1927년 4월 시노하라 쇼죠[54]는 「라디오 일본」을 통해 라디오 방송의 목적을 다음과 같이 말했다. "라디오의 3대 사명인 보도, 교화, 위안에 추가하여 내선융화라는 중대 사명을 띠고 2천만 동포의 요망리에 방송을 개시, 바야흐로 라디오 전파는 전토全土를 뒤덮어가고 있다."[55]

임동욱, 이용준[56]은 조선에서의 방송 설립은 일본 제국주의가 식민지 지배체제를 강화하는데 목적을 두고 추진됐다고 했다. 논자는 4가지 이유로 이를 설명하였는데 다음과 같다. 첫째, 총독부는 문화주의 정책으로 조선인들을 편입시키기 위해 신문과 잡지의 신설을 허용하였고, 당시 조선인의 대부분이 문맹자였던 점을 감안하여 직접 귀로 듣는 라디오 방송을 이용하여 사상 통제의 발판을 마련했다. 둘째, 총독부는 재조선 일본인들의 경제적 이익과 문화적 편의를 제공하기 위해 방송국의 성립을 서둘렀는데, 특히 대부분의 수신기 보유자였던 일본인들에게 주식가격 등의 경제적 정보를 제공하여 그들의 경제적 활동을 보장해 줄 필요가 있었다. 셋째, 총독부는 조선의 식민지 체제를 고착화하기 위하여 조선의 고유문화를 일본문화에 흡수시킬 필요성이 있었고, 이와 같은 문화적 동화정책을 효과적으로 수행할 수단으로 방송을 이용하고자 했다. 그리고 마지막으로 수신기 판매 등을 통해 일본의 전기, 전자 산업의 활성화를 꾀할 필요가 있었다.

결국 라디오 방송은 일본제국주의의 선전과 문화적 동화정책에 적극 봉사하는 한편, 일본의 경제적인 이익 창출의 목적 속에서 설립되었다고 볼 수 있다. 하지만 이것만으로 라디오 방송을 설명하기에 경성방송국의 기능과 영향력은 다소 복잡했다.[57] 그 이유의 핵심은 경성방송이 총독부의 직접적인 통제를 받긴 하였지만 형식적으로는 사단법인 체제 속에 수신료에 의존해 운영되었던 것과 관련이 있다. 즉 일제하의 경성방송국은 청취자들로부터 받아들이는 2엔의 등록비와 매달 지불해야하는 2엔의 수신료[58]에 의존해 운영되었기 때문에 더 많은 청취자를 확보하기 위해 노력해야만 했다. 아울러 본래 출발한 취지대로 식민지 지배를 위한 선전도구로서 역할을 하기 위해서도 일단은 많은 청취자를 확보해야 했다. 결국, 경성방송국은 청취자를 끌어들이기 위해 다양한 프로그램을 신설하여 운영해야 했던 것이다.

경성방송국의 초기 편성 방침을 살펴보면 보도, 교화, 위안의 3대 사명 가운데 오락을 중심으로 점차 보도와 교양을 늘려가는 방향이었다.[59] 이는 방송 초기 청취자 확보가 선결 문제였기 때문이었을 것이다. 하지만 오락 방송을 둘러싸고 한국어 프로그램과 일본어 프로그램을 어떤 방식으로 안배할지는 간단한 문제가 아니었다. 더군다나 조선어 방송의 편성 비중이 낮은 상황에서 조선어 청취자를 끌어들일 만한 오락 프로그램은 주로 음악 프로그램에 국한될 수밖에 없었다.

실제로 본 방송이 실시되기 이전 실험방송 시기부터 음악은 편성에서 가장 중요한 부분이었다. 신문에서 확인할 수 있는 가장 이른 방송 프로 소개 란인 1926년 7월 12일 '라듸오'에 한성권번 소속의 기생들이 출연하여 남 도잡가 부르거나 조선악기를 연주했다는 기사,[60] 1927년 1월 26일의 특별 시험방송에 일본인 성악가 부부가 나와 일본과 서양의 가곡을 불렀다는 기 사,[61] 경성관현악단이 연습연주 했다는 기사[62] 등은 음악을 통해 라디오의 오락적 기능을 수행하려 한 것으로 볼 수 있다. 특히 전통음악은 조선인들 을 위한 오락 프로그램으로 많은 사랑을 받은 것으로 파악된다. 방송국 개 국 바로 전날인 1927년 2월 15일의 시험방송에서도 전통음악이 편성된 것 을 확인할 수 있기 때문이다.[63]

경성방송국은 개국 초기 전통음악 가운데 가창음악을 상당수 편성했다. 그 가운데에도 명창들이 부른 〈남도단가〉는 개국 다음 날이 1927년 2월 17일을 시작으로 꾸준히 방송되었다.[64] 특히 1927년 8월 12일부터 5일간 이루어진 명창대회 방송은 청취자들의 많은 사랑을 받았다.

DK의 명창대회

경성방송국에서는 오래전부터 준비하여 오던 유명한 명창만 모아 가지고 명 창대회를 하려고 하는 바 이제 제반 준비가 다 되어 12일부터 닷새 동안을 두고 하루에 한 사람씩 이동백李東伯 신금홍申錦紅 강소춘姜笑春 이화중선李花中仙 김추월金秋月 의 소리를 방송하게 되었다는데 조선 성악을 대표한 이들의 소리가 전파電波에 싸이어 천하에 퍼지게 되는 것을 조선사람 팬들이 대단 기뻐한다더라. 「조선일보」,

1928.8.13

그렇다면 이 시기 창극방송은 어떻게 편성되었나. 가장 이른 시기의 창극 방송은 1928년 8월 21일에 '방송구파극放送舊派劇'이라는 명칭의 프로그램이었다. 당시에는 '창극'이란 명칭이 사용되지 않았기 때문에 '구파극'을 통해 창극 방송의 면모를 살필 수 있다. 방송에서 이중방송 실시[1933] 이전까지 '구파극'의 이름으로 송출된 프로그램을 보면 아래 표와 같다.

<표 3> 경성방송국 초기 창극 방송 목록(1927~1932)[65]

일시	작품	출연
1928.8.21.(화) 오후 6:30	방송 구파극 춘향전 제1회 광한루의 막	이도령 김종기, 방자 임명옥, 후배사령 송옥주, 춘향 김옥진, 향단 임명월, 창 백점봉, 고수 임경성
1928.8.23.(목) 오후 6:30	방송 구파극 춘향전 제2회	-
1928.8.25.(토) 오후 6:30	방송 구파극 춘향전 제3회 어사남원행의 막	어사 백점봉, 향주(香主) 김완근, 농부대세(광무대 남여배우 일동), 초동 임명옥, 산주(山主) 김옥진, 상주(喪主) 송옥주, 불구자 이일선, 창 김종기, 고수 임경성
1928.8.27.(월) 오후 6:30	방송 구파극 춘향전 제4회 춘향 집과 옥중의 막	춘향모 송옥주, 향단 임명월, 어사 백점봉, 포졸 임명옥, 춘향 김옥진, 창 김완근, 고수 임경성
1928.8.29.(수) 오후 6:30	방송 구파극 춘향전 (종막) 어사출도의 막	어사 백점봉, 운봉영장 김종근, 곡성 임경성, 통인 임명월, 기생 여배우 일동, 본관 이일선, 사령 김종기, 역졸 남배우 일동, 춘향 김옥진, 사장(司掌) 임명옥, 춘향모 송옥주, 취타 광무대 음악사 일동
1929.2.19.(화) 오후 6:30	방송무대극 조선구파 『심청전』(제1회)	김추월, 백점봉, 김종기, 임명옥 외 수명(數名)
1929.2.20.(수) 오후 6:30	방송무대극 조선구파 『심청전』(제2회)	김추월, 백점봉, 김종기, 임명옥 외 수명
1929.2.21.(목) 오후 6:30	방송무대극 조선구파 『심청전』(제3회)	김추월, 백점봉, 김종기, 임명옥 외 수명

초기 방송에 송출된 창극은 '구파극', '조선구파'의 명칭으로 방송된 〈춘향전〉과 〈심청전〉이었다. 〈춘향전〉은 5회에 걸쳐 방송되었다. '광한루의 막', '어사남원행의 막', '춘향가와 옥중의 막', '어사출도의 막'은 제목이 확인이 되나, 제2막의 제목은 확인이 되지 않는다. 하지만 〈춘향전〉의 전 내용을 나누어서 방송한 것으로 본다면, 제2막은 춘향과 이도령의 사랑과

이별에 관한 내용이 있었음을 추측할 수 있다. 해당 방송은 약 한 시간가량 이루어진 것으로 파악된다. 오후 6시 30분에 시작을 하고 다음 방송인 뉴스가 7시 30분 혹은 7시 45분에 편성된 것으로 확인되기 때문이다. 한 회에 한 시간씩 약 5회에 걸쳐 방송된 것이라면 〈춘향전〉의 전 내용을 거의 모두 다루었다고 볼 수 있다.

방송의 출연자들을 살펴보면, 이도령^{어사} 역에 김종기, 백점봉, 춘향 역에 김옥진이 배치되었고, 이외 임명옥, 임명월, 송옥주, 이일선이 여러 배역을 맡았다. 출연진들이 모두 판소리를 하는 창자들임에도, 따로 '창^唱'을 둔 것은 아마도 '도창'을 지칭한 것이라 추측된다. 서술자로서 도창을 배역으로 인식한 것이다. 또한, 출연진 가운데 '광무대 남녀배우'들을 볼 수 있는데, 이는 이 방송에 출연한 사람들이 광무대 소속 배우들임을 알 수 있게 하는 단서이다.

실제로 임명옥과 임명월, 이일선 등은 광무대에 소속된 '광월단^{光月團}'의 대표 배우들이었다. 김재철에 의하면 박승필에 의해 주도된 광무대는 구극 극장으로서 권위를 유지하던 중, 1928년 일본인 전촌모^{田村某}에게 넘어간다. 이후, 1929년 7월 12일부터 광월단이 새로 조직되어 광무대에서 구극을 흥행했다. 그리고 당시 배우로는 임명옥 형제가 유명했다.[66] 하지만 김재철의 기술과 달리 광월단은 1929년이 아닌 그 이전부터 이미 조직되었던 단체로 파악이 된다.

구극 광월단 광무대에서 개연
재래의 조선구극의 명성들만 망라한 광월단^{光月團} 일행은 근일에 더욱 내부를 혁신하여 남녀 배우를 더 모집하여 추기대연주회^{秋期大演奏會}를 개최코자 그

동안 준비중이던 바 드디어 경성 황금정 광무대光武臺에서 일주일간 공연公演을 하기로 되어 지난 25일 밤부터 시작되었는데 임명옥林明玉양의 형제 댄스와 잡가 기타 서도 남도 입창에 유명한 기생 배우의 출연이 있고 통쾌 활발한 철봉鐵棒과 박춘재 재담 가야금 등이 있는 외에 남녀 배우의 줄타는 재주는 제비같이 줄 위에서 노는 기예는 만당 갈채를 받았으며 제1회 춘향연의春香演義를 비롯하여 남녀 배우의 신파 희극이 더욱 포복절도할만하다 하며 그 일행 중 더욱 이채되기는 임명옥 아우의 명창노래는 재청 삼청에 관중이 취한 듯 야단이라는데 첫날의 대만원의 성황을 이루어 매우 볼만하였다더라.『동아일보』, 1927.10.27

위의 기사를 통해서 '조선구극의 명성들'만으로 조직된 광월단이 광무대에서 일주일간 연주회를 가졌음을 알 수 있다. 임명옥 형제의 춤과 노래, 그리고 박춘재의 재담과 줄타기가 대표적인 레퍼토리로 관객의 갈채를 받았다. 그리고 이 연주회에서 제1회 '춘향연의'가 공연되었다. 광월단은 이후 1928년 2월에 군산좌群山座에서 공연을 하였고,[67] 1929년 11월에는 1주년 기념 공연 행사를 했다.[68] 광월단의 공연은 1930년 5월 광무대의 화재 전까지 꾸준히 이어졌던 것으로 파악된다.[69] 1928년 8월 〈춘향전〉의 방송 이후 이듬해 2월 〈심청전〉도 3회에 걸쳐 방송되었는데, 역시 광월단의 배우들이 출연했다.[70]

방송에서 창극을 5회 혹은 3회에 걸쳐 연속적으로 전편全篇을 다룬 것은 주목할 지점이다. 이는 나누어서라도 한 작품의 전 내용을 보여주는 것이 당시로서 가능했던 일임을 시사한다. 또한 〈춘향전〉과 〈심청전〉이 방송되었던 1928년과 1929년에 광월단이 활발히 활동한 것을 떠올리면, 무대에서도 창극의 전편을 구성했을 것이라 짐작할 수 있다. 당시 무대극의 구체적인 면모나 출연진을 확인할 수 없는 상황에서, 광월단의 주요 멤버들이 출연한 창극 방송은 무대극의 대강을 어렴풋이나마 짐작케 한다. 물론 방송을 위해 새로 작품을 짜고 배우를 구성하였을 수도 있지만, 무대극의 것을 그대로, 혹은 다소간 변형하여 방송했을 가능성이 크기 때문이다.

또한, 무대에서는 창극 이외에 다양한 연희—이를테면, 줄타기, 잡가, 재담 등—을 하였겠지만, 창극의 인기가 단연 높았을 것이라는 점도 추측할 수 있다. 당시 라디오가 오락의 기능을 수행하는 과정에서 조선의 노래를 프로그램화할 때, 그 주요 내용은 15~30분 남짓의 남도잡가, 남도단가, 경기좌창, 그리고 명창들의 소리 대목이었다. 그런데 한 회에 1시간가량이 되는 창극을 송출했다는 것은 이에 대한 청취자들의 기대가 있었기 때문일 것이다. 이는 곧 무대에서 창극 작품과 출연 배우에 대한 인기가 그만큼 높았다는 것을 다시금 방증한다.

2) 이중방송의 실시와 1930년대 라디오 창극

1933년 4월 26일부터 경성방송국은 이중방송을 시행했다. 개국 이후 6년간 실시된 단일방송은 한(韓), 일(日) 양측의 청취자 모두에게 불만이었고, 이에 따라 운영의 어려움이 노출되었다. 청취자의 불만을 해소하고 수신기의 보급을 확대하는 차원에서 이루어진 이중방송은 한국어방송과 일본어 방송을 분리하여, 한국어 방송은 새로운 주파수 610Khz의 단독채널로 방송(제2방송)하고, 일본어 방송(제1방송)은 종전의 900Khz로 계속 방송했다. 이에 따라 한국어 방송의 편성에서 오락 프로그램이 차지하는 비중은 자연히 높아졌다. 이혜구[71]에 따르면 이 무렵 방송편성에서 주간의 연예시간이 늘어났고, 평일의 음악연예 방송시간은 저녁 8시부터 9시 30분까지 1시간 30분이었다고 한다. 1프로는 30분 단위여서, 음악연예 방송은 하루 저녁 3단위가 들어가고, 한 달 30일에 약 90단위가 들어갔다고 한다. 박용규[72]는 전체 한국어 방송 시간에서 오락프로그램 시간이 차지하는 비율이 이중 방송 실시 직전에 불과 16.7% 정도였다면, 이중방송 실시 직후에는 42.3%까지 늘어났다고 했다. 그리고 이의 중심은 이왕직아악부의 음악과 판소리, 팔도의 민요, 잡가 등의 전통음악이었다.

이중방송을 실시하면서 조선인 청취자 수는 확실히 증가했다. 그동안 전체 청취자의 20%밖에 되지 않던 것이, 1933년 4월 26일 경성방송국의 출력을 10kw로 증강하고 부산을 시작으로 지방방송국을 증설해 나가며 그간의 2배인 40%로 늘어났다. 이중방송을 실시하면서 방송시설을 확장하였고, 이로 인해 조선인들은 전국 어디에서나 방송을 들을 수 있었다. 무엇보다 제2방송을 통하여 우리말조선어 방송을 들을 수 있었기에 조선인 청취자 수는 자연 증가하게 되었다.[73]

경성방송국은 조선의 전통음악을 1930년대 후반까지 2차례에 걸쳐 방송하였는데, 정오와 저녁시간에 편성하는 방식이었다. 정오 방송은 대개 12시 혹은 12시 5분에 시작을 하여 1시간가량 진행되었고, 저녁 방송은 7시에서 8시 사이에 시작하여 2시간가량 진행되었다. 당시 1일 평균방송시간오전6시~오후 10시까지 총 16시간 중 연예, 오락 방송 시간은 3시간 20분200분이었다. 그 가운데서 국악방송은 적게는 30분, 많게는 90분까지 편성되었다. 전체 음악방송에서 차지하는 비율이 15%에서 많게는 45%까지였던 것이다.[74] 1930년대 중반까지 이러한 편성방침이 유지 되었고, 유행가와 서양 음악이 인기를 얻으면서는 전통음악의 방송시간이 다소 줄어들었다. 하지만 하루 2차례의 편성은 거의 유지되었다.

전통음악에 대한 비중이 양악에 비해 줄어드는 시점은 1938년으로, 이것은 음악방송 자체가 점차 줄어드는 것과도 관련이 있었다. 1937년에 비해 1939년에 확실히 줄어드는 경향을 보이는데, 이는 드라마, 야담, 문예낭송류 등 음악 외의 장르가 늘어났기 때문이다. 그리고 1937년 중일전쟁의 발발 이후 방송의 선전 매체로서 기능이 점차 강화되었기 때문이다.[75]

라디오의 창극 방송은 저녁 시간에 편성이 되었고, 정오에 창극 방송을 하는 경우는 없었다. 이 시기 라디오의 창극 방송 프로그램을 살펴보면 다음과 같다.

〈표 4〉 이중방송 시기 창극 방송 목록(1933~1945)[76]

일시	작품	출연자	비고
1933.6.16.(금) 20:30	창극 '춘향 이별지장에서 하옥까지'	오태석(남창), 김세준(동), 김광채(동) 김소향(여창), 김충선(호적(胡笛)), 조선구극단	
1933.6.21.(수) 20:00	창극 '춘향 이별지장에서 하옥까지'	오태석(남창), 김세준(동), 김광채(동) 김소향(여창), 김충선(세적(細笛))	
1933.7.9.(일) 20:30	창극 〈춘향전〉 중 '춘당대 과거에서 춘향집 찾는데까지'	주난향, 이소향, 김세준, 오태석, 김광채	
1933.7.30.(일) 20:30	창극 〈춘향전〉 중 '어사출도'	오태석, 김세준, 김광채, 이소향, 한농선	
1933.8.13.(일) 20:30	창극 〈심청전〉 중 '곽씨부인 별세'	김광채(심봉사), 주난향(곽씨부인), 김세준(창), 임옥돌(동)	
1933.8.20.(일) 20:30	창극 〈춘향전〉 중 '어사출도'	정정렬, 오태석, 주난향, 한성준	
1933.8.30.(수) 21:00	창극 〈심청전〉 중 '심청 봉친하는데'	김세준, 김광채, 임명월	
1933.11.23.(목) 20:00	창극 〈춘향전〉 제1회 '광한루 구경하는데'	김창룡, 오태석, 김세준, 김광채, 이옥희	
1933.12.16.(토) 20:00	창극 〈춘향전〉 2회 '신연맞이'	오태석, 김채련, 김세준, 김광재	
1934.3.25.(일) 20:00	창극 '춘향이 옥중에 갇혔는데'	오태석, 김채련, 김세준, 김광채	
1934.4.15.(일)	창극 〈춘향전〉 중 '어사출도하는데'	오태석, 김종기, 김세준, 김광채, 김채련	

일시	작품	출연자	비고
20:00			
1934.12.31.(월) 20:40	창극 〈춘향전〉 중 '어사출도하는데'	오태석, 김종기, 김세준, 박종성, 김채련, 김소희	
1935.3.21.(목) 20:30	창극 〈춘향전〉 중 '어사출도하는데'	오태석, 조진영, 김세준, 정남희, 조앵무	
1935.6.12.(수) 21:00	창극 〈춘향가〉 중 '신관도임하는데'	오태석, 김세준, 정남희, 조상선, 강계향, 조농옥	
1935.11.24.(일) 20:30	창극 〈춘향가〉 중 '신관도임하는데'	오태석, 김세준, 정남희, 정원섭, 조병옥, 조농옥	
1936.2.10.(월) 20:00	무대극(동양극장으로부터 중계) 〈배비장전〉 제2막 '연화당'	조선성악연구회 배역 : 이동백(목사), 송만갑(호장), 정정렬(정비장), 오태석(방자), 정남희(배비장), 조상선(사령), 한성준(박비장), 김소희(애랑), 정원섭(집사), 그 외 다수 출연	중계
1936.3.14(토) 20:00	창극 〈춘향전〉 중 '신연맞이하는데'	정남희, 오태석, 김세준, 조명수, 정원섭, 조소옥, 조앵무	
1936.7.1.(수) 20:20	창극 〈춘향전〉	오태석 외	
1936.8.10.(월) 21:15	창극 〈춘향전〉 중 '신관도임하는데'	정원섭, 오태석, 김세준, 정남희, 조소옥, 조농옥	
1936.8.24.(월) 20:50	창극 〈심청전〉 중 '심봉사 황성을 나가는데'	정원섭, 강태홍, 오태석, 김세준, 조소옥, 박옥엽, 신청오	
1936.9.26.(토) 20:30	무대극(동양극장으로부터 중계) 〈춘향전〉 중 제3막 제1장 '오리정' 제2장 '동헌'	배역 : 정남희(이도령), 박록주(춘향), 오태석(방자), 김임○(향단), 김창룡(신관사또) 출연 : 조선성악연구원 회원	중계
1936.12.16.(수) 20:00	창극 〈심청전〉(동양극장으로부터 중계) '퇴락한 심봉사의 집' 김용승 각색	정정렬(심봉사), 박록주(심청), 조상선(승), 정남희(도사공) 기타 다수	중계
1937.1.6.(수) 20:50	창극 〈춘향가〉 中 '어사, 춘향의 집 찾아가는데'	임소향(춘향), 정남희(어사), 박록주(춘향) 그 외	
1937.9.18.(토) 20:15	창극 〈반석현성의 수훈〉	이소향(창), 임두철(사(詞)), 한성준(장고)	
1937.10.10.(일) 20:30	창극 〈춘향전〉 중 '옥중과 어사출도 장면'	성악연구회원 정남희(이몽룡), 김매향(성춘향), 임소향(춘향모), 김세준(변학도), 오태석(운봉영장), 신쾌동(곡성현감), 조상선(임실군수)	

일시	작품	출연자	비고
1938.1.3.(월) 20:45	창극 〈춘향가〉 중 '어사출도하는데'	배역 : 김세준(본관사또), 오태석(운봉영장), 임종성(곡성군수), 김광순(급창), 정남희(어사), 박록주(춘향), 이소향(춘향모), 한산월(향단) 조선성악연구회	
1938.3.15.(화) 20:00	무대극 〈토끼타령〉 중 제2막 '산중장면'(각 짐승이 좌석다툼)(동양극장으로부터 중계)	배역 : 별주부 임방울, 토기 김연수, 범 정남희, 노루 신쾌동, 사슴 서홍구, 너구리 조영학, 도야지 김광순, 잔내비 오태석, 김용승 각색	중계
1939.1.3.(화) 20:15	창극 〈춘향가〉 중 '어사출도하는데'	배역 : 정남희(어사), 김세준(변학도), 오태석(운봉영장), 조상선(곡성군수), 김방순(호장), 이정업(창), 박록주(춘향), 임소향(춘향모), 조선성악연구회	
1939.2.2.(목) 20:40	무대극(동양극장으로부터 중계) 〈춘향전〉(김용승 각색) 제5막 제1장 역졸분발하는 봉산길 제2장 남원부근 농촌 제3장 방자만나는 산길	배역 : 정남희(도령), 오태석(방자), 조선성악연구회	중계
1939.3.3.(금) 20:00	창극 〈춘향가〉 중 '어사와 방자맞나는데'	배역 : 정남희(도령), 오태석(방자), 임소향(춘향모), 오농희(향단) 그 외 3인 조선성악연구회원	
1939.7.25.(화) 20:30	입체창극(함(咸)) 〈효녀 심청〉 제1장 심청집 제2장 숨바꼭질 제3장 심청이 비는데 제4장 몽은사 제5장 희생 제6장 심양강 제7장 기적 제8장 단원	조성녀(심청), 안기옥(창), 이지암(선곡과 효과) 나향보(해설)	
1941.2.4.(화) 20:20	창극 〈춘향전〉	조선정악전습소원 김용승(각색), 정남희(이도령), 박록주(춘향), 오태석(방자), 김○(향단), 조농옥(춘향모), 안기옥(운봉), 정원섭(본관), 김세준(곡성), 강장원(군졸1), 정광수(군졸2)	
1941.4.12.(토) 20:35	창극 〈팔담춘몽〉[77]	김광우 작, 강성재(세존), 김여란(관음), 김준섭(초동1), 최명곤(초동2), 박동실(초동3), 조금옥(선녀1), 임소향(선녀2), 조연옥(선녀3)	
1941.6.24.(화) 20:00	창극(동양극장 무대에서 중계) 〈흥부전〉	김용승 각색 극단 조선성악연구회	중계

일시	작품	출연자	비고
1941.8.8.(월) 20:00	창극 〈심청전〉	김용승 각색 심봉사 : 김연수, 심청 : 박초월, 선인1 : 정남희, 선인2 : 강장원, 선인3 : 정광수, 동리인 : 김세준, 귀덕어미 : 김봉이, 비(妃) : 함미향, 극단 : 창극좌	

(1) '창극' 용어의 등장과 '창극조'와 '창극'의 구분

방송 창극의 목록에서 주목해야 할 첫 번째는 바로 '창극'이라는 용어이다. 음반에서와 달리 방송에서는 창극과 판소리의 구분을 비교적 분명히 했다. 방송에서 판소리는 처음에 '남도단가'라는 명칭으로 사용되다, 후에 '창극조'로 표기되어 꾸준히 사용되었다.[78]

> 금일의 방송 4월 1일 (금요일) 오전 9.40 오후0.05 정기 방송
>
> ─주간방송─
>
> 0.15 가사 시조 춘면곡 한권 최정희 김초홍
>
> 남도단가 단가 개고리타령^{蛙打令} 흥타령 조선 김기화 이금홍
>
> 서도잡가 수심가 장난봉가 단난봉가 대동 이진봉 김난홍 (…중략…)
>
> ─야간방송─
>
> 7.00 남도단가 단가 판소리 박월정「매일신보」, 1927.4.1

초기 방송에서 '남도단가'라는 장르는 단가를 비롯하여 개고리타령, 흥타령과 같은 남도민요, 그리고 판소리까지 포괄했다. '판소리'라는 명칭은 방송 프로그램에서 잘 사용되지 않았고,[79] '남도단가'의 명칭 아래 단가와

판소리 작품명이 소개되는 식이었다.[80) 1931년 이전까지 이런 방식으로 표기되었고, 1931년 이후에는 '연속구연連續口演'과 '남도단가'의 명칭이 함께 쓰이며 판소리를 가리켰다. 그리고 1932년 7월 이후에는 '조선창극조朝鮮倡劇調', '연속구연창극조連續口演倡劇調', '연속구연連續口演', '연속창극조連續倡劇調', '명창조구연名唱調口演' 등이 판소리를 아우르는 용어로 사용되다가 점차 '창극조倡劇調'[81)로 용어가 고정되었다.

'창극'이 1933년 6월에 처음 방송에서 소개될 때에는 판소리를 가리키는 용어로 '창극조倡劇調'가 일반화되었고, '창극'은 이와 정확히 구분되어 사용되었다. '창극'이라는 프로그램 아래, 창자 일인의 판소리 대목을 소개한 경우는 없었고, 그때는 어김없이 '창극조'로 표기되었다. 1933년 6월 음반으로 발매된 박월정의 〈단종애곡〉이 음반에서는 '창극'으로 표기가 되었지만, 방송에서는 '신창극조新倡劇調'로 표기[82)된 것도 음반과 달리 방송에서는 장르의 구분을 보다 확실히 하였기 때문이다. 그리고 이것은 판소리와 창극을 대하는 음반과 방송의 차이를 보여주는 예가 된다.

음반이 '창극조'에 해당하는 1인창의 전통음악극[83)에도 '창극'이라는 명칭을 붙인 것은 전통음악에 기반을 둔 새로운 형식의 음반을 '새로운 레퍼토리'로 포장하려는 의도 때문이었을 것이다. 급변하는 음반계의 시장 상황과 6대 레코드 회사의 치열한 경쟁 속에서 '창극'이라는 형식이 갖는 새로움을 강조하고자 1인창의 '창극조' 음반에도 '창극'의 명칭을 붙인 것이다.

음반과 라디오는 '소리'라는 공통의 감각 기관으로 수용자를 만나는 속성이 있지만, 음반은 개별 음반의 '발매-구매-소유'의 과정을 통해 수용자와 만난다는 점에서 경제의 논리에 보다 강한 영향을 받는다. 반면 방송은 매달 청취자가 지급하는 청취료만을 받은 채, 방송을 송출하기 때문에 개개의 프로그램에 대한 구체적인 장르 적시를 할 필요가 있다. 미리 프로그램을 짜고, 출연자를 섭외하고, 방송을 하는 것이기에 장르에 대한 구분도 보다 분명할 필요가 있는 것이다.

'창극조(唱劇調)'라는 명칭으로 '창극(唱劇)'이라는 단어가 1932년 방송을 통해 가장 먼저 등장하였고, 방송은 이후 '창극조(판소리)'와 '창극'을 구분하여 프로그램을 구성하였지만, 이것이 방송 이외의 공간에서까지 보편적으로 적용되지는 않았던 듯하다. 당시 음반에서 사용하는 '창극'의 포괄적 범주에서 보았듯이 말이다. 창극과 판소리의 갈래의 구분이 용어를 통해 보편적으로 이루어진 때는 음반에서도 이를 수용한 1930년대 중·후반이었다.

(2) 토막극 형태의 방송 지향

1930년대 창극방송에서 주목할 두 번째는 연속적으로 작품을 방송하지 않았다는 점이다. 창극의 한 대목을 방송할 뿐, 그 다음을 연속적으로 방송하여 서사적으로 완결된 작품 형태를 지향하지는 않은 것이다. 목록을 통해 이 시기 방송에서 다룬 토막창극의 레퍼토리를 정리해 보면 다음의 표와 같다.

1930년대 방송 창극의 토막극 레퍼토리

작품	대목	횟수
춘향전	춘향이별에서 하옥까지	2
	과거시험에서 춘향집 찾는데까지	2
	어사출도	8
	광한루구경	1
	신연맞이 / 신관사또 도임	5
	춘향옥중에 갇혔는데	1
	어사와 방자 만나는데	1
	춘향전[84]	2

작품	대목	횟수
춘향전 중계	오리정, 동헌	1
	남원부근 농촌, 방자만나는 길	1
		총 24회
심청전	곽씨부인 별세	1
	심봉사 친하는데	1
	심봉사 황성나가는데	1
	효녀 심청[85]	1
	심청전[86]	1
심청전 중계	쇄락한 심봉사 집	1
		총 6회
홍부전 중계	홍부전	1
토끼전 중계	상좌다툼	1
배비장전 중계	연화당	1
반석현성의 수훈	박석현성의 수훈	1
팔담풍경	팔담풍경	1
		전체 총 35

　방송 창극의 레퍼토리는 〈춘향전〉이 압도적으로 높은 비율을 차지하고 있고, 그 가운데 '어사출도'와 '신연맞이' 대목이 가장 인기가 있었다. 〈홍부전〉, 〈토끼전〉, 〈배비장전〉은 중계방송 형태로 한 차례 방송되었을 뿐이다. 그리고, 〈반석현성盤石縣城의 수훈殊勳〉과 〈팔담춘몽八潭春夢〉의 새로운 레퍼토리도 볼 수 있다.

　한편, 이 시기 한 작품을 연속적으로 방송하여 완결성을 추구한 형태는 창극조 방송판소리 방송을 통해 이루어졌다. 1931년 1월부터 1941년 6월까지 '연속구연 / 연속창극조'라는 이름으로 판소리의 주요 대목을 연속적으로 들려준 프로그램 있었던 것이다. 1930년대 초반 방송에서 연속 판소리는 토막 소리로서 판소리 방송 못지않게 많은 비중을 차지했다.

〈표 5〉 1930년대 경성방송국 연속 판소리 방송 목록[87]

날짜, 시간	작품명	연주자 (명창 / 고수)
1931.1.4 18:30	연속구연 〈춘향전〉 3	김창룡, 한성준
1931.1.5 18:30	연속구연 〈춘향전〉 4[88]	김창룡, 한성준
1931.4.7 21:45	연속구연 〈춘향전〉 제1회	정정렬, 한성준
1931.4.8 21:45	연속구연 〈춘향전〉 제2회	정정렬, 한성준
1931.4.9 21:45	연속구연 〈춘향전〉 제3회	정정렬, 한성준
1931.4.10 21:45	연속구연 〈춘향전〉 제4회	정정렬, 한성준
1932.1.2 18:30	연속구연 〈심청전〉	이동백, 지용구
1932.1.3 18:30	연속구연 〈심청전〉 제2석 소상팔경	이동백, 지용구
1932.1.5 18:30	연속구연 〈심청전〉 (4)	이동백, 지용구
1932.6.29 21:30	연속구연 〈춘향전〉 중 추천의 장면	정정렬, 한성준
1932.6.30 21:30	연속구연 〈춘향전〉 중 이별장면	정정렬, 한성준
1932.7.1 21:30	연속구연 〈춘향전〉 중 어사출도의 장면	정정렬, 한성준
1932.8.4 21:30	연속구연(1) 창극조 〈심청전〉	정정렬, 한성준
1932.8.5 21:30	연속구연(2) 〈심청전〉[89]	정정렬,[90] 한성준
1932.8.6 21:30	연속구연(3) 〈심청전〉	김창환, 한성준
1932.9.23 18:30	연속구연(1) 창극조 〈삼국지 발췌〉	이동백, 지용구
1932.9.24 21:31	연속구연(2) 창극조 〈삼국지 발췌〉	이동백, 지용구
1932.12.1 21:31	연속창극조 1, 초한가 2, 춘향전 중	김창룡, 한성준
1932.12.2 21:31	연속창극조 (2) 초한가, 춘향전 중	김창룡, 한성준
1933.1.2 18:25	연속창극조 제1석 삼국지 중 삼고초려	정정렬, 한성준
1933.1.3 18:25	연속창극조[91] 제2석 삼국지 중 남병산제풍	정정렬, 한성준
1933.3.2 21:30	연속창극조(1) 〈춘향전〉 중	조학진, 한성준
1933.3.3 21:30	연속창극조(2) 〈춘향전〉 중 어사출도	조학진, 한성준
1933.3.27 21:45	연속창극조 〈심청전〉 (1) 사당배별	정정렬, 한성준
1933.3.28 21:45	연속창극조 〈심청전〉 (2) 소상팔경	정정렬, 한성준
1933.3.29 21:45	연속창극조 〈심청전〉 (3) 부녀상봉	정정렬, 한성준
1933.4.10 21:45	연속창극조 〈춘향전〉 중 박석치	박록주, 한성준
1933.4.11 21:45	연속창극조(2) 〈춘향전〉 중 옥중가	박록주, 한성준
1933.4.26 21:00	연속창극조(1) 〈삼국지〉 중 삼고초려	정정렬, 한성준
1933.4.27 21:00	연속창극조(2) 〈삼국지〉 중 화용도	정정렬, 한성준
1933.4.30 21:00	연속창극조(1) 〈흥부전〉 중 놀부 심술 부리는데	박록주, 한성준
1933.5.1 20:50	연속창극조(2) 〈흥부전〉 중 흥부 매 맞는데	박록주, 한성준

날짜, 시간	작품명	연주자 (명창 / 고수)
1933.5.2 20:45	연속창극조(3) 〈흥부전〉 중 박타령	박록주, 한성준
1933.5.12 21:00	연속창극조 〈춘향전〉 중 (1) 이별가	정정렬, 정원섭
1933.5.13 21:00	연속창극조 〈춘향전〉 중 (2) 옥중가	정정렬, 정원섭
1933.5.14 20:45	연속창극조 〈춘향전〉 중 (3) 어사 박석치	정정렬, 정원섭
1933.5.21 21:00	연속창극조 〈심청전〉 중 (1) 심청이 승상집 가는데	이동백, 지용구
1933.5.22 20:30	연속창극조 〈심청전〉 중 (2) 심청이 임당수로 가는데	이동백, 지용구
1933.5.23. 21:00	연속창극조 〈심청전〉 중 (3) 심봉사 황성가는곳	이동백, 지용구
1933.6.1 21:00	연속창극조 〈춘향전〉 중 (1) 광한루 구경	김여란, 지용구
1933.6.2 21:00	연속창극조 〈춘향전〉 중 (2) 신흥행차에서 집장가	김여란, 지용구
1933.6.3 21:00	연속창극조 〈춘향전〉 중 (3) 어사출도	김여란, 지용구
1933.6.13 21:00	연속창극조 〈심청전〉 중 (1) 심청이 승상집 가는데	이동백, 지용구
1933.6.14 21:00	연속창극조 〈심청전〉 중 (2) 심청이 임당수로 가는데	이동백, 지용구
1933.6.15 21:00	연속창극조 〈심청전〉 중 (3) 심봉사 황성가는곳	이동백, 지용구
1933.6.19 20:00	연속창극조 〈심청전〉 중 (2) 심청이 임당수로 가는데	이동백, 지용구
1933.6.20 20:00	연속창극조 〈심청전〉 중 (3) 심봉사 황성가는곳	이동백, 지용구
1933.6.23 21:00	연속창극조 〈삼국지〉 중 (1) 삼고초려	정정렬, 한성준
1933.6.24 21:00	연속창극조 〈삼국지〉 중 (2) 남병산 기우	정정렬, 한성준
1933.6.25 21:00	연속창극조 〈삼국지〉 중 (3) 화용도	정정렬, 한성준
1933.7.3 21:00	연속창극조 〈심청전〉 (1) 사당 하직하는대	정정렬, 한성준
1933.7.4 21:00	연속창극조 〈심청전〉 (2) 소상팔경	정정렬, 한성준
1933.7.5 21:00	연속창극조 〈심청전〉 (3) 부녀상봉하는데	정정렬, 한성준
1933.7.10 21:00	창극조 어사타령 (1)	이동백, 지용구
1933.7.11 21:00	연속창극조 어사타령 (2)	이동백, 지용구
1933.7.12 21:00	연속창극조 어사타령 (3)	이동백, 지용구
1933.7.13 21:00	연속창극조 〈심청전〉 (1) 곽씨부인 장의	조학진, 심상건
1933.7.14 21:00	연속창극조 〈심청전〉 (2) 선인에게 몸바치는데	조학진, 심상건
1933.7.15 21:00	연속창극조 〈심청전〉 (3) 강상련	조학진, 심상건
1933.8.1 21:00	연속창극조 〈삼국지〉 중 (1) 삼고초려	정정렬, 한성준
1933.8.2 21:00	언속창극조 〈삼국지〉 중 (2) 남병산 기우	정정렬, 한성준
1933.8.3 21:00	연속창극조 〈삼국지〉 중 (3) 화용도	정정렬, 한성준
1933.8.14 21:00	연속창극조 〈삼국지〉 중 (1) 삼고초려	조학진, 한성준
1933.8.15 21:00	연속창극조 〈삼국지〉 중 (2) 남병산 동남풍비는데	조학진, 한성준
1933.8.16 21:00	연속창극조 〈삼국지〉 중 (3) 적벽강산 대공화전	조학진, 한성준

날짜, 시간	작품명	연주자 (명창 / 고수)
1933.9.21 21:00	연속창극조 〈삼국지〉 중 (1) 삼고초려	조학진, 지용구
1933.9.22 21:00	연속창극조 〈삼국지〉 중 (2) 남병산 동남풍비는데	조학진, 지용구
1933.9.23 21:00	연속창극조 〈삼국지〉 중 (3) 적벽대전	조학진, 지용구
1934.1.15 20:00	연속창극조(1) 〈삼국지〉 동남풍 비는데	조학진, 한성준
1934.1.16 21:00	연속창극조(2) 〈삼국지〉 적벽대전	조학진, 한성준
1936.3.3. 21:00	연속창극조 〈흥부타령〉 (1) 흥부집터 닦는데	김창룡, 정원섭
1936.3.4. 21:00	연속창극조 〈흥부타령〉 (2) 흥부 박 타는데	송만갑, 한성준
1936.10.23. 20:00	〈춘향전〉 1.광한루 경개 2.신관도임 3.어사출도	송만갑, 이동백, 김창룡, 한성준
1936.12.6. 20:50	연속창극조 〈삼국지〉 중 삼고초려	정정렬, 한성준
1936.12.7. 21:00	연속창극조 제2야 〈삼국지〉 중 군사서름	박록주, 한성준
1936.12.8. 20:55	연속창극조 제3야 〈삼국지〉 중 불지르는데	김창룡, 지용구
1936.12.9. 20:55	연속창극조 제4야 〈삼국지〉 중 군사점고하는데	송만갑, 정원섭
1936.12.10. 21:00	연속창극조 〈삼국지〉 중 화용도	정정렬, 한성준
1937.4.28. 20:00 1937.4.28. 20:30 1937.4.28. 21:00	〈심청전〉 중 심봉사 젖 비는데 〈심청전〉 중 심청이 선인 따라가는데 〈심청전〉 중 심봉사 황성을 나가는데	송만갑, 한성준 정정렬, 한성준 이동백, 한성준
1937.9.27. 20:55	명창연속창극조 제1야 심봉사 젖 비는데	송만갑, 한성준
1937.9.28. 20:55	명창연속창극조 제2야 선인 따라가는데	정정렬, 한성준
1937.9.29. 20:55	명창연속창극조 제3야 용궁 들어가는데	이동백, 한성준
1937.12.30. 19:35 1937.12.30. 20:00 1937.12.30. 20:30 1937.12.30. 21:00	춘향가 광한루가 신관사또 도임하는데 박석치 넘어가는데 어사출도	김창룡, 정원섭 송만갑, 한성준 정정렬, 정원섭 이동백, 한성준
1938.11.16. 21:00	연속창극조(1) 신판 〈춘향전〉	김청사, 한성준
1938.11.17. 21:00	연속창극조(2) 신판 〈춘향전〉	김청사, 한성준
1939.1.30. 20:30	연속창극조(1) 〈삼국지〉 중 공명이 동남풍 비는데	김청사, 한성준
1939.1.31. 21:00	연속창극조(2) 적벽가	김청사, 한성준
1939.4.3. 21:00	창극조 감상(1)	해설 이기세
1939.4.4. 21:00	창극조 감상(2)	해설 이기세
1939.4.5. 21:00	창극조 감상(3)	해설 이기세
1941.6.6. 20:50	창극조 감상 춘향전(1)	이동백, 박종기
1941.6.7. 20:50	창극조 감상 춘향전(2)	이동백, 박종기

날짜, 시간	작품명	연주자 (명창 / 고수)
1941.6.28. 20:50	창조 야담(1) 옥소선	김청사, 한남종
1941.6.29. 20:50	창조 야담(2)종(終) 옥소선	김청사, 한남종

　　연속창극조는 오랜 기간 상당한 횟수로 방송되었다. 그리고 대개 2~3회에 걸쳐 같은 연주자^{명창, 고수}에 의해 같은 시간대에 방송되는 경우가 대부분이었다. 방송시간은 30분이고, 서사를 나누어 연속하여 방송했다는 점에서, 15~20분 남짓의 토막소리인 창극조^{唱劇調} 방송과는 차이가 있다.

　　연속창극조의 레퍼토리는 〈춘향전〉^{13회}, 〈심청전〉^{10회}, 〈흥보전〉^{2회}, 〈삼국지적벽가〉^{10회}, 창극야담 〈玉簫仙〉, 이외 제목 미상의 작품도 있었다. 무엇보다 〈춘향전〉, 〈심청전〉, 〈삼국지〉가 주를 이루고 있다는 점에서 토막소리 창극조와 달랐다. 토막소리로 방송된 창극조는 〈수궁가〉를 포함한 전승 5가가 고루 편성되었고, 신창극조인 〈단종애곡^{端宗哀曲}〉, 〈왕소군^{王昭君}〉도 레퍼토리의 하나였다. 또한, 창극의 형태로 〈적벽가〉는 한번도 방송되지 않았는 데 반해, 연속 창극조의 경우 〈적벽가〉가 많은 사랑을 받은 것도 눈여겨볼 지점이다.

　　그렇다면 '연속창극조'의 명칭으로 판소리는 한 작품 전체를 방송하였으면서 창극은 어째서 토막극으로만 방송하였을까? 여기에는 두 가지 이유가 존재한다고 본다. 첫째, 당시 생방송으로 방송을 진행하는 상황 속에서 다수의 출연자를 섭외하는 것이 어려웠을 것이고, 둘째, 연속적으로 한 시간가량의 창극 방송을 송출하기에 전통음악 프로그램의 구성상 제한되는 측면이 있었을 것이다.

　　먼저 출연자 한 명에게 지급해야 하는 출연료를 생각할 때, 단체로 출연하는 창극 방송의 경우 방송사의 부담이 있었을 것이다.

방송 1회의 요금은 얼마나 되는가?

방송국에서 매일 20분 내지 30분간 방송하는 제씨에게 대하여 얼마나 한 요금을 지불하는지 또는 강연과, 방송소설극, 아동물, 음악, 창극 등의 차이가 어떠한가를 조사해보면 다음과 같다.

강연에 7원(단, 고관高官일 때엔 돈을 드림이 실례가 되어 15원 정도의 과일을 정함)

야담에 7원(단, 신정언씨에겐 10원)

동화에 7원

상식강좌 7원

소설낭독 7원

음악독창 7원(단, 사람에 따라 15원 내지 20원도 있음)

합창단(한 사람당 7원, 단체로 30원 내지 40원)

창극조 7원(단, 중류中流 10원, 이동백 씨에겐 20원)

방송극(한 사람당)에 7원

더욱 방송소설과 방송극의 원고료는 다음과 같다. 방송소설 1매(사백자힐)에 80전, 방송극 고료도 동일. 「정보실(情報室)(우리 사회(社會)의 제사정(諸事情))」, 『삼천리』, 1941.9

비록 1941년의 현황이긴 하지만 1930년대에도 크게 다르지는 않았을 것이다. 방송 출연자들의 출연료를 살펴보면 20~30분의 방송에 개인은 7원, 단체는 30~40원을 지급한 것으로 파악이 되는데, 창극단의 경우 단체에 준하였으리라 추측할 수 있다. 창극조로 출연진을 섭외할 경우 명창 한 명에게 7원을 지급하면 되지만 창극의 경우는 더 많은 금액을 지불해야 하는 것이다. 또한 방송시간도 창극 방송은 기본적으로 1시간 남짓 이루어지기 때문에 금액 역시 올라갔을 것이다. 전편을 방송할 경우 적어도 연속으로 3~5회의 방송을 한다고 할 때, 작품 하나에 대한 방송 출연료가 적지 않았을 것이다.

실제로 창극 방송은 창극조 방송에 비해 편성의 빈도가 낮은 것이 사실이다. 1933년의 경우 월 1~3회만 방송되었을 뿐이고, 1934년과 1935년의 경우는 1년간 3회만 이루어졌을 뿐이다. 1936년에는 빈도수가 늘어나는데 조선성악연구회의 〈춘향전〉 공연이 본격적으로 이루어지고 흥행을 일으킨 것과 관련하여 이해할 수 있다. 이후에도 1938년 2회, 1939년 4회, 1941년 5회의 방송 기록만이 남아있을 뿐이다.

전체 국악방송을 편성하는 과정에서 타장르와의 균형도 문제가 되었을 것이다. 즉, 전편을 방송한다고 할 경우, 창극으로만 3~5회, 회당 1시간가량 편성해야 하므로 민요, 아악, 판소리, 가야금병창, 산조, 시조 등과 월 방송 횟수에서 균형이 맞지 않는다. 장옥임[92]에 따르면 당시 전통음악은 다음과 같은 기본 방침에 따라 30분 단위로 각 분야별로 배정되었다고 한다.

음악의 종류	月 방송 回數
아악	1
음률	2
가곡, 가사, 시조	4
판소리	4
산조와 가야금병창	4
민요 (경기, 서도, 남도 민요)	4
민속 기악곡	4

전통음악은 세부 장르 각각이 각 월 평균 3~4회 방송되었다. 이로 볼 때 창극이 차지하는 비중도 이와의 관계 속에서 이루어져야 했을 것이다.

이중방송의 실시와 더불어 국악방송의 편성은 이전에 비해 증가했고, 창극

방송 역시 늘어났지만 전편의 방송은 어려웠다. 실제로 전편이 연속적으로 이루어진 경우는 없었다. 이 시기 창극은 토막극의 형식으로 방송된 것이다.

(3) 젊은 출연진을 통한 극적 사실성 지향

1930년대 창극 방송의 출연진을 살펴보면 오태석, 김세준, 김광채, 김소춘, 한농선, 정정렬, 박종성, 김소희, 조상선, 정남희, 정원섭, 조농옥, 박록주 등으로 당대 유명한 판소리 창자들이 방송에 골고루 출연했다. 이들은 조선성악연구회가 결성되기 이전에는 조선음률협회의 멤버들이었고, 조선성악연구회가 결성된 후에는 대부분 이에 속했다. 방송에서 창극을 송출하면서 섭외한 판소리 창자들은 조선성악연구회와 밀접한 관련을 맺었던 것이다. 그럼에도 흥미로운 사실은 중계방송이 아닌 직접 방송의 경우, 당대 대표적인 명창이었던 조선성악연구회의 송만갑과 이동백, 정정렬, 김창룡의 이름을 잘 볼 수 없다는 것이다. 중계방송, 즉 무대극에서는 분명 존재를 드러냈던 송만갑과 이동백의 경우 직접 방송한 창극에서는 이름을 볼 수 없고, 정정렬과 김창룡 역시 직접 방송에서 각각 한 차례씩[93]만 이름을 확인할 수 있을 뿐이다.

반면 앞서 살펴본 연속창극조의 주요 출연자에는 이동백, 정정렬, 송만갑, 김창룡이 존재하고 있다. 이들은 연속창극조 방송에서 매우 활발하게 활동하였는데, 방송에 출연한 횟수는 다음과 같다.

출연자	횟수
이동백	22
정정렬	33
김창룡	9
송만갑	6

출연자		횟수
기타	박록주	6
	조학진	12
	김여란	3
	김청만	6

　이동백과 정정렬은 당시 가장 월등히 많은 횟수로 연속창극조의 방송에 출연했다. 그리고 김창룡과 송만갑 역시 조학진을 제외한 다른 창자들에 비하면 많거나 비슷한 횟수로 출연했다. 판소리를 방송하는 프로그램에는 활발히 출연한 이들이 창극 방송에는 모습을 보이지 않은 이유는 무엇일까?

　당시 창극 방송이 남아있지 않은 상황에서 구체적인 내용은 확인할 수 없으나, 아마도 창극방송의 녹음은 소리기량도 중요하지만 배역의 사실성도 중요했기 때문이라 생각한다. 창극방송이 이루어지기 시작한 1933년을 기준으로 할 때, 당시 이동백은 68세, 김창룡은 62세, 정정렬은 57세, 송만갑은 69세이다. 반면 남창男唱의 주요 녹음자였던 오태석은 39세, 김세준은 40세, 김광채는 46세이다. 여창女唱의 주요 녹음자였던 김소향은 23세, 김채련은 35세, 주난향의 경우는 생몰연대가 보고되지 않은 바, 정확한 나이는 알 수 없지만 이들과 비슷했을 것으로 추측된다.[94] 비교적 젊은 소리꾼들이 방송 창극에 직접 출연한 것이다.

　또한 1936년 이전까지는 출연자가 어떤 배역을 맡았는지 거의 확인할 수 없지만, 1936년 이후에는 출연지의 배역을 확인할 수 있다. 〈춘향전〉의 경우, 정남희가 주로 어사 역을 맡았고, 박록주가 춘향, 오태석이 방자 혹은 운봉영감, 김세준이 변학도의 역을 맡았다. 1936년 당시 정남희와 박록주는 31살의 젊은 소리꾼이었다. 그리고 임소향은 그가 춘향으로 방송에 출연했던 1937년 당시 불과 19살이었다. 중계방송을 통해 당시 무대극의 배역과 출연진의 내용을 살펴보면, 젊은 배역에는 젊은 소리꾼이, 연배가 있는 배역에는 나이가 든 소리꾼이 배치되었음을 확인할 수 있다.[95]

창극조/판소리 방송에는 연로한 대명창들이 출연을 하였지만 창극 방송의 경우 이들이 빠졌다는 것은, 창극조 방송이 창극 방송에 비해 음악성, 곧 소리의 기량을 중시하였음을 보여주는 예이다. 창극조 방송이 추구하는 판소리의 음악성은 원로 명창들의 숙련되고 완숙한 소리를 통해 실현되기 때문에 이동백, 정정렬, 송만갑, 김창룡 등을 섭외하는데 주력했다고 해석할 수 있다.

반면, 창극 프로그램의 경우, 조선성악연구회의 회원들 가운데 소리는 물론 배역도 충실히 할 수 있을 만한 이들로 섭외하여 출연시켰다고 볼 수 있다. 즉, 배역에 따른 연기를 자연스럽게 할 수 있는 인물들로 방송 출연진을 구성한 것이다. 그리고 이는 방송이 창극의 속성 가운데 음악성 못지 않게 연극성도 매우 중요함을 간파하고 있었기 때문이다.

지금까지 일제강점기 창극이 무대, 그리고 음반과 방송으로 존재한 양상을 살펴보면서 다음의 세 가지 점을 새롭게 논했다. 첫째, 1930년대 '창극' 용어의 범주에 대한 이해를 새롭게 할 수 있었다. 음반과 방송에서 '창극'이라는 용어가 등장한 시기, 그 범주, 그리고 변화의 과정 등을 통해 무대극으로만 접근하였던 '창극'의 용어에 대한 이해의 폭을 넓힐 수 있었다. 둘째, 1930년대 후반기 음반 창극의 내용과 방송 창극에서의 주요 출연진들을 통해 당시 창극의 연극적 지향을 엿볼 수 있었다. 창극이 갖는 연극성은 음악성 못지않게 중요한 것이다. 방송에서의 창극은 1930년대 중반기부터 이미 이를 간파하여 배역을 구성했다. 이에 소리를 잘하는 사람만을 출연진으로 내세우지 않았다. 그리고 음반 창극의 경우, 1930년대 후반에서 1940년 초반의 오케 음반에서 이미 창극의 연극성이 이전에 비해 많이 강조되었음을 확인할 수 있었다. 마지막으로 1930년대 창극이 단지 무대에서 뿐만이 아니라 음반과 방송에서도 여러 차례 발매 및 송출이 되면서 대중에게 다가갔음을 확인했다.

제3장

1950~1960년대 창극의 존재

1. 여성국극의 등장과 국립창극단의 성립

1934년 창립되었던 조선성악연구회는 1940년대 초반까지 활동했다. 조선성악연구회는 1936년에 직속단체로 창극좌를 발족했고, 창극좌로 1941년 9월부터 공연했다.[1] 창극좌 이외에도 1940년대에는 여러 창극 단체가 존재하였는데 박석기 주도하의 화랑창극단, 하창운이 만든 동일창극단이 대표적인 예이다.

화랑창극단은 조선성악연구회에서 일탈한 창극인들을 중심으로 결성되었다. 주요 구성원은 한성준, 조상선, 박동실, 이기권, 김막동, 장영찬, 강선재, 김준섭, 최명곤, 임방울, 김여란, 조소옥, 김순희, 박초월, 김일지, 임소향 등이었다. 화랑창극단에는 전통 예인들 이외에도 김광우, 이서구, 이운방, 김창근 등이 작가 및 연출자로 있었다.[2]

동일창극단은 1939년 9월에 조직된 단체로 안기옥, 오태석, 임방울, 정광수, 신영채, 김준섭, 홍갑수, 강도근, 김준옥, 박초월, 박귀희, 강남월, 박

이숙, 박산월, 한애순 등이 단원이었다.[3]

이들 창극단 외에도 조선이동창극단, 한양창극단, 조일창극단, 반도창극
단 등이 1940년대에 활동하였던 창극단이었다. 이 당시에는 창작극이 번성
하며 창극의 레퍼토리를 다양화하였고 창극계 외부인사들의 적극적인 참여
가 이루어지면서 극적 요소가 강화된 창극의 면모를 보였다.[4]

창극은 1944년도를 전후해서 급격히 쇠락해 갔는데 이는 일제의 탄압
및 전시 동원과 무관하지 않았다. 전통연희의 주체였던 남성 명창들은 징용
으로, 여성 명창 및 기생들은 정신대로 끌려갔으며, 문화예술을 즐길 수 있
는 관객층도 부족했다.

해방 직후 1945년 8월 16일에 음건음악건설부이 조직되고, 같은 달 19일
국악위원회가 독립하여 결성되었다. 국악위원회에서 새로 출범한 국악건
설본부는 1945년 11월 10일에 국악원으로 명칭을 변경하였고, 후에 대한
국악원大韓國樂院으로 개칭되었다.[5] 대한국악원은 아악, 정악, 기악, 창악, 무
용 등을 총망라한 국악인들의 대표조직이었고, 창극단인 국극사國劇社를 산
하 단체로 두었다. 1945년 12월 국극사는 창립기념공연으로 〈대춘향전〉을
공연했다.[6] 이후 국극원은 군정청 예술과 및 『경향신문』의 후원으로 1947
년 2월 10일부터 14일까지 국도극장에서 '제1회 창극제전'을 열어 이동백,
조상선, 임방울, 박초월, 오태석, 정남희, 조농옥, 박귀희, 임소향, 박록주
등 당대 내로라하는 명창들로 무대를 꾸몄다.[7]

김민수[8]가 조사한 바에 따르면 국극사는 1950년 5월 12일부터 19일까
지 국립극장에서 개최된 창극 〈만리장성〉을 끝으로 활동을 중단했다. 이후
1953년 2월에 활동을 재개하여 1954년부터 1956년까지 간헐적으로 공연
했지만, 1957년 이후론 자취를 감추었다.

1950년대의 창극과 관련하여 주목할 활동은 여성국극단체의 공연이다. 1948년 박록주, 김소희, 박귀희 등 여성소리꾼으로만 구성된 '여성국악동호회'가 결성되었다. 그리고 이들을 중심으로 〈옥중화〉가 공연되었다. 최초의 여성국극이라 일컬어지는 작품이다.[9] 이후 여성국극은 1950년대의 공연문화를 장악하며 명실공히 당대의 대표적인 대중문화예술로 부상했다.

여성국극의 인기는 여러 측면에서 분석되었다. 작품 외적 측면으로 보면 먼저, 남역을 여성이 수행한다는 점에서 남장여성이 주는 매력이 당대 관람객, 특히 여성 관람객의 마음을 사로잡았다는 것이다. 여성국극 배우들의 팬은 어마어마하였는데, 당시 좋아하는 배우에게 사랑을 고백하며 혈서를 쓰는 학생이 있었다는 것, 가상결혼식을 올려달라는 팬이 있어 배우가 함께 결혼사진을 찍은 일화 등은 유명하다.[10]

다음으로, 화려한 무대와 의상, 독특한 분장술이었다. 여성국극은 음악으로서 창극의 면모를 고수하면서도 연극적인 면을 중시하여 무대와 의상 등의 장치에 많은 정성을 쏟았다. 뿐만 아니라 짙은 눈썹, 굵은 구레나룻의 표현 등 남장을 위한 독특한 분장도 화제를 모았다.[11]

작품 내적으로 보면 여성국극은 남녀의 사랑, 권선징악, 행복한 결말 등의 대중적 스토리 양식을 지향했다. 특히 상고시대 왕자와 공주의 사랑 이야기를 주로 다루며 관객들에게 환상적 즐거움을 주었다.[12]

그러나 1960년대를 접어들며 여성국극은 서서히 쇠퇴하기 시작했다. 영화산업의 발달과 대중매체의 본격적인 보급 등이 주요 원인이었다. 공연 이외에도 관객들이 즐길 수 있는 오락거리가 많아진 것이다. 물론 우후죽순 생겨나는 여성국극 단체들과 이로 인한 공연 내용의 질적 저하, 결혼과 임신 등으로 인한 스타 배우의 유실 등도 쇠락의 원인이었다.

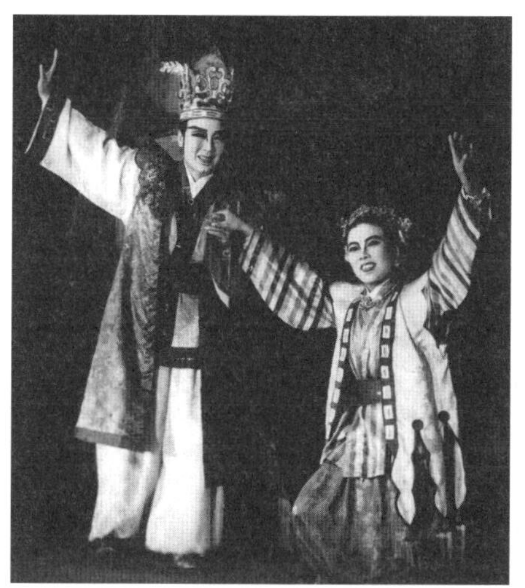

〈그림 1〉 임춘앵·김진진. 〈공주궁의 비밀〉(1952)

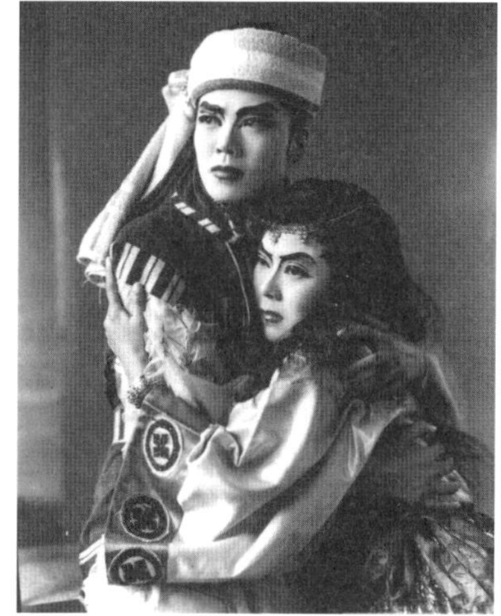

〈그림 2〉 김경수·김진진. 〈별하나〉(1958)

한편, 새로운 문물이 대중문화의 핵심을 차지하며 여성국극뿐만이 아니라 전통예술계 전반이 전승의 위기를 겪은 시기가 바로 1960년대이기도 했다. 1962년 문화재를 보존하고 관리하는 방안의 하나로 문화재보호법을 제정, 공포한 것은 사라져 가는 전통문화예술의 안정적 전승을 위한 것이었다. 이 시기 판소리가 1964년 중요무형문화재로 지정되고, 1962년 국립극장 전속단체로 국립국극단1970년 국립창극단으로 개칭이 창단되었다.

국립창극단의 설립은 창극 발전의 새로운 전환을 가져다줬다.[13] 1962년 국립국극단은 창단 당시 단장 김연수, 부단장 김소희, 단원 박귀희, 박초월, 강장원, 김준섭, 임유앵, 김경애, 김경회, 김득수, 한일섭, 장영찬, 강종철, 정권진, 남해성, 한농선, 박봉선, 박초선, 김정희, 한승호 등 20명으로 구성되었다. 국립국극단은 1962년 3월 22일부터 4월까지 명동 국립극장에서 김연수가 연출한 〈춘향전〉을 창단 기념공연으로 올렸다. 이후 〈수궁가〉,

<홍보가>, <심청가>의 전승 판소리 작품을 비롯하여 서항석 작, 박진 연출의 <백운랑>1963, 김동초 작, 박진 연출의 <서라벌의 별>1964 등 새로운 작품을 선보였다.

그러나 재정의 빈곤함과 운영체제의 불안정함으로 단원들이 점차 이탈하였고, 1968년에는 급기야 단장 김연수를 포함하여 김소희, 장영찬, 박초월, 정권진, 박귀희 등 6명만이 단원으로 남게 되었다.[14]

유영대는 1962년부터 1970년까지는 창극이 판소리의 연장이라는 생각을 답습해오던 때라고 규정한다. 논자에 따르면 이 시기의 창극은 초기 판소리 분창 형식, 이후 유랑 창극단에서 창극을 보여준 토막 형식, 그리고 1950년대 크게 번성한 여성국극과 일정하게 연결되는 방식으로 창극을 제작하던 때라고 한다.[15] 이 시기 박진과 서항석이 연출한 창극 작품이 있긴 하였으나 주로는 완창판소리, 민속잔치와 같은 옴니버스 식의 공연이었던 것이다.

창극에 관한 실제적인 논의 및 발전을 위한 노력은 1968년 국극정립위원회가 발족하여서야 이뤄졌다. 이후 1970년 국립극장 기구 개편을 하는 과정에서 '국극' 대신 '창극'이라는 용어를, '국극정립위원회' 대신 '창극정립위원회'라는 용어를 사용하게 되었다.

2. LP 도입과 음반 창극의 발매

1) 해방 이후 레코드계의 실상과 창극 음반의 존재

이준희[16]에 따르면 해방이 된 1945년 8월 15일 당시 대한민국에서는 새로운 음반이 생산되지 않았다. 이는 이미 1944년 초반 무렵부터 나타난 상황이었는데, 태평양전쟁 전시체제의 강화로 일본 음반 산업 자체가 위축되면서 일본 음반회사의 지점 형태로 운영되고 있었던 우리 음반 산업 역시 활동이 중단될 수밖에 없었기 때문이다. 논자는 1943년 말에서 1944년 초에 이미 음반생산은 중단되었다고 했다. 하지만 음반 생산이 중단되었다고 하여 곧 음반의 수요 역시 중단되는 것은 아니었다. 이준희는 이러한 상황 속에서 음반의 새로운 유통 형태가 등장하는데, 바로 중고음반을 매입해 새로운 수요자에게 다시 판매하는 방식이 그 첫째이고, 일제강점기에 이입되었거나 광복 직후 일본에서 새로 들어온 음반에 대한 음성적陰性的인 형태의 유통이 그 둘째라고 했다.

해방 이후 현재까지 확인할 수 있는 가장 이른 시기 유반의 취입에 관한 기사는 고려레코드[17]에 대한 것이다. 그 세부 내용은 다음과 같다.

고려레코드
처녀작품 출현
합관계 방면의 원조로 중첩한 관련을 돌파해온 고려레코드주식회사에서는 근근近近 제1회 작품을 내놓게 되었는데 그 종목은 대략 애국가 신구 건국가요 세계적으로 소개하는 조선민요 충국열사를 염하는 회상단가 기타 여러 이야기 훈육 여흥을 위한 것 등이라 한다.「공업신문」, 1946.7.28[18]

고려레코드 발매
제1회 작품
애국가 A면 신곡 B면 구곡
합창 음악대학합창단

독창 송진혁

지도 김성태

피아노반주 최성두

조선의 노래 A면

건국의 노래 B면

합창 음악대학합창단

독창 김형로

지도 김성태

피아노반주 최성두

제2회 작품 예고

해방의 노래 기타 명곡 10여 종 근일 발매!!

단, 특약점 모집중

서울시 중구 충무로 1가

제조원 고려레코드 유한회사

발매소 음악사

전본電本⑤3485·985『동아일보』, 1947.8.3

해방 이후 고려레코드에서 처음 발매된 음반에는 〈애국가〉를 비롯하여 〈조선의 노래〉, 〈건국의 노래〉가 수록되어 있다. 당시 고려레코드는 국악 음반도 발매한 것으로 확인이 된다. 1947년 8월 24일의 광고를 보자.

고려레코드 특약점 모집

1. 푸레스공 모집 2. 단체가團體歌 취입 수응酬應

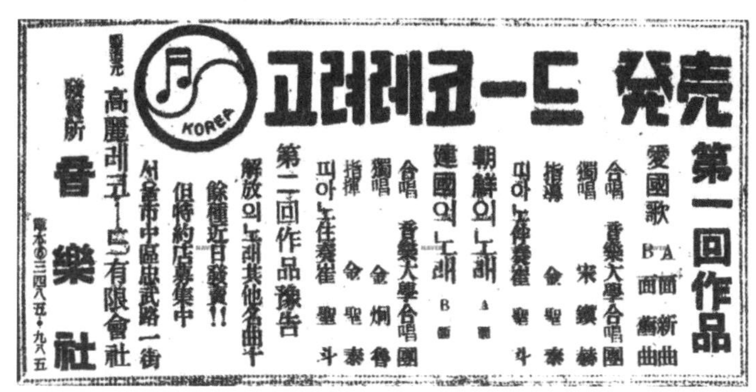

〈그림 3〉『동아일보』, 1947.8.3

애국가 · 신 · 구 · 건국의 노래 · 조선의 노래 · 여명의 노래

해방기념가 서울 충무로 음악사 발매중

제품안내

9월 1일부터 발매

경복궁타령 · 창부타령 방아타령 · 홍타령 배틀가 · 양산도 노래가락 · 한강

수타령 풍년가 · 사발가 아리랑 · 청춘가

회사 서울시 중구 충무로 1가 18

공장 서울시 성동구 마장동 366

고려레코드 유한회사

전본電本 3485 · 985『동아일보』, 1947.8.24

위 기사는 당시 이미 발매된 음반의 내용을 소개할 뿐 아니라 특약점을
모집한다는 내용을 담고 있다. 그리고 9월 1일부터 〈경복궁타령〉 등을 비
롯한 음반을 발매할 것이라 광고하고 있다. 이 음반들은 현재 국악음반박물
관에 소장된 것으로 확인이 되고, KNO.1**의 번호체계를 가지고 있다.[19]

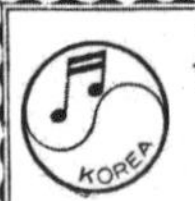

〈그림 4〉 『동아일보』, 1947.8.24

  상기 음반은 해방 이후 처음으로 발매된 국악음반이다. 그리고 고려레코드사는 해방 이후 처음으로 국악음반을 발매한 회사이다. 김태현[20]에 따르면 고려레코드사의 민요음반은 1947년에 녹음된 것으로 박채선, 장국심 , 한정자, 김옥심 등이 음반 녹음에 참여했다. 박채선의 〈양산도〉, 장국심의 〈청춘가〉, 〈사발가〉, 이은주의 〈아리랑〉, 〈베틀가〉, 〈노래가락〉, 김옥심의 〈흥타령〉, 〈경복궁타령〉 등이 녹음되었고, 반주로는 가야금의 이일선, 장고의 이창배, 피리의 지영희, 대금의 김광식 등이 참여했다.

  1940년대 후반에도 여러 음반사들이 등장과 퇴장을 거듭하며 음반 사업을 연명했다.[21] 여기서 주목하고 싶은 것은 이때 발매된 음반의 내용들이 무엇이었나 하는 점이다. 1940년대 후반에 존재했던 레코드 회사는 코로나부산, 오리엔트대구, 고려, 오케, K.B.C, 럭키, 아세아, 레인보우, 리베라, 메아리로 파악된다. 그리고 이들 음반회사의 주된 레퍼토리는 대중가요였다. 코로나레코드의 〈부산 부르스〉를 비롯하여 고려레코드의 〈가거라 삼팔선〉, 오케의 〈우러라 은방울〉 등은 당대 인기를 끌었던 대표적인 가요곡들이다. 뿐만 아니라 KBC 레코드의 경우는 가요의 일환으로 음반을 발행하기까지 했는데 〈안해의 노래〉, 〈사나이의 길〉이 현재 남아있는 음반이다. 당대 최고의 인기가수 남인수가 창립한 아세아레코드의 〈달도 하나 해도 하나〉, 〈망향望鄕의 사나이〉, 〈여수야화麗水夜話〉는 대중가요의 형식을 띠고 있지만, 광복, 분단, 여순麗順사건을 다루는 가사내용의 독특함이 있다.

이외에도 럭키레코드는 〈신라新羅의 달밤〉을 필두로 대중가요의 인기곡들을 연달아 발표하며 이 시기 존재했던 음반회사 가운데 가장 큰 상업적 성공을 거두었다. 이준희도 지적한 바와 같이 1940년대 후반 유성기음반은 이전 시기와 달리 대중가요가 음반 대부분을 차지했다.[22] 국악, 양악, 스케취, 레뷰, 극 등 일제강점기 존재했던 유성기 음반의 다양한 장르들을 이 시기에는 거의 볼 수가 없다. 해방 후라는 혼란의 상황 속에서 이전 시기 가장 사랑받고 유행했던 장르로 음반 시장을 이어나가려 한 의도였다고 해석할 수 있다.

그렇다면 국악음반의 등장은 언제 다시 이루어졌나. 김태현은 1950년대 중반 무렵으로 파악하고 있다. 당시 존재하였던 킹스타, 유니버샬, 신세기, 도미도, 그리고 오아시스레코드사를 중심으로 국악음반을 발매하였고, 경기민요 가창자 김옥심과 이은주는 국악인으로 유일하게 유니버샬 레코드의 전속으로 활동하며 많은 국악 음반을 취입했다.[23] 이 시기 국악음반은 앞서 언급한 레코드사 이외에도 신성, 신신, 산성, 신동아, 대성, 미도파 등의 레코드사에서 (양에 있어 각 레코드사마다 정도의 차이는 있지만) 판소리와 창극, 가야금병창, 민요남도, 서도, 경기, 정가, 기악 등의 다양한 장르로 발매되었다.[24]

본격적인 LP 음반이 등장하기 이전인 1950년대 후반까지는 유성기 음반이 여전히 음반 시장을 차지하고 있었다. 그리고 이때 각 음반사에서 발매된 음반은 역시 대중가요가 주를 이뤘다.[25] 일부 발매된 국악 음반 가운데에서는 민요가 가장 높은 비율을 차지했다. 이 무렵 발매된 SP 창극 음반은 킹스타레코드의 〈춘향전〉38면, 신세기레코드의 〈가극 대춘향전〉18면이 전부이다. 하지만 킹스타의 〈춘향전〉은 1937년 4월 빅터에서 발매한 〈춘향전〉정정렬, 임방울, 박록주, 김소희, 이화중선을 재발매한 레코드로, 새롭게 만든 레코드라고 말할 수 없다. 신세기에서 발매한 〈가극 대춘향전〉은 가수 황금심,

김용만과 명창 박초월, 성우향, 한농선이 참여한 음반이다. 연극 배우와 판소리 창자의 결합으로 이루어진 음반이다.

1950년부터 1953년 즉, 6·25전쟁 기간은 유성기 음반의 생산이 다른 시기에 비해 저조했던 것은 물론 관련 자료를 찾는 것도 어렵다. 음반을 광고하는 신문 기사나 음반 소개 잡지가 부재한 상황에서 음반에 대한 정보는 음반 실물이 발견되지 않고서는 파악하기가 어렵다. 특히 국악음반의 경우, 대중가요를 지향하는 음반 시장의 거대한 흐름 속에서 많은 비중을 차지하지 못했다. 따라서 이 시기 국악 음반의 현황 파악은 앞으로 지속적인 음반 발굴의 과정 속에서 이루어져야 할 것이다.

1950년대 중반부터 확인할 수 있는 유성기 국악음반은 민요에 치중되어 있었고, 특히 경서도 민요의 비중이 많았다. 반면 판소리와 창극 음반은 일제강점기에 비하면 그 비율이 매우 낮은데, 이에 대해 이준희는 광복 이후 본격적으로 활동을 시작한 김옥심, 이은주, 이은관의 인기에 힘입어 경서도 민요가 두드러지게 인기를 끌었기 때문이라 했다. 또한 판소리계 음반은 일제시대 활약했던 뛰어난 명창들의 타계, 차세대 명창들의 월북과 그를 대신할 주도적 인물의 부재 속에서 열세를 보인 것이라 설명했다.[26]

판소리 음반의 부재는 이준희의 설명대로 이해할 수 있는 여지가 충분하다. 실제로 해방과 전쟁을 전후하여 20세기 초기를 호령하던 주요 명창들이 타계하거나 월북하는 등의 상황이 있었기 때문이다. 하지만 그럼에도 이 시기 박록주, 김소희, 박귀희, 김연수, 임춘앵 등 판소리와 창극을 이끌어 갈 수 있는 국악인들이 분명히 있었던 점을 생각하면, 연행자의 부재만으로 음반 발매의 미흡함을 설명하기는 어렵다. 흥미로운 것은 1950년대는 창극에서 파생된 여성국극이 극장가를 장악하던 시기였다는 것이다. 소리를 좀 한다는 국악인들이 모두 극장의 여성국극으로 몰리던 시기가 바로 이때임을 생각할 때, 창극 음반의 부재를 다각적으로 이해할 필요가 있다.[27]

2) LP 도입과 1960년대 창극 음반의 발매 상황

LP는 'Long Playing'의 약자로 1분간 통상 331 / 3회전을 하는 레코드를 가리킨다. 1분간 78회전을 하는 유성기음반SP : Standard Playing보다 장시간을 녹음할 수 있다는 점에서 1926년 전기 녹음방식 이래, 레코드계에 또 한 번의 혁명을 가져온 기술이다. 초기 LP는 1931년 미국의 RCA가 마이크로그루부 방식으로 개발했지만, 재질이 SP와 같은 셸락으로 되어 있어 잡음이 많았다. 이후 1948년 미국 콜롬비아사에서 마이크로그루브 방식을 개량하여 음질이 뛰어난 비닐계 재질로 된 LP를 발매하였고, 이때부터 LP가 시장에 보급되었다.[28]

국내에 LP가 등장한 때는 6·25전쟁 전후로 파악이 되고, 본격적인 생산과 녹음은 1950년대 말에 가서야 이루어졌다.

> 우리나라서도 제작
>
> 「LP레코드」우리나라에서도 3월경에는 「롱·프레이」LP레코드가 처음으로 만들어지게 되었다.
>
> 이 제작시설은 얼마 전부터 공보실에서 추진 중에 있는데 3월까지는 완료하고 제품이 나오게 될 것이라고 한다. 한편 현재 시장에 나와 있는 「롱·프레이」는 전부 외국제품이므로 이는 우리나라에서 처음 만들어지는 것이 된다. 「롱·프레이」 한 장은 종래 「레코드」의 여섯 장 정도에 해당하게 되며 한 장은 한 시간 동안의 음악을 들려줄 것이다.『경향신문』, 1958.1.18

위의 신문으로 보면 우리나라에서 LP레코드가 처음으로 만들어진 시기는 1958년경이다. 이렇게 시작된 국내 LP생산은 이듬해 하반기에는 레코드계의 흐름을 주도했다. 국내 음반사를 선도한 6개 음반회사오아시스, 미도파, 킹스타, 유니버설, 도미도, 신세기에서 LP생산에 본격적으로 착수를 한 것이다.[29] 1960년에 접어들면서 LP음반의 매상고가 유성기 음반에 육박하기 시작했고, 1960년 여름 무렵에는 양자의 비중이 비슷한 수준이 되었다. 그리고 1961년 여름에는 유성기 음반의 판매율이 LP음반의 1/3로 떨어졌다.[30] 다음의 기사를 통해 1961년 여름 무렵 LP음반계의 모습을 여러 측면에서 보도록 하겠다.

작년만 해도 한 달에 7~8곡에서 10곡 정도의 신작이 돌던 것이 올 여름에는 고작 2, 3곡 정도였다. 그나마 유니버샬, 오아시스, 신세기, 미도파 등 제법 규모를 갖춘 「레코드」 제작사들은 쉬지 않고 움직이고는 있다. 다행히 5·16 이후 밀수 「레코드」가 대폭 줄어듦에 따라 국산 「레코드」계는 한 가닥 희망을 품고 있다. 그 한 예로 조잡하다는 정평을 받아온 국산 LP롱 플레이들이 사뭇 품질의 향상을 나타내고 있으며, 외래 「레코드·팬」들 조차도 「코스타」가 가장 낮은 국산 「레코드」에 구미를 당기기 시작했다는 것. 복사판이긴 하지만 국산 「스텔레오」가 금년 들어 약 60여 종 나돌고 있는 것도 진경이다. 특히 주목할 현상은 작년 이맘때까지도 SP·LP의 비율이 반반이던 것이, 작년 「크리스마스」를 고비로 SP쇼트·플레이는 차츰 자취를 감추기 시작하였고, LP판으로 기울은 일이다. 이대로 간다면 금년 「크리스마스」까지 SP시대에 답보하던 국산 「레코드」계도 거의 LP권으로 넘어가게 될 것으로 보인다. 이러한 현상은 국산 「레코드」 제작계의 의욕을 복돋아주며, 품질의 향상을 가져오게 하리라고 본다.

<최근의 힛트·퍼레이드>

다음「디스크」경향으로는 우선 몇 가지가 눈에 띈다.

첫째는 고전적인 유행가의「리바이발」, 최근의「힛트」인「황성옛터」「강남달」등 30여 년 전의 유행가들이 다시 팔리기 시작하고 있으며, 고복수의「타향살이」이재호의 작곡집「방랑자의 노래」등이 때 아닌 유행을 재촉하고 있다는 것이다. 외국의 영화주제가와「포퓰러·뮤직」들은 전보다 약간 고개를 숙인 듯한 기세이지만, 그래도 꾸준한 편, 이 방면의 전파자들은 대체로 AFKN, 외화이다. 최근의「힛트」로는「엘뷔스·풀레스리」의「잇쓰·노우·오어·네버」,「이태리」민요「오쏘레미오」를「록큰.롤」조로 편곡한 것이다. 그리고 영화「물망초」로서 소개된「펠치오·타리아피니」의 노래「물망초」등. (…중략…) 국산 유행가로는 손석우 곡의「노랑샤쓰」가 그중「힛트」라고 한다. 이은관의 배뱅이굿, 노래가락, 경복궁타령 등 민요도 관광객들에게 심심치 않을 만큼 나간다고 한다.

<시세만난 복사판>

그러나 취입반보다도 복사판이 득세하는「레코드」계의 후진성이 두드러진다. 외국「레코드」의 유입이 대폭 줄어들게 된 탓으로 이 비양심적인 복사판 제작 경향은 한층 증가 될 것이 뚜렷하다. 더구나 국내의 저작권 강화로 외국「디스코」의 복사는 때를 만난 듯이 성행하게 될 것은 뻔하다.「동아일보」, 1961.8.31

위의 기사는 점차 LP권역으로 변모해가는 당시 음반계의 흐름을 잘 보여주고 있다. 기사를 통해 먼저, ① 1960년 크리스마스를 기점으로 SP는 기울고 LP는 증가하고 있음을, 국산 LP의 품질이 점차 향상되고 있음을 알 수 있다. 그리고 ② 새로운 음반 제작은 여전히 부진한 반면 복사판의 제작은 성행하고 있음을 확인할 수 있다. 다음으로, ③이 시기 음반계의 인기 장르도 확인할 수 있는데, 당시 흥행하고 있는 미국의 영화음악과 팝송, 그리고 국산유행가가 인기였음을 알 수 있다. 또한, ④1930년대 유행한 음반이 재발매되며 인기를 끄는 상황도 확인할 수 있다. 이러한 복고주의는 1962년 초에도 나타났다.[31] LP음반이 점차 대중화됨에 따라 새로운 음반을 제작하는 것보다 이전에 SP로 제작된 것을 LP로 복각하는 것이 용이했을 것이다. 그 과정에서 과거의 인기 음반들이 다시 한번 등장하여 기성세대에게는 향수를, 젊은 세대에게는 신선함을 주었을 것이다. ⑤국악과 관련하여서는 이은 관의 배뱅이굿과 민요 등이 주목받는 음반이었다. 이 음반들 역시 새로 녹음되었다기보다는 이전의 음반들이 복각되고 재발매되는 과정에서 꾸준히 인기를 얻은 것으로 이해할 수 있다. 그렇다면 창극 LP음반은 어떠하였나.

창극 LP음반은 1960년대 초부터 발매되었다. 1960년대 창극 음반을 발매한 음반 회사는 킹스타, 신세기, 대도, 시대·유니버샬 레코드사로 이들이 발매한 음반은 다음과 같다.

<표 6> 1960년대 음반사별 창극 음반 목록[32]

킹스타레코드	<대춘향전>		
신세기레코드	창극 <성춘향>, 가극 <성춘향>, 판소리 <춘향전>, 판소리 <심청전>, 판소리 <흥보전>, 판소리 <춘향전 전집>		
대도레코드	창극 <춘향전>, 국창 <심청전>, 국창 <흥보전>, 국창 <수궁가>		
지구레코드공사	창극 <대춘향전>		
시대·유니버샬 레코드	창극 <춘향전>, 창극 <심청전>, 창극 <흥보전>, 창극 <장화홍련전>		

1960년대에 국악음반은 활발한 LP의 보급 속에서 해방 이후 1950년대까지에 비해 적극적으로 발매되었다. 특히 장시간을 녹음할 수 있는 LP의 기술로 이전 시기에 침체기를 겪었던, 판소리와 창극 음반이 민요, 기악 음반 못지않게 발매되었다.

먼저, 킹스타레코드는 이전 빅타판 〈대춘향전〉을 LP로 복각하여 LP시대 창극 음반의 첫 선을 보였다.[33] 이 음반은 '레코드 드라마'라는 이름으로 소개가 되면서, 창극이 갖는 서사성을 강조했다.

신세기 레코드는 1950년대 후반 SP음반으로 발매하였던 가극 〈대춘향전〉을 LP음반으로 복각하여 발매했다. 주의할 것은 '가극 〈대춘향전〉'[34]은 이상만이 연출을 맡고, 이향[이도령], 남해연[성춘향], 주상현[방자], 김소원[향단], 복혜숙[월매] 등이 연기를 하고, 황금심, 김용만, 최문자가 중간 중간 노래를 한 형태로, '창극 〈성춘향〉'[35]과 다른 음반이라는 점이다. '창극 〈성춘향〉'은 박초월, 성우향, 한농선이 녹음한 3장의 10인치 LP 음반이다. 이 음반은 다시 앞선 '가극 〈대춘향전〉'과 결합되어, 신극배우와 유행가 가수, 명창들이 함께 녹음한 형태의 음반인 '가극 〈성춘향〉'[36]으로 재편집, 재발매 되었다.

신세기의 〈춘향전〉은 이들 이외에도 2종류가 더 존재한다. 김소희, 김경희, 김정희가 '이도령 과거·어사출도' 대목만을 녹음한 1장짜리 10인치 LP음반 〈판소리 춘향전〉[37] 1종과, 김소희, 김경희, 김정희, 박초월, 성우향, 한농선이 참여하여 5장의 10인치 LP음반으로 제작한 〈판소리 춘향전 전집〉[38]이 바로 그것이다.

신세기는 여러 차례에 걸쳐 〈춘향전〉을 발매한 셈인데, 가수 중심의 '가극 춘향전'과 판소리 창자 중심의 '창극 성춘향', 그리고 이들을 결합한 '가극 성춘향'을 시도한 후, 마침내는 판소리 창자만이 투입된 '판소리 춘향전 전집'을 발매했다고 정리할 수 있다. 뿐만 아니라 김소희, 김경희, 김정희가 참여한 〈심청전〉, 〈흥보전〉도 함께 발매하여, 바야흐로 LP시대 창극 음반의 길을 열었다.

창극 음반의 녹음은 1960년대 중반 대도레코드에서 다시 한번 시리즈로

발매되었다. 1960년 초에 설립된 것으로 파악되는 대도레코드사는 1962
년 명창집과 남도민요집의 레코드 제작에 착수하였는데, 당대 비중 있는 명
창이었던 박초월, 한농선, 성우향 등을 중심으로 이를 시행했다.

■ 창극명창집 기획 남도민요집 포함

대도레코드사는 우리 국악계의 명창들인 박초월 한농선 성우향제씨들의
창으로 남도민요집과 가야금산조의 레코드^{LP}제작에 착수 이달 말일 내로 제
작을 완료할 예정이다.

[남도민요집]

▼보렴▼새타령▼널뛰기▼진도아리랑▼남원산성▼휘여능청 등 6곡이 실
린 동 민요집은 창에 박초월 한농선 성우향 박봉선 양옥진 김옥주 정철호 조
통달 제씨가 부르고 있다.

[가야금산조]

A면에 진양조 중머리 엇중머리 B면에 중중머리 자진머리 휘머리 등의 6곡
이 수록된 LP10인치 판으로 창에는 역시 박초월 씨를 도위시한 남도민요집
에 나오는 명창들이 동원되고 있다.『경향신문』, 1962.2.15

■ 이 주의 레코드

대도레코드의 기획으로 명창집과 남도민요집의 레코드집 제작에 착수했
다. 박초월 한농선 성우향 등 명창급들을 망라한 창으로 엮을 예정『경향신문』,
1962.2.21

위의 기사로 보건데, 대도레코드는 남도민요집과 가야금산조를 먼저 기

획하고, 차차 '명창집'까지 발매했다. 이때 명창집이 바로 창극 음반이다. 이 음반에는 상당히 많은 명창들이 참여하였는데, 박초월, 성우향, 한농선을 중심으로 조순애, 양옥진, 박봉선, 김옥주, 조통달, 정철호, 김춘시, 김선초, 나경자 등의 중견 창자들이 대거 동원되었다. 이들은 〈춘향전〉, 〈심청전〉, 〈흥보전〉, 〈수궁가〉를 각각 10인치 LP 5매, 2매, 3매, 3매의 총 13매의 창극 음반으로 녹음했다.

이후 1968년 지구레코드공사에서 김연수, 박록주, 박귀희, 김여란, 박초월, 김소희 등 당대 최고 명창들과 장영찬, 박봉선, 김경희, 남해성 등을 투입하여 5장의 12인치 LP음반 창극 〈대춘향전〉을 발매했다. 이 음반은 김연수가 도창하여 녹음한 것으로, 그 내용을 살펴보면 김연수 〈춘향전〉의 창본과 일치한다. 이 음반을 개관한 노재명에 따르면 지구레코드는 김연수의 단가, 판소리 음반을 1966년부터 제작했다고 한다. 지구레코드공사는 1966년에 김연수 판소리 다섯 바탕 눈대목 음반5LP을 제작하였고, 1967년에는 《김연수 창본 춘향가》의 부록으로 김연수 〈춘향가〉 중 초입부터 '광한루 구경'까지 담은 음반소형 1LP을 발매했다.[39] 또한 1967년 김연수는 마침내 〈춘향전〉의 창본을 정리하고 발간하는데,[40] 이 음반은 이 창본을 중심으로 내용을 구성하고 녹음한 것이다.[41] 당시 창극 음반이 어느 한 작품만이 아닌 시리즈로 기획되어 발매되었던 흐름을 볼 때, 지구레코드의 〈춘향전〉은 여러 작품을 대상으로 한 창극 음반의 기획물이 아닌 국악인 '김연수'에 초점을 맞춰 발매된 것으로 볼 수 있다.

1960년대 말에 시리즈 형태의 창극 음반은 한 번 더 발매가 된다. 시대·유니버샬 레코드의 음반들이 그것이다. 1960년대 말부터 국악음반을 발매한 유니버샬 레코드사는 이전 시대레코드사의 음반을 재발매하거나 흡수하는 형태로 창극 음반을 발매했다. 이 음반사는 〈춘향전〉, 〈심청전〉, 〈홍보전〉, 〈장화홍련전〉 총 4종의 창극 음반을 각각 12인치 LP로 3장씩 제작했다. 음반의 참여자로 김소희, 성창순, 김경희, 박옥진, 한일선, 허희의 이름이 음반에 직접 기록되어 있다.

시대·유니버샬 레코드사는 창극 〈장화홍련전〉을 처음으로 녹음, 제작했다는 점에서 창극 음반의 중요한 지점을 차지한다. 시대·유니버샬의 창극 〈장화홍련전〉은 이후 1970년대 여러 차례 재발매된다. 인기가 있었던 레퍼토리였다는 방증인 것이다. 무엇보다 〈장화홍련전〉은 이후 도미도레코드사, 아세아레코드사, 신세계레코드사에서도 제작하여 발매한 작품이다. 기존 〈춘향전〉, 〈심청전〉, 〈홍보전〉 중심의 창극 음반 시리즈에 새로운 레퍼토리로서 〈장화홍련전〉이 등장한 것이다.

3) 1960년대 창극 음반의 특징

앞서 살펴본 바와 같이 1950년대에는 국악음반의 제작이 활발하게 이루어지지 못했다. 제작된 SP 국악음반의 대부분은 민요가 차지하였고, 창극의 경우 킹스타에서 기존 빅타판 〈춘향전 전집〉1937을 재발매한 〈춘향전〉과 신세기레코드사에 발매한 가극 〈대춘향전〉 2종뿐이었다. 하지만 전자와 후자 모두 이 시기 새롭게 제작한 창극 음반이라고 말할 수 없다. 전자는 이미 발매된 것을 복각한 것에 불과하고, 후자는 가요극 형태의 〈춘향전〉에 판소리가 일부 들어갔을 뿐이기 때문이다. 1950년대에는 여러 명창이 참여하여 녹음한 창극 음반은 그야말로 전무하였던 것이다.

새로운 창극 음반 제작은 1960년대 LP음반이 활발하게 보급되면서 본격적으로 이루어졌다. 1960년대에 각 음반사에서 제작한 창극 음반의 특징은 다음과 같다.

(1) 작품의 일부 녹음 지향

1960년대 신세기, 대도, 시대레코드에서는 〈춘향전〉, 〈심청전〉, 〈흥보전〉을 공통적으로 발매했다. 먼저 각 음반사에서 발매한 창극 음반의 내용을 살펴보도록 한다.

〈표 7〉 신세기, 대도, 시대·유니버살레코드사 음반 주요 내용[42]

	신세기레코드	대도레코드	시대·유니버살레코드
춘향전	사랑가, 이별가, 집장가, 상사별곡, 이도령 과거 급제, 이도령과 방자 만남, 춘향모와 이도령 상봉, 옥중 상봉	사랑가, 이별가, 신관사또 춘향 겁박, 집장가, 상사 별곡, 이도령 과거 급제, 이동령과 방자 만남, 농부가, 춘향모와 이도령 상봉, 옥중 상봉, 출도 후 춘향 만남	이도령 광한루 구경, 방자시켜 춘향 부름, 천자풀이, 사랑가, 이별가
심청전	심청 부친 이별, 범피중류, 소상팔경	심청 부친 이별, 소상팔경, 심봉사 신세 한탄(망사비), 심봉사 뺑덕에게 황성 가자 함, 한양길, 뺑덕이네 도망, 황성길에 옷 도둑, 맹인 잔치 도착, 부녀상봉	곽씨 부인 삯바느질, 불공과 심청 출산, 곽씨부인 유언, 곽씨부인 발인, 아내묻고 돌아와서, 젖동냥, 심봉사 동냥, 심청이 동냥, 무릉촌 장 승상댁, 심봉사 심청 찾아 나섬
흥보전	흥보 매품팔이, 흥보가 놀보 찾아가는데, 도승 집터 잡아주는데, 흥보네 찾아온 제비, 흥보 제비 노정기, 흥보 박타령, 놀보가 흥보 찾아오는데, 놀보 제비 후리러 나가는데	놀보 심술대목, 놀보 흥보 쫓아내는데, 흥보네 가난, 흥보 매품팔이, 흥보가 놀보 찾아가는데, 도승 집터 잡아주는데, 흥보네 찾아온 제비, 흥보 제비 노정기, 흥보 박타령, 놀보가 흥보 찾아오는데, 놀보 제비 후리러 나가는데	놀보 심술 대목, 놀보 흥보 쫓아내는데, 흥보네 가난, 흥보 매품팔이, 흥보가 놀보 찾아가는데, 도승이 집터 잡아주는데, 흥보네 찾아온 제비, 제비 노정기, 흥보 박타령, 놀보가 흥보 찾아오는데

세 음반사의 창극 음반의 내용을 살펴보면, 작품의 전체 내용을 담은 음반은 대도레코드의 〈춘향전〉과 〈심청전〉에 한한다. 다른 음반들은 작품의 전체 내용을 음반에 담기보다 작품의 핵심이 되거나 혹은 흥미가 있는 대목을 중심으로 녹음한 경향을 보인다. 이전 시기의 대표적인 유성기 창극 음반들, ― 콜럼비아 〈춘향전〉1934, 폴리돌 〈심청전〉1935과 〈화용도〉1935, 빅타 〈춘향전〉1937, 오케의 〈춘향전〉1937과 〈흥보전〉1941, 〈심청전〉1942 ―이 창을 줄이거나 도창을 통해 장면을 요약적으로 제시하면서라도 작품의

전체 내용을 아우르는 형태로 제작되었다는 것과 비교할 때, 1960년대 창극 음반의 독특함이 드러난다. SP시절보다 장시간으로 녹음을 할 수 있는 LP음반 시대가 도래하였음에도 전체 이야기를 모두 담는 것에 주력하지 않은 것이다.

한 작품을 12인치 LP음반 2~3장^{약 80~120분43)}으로 녹음해야 할 때, 작품의 전체 서사 가운데 어떤 장면을 녹음할 것인가는 음반사마다 중요한 문제였을 것이다. 따라서 각 레코드사가 선택한 장면들을 통해 당시 작품별 인기 대목을 짐작할 수가 있다. 대도레코드사 〈춘향전〉은 세 음반사 가운데 가장 많은 장면을 담고 있다. 이는 신세기가 약 120분, 시대·유니버샬이 약 100분으로 녹음된 것에 비해 대도는 약 170분에 걸쳐 〈춘향전〉을 녹음했기 때문이다. 또한 대도는 신세기와 시대·유니버샬에 비해 장면을 좀 더 요약적으로 구성했다. 대도의 〈춘향전〉은 첫 번째 장에 박초월의 인사말을 넣고 있다.

박초월입니다. 항상 강호 선배의 그침없는 애호를 받고 있음을 무한한 영광으로 생각하고, 또 감사를 드립니다. 그러면 금번 대도 레코드회사에서 여러분들을 모시고 〈춘향전〉 중에서 가장 좋은 대목만 추려서 창극으로 간단한 소개를 하고자 합니다.

— 대도레코드 〈춘향전〉 1-A 中[44]

대도레코드의 〈춘향전〉은 170분으로 비교적 녹음 시간이 많음에도 '가장 좋은 대목만 추려서', '창극으로 간단히 소개'함을 지향했다. 방대한 판소리 〈춘향가〉를 생각할 때, 대도의 음반사가 각 부분을 줄여서 녹음하였음을 창자들 자신도 인식하고 있는 것이다. 이 과정에서 '좋은 대목'이란 ① 좋은 소리 대목이 있는 장면, ② 작품의 전체 서사에서 중요함을 차지하는 장면, ③ 청자에게 흥미가 있는 장면이 그 기준이 되었을 것이다.

〈심청전〉의 내용을 보면, 소리가 좋은 대목을 중심으로 녹음이 되었다는 것을 짐작할 수 있다. 예를 들어 신세기 레코드사의 〈심청전〉은 2장의 음반약 55분으로 제작되었다. 그리고 담고 있는 장면이 가장 적다. 녹음 시간이 적기도 하지만, 무엇보다 소리 중심으로 녹음이 되었다. 이는 시대·유니버샬의 〈심청전〉도 마찬가지이다. 2장의 LP약 70분음반에 담아내고 있는 장면이 고전소설 『심청전』 전체 서사의 전반부에 지나지 않는다. 대도레코드사에서 LP 2장약 68분에 부녀이별, 심봉사의 황성길, 맹인 잔치, 부녀 상봉까지 담은 것에 비하면 이야기 『심청전』의 일부 장면을 택하여 소리 대목에 집중하여 녹음한 것이다.

작품 전체 서사에서 중요한 부분을 중심으로 녹음한 것은 〈흥보전〉을 통해 확인할 수 있다. 세 음반회사의 녹음 내용이 가장 많이 겹치는 작품이 바로 〈흥보전〉인데, 신세기는 2장약 80분, 대도와 시대·유니버샬은 3장각각 약 116분, 110분으로 〈흥보전〉을 녹음 및 제작했다. 세 음반회사의 〈흥보전〉에 공통으로 담긴 내용은 '흥보가 매품을 파는 대목'부터 '놀보가 제비를 후리러 나가는 대목'까지다. 형에게 쫓겨나 매품까지 팔며 고생하는 흥보네의 가련한 처지와 형을 찾아갔으나 매만 맞고 돌아온 흥보의 비참함, 그리고 이로써 볼 수 있는 놀보 부부의 패악함, 도승과 제비를 통한 흥보의 행운, 그리고 박타령은 고전소설 『흥보전』에서 가장 중요한 부분이다. 세 음반회사는 이 부분을 빠짐없이 넣었다. 녹음 시간이 길었던 대도와 시대·유니버샬의 경우는 작품 초반 '놀보의 심술 대목'과 '흥보가 쫓겨나는 대목'까지 함께 다루었다. 판소리 〈흥보가〉에서 '놀보 박' 대목은 많이 부르지 않았다는 것을 생각하면, 창극 음반 〈흥보전〉은 3장의 음반으로 '놀보가 제비를 후리러 나가는 대목'까지 녹음함으로써, 당시 부르던 대목을 거의 빠짐없이 담았다고 할 수 있다.

1941년 오케의 〈흥보전〉이 약 72분의 녹음으로 4개의 박을 타는 '놀보박' 대목과 '형제친목놀보 개심' 대목까지 수록하여 『흥보전』의 전체 서사를 모두 아우른 점을 생각할 때, 1960년대 음반 창극은 반드시 전체 내용을 담아야 한다는 목적을 가지고 있지는 않았던 듯하다.

또한 신세기, 대도, 시대·유니버샬 〈춘향전〉을 살펴보면 이도령과 춘향이 함께 부르는 사랑가 장면과 이도령과 춘향의 이별 장면이 세 음반 회사의 〈춘향전〉에 공통적으로 있다. 춘향과 이몽룡이 서로 창을 주고받으며 사랑가의 대목을 부르고, 이별 장면에서는 춘향과 이몽룡, 월매가 등장하여 대화창으로 이별 장면을 실감나게 표현한다. 고전소설 『춘향전』의 핵심 서사가 '춘향과 이몽룡의 만남, 사랑, 이별, 춘향의 시련, 그리고 재회'에 있는 만큼 세 음반사는 이를 중심으로 녹음을 진행한 것이다. 특히 사랑가와 이별가, 춘향의 시련과 몽룡의 과거 급제는 『춘향전』의 중심서사인만큼 신세기와 대도에서 공통적으로 다루었다고 볼 수 있다.

이 장면 외에 신세기와 대도레코드사 〈춘향전〉의 공통 장면은 '어사와 방자의 만남'과 '춘향모와 이도령의 상봉'이다. 사실 이 대목들은 전체 서사에서 간략하게 지나가도 전혀 무리가 없는 내용이다. 그럼에도 구체적으로 장면화했다.

> 어사 : (속말)아 저놈이 분명 내 앞에 거행하던 방자가 틀림없는데, 저 놈을 불러서 말을 물어봐야하겠으나, 천성이 방정맞은 놈이라 나를 알면 누설되기가 쉬울 것이야. 그렇지만은 저 놈을 속이는 수밖에 없군.

여봐라, 거기 가는 저 애야, 이놈아 이리 좀 오너라.

방자 : 당신 나 불렀소?

어사 : 오냐 그렇다, 이리 좀 오너라.

방자 : 아니 바쁘게 길 가는 사람을 뭣할라고 부르요?

어사 : 잠시 물어볼 말이 있으니 이리 좀 오너라.

방자 : 물어볼 말이 있거든 얼른 물어보쇼잉. 바쁘요.

어사 : 너 어데 사느냐?

방자 : 아 그 말 물어보려고 불렀소? 나 참, 남원 사요.

어사 : 남원 살면, 어디 가느냐?

방자 : 아 거 솔찮은 일이네, 거 꼭 알아야겠소?

어사 : 오냐 내가 꼭 알아야 할 일이 있다.

방자 : 내가 바쁜게 얼른 일러주고 가지라우. 서울 삼청동 이몽룡씨 댁에 춘향 편
지 가지고 가요. 나 말 다 했응께 가요, 잉.

어사 : 애, 애, 애, 애, 거 최면에 무리한 말이다만은 그 편지 좀 잠깐 보여줄
수 없겠니?

방자 : 예에? 에이, 여보시오, 인자 본게 아무것도 아니네 그려. 아 남의 외
서도 그렇지 못한데 남의 내서를 삼도네거리에서 함부로 보자고? 에
이, 순 천하, 점잖하게 채려갔고

—신세기 레코드 〈춘향전〉 2-B 中[45]

창이 없이 대사로 이루어진 어사와 방자의 대화는 판소리 창본마다, 창
극 대본마다, 그리고 녹음된 창극 음반마다 조금씩 다르다. 이 음반의 경우,
신분을 속이려는 이몽룡의 말투와 바쁜 길을 가는 자신을 불러 세워 이것저

것 물어보는 이몽룡을 귀찮아하는 방자의 말투가 해학적이다. 무대 창극에서는 재미있는 몸짓까지 곁들여져 해학과 동시에 춘향의 편지로부터 드러나는 슬픔까지 표현한다.

이몽룡과 방자의 만남은 1930년대의 대표적인 창극 음반인 콜럼비아1934 〈춘향가〉에는 매우 간단하게 수록되었고,[46] 빅타1937와 오케1937의 창극 음반 〈춘향전〉에는 빠져 있다. 하지만 이후 음반을 통해 발매되는 모든 창극 〈춘향전〉에 이 장면은 빠짐없이 녹음되었고, 이후 재담을 확장하여 장면을 더욱 풍성하게 했다.

이는 '춘향모와 어사의 만남' 장면도 마찬가지이다.

어사 : 이리오너라, 이리오너라, 게 아무도 없느냐, 이리오너라.

춘향모 깜짝 놀라며

춘향모 : 아이고 애, 향단아 *(창조) 너희 아씨 생목숨이 끊게 되어 그러는지, 성주조왕이 모두 발동을 하였는가* 바깥에서 오뉴월 토담 무너지는 소리를 허는구나. 잠깐 나가보고 오너라.

향단 : 여보세요, 누구를 찾으십니까?

어사 : 오, 그 너그 마나님 잠깐 뵙자고 여쭈어라.

향단 : 마나님, 바깥에서 어떤 그지같은 분이 마님을 잠깐 뵈옵자고 여쭈래요.

춘향모 : 아이고, 내가 어떻게 손님을 맞이할 수 있느냐. 너 나가서 마나님 안 계신다고 따 보내라.

향단 : 이거보세요, 우리 마나님이 안 계신다고 따 보내래요.

어사 : 거 뭐, 딸 것 없이 잠깐 나와보시라고 여쭈어라.

향단 : 마나님, 거 딸 것 없이 잠깐 나와보시랍니다.

어사 : 아이고, 이 급살맞을 년아, 아니 니가 그 사람더러 따라는 말까지 다 했으니
그 사람이 갈 리가 있겠니? 이 밤중에 누가 와서 늙은 나를 오너라 가너
라 이렇게 요란시럽게 하는고?

— 신세기레코드 〈춘향전〉 3-A 中[47]

이몽룡과 춘향모가 만나기 직전 향단을 사이에 두고 재담을 나누는 이
장면은 이전 시기 창극 음반에서는 볼 수 없는 것이다. 이전 음반은 어사가
된 이몽룡이 춘향집을 찾아가 '이리 오너라~'라고 하면 춘향모는 '거 뉘가
날 찾나~'며 서로 창을 주고받는 것으로 되어 있을 뿐이었다. 반면 1960년
대 창극 음반에서는 위와 같은 형태로 나타난다. 이러한 변화는 작품의 일
부를 녹음하는 과정에서 흥미 있는 부분의 재담을 늘려, 창과 극이 주는 즐
거움을 모두 챙기고자 한 음반사의 의도에서 비롯되었다고 볼 수 있다.

극적 대화가 풍부해지면서 일부 대목의 흥미를 추구한 면모는 시대·유
니버샬의 〈춘향전〉에서도 확인할 수 있다.

춘향 : 난 못가.

방자 : 아니 양반이 부르는 대도 천연히 못 간다고 그래?

춘향 : 아니 도련님만 양반이고, 나는 양반이 아니란 말이냐?

방자 : 그렇지. 자네도 회동 성참판의 기출이니까 양반 아닌 것은 아니로되,
우리 도련님 양반하고는 좀 다르이. 우리 도련님 양반으로 말할 것
같으면, 자 나를 좀 자세히 보소, 어험~ 이렇게 버젓하신 점잖으신
양반이요, 자네 양반으로 말할 것 같으면, 똑똑히 보란 말이야. 요렇
게 절름발이 양반이니깐 층하가 다르단 말이여, 허허허.

춘향 : 그래도 난 못가.

방자 : 어째서 못 가?

춘향 : 못 갈 내력이 있지.

방자 : 그 못갈 내력이나 들어보세.

춘향 : (중모리) 못 갈 내력을 들어봐라. 양반 댁 도련님이 글공부 아니허고, 유산하기 당치 않고, 유산을 헐 적에라도 남의 집 처녀에게 전갈하기 당치 않고, 전갈은 할지라도 시사아닌 어염처자 처자 전갈을 듣고는 갈 수 없다.

방자 : 거 말인즉은 꼭 옳은 말이시. 그렇지만은 아, 이 사람아 이왕 남편을 꼭 얻으려면 서울 남편을 얻어야지, 어째 시골 무지랭이를 얻을랑가?

춘향 : 아니, 남편도 서울 남편, 시골 남편이 다르단 말이냐?

방자 : 암 다르지야. 사람은 성질도 산천 정기를 따라 각각 다르단 말이야. 내가 우리 도련님 성품을 이를 테니 자세히 들어봐. (자진모리) 경상도 산세는 (…중략…) 올 테거든 오고 말 테면은 말아라. 떨 거리고 나는 간다. 가느라~간다. 나는 간다~

춘향 : 애, 향단아, 방자 좀 불러라.

향단 : 애, 방자야.

방자 : 왜 그래?

향단 : 우리 아씨가 오란다.

방자 : 흥, 내 말 들으면 겁날 것이다. 그렇지만 나도 이럴 때나 한 번 뻐겨봐야지. 난 느 아씨가 부르면 안 갈란다. 혹시 니가 날 불렀다면 갈까.

향단 : 그럼, 내가 불렀다.

방자 : 허허, 가자. 어째서 불렀나?

춘향 : 애 방자야, 너 도련님 전 건너가서 안수해접수화 해수열이라 여쭈어라.

방자 : 안수화 접수화?

향단 : 애, 방자야,

방자 : 왜 그래?

향단 : 너 이놈 이담에도 또 이런 심부름을 했다가는 우리 마님한테 일러서 다리뭉

　　　둥이뼈를 작신 분질르고,

방자 : 내 다리를?

향단 : 또 평생 장가도 못 가고 폭싹 늙어죽을 것이다.

방자 : 아니 뭐, 이 놈의 기지배 뭐시 어쩌고 어째? 오냐 두고 보자잉.

이도령 : 네 이놈 춘향을 불러오랬더니 쫓고 오라더냐?

방자 : 쫓긴 누가 쫓아요? 그러니까 안 간다고 안 간다고 항게, 가라고 가라

　　　고 하더니 춘향이가 도련님을 보고 숭은 숭은 다 보고 욕은 욕은 다

　　　헙디다요.

이도령 : 그래, 뭐라고 욕을 허더냐?

방자 : 공부하시는 도련님이 글공부 아니하고, 유산하는 것이 당치 않고요, 유

　　　산은 하더라도 남의 집 처녀더러 오너라 가너라 하는 말도 당치 않고요,

이도령 : 그래, 그 말뿐이더냐?

방자 : 아, 그리고 욕을 헐라면은 도련님할테만 허는 것이 아니라, 그 놈의 기지배

　　　들이 소인 방자놈 보고 노총각으로 폭싹 늙어죽으라고 하지 않겠어요

이도령 : 방자야, 늙어 죽으라는 것이 뭣이 욕이란 말이냐? 사람이 나서

방자 : 나서요.

이도령 : 젊어서.

방자 : 젊어서요.

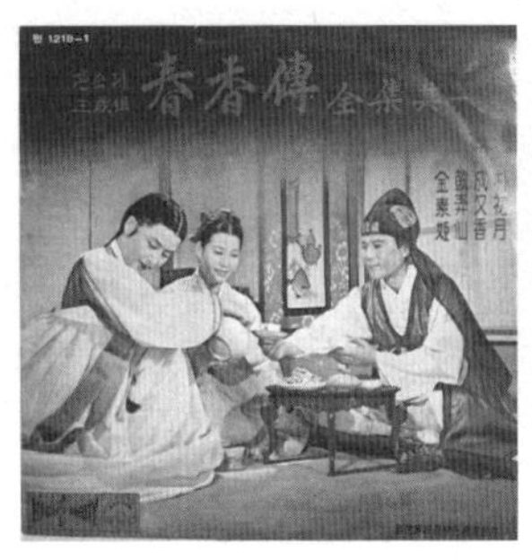
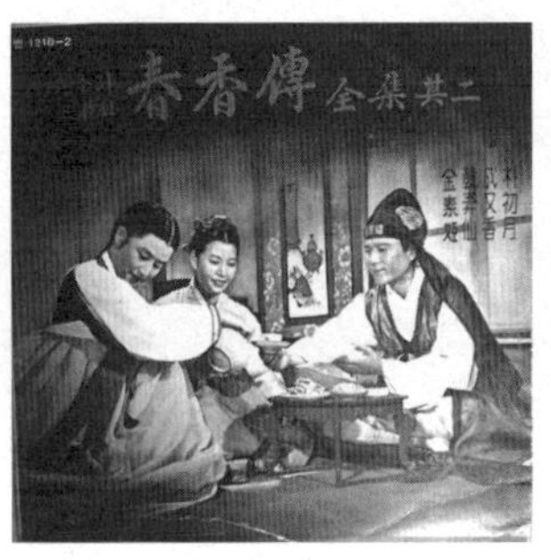
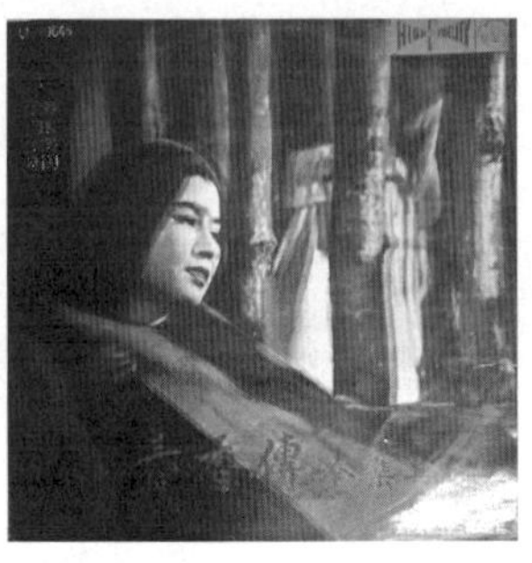

〈그림 5〉〈春香傳〉全集 其一	〈그림 6〉〈春香傳〉全集 其二	〈그림 7〉〈春香傳〉全集 其三

이도령 : 늙어죽는 것이 무슨 욕이란 말이냐?

—힛트레코드 창극 〈춘향전〉 1-B면 中[48]

시대·유니버살 레코드사는 앞선 신세기, 대도레코드사에 빠져 있는 춘향과 이몽룡의 만남 장면을 넣고 있다. 이는 시대·유니버살 레코드사가 두 음반사보다 늦게 〈춘향전〉을 발매하면서 차별화를 두려 한 의도로 해석할 수 있다.

또한 인용문의 강조에서 보는 바와 같이, 1930년대의 창극 음반에서는 볼 수 없었던 대화가 첨가되었다. 사실 이몽룡이 부르는데 바로 가지 않고, 그가 직접 자신을 찾아오도록 춘향이가 메시지를 남기는 이 장면은 무척이나 유명하다. 이몽룡의 성품을 이르는 '경산도 산세난~'과 이윽고 방자가 춘향집을 가리키는 '저 건너~'가 이 장면의 대표적 소리 대목이기도 하다. 창을 중심으로만 토막극을 구성한다고 하면, 밑줄 친 방자와 향단의 대화, 이몽룡과 방자의 대화 등은 사실 간단하게 처리해도 될 일이다. 하지만 대화의 내용을 좀 더 풍부하게 넣어 극적 재미 역시 추구했다.

(2) 판소리의 음악성 추구

창극의 음악은 판소리에서 비롯되었고, 그 내용 역시 판소리의 것을 상당부분 따르고 있기 때문에 창극과 판소리는 뗄 수 없는 관계다. 그럼에도 음악에 있어서 창극소리와 판소리는 약간의 결을 달리 하였는데, 판소리가 성음을 중시하고 공력을 강조한다면, 창극소리는 극적인 요소를 강조한다. 김기형은 판소리와 창극소리의 상관관계를 논하는 연구에서 창극소리가 판소리에 비해 가치가 떨어지는 소리로 인식된 시기는 여성국극이 전성기를 구가하던 1948년부터 국립창극단이 조직되기 전으로 설명했다.[49] 연극성을 지향하는 여성국극이 창극무대 마저 장악하면서 여성국극의 음악적 특색이 창극소리로 인식되기에 이른 것이다. 하지만 국립창극단이 조직된 이후에는 창극이 판소리와의 관계에서 그 독자성을 강조하기 위해 연극성을 지향하면서도, 판소리의 정통성을 훼손해서는 안 된다는 주장 아래에서 끊임없이 소리의 질을 높였다.[50]

1960년대에 발매한 창극 음반들은 정통 판소리의 '소리'를 따르는 경향이었다. 신세기 레코드에서 발매한 음반들은 음반 표지에 '판소리'라는 이름을 붙였는데, 그만큼 소리대목 위주의 녹음을 지향하였기 때문이다. 실제로 음반을 들어봐도 '음악성소리'에서 판소리 음반의 성격이 강하다.[51]

신세기에서 발매한 〈심청전〉의 경우, '눈 어둔 백발부친 영결하고~'로 시작하여 심청이 물에 빠지는 대목까지 녹음되었다. 약 55분가량의 음반에 해당 장면의 소리대목이 거의 빠짐없이 녹음되었는데, 그 내용을 자세히 살펴보면 다음의 표와 같다.

녹음 내용 가운데, 인물 간의 대사를 통한 장면 구성, 즉 심봉사와 심청의 대사, 심청과 선인의 대사가 나오는 곳은 ②, ③, ④에 해당이 된다. 그리고 나머지는 심청의 심리 묘사①와 심청이 처한 상황 혹은 배경 묘사⑤, ⑥, ⑦, ⑧, ⑨, ⑩, ⑪에 치중되어 있다. 인물 간의 대화 중심으로 창을 녹음하는 것이 창극의 성격에 부합할 것임에도, 판소리가 갖는 서사적 요소가 중심이 되어 음반이 녹음된 것이다. 특히 이에 해당하는 장면의 창은 김소희 혼자 온전히 부르고 있어, 창극 〈심청전〉의 일부를 보여준다기보다 판소리의 한 대목을 부르고 있다는 인상마저 준다.

신세기 〈심청전〉 소리대목 및 주요 내용	녹음 시간
① (진양조) 눈 어둔 백발부친~우리 부친 뉘에게 의지한단 말이냐	약 8분 40초
② (중모리) 날이 차차 밝아지니 부친 진지 지을 양으로~심봉사 꿈 이야기, 심청 사당 참배 후 통곡	약 6분 15초
③ 심청 울다 기절, 심봉사에게 사실 털어놓음.(자진모리) 심봉사 그 말 듣고 흰눈이 번쩍~	약 7분 20초
④ (중모리) 아이고 아버지, 지중한 부녀천륜 끊고 싶어 끊사오며 ~심봉사 절규	약 2분 37초
⑤ (중모리) 심청이 하릴없이 선인들을 따라간다. 끌리는 치마 자락 ~	약 5분 12초
⑥ (중모리) 한무게 수양공주 매화장은 있건마는 죽으러 가는 몸이 ~(자진모리) 강두를 당도하니 배 이마에 조판 놓고 ~	약 4분 5초
⑦ (진양조)범피중류 ~	약 9분 9초
⑧ (진양조) 심청이 생각을 허니 이는 아황 여영이라 소삽을 당도하니 ~	약 4분 34초
⑨ (엇모리) 한 곳을 당도하니 이는 곧 임당수라 ~	약 1분 26초
⑩ (중중모리) 북을 두리둥둥둥둥 헌원씨 배를 모아 ~	약 6분
⑪ (자진모리) 심청이 거동 봐라 이리 비틀 저리 비틀 ~	약 1분 8초

부녀이별 장면에서 볼 수 있는 심봉사와 심청의 대화는 실감나게 표현이 되었고, 심청을 재촉하는 선인들의 음성 역시 합창으로 녹음되어 창극의 맛을 잘 살려냈다. 그럼에도 이 음반의 매력은 단연 '김소희 창으로 녹음된' 판소리 〈심청전〉 가운데 '심청이 선인따라 가는데 ~ 심청 물에 빠지는데'에 있다. '범피중류~'의 긴 판소리 사설은 누락된 내용이 적고, 소리 대목 하나하나를 높은 공력으로 소화하는 김소희의 창이 돋보이기 때문이다.

판소리의 음악성이 잘 드러나는 또 다른 음반으로 시대·유니버살의 〈춘향전〉을 꼽을 수 있다. 김소희, 성우향, 김경희, 성창순, 박옥진, 한일선, 허

희의 녹음으로 발매된 이 음반은 이몽룡이 방자에게 남원의 좋은 곳을 알려
달라고 말하는 대화로 시작하여 이몽룡과 춘향이 이별하는 '비맞인 제비같
이~'까지 녹음되어 있다.

시대 · 유니버샬 〈춘향전〉 주요 소리대목 및 내용	녹음시간
① 이도령, 방자더러 놀만한 승지 이르라 말한다. (중중모리) 기산영수별건곤~남원경치 ~ (자진모리) 방자 분부 듣고 나귀청으로 들어가~도련님 호사헐 제~ (진양조) 적성가 (중중모리) 앉았다 일어서, 두루두루 거닐며 ~어떤 미인이 나온다~	약 14분
② 이도령, 춘향의 그네 뛰는 모양보고 방자에게 무엇인지 묻는다. (중모리) 금이란 말이 당치 않소~ (자진모리) 춘향의 설부화용 남방은 유명하와~방자 분부 듣고 춘향 부르러~	약 4분 45초
③ 춘향과 방자 만남. (중중모리) 그른 내력을 들어를 보아라~ 못갈 내력을 들어봐라~ (자진모리) 경사도 산사난 산이 웅장하기로~방자, 이도령에게 춘향이 전한 말을 한다. (진양조) 저 건너 저 건너~ (중중모리) 자시에 생천하니~	약 16분
④ 춘향과 이도령이 백년 가약을 맺었다. (진양조) 만첩청산 늙은 몸이 살진 암캐를~광한루서 한번보고 산하지맹 ~ (중모리) 사랑 사랑 내 사랑이야. 어허 둥둥 니가 내 사랑이지~ (중중모리) 둥둥둥 내 사랑 어허 둥둥 내 사랑 (자진모리) 사랑 사랑 사랑 내 사랑이야 사랑이로구 내 사랑이야~	약 10분 45초
⑤ 이도령과 춘향의 이별 상황이 되었다. (중모리) 도련님이 이별차로 나오는디 ~ (중중모리) 그때여 향단이 요염섬섬 옥지갑 봉선화 따다가 ~ (늦은 중모리) 춘향이가 무색하여 잡았던 손길을 스르르르 놓고 ~이도령 떠나야 하는 사실을 이야기 한다. (중모리) 건장한 두패교군 밤낮없이 올라가서 ~이몽룡 춘향에게 데리고 갈 수 없다고 한다. (진양조) 분같은 고개는 저절로 숙여지고 ~	약 23분 59초
⑥ 춘향모 울음소리 듣고 나온다. (중중모리) 춘향 어머니 나온다 ~ (늦은 중중모리) 춘향이가 여짜오되, 아이고 엄마 우지 말고 건넌방으로 가시오~ (중모리) 도련님도 기가 막혀, 오냐 춘향아 우지마라 ~	약 15분 32초
⑦ (창조) 도련님 하릴 없어 방자따라 가신 후에 춘향이 허망하여~ (중모리) 술상차려 향단 들려 앞세우고 ~ (자진모리) 내 행차 나오는디 싸교를 거루거니, 독교를 거허니 (중모리) 도련님이 이 말을 듣더니, 말 아래 급히 내려 내려 우르르르~	약 17분 9초

이 음반은 약 100분의 녹음 시간 가운데 춘향과 이도령이 만나는 대목①, ②, ③, 30분 45초를 제외하고 남은 시간 전부를 '사랑가'와 '이별가'로 담고 있다. 특히 춘향과 이몽룡이 이별하는 장면은 약 57분⑤, ⑥, ⑦에 걸쳐 녹음되었다. 판소리 〈춘향가〉 속 이별가의 모든 대목이 다 들어있는 것이다. 실제로 김소희 창본 〈춘향가〉의 이별가 사설과 시대 · 유니버샬 〈심청전〉의 이별가 사설을 비교해보면, 거의 일치하고 있다. 그리고 음반에서 이 부분의 창을 김소희가 맡아 하고 있다. 춘향과 이도령의 만남 장면과 두 사람이 사랑가를 부르는 장면에는 여러 인물이 등장하여 대사를 한다. 하지만 이별가 장면의 경우, 춘향, 춘향모, 이도령 역을 모두 김소희가 소화하여 '김소희 판소리 〈춘향가〉 중中 이별가'를 만들어 냈다.[52]

1960년 창극 음반의 녹음을 담당한 주요 인물들을 살펴봐도 음반의 지향을 짐작할 수 있다. 신세기 창극 음반 〈심청전〉과 〈흥보전〉의 경우, 취입자로 김소희, 김경희, 김정희가 적혀 있지만, 〈심청전〉의 주요 소리 대목은 김소희가 담당하는 경향이 짙었다. 〈흥보전〉의 경우를 보면, 1960년대 후반 재발매를 하는 과정에서 '흥보 박타령부터 놀보가 제비를 후리러 나가는 대목약 31분 27초'까지 박봉술의 소리로 녹음했다. 하지만, 이 부분의 소리는 박봉술이 이 음반을 위해 새로 부른 것이 아니라, 일전에 발매되었던 박봉술 '흥보전'[53]의 일부를 다시 활용한 것이었다. 신세기 〈흥보전〉의 후반부는 그야말로 '박봉술 판소리 〈흥보가〉 중中 박타령'인 것이다.

신세기의 창극 음반들이 창극과 판소리의 성격을 아우르는 형태로 음반을 제작했다면, 대도레코드는 1930년대 후반에 정립된 창극의 형식을 갖되, 명창 중심으로 녹음을 하여 '판소리의 음악성'을 지향했다. 대도레코드사는 음반의 표지에 '국창國唱'이라는 표현을 쓰며 음반 취입자들을 소개했다. 그런데 음반 표지에 기록된 취입자와 음반 자체 내에 표시된 취입자가 일치하지 않는다.

대도레코드 음반명	음반 자체에 기록된 취입자명	음반 표지에 기록된 취입자명
춘향전 ①	박초월, 성우향, 조순애, 김옥주, 조통달	박초월, 한농선, 성우향, 박봉선, 김옥주
춘향전 ②	박초월, 김선초, 박동순, 조순애, 김춘시	박초월, 한농선, 성우향, 박봉선, 김옥주
춘향전 ③	박초월, 조순애, 성우향, 조통달, 김옥주	
춘향전 ④	박초월, 조순애, 성우향, 김옥주, 조통딜	
춘향전 ⑤	박초월, 성우향, 조순애, 김옥주, 정철호	박초월, 한농선, 성우향, 박봉선, 김옥주
심청전 ①	박초월, 김옥주, 조순애	박초월, 성우향, 한농선, 박진선,[54] 성우춘[55]
심청전 ②	박초월, 조순애, 김옥주	박초월, 성우향, 한농선, 박진선,[56] 성우춘
홍보전 ①	박초월, 조순애, 박동순	박초월, 성우향, 한농선, 박봉선, 성우춘
홍보전 ②	박초월, 조순애, 박동순	박초월, 성우향, 한농선, 박봉선, 성우춘

대도레코드사의 창극 음반에는 많은 사람들이 참여했다. 그러나 소개된 모든 소리꾼들의 소리가 골고루 녹음된 것은 아니었다. 박초월, 성우향, 한농선의 소리가 주를 이루기 때문이다. 〈춘향전〉의 경우 도창 및 춘향과 이몽룡, 월매 역을 박초월, 성우향, 한농성이 한 것으로 보인다. 〈심청전〉과 〈홍보전〉도 마찬가지이다.[57] 즉, 음반 표지에 '국창國唱', '창唱'으로 소개된 박초월, 한농선, 성우향, 박봉선이 녹음의 주요 멤버였다고 할 수 있다. 음반 자체에 표시된 인물들 가운데 국창, 창으로 소개되지 않은 인물은 주변인물, 합창, 민요의 받는 소리를 하는 역할이었을 가능성이 크다.[58]

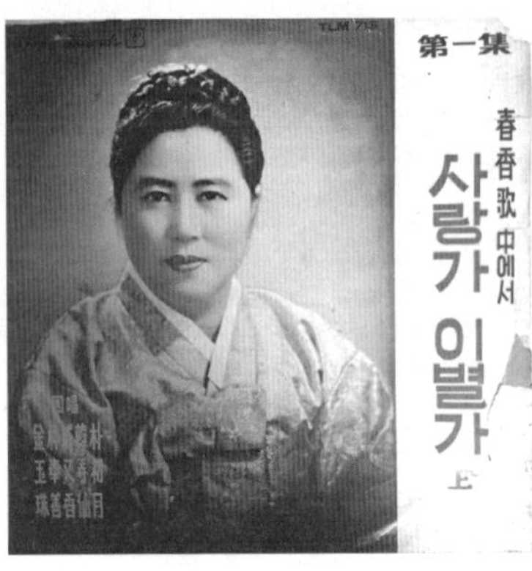

〈그림 8〉 대도레코드 第一集 春香歌 中에서
사랑가 이별가 上

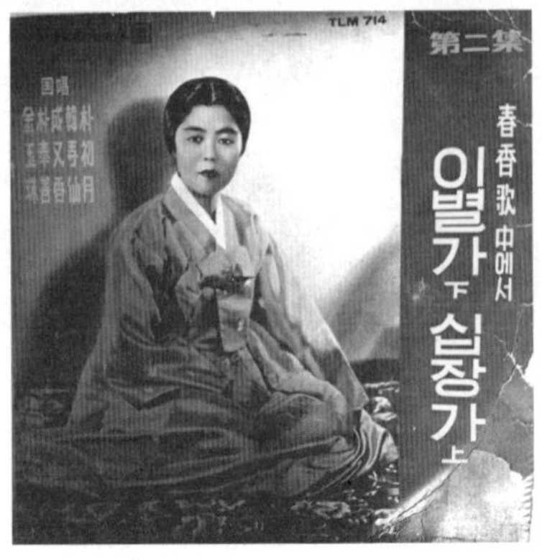

〈그림 9〉 대도레코드 第一集 春香歌 中에서
이별가 下 십장가 上

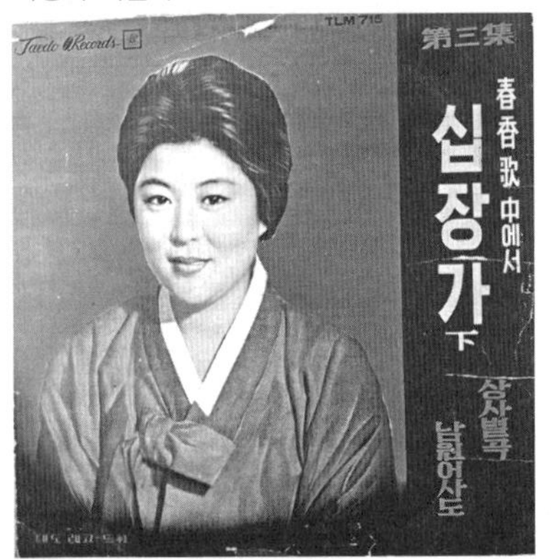

〈그림 10〉 대도레코드 第一集 春香歌 中에서
십장가 下 상사별곡 남원어사도

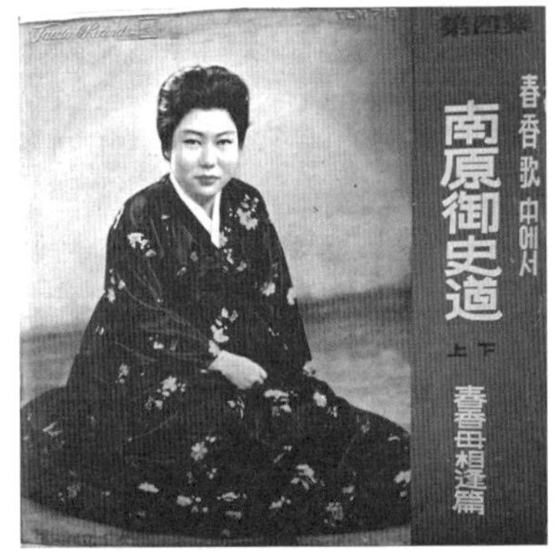

〈그림 11〉 대도레코드 第一集 春香歌 中에서
南原御史道 春香母相逢篇

결국 대도레코드의 창극 음반은 많은 창자들을 소개하고 있으나, 결국 당대 유명한 명창들의 소리를 녹음하여, 창극음반임에도 판소리의 음악성을 고수하고자 했던 것이다. 그렇다면 이와 같은 특징은 무엇에서 연유된 것일까.

이른바 창극을 고유의 민족예술형태로 발전시켜보자는 것이 우리 공통적인 관심사임에 어떻게 그 형식 내용을 구성해야 할 것인가에 대하여는 여러

사람의 깊은 검토가 있어야 할 것으
로 믿는 바이다. 다만 우리 창극의 특
징이 〈소리〉의 충실함에 있고 〈소리〉의
수준 여하가 곧 창극 평가의 기준이 되
어야 할 것이라는 것은 부동의 원칙이
어야 할 것이다. 그렇지 못할 때 창극은
한낱 외국 연극의 모방물인 저속한「쑈
우」로 떨어져버릴 우려가 있다. 원각사
이후의 연흥사, 장안사 등에서 창극

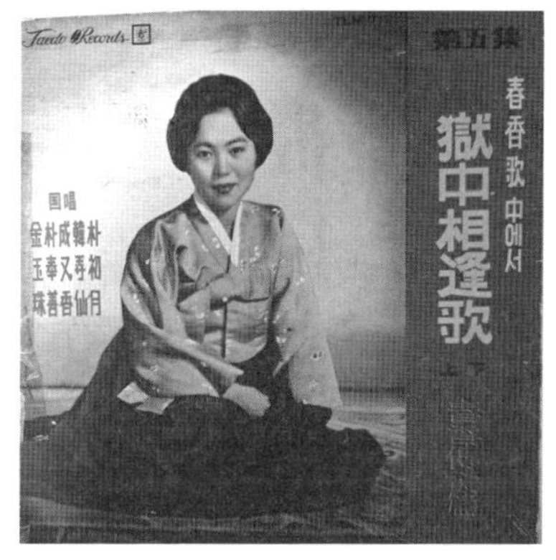

〈그림 12〉 대도레코드 第一集 春香歌 中에서
獄中相逢歌 上下 春香傳後篇

전성시대의 특색의 하나가 배역에 있어서 상역에서 보다 하단 말역에 오히려
〈소리〉의 실력파를 배치했던 것으로 이것은 분창 형식이 자칫 〈소리〉의 경중
으로 하여 균형은 잃지 않을까 유의한 바로서 소위 창의 변화와 짜임새에 있
어서 독창의 판소리에서와 같은 전체적 앙상블을 유지하려는 세심하고도 당
연한 처사로서 우리의 심심한 주의를 끌게 하는 바 있다. 다시 말하여 판소리
가 지니고 있는 특색과 본미가 창극에서 발휘되지 못하면 창극은 무의미한 것이 되
고 만다는 것이다. 물론 창극이 극인 이상 제반 극적 구성요소의 중요성을 결코 부
인하려는 것은 아니지마는 적어도 앞으로의 창극인은 창극에 대한 기본관념을 정확
히 가져 〈소리〉에 대한 실질적인 실력을 갖추어야 할 것을 강조하는 바다. 오늘날
창극에 대한 대중의 관심이 저하되고 있는 이유를 여러 곳에서 찾을 수 있겠
으나 그 태반의 죄과는 창극 원래의 성격과 그 품위를 갖추지 못한 데 있다고
보아 과언이 아닐 것이다. 수년 전 국립극장에서 창극 형태에 관한 몇 가지
구상을 시도한 바 있었으나 결국 아무런 성과를 거두지 못한 바 있으며 이번
새로 발족된 국립국극단에 큰 기대를 가지면서 창극 향상 발전에 덮어놓고

1962년 2월 창극국극의 새로운 정립을 위해 '국립국극단'이 결성되었다. 국립국극단은 창극의 본질을 '판소리'로 삼아야 함을 강조했다. 위의 기사에서도 국립극장 산하의 새로 발족된 '국립국극단'이 지향해야 할 바를 강조하였는데, 그 골자는 창극이 '극'인 이상 극적 중요성을 무시할 수는 없지만, 그것이 갖는 '소리' 즉 '판소리'를 지켜나가야 한다는 것이다.

1950년대 여성국극이 인기를 끌면서 전통성악분야에서는 대중이 듣기에 좋은 소리, 연극을 지향하는 소리가 만연해졌다. 이에 따라 창극의 '창'이 판소리를 등한시하게 되었는데, 이에 대한 자성의 움직임이 본격화된 것이다. 당시 창극음반에서 보이는 판소리 지향의 면모는 '판소리'의 부활을 갈망하고, 실천하고자 하였던 당시 국악계의 흐름 가운데 하나였다. 그러나 이 음반들을 좀 더 깊이 들여다보면, 주요 소리 대목의 사설 짜임이나 음악성은 차치하고, 대화가 이루어지는 장면은 상당히 연극적임을 알 수 있다. 즉, 소리에 있어서는 정통 판소리의 사설짜임과 음악성을 따르면서도 대화를 이어가는 것에서는 기존 일제강점기부터 시작된 '신파조'의 대화형식, 그리고 1950년대의 연극성이 두드러졌던 여성국극의 '통속조' 대화형식이 유지되었던 것이다.

요컨대, 1960년대 초·중반, 이른바 LP시대 창극 음반은 직전 시기인 1930년대 후반에서 1940년대 초반인 기존의 음반과 형태와 지향이 달랐다. 작품의 전 내용을 담기 보다는 주요 장면 혹은 재미있는 장면을 중심으로 녹음을 진행하였고, 극적 속성 보다는 판소리 성음을 중시하는 녹음을 지향했다. 그리고 이는 1950년대 '판소리'를 벗어났던 여성국극 및 창극에 대한 반성적 인식이 준 영향이었다. 그러나 흥미롭게도 한편에서는 일제강점기와 1950년대를 거쳐오며 자연스럽게 형성되었던 신파조 혹은 통속조의 대화형식은 계승되었다. 창극 안에 중시되어야 할 연극성의 면모는 대화의 형태로 남겨뒀던 것이다.

3. 서울 방송국의 개국과 라디오 창극 프로그램

1) 서울방송국의 설립과 라디오 창극의 실상

한국이 독자적인 호출부호 HLKA를 부여받은 시점은 1947년 9월 3일이다. 그리고 1948년 8월 1일 정부는 미군정청의 방송정책을 거의 그대로 유지한 채 방송국을 정부 부처인 공보처로 흡수시켰다. 그러나 겨우 자리를 잡기 시작한 라디오 방송은 1950년 6월 한국전쟁의 발발로 많은 피해를 보았고, 전시 체제하에서 홍보 및 선전 매체의 기능을 강화했다.[59]

창극 방송은 6·25전쟁이 휴전으로 상황을 일시 종료하는 1953년 7월 이후 확인이 된다. 라디오에서 방송된 창극의 구체적인 프로그램은 현재 신문을 통해서만 확인할 수 있다. 따라서 당시 신문 기사의 프로그램 소개란을 토대로 1950년대 라디오 창극의 현황을 살펴보기로 한다.

〈표 8〉 1950년대 〈라디오 창극〉 방송 목록[60]

일시	작품	구성	창 / 출연	기타
〈라디오 창극〉의 프로그램명으로 세부 내용이 소개됨. 매주 목요일 저녁 8시 30분에 방송. 금요일 오전 11시 15분 혹은 11시 30분에 방송된 것은 전날 방송의 재방송으로 파악이 된다.				
1953.7.2(목) 밤▲ 8:30	라디오 창극			

일시	작품	구성	창 / 출연	기타
1953.7.16(목) 밤▲ 8:30	흥부가			
1953.7.17(금) 낮▲ 11:30	흥부가			
1953.7.23(목) 밤▲ 8:30	라디오 창극			
1953.7.24(금) 낮▲ 11:30	라디오 창극			
1953.7.30(목)	라디오 창극			
1953.7.31(금)	라디오 창극			
1953.8.6(목)	변강쇠타령	성춘풍	조엽옥, 김준섭	
1953.8.7(금)	변강쇠타령	성춘풍	조엽옥, 김준섭	
1953.9.10(목)	홍길동전		창 정철호	
1953.10.2(금) 낮▲ 11:15	라디오 창극 장끼타령			
1953.10.9(금) 낮▲ 11:15	장끼타령 하편		강장완, 성금련	
1953.10.15(목)	장화홍련 상편		성금련, 정철호	
1953.10.22(목)	장화홍련 중편		창 정송이	
1953.10.23(금)	장화홍련	성춘풍		
1953.10.29(목)	장화홍련 하			
1953.10.30(금)	장화홍련 하편		창 정송이	
1953.11.12(목)	사씨남정기		창 정송이	
1953.11.13(금)	사씨남정기 중		창 정송이	
1953.11.19(목)	사씨남정기 하편	성춘풍	창 정송이	
1953.11.20(금)	사씨남정기	성춘풍		
1953.11.27(금)	박씨전 상	성춘풍	강장원, 정송이	
1953.12.4(금)	박씨전 하		강장원, 정송이	
1954.1.14(목)	유충렬전	성춘풍		
1954.1.15(금)	유충렬전 상		강장원, 정송이	
1954.1.21(목)	유충렬전 중		강장원, 정송이	
1954.1.28(목)	유충렬전 하	성춘풍	정송이	
1954.2.11(목)	만복사저포기 하	성춘풍	정송이	
1954.2.18(목)	숙향전	성춘풍		
1954.2.25(목)	숙향전		정송이	

일시	작품	구성	창 / 출연	기타
1954.3.4(목)	숙향전	성춘풍	정송이	
1954.3.11(목)	옥단춘전	성춘풍	강장원	
1954.3.18(목)	옥단춘전			
1954.3.19(금)	옥단춘전			
1954.4.1(목)	숙영낭자전			
1954.4.2(금)	숙영낭자전		창 신유경	
1954.4.8(목)	숙영낭자전			
1954.4.9(금)	숙영낭자전			
1954.4.15(목)	숙영낭자전 하		창 신유경	
1954.4.16(금)	숙영낭자전			
1954.4.22(목)	추풍감별곡			
1954.4.23(금)	추풍감별곡		남창 강장원 여창 임유앵	

〈라디오 창극〉의 이름으로 매주 화요일 저녁 8시 30분에 방송.
1954년 12월 21일부터 서울방송국(HLKA, 970KC)로 표시하여, 기독교방송(HLKY, 700KC)와 구분함.

일시	작품	구성	창 / 출연	기타
1954.4.27(화) 밤▲ 8:30	추풍감별곡		창 신유경	
1954.5.4	추풍감별곡			
1954.5.11	옥루몽		김소희	
1954.5.18	옥루몽		김소희	
1954.5.25	옥루몽 하		김소희	
1954.6.1	귀의 성		김소희	
1954.6.8	귀의 성 중		김소희	
1954.6.15	귀의 성 하		김소희	
1954.6.22	구운몽		김소희	
1954.7.6	구운몽 하		김소희	
1954.7.13	홍경래 상		강장원	
1954.7.20	홍경래 중		강장원	
1954.7.27	홍경래 하		강장원	
1954.8.3	이충무공 상		강장원	
1954.8.10	이충무공 중		강남중	
1954.8.17	이충무공 3편		강남중	
1954.8.24	이충무공 4편		강남중	
1954.8.31	이충무공 5편		강남중	

일시	작품	구성	창 / 출연	기타
1954.9.7	이충무공 6편	성춘풍		서울방송민요연구회
1954.9.14	고목화 상		박초월	
1954.9.21	고목화 중		박초월	
1954.9.28	고목화 하		박초월	
1954.10.5	바리공주 상		박초월	
1954.10.12	바리공주 중		박초월	
1954.10.19	바리공주 하		박초월	
1954.10.26	이춘풍전 상		박초월	
1954.11.2	이춘풍전 중		박초월	
1954.11.9	이춘풍전 하		박초월	
1954.11.16	황진이 상		박초월	
1954.11.23	황진이 하		박초월	
1954.11.30	반금련 상		최란수	
1954.12.7	원효대사 상편		임유앵	
1954.12.14	원효대사 중편		임유앵	
1954.12.21	원효대사 하편		임유앵	
1954.12.28	대원군		임유앵	
1955.1.4	대원군 중		임유앵	
1955.1.11	대원군 하		임유앵	
1955.1.18	진대방전 상		박초월	
1955.1.25	진대방전 중		박초월	
1955.2.1	진대방전 하		박초월	
1955.2.8	최고운전 상		김소희	
1955.2.15	최고운전 중		김소희	
1955.2.22	최고운전 하		김소희	
1955.3.1	라디오 창극			
1955.3.8	치악산 상			서울방송민요연구회 연주
1955.3.15	치악산			
1955.3.22	치악산			
1955.3.29	여장군전 상		임유앵	
1955.4.5	여장군전 중	성춘풍	임유앵	
1955.4.12	여장군전 하		임유앵	
1955.4.19	김유신전 상		김효순, 신유경	

일시	작품	구성	창 / 출연	기타
1955.4.26	김유신전 중			
1955.5.3	김유신전 하	성춘풍	김경희	
〈라디오 창극〉 방송시간 밤 9시 30분으로 변경				
1955.5.10 밤▲ 9:30	성덕종기 상편		임유앵	
1955.5.17	성덕종기 중편		임유앵	
1955.5.24	성덕종기 하편		임유앵	
1955.5.31	아사녀초 상편		김효순	
1955.6.7	아사녀초 중편		김경희	
1955.6.14	아사녀초 하편		김경희	
1955.6.21	임경업			
1955.6.28	임경업 중편		김경희	
1955.7.5	임경업 하편	성춘풍		박초월 연주 서울방송민요연구회 반주
1955.7.12	마의태자 상편		박초월	
1955.7.19	마의태자 중편		박초월	
1955.7.26	마의태자 하편		박초월	
1955.8.2	을지장군 상	성춘풍	박초월	
1955.8.9	을지장군			
1955.8.16	을지장군			
1955.8.23	왕자호동 상편		박귀희	서울방송민요연구회 연주/반주
1955.8.30	왕자호동 중	성춘풍	박귀희	서울방송민요연구회
1955.9.6	왕자호동 하	성춘풍	박귀희	
〈라디오 창극〉 방송시간 화요일 저녁 8시 30분으로 변경.				
1955.9.13 밤▲ 8:30	왕자호동 하	성춘풍	박귀희	
1955.9.20	선화공주 상		김경희	
〈국악무대〉로 프로그램 명칭이 바뀜. 화요일 저녁 8시 30분				
1955.10.11	인현왕후	성춘풍	김소희, 박귀희 박초월, 김경희	
1955.11.15	창극 사도세자	성춘풍		
1955.11.22	국극 안중근의사	성춘풍		
1955.11.29	국극 이준선생	성춘풍		

일시	작품	구성	창 / 출연	기타
1955.12.6	국극 윤봉길의사	성춘풍		
1955.12.13	국극 강우규 의사	성춘풍		
1955.12.20	국극 유관순전	성춘풍		
1955.12.27	국극 이봉창 의사	성춘풍		
1956.1.10	국극 김상옥 열사	성춘풍		
1956.1.17	민충정공	성춘풍		
1956.1.24	송학선 의사	성춘풍		
1956.1.31	이재명 의사	성춘풍		
1956.2.7	송상헌 선생	성춘풍		
1956.2.14	명창 월선초			
1956.2.21	나석주 열사	성춘풍		
1956.2.28	이화중선전			
1956.3.6	춘보전			
1956.3.13	명창 송흥록전	성춘풍		
1956.3.20	신재효전			
1956.3.27	고수(鼓手)의 원수			
1956.4.3	백아와 종자기			
1956.4.10	처용가	성춘풍		
1956.4.17	사랑가			
1956.4.24	이별가			
1956.5.1	십장가			
1956.5.8	옥중가			
1956.5.15	성왕			
1956.5.29	심청가			
1956.6.5	장화홍련			
1956.6.12	사광(師曠)의 신금(神琴)		김소희	복혜숙, 염석주, 이혜경 외 출연, 이상만 연출
1956.6.19	정과정곡		김소희	
1956.6.26	국악무대		김경희	서울방송민요연구회 반주
1956.7.3	토끼타령			
1956.7.10	산대도감	성춘풍		복혜숙, 염석주 출연
1956.7.24	율곡 선생전			이상만 연주
1956.7.31	성이차돈		김소희	염석주, 이혜경 외 출연

일시	작품	구성	창 / 출연	기타
1956.8.7	청가천리(淸歌千里)			
1956.8.14	광복송		김소희	
1956.8.21	허난설헌			
1956.8.28	화초가	성춘풍	김경희	염석주 외 출연
1956.9.4	동서가			
1956.9.11	공후인	성춘풍		이상만 연출
1956.9.18	증소곡		이은주, 박초월	서울방송민요연구회 반주 염석주 출연, 이상만 연출
1956.9.25	강릉매화전			
1956.10.2	심화요탑 (8시)			
1956.10.9	한글의 발자취			
1956.10.16	호원사의 전설			
1956.10.23	원왕생가			
〈국악무대〉 화요일 저녁 8시로 변경				
1956.10.30 밤▲ 8시	도미의 아내		김원희	
1956.11.6	금방망이 내기			
1956.11.13	성진이와 팔선녀		김소희, 박초월	
1956.11.20	월정화		김소희	서울방송민요연구회 반주
1956.11.27	놀부와 화초장	성춘풍	박초월	서울방송민요연구회 반주
1956.12.4	공주의 사랑		김소희	이상만 연출
1956.12.11	심봉사의 황성길		김소희	
1956.12.18	조신의 꿈			
1957.1.1	팔도민요			
1957.1.8	아도상인(我道上人)			
1957.1.15	백결선생		박초월	
1957.1.22	국악무대			
〈국악무대〉 화요일 저녁 20시 30분으로 변경				
1957.1.29 밤▲ 8:30	국색벽화(國色碧花)			
1957.2.5	박문수 이야기			
1957.2.12	옥계와 선천기		박초월	
1957.2.19	백월산 이성성도기		김소희	
1957.2.26	귀금선생	성춘풍	박초월	이상만 연출

일시	작품	구성	창 / 출연	기타
1957.3.5	난계와 노기(老妓)			
1957.3.12	삼고초려		박초월	이상만 연출
1957.3.19	범피중류			
1957.4.2	동남풍		박초월	
1957.4.9	화용도			
1957.4.16	국악무대		박초월	이상만 연출
1957.4.23	제비노정기		김소희	
1957.4.30	이화정기		박초월	이상만 연출
1957.5.7	국악무대			
1957.5.14	서상기 중편			
1957.5.21	서상기 하편	성춘풍	김소희	
1957.5.28	줄무지춤		박초월	
〈국악무대〉 월요일 저녁 8시 30분으로 바뀜. 〈민요만담〉과 격주로 〈국악무대〉 방송.				
1957.6.3	동리자		박초월	
1957.6.17	국악무대			
1957.7.1	노처녀가			
1957.7.15	여승의 노래			
1957.7.29	국악무대			
1957.8.12	국악무대			
1957.8.26	국악무대			
1957.9.9	동심 노래			
1957.9.23	추부(醜婦)의 노래		창 박귀희	
〈국악무대〉 금요일 저녁 7시 30분으로 바뀜. 제1방송(주파수 710KC)로 변경.				
1957.10.4	니문(泥文)의 노래	성춘풍		
1957.10.11	황진이와 그 시조			이석상 작, 이상만 연출
1957.10.18	이재명 의사	성춘풍		
1957.11.1	국악무대	성춘풍		
1957.11.15	설씨녀		박초월	민속합주단 연주/반주
1957.11.29	국악무대			
1957.12.6	국악무대			
1957.12.20	국악무대	성춘풍		
1957.12.27	국악			
1958.1.3	삼국통일	성춘풍		

일시	작품	구성	창 / 출연	기타
1958.1.17	황산의 노래	성춘풍	박초월	민속합중단 반주
〈국악〉으로 프로그램 명칭 바뀜. 금요일 저녁 8시.				
1958.1.24	국악			
1958.1.31	국악			
1958.2.7	국악 남도민요			
1958.2.14	입체 창극조			
1958.3.7	국악			
1958.3.14	구국악과 농악			삼장취악단
1958.3.21	국극 흥부전			
1958.3.28	국극 흥부전			
1958.4.4	국악 연속극 흥부전			
1958.4.11	국악			
1958.4.18	국악			
1958.4.25	국악 팔도민요			
1958.5.2	국악			
〈국악무대〉로 다시 프로그램 명칭 바뀜. 금요일 저녁 9시 30분				
1958.5.9	국악무대			
1958.5.16	배비장타령	성춘풍		
1958.5.23	배비장타령			
1958.5.30	산유화가			
1958.6.13	미천왕의 노래			
1958.6.27	국악무대			
1958.7.4	목주의 노래	성춘풍		
1958.7.11	온달의 노래			
1958.7.18	탈해 이사금			
1958.7.25	이춘풍의 노래			
1958.8.1	평강녀	성춘풍		
1958.8.8	검군의 노래	성춘풍		
1958.8.22	왕거인의 노래	성춘풍		
1958.9.12	왕자의 출가	성춘풍		
1958.9.19	공자와 거문고	성춘풍		
〈국악무대〉 금요일 저녁 8시 30분.				
1958.9.26	채봉의 노래			

일시	작품	구성	창 / 출연	기타
1958.10.3	신시의 노래			
1958.10.10	신규식 선생			
1958.10.17	사명대사 출가편	성춘풍		
1958.10.24	사명대사			
1958.10.31	사명대사 구국편			
1958.11.7	장한가	성춘풍		
1958.11.14	양녕대군	성춘풍		
1958.11.21	꿈과 사랑			
1958.11.28	에밀레종			
1958.12.5	어부사			
1959.1.9	단심가	성춘풍		
1959.1.16	강희의 노래			
1959.1.23	국악무대			
1959.1.30	춘향가			
1959.2.6	춘향가			
1959.2.13	원앙의 노래	성춘풍		
1959.2.20	보은당	성춘풍		
1959.2.27	국악무대			
1959.3.6	국악무대			
1959.3.13	의사 안중근			
1959.3.20	장보고전			
1959.3.27	사랑의 동명왕			
1959.4.3	사랑의 동명왕	성춘풍		이광수 원작
1959.4.10	사랑의 동명왕			
1959.4.17	옥란자전			
1959.4.24	정을선전			
1959.5.1	김유신 장군	성춘풍		

1950년대에는 주로 라디오를 통해 창극이 방송되었다. 최초의 텔레비전 방송국이 1956년에 설립[61]되었지만 화재로 인해 오래 지속되지 못했다. 본격적인 한국 TV의 역사가 1962년 KBS-TV당시 명칭은 '서울 텔레비전 방송국'으로 시작되었다는 점을 생각해보면, 이 시기 대중이 향유한 주요 미디어는

라디오일 수밖에 없었다. 특히 1954년 민간 방송국이 개국되면서 라디오 수신기의 수요가 증가하였고, 1958년에는 정부가 '라디오 없는 마을'을 목적으로 라디오 기기를 무상으로 배부하는 시책을 펼치기도 했다. KBS 국영방송 중심의 방송체제가 1954년 기독교방송의 개국, 1959년 상업 라디오 방송인 부산 MBC의 설립으로 변화하면서 프로그램의 개발과 발전이 두드러지는 때도 바로 1950년대였다.[62] 이 시기 라디오가 중요한 오락의 도구였다는 점을 생각하면 〈라디오 창극〉이 오랜 기간 주요 프로그램으로 다루어졌다는 것은 흥미로운 지점이다.

1953년 7월 서울방송국HLKA에서 〈라디오 창극〉으로 방송되었던 프로그램은 1955년 10월 〈국악무대〉로, 1958년 1월 〈국악〉으로, 같은 해 5월 다시 〈국악무대〉로 명칭을 바꾸었다. 프로그램의 이름이 바뀌었어도 프로그램의 주된 레퍼토리는 이전 〈라디오 창극〉 때의 '창극'이었을 것이라 짐작된다. 표에서 보는 바와 같이 〈국악무대〉로 명칭이 변경된 후에도 '국극'의 이름으로 열사들, 위인들의 이야기가 방송되었고, 프로그램을 구성한 인물역시 이전 〈라디오 창극〉 때의 성춘풍이기 때문이다. 또한, 방송에 출연한 사람 가운데 국악인 이외에 영화배우, 성우들복혜숙, 염석주, 이혜경 등이 함께 있는 것으로 보아, 극적 요소가 개입된 '창극'이었음을 추측할 수 있다.

'사랑가', '이별가', '십장가' 등으로 소개된 레퍼토리는 판소리의 토막소리를 방송한 것일 수도 있고, 창극으로 구성하여 방송한 것일 수도 있다. 이 시기 타 시간대에 라디오 방송에서 '창극조'의 이름으로 전승 5가의 소리를 꾸준히 방송했다는 점을 고려하면, 〈국악무대〉에서는 주로 창극을 방송하였을 것이다. '창극조'는 판소리였을 테니 말이다. 물론 소개된 작품명만 가지고 무리해서 판단할 수는 없겠지만, 적어도 라디오 방송이 정규적인 '창극' 프로그램을 꾸준히 내보냈다고 추측할 수 있다. 1959년 5월 1일을 끝으로 〈국악무대〉라는 프로그램은 라디오 방송에서 등장하지 않는다. 대신 〈국악순례〉가 금요일 5시 30분에 방송이 되었고, 〈민요잔치〉라는 프로그램도 종종 등장했다. 국악프로그램은 이어졌지만 '창극'을 독자적 프로그램으로 다루지 않았던 것이다. 1950년대만큼 라디오에서 창극을 중점적으로 다룬 시기는 없었다고 봐도 과언이 아니다.

〈라디오 창극〉과 〈국악무대〉의 구성은 성춘풍이라는 사람이 주로 했다. 성춘풍은 관재 성경린1911.9.18~2008.3.5의 필명이다. 그는 경성방송국 시절부터 방송 활동을 하였고, 1946년 이후에는 방송에서 국악을 해설하는 명해설가로 활발한 활동을 펼쳤다. 어릴 적부터 문학적 소양을 갖추고 있었던 그는 1950년대 위의 프로그램에서 대본을 직접 작성하면서 방송을 통해 국악을 알리는데 많은 기여를 했다. 틈틈이 고대소설과 야사 등을 뒤적이며 국악무대의 자료를 찾았다고 하는데,[63] 이와 같은 그의 노력으로 프로그램의 레퍼토리가 다양할 수 있었다.

실제로 1950년대 〈라디오 창극〉과 〈국악무대〉의 작품들을 살펴보면 다양한 이야기들이 있다. 먼저 〈국악무대〉로 개편되기 이전 〈라디오 창극〉을 보면, '장화홍련전', '사씨남정기', '박씨전', '유충렬전' 등 당시 인기가 있었던 고전소설을 제재로 했다. 이들 레퍼토리는 이전 무대 창극의 레퍼토리이기도 했다. 이후 성경린은 기존의 레퍼토리를 활용하는 것에서 나아가 1954년 〈라디오 창극〉이 정기적으로 편성되면서부터는 독자적으로 레퍼토리를 구축했다. '귀의성', '치악산'과 같은 신소설은 물론 중국소설반금련, 역사적 인물홍경래, 이충무공, 원효대사, 김유신, 을지문덕 등을 프로그램의 제재로 활용한 것이다.

1955년 10월 〈국악무대〉로 프로그램 명칭을 개편한 후, 라디오 방송의 창극 프로그램은 기존 고전소설과 역사적 인물을 활용하는 소재에 더하여 ① 안중근, 이준, 윤봉길, 유관순 등 열사들의 이야기, ② 신재효, 송흥록, 이화중선 등 국악인들의 이야기, ③ 사랑가, 이별가, 토끼타령, 심청가, 강릉매화전 등 판소리의 레퍼토리, ④ 도미설화, 조신의 꿈, 심화요탑, 왕자호동 등 고전설화를 제재로 한 이야기까지, 소재의 폭을 더욱 확대했다.

1956년 전후로는 국악인은 물론 전문 성우들도 프로그램에 출연하였는데, 전문 성우들이 연기를 하고 소리꾼이 소리를 입히는 방식이었으리라 추측된다.[64] 음악 프로그램인 〈국악무대〉에 성우들이 출연하고, 연출가가 따로 있었다는 것은 〈국악무대〉가 단순히 국악방송의 기능만 수행하지 않았음을 보여준다. 전통음악과 드라마를 결합한 프로그램으로 변화한 것이다.

1954년 최초의 민간방송국인 CBS는 개국하면서 일주일에 세 차례씩 열정적으로 드라마를 내보냈다. 1955년 1월과 2월을 보면 무려 24편에 이르는 드라마가 연이어 방송되었다.[65] 〈국악무대〉에 성우들이 언제부터 참여했는지 정확한 시기는 확인할 수 없다. 다만 KBS가 처음으로 공채 성우를 선발한 시기가 1954년 12월 22일이고,[66] 1956년이 라디오 드라마의 한 획을 그은 〈청실홍실〉이 탄생한 해임을 생각하면, 초창기 〈라디오 창극〉은 국악인들 중심으로 프로그램을 구성하고, 이후 〈국악무대〉로 개편이 되면서 성우들을 함께 출현시켜 프로그램을 만든 것으로 파악된다.

결국 〈국악무대〉는 라디오 드라마가 전성기를 이루기 시작하는 당시의 흐름 속에서 변화를 겪은 것인데, '창극'을 주요 프로그램으로 삼았던 방송이 라디오 드라마의 흐름을 탈 수 있었던 것은 창극의 '극적 속성'이 방송에 적극적으로 활용될 수 있었기 때문이다.

2) 라디오 드라마의 전성기와 '창극 드라마'의 등장

1960년대에는 KBS-TV 개국1961년 12월 31일과 TBC-TV 개국1964년 12월 7일, 그리고 MBC-TV 개국1969년 8월 8일이 이루어진다. 그러나 텔레비전 수상기가 아직은 각 가정에 충분히 보급되지 않은 상태였기 때문에 수용자들에게는 그 영향력이 그다지 크지 않았다. 또한 이 시기에는 상업 라디오들 역시 경쟁적으로 개국하는데 1961년 문화방송의 개국을 필두로 1963년 동아방송DBS, 1964년 라디오 서울RSB, 후에 TBC이 개국하면서 상업 라디오 방송이 전성기를 맞이하였다.[67] 특히 라디오의 경우, 1960년대에는 보급률도 높아지고 종교방송인 기독교 방송조차 부분적으로 광고 방송이 허용되면서 방송국 간에 더 많은 청취자를 확보하려는 경쟁이 치열해졌다. 그리고 그 경쟁을 주도하는 핵심은 바로 라디오 드라마였다. 라디오 드라마는 1966년부터 68년까지 매년 평균 150편이 넘게 방송될 만큼 가장 인기 있는 프로그램이었다.[68]

흥미로운 것은 창극 역시 이 시기 라디오 드라마에 편입되어 '연속창극'의 명칭으로 방송되었다는 것이다. 동아방송HLKJ에서 1964년 7월부터 창극과 드라마를 접목시켜 구성한 〈연속창극〉이 그것이다.

〈표 9〉 1960년대 라디오 창극 방송 목록[69]

일시	작품	구성 / 작가. 연출	출연
서울방송국(HLKA) 〈라디오 창극〉, 매주 수요일 밤 9시 20분 방송.			
1961.9.6(수) ▲9:20	라디오 창극 임경업장군		
1961.9.13	소나부자(素那父子)		
1961.9.20	신립대장	성춘풍	
1961.9.27	김종서장군	성춘풍	
동아방송(HLKJ, 1230KC), 월요일~금요일, 밤 9시 20분 / 30분~, 재방송 낮 2:00			

일시	작품	구성 / 작가, 연출	출연
1964.7.1~ 1964.9.11	연속창극 문경새재 (1회-53회)	주태익 작 박동근 연출 이단소 음악	천선녀, 유기현, 고은정 김수희, 이완호, 오승룡 등 창 김소희, 박동진 고수 이정업, 가야금 황병기
1964.9.14~	연속창극 향일화	이서구 작, 연출	신원균, 김소원, 김수희 정명희, 이춘사, 이정선 등 창 김소희, 장영찬
1964년 10월 1일부터 방송시간이 밤9시05분으로 변경.			
~1964.10.23	향일화		
동아방송(HLKJ, 1230KC), 월요일~토요일, 밤 9시05분.			
1964.10.26 ~1964.11.28	연속창극 대충신	이진희 작 이원경 연출	김성연, 조상현, 윤미림 이춘사 등 해설 사미자.
1964.11.30 ~1965.1.2	연속창극 꽃가마	김영곤 작 허지영 연출	
1965.2.19 ~1965.3.27	연속창극 홍대문집	이서구 작 박동근 연출	정애란, 김소원, 정명희 등
1965.3.29~ 1965.5.3	연속창극 화촉동방	김영곤 작 이원경 연출	

1963년 4월에 개국한 '동아방송'^{주파수 1230kHz, 호출부호 HLKJ}은 1964년 7월 연속창극 형식의 드라마 〈문경새재〉를 시작하면서 『동아일보』에 대대적인 광고를 했다.

『여명 80년』끝내고 『문경새재』를 방송 동아방송

동아방송은 지난 1년 2개월간 계속하던 장기「프로」「여명 80년」을 30일로 막을 내리고 7월 1일 하오 9시 30분부터 새로운 연속 창극 「문경새재」주태익 작, 박동근 연출, 이단소 음악를 방송한다. 화류계에서 늙은 노부부와 여대 중퇴한 「아프레」딸, 이 세 여인을 중심으로 벌어지는 갖가지 이야기 – 출연에는 천선

녀 유기현 고은정 창에는 김소희 박동진「동아일보」, 1964.6.30

일 년 이 개월간의 장기 프로인 〈여명 팔십년〉을 끝내고 시작하는 이 작품은 '새로운 시도'의 창극이자 연속극이었다. 동아일보는 '오늘의 동아방송'이라는 코너에서 동아방송의 주요 프로그램을 항상 광고하였는데 〈문경새재〉는 '흥일약품興―藥品'의 제공 아래 드라마 종영까지 꾸준히 광고되었다.[70] 당시 광고는 이 작품을 두고 '한국 최초의 창극', '종래 수법의 탈피', '새로운 감각의 충만'[71]이라고 하며 이 방송극이 갖는 독특함을 강조했다. 창극과 드라마를 접목한 새로운 시도로 청취자를 잡고자 한 동아방송의 노력이었다.

〈문경새재〉는 화류계 출신의 여인과 그의 딸이 겪는 기구한 운명에 관한 이야기로, 문경새재의 소박한 전원에서 사랑이 생기고 그 사랑이 예기치 못한 관계 속에서 갈등을 겪는 스토리였다. 그리고 이를 창과 대사의 절묘한 조화로 엮어냈다.[72]『동아일보』는 〈문경새재〉의 인기가 100%라고 광고하였지만, 실제로 어느 정도의 인기를 누렸는지는 명확히 이야기하기 어렵다. 다만, 이후 동일한 형식의 창극드라마 〈향일화向日花〉가 이어서 방송된 것을 보면 〈문경새재〉가 대중에게 어느 정도 관심을 받았다고 짐작된다.

〈향일화〉는 당대 유명한 극작가 이서구가 대본과 연출을 맡은 작품으로, 조선시대를 배경으로 호색한 정승과 질투가 심한 그의 부인의 이야기를 코믹하게 그렸다. 명창 김소희가 드라마의 주제가를 맡아 부르며 창극의 색채를 드러낸 것으로 파악된다.[73]

동아방송은 〈향일화〉 이후, 고려시대를 배경으로 국난 속에서 역모에 맞서 싸우는 충신 지충렬의 사랑과 애국을 다룬 〈대충신〉, 조선조 연산군 말

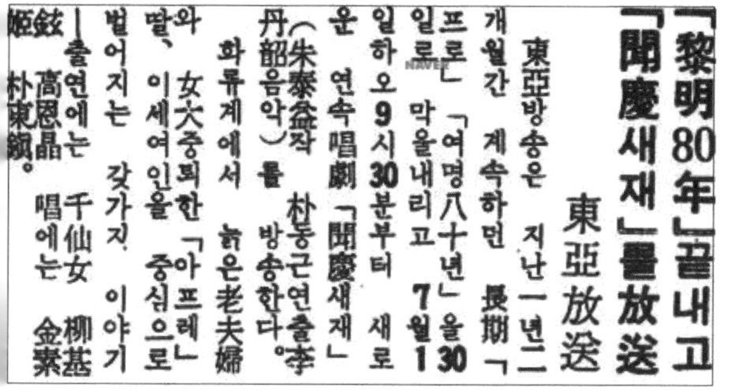

「黎明80年」끝내고
「聞慶새재」를 放送
東亞放送

東亞放送은 지난 一년二개월간 계속하던 長期프로 「여명八十년」을 7월 130일로 막을내리고 일하오9시30분부터 새로운 연속唱劇「聞慶새재」를 (朱泰益작 丹部음악) 박동근연출 李방송한다。 화류계에서 늙은老夫婦 女大중퇴한 「아프레」딸, 이세여인을 중심으로 벌어지는 갖가지. 이야기 —출연에는 千仙女 高恩晶 唱에는 金素基 柳素基 姬鉉— 朴東鎭。

〈그림 13〉『동아일보』. 1964.6.30

오늘의 東亞放送
9月1日（火）1230KC
火曜日의招待席 （公開放送後·7시5분）
비밀을 간직한 주인공을 登場시켜 박사들이 그비밀을 알아맞춘다。
歌謠白日場 （公開放送·後8시30분）地方出張프로그램, 노래를 부르고자하는 新人을을 발굴하기위한 프로。 그들의 노래솜씨가 대단히 우수하다。 ＜富光藥品＞
밤의프랫트홈 （後9시15분） 낭만을 수놓는 밤열차。 음악과 애기로 여러분을 초대합니다。 성우윤미림 김영식의 대화가 펼쳐지며 이 별을 아쉬워하는 밤의 프랫트홈！ 작키코너—。 ＜永進藥品＞
문경새재 （連續唱劇後 9시30분）문경산골에 사는風心（南美羅）이가 上京한다는 전보를받고 깆수（李完浩）는 기뻐한다。 사실이들의 運命은 어떻게될는지…가야금黃炳冀북李正業＜興一藥品＞

〈그림 14〉『동아일보』. 1964.9.1

기 남녀의 사랑을 다룬 〈꽃가마〉를 차례로 내보냈다. 이들은 광고를 통해 '연속창극'이라 소개되기도 하고 '연속사극'이라 소개되기도 하면서 1965년도까지 방송되었다. 그러나 연속창극 〈꽃가마〉가 끝난 이후 1965년 1월 4일부터 2월 17일까지는 '연속방송극' 〈자유의 조건〉이 방송되었다. 〈자유의 조건〉은 동아방송 광고 스폰서의 현상모집 당선작으로 창극이 아닌 애정을 다룬 일반 연속극이었다. 이 연속극 이후 동아방송은 다시 한번 창극과 결합한 라디오 연속극을 시도했다.

1965년 2월 19일자 『동아일보』는 "동아만이 자랑하는 우리 고유의 창극이 이서구씨의 「홍대문집」으로 다시 부활"강조는 저자74) 이라 광고하며, 이서구가 작품을 맡고 박동근이 연출을 한 〈홍대문집〉의 방송 소식을 알렸다. 〈홍대문집〉은 조선시대를 배경으로 홍대문집에서 수절하며 살아가는 3대에 걸친 과부들의 슬픔과 애환을 담은 이야기였다. 동아방송은 이후 연속창극 〈화촉동방〉까지 이어가지만 〈화촉동방〉 종방 이후 연속창극 형식의 프로그램은 더 이상 확인되지 않는다.75)

동아방송이 말한 '창극'은 엄밀한 의미에서 창극을 드라마에 접목시킨

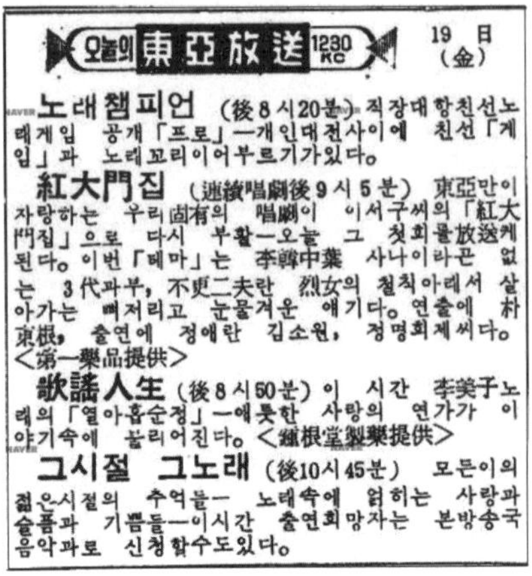

〈그림 15〉『동아일보』, 1965.2.19　　　　〈그림 16〉『동아일보』, 1965.3.30

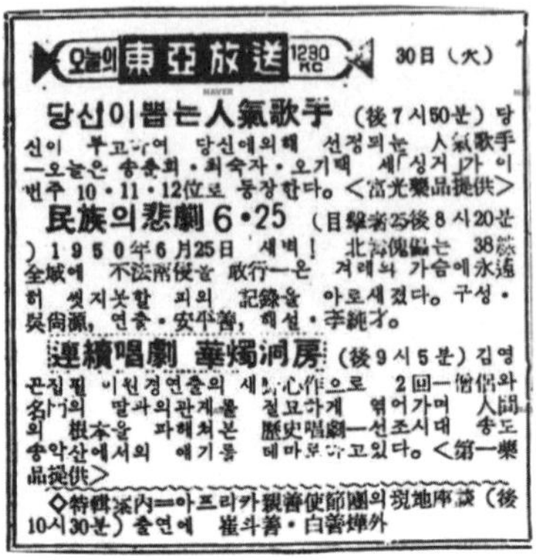

것이다. 드라마의 주요 배역을 당시의 유명 성우들이 맡았고, 창을 맡은 김
소희, 박동진, 장영찬이 등장인물로 활약한 것 같지는 않기 때문이다. 이들
의 창이 배경음악으로만 활용되었는지, 대사 가운데 창을 빌려 표현하는 것
이 있었는지 방송의 실상을 확인하지 않고는 명확히 말하기가 어렵다. 다
만, 「문경새재」의 경우 '마음을 창으로 표현하는 우리나라 최초의 창극'이
라는 광고[76]를 통해, 등장인물의 내면 심리가 창의 노랫가락으로 표현되었
음을 짐작할 뿐이다. 방송이 창극의 양식적 특성 가운데 하나인 도창을 차
용하여, 도창이 수행하는 인물의 내면이나 극의 상황을 창으로 묘사하지 않
았을까 한다.

　사실 이러한 형식은 일반적으로 당시 무대에서 말하는 '창극'과는 상당
한 거리가 있다. 동아방송의 연속창극은 방송드라마의 새로움을 추구하는
과정에서 창극을 소재로 활용한 측면이 컸다고 본다. 중심은 드라마에 있고
창은 드라마의 배경음악 혹은 인물의 감정을 극대화되는 장치로만 기능한
것이다. 이러한 형식은 1950년대 〈국악무대〉에서 성우와 창극배우가 함께

출연하여 드라마를 이끈 방식이 이어진 것으로, 1960년대에는 라디오 드라마가 중심을 차지하면서 성우로 배우를 구성하여 드라마적 요소를 강화한 형태로 나아갔다고 할 수 있다.

3) 초기 텔레비전 창극 프로그램의 면모

1956년 HLKZ-TV가 들어오면서 텔레비전을 통해서도 창극 무대를 볼 수 있었다. 다음은 1950년대 텔레비전 창극방송 목록이다.

〈표 10〉 1950년대 HLKZ 국극 방송 목록[77]

일시	작품	출연	기타
1956.8.30(목) 저녁▲ 7:50	국극무대	삼성국극단	
1956.9.6(목) 저녁▲ 8:30	새벽별 아래	김경애와 새한국극단	
1956.9.13(목) 저녁▲ 7:10	국극무대-제6회 국극사편-햇님달님	박귀희, 박옥란, 박영자, 송경분, 유희순, 김경희	
1956.9.20(목) 저녁▲ 8:15	옥가락지	삼성국극단	
1956.10.2(화) 저녁▲ 8:10	콩쥐팥쥐	여성국극단 임춘앵	
1956.10.9(화)	춤추는 쌍용도	국극단 삼성	
1956.10.23.	국극무대		
1956.10.28(일) 저녁▲ 7:10	콩쥐팥쥐	임춘앵과 여성국극단	
1956.11.4.	망국의 공주	삼성국악단	김향 작
1956.11.11.	춤추는 쌍용도	여성국악단 삼성	
1956.11.18.	국극무대		
1956.11.25.	경연극 전2경	금연동, 양석천, 구봉서	
1956.12.2.	비련공주 전막(泥文)	삼성국극단	
1956.12.9.	국극무대		
1956.12.16.	국극무대	여성국극단	
1956.12.30.	국극무대		
1957.1.6.	춘향전 중에서	박초월, 박귀희, 한농선 외	

일시	작품	출연	기타
1957.1.14(월) 저녁▲ 8:10	연속국극 춘향전	이도령-박귀희, 춘향-한농옥, 춘향모-박초월	하주인 연출
1957.1.28.	연속 춘향전		
1957.2.4.	연속 창극 춘향전		
1957.2.11.	춘향전 제5회		
1957.2.18.	춘향전		
1957.2.25.	경연극 눈먼 동생		하주인 연출
1957.3.11.	뮤직칼. 코메디 지상최대의 결혼식		하주인 연출, 금연동 작
1957.3.18.	국극무대 연속극 슬픈남매 제1회	김○우, 박옥진, 박옥향, 박보아, 조양금, 조양녀 외 여성국극단 삼성	하주인 연출 KOROAD회사제공
1957.3.25.	연속창극 슬픈남매		김향 작
1957.4.1.	국극무대		
1957.4.8.	민요만극 일장춘몽		
1957.4.15.	민요극		
1957.5.6. 밤▲ 9:30	일장춘몽 후편		호월 작
1957.5.20.	민요만극 그런 줄 알았으면		하주인 연출
1957.5.27.	민요만극 일부일처	박귀희, 남민, 박초월 외	경전(京電) 제공
1957.6.3.	민요만극 춘마차		
1957.6.10.	민요만극 가풍천리 전7경		
1957.6.24.	대망산봉(待望山峰)		
1957.7.1. 저녁▲ 8:30	대망산봉		
1957.7.15.	민요만극 석양의 노래		
1957.7.22.	홍보전		
1957.7.29.	연속창극 홍보전		
1957.8.5.	연속창극 홍보전	박귀희, 남민, 박초월 외	경전(京電) 제공
1957.8.12.	연속창극 홍보전		
1957.8.19.	연속창극 홍보전		
1957.8.26.	연속창극 홍보전		
1957.9.2.	연속국극 귀촉도		경전(京電) 제공 우리국악단 작품
1957.9.16.	연속국극 귀촉도		

일시	작품	출연	기타
1957.9.23.	연속국극 귀촉도		
1957.9.30.	연속국극 귀촉도		
1957.10.7.	국극무대		
1957.10.14.	국극무대 민속악향연		

1956년 최초의 텔레비전 방송국이 설립된 이후, 방송에서 내보냈던 창극 프로그램은 대부분 여성국극이었다. 〈햇님달님〉, 〈옥가락지〉, 〈콩쥐팥쥐〉, 〈춤추는 쌍용도〉 등은 당시 당시 무대에서 공연된 여성국극의 작품이었기 때문이다.

텔레비전 방송에서 여성국극이 등장한 때는 1950년대 중반 이후로 1950년대 초반과 비교하면 무대 장악율은 적어졌지만, 여전히 인기를 누리던 시기였다. 이 시기는 임춘앵을 중심으로 인기를 끈 '여성국극단 임춘앵과 그 일행'을 비롯하여, '햇님국극단', '삼성국극단', '새한국극단', '신라여성국극단' 등 그 어느 때보다 많은 여성국극 단체들이 생겨나던 때였다. 텔레비전은 단체를 알릴 수 있는 매우 적합한 매체였다. 텔레비전 방송사에서도 당시 여성국극은 인기가 있는 장르였기 때문에 편성에 적극적이었을 것이다. 새한, 임춘앵의 국극단 등은 당시 매우 인기가 있었던 단체들로 이들이 출연하여 그들의 무대극 레퍼토리를 방송한 것으로 파악된다.[78]

1957년 4월부터는 '민요극', '민요만극' 형식의 노래극을 창극, 여성국극과 더불어 교차하여 방송한 것을 확인할 수 있다. '민요극', '민요만극'은 1950년대부터 있었던 프로그램으로 민요를 극의 형태 속에서 선보인 형태였다. 한국방송공사에 따르면 〈민요만담〉은 1956년에 시작된 향토민요와 만담이 혼합된 민속 버라이어티 프로그램이었다. 이은관의 〈배뱅이굿〉을 극화한 것에서 시작해 장소팔, 고춘자 2인의 만담과 이은관, 김옥심, 이은주 등의 창으로 구성됐는데 가벼운 유머를 중심으로 하고 때로는 정부시책, 공보 스포트도 곁들여 대중계몽의 역할을 했다.[79]

중요한 것은 라디오와 텔레비전 드라마의 인기 속에서 이와 같은 형식들이 시도됐다는 점이고, 창극과 여성국극도 장르가 갖는 '드라마'의 속성이 라디오와 텔레비전에서 유리하게 작동했다는 점이다.

한편, 1960년대는 국악프로그램이 방송에서 활발하게 제작, 편성되지 못했다. 라디오 프로그램은 물론 텔레비전 프로그램 가운데 국악 프로그램은 현저히 적었으며, 그 마저도 기악, 창 등을 포괄하여 잠깐씩 보여주는 종합프로그램의 성격이었다. 이 가운데 창극에 중심을 둔 텔레비전 프로그램이 있었는데, 바로, KBS-TV의 〈국악에의 초대〉이다. 이 프로그램은 1962년 3월 15일 목요일 8시 30분에 창극 〈춘향전〉을 첫 방송으로 하여 매주 동일한 시간을 지키며 1964년까지 지속되었다. 다음은 1960년대 KBS-TV에서 방송된 창극의 목록이다.

〈표 11〉 1960년대 KBS-TV 창극 방송 목록[80]

일시	작품	출연	기획, 연출	기타 정보[81]
1962.3.15~ 1962.5.3	춘향전		이성신 (이하 동일)	
1962.5.17~ 1962.6.14	선화공주			햇님국극단, 1954년. 조건 작, 이진순 연출
매주 월요일 8시 30분으로 시간 변경.				
1962.9.3~ 1962.9.24	언약			진경여성국극단, 1958년. 조건 작, 이유진 연출
1962.10.15~ 1962.11.12	달님			햇님국극단, 1956년. 조건 작, 이유진 연출
1963.1.9~ 1963.1.23	석동백			햇님국극단, 1957년. 고려성 작, 이진순 연출
1963.1.30~ 1963.3.6	아라리			햇님국극단, 1954년. 조건 작, 안종화 연출

일시	작품	출연	기획, 연출	기타 정보[81]
1963년 4월 〈국악의 밤〉으로 프로그램 명칭 변경. 화요일 밤 8시 30분으로 시간 변경.				
1963.3.13~ 1963.4.2	그리운 사람들			
1963.4.9~ 1963.5.21	숙종과 장희빈	이소자 외		송죽여성국극단, 1961년. 남혜성 작, 연출.
1963년 6월 〈국극의 밤〉으로 프로그램 명칭 변경. 월요일로 밤 8시 30분으로 시간 변경.				
1963.5.28~ 1963.7.1	고성의 푸른 달			송죽여성국극단, 1960년. 남혜성 작, 연출.
방송시간 밤 9시 30분으로 변경.				
1963.7.8~ 1963.8.5	이차돈			햇님국극단, 1955년. 이광수 원작, 조건 편극, 이원경 연출.
1963.8.12~ 1964.6.29	1964년 4월부터 월요일 10시 30분~11:00로 프로그램 시간 변경. 〈국극의 밤〉, 〈국악의 밤〉이라는 프로그램으로 소개되어 지속.			

〈국악에의 초대〉는 1963년 〈국악의 초대〉, 〈국악의 밤〉, 〈국극의 밤〉으로 명칭을 변경하지만, 프로그램의 주된 내용은 창극이었다. 당시 방송에서 국악프로그램의 비율이 매우 낮았던 것을 생각하면 창극을 중심으로 한 프로그램이 간헐적이나마 2년 가까이 지속되었다는 것은 눈여겨 볼 부분이다.

기왕 국악 말이 나왔으니 말인데, 실상 나같은 사람이 기대를 걸었던 「프로」의 하나로서 요새 일반적으로 관심이 깊어져 가고 있는 국악에 대해서 잘만 되면 좋은 성과를 바랄 수 있는 「프로」라 하겠다. 그런데 타이틀은 「국악의 초대」니 「국악의 밤」이니 해놓고 왜 어째서 천편일률로 창극(국극)만을 보내는 것인지? 창극이 국악의 일부일 수는 있지만 국악의 전부는 아니지 않은가? 차라리 멋진 국악이 못 되겠거든 범위를 좁혀서 창극무대(?)라고 하든지, 기왕 국악이란 이름을 걸었거든 국악다운 면목을 갖춘 방송이 돼야만 국악의 이름을 더럽히지 않을 것이다. 최인욱, 「「우리말바른길」에 好感 『프로』·語法에 좀 더 誠實性을」, 「동아일보」, 1963.4.16

당시 '국악' 프로그램에 대한 신문의 논평을 보면, 어째서 '국악'의 타이틀을 달고 창극 혹은 국극만을 내보내느냐는 비판을 한다. 좀 더 다양한 국악 장르를 향유하고 싶은 시청자에게는 '창극'으로만 구성된 국악 프로그램이 불만이었던 것이다.[82]

1960년대 KBS의 〈국악에의 초대〉는 텔레비전 방송이 단지 무대극을 중계하는 차원을 넘어 나름의 방식으로 극화하여 창극을 구성한 것이었다.

1962년 3월, 방송순서 개편과 아울러 등장. '국악버라이어티'의 후신이기도 하다. 연기와 창을 겸한, 즉 텔레비전이 조건에 알맞은 국악시간을 설정하자는 것이 이 시간 등장의 의도였다. 그리하여 1962년 3월 15일 '춘향전'으로서 그 1회의 막을 올렸다. 실제로 '국악버라이어티'란 텔레비전 방송으로서는 그리 효과적인 것이 못 되었으며 아무런 연기도 없이 소품으로서 제공한다는 것은 주제의식이 빈약한 결과로밖에 볼 수 없었다. 그러나 어느 정도 무리를 하면서도(격주 방송에서 오는 공간) '국악에의 초대'로 연속창극을 하면서는 일부 노년층의 시청자에게만이 아니라 지식계급의 시청자들에게까지도 적지 않은 호감을 사게 된 것이다. 그러나 이 호감은 텔레비전으로 보내는 이 시간의 창극들이 무대에서의 창극들과 동일한 형식에 의한 것이라면 가지지 않을 것이다. 텔레비전 스튜디오에 알맞은 무대구성과 캐스트의 조정 등 짜임새 있는 방송에 의하여 실시될 때 이 시간을 텔레비전을 통한 창극의 새로운 경치를 개척하는 가장 좋은 프로그램이기도 하다. 1962년 방송된 작품은 춘향전 7회, 선화공주 4회, 언약 4회, 달님 5회 등이다.[83] 이 시간의 기획, 연출은 이성신 씨 그동안의 주요 출연진은 김경애, 이소자, 김경수, 안태식 등이었다.[84]

강태영, 윤태진이 조사한 위 글에 따르면 이 시기 〈국악에의 초대〉는 방송을 위해 따로 기획과 연출을 배정하고, 텔레비전이라는 조건 속에서 연기와 창을 활용한 프로그램이었다. 그리고 이는 창극을 방송에 부합된 프로그램으로 만들고자 한 노력에서 비롯된 것이었다. 텔레비전의 스튜디오에 맞는 무대를 구성하고 배우를 캐스팅한 것은 기존에 텔레비전 방송이 무대극을 그대로 내보낸 것과는 분명 다른 시도였다.[85] 그리고 이러한 시도는 다음 장에서 살펴볼 1970년대 MBC의 〈내 강산 우리노래〉, KBS의 〈KBS지정석〉으로 이어지며 TV가 창극에 관심을 두고 본격적으로 프로그램을 제작하는 초석이 되었다.

〈국악에의 초대〉와 〈국극의 밤〉이 주로 다룬 레퍼토리는 여성국극의 레퍼토리로 보인다. 〈춘향전〉과 〈선화공주〉의 경우, 창극으로도 공연이 되었지만, 여성국극으로도 많이 다루어진 레퍼토리였다. 〈언약〉은 김진진, 김경수가 이끌었던 진경여성국극단의 작품이었고, 〈선화공주〉, 〈달님〉, 〈석동백〉, 〈아라리〉, 〈이차돈〉은 김경애와 이소자가 속했던 햇님국극단, 〈숙종과 장희빈〉, 〈고성의 푸른 달〉은 1960년에 새로 조직된 송죽여성국극단의 작품이었다. 소개가 이루어진 제한된 작품만으로 〈국극의 밤〉의 성격을 규정짓는 것은 무리이지만 적어도 1962년에서 1963년의 기간에 방송에서 창극을 활용하며 다룬 레퍼토리는 여성국극의 것에 집중되었다고 볼 수 있다.

지금까지 1950~1960년대 창극이 무대와 음반, 방송으로 존재한 양상을 살펴보면서 다음의 내용을 새롭게 확인할 수 있었다. 첫째, 1950년대에는 새로운 창극 음반이 제작되지 못했다. 해방과 전쟁으로 한국 음반 산업이 침체기를 겪어, 전체적으로 음반의 발매는 매우 저조하였고, 미약하게나마 발매된 음반도 기존의 것을 재발매하는 방식이었다. 무엇보다 대중가요에 인기가 편중되어 국악음반의 비중은 매우 적었다. 창극 음반은 1960년대 LP가 등장하면서 다시금 대두되었다. 이 시기 창극 음반을 발매한 음반회사는 '신세기', '대도', '지구', '시대·유대버살' 등이었고, 이들 음반은 이야기 전체가 아닌 일부의 장면을 중심으로 녹음하는 경향이 짙었다. 그리고 음반의 형식이 판소리가 아닌 창극임에도 판소리의 음악성을 추구했다.

둘째, 1950년대는 〈라디오 창극〉이라는 프로그램이 오랜 시간 동안 정기적으로 방송이 되었다. 이 〈라디오 창극〉의 구성자는 성경린으로 그는 '성춘풍'이라는 필명으로 라디오 창극의 제작에 참여했다. 〈라디오 창극〉은 기존의 판소리 전승 5가에서 비롯된 창극의 레퍼토리가 아닌 고전소설, 역사적 위인, 신소설 등 다양한 방면에서 소재를 차용한 창극 프로그램이었다. 김준섭, 강장원, 정철호, 김소희, 박초월, 임유앵, 김경희 등 당시 대표적인 판소리 창자를 비롯하여 정송이, 신치경, 김효순과 같은 현대에는 이름이 많이 알려지지 못한 창자도 출연했다. 〈라디오 창극〉은 1950년대 후반으로 가면서 일반 배우들과 창극 배우들이 함께 출연하는 모습을 보이기도 하는데, 이러한 경향은 1960년대 라디오 드라마가 방송에서 주류를 이루는 과정에서 본격화된다.

셋째, 1960년대는 텔레비전을 통해서도 창극을 볼 수 있었다. 텔레비전 수신기의 보급이 활발하지는 않았지만, KBS TV의 〈국악에의 초대〉라는 프로그램이 정기적으로 창극 방송을 했다. 이때 창극 방송의 주된 레퍼토리는 1950년대 상당한 인기를 누리를 여성국극으로 이를 텔레비전의 형식에 맞추어서 나름대로 극화하여 내보냈다.

제4장

1970~1980년대 창극의 존재

1. 국립창극단의 창극 정립 운동

1968년에 조직된 국극정립위원회1970년에 창극정립위원회로 명칭 변경은 서항석을 위원장으로, 강한영, 김동욱, 김소희, 김연수, 김천흥, 박진, 박헌봉, 성경린, 이진순, 이해랑, 이혜구 등을 위원으로 하여 국극의 전통과 형식을 확립하고자 했다. 국극정립위원회는 창극의 양식과 대본을 우선적으로 정립하고,[1] 이를 토대로 창극을 한국의 전통음악극으로 확립하고자 했다.

특히 이 시기 국립창극단의 연출을 맡은 이진순은 창극이 판소리에서 파생된 갈래임을 충분히 인식하고 있었고, 동시에 창극은 '창극으로서의' 독자적인 형식을 가져야 한다고 생각했다.[2] 1972년 이진순 연출, 김연수 창지도의 〈흥보가〉는 판소리 아니리와 너름새는 물론 탈춤 사위, 가면극의 춤사위를 활용한 작품이었다. 이진순은 판소리의 풍부한 극적 요소를 전통극의 면모 안에서 구현하고자 했다. 그리고 1973년에는 〈배비장전〉을 연출하며 전승 5가만이 아닌 실창 판소리도 창극화했다. 〈배비장전〉은 동양화적인 무대 배경, 시조, 잡가 등의 부분적 차용 등으로 꾸며졌고, 신인 소리꾼들을 대거 참여하게 함으로써 창극 배우의 세대교체를 꾀했다. 1975년에는 창작 창극 〈대업〉이진순 연출, 박동진 창 지도이 제작 및 공연되었는데, 이 창극은 독립운동을 소재로 안중근 열사의 삶을 그린 작품이었다.

1976년에는 이원경을 연출로 한 〈춘향전〉이 공연됐다. '전통의 현대적 계승과 재창조'라는 사명 아래 판소리 창을 무엇보다 중시하는 창극 공연이 연행되었다.

국립창극단의 창극은 1977년 허규가 창극단 연출을 맡으며 새로운 전환기를 맞았다. 허규는 전통적 양식을 토대로 연극운동을 해온 연출가였다. 그는 1977년 〈심청가〉허규 연출, 김소희 창 지도, 1978년 〈강릉매화전〉이재현 극본, 김소희 창 지도, 허규 연출을 선보였는데, 판소리의 주요 눈대목을 살리면서도 무대 활용과 장치에도 신경을 쓰며 판소리와 창극의 양립을 시도했다. 이러한 허규의 시도는 판소리의 눈대목을 제대로 살려냈다는 긍정적인 평을 받았다.[3]

허규는 1981년 국립극장 극장장으로 취임했다. 그동안도 국립창극단의 연출을 하며 자신이 가진 연출 스타일을 창극에 접목하였던 그였다. 국립극장장의 역할을 맡으며 본격적으로 창극에 여러 실험을 단행하였는데, 먼저 1981년 판소리의 음악성을 최대한 활용한 〈춘향전〉을 각색 및 연출하여 해외 공연까지 나가는 성과를 거두었다. 〈춘향전〉을 통해 허규는 판소리를 감상하는 재미와 창극의 양식화를 모색하는 두 숙제를 모두 점검하는 기회를 가졌다.[4] 이후 전통 판소리의 내용을 빠짐없이 창극화하는 '완판창극'을 시도했다. 다음은 창극 연출의 지향을 밝힌 허규의 글이다.

전통예술로서 창극은 과거에 일반적인 공연 시간의 제약, 관중과의 절대적인 영합, 그리고 무리한 서구식의 극화 등으로 전래되어 오고 있는 전통예능이 축소, 또는 잘못 가감됨으로써 전통성의 올바른 전승과 발전을 기대하기 어려웠다. 차제에 국립창극단은 우리의 전통유산을 원형에 가깝도록 최대한으로 살리면서 이를 오히려 보완하고 재구성하여 현대적으로 정립해 간다는 뜻에서 이번 창극 〈흥보전〉을 공연하게 되었다. (…중략…) 서구식의 연기술을 지양하고 우리의 몸짓과 창극 언어를 개발 발전시킴은 물론이고, 판소리의 고장 남원의 명창 강도근 씨를 작창으로 모셔서 그분의 독특한 소리바디를 바탕으로 창을 짰으며, 무대장치와 조명, 의상, 소품, 분장에 이르기까지 철저한 고증에 입각해서 모든 기능들을 적극적으로 활용하고 있다.[5]

1982년 창단 20주년은 맞이하여 국립창극단은 세 작품을 제작하여 무대에 올렸다. 이진순 편극, 연출의 〈심청〉과 허규 연출의 〈흥보가〉와 〈심청가〉이다. 제37회 정기공연으로 소극장에서 공연된 허규 연출의 〈흥보가〉는 창극 공연사에서 중요한 의미를 갖는다. 바로 그가 전통 판소리를 최대한 원형에 가깝게 살리면서 보완하고 재구성한 '완판 창극'을 보여줬기 때문이다. 그동안 창극 공연은 2~3시간으로 규격화되었는데 당시 〈흥보가〉는 4시간 30분의 공연이었다.

〈흥보가〉를 시작으로 허규는 〈춘향가〉1982, 〈토생원과 별주부〉1983, 판소리 〈수궁가〉의 완판창극, 〈심청가〉1984, 〈적벽가〉1985도 차례로 완판창극으로 제작했다. 특히 〈춘향가〉는 판소리 '춘향가' 가운데 빠진 부분이 없도록 부활시키고 보완하여 총 23개의 장면, 5시간의 공연으로 만들었다.

이외에도 허규는 고전소설 『윤지경전』을 소재로 한 창작 창극 〈부마사랑〉1983을 제작하며 창의 가락을 불교음악, 궁중음악, 민요에서 차용하고, 궁중 연희판 무대를 재현하여 창극의 새로움을 선보였다. 또한, 1986년에는 아기장수 설화를 극화한 〈용마골 장사〉를 공연하였는데, 이 작품은 그간 남도창 위주였던 창극에 서도창, 강원도 민요, 무가, 농요 등이 활용되면서 음악적으로 확장된 면모를 보였다. 같은해 공연되었던 창작 창극 〈윤봉길 의사〉의 경우 허규가 대본을 쓰고 손진책이 연출을 한 작품이었다. 여기서 손진책은 다큐멘터리의 기법을 도입하는 실험적 무대를 선보였다.

이후 국립창극단은 1987년 허규 각색, 연출의 〈토끼타령〉과 〈춘향전〉, 이보형 작, 심회만 연출의 〈두레〉, 1988년 이원경 연출의 〈흥보전〉, 허규 연출의 〈배비장전〉, 1989년 허규 각색 및 연출의 〈춘풍전〉, 〈심청가〉 등을 공연했다.[6]

국립창극단의 1970~1980년대는 이진순, 허규 외 여러 연출가들이 창극에 다양한 시도를 가하며 '전통음악극'으로서 창극의 정체성을 끊임없이 모색한 시기였다고 하겠다.

2. LP의 대중화와 창극 음반의 증가

1) LP의 대중화와 창극 음반의 증가

1970~1980년대는 음반시장이 이전보다 확장되면서 다양한 장르의 음반이 본격적으로 생산되기 시작했다. 레코드사의 종류도 많아졌을 뿐더러,[7] 기존의 인기 음반을 재발매하는 것은 물론 해외 음반을 사와 국내 음반 회사에서 제작하는 라이센스 음반도 활발하게 발매되었다.[8] 발매되는

음반의 장르도 대중가요, 클래식, 팝, 가곡, 동요 등 다양해졌고, 장르 역시 세분화되었다. 이에 따라 국악 음반도 전체 음반에 견주어 많은 비중이라 말하기는 어렵지만, 이전에 비해 양적으로 증가했다. 창극 음반도 마찬가지였다. 이 시기 음반사별 창극 음반의 발매 현황을 정리하면 다음과 같다.

<표 12> 1970~1980년대 음반사별 창극 음반 목록[9]

성음제작소	창극 〈콩쥐팥쥐〉
유니버살레코드사	창극 〈성웅 김대건은 살아있다.〉, 창극 〈사명대사〉
대도레코드사	창극조 〈순교자 이차돈〉
현대음반주식회사	창극 〈대춘향전〉, 창극 〈대심청전〉, 창극 〈대흥보전〉, 창극 〈대장화홍련전〉, 조상현 순수판소리 창극 〈춘향전〉
도미도레코드	국극 〈춘향전〉, 국극 〈심청전〉, 국극 〈흥보전〉, 국극 〈장화홍련전〉
아세아레코드	〈대춘향전〉, 〈대심청전〉, 〈대흥보전〉, 〈장화홍련전〉
신세계레코드	〈대춘향전〉, 〈대심청전〉, 〈대흥부전〉, 〈대장화홍련전〉, 〈수궁가〉, 〈적벽가〉
힛트레코드	〈석가모니 일대기〉, KOREAN FOLK SONGS 창극 〈춘향전〉, KOREAN FOLK SONGS 창극 〈심청전〉, KOREAN FOLK SONGS 창극 〈흥보전〉
오아시스레코드	국극 〈바보온달과 평강공주〉, 국극 〈선화공주〉, 국극 〈콩쥐팥쥐〉, 〈춘향전〉[10]

표에서 확인할 수 있듯, 1970~1980년대로 오면서 창극 음반의 발매는 이전보다 많아졌다. 무엇보다 각 음반사가 〈춘향전〉, 〈심청전〉, 〈흥보전〉 중심의 창극 시리즈를 기획하는 흐름을 유지하면서도, 〈콩쥐팥쥐〉, 〈사명대사〉, 〈순교자 이차돈〉 등과 같은 새로운 레퍼토리의 작품을 녹음하여 제작하였음을 알 수 있다.

1970년대 창극 음반의 본격적인 제작은 현대음반주식회사가 시작했다. 현대음반주식회사는 각 작품에 '대大'라는 접두사를 붙이며 창극 음반의 내용이 풍부해졌음을 시사했다. 실제로 현대음반 주식회사에서 발매한 창극 음반들의 매수를 살펴보면, 〈대춘향전〉은 12인치 LP 6매, 〈대심청전〉은 12인치 LP 5매, 〈대흥보전〉은 12인치 LP 4매, 〈대장화홍련전〉은 12인치

LP 3매로, 〈장화홍련전〉을 제외하고 이전에 제작된 음반들에 비해 면수가 늘었다.

하지만 이들 음반의 내용을 자세히 살펴보면 전부를 새로 제작한 것은 아니었다. 기존 시대·유니버샬에서 제작한 음반들을 차용하여 서사의 앞부분은 재발매하고, 내용상 빠진 뒷부분은 새로 녹음하여 끼운 형태이기 때문이다. 그러다 보니 음반의 취입자에 많은 명창들이 기록되어 있다. 〈대춘향전〉의 경우, 김소희, 조상현, 강종철, 성창순, 안향년, 김경희, 한농선, 박송희, 조통달의 이름이 음반에 기록되어 있는데, 이 가운데 김소희, 성창순, 김경희 등은 앞서 발매한 시대·유니버샬의 창극 〈춘향전〉의 취입자들이다. 그리고 뒷부분을 새로 녹음하는 과정에서 조상현, 강종철, 성창순, 안향년, 박송희 등이 참여한 것으로 파악된다. 이는 〈대심청전〉, 〈대흥보전〉의 경우도 마찬가지이다.

다만 〈대장화홍련전〉의 경우, 시대·유니버샬에서 창극 〈장화홍련전〉이 이미 전편을 모두 녹음하였기에 이 음반에 추가로 녹음된 것은 없다. 〈대장화홍련전〉의 경우 취입자로 김소희, 성우향, 조상현, 성창순, 김경희, 박옥진이 명시되었는데, 조상현을 제외하고는 모두 시대·유니버샬 〈장화홍련전〉의 취입자들이다. 조상현은 현대음반주식회사가 창극 음반을 새롭게 재발매 및 녹음하는 과정에서 해설을 맡았는데, 〈장화홍련전〉에서도 그가 이 역할을 맡았기에 취입자 명단에 그의 이름이 덧붙여 들어갔다고 볼 수 있다.

〈춘향전〉, 〈심청전〉, 〈흥보전〉, 〈장화홍련전〉 중심의 창극 음반 시리즈물은 이후 도미도레코드사, 아세아레코드사, 신세계레코드사에서도 제작 및 발매되었다. 먼저 도미도레코드는 '국극'이라는 이름을 붙여 창극 음반을 발매했다. 음반참여자로는 김정희, 조애랑, 이소자, 박송희, 조금앵, 김

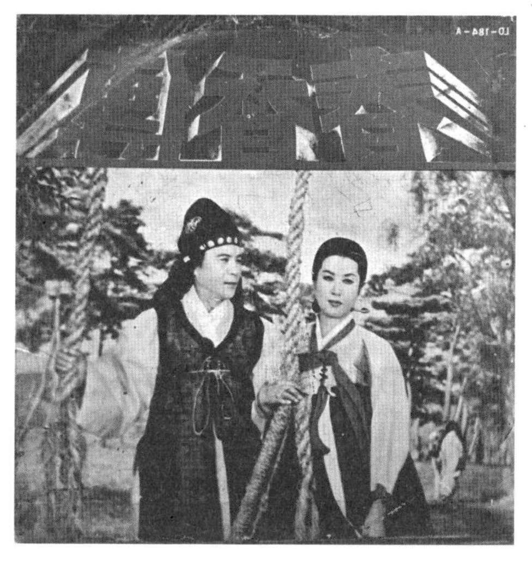

〈그림 1〉 도미도레코드 〈춘향전〉

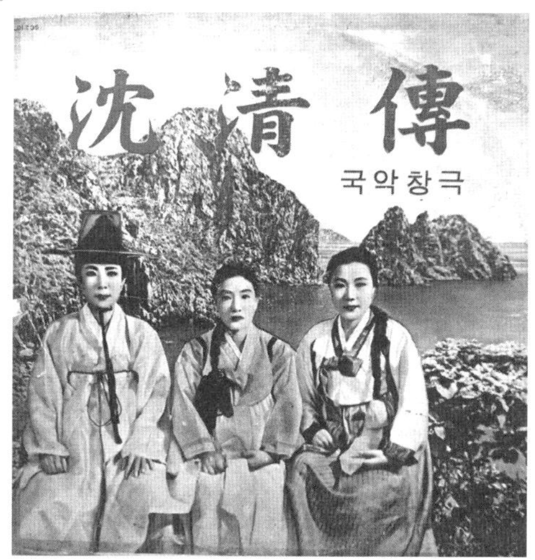

〈그림 2〉 도미도레코드 〈심청전〉

효순, 박봉선, 박미숙, 조영숙 등이 소개되었는데, 모두가 여성 창자들이다. 또한, 이들 대부분은 여성국극에서 활약을 한 인물들이다. 이로 볼 때 도미도레코드의 국극 음반은 명창 중심의 창극 음반과는 또 다른 성격이라고 볼 수 있다.

이후 아세아레코드사에서도 창극 음반을 발매했다. 성우향, 박초월, 남해성, 조상현, 조통달, 김수연, 안향련, 박양덕 등 1970년대 중·후반의 대표적인 판소리 창자들이 〈장화홍련전〉, 〈대춘향전〉, 〈대흥보전〉, 〈대심청전〉을 1974~1978년에 걸쳐 녹음, 발매했다.

비슷한 시기, 신세계 레코드사에서도 〈대춘향전〉, 〈대심청전〉, 〈대흥보전〉, 〈대장화홍련전〉과 더불어 〈수궁가〉, 〈적벽가〉를 발매하여 20세기 후반 가장 광범위한 창극 음반 제작을 시도했다. 신세계 레코드사는 각 작품을 12인치 LP 2장씩으로 녹음했다. 그리고 그 과정에서 작품의 내용 요약이 상당부분 이루어졌다. 특히 〈춘향전〉과 〈장화홍련전〉, 〈적벽가〉는 많은

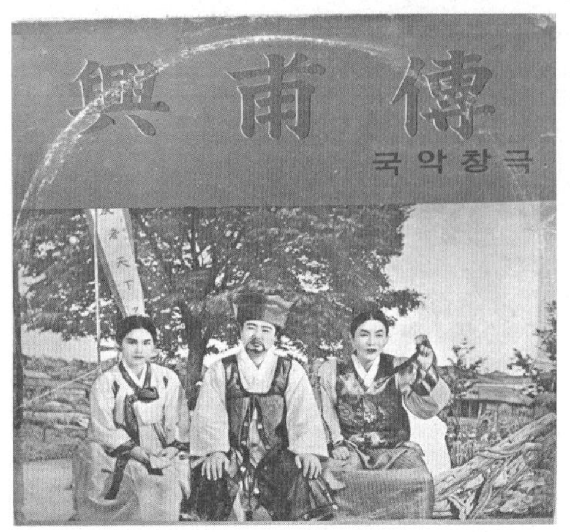
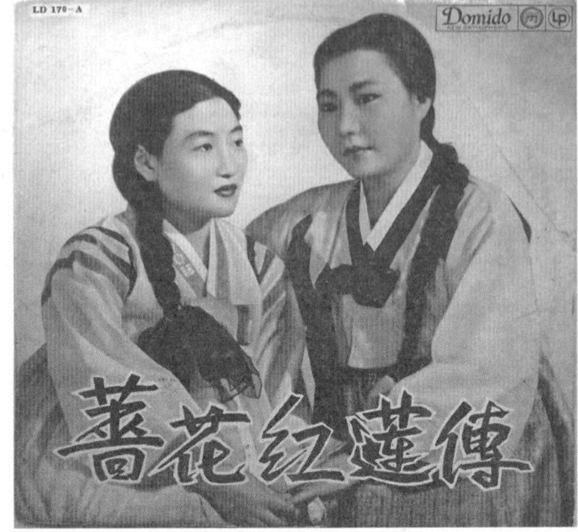

〈그림 3〉 도미도레코드 〈흥보전〉 〈그림 4〉도미도레코드 〈장화홍련전〉

내용을 압축하여 녹음하기 위해 각색자와 해설자를 도입하고, 이들을 적절하게 활용했다. 해당 음반의 연출 및 각색은 모두 이용배가 맡았고, 〈대춘향전〉, 〈대심청전〉, 〈대흥보전〉, 〈대장화홍련전〉의 경우는 김혜리가 해설을, 〈수궁가〉와 〈적벽가〉의 경우는 김진진이 해설을 했다. 음반 제작에는 이용배, 김진진, 박송희, 강종철, 은희진, 김혜리, 정란영, 박봉술, 김일구 등이 참여했다.

창극 음반 시리즈는 1970년대 말 또 한 번 제작되었다. 박동진, 김소희, 박후성, 오정숙, 김수연, 성창순이 참여한 창극 〈춘향전〉, 〈심청전〉, 〈흥보전〉이 힛트레코드사미미프로덕션에서 발매된 것이다.

1980년대에는 기존에 발매된 음반들을 같은 음반회사가 TAPE로 재발매하였고, 타음반회사가 LP 혹은 카세트 TAPE로 재발매하여 내놓기도 했다. 이를테면 현대음반주식회사 창극 음반의 경우, 1984년 같은 회사가 카세트 TAPE로 이를 제작하여 재발매하였고, 도미도레코드사의 창극 음반의

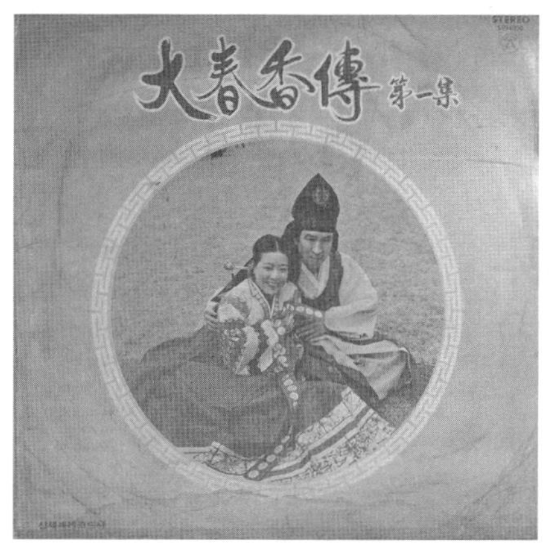
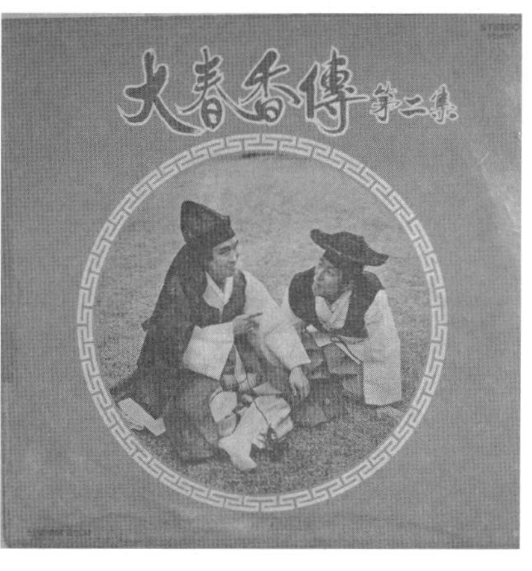

〈그림 5〉 신세계레코드 大春香傳 第一集   〈그림 6〉 신세계레코드 大春香傳 第二集

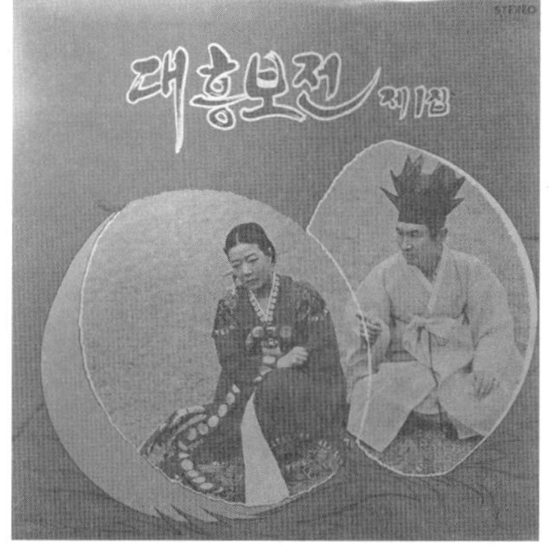
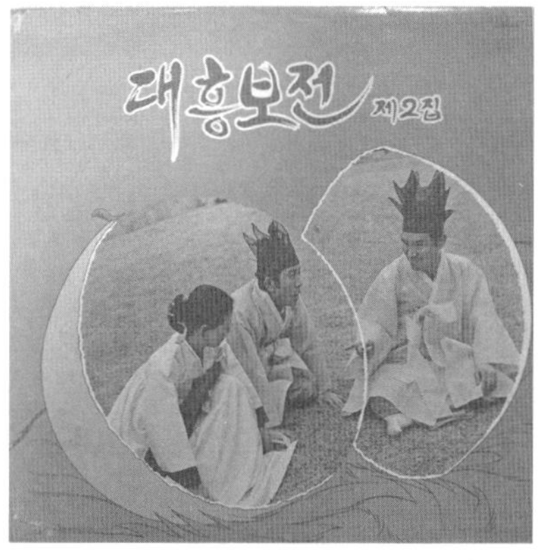

〈그림 7〉 신세계레코드 대흥보전 第一集   〈그림 8〉 신세계레코드 대흥보전 第二集

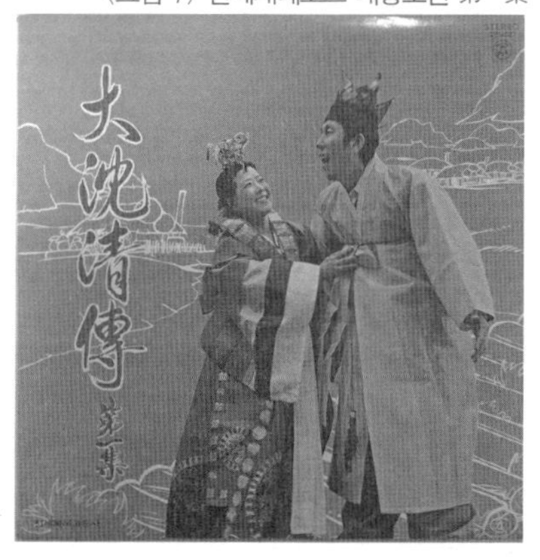
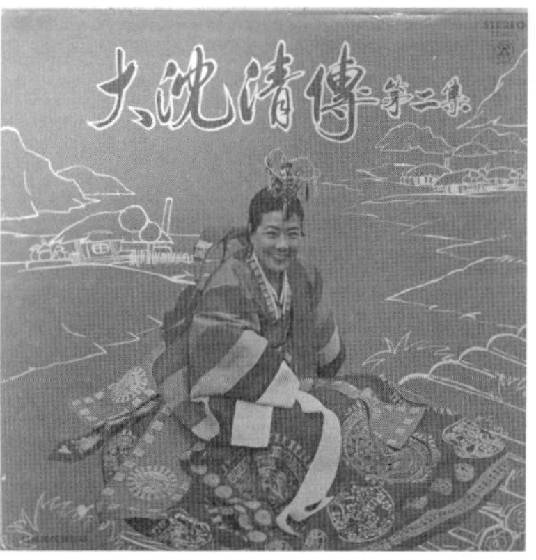

〈그림 9〉 신세계레코드 大沈淸傳 第一集   〈그림 10〉 신세계레코드 大沈淸傳 第二集

경우, 1984~1985년 오아시스레코드사가 카세트 TAPE로 재발매한 것이다. 힛트레코드사미미프로덕션의 창극 음반들 역시 1980년에 서라벌레코드사가 카세트 TAPE 및 LP로 제작하여 박스물로 재발매했다.

1980년대 새로 발매된 창극 음반으로 현대음반주식회사에서 카세트 TAPE로 제작한 '조상현 순수 판소리 창극 〈춘향전〉'이 있다. 정권진, 조상현, 김동애, 신영희, 은희진, 강종철, 안숙선 등 1980년대 초반 주요 판소리 창자가 이 음반제작에 참여했다.

이외에도 오아시스레코드사에서 제작한 여성국극 음반을 주목할 필요가 있다. 오아시스레코드사는 '국극'의 이름으로 〈바보온달과 평강공주〉, 〈선화공주〉, 〈콩쥐팥쥐〉를 각각 1장의 CD로 발매했다. 또한, 이 음반에는 박송희, 조금앵, 조애랑, 이은주, 김미령, 김진수 등이 참여하는데 모두 여성국극을 이끌어온 주요 인물들이다. 이른바 여성국극의 작품이 음반화된 것이다. 이 음반들은 1982년에 녹음되었지만, 바로 음반으로 제작되지 않고 1996년에 이르러서야 제작되었다.

그렇다면 이제 음반들의 구체적인 내용을 통해 이 시기 창극 음반의 특징을 살펴보도록 하겠다.

2) 1970~1980년대 창극 음반의 특징

1970~1980년대 제작된 창극 음반은 1960년대 창극 음반과는 다르다. 1960년대의 음반이 작품 전편의 녹음보다는 일부만을 녹음하는 형태였고, 창극의 드라마가 갖는 연극적 성격보다는 판소리가 갖는 음악적 성격을 강조했다면 이 시기에는 그 반대의 모습을 보인다. 음반 발매 매수도 확연히 늘어났고, 녹음에 참가하는 창자들 또한 많아졌다. 발매된 음반의 레퍼토리

도 이전과 달리 다양해진 것 또한 특징이다.

(1) 작품 전편의 녹음 지향─완판 창극 지향

이 시기 창극 음반은 한 작품의 전 서사를 아우르는 방향으로 녹음되었다. 대표적으로 현대음반 주식회사가 발매한 창극 음반 〈대흥보전〉, 〈대심청전〉, 〈대춘향전〉, 〈대장화홍련전〉이 있다. 이 음반들은 시대·유니버샬 레코드사의 창극 음반들을 재녹음한 것으로, 일부 새롭게 녹음하여 삽입한 부분이 있긴 하지만, 대체로는 기존의 녹음본을 그대로 사용하여 발매했다. 1960년대 시대·유니버샬 음반회사에서 발매된 창극 음반은 〈춘향전〉, 〈심청전〉, 〈홍보전〉, 〈장화홍련전〉의 4종이다. 이 가운데 〈장화홍련전〉은 작품의 전편 녹음이 이루어졌지만, 〈춘향전〉, 〈심청전〉, 〈홍보전〉은 작품의 전편이 녹음되지 못한 채 발매되었다. 현대음반주식회사는 기존 시대·유니버샬의 창극 음반 가운데 빠진 대목을 추가하여 완전한 서사를 구현했다.

	시대·유니버샬 레코드	현대음반 주식회사 레코드
춘향전	이도령 광한루 구경, 방자 시켜 춘향 부름, 천자풀이, 사랑가, 이별가	해설, 이도령 광한루 구경, 방자 시켜 춘향 부름, 천자풀이, 사랑가, 이별가, 신연맞이, 기생점고, 군로사령, 임 따라 갈까 보다, 춘향 시련, 옥방형상, 이몽룡 과거 급제, 농부가, 이몽룡 방자 상봉, 어사 춘향모 상봉, 옥중 재회, 어사출도
심청전	곽씨 부인 삯바느질, 부부의 명산불공과 심청 출산, 곽씨 부인 유언, 곽씨부인 발인, 아내 묻고 돌아와서, 젖동냥, 무릉촌 장승상댁, 심봉사 심청 찾아나섬	해설, 곽씨 부인 삯바느질, 부부의 명산불공과 심청 출산, 곽씨 부인 유언, 곽씨부인 발인, 아내 묻고 돌아와서, 젖동냥, 무릉촌 장승상댁, 심봉사 심청 찾아나섬, 심봉사 물에 빠짐, 중디령, 심봉사 공양미 삼백석 약속, 심청의 부친 위로, 심청과 남경장사 선인들, 행선전야, 청의 고백, 심청 장승상 부인 만남, 선인들 따라가는 심청, 인당수 물에 빠지는데, 수정궁 모녀 상봉, 화초타령, 황후가 된 심청, 심봉사 망사비, 뺑덕이네, 황성가는 길, 뺑파 도망, 심봉사 목욕과 의복 잃음, 방아타령, 안씨 맹인 만남, 부녀 상봉

시대 · 유니버샬 레코드	현대음반 주식회사 레코드
놀보 심술 대목, 놀보 흥보 쫓아내는데, 흥보네 가난, 흥보 매품팔이, 흥보가 놀보 찾아가는데, 도승이 집터 잡아주는데, 흥보네 찾아온 제비, 제비 노정기, 흥보 박타령, 놀보가 흥보 찾아오는데	해설, 놀보 심술 대목, 놀보 흥보 쫓아내는데, 흥보네 가난, 흥보 매품팔이, 흥보가 놀보 찾아가는데, 도승이 집터 잡아주는데, 흥보네 찾아온 제비, 제비 노정기, 흥보 박타령, 농보가 흥보 찾아오는데, 놀보 제비 후리러 나가는데, 놀보에게 찾아온 제비, 제비 점고, 제비 박씨 물어오는데, 풍자 내력, 박타령, 첫 번째 박 – 상전, 두 번째 박 – 상여, 놀보처 만류, 세 번째 박 – 장비 출연, 흥보 놀보 화해

(위 표 왼쪽 행 머리: 흥보전)

추가된 내용강조, 밑줄을 보면, 현대음반 주식회사 〈대춘향전〉의 경우 춘향과 몽룡의 이별 이후 주요 장면이 빠짐없이 들어가 있다. 특히 '신연맞이' 대목은 유성기 창극 음반 〈춘향전〉에서는 볼 수 있었지만일축, 시에론, 콜럼비아, 빅타, 오케 1960년대의 창극음반은 대개 누락한 대목이었다. 1960년대 가장 많은 면수의 〈춘향전〉 음반을 가진 대도레코드에서도 '신연맞이' 대목은 녹음되지 않았다. 김연수의 창을 중심으로 한 지구레코드 〈춘향전〉은 사설 전체를 녹음하는데 비중을 두었던 만큼 '신연맞이' 역시 녹음되었지만, 이후 시대 · 유니버샬 창극 〈춘향전〉에는 '신연맞이'가 녹음되지 않았다. 현대음반 주식회사의 〈춘향전〉은 앞선 시대의 음반에 비해 〈춘향전〉의 가장 많은 장면을 담고 있고, 그렇기 때문에 녹음 시간도 약 2시간으로 매우 길다.

〈심청전〉의 경우 유성기 창극 음반으로는 폴리돌과 오케의 〈심청전〉 2종이 있을 뿐이다. 이들 녹음은 심청전의 주요 서사를 모두 담고 있지만 각 서사에서 창과 아니리가 상당히 압축되어 있다. 이후 1960년대 신세기, 대도, 시대 · 유니버샬 레코드가 창극 〈심청전〉을 발매하였지만 전체의 서사를 다루진 않았다. 곽씨 부인과 심봉사가 심청을 얻는 과정에서부터 심봉사와 심청의 부녀 상봉까지, 이른바 〈심청전〉의 전체 내용을 담으면서도 주요 소리대목이 비교적 충실히 녹음된 레코드는 1970년대 후반 현대음반주식회사의 〈심청전〉에서 이루어진 것이다.

〈흥보전〉의 경우, 유성기 음반으로 녹음된 창극 〈흥보전〉은 1941년 오케의 것이 유일하다. 이 음반은 놀보 심술대목부터 흥보와 놀보가 화해하는 장면까지 담았다. 무엇보다 놀보가 박을 타는 장면에도 상당 부분 녹음을 할애했다. 오케의 〈흥보전〉에 담긴 '놀보박'의 내용을 보면, 놀보는 총 4개의 박을 탄다. 첫 번째 박에서는 샌님이 나오고, 두 번째 박에서는 사당 패, 세 번째 박에서는 거사, 사당 패, 네 번째 박에서는 상여가 나온다. 이후 망한 놀보에게 흥보가 와서 형제 화해로 음반 내용이 마무리되었다. 1960년대 LP음반의 〈흥보전〉은 놀보박을 다루지 않는다. 신세기, 대도, 시대·유니버살 레코드 모두 놀보가 제비를 후리러 나가는 대목까지만 녹음했다. 하지만 현대음반 주식회사의 〈대흥보전〉은 놀보가 제비를 후리러 나가는 대목 다음에 놀보 박을 추가 녹음하여 〈흥보전〉의 전체 내용을 담아냈다.

현대음반주식회사의 〈대춘향전〉, 〈대심청전〉, 〈대흥보전〉의 또 다른 특징은 음반 시작 제일 앞에 '해설'이 있다는 것이다. 명창 조상현이 각 작품의 줄거리를 소개하는데, 그의 해설에는 다음과 같은 내용이 담겨 있다.

그럼 지금부터 국보이신 김소희 씨, 소인 조상현, 성우향, 한농선, 박송희, 성창순, 안향련, 조통달, 제씨께서 심혈을 기울여 춘향전 판소리를 창극화하여 여기에 수록하겠습니다. 좀 늦은 감은 있으나, 우리 고유의 전통문화예술인 무형문화재 제5호로 지정된 판소리 가운데 춘향전이 완전무결하게 보림출판사 기획 아래 출반된 것을 다행스럽게 생각하며, 여기 수록된 춘향전이 우리 고유 전통문화예술 작품으로 영구히 표본될 것을 믿어 의심치 않는 바입니다.[11]

현대음반 주식회사는 창극 음반을 발매하면서 사설집도 함께 출판했다.

바로 보림출판사에서 발간된 『한국 판소리 대전집』이다. 이 저서는 녹음된 창극의 사설을 장단과 더불어 충실히 전사하고 있다. 현대음반 주식회사와 보림출판사는 판소리를 창극화하여 그 내용을 되도록 '완전무결'하게 담고자 했다. 감수를 맡은 성경린은 책의 서문에 "창을 맡은 출연진이 모두 당대 명창급인데다, 판소리 전판을 완전하게 수록한 것도 그것이지만, 녹음 기술의 향상으로 그 음향이 더욱 정하고 순수하여 판소리의 진면목을 유감없이 발휘하고 있는 것이 자랑스럽다"[12]고 했다. 녹음에 참여한 출연진의 기량과 전판을 모두 담은 음반 내용, 그리고 향상된 녹음 기술을 칭찬한 것이다. 이어 추천사를 남긴 박동진 명창은 "이번에 여기에 내놓은 『완창 대춘향전전6집』, 『완창 대심청전전5집』, 『완창 대흥보전전4집』등, 전15집으로 이루어진 한국 판소리 대전집은 그 규모로 보나, 내용으로 보나, 명실 공히 대하물서의 면모를 갖추고 있다고 해도 과언이 아닐 것이다……"[13]라고 하며 역시 내용의 방대함을 언급했다.

판소리를 창극화하되, 이제는 일부 장면만을 녹음한 토막극 형태가 아닌 작품의 전편을 담으려는 시도는 이후의 음반에서도 확인된다. 1970년대 창극음반을 녹음·제작한 또 다른 레코드사로 도미도, 아세아, 신세계 등이 있었다. 이 음반 회사들 역시 작품의 전체 내용을 녹음하는 방향으로 음반 제작을 했다. 흥미로운 것은 녹음 시간이 짧은 경우에는 그 내용을 축약해서라도 전체 내용을 음반에 담았다는 점이다. 예를 들어 도미도레코드의 국극 〈춘향전〉의 경우, 2장의 LP음반약 77분으로 녹음되었다. 현대음반 〈대춘향전〉에 비하면 절반 정도뿐이 안 되는 녹음 시간이다. 하지만 '춘향과 몽룡의 만남-사랑-이별-춘향의 시련-춘향모와 어사의 상봉-옥중 춘향과 몽룡의 상봉-어사 출도'의 핵심 사건을 압축하여 전개했다. 어사와 방자의 만남, 신연맞이, 기생들의 춘향 동정 등과 같은 세부 서사는 과감하게 생략한 것이다.

도미도레코드사는 〈장화홍련전〉도 창극 음반으로 발매하였는데, 이 〈장화홍련전〉은 겨우 1장짜리 39분의 LP음반이다. 시대·유니버샬 레코드사의 97분 남짓3장 LP음반의 〈장화홍련전〉[14]에 비하면 녹음 시간이 현저히 적은 것이다. 그럼에도 불구하고 〈장화홍련전〉의 전체적인 서사, 즉 계모에 의해 학대당하는 어린 시절의 장화와 홍련, 계모의 간계로 모함에 빠져 죽게 된 장화, 언니를 그리워하다 자결한 장화, 넋이 되어 고을 사또에게 자신들의 원한을 풀어달라는 자매, 자매의 소원으로 계모를 징치하는 사또의 내용이 모두 담겼다. 도미도레코드는 주로 인물 간 대화를 활용하여 사건 전개를 빠르게 진행하고, 인물의 정서를 토로하는 부분에서 창을 짧게 사용하는 방식을 취했다. 더불어 시대·유니버샬 〈장화홍련전〉에 존재하는 장면, 즉 오지 않는 언니를 기다리는 홍련의 심리적 번민과 장화가 사라진 것을 두고 나누는 노복들의 대화, 장쇠를 꼬여 장화의 죽음을 알아내려는 몸종의 움직임, 원님에게 벌을 받는 계모와 장쇠 등 장면을 세밀하게 보여주는 부분은 삭제했다.

　(창) 동방이 밝아오자 신임사또 정부사는 배좌수의 집안 식구 빠짐없이 잡아다가 장화홍련 원사함을 추상같이 하문하니 허씨가 이르기를 핏덩이를 내놓으며 큰 딸 장화 낙태허니 가문체면 생각하여 연못에 빠졌네다. 못난 장쇠 겁에 질려 장화홍련 죽은 사연 세세원정 아뢰이니 명철하신 정부사는 허씨 모자 참형하여 시원속속 장화형제 □□을 주장하고 □□를 올려라.

— 도미도레코드 〈장화홍련전〉1-B면 中[15]

시대·유니버살의 〈장화홍련전〉과 1974년 아세아레코드에서 발매한 창극 〈장화홍련전〉은 부임사또가 배좌수의 식구들을 문초하여 진실을 밝히는 내용을 다루었다. 하지만 도미도레코드는 이 부분을 창으로 간결하게 요약적으로 서술할 뿐이었다. 사실, 도미도레코드의 〈장화홍련전〉은 짧은 시간에 '장화홍련전'의 전체 내용을 아우르다 보니 주요 내용만 녹음되어 시대·유니버살, 아세아의 〈장화홍련전〉보다 극적 재미가 덜하다. 그럼에도 이 음반은 당시 창극 음반의 녹음 흐름을 보여준다는 점에서 자료적 의미가 있다.

1970~1980년대 발매된 창극 음반 가운데 작품의 일부만을 따로 떼어 배역을 나누어 구성한 작품은 없다. 이 시기 대도, 유니버살 레코드사는 물론 도미도, 아세아, 신세계 등의 레코드사도 창극 음반을 발매하였지만 모두 각 작품의 전편全篇을 담아내고 있다. 녹음 시간과 관계없이 이러한 방식의 녹음이 지속된 것은 전체 작품을 녹음하는 흐름이 있었기 때문이다. 그리고 이것은 당시 판소리에서도 '완창 판소리'를 지향하던 흐름과도 관련이 있다.

국립국악원은 국악사상 처음으로 판소리 중 흥부가를 완전 녹음, 10월 2일 「유엔」 군사령부방송VUNC을 통해 방송하며 국악문화영화 '국악'(가칭)을 제작 중이다. 우리나라 창극계의 새로운 전기가 될 판소리 「흥부가」의 완전 공개 녹음은 국악원 악사 박동진 씨(52)의 창과 한일섭 씨의 북으로 30일 정오부터 장장 다섯 시간에 걸쳐 국립국악원 연주실에서 계창으로 행해진다. 이 녹음은 VUNC의 기재와 시설을 이용하여 오는 10월 2일 제5회 방송의 날에 역시 VUNC를 통해 특집으로 방송된다.「스케치, 판소리 흥보가(興夫歌) 완전 녹음(錄音) …… 이일(二日) VUNC 통해 방송(放送)」, 『동아일보』, 1968.9.28

「제2회 판소리 춘향가 발표회」가 국립국악원 주최로 20일 낮 12시 30분 국립극장에서 열린다. 지난해 판소리 「흥부가」(소요시간 5시간 20분)를 발표했던 박동진 씨(54)가 이날 8시간 걸리는 춘향가를 완창할 것인데 이것은 판소리 공연에 있어서 최장 기록이 된다. 판소리 5마당(흥부가, 춘향가, 수궁가, 심청가, 적벽가)의 연차 발표회를 마련하고 있는 국악원은 나머지 3마당을 매년 한 마당씩 발표할 예정이다. _{「판소리 춘향가(春香歌)발표회」, 「동아일보」, 1969.5.13}

1968년 명창 박동진이 시도한 〈흥부가〉 전 바탕의 녹음은 당시로서는 매우 이례적인 일이었다. 판소리는 기본적으로 부분창만으로도 완성도가 높은 예술이기에, 일제강점기는 물론 그 이전 시기에도 부분창으로 연행되는 일이 많았다.[16] 일제강점기 '명창대회' 속에서 이루어진 판소리 공연도 명창들이 가장 잘 부르는 대목을 바탕으로 한 부분창이었다.

이러한 흐름은 해방 이후에도 지속 되었다. 최승희와 신유경의 증언에 따르면, 해방 이후의 무대는 가설무대나 극장, 혹은 창고 등과 같은 프로시니엄 무대였다. 그곳에서 공연을 했는데, 1부와 2부로 나누어 1부에서는 승무, 병창 혹은 기악, 토막 판소리, 잡가, 대가의 판소리 등을 하였고, 2부에서는 단막극이나 남도잡가를 했다.[17] 이런 상황 속에서, 완창판소리는 연행되기가 어려웠을 것이다. 최동현은 이 시기 판소리 전체를 모두 배워서 알 수 있는 사람은 매우 드물었을 것이며, 설령 있다 하더라도 이들은 민간 협률사 공연이 본격화되기 이전에 판소리를 배운 사람들이었을 것이라 설명했다. 예를 들면 박록주, 김여란, 박봉술, 정응민, 임방울과 같은 이들이다. 그러나 민간 협률사가 본격화되면서부터 인기를 누린 박초월, 김소희 같은 명창은 전率판을 보유하기 어려웠을 것이라 했다.[18]

하지만 1968년 박동진의 판소리 완창을 시작으로 완창판소리에 도전하는 명창들이 하나, 둘 늘어났다.[19] 그리고 1985년부터는 국립극장에서 '완창 발표회'를 시작했다. 이러한 흐름은 자연스럽게 창극에게도 녹아들었을 것이다.

창극은 판소리와 달리 '극'이기 때문에, 기본적으로 '발단-전개-절정-하강-대단원'의 구조 안에서 이야기의 완결성을 추구한다. 그러나 음반의 경우, 앞서 1960년대 창극 음반에서 본 바와 같이 창극의 완결성이 유동적이었다. 이는 판소리를 연행하는 보편적인 관습이 창극에도 긴밀하게 영향을 미쳤음을 시사한다. 즉, 토막소리 위주의 판소리가 유행하던 때에는 1960년대 창극 역시도 '판소리'의 흐름 속에서 '토막극' 중심으로 녹음되는 경향이 강했던 것이다. 더군다나 창극이 그것의 정체성을 '판소리'와의 관련 속에서 얻고자 할 때는, 그 형식에서도 판소리에 더욱 강하게 영향을 받는 측면이 있었다.

1970년대의 경우, 창극 음반은 본격적으로 작품극의 완결성을 추구하는 방향으로 나아갔다. 이것은 '극'의 특성 속에서 '작품 전체의 녹음'이라는 당위에 더하여, 당시 완창을 지향하는 판소리의 움직임이 힘을 실어줬기 때문이다. 판소리 완창은 토막소리가 판소리 공연 형태의 전부가 아님을 보여주었다. 또한 완창은 소리꾼의 실력을 보여주는 하나의 지표가 되었다. 판소리 완창은 이후 무대 창극에도 큰 영향을 주었다. 1982년부터 국립창극단 연출가 허규가 시도한 '완판 창극'이 바로 그것이다.

판소리 원형을 보존하기 위한 완창공연이 늘고 있다. 국립창극단은 지난 9월 5시간에 걸친 〈흥보가〉 완창 공연에 이어 지난 2일부터 13일까지 국립극장 소극장무대에서 완판 〈춘향전〉을 공연 중이다. 이제까지 국내의 거의 모든 공연예술은 근대적 공연형태의 틀에 얽매여 2시간 내외로 공연시간을 제한해 왔다. 그러나 이번에는 창극의 원형을 보존한다는 새롭고 대담한 시도의 일환으로 미세한 부분까지도 생략 없이 장장 5시간에 걸쳐 춘향전에 등장하는 판소리 모두를 완창한다. (…중략…) 연출가 許圭씨는 "춘향전은 우리 전통예술중 최고의 음악이요, 문학이요, 연극이다. 현대에 와서도 영화·연극·TV드라마로 가장 많이 재연되는 드라머이지만 소설을 처음부터 끝까지 읽어본 사람은 드문 것으로 안다. 이런 우리 고전을 원형 그대로 전해주기 위해 완판 공연을 시도하게 되었다"고 공연동기를 말한다. 그는 또 연출의 주안점을 "되도록이면 사소한 부분까지 생략하지 않고 원형 그대로 공연하는데"두었다고 한다.^{「판소리 춘향가(春香}

^{歌)발표회」, 「동아일보」, 1969.5.13}

당시 국립창극단의 연출가 허규는 "고전의 원형을 그대로 전해주"겠다는 목적 아래 '완판' 창극을 시도했다. 이러한 시도는 당시 '판소리 원형을 보존하기 위한 완창 공연'에서 기인한 바가 매우 컸다. 즉, 완창판소리가 주목을 받고 있는 분위기 아래에서 '완판' 창극 역시 시도된 것이다.

사실 창극은 판소리와 다르다. 창극은 판소리에서 파생되었지만, '극'이라는 나름의 명확한 장르 안에 있다. 하지만 1980년대 창극은 여전히 판소리의 자장을 벗어나지 못했다. 창극에서 '창'이 갖는 성격의 문제뿐만이 아니라, 그것이 지향해야 하는 형식에 있어서도 말이다.

창극 음반으로 살펴보면, 1983년 현대음반주식회사에서 발매한 〈순수 판소리 창극 춘향전〉^{〈순수 판소리 창극 춘향전〉}(HDT-0009)은 발매된 창극 음반 가운데 녹음 시간이 가장 길다. 이 음반은 240분 8초, 약 4시간 분량의 창극 음반이다. 그전까지 가장 긴 녹음이었다고 할 수 있는 1968년 지구레코드사의 김연수 도창 창극 음반 〈춘향전〉179분 13초, 약 3시간. 〈창극 춘향전〉 지구 LM-120235-1~5(5LP)보다 1시간이 더 길다. 당시 발매된 창극 음반 대부분이 1시간 20분~2시간임을 감안할 때, 4시간은 사실 매우 긴 것이다.

1982년 국립창극단 주도의 5시간 〈완판 춘향전〉이 음반에도 영향을 준 것이라 짐작한다. 모든 소리 대목과 모든 장면을 빠짐없이 담아내겠다는 완창판소리의 지향이 창극 음반으로까지 나아간 것이다.

한편, 이렇게 긴 녹음의 창극음반은 현대음반주식회사의 1983년 〈춘향전〉 이후 더 이상 발매되지 않았다. 국립창극단은 완판 창극을 꾸준히 지향했지만, 이것이 음반 녹음으로 전부 연결되지는 않은 것이다. 또한 1983년 〈춘향전〉 이후 더 이상 창극음반도 발매되지 않았다. 기존의 녹음을 재발매하고 복각하는 작업들은 1990년대에도 있었지만, 새로운 창극 음반 녹음은 없었다.

(2) 판소리의 음악성 약화와 연극성 지향

1970~1980년대에는 이전 시기에 비해 창극 음반이 많이 발매되었다. 전승 5가의 판소리 레퍼토리를 중심으로 전집 형태로 음반을 발매한 음반회사도 여러 군데 있었다. 비단 전승 5가의 작품만이 아닌 〈성웅 김대건은 살아있다〉, 〈사명대사〉, 〈순교자 이차돈〉과 같은 창작 레퍼토리도 있었다. 발매된 음반의 성격 역시 일률적이지 않지만, 이전 시기 창극 음반들과 견주어 달라진 점은 창의 비중이 줄어든 음반이 꽤 있었다는 점이다. 김정희, 조애랑, 이소자, 박송희, 조금앵, 김정희, 조영숙 등이 참여한 도미도레코드의 음반이 대표적이다. 도미도레코드사는 국악 창극 혹은 국악 연극의 이름

으로 1971년 〈춘향전〉, 〈장화홍련전〉, 〈심청전〉, 〈흥보전〉을 제작했다. 녹음한 구성원을 보면 이 음반의 성격이 여성국극임을 알 수 있다. 여성국극이 지향하는 '전통으로서 음악극'은 판소리의 음악성보다 연극성에 좀 더 비중을 둔다. 대사와 창의 연결이 자연스러워야 하고, 창의 기교보다는 서사적 재미를 중시했다. 도미도레코드의 〈흥보전〉과 〈심청전〉은 이를 가장 잘 드러낸 음반이다. 실제로 두 작품의 음반을 들어보면 김소희, 성우향, 성창순 등이 포함되었던 1960년대 신세기 레코드의 음반들에 비해 판소리의 공력은 많이 빠져 있다.

〈흥보전〉의 경우 흥보역의 박송희를 제외하고는 당대 명창이라고 할 수 있는 인물이 없다. 놀보 역의 조복란, 흥보처의 박봉선, 마당쇠의 김효순 등은 배역상 중요한 인물임에도, 판소리로 명성을 얻은 국악인들이라고 보기 어렵다. 이는 〈심청전〉도 마찬가지다. 심청 역은 박봉선, 심봉사역은 김정희가 맡았다. 박송희가 화주승을 맡았지만 소리의 비중이 크지 않기 때문에 그녀의 소리 기량이 두드러지게 드러나지 않았다. 물론 주요 배역을 맡은 이들이 갖는 소리 역량이 부족하다는 것은 아니다. 다만 당대 명창들이 주요 배역을 맡아 녹음을 한 1960년대 신세기 창극 음반, 1970년대 현대음반 주식회사의 음반들과 비교할 때, 도미도의 창극 음반에서 창이 갖는 음악성은 분명 약화됐다는 것이다.

또한, 이 음반들에는 도창이 없다. 따라서 모든 장면이 오직 대화와 창으로 이루어진다. 사실 도창으로 표현하는 부분 가운데는 각 작품의 주요 소리 대목이 있기 마련이다. 이를테면 〈심청전〉의 곽씨 부인 품팔이 및 명산불공, 곽씨 부인 죽음 후 상여 소리, 장승상 부인 댁을 가는 심청의 모습, 중타령, 범피중류, 소상팔경 등이다. 〈흥보전〉의 경우는 놀부 심술대목, 흥보

치레 묘사, 제비 노정기 등이다. 이러한 부분들은 대화로만 음반을 구성하는 과정에서 생략될 수밖에 없다. 자연히 도미도의 창극 음반에서는 들을 수가 없고, 이로써 판소리의 음악성은 다시 한번 약화되는 것이다.

도미도레코드의 창극 음반과 비슷한 성격의 음반은 이후 두 차례 더 발매되었다. 이용배, 김진진, 박송희, 강종철, 은희진, 김혜리가 참여하여 1976~1977년 신세계 레코드사에서 녹음·제작된 〈대춘향전〉, 〈대장화홍련전〉, 〈대흥부전〉, 〈대심청전〉, 〈수궁가〉, 〈적벽가〉가 그 첫째이고, 1982년 한국여성국극예술단에서 녹음한[20] 〈선화공주〉, 〈콩쥐팥쥐〉, 〈바보온달과 평강 공주〉가 그 둘째이다.

신세계 레코드사의 음반들은 도창이 일부 있긴 하나 매우 축소된 형태이다. 무엇보다 해설자가 있다는 점이 독특하다. 김혜리가 맡은 해설은 오직 대사로만 이루어져 있고 창이 거의 개입되지 않는다. 대사 역시 아니리 조가 아닌 연극의 해설조로 표현된다. 예를 들어, 해설자 김혜리는 "영웅 열사와 절대가인 삼겨날 제 강산 정기를 타서 낳는데 호남좌도 남원부는 동으로 지리산 서로 적성강 산수정기 어리어 춘향이가 태어났다"[21]의 〈대춘향전〉의 초입부를 정확한 발음으로 또박또박 성우처럼 읊는다. 해설의 와중에 창이 약간 나오기도 하지만 매우 짧게만 표현될 뿐이다. 이를테면 "도련님이 못 잡순 술을 이삼배 잡수드니 취향이 도도하여 앉았다 일어나 두루 두루 거닐며 남방을 바라보더니 이러한 미인이 나오며 그네를 띄우는 구나"신세계 레코드 〈대춘향전〉 1-A면의 부분에서 '도련님이~취향이 도도하여'까지는 또박또박한 해설로 읊고, '앉았다 일어나~띄우는 구나'까지는 창으로 표현된다.

도창과 해설이 함께 나오는 경우에도 창이 차지하는 비중은 매우 적다.

(아니리) 경상 남북 어름품에 홍보와 놀보가 있었는데, 놀보는 형이요 홍
보는 아우라 놀보는 본래 심술이 사나와서 놀보 심술을 부르는데 꼭
이렇게 부르는 가 보더라.

(창) 대장군방 벌목하고 삼살방에 이사권코 오구방에 집을 짓고 불난 데는
부채질 수절과부 모함 잡고 우는 애기는 꼬집어 뜯고 똥 누는 놈 요량
치고 봉사는 똥칠하고 애 밴 부인은 배를 차고 곱사등이 되집어 놓고
앉은뱅이는 엎어놓고 봉사는 똥칠하고 비단결에다 붙여 놓고 이놈의
심술이 이래노니 삼강을 아느냐 오륜을 알겠느냐

(해설) 놀보놈은 이러하나 그 동생 홍보는 마음이 착한지라 하루는 놀보놈
이 제 동생을 쫓을라고 공연한 생트집을 걸어 강호령을 내리것다.

— 신세계레코드 〈대홍보전〉 1-A 中[22]

놀보의 심술대목 사설은 사실 이보다 더 길다. 하지만 매우 간략하게만
부르고, 바로 연극조 해설을 통해 극으로 장면을 전환했다. 신세계의 창극
음반들 역시 대화를 중심으로 서사를 진행하다 보니 대화 속에서도 소리가
차지하는 비중이 매우 낮다.

신세계 레코드의 창극 음반에는 박송희, 강종철, 은희진 등 판소리 명창
이 녹음에 참여하였지만, 김진진, 정란영, 김혜리, 이용배 등의 여성국극 배
우들 역시 녹음에 참여했다. 따라서 웅장하고 비장한 공력 있는 소리보다
는, 부드럽고 때론 애절한 성음의 소리가 주를 이룬다. 음악적 지향이 이전
명창 중심의 창극 음반과 견주어 확연히 달라진 것이다.

이러한 창소리의 성격은 여성국극예술단의 음반에서 더욱 두드러진다. 이
일파 구성, 이군자, 박송희, 조금앵, 조애랑, 이은주, 김미령, 조희자 등이

녹음한 국극 〈선화공주〉, 〈바보온달과 평강공주〉, 〈콩쥐팥쥐〉를 통해 이를
엿볼 수 있다.

　오아시스레코드사에서 발매한 이 음반들의 경우, 주요 인물 간 대사가
주로 창으로 되어 있다. 하지만, 창의 기능이 음악성의 표현에 목적을 두지
않는다. 이후 이어지는 대사와도 자연스럽게 연결되어야 하는 만큼 음정의
변화가 크게 나타나지 않도록 조절된다. 그리고 가사의 내용 전달이 중요하
기 때문에 간결한 성음을 쓴다. 즉 음악적 기교가 복잡하지 않고, 성음의 변
화도 빈번하게 일어나지 않는 것이다.

합창 : 꽃수레, 꽃수레 꽃수레를 타고서 왕자님을 찾어가네. 방울은 짤랑짤
　　　랑 백화는 울긋불긋 아아아아아아 아 아아 지상에 선녀가 님을 찾아
　　　가네. 임을 찾어가네.

콩쥐 : 아이고 손이야, 여기도 피가 나고, 이쪽도 터져서 피가 나네. 배도 고
　　　프고. 간밤에 베를 짜느라고 한 잠도 못 잤더니 꼼짝도 못 하겠네. 봄
　　　은 봄인데 나는 왜 이리 항상 슬프기만 할까. 아이고 다리야. 어머나
　　　꽃도 많이도 피었네. (창) 피었네. 피었네에~ 가지 각색 꽃 피었네.
　　　꽃이 피니 엄마 생각 더욱 더 간절허네. 바위틈에 숨어 피는 진달래
　　　도 곱건만 우리 엄마 어디 가고 나만 어이 외로운가. 어머니, 흑흑흑

해설 : 콩쥐 아기는 계모 밑에서 심한 구박과 굶주림으로 옷도 누덕누덕 기
　　　운 옷에다 나무하고 자갈밭 매고 강낭밥 한 끼도 제대로 못 얻어 먹
　　　다보니 나무하러 산에 나갔다가 그만 쓰러지고 만다. 그런데 그 꿈속
　　　에서 왕자님을 만나 춤과 노래로 즐긴다.

왕자 : (창) 호랑나비 날아든다. 나비로다. 나비로다. 나는 나는 왕자 나비.

호랑나비. 이 꽃 저 꽃을 넘나들 때 온갖 꽃을 탐색하며 원앙의 꿈을 손짓하네. 그 중에서 한 송이가 시들어서 떨어지니 그게 무슨 꽃이련 가. 그 꽃 이름이 무엇이오. 이리 온다, 내게로. 가엽은 내 꽃이야. 이 꽃 저꽃 모다 싫어. 나는 싫어. 가엽은 원앙꽃이 내 마음에 드는 구나.

콩쥐 : (창) 가까이는 오지 마소. 누더기 옷이 부끄럽소.

왕자 : (창) 누더기 옷이 나는 좋아. 비단 옷에 비할거냐. 어서 어서 이리 와 서 왕자 품에 안겨주오.

콩쥐 : (창) 지체 높은 왕자님이 거렁뱅이 부르시니 나는 나는 어쩔거나. 수 줍은 열입곱살.

왕자 : (창) 둥기둥 둥기야 사랑이 났네. 여봐라 게 아무 없느냐.

시비들 : 예.

왕자 : (창) 사랑의 황금문을 열어다오. 시들기 전에 뫼시어라.

시비들 : (창) 드사이다 드사이다 사랑의 황금문을 열겠으이다. □□□ 깔 린 길로 어서어서 드사이다.

왕자 : 그래, 네 이름이 무엇인고?

콩쥐 : 천한 이름 콩쥐이옵니다.

왕자 : 어, 콩쥐 아기. (창) 콩쥐 아기 착한 마음 왕자비가 분명하오. 환궁하 는 그 길로가 아바마마 윤허받어 콩쥐 아기를 모시리라.

— 오아시스레코드 〈콩쥐팥쥐〉 中[23]

인용문을 살펴보면, 콩쥐는 자신의 처지를 대사와 창으로 표현한다. 하 지만 창을 오래 하지는 않는다. 이때 창은 여러 악기의 반주와 더불어 콩쥐 내면의 슬픔을 드러내는데 적절하게 기능할 따름이다. 꿈에서 콩쥐가 왕자와 만나 대화를 나누는 경우도 마찬가지다. 여기서도 창은 자신의 감정은 물론 서로에 대한 애정을 드러내기 위해 사용된다. 따라서 두 인물의 창에 서 음악적 화려함과 기교를 느끼기는 어렵다. 이러한 흐름은 창극의 지향이 '음악'보다는 '극'을 향하고 있음을 보여준다.

당시 창극의 변화를 현대음반 주식회사의 작품을 통해 더 보도록 하겠다. 현대음반 주식회사의 창극 음반 가운데 〈대춘향전〉, 〈대심청전〉, 〈대흥보전〉은 기존의 시대·유니버살 레코드사의 음반을 복각하고, 이에 추가 녹음을 하여 제작한 것이다. 해당 음반의 녹음자로 소개된 인물은 '김소희, 김경희, 조상현, 남해성, 안향련, 박옥진, 성우향, 조남희, 조통달, 박춘경, 한농선, 강종철, 성창순, 박봉술, 김동애, 신영희'다. 실로 많은 명창이 음반참여자로 기록되었다. 하지만 이 가운데 1979년 추가 녹음에 참여한 명창은 조상현, 남해성, 안향련, 조남희, 조통달, 강종철, 김동애 등으로 파악된다.

위 음반들은 1960년대 녹음된 후, 1979년에 추가 녹음하여 제작한 만큼 전 시기 녹음과 후의 녹음에 질적 차이가 있다. 바로 많은 명창들이 참여했음에도 명창들의 기량을 오롯이 보여주는 '창'보다는 창극의 '연극성'을 많이 살리고자 한 것이다. 〈대흥보전〉의 해설을 보면, "이 흥보전은 전편前篇은 창이요 후편後篇은 창극으로 수록된 것이 특색이라고 하겠습니다"[24]라고 하며, 전편 녹음과 후편 녹음의 차이를 설명했다. 그리고 그 설명에 맞게 후속 녹음에는 연극적 장면을 많이 삽입했다.

놀보 : 음, 그리고 요즘 내가 듣자 하니, 니가 자식 새끼들 데리고 밤이면 밤
　　　이슬 맞는다면서.
흥보 : 아니 형님, 밤이슬이란게 무슨 말씀이십니까.

놀보 : 이런 응큼시런 놈의 자석, 야 이놈아 도둑질 말이다. 이놈아.

홍보 : 아이구, 형님 형님, 동생 제가 어찌 도적질을 할 리가 있것읍니까.

놀보 : 아, 이 놈 도둑질 않구서야, 니가 어떻게 이렇게 당장에 거부가 된단

　　　말이냐. 이 도적놈아 이놈아.

홍보 : 그런 것이 아니오라, 형님 슬하를 떠난 지 후로 근근히 살어 올 제,

　　　뜻 밖에 움막 같은 저희 집에 제비 한 쌍이 날라왔읍지요.

놀보 : 응.

홍보 : 그래서, 그 제비가 새끼를 깠는데, 날개 공부를 허다가 뚝 떨어져 다

　　　리가 부러졌읍지요.

놀보 : 그래서?

홍보 : 그래서, 하도 불쌍하야 명태 껍질에 당사실로 감아서 제 집에 넣어

　　　주었다니, 그게 아니 죽고 살아나서 강남을 갔다가 다시 돌아오는 해

　　　에, 그 은혜로다가 박씨를 물어다 주었읍지요.

놀보 : 제비가 박씨를 물고 왔어?

홍보 : 예.

놀보 : 오.

—〈명창(名唱) 홍보가 (興甫歌)〉 下 CD2-2 트랙 中[25]

부자가 된 내력을 말하는 홍보의 이야기는 이후 박에서 쌀이 나오고 비
단이 나오고, 은금보화가 나온 정황을 이야기하는 것까지 이어진다. 그리고
이에 대해 놀보는 억양과 말투로 재미있는 반응을 계속해서 보인다. 이는
1941년 오케의 창극 음반 〈홍보전〉에서, 부자된 홍보를 찾은 놀보와 홍보
의 대화 장면을 '놀보가 홍보 아내에게 권주가를 권함', '놀보가 홍보에게

화초장을 달라고 함’, ‘화초장을 짊어지고 노래하며 귀가하는 놀보’로만 구
성한 것과 대조적이다. 사실 제한된 시간 안에 녹음을 해야 하는 음반에 서
사의 내용을 장황하게 늘어놓을 필요는 없다. 그럼에도 기존의 음반에 추가
녹음하여 제작한 현대음반의 〈흥보전〉은 이를 실행함으로써 극적 모양새
를 더 갖추었다.

　이 시기 창극 음반의 연극적 성격은 기존의 장면을 극적으로 확장하는
것을 통해서도 실현되었고, 기존에는 없던 장면을 새로 만들어 극의 흥미를
늘려나가는 것으로도 실현되었다. 도미도레코드의 〈흥보전〉을 살펴보자.

　　마당쇠 : 서방님, 아씨, 어데로 가시어요?

　　놀 보 : 마당쇠야 내쫓고 댓문 닫아 걸어라.

　　마당쇠 : 네 다 닫았어요.

　　놀보처 : 영감 다 나갔어, 다 나갔어.

　　놀 보 : 마누라 이제 시원하지?

　　놀보처 : 아, 그것들 □□□□□

　　놀 보 : 그것들 다 나갔으니 우리 오래간만에 목구멍에 떼 좀 베낍시다. 거
　　　　　　닭도 잡고 아 소고기도 좀 구워

　　놀보처 : 그것들 때문에 몇 해를 고기냄새도 못 맡고 목구멍이 풀 날 지경인
　　　　　　걸, 마당쇠야 문 단단히 걸어라. 영감 어서 들어갑시다.

　　놀 보 : 집 가신 겸에 깨끗이 치워라

　　마당쇠 : 저런 도척같은 놈의 인심 보게나. 그래 동생을 내 쫓고, 뭐 고기 구
　　　　　　워 먹자고? 고기 구워먹다가 딱 걸려서 뒤져라. 어 저놈의 놀보를
　　　　　　어떻게 골려준다지? 옳지 생각났다. 요놈을 이렇게 골려먹어야지.

홍보를 내쫓은 후 후련해 하는 놀보 내외를 바라보며 놀보의 하인 마당 쇠는 혀를 끌끌찬다. 이후 마당쇠는 마당을 쓸며, 놀보를 골려준다. 안쪽으로 쓸어야 복이 들어온다며 놀보를 향해 먼지가 나도록 마당을 쓰는가 하면, 갑자기 박쥐가 나타났다며 놀보를 빗자루로 때리기도 한다. 마당쇠의 역할이 확장되면서 극의 재미는 커졌다.

인물의 역할 확장은 비단 마당쇠뿐이 아니다. 신세계 레코드사의 〈흥보전〉에서는 돌남이라는 흥보의 아들을 내세워 놀보의 패악함과 쫓겨나는 흥보네의 가련한 처지를 부각시켰다.

돌 남 : 아아, 어우 추워, 아이 추워, 어머니 밥 줘요.

마당쇠 : 아이 도련님은 어데 갔다 인제 오시우?

돌 남 : 서당에서 오지 어데서 와. 그런데 마당쇠야 나 오늘 장원했다.

마당쇠 : 장원이 뭐다요?

돌 남 : 오늘 서당에서 여럿이 글쓰기 내기를 했는데 선생님이 내가 제일 잘
    썼다구 장원을 시키셨어. (…중략…)

돌 남 : 마당쇠 이것 무슨 냄새야? 어데서 고기 굽는 냄새가 나네.

마당쇠 : 안에서 샘님 잡숫는다고 굽는가 봐요.

돌 남 : 그럼 마침 잘됐지. 배가 고픈 판인데 아이 참, 오래간만에 고기 먹게
    됐어. 아이고 좋아라. 내 밥 먹고 나올게. 응?

마당쇠 : 아이고 저, 도 도련님 들어가지 마시우. 들어가도 소용없단 말이요.

돌 남 : 왜 그래

마당쇠 : 저 아까 샌님이 서방님 아씨 도련님들을 그냥 빗자루로 마당 쓸 듯
　　　　다 내쫓아 버렸어요.

돌 남 : 뭐? 큰아버지가 우리 아버지를 내쫓았어? 거짓말, 거짓말이야. 어머
　　　　니, 나 배고파. 밥 줘요.

놀 보 : 야 이 자식아. 이 자식이 이 빌어먹을 놈의 자식. 이 자식은 어디서
　　　　톡 튕겨져 나와 가지곤 이 방정맞은 놈의 새끼. 밥 없어 이 자식아.
　　　　너도 이놈. 니 애비 니 애미 찾아가! 새끼들이 하도 많으니까 그저
　　　　질질 흘리고 다니네. 마당쇠야 이거 마저 몰아내!

— 신세계레코드 〈대흥보전〉 1-A 中[27]

　　서당에 다녀와서 미처 아버지와 같이 나가지 못한 흥보의 아들 돌남은
뒤늦게 아버지가 큰아버지에게 쫓겨난 사실을 알고 사정을 빌어본다. 그러
나 놀보는 어린 조카 돌남에게마저 나가라고 소리친다. 이에 놀보의 아들,
효순이가 등장하여 놀보를 말려보지만 통하지가 않는다. 놀보의 아들은
"부모님을 원망하고 그 허물을 들쳐내는 것은 글배운 자식으로서 차마 못
하는 것 돌남아 큰아님께서 대단히 노해 계시니 작은 아버지 찾아가서 있으
면 큰아버지 역정이 깨짓니 후에 내가 너희를 데리러 갈 터이니 그 때 작은
아버지 모시고 와서 같이 살자, 응?"[28]이라고 하며 돌남을 보낸다. 이후 돌
남과 놀보의 아들은 구슬프게 창을 하며 헤어진다.

　　사실 놀보를 골리는 마당쇠의 장면, 구슬프게 서로 헤어지는 흥보 아들
돌남과 놀보 아들 효순의 장면은 '흥보전'의 전체 서사에서 반드시 필요한
것들은 아니다. 더군다나 음반이라는 제한된 레코드 시간을 생각할 때, 중
요 서사 이외의 장면은 군이 녹음할 필요가 없다. 그러나 음반의 지향이 어

디에 있느냐에 따라 이러한 판단은 달라질 수 있다. 해당 음반의 경우, 놀보의 심술대목과 같은 판소리의 주요 창은 줄이면서도, 이처럼 새로운 극적 장면을 삽입했다. 이는 음반을 통해 판소리의 창을 들려주기 보다는 극적 흥미를 제공하고자 했기 때문이다.

> 신영희 : 내가 1960년대 때 그거 해서 히트를 쳤어요. 그 때 마당쇠해서. 너는 눈이 있는데 눈이 왜 없다고 하냐고 사물 보는 눈은 있는데, 글 보는 눈은 없다. 글 보는 눈은 어떻게 생긴 건데요? 오늘은 내가 네 선생이다. 샌님, 어디 가고요? 샌님은 샌님대로 있고, 글을 가르치니 내가 네 선생이다. 가르쳐주소. 시키는 대로 하라는 대로 빼지도 보태지도 더하지도 덜하지도 말고 나한테 배워라. 예. 그래서 하늘 천하면, 하늘 천. 따 지하면 따 지. 검을 현 하렸다, 검을 현 하렸다. 마당쇠야 그것은 글이 아니다. 야 이놈아 그것은 글이 아니다. 누구보고 야 이놈아. 누구보고 야 이놈아. 그걸 똑 같이. 그러고 보듬고 싸우는 거예요.
>
> 송소라 : 당시 창극의 과정에서 들어온 건가요?
>
> 신영희 : 예. 그런데 요즘 창극에서는 빼더라고요. 또 그 놀부 아들이 효순이가 있어요. 다 새끼들 내보냈는데, 돌남이라는 놈이, 책가방 맨 내가 천자책들고, 돌아다니는데. 바지저고리만 입고 들어와요. 그러니 마당쇠가 돌남이 막내도련님이라고 하니까 새끼들이 많으니까 질질 흘리고 다니는구나. 넌 나가 이 놈아. 이제 효순이가 놀부 아들이 서당에서 돌아와서 자기 아버지가 돌남이를 쫓아내는 것을 보고, 형제간의 우애를, 아들은 아버지를 보고 돌남이를 한 번

만 용서해달라고 하고. 이 놈도 쫓아내라고 하니까 할 수 없잖아
요? 옛날에는 부모의 말이라면 들어야 하니까. 나가라고 할 수 없
다고. 우리가 헤어지는 것도 어쩌면 운명이다. 얼음판이 위태로우
니 부모 잘 찾아가라고 하고. 마당에서 세경 받았던 돈 도련님 가
시다가 시장에서 뭐 사드리라고. 그런 장면이 또 있어요. 그런데
요즘은 안 하데?

김기형 : 이런 장면을 뭐라고 하나요?

신영희 : 돌남이 쫓겨나는 대목.

송소라 : 선생님, 이런 장면은 언제 하셨어요?

신영희 : 옛날에, 내가 돌남이 역도 했어요. 여기가 아주 슬퍼요. 오냐오냐
잘 가거라. 얼음판 위로 부디 조심해서 가거라. 오늘날 우리 형제
헤어짐도 막비분수다 지성이면 감천이나 이런 소리도 있고, 나는
가요 나는 가요, 아주 슬픈 대목이예요. 장치는 눈을 내리고. 마당
쇠는 돈을 헝겊에 싸고 또 싸고, 러시아 인형 싸듯이. 세 닙이나 닷
닙이나. 얼마나 많이 쌌는지 몰라요. 이런 대목이 있었어요. 사실
은. 지금은 안 하대요.[29]

창극 무대에 많이 섰던 신영희 명창은 1960년대 무대에서 창극 〈흥보전
〉을 연행하면서, 마당쇠가 놀보를 골탕먹이는 장면, 흥보의 아들 돌남이가
등장하는 장면 등을 언급했다. 현재는 이러한 장면을 잘 하지 않지만 당시
에는 무대에서 장면화하였고, 인기 역시 많았다고 했다. 실제로 1977년 이
진순 연출의 국립창극단 27회 정기공연 〈흥보가〉의 대본에 이와 같은 장면
이 있다. 흥보의 아들인 돌남이가 등장하여 놀보에게 구박을 받고, 다시 놀

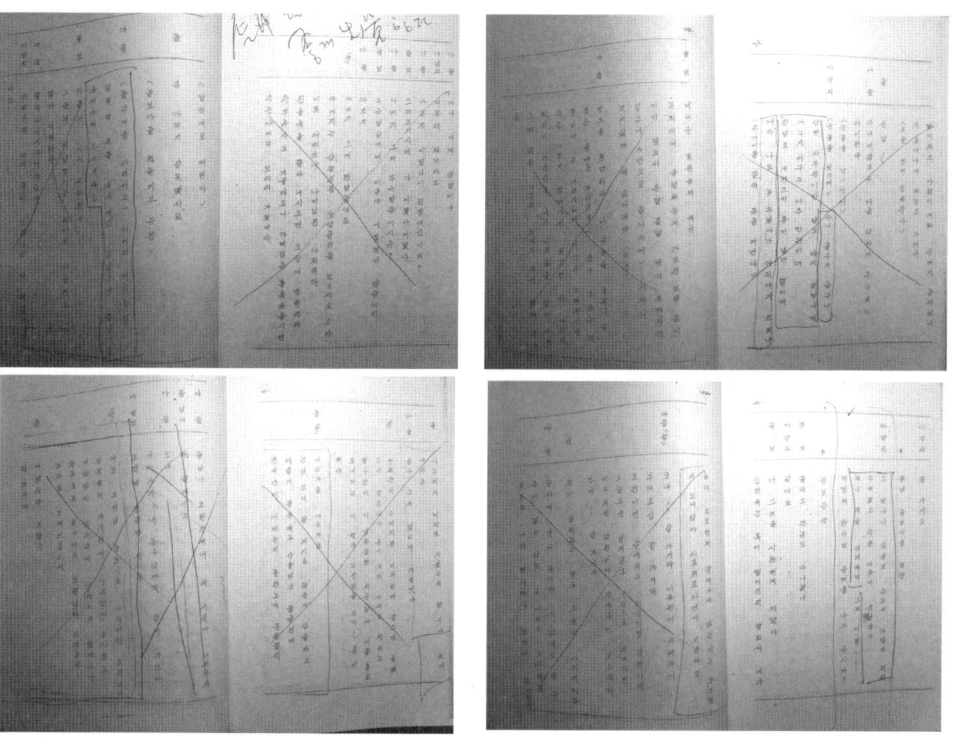

<그림 11〉 1977년 제 27회 국립창극단 정기공연 〈흥보전〉 대본 가운데

보의 아들이 등장하여 아버지를 원망하는 장면 등이다. 하지만 실제로 이 장면이 무대에서 연행되었는지는 알 수 없다. 보는 바와 같이 대본에는 삭제로 표시되어 있기 때문이다. 1970년대 이 장면이 실제로 이루어졌는지와 무관하게 음반에는 이와 같은 장면이 수록되어 있고, 또한 현재 확인할 수 있다는 것은 의미가 있다.[30]

음반으로 녹음된 창극 작품의 연극성은 명창들로 구성된 레코드에서도 나타난다. 아세아레코드의 〈대춘향전〉 가운데 나귀안장을 짓는 대목을 창으로 부르는 대신 처녀들의 말로 처리한 것이 그 예이다.

이몽룡 : 하하 그 니 말을 듣더라도 광한루가 제일 좋을 듯하구나. 광한루로

　　　　구경가게 나귀 안장 지어라.

방 자 : 네에.

처녀 1 : 애들아 저기 오신 도련님이 뉘댁 도련님이신지 저렇게 잘도 생기

　　　　셨니?

처녀 2 : 어머 정말 뉘댁 도련님이신지 정말 잘도 생겼다 애

처녀 3 : 어머 저 도련님에게 시집가는 처녀는 참 좋겠다. 나도 언제나 저런

　　　　도련님한테 시집 한 번 가보니?

처녀들 : 호들갑 떨지 마라 애. 들어가자 애.

— 아세아레코드사 〈대춘향전〉 1-A 中[31]

　　남원에 온 이몽룡은 좋은 경치를 구경하고자 방자에게 남원의 승지를 묻는다. 이에 방자는 광한루를 소개하고, 이몽룡은 방자의 말대로 나귀 안장을 지어 광한루로 가려 한다. 판소리에서 나귀에 올라탄 이몽룡의 모습은 '도련님 호사할 제'로 시작되는 창을 통해 표현되곤 한다.[32] 하지만 아세아의 〈대춘향전〉에서는 이 장면을 처녀들의 대화로 표현했다. '참 생겼다.', '저 도련님에게 시집가고 싶다'는 처녀들의 말로 이몽룡의 준수한 모습을 짐작할 수 있는 것이다.

　　1975년에 녹음·제작된 이 음반은 성우향, 박초월, 남해성, 조상현, 조통달, 김수연 등 당대 대표 명창들로 출연진을 구성했다. 이 음반에는 도창도 존재하고 판소리의 주요 소리대목도 거의 빠짐없이 수록되었다. 그리고 녹음에 참여한 명창들은 판소리의 성음을 중시하여 음악성을 드러냈다. 그럼에도 장면의 삽입, 자연스러운 대사, 실감나는 연기를 통해 극적 흥미를 돋

우려는 노력을 놓치지 않았다.

이 시기 창극 음반에서 공통적으로 확인할 수 있는 또 다른 특징 가운데 하나는 실감나는 음향효과이다. 도미도레코드사의 작품들은 물론 신세계레코드사, 아세아레코드사의 창극 음반들을 살펴보면 새소리, 바람소리, 물소리, 파루소리, 심지어 '춘향전'에서 이몽룡이 방자에게 술을 따라 주는 소리아세아 〈대춘향전〉, '심청전'에서 임당수의 거센 파도 소리신세계 〈대심청전〉, '흥보전'에서 흥보 쫓겨 날 때의 한겨울 바람소리도미도 〈흥보전〉까지 음향의 섬세함이 살아있다. 이러한 섬세한 음향효과는 무대를 직접 보지 못한 채 오직 소리를 통해서만 장면을 상상해야 하는 청자들에게 현실감을 느끼게 한다. 음향뿐만이 아니라 다양한 악기들을 활용해서 극적 분위기를 생생하게 만들기도 했다. 인물이 놀라거나 충격을 받는 대목에서는 아쟁의 거친 음이 들리고, 슬픔에 빠진 인물의 감정에서는 대금의 애잔하면서도 구슬픈 선율이 들린다. 다양한 악기들은 단지 인물들의 창에 대한 반주로만 쓰이는 것이 아니라, 대사가 진행되는 와중에도 혹은 침묵이 흐르는 가운데도 적절하게 삽입되어 극의 분위기를 돋운다.

이처럼 1970~1980년대 음반으로 제작된 창극은 '음악극'이 갖는 '극'의 성격이 이전의 창극 음반들에 비해 두드러졌다. 비단 창극 배우들만이 아닌 국극 배우들도 음반 녹음을 하면서 창극 음반의 성격은 다양해졌고, 이에 따라 음반이 지향하는 바도 '음악감상'의 측면에만 국한되지 않았다.

이 시기 가장 여러 차례 재발매가 된 음반은 도미도레코드의 국악창극 〈심청전〉과 〈흥보전〉이었다. 이 두 음반은 처음 LP로 제작된 후, 한 차례 더 LP로 재발매됐다. 이후 카세트 테이프가 전성기를 이루던 때에 카세트 테이프로 복각·발매가 되었고1981년, 1984~1985년 또 한 차례 카세트 테이프로 발매되었다. 1990년에도 카세트 테이프로 한 번 더 발매됐고, 2015년에는 CD로 제작되기까지 했다. 1970~1971년 초판이 녹음·제작된 후 LP로 1번, 카세트 테이프로 3번, CD로 1번, 총 다섯 차례에 걸쳐 재발매가 이루어진 것이다.

카세트 테이프라는 새로운 녹음기술이 도입됨에 따라 기존 LP음반들은 카세트 테이프로 많이 전환됐다. LP로 제작되었던 창극 음반들 역시 카세트 테이프로 복각 및 재발매됐는데, 대부분이 한 차례의 재발매에 그쳤다. 반면 도미도레코드의 〈심청전〉과 〈흥보전〉은 LP로도 한 번 더 발매됐고, 테이프로는 세 차례에 걸쳐 발매됐다. 도미도레코드의 〈춘향전〉 또한 초판 LP가 발매된 이후 한 차례 더 LP로 발매됐다. 그리고 이후 카세트 테이프로 복각·재발매되었다. 이로 볼 때 1970~1980년대 발매된 창극 음반 가운데 가장 인기가 있었던 음반은 도미도레코드의 국악 창극 음반들이라고 할 수 있다. 그리고 이 음반들이 당시 그 어떤 음반들보다도 극적인 성격을 지향하였음을 주목할 필요가 있다. 도미도레코드의 창극 음반들 이후 아세아, 신세계 레코드에서 발매된 음반들 역시 창극의 연극성을 강조했다. 이는 것은 당시 음반으로 제작된 창극의 지향을 엿볼 수 있는 면모이다.

3. 텔레비전 보급의 확대와 창극 프로그램의 방송 편성

1) 1970년대 텔레비전 창극 프로그램 MBC 〈내 강산 우리 노래〉

TV의 보급이 보편화된 1970년대에는 라디오는 물론 TV를 통해 국악을 향유할 수 있었다. 대표적인 TV 국악 프로그램은 MBC의 〈내 강산 우리 노래〉, KBS의 〈국악의 향기〉,[33] TBC의 〈TBC향연〉[34]이었다. 이 가운데 정기적으로 창극 방송을 한 프로그램은 MBC의 〈내 강산 우리 노래〉였다. 이 프로그램은 1976년 10월 18일의 방송개편에 신설되어 매주 화요일 저녁 7시 25분에서 8시까지 방송되었다권필호 PD, 구봉서, 권기옥 MC. 1976년 10월 19일에 첫 방송을 하고, 같은 해 10월 26일부터 프로그램에 창극 코너를 넣었다. 처음 〈내 강산 우리 노래〉에는 KBS, TBC의 다른 프로그램과 마찬가지로 가야금병창, 단가, 무용 등이 창극과 더불어 방송되었다. 그러나 점차 '창극'을 중심으로 프로그램의 내용이 바뀌어 나중에는 〈(창극) 내 강산 우리 노래〉라는 명칭으로 소개됐다.

<표 13> MBC 〈내 강산 우리노래〉(1976~1979년) 방송 목록[35]

일시	제목	출연	비고
1976.10.26	토막창극 흥보가	조상현, 안향련, 구봉서, 이영일 등	창극 외 대금독주, 민요, 무용
1976.11.2	배비장전	오갑순, 조상현, 구봉서, 이영일 등	이외 가야금병창, 제주민요
1976.11.9	배비장전		이외 탈춤, 경기민요
1976.11.16			가야금병창, 정선아리랑, 판소리 춘향가 편지대목
1976.11.23	창극 흥보가 박타는 대목		
1976.11.30	창극 춘향가 중 이도령이 춘향집 찾아가는 장면	이도령 : 조상현, 춘향:안향련, 월매 : 박초월, 방자:구봉서, 향단:박동순 등	이외 민요, 무용 방송
1976.12.7	창극 춘향가 중 사랑가 대목, 이별장면		
1976.12.14	창극 춘향가 중 이별가, 오리정 이별대목	조상현, 안향련, 박초월, 구봉서, 배삼룡	
1976.12.21	창극 춘향가 중 기생점고, 십장가 대목		
1977.1.4			민요특집 : 구봉서와

일시	제목	출연	비고
			이영일의 팔도유람
1977.1.11	창극 춘향가 옥중가, 이도령 장원급제		
1977.1.18	창극 춘향가 춘향편지, 옥중상봉		
1977.1.25	창극 춘향가 마지막 변사또 생일, 어사출도	조상현, 안향련, 배삼룡, 구봉서, 박초월	이외 경기민요, 남도민요, 나명자무용단 북춤
1977.2.1	창극 장화홍련 시리즈	장화 : 안향련, 홍련:김영자, 장쇠 : 구봉서, 중쇠 : 허희, 허씨 : 오정숙, 단심:안옥선, 노복 : 이영일, 도창 : 강종철, 고수 : 김득수	이외 이은관 배뱅이굿, 홍진희무용단의 춤, 김영림 창부타령
1977.2.8	창극 장화홍련 시리즈		이외 이은관 배뱅이굿 시리즈
1977.2.15	창극 장화홍련 시리즈	구봉서, 조상현, 오정숙, 안향련, 김영자, 안옥선, 허희, 강종철, 이은관, 김일남.	이외 이은관 배뱅이굿 시리즈
1977.2.22	창극 장화홍련		이외 배뱅이굿 시리즈
1977.3.8	창극 장화홍련		이외 배뱅잉굿 시리즈
1977.3.15	창극 장화홍련		이외 북청사자놀음
1977.3.22	창극 장화홍련		이외 가야금병창
1977.3.29	창극 장화홍련 마지막회		
1977.4.12~ 1977.5.10	창극 방랑시인 김삿갓	조상현, 박동진, 구봉서, 김영임, 윤충일, 최영길, 성창순, 김동애, 오정숙, 강종철, 안비취, 이은주, 최창남, 지관팔 등	
1977.5.17	창극 방랑시인 김삿갓	구봉서, 조상현, 안향련, 허희 출연 / 민요-최창남, 지화자, 이춘희, 이호연, 김혜란 / 탤런트-홍순창, 양윤희, 박경순 외	
1977.5.24	창극 방랑시인 김삿갓		부처님 오신날 맞이 특집 : 관등놀이, 탑돌이, 대한민속예술무용단의 바라춤, 승무, 보념
1977.5.31	창극 방랑시인 김삿갓	조상현, 구봉서, 허희, 강종철 등 / 민요-이춘희, 김혜란,	이외 경상도 민요

일시	제목	출연	비고
		이호연, 김영임 / 탤런트, 한보성무용단 출연	
1977.6.7~ 1977.6.14	창극 방랑시인 김삿갓		
1977.6.21~ 1977.8.23	창극 견우직녀		
1977.8.30~ 1977.11.1	창극 콩쥐팥쥐	안향련, 조남희, 남해성, 오정숙, 조상현, 구봉서, 조통달, 성창순 외	
1977.11.22~ 1978.2.14	창극 숙영낭자전	구봉서, 조상현, 김진진, 홍성민 외	
1978.2.21~ 1978.4.11	창극 옹고집전		
1978.4.18~ 1978.7.18	창극 사씨남정기		
1978.7.25~ 1978.8.29	창극 모란등기		
1978.9.5~ 1978.11.7	창극 이춘풍전		
1978.11.14.~ 1979.2.13	창극 화순아씨		
1979.2.20~ 1979.5.29	창극 바보온달과 평강공주	조상현, 김성녀 외	
1979.6.19~ 1979.9.25	창극 풍류천하		
1979.10.2~ 1980.2.26	창극 홍보전		
〈창극무대〉로 프로그램 명칭 변경. 목요일 저녁 7시로 방송시간 변경.			
1980.3.6.~ 1980.6.5	창극 애랑가		
1980.6.12.~1 980.9.11	창극 장화홍련전		

1976년 추동계 프로그램의 개편 방향은 크게 3가지였다. ① 방송 프로그램의 정화와 계도성 강화 ② 일일연속극 3편에서 정책드라마 포함 2편으로 축소방송 ③ 보도 생활 교양 프로그램 강화가 그것이었다.[36] 〈내 강산 우리

노래〉는 이와 같은 개편 방향에 맞게 교양 프로그램으로 신설되었다.

약 3년간 이어지던 〈내 강산 우리 노래〉는 1980년 3월 이후 〈창극무대〉로 프로그램의 명칭을 바꿨다. 그리고 목요일 오후 7시에서 7시 35분에 방송됐다. 이는 1980년 춘하계 TV 개편 방향 가운데 '경쟁사와 동질 프로그램의 동시간대 편성 지양, 시청자 채널선택 폭 확대'[37]라는 개편 목표에 부합하기 위한 것이었다. 당시 매주 화요일 저녁에 방송되는 국악프로그램으로는 MBC의 〈내 강산 우리 노래〉 이외에도 TBC의 〈TBC향연〉매주 화요일 7시 35분이 있었기 때문이다. 주목할 것은 〈내 강산 우리 노래〉가 〈창극무대〉로 명칭을 바꾸어서 '창극'에 중점을 두고 프로그램을 구성했다는 점이다.[38]

〈창극무대〉는 1980.3.6~1980.6.5일까지 창극 〈애랑가〉를 1980.6.12~1980.9.11까지 창극 〈장화홍련전〉을 방송했다. 그러나 1980년 추동계 프로그램을 개편하는 과정에서 〈창극무대〉는 폐지되고, 다시 〈내 강산 우리 노래〉진필호PD, 장소팔MC가 매주 목요일 7시에서 7시30분 사이에 편성됐다.[39] 그러나 이때 〈내 강산 우리 노래〉는 창극 중심의 이전 방송과 달리 가야금병창, 판소리, 민요, 민속무용 등의 다양한 전통음악과 문화를 다루는 '순수 국악 프로그램'으로 성격을 바꾸었다. 물론 이것마저 오래 지속하지 못하고 결국 1980년 12월 11일을 마지막 방송으로 폐지되었다. "생활정보와 교양 프로그램은 KBS 제1TV와 KBS 제2TV에서 충분히 하고 있기 때문에 건조하고 딱딱한 프로그램을 없앤다"[40]는 취지에서였다.

〈내 강산 우리노래〉는 초기에 대금독주, 무용, 민요와 더불어 창극을 토막극으로 함께 활용했고 이때 창극은 프로그램의 중심이 아니었다. 그러나 〈배비장전〉을 시작으로 고전소설을 극화하는 코너를 본격적으로 마련했다.

금주부터는 고전작품을 극화하는 코너를 신설하여 그 첫 번째로 「배비장전」을 선택했다. 박귀희 씨 문하생들의 가야금병창과 제주민요 「오돌독 이야울타령」을 지화자, 김금숙, 전숙희, 임정란씨 등이 열창한다. 배비장전은 아랑이 목욕 할 때의 장면이 나오게 되며 오갑순^{아랑역}, 조상현^{배비장역} 등과 보조출연으로 구봉서, 이영일 등이 나온다.^{「고전극화⋯⋯ 배비장전」, 『경향신문』, 1976.11.2}

사실 이러한 노력은 〈내 강산 우리노래〉가 시작되기 이전에도 있었다. MBC는 이은관의 〈배뱅이굿〉을 드라마로 구성하려는 계획을 앞선 프로에서 했기 때문이다.

우리 고유의 민속창극이 처음 TV에서 현대적 구성으로 시도돼 화제가 되고 있다. 〈배뱅이굿〉이라든지 〈범벅타령〉, 〈배비장전〉 등 우리 창극은 그 소재가 철저하게 통속적인데 비해 요즘 그 계승은 전혀 단절된 상태다. 여기에 그것이 극화된다는 것은 시청자들로부터 외면만 당해오던 국악 프로의 새로운 영역을 개척하게 되리라는데서 주목을 끌고 있는 것. 요즘 각방송의 국악프로는 한낱 구색정도에 그치고 있다. 라디오나 TV를 막론하고 한 방송에 국악프로는 1개 정도가 고작. 이것은 근본적으로 국악의 가락이 단조로운데도 원인이 있겠지만 프로그램으로서의 개발이 전혀 돼 있지 않은데도 이유가 있다. 이에 MBC TV는 매주 화요일 저녁 「MBC대향연」 시간을 통해 우리 창극을 현대적인 드라머 구성으로 시도하게 된다는 것. 물론 그것은 민속으로서의 원형을 해지지 않는 범위 내에서 윤색되고 철저한 고증에 따라 그 소재를 뮤지컬로 엮어나가게 된다는 것이다. 이 창극 시리즈 중 25일 저녁 첫 번째로 선을 보이게 되는 것은 유명한 서도창 〈배뱅이굿〉. 18세 때상사병으로 죽은 배뱅이라는 처녀의 혼을 달래는 자리걷이 굿이 주제가 된다. 여기에 등장한 평양박수무당을 통해 우리 민속 전래의 자리걷이 풍습과 미신을 풍자하는 내용은 현대에서도 드라머의 소재로 족하다. 다만 이것이 한 사람의 창으로 구성돼 전해지고 있는데서 그 통속성에도 불구하고 대중에 외면당해오고 있다는 것이 무형문화재49호 보존회대표 허호영씨의 말이다. 이 「배뱅이굿」이 입체화해서 주역인 평양 박수무당으로 인간문화재 이은관씨가 출연한다. 그 이외에도 서울무당에는 지화자 경상도무당에 이호연 전라도무당에 양옥 황해도무당에 최창남 강원도무당에 최애자 등이 나온다. 또한 탤런트 김기일 김영옥 김희숙 등이 연기를 보여준다.첫 번째 〈배뱅이굿〉은 상하편으로 나뉘어 방송되며 이어 〈범벅타령〉 〈장대장타령〉 〈배비장〉 등이 후속으로 기획되고 있다. 이것들의 대부분이 한국적인 불륜의 여성상이나 또는 서민층의 애환을 소재로 하고 있어 현대적인 드라머의 테마로서도 충분한 비중을 차지하고 있음은 물론이다. 이 프로에서 계속 해설을 맡게 될 허호영 씨는 "이것을 계기로 우리 고유의 민속문화가 대중 속에 재현되는 전기가 마련될 것으로 믿는다"고 말하고 있다.^{고유의 민속창극 TV서 본격 극화, MBC서 획기적 시도, 고증철저, 원형 살려-「배방이굿」 상하편으로 나눠 첫선 "대중 속 재현의 전기 마련", 「경향 신문」, 1975.3.25}

창극의 드라마적 성격이 TV방송에 부합할 것이라는 기대는 이전 1960년대의 〈국악에로의 초대〉, 〈국극무대〉를 통해서도 이미 확인했다. 국악프로그램이 인기를 많이 못 얻는 이유가 이에 걸맞은 프로그램을 기획하지 못한 것이라는 지적은 일견 타당하다. 덧붙여 창극 작품은 이야기의 통속성이 있기 때문에 드라마의 소재로 적합하고, 이를 이용하여 지속해서 프로그램을 기획하려는 의도 또한 설득력이 있다. 창극이 갖는 극적 속성이 TV드라마와 어울릴 수 있다는 것을 정확하게 인식하고 있는 것이다.

위의 기사에서 언급된 〈MBC대향연〉은 〈MBC페스티발〉에 이어서 1974년에 생긴 프로그램으로 매주 월요일 8시 5분에 방송된 쇼·오락 프로그램이었다. 이 프로그램은 1975년 2월부터 방송시간을 화요일 밤 10시 30분으로 변경하고 프로그램의 내용도 우리 고유의 창과 무용 쪽으로 조정했다. 인간문화재를 비롯한 국내 명인명창들이 출연하여 기악, 민요, 민속놀이, 가야금병창 등을 보여주고, 국악인 허호영이 프로그램을 겸해 야담도 소개하는 방식이었다.[41] 그리고 이 과정에서 창극을 중심에 둔 프로그램까지 구상한 것이다. 하지만 이런 기획은 제대로 실현되지 못했다. 이은관의 〈배뱅이굿〉을 극화한 프로그램은 2차례에 걸쳐 방송됐지만1975.3.25, 1975.4.1, 이후 다시 다양한 민속 및 국악프로그램을 보여주는 것으로 돌아갔기 때문이다. 그리고 이마저도 오래 지속되지 못하고 1976년에 폐지되었다.[42] 창극을 현대적으로 극화하여 TV로 보여주고 한 〈MBC대향연〉의 기획은 〈내 강산 우리 노래〉를 통해 실현되었다.

〈내 강산 우리노래〉는 〈배비장전〉, 〈춘향전〉을 연속창극으로 마련하면서 점차 프로그램에 창극의 비중을 늘렸다. 〈장화홍련전〉을 할 때는 이은관의 〈배뱅이굿〉과 더불어 아예 창극으로 프로그램을 엮었고, 〈방랑시인 김삿갓〉의 경우는 국악인들은 물론 탤런트도 함께 출연한 창극의 TV극화였다.

MBC TV의 「내강산 우리노래」는 방랑시인 김삿갓의 유랑역정을 창극(?)의 형태로 엮어가고 있다. 구봉서를 등장시켜 이야기의 흥미를 높여 보려는 착상도 좋고 국악인 조상현을 주연으로 발탁한 용기도 좋다. 그러나 이왕 김삿갓을 소재로 택한 바에게 김삿갓에 얽힌 에피소드를 보다 철저히 부각시켜야 할 것 같다. 창에 너무 치중하면 인간 김삿갓의 행적묘사가 소홀해질 수 있다. 김삿갓에 얽힌 에피소드를 하나의 단편 드라마로 극화한 후 그 중 중요한 대목만을 창으로 부르게 한다면 더 효과적일 것 같다. 에피소드가 철저히 극화되어 있지 않았기 때문에 장면전환에 무리가 생기고 이 무리를 커버하기 위해 주제와 관계없는 춤과 가락을 삽입하게 된다. 출연자가 많이 나온다고 반드시 프로그램이 호화스러워지는 것도 아니고 그 내용이 풍부해지지도 않는다.^{이상회, 「TV주평-국악프} 로 조상의 얼 담아야, 신파적 대사, 구성 등 엉성, 김삿갓 얘기 더욱 부각을-KBS TV 국악의 향기, MBC TV 내강산 우 리노래」, 『경향신문』, 1977.5.25

〈내 강산 우리 노래〉에 대해 이상회는 TV주평을 통해 창극이 갖는 드라마의 속성을 부각하라고 요청했다. 창에 치중하지 말고 에피소드를 살리라는 조언, 주제와 관계없는 춤과 가락은 불필요하다는 의견 등은 창을 활용하되 드라마에 충실할 것을 주장하는 것이다. 〈내 강산 우리 노래〉는 〈견우직녀〉, 〈콩쥐팥쥐〉와 같은 설화는 물론 『사씨남정기』와 같은 고전소설, 중국의 전등신화 〈모란등기〉, 창작 작품 〈화순아씨〉 등을 레퍼토리로 활용하며 방송을 통해 국악을 대중에게 알리는데 많은 기여를 했다. 또한 1960년대 창극을 드라마와 접목시키면서 창극을 부수적인 재재로 활용하였던 것에서 나아가 창극을 중심에 두고 드라마를 구성했다는 점에서 중요한 의미가 있다.

2) 1980년대 텔레비전 창극 프로그램-KBS의 〈KBS지정석〉

1980년대는 방송사가 국악프로그램을 외면하던 때였다. 이미 1970년대부터 국악프로그램은 대중의 외면 속에서 방송의 중심은커녕 주변부에도 있지 못했다. 1980년 당시 국악평론가 박황은 전통예술계의 현실을 개탄하면서 다음과 같은 글을 썼다.

국악진흥법제정운동에 나선 사단법인 한국국악협회가 마련한 자료에서 박황 씨국악평론가는 우리 실정을 이렇게 표현했다. 우리나라의 전통 예술인들처럼 가난하고 불행한 사람도 없다는 것. 박씨가 밝힌 "전통예술계의 현실"에 따르면 첫째로 우리 전통예술이 당국에 의해 외면당하고 있다는 것이다. 혹자는 인간문화재를 지정하지 않았느냐로 반론할지 모르나 판소리의 정광수 옹을 비롯, 봉산탈춤 등 가면극분야에 이르기까지 인간문화재가 83명이나 되지만 한 사람당 매월 9만7천원과 전수생 강사료로서 3만원, 도합 12만 7천원, 그리고 전수생 2명에게는 1만 5천원씩 보조 또는 지원하고 있을 뿐으로 이것으로 과연 전통예술이 계승되고 향상 발전될 수 있을 것인지 한 번 생각해볼 문제이다. 둘째로 사회의 냉대 속에 일반대중과의 접촉이 완전히 끊기다시피 된데다가 천대를 받으면서 그 활동마저 정지되고 있는 형편이다. 우선 이 예술인들이 활동할 수 있는 극장무대가 전연없다. (…중략…) 극장가는 물론 관광호텔이나 무슨 클럽같은 무대서도 전통예술의 공연은 전연 하지 않고 있으며 유일한 활로인 방송국조차도 외면하거나 천대하고 있다. 외국의 예를 들자면 인도에서는 자기나라 전통예술이 전체 프로의 90%를 차지하고 자유중국은 80%, 태국은 55%, 일본이 40%인데 우리나라는 고작 12%, 그것도 KBS라디오 방송만의 경우이다. 실제로 서울에서의 라디오나 TV에 출연하는 비율을 분야별로 살펴보면 ① 국악협회에 등록된 판소리, 즉 창악인 66명 가운데 20명 정도가 출연하며 그것도 잘해야 한 달에 한 두 번이고 그나마 명창의 반열에 끼지 못한 사람은 1년에 한두 번

뿐이다. ② 기악, 즉 악사 2백명 가운데 출연하는 사람은 20명 안팎, 방송은 1주일에 재수가 좋으면 한두 번이고 TV는 1주일에 한 번인데 20명 전부가 그런 것은 아니다. ③ 京·西道 민요는 1백95명인데 그 중 출연은 30명 선으로 1주일에 1~2회 출연하는 사람이 5~6명, 나머지는 한 달에 한 번 정도이다. ④ 창극인 등록수는 60명, 그 중 TV 출연이 30명 이내이고 1주일에 한 번 또는 역할에 따라서 매주 출연하는 사람이 있는가 하면 한 달에 한두 번 나오게 되는 사람도 있다. 이 밖에 등록된 인원이 ⑤ 농악인 3백 34명 ⑥ 무용인 9백 43명 ⑦ 민속극이 69명인데 출연은 1년에 한두 차례, 그것도 몇 사람에 지나지 않으므로 한마디로 말해 전통예술인에게 있어서 라디오 방송이나 TV출연은 그야말로 하늘의 별따기가 아닐 수 없겠다. 그런데 방송국에서조차 양악과 가요는 우대하면서 전통음악 전통예술은 천대하고 있으니 그것은 지불하는 출연료를 보면 알 수 있다. 즉 가수 출연료는 4월 12일부터 작년보다 90%올려 2곡 기준, A급 3만7천8백 원, B급 2만8천4백 원, C급 1만8천9백 원이며 2곡 외의 추가는 1곡단 30%가산이다. 그러나 ① 판소리는 인간문화재급이 6분이든 10분이든 1만3천원에서 2만원 ② 京·西道 민요는 인간문화재가 15분을 기준으로 1만7천원이다. (…중략…) ② 이 같은 시절이라 월수입이 20~30만원 되는 사람은 열 손가락 안에 들고 10만원 월수자가 20명 내외, 5만원 수입이 30명이며 그 외는 수입이 전연 없다시피하여 다른 길로 빠지거나 직업을 바꾸는 사람이 적지 않은 형편이다. 「박황씨 「전통예술계의 현실」 각고 끝에 대가 되어도 갈 곳 없는 외로운 신세, 위축일로 치닫고 생사기로에 허덕, 사회냉대 속 인간문화재 고작 83명」, 『경향신문』, 1980.5.26

문화재 지정이 이루어져도 국악예술을 육성·진흥할 현실적인 자금이 턱없이 부족하다는 것, 국악인들이 활동할 공간 자체가 부족하다는 것, 유일한 활로가 될 방송마저 국악인들을 외면하고 출연료에서마저 차별을 하고 있다는 것은 당시 국악인들이 처한 냉정한 현실을 보여준다.

국악진흥법을 제정하고 그 가운데 하나로 방송에서 국악을 좀 더 적극적으로 편성해야 한다는 목소리는 이후에도 나온다.[43) 그러나 이와 같은 노력은 1980년대에도 이뤄지지 못했다. 국악 방송이 정규 프로그램으로 편성되는 경우는 매우 드물었고, 편성이 되더라도 늦은 시간 혹은 이른 아침, 주말 초저녁에 편성되어 시청자들의 관심을 받기가 어려웠다. 일례로, MBC는 1981년 가을 명인명창들이 출연하는 〈국악의 샘〉이라는 프로그램을 마련하지만 방송시간이 늦은 밤 11시에서 11시30분이었다. 또한 1983년 〈국악의 샘〉을 폐지하고 〈우리춤 우리가락〉을 수요일 오후 6시 55분에서 7시 35분 사이에 신설하여 민속놀이, 창극 공연 중계를 하려고 했다. 그러나 이 프로그램은 1984년 토요일 오후 5시 30분으로 편성 시간이 옮겨졌고, 이마저도 제대로 방송되지 않았다. KBS의 경우 1984년 신설된 KBS2의 〈국악무대〉는 일요일 오후 5시 40분에 방송되었고, 1986년 KBS1의 〈국악순례〉는 일요일 오전 6시 20분에 방송되었다. 그러나 이들도 방송되지 못하는 경우가 더 많았다.[44)

방송사가 많아짐에 따라 시청률 경쟁이 치열해지면서 흥미위주의 드라마와 코미디, 쇼프로, 스포츠 중계에 프로그램이 집중된 것이 큰 원인이었다. 국악 프로그램 자체가 줄어들고 있는 상황 속에서 창극을 중심에 둔 방송이 활발해지기는 어려운 일이었다. MBC의 〈국악의 샘〉과 KBS의 〈국악무대〉가 창극을 방송하였지만 창극이 방송의 중심이 되지는 못했다. 기악, 무용, 창악민요, 판소리 등을 고루 다루는 과정에서 하나의 코너로 보여주는 방식이었다.

1981년에 가을에 신설된 〈KBS지정석〉도 정기적으로 창극을 방송하는 프로그램으로 출발한 것은 아니었다. 이 프로그램은 창극, 악극, 신파극, 사라져가는 대중예술을 조망하는 한편 클래식, 무용 등의 문화예술도 함께 다루는 프로그램이었다. 그 가운데서도 창극을 한 편씩 만들어 연속적으로 방송한 기록이 있어 이를 살펴보고자 한다.

〈KBS지정석〉은 KBS1에서 매주 화, 수요일 밤 9시45분에 방송하다, 1982년 1월 26일부터는 매주 화요일 밤 10시 10분에 방송되었다.

<표 14> KBS 〈KBS지정석〉(1981.9~1982.9) 창극 방송 목록[45]

일시	제목	작가, 연출	출연
1981.9.8	창극 춘향전 상	각색, 연출 허규	
1981.9.9	창극 춘향전 하	각색, 연출 허규	
1981.10.13	창극 심청전 상		
1981.10.14	창극 심청전 하		
1981.12.8	창극 흥보가 상		
1981.12.9	창극 흥보가 하		
1982.1.26	창극 강릉매화전 상	이재현 극본, 박경식 연출	한농선(도창), 조상현, 김동애, 김종엽, 박후성, 강종철, 은희철, 신영희, 강현주 등
1982.2.2	창극 강릉매화전 하	이재현 극본, 박경식 연출	
1982.2.16	창극 이춘풍전	이재현 극본, 박경식 연출	한농선(도창), 조상현, 김동애, 은희진, 왕기창, 남해성, 임석종, 유미리 등
1982.2.23	창극 이춘풍전		
1982.3.23	창극 이춘풍전		
1982.3.30	창극 이춘풍전 마지막		
1982.4.20	창극 옹고집전	이재현 극본, 박경식 연출	한농선(도창), 조상현, 신영희, 남해성, 김동애, 왕기창, 은희진, 김수연, 강정숙, 오병수, 임석종, 홍성덕, 유미리 등
1982.4.27	창극 옹고집전		
1982.5.4	창극 옹고집전		
1982.5.25	창극 배비장전	이재현 극본, 박경식 연출	한농선(도창), 조상현, 강정숙, 은희진, 김동애, 왕기창, 임석종, 김경애, 남해성 등
1982.6.22	창극 배비장전		

일시	제목	작가, 연출	출연
▲밤 11:00			
1982.6.29 ▲밤 11:10	창극 배비장전		
1982.7.6 ▲밤 11:10	창극 허생전	이재현 극본, 박경식 연출	
1982.7.13 ▲밤 10:40	창극 배비장전		
1982.7.20 ▲밤 10:50	창극 허생전		
1982.8.31 ▲밤 9:50	창극 장화홍련전	이재현 극본, 박경식 연출	한농선(도창), 조상현, 강정숙, 유수정, 신영희, 안병경, 왕상희, 임석종, 왕기석, 공경주, 김경애, 김동애 등
1982.9.14 ▲밤 10:00	창극 장화홍련전		

표에서 보는 바와 같이 창극 프로그램은 한 달에 한 번 연속 2~3회에 걸쳐 한 작품씩 방송되는 수준이었다. 물론 이들 마저도 스포츠 중계에 밀려 연속적으로 방송되지 못하는 경우가 많았다. 편성시간도 점차 뒤로 밀려 대중의 관심을 받기도 어려웠다. 그럼에도 〈KBS지정석〉은 1980년대 유일하게 창극을 중심에 둔 국악프로그램이었다. 이후 창극방송은 정규 편성으로는 들어오지 못하고, 신년특집, 송년특집, 민속의 날 특집 등에 맞춰서 간헐적으로 제작되는 정도였다.[46]

〈KBS지정석〉의 창극 레퍼토리를 살펴보면, 초반에는 〈춘향전〉, 〈심청전〉, 〈흥보가〉의 전승 5가를 중심에 둔 창극을 제작했다. 그러나 나중에는 〈강릉매화전〉, 〈배비장전〉, 〈옹고집전〉과 같은 실전 판소리에 바탕을 둔 작품, 『허생전』, 『장화홍련전』, 『이춘풍전』의 고전소설에 기반을 둔 작품을 레퍼토리로 삼았다.

전승 5가 작품의 경우, 국립창극단허규 연출의 대본을 방송에도 활용한 것으로 보인다. 이를테면 〈심청전〉에서 심청이 공양미 삼백석을 시주하겠다고 먼저 제안하는 장면이 대표적인 예이다. 기존 〈심청전〉은 심봉사가 먼저 공양미 삼백석을 시주하겠다고 화주승에게 약속한다. 그리고 이후 심청이 이 사실을 알고 아버지를 안심시킨다. 하지만 허규는 이를 들어 심청이 스스로 화주승과 약속하여 공양미 삼백석을 시주하겠다고 말하도록 했다. 심청의 효성을 극대화시키려는 연출자의 뜻이었다. 〈KBS지정석〉의 〈심청전〉을 확인해 보니, 허규의 각색을 따르고 있었다. 〈흥보가〉의 경우도 국립창극단의 무대 대본을 중심으로 방송 내용을 구성했다.

그러나 전승 5가가 아닌 실전판소리와 고전소설을 소재로 한 경우 이재현이라는 전문 방송작가가 대본을 작성하고, 박경식 PD가 연출을 하여 TV로 극화된 창극을 제작했다.

> 신영희 : 그 무렵에 KBS지정석이라고 있어가지고 거기 인 자 뭐 창극을 조상현 씨하고 나하고 놀부, 놀부 처, 옹고집, 옹고집 마누라 뭐 그렇게 했죠. 그때 국악을 좋아하는 사람들이 별로 없었어요. 정말 암울했어요. 그 무렵에 국악을 틀면 탁 채널 틀어버리고 안 보고 그냥 외면하고, 많이 안 봤어요. (…중략…) 그 지정석은 창극 프로였어요. 일주일에 한 번씩 방송했는데. 조상현 씨가 작창을 많이 했죠. 소리도 하고. 조상현 씨가 어디 가게 되면 내가 또 하기도 하고. 조상현 씨가 소리를 잘 하시는 분이에요. 작창도 잘 하고, 연기도 잘 하시고. (…중략…) 당시 박경식이라는 분이 PD였는데, 아주 이 소리 속으로 너무너무 잘 아는 사람이었어요. 조 선생하고 친구예요. 우리가 소리를 하면 '어, 지금 거기 잘못 됐어. 다시 해봐.' 그러고. 이면에 맞게 작창을 하도록 지시했어요. 아, 난 그런 분은 처음 봤어요. 그런 분이 지금도 살아 있

으면 귀 명창도 되고, 보는 명창도 됐을 텐데. 정말 아까운 사람이
죠. 그렇게 소리 속을 잘 아는 방송 PD가 없거든요.[47]

조상현 : 내가 KBS로 와서 창극무대를 했으니까. 쭉 했어요. 그때는 뭐 그
앞에처럼, 이거했다 저거했다 그런 식이 아니라 순 창극으로만 많
이 했어요.

송소라 : 맞아요. 지금은 그런 창극 방송을 제작하지 않잖아요.

조상현 : 그렇죠. 그걸 할 만한 사람이 있는가를 생각해봐야죠. 의식을 가지
고 할 만한 사람이 있는가가 문제죠. 방송국에서 PD가 프로그램을
좌우하는데 어떤 PD가 프로그램을 만드느냐에 따라 많이 달라지죠. 그
냥 이것저것 다 내보내는 게 좋지 않느냐라고 생각하는 사람도 있고, 창
극 이거 하나를 통해 모든 것을 보여줄 수 있다고 생각하는 사람도 있는
거죠. 여기에 다 들어있다. 창도 들어 있고, 무용도 들어 있고, 연기, 기
악, 극, 모든 종합예술이 여기에 다 있다고 생각하는 사람이 있는 거죠.
그 당시 PD가 박경식이라고, 내 친구여서. 고 놈이 작곡이나 그런 것을
나한테 다 넘겼어요.

송소라 : 선생님께서 작품에 많은 조언을 하셨나요?

조상현 : 〈KBS지정석〉은 내가 작곡에 많이 참여를 했죠. 박경식 PD가 내 의
견을 많이 존중해줬고, 둘이 많이 상의를 하면서 작품을 만들었죠.

송소라 : 당시 대본은 이재현 선생님이 맡으셨더라고요.

조상현 : 그랬죠. 아주 뛰어난 양반이었죠. 「강릉매화전」을 쓴 유명한 작가
인데, 창극대본 잘 썼죠.[48]

당시 출연진이었던 조상현과 신영희의 말에 따르면 박경식PD는 국악에 조예가 무척 깊었다. 소리 속을 잘 아는 귀명창이었고 창극에 대한 애정도 남달랐다. 작창은 주요 배역을 도맡아 했던 조상현이 주로 담당했고, 연출자 박경식과 고민하며 작품을 만들었다. 이재현이라는 전문 작가가 대본 작업에 참여한 것도 중요한 지점이다. 이렇듯 〈KBS지정석〉은 명창 조상현과 소리 속을 잘 아는 PD, 그리고 전문 대본 작가가 있었기 때문에 전통 창극의 양식을 고수하면서도 방송에 맞는 극을 만들 수 있었다.

3) 텔레비전 창극 프로그램의 특징

(1) 원작의 재생산을 통한 드라마적 흥미 추구

방송제작 창극이 갖는 중요한 특징 가운데 또 하나는 고전소설을 활용하면서도 이를 적절하게 변형시켜 극의 흥미를 높이려 했다는 점이다. 〈내 강산 우리 노래〉의 〈콩쥐팥쥐〉와 〈KBS지정석〉의 〈허생전〉을 통해 이를 살펴보기로 한다.

〈내 강산 우리 노래〉는 고전서사 가운데에서도 계모형 이야기『장화홍련』, 『콩쥐팥쥐』, 악녀가 등장하여 갈등을 유발하는 이야기『사씨남정기』, 『숙영낭자전』, 남녀 간의 사랑과 이별을 다루는 이야기〈견우직녀〉, 〈바보온달과 평강공주〉, 해학과 풍자가 담겨 있는 이야기『이춘풍전』, 『옹고집전』, 『애랑전』 등을 레퍼토리로 했다. 그리고 이야기를 구성하는 과정에서 원작을 따르면서도 적절한 변형을 하였는데 〈콩쥐팥쥐〉가 한 예이다.

〈콩쥐팥쥐〉는 1977년 8월 30일에서 1977년 11월 1일까지 총 9회에 걸쳐 방송되었다. 현재 〈콩쥐팥쥐〉의 방송 내용을 확인할 수 있는 방법은 당시 『경향신문』에서 짧게 소개된 줄거리 란을 통해서이다.

일시	콩쥐팥쥐 내용 소개
1977.8.30 (1)	지금부터 약3백 년 전인 옛날, 시골생원 최만춘은 상처(喪妻)를 하여 어린 콩쥐 하고 살게된다. 콩쥐가 16살이 되던 해에 최생원은 매파의 중매로 새장가를 들어 배씨를 아내로 맞게 된다.
1977.9.6 (2)	
1977.9.13 (3)	콩쥐의 계모는 감초아줌마와 짜고 콩쥐와 김도령의 혼사를 방해한다. 그녀는 콩쥐를 심하게 학대하여 콩쥐는 매우 곤경에 처하는데 이때 동자가 나타나 그 위기를 모면하게 해준다.
1977.9.20 (4)	김도령과 콩쥐사이를 갈라놓으려는 궁리에 여념이 없는 콩쥐의 계모는 김진사댁 머슴을 시켜 콩쥐를 모함하는 거짓 소문을 퍼뜨린다. 이 소문을 들은 김진사는 김도령에게 콩쥐와의 인연을 끊으라고……
1977.10.4 (5)	
1977.10.11 (6)	감사로 부임한 김도령은 콩쥐를 수소문해 찾으나 이사간 지 3년이 지났다는 소식을 듣게 된다. 콩쥐를 찾기 위해 궁리하던 김도령은 고을 처녀들의 길쌈대회를 연다고 방을 낸다. 팥쥐와 계모는 길쌈대회의 잔치에 참여하나 콩쥐는 일이 많아 못 나가는데 이때.
1977.10.18 (7)	동자의 도움으로 곱게 단장한 콩쥐는 누구도 알아보지 못할 만큼 미인이 되어 사또잔치에 부랴부랴 달려간다. 그러나 자정이 넘기 전에 돌아와야 하며 자신의 신분을 감춰야한다는 동자와의 약속 때문에 콩쥐는 신관사또 앞에서 자신을 밝히지 못하고 안타까와 하다가.
1977.10.25 (8)	사또가 된 김도령과 해후한 콩쥐는 결혼해서 둘은 행복한 부부가 된다. 그러나 계모와 팥쥐, 감초아줌마는 시기심에 불타 콩쥐를 못살게 할 음모를 꾸민다. 그리하여 콩쥐는 위기에 처하게 되는데.
1977.11.1. 마지막회	

신문에 소개된 간략한 내용만으로 전체를 어림하기에는 무리가 있다. 그러나 민담에서 소설로 이어오는 주된 서사를 유지하면서도 약간의 변형을 통해 극적 흥미를 돋우려 하였음을 알 수 있다. 원래의 이야기에는 등장하지 않는 감초 아줌마, 김도령은 극의 내용을 풍부하게 하고자 설정한 인물로 파악된다. 김도령과 콩쥐는 연인관계이고, 이들의 사랑을 방해하는 계모와 감초 아줌마가 있었음을 알 수 있다. 새로운 등장인물로 기존 설화보다 내용도 더욱 풍부해졌다. 콩쥐가 신발을 잃어버리면서 감사와 혼인한다는 설화의 이야기는 김도령이 변심하지 않고 콩쥐를 찾아 혼인한다는 애정서사로 변형되었다. 남녀의 애정문제를 삽입하여 극적 흥미를 돋우려 한 것이다.

또한 민담과 소설에서는 콩쥐의 조력자로 동물들이 등장하는데, 드라마에서는 '동자'라는 인물이 조력자로 기능했다. 동자는 콩쥐의 노동을 도와

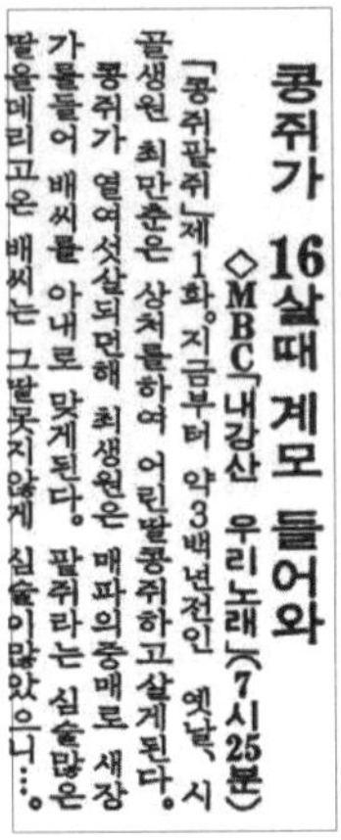

〈그림 12〉『경향신문』, 1977.8.30

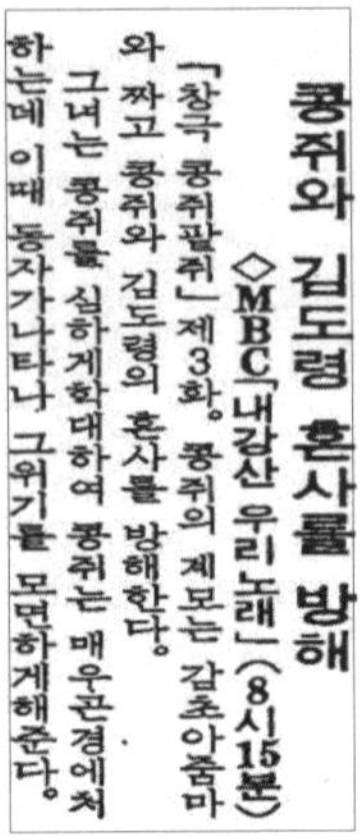

〈그림 13〉『경향신문』, 1977.9.13

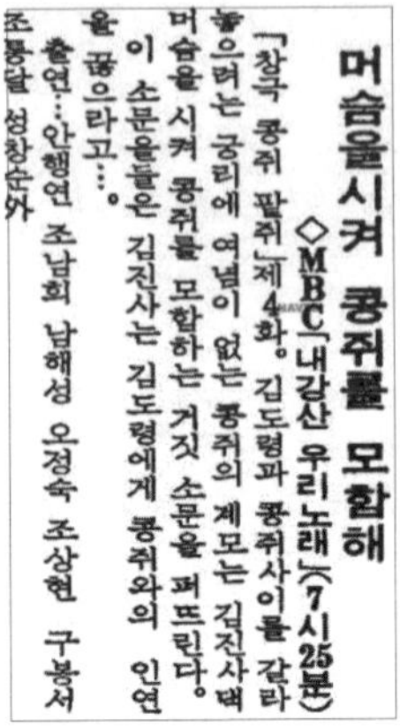

〈그림 14〉『경향신문』, 1977.9.20

주는 역할을 하는 것에서 나아가 김도령과의 재회 역시 가능하게 하는 애정의 조력자이기도 했다.

고전소설 『콩쥐팥쥐』가 동화로 전환되면서 삭제되었던 계모와 팥쥐의 징치도 방송 창극은 다루었다. 마지막 방송 내용의 실제를 확인할 수 없지만, 방송의 예고란을 통해 유추해볼 때, 마지막회에서는 악인들의 처절한 징치와 콩쥐와 김도령의 사랑이 다시 이루어지는 행복한 결말이 방송되었을 것이다.

소설 『콩쥐팥쥐』 이야기의 후반부는 자극적이면서도 극적인 서사를 담고 있다. 계모의 흉계에 의한 콩쥐의 죽음과 이를 밝혀내는 과정, 그리고 팥쥐와 계모에게 가해지는 가혹한 징치는 잔혹하면서도 흥미진진하다. 방송 창극은 원래의 『콩쥐팥쥐』 이야기가 갖는 서사적 흥미를 놓치지 않고 활용했을 것이다. 어느 정도로 극화하였는지는 확인할 수 없지만 간결한 해피엔딩을 넘어서 권선징악의 카타르시스를 동시에 추구하였을 것이라 짐작한다.

〈KBS지정석〉의 경우, 기존 〈내 강산 우리 노래〉의 창극 레퍼토리를 활용하면서도 새로운 작품 〈허생전〉을 창작하여 방송했다. 그리고 이때 방송된 〈허생전〉 역시 박지원 원작의 『허생전』과 많은 차이를 보였다. 원작의 『허생전』이 허생의 기이한 행적과 탁월한 식견을 중심으로 서사를 구성했다면, 〈KBS지정석〉의 창극 〈허생전〉은 허생을 중심으로 다양한 인물들을 설정하여 '허생'에만 집중된 이야기를 꾸리지 않았다. 그리고 이는 창극이 갖는 극적인 속성이 발현되었기 때문일 것이다. 드라마에서는 주인공 중심의 서사 못지않게 인물 간의 관계와 갈등이 중요하기 때문이다.

창극 〈허생전〉은 허생처와 허생의 갈등을 중요하게 삽입하여 허생처가 추구하는 세속적인 실리와 허생이 추구하는 대의명분을 대립시킨다. 소설 『허생전』에서 허생의 처는 이야기의 초반에 등장하여 허생을 집 밖으로 내보내는 역할만 한다. 하지만 창극 〈허생전〉에서 허생의 처는 허생이 실현하고자 하는 구민救民과 이상국理想國 건설을 반대하며 극적 갈등을 일으킨다.

허생 : 아니 이게 무슨 짓이오?

부인 : 아니 이 화상들을 도대체 어쩌려고 불러 들였오, 나라도 못하는 기민
　　　구제를 당신이 하겠단 말이오.

허생 : 부인 그런 것이 아니오.

부인 : 아니긴 뭐가 아니오. 저 화상들을 당장 쫓아내요. 우리집 종 노릇이
　　　나 하겠다면 몰라두 그렇지 않다면 아예 상종도 말아요.

허생 : 허 그런 것이 아니래두

부인 : (창) 조석끼니 걱정하다 갑자기 졸부되어 온 세상을 호령하려오. 백
　　　석도는 무엇이고 태평가는 무엇이오. 절해고도 당신 가서 상감노릇

혼자 하오. (방으로 들어간다.)[49]

허생이 도적의 무리들과 함께 백석도라는 섬으로 가 새로운 나라를 세우고 가난한 사람들을 구제하려고 하자 허생의 부인은 펄쩍 뛰며 이를 반대한다. 결말에 허생은 끝내 부인을 설득하고 백석도로 향하지만, 그 과정이 순탄하지만은 않다. 이는 허생이 모든 것을 결정하고 실행하는 원작의 서사와 달리, 원작이 중요하게 다루지 않는 허생 주변의 인물을 부각시켜 새로운 갈등을 만들며 이야기를 다채롭게 하려는 의도로 해석된다.

창극 〈허생전〉에서 새롭게 만들어진 인물로 '부용'이라는 기생과 '양과부'라는 주모가 있다. 이들은 허생을 사모하는 역할이다. 부용은 부자가 된 허생을 통해 기생 팔자를 고치려 하였으나 허생의 인물됨에 감복하여 진심으로 그를 따르게 된다. 양과부는 허생이 머문 주막집의 주모로 그의 장사 능력을 보고, 그를 존경하고 흠모한다. 허생을 유혹하려다 실패하는 부용의 에피소드와 허생에게 새롭게 시집을 가려는 양과부의 속내는 극중 해학적 장면으로 웃음을 유발한다.

창극 〈허생전〉은 허생의 기이함을 원작처럼 부각하지 않았다. 원작에서 허생은 뛰어난 혜안으로 장사를 통해 많은 이문利文을 얻고, 동시에 기근에 시달리는 도둑들을 직접 찾아가 살 곳과 할 일을 마련해준다. 그리고 정작 자신은 다시 묵적골로 돌아온다. 대범함과 영리함을 갖추었음에도 명리名利를 좇지 않는 기이한 선비인 것이다. 하지만 창극 〈허생전〉은 허생이 직접 도둑들을 찾아가는 것이 아닌, 허생이 많은 돈을 벌었다는 소문에 도둑들이 그가 머문 주막으로 오도록 각색됐다. 하지만 허생은 도둑들에게 자신이 가진 모든 돈을 주려 하고, 이에 감복한 도둑들은 허생을 따르겠노라고 한다.

도적 1, 2 : 걷우어 주시옵소서

허 생 : (창) 여보게들 내 말 듣게. 내가 원래 옹졸하여 한식솔 못 거느리는
어리석은 몸이라네, 한 식솔도 못 거느리고 일천식솔이 당치않네.
요행으로 운수 좋와 많은 돈은 벌었으나 쓸 줄 몰라 그러하니 이 돈
이나 가져가게.

덕 보 : (창) 신분이 도적이나 어찌 인품 몰라 뵈리오. 생은 본디 명문 거족
재상의 자손으로 형제간에 호형호제 못하는 시비의 소생이라 부모
슬하 훌쩍 떠나 방방곡곡 유랑을 하다 난민들이 가련하여 두목되어
거느렸오. 천출이 두목되면 도적밖에 더 되겠오. 부디 소원 부탁을
드리니 우리들을 거느려주옵소서.[50]

창극 〈허생전〉은 허생을 괴팍하면서도 독특한 이인으로 형상화하기보다
덕이 있으면서도 겸손하고 백성을 아끼는 선비의 모습으로 그렸다. 그리고
이러한 인물 설정으로 결말도 원작과는 달라지게 됐다.

허생은 백석도를 떠나지 않고 일본으로 건너가 장사를 하며 백석도를 번
창시킨다. 이 무렵 나라는 병자호란으로 국란을 맞으며 치욕을 겪게 되는
데, 누구보다 인재가 필요한 상황에서 이완대장은 허생을 찾아온다. 그리고
국란을 겪고 있는 나라를 위해 북벌대열에 나서달라고 제안한다.

허 생 : (창) 나도 백성 너도 백성 뉘 아니 백성이랴. 지난 치욕 당한 것은 온
나라의 치욕이라 그 설치하려는데 어느 백성 안 나서랴. 우리 모두
앞장서서 나라 위해 일하세.

이 완 : 허생원

변진사 : (창) 허생원 그 말이 참말이오. 장부일언중천금이라 이완대장 백

만군사 이 보다 더 하겠오. 어찌하여 그런 뜻을 진작 전하지 아니

했오?

허 생 : (창) 때가 늦어 상관이오 일만경서 독파 못해 내 뜻 펴지 아니했오.

어영대장 이완대장 간곡하신 부탁이니 이 길로 백석도 들어가 삼천

도민 모아 놓고 상감의 뜻을 전하리다.

이 완 : 제발 그래주오. 부탁이오 허생원.[51]

창극 〈허생전〉은 백석도로 돌아간 허생이 도적들과 더불어 대의를 도모하고 나라를 위해 싸울 것을 다짐하는 것으로 끝난다. 원작의 모호하고 불확실한 결말과 사뭇 다르다.

창극 〈허생전〉의 허생은 큰 뜻을 품고 있으나 공부가 부족하다는 생각에 글 읽기만을 반복한 채 살고 있었다. 하지만 집을 나서서 세상과 마주하며 자신의 뜻을 하나씩 실현하는 것으로 변화해갔다. 그의 곁에는 그를 따르는 여인, 도둑들, 장사치들이 있었고, 그가 고뇌에 찰 때마다 격려와 위로를 해주는 '신탁'[52]이라는 인물이 있었다. 이들과 더불어 허생은 대의를 도모하고 국가의 인재로 성장한다. 창극 〈허생전〉의 허생은 이 세상에 있을 것 같지 않은 신비로운 인물이 아닌, 영리하면서도 인간적인 따뜻함을 지닌 현실성 있는 인물로 재탄생했다.

〈KBS지정석〉은 〈이춘풍전〉, 〈옹고집전〉, 〈배비장전〉과 같이 해학과 풍자가 짙은 이야기를 창극화했다. 민요, 기악, 무용, 판소리 등 여러 가지를 보여주는 버라이어티식 국악 프로그램은 더 이상 시청자를 잡아두지 못했다. 창극은 전통음악과 춤에 이야기가 결합된 장르이기에, 재미있는 이야기

가 마련된다면 전통의 여러 모습을 보여주면서도 시청자의 관심을 끌 수 있는 프로그램으로 활용될 수 있었다. 그러기 위해서는 무엇보다 다양한 레퍼토리가 필요했다. 남녀의 애정, 시기와 질투, 모함과 해원, 권선징악 등의 이야기에 더하여 이를 넘어서는 새로운 이야기를 창작할 필요가 있었다. 그 과정에서 선택된 〈허생전〉은 원작의 중심 서사를 따르면서도 방송을 위해 적절히 변형되었는데, 이는 방송으로 활용할 수 있는 새로운 창극을 만들려는 시도에서 비롯된 것이었다고 하겠다. 나름의 새로움을 추구했다고 볼 수 있다.

(2) 도창의 양식 변화를 통한 자연스러움 추구

방송에서 제작한 창극의 특징 가운데 또 하나는 도창의 성격이 달라졌다는 것이다. 도창은 창극이 판소리에서 파생되었음을 보여주는 양식적 특징이다. 도창자는 서술자의 역할을 하며 이야기를 설명해주고, 창을 통해 인물이 처해진 정서를 극대화한다. 그렇다면 방송은 창극을 만들면서 도창을 어떻게 처리하였나.

〈KBS지정석〉의 경우, 초반 전승 5가와 〈강릉매화전〉, 〈이춘풍전〉 등은 도창석을 등장인물과 분리된 공간에 따로 마련함으로써 도창자의 서술자로서 기능을 살렸다. 도창자는 옷을 갖추어 입고 옆에 고수와 악사를 둔 채 창과 아니리를 섞어 서술체로 극에 개입했다. 특히 〈춘향전〉, 〈심청전〉, 〈흥보전〉과 같은 전승 5가는 무대 창극의 도창자와 사설과 창을 구사하는데 크게 다르지 않았다. 하지만 〈허생전〉, 〈장화홍련전〉에서는 서술체가 아닌 대화체로 도창을 하고, 창보다는 이야기의 서술에 더욱 비중을 두었다.

㉠ 도창 : 숙종대왕 즉위초에 인화세풍하고 국태민안하니 가히 요순시절이
라. 이 무렵 서울 다락골에 한 사람이 있었으니 성은 이씨요 이름
은 춘풍이라 했다.

(창) 춘풍 집안 부귀하여 장안의 거부인데 다만 혈육 춘풍뿐이라 부모 매양
사랑하여 재롱둥이로 길러내니 본시 인물 옥골이오 헌헌장부 사내로다 (아
니리) 이러한 춘풍이니 꺼릴 일이 어디 있으랴. 그러던 중 양친이 일시에 운
명하니 망국하여 당황 중에 삼년상을 마친 후에 어려운 웃어른 없고 가까운
일가 없어 춘풍의 호기는 고삐 풀린 망아지라 날로 날로 방랑하여 가산 탕진
하는구나. 동네 아낙 볍씨 까듯 종알대는 소릴 들어보소.[53]

㉡ 도창 : (웃고) 정말 누가 보기라도 했다면 유부녀 흉간하려다 본부낭군
한테 들켜서 도망치는 줄 알겠오이다. 부용이 집에서의 소동은 이
렇게해서 끝을 맺었는데 과연 허생이는 무엇을 하러 개성바닥의
인삼은 물론 도처의 삼이란 삼은 모두 사들였겠오이까. 이를테면
요새말로 매점을 한 것인데 폭리를 얻기 위해서 그랬겠오이까?
아닙죠 천부당 만부당한 일이옵니다. 그러면 일이 어떻게 되어 가
는지를 두고 보기로 하십시다.[54]

㉢ 도창 : 이조 세종대왕시절 평안도 철산군에 한 사람이 있었으니 성은 배
씨요 이름은 무룡이라고 했는데 본디 그 고장의 좌수로 지내서 모
두 배좌수라고 불렀오이다. 이 집이 바로 배좌수의 집입니다. 배
좌수는 일찍이 상처하고 장화와 홍련 두 딸만을 다리고 살다 후처
로 허씨를 맞아 들이니 집안의 풍파는 마침내 몰아닥쳤오이다.[55]

무대극의 도창은 주로 ⊙과 같은 형식으로 이루어진다. 도창자는 서술체로 서사를 요약하고, 창을 통해 인물의 성격이나 정서를 묘사한다. 필요한 경우가 아니면 굳이 극에 개입하지 않고, 등장을 하면 대개는 서술과 함께 창을 한다. 하지만 ⓛ〈허생전〉의 경우, 도창자는 극의 중간에 등장하여 해학적인 장면에서 함께 웃으며 극을 요약하여 설명하고 다음을 진행한다. 중요한 것은 이때 도창자의 어투가 서술체가 아닌 대화체라는 것이다. "-이다", "-것다", "-이라"의 어투가 아닌, "-입니다." "-오이까?" "-합시다"는 극을 보고 있는 상대를 마주하는 느낌을 준다.

또한 도창자는 서술 끝, 혹은 서술 전에 창을 하지 않고 이야기를 설명하는 서술자의 역할만 했다. ⓒ에서 〈장화홍련〉의 시작을 여는 도창자는 아예 창을 하지 않는다. 창극에서 대부분의 도창자는 이야기를 시작하며 창과 아니리를 함께 하는데, 방송에서 도창자는 서술로만 그치는 것이다.[56] 그리고 여기에서는 따로 도창석 마저도 마련하지 않았다. 도창자 스스로도 "이 집이 바로 배좌수의 집입니다"라고 하며 무대의 세트로 들어와 있다. 〈장화홍련〉에서 도창자는 배좌수의 집 마당, 장화가 죽음을 맞이하는 산속 등 인물과 함께 이동을 하며 도창자의 역할을 수행했다. 도창자가 등장인물처럼 친근하고 자연스럽게 시청자를 만나는 것이다. 이는 드라마적 분위기를 보다 매끄럽게 하기 위함이라 볼 수 있다.[57]

(3) 창의 대화적 기능 중시

방송 창극은 창극이 갖는 '창'과 '극'의 두 가지 속성 중 '극'의 속성에 주력하는 경향이 있다. 이는 창노래이 상황이나 정서를 장황하게 묘사하기보다 대화를 이어가는 수단으로 활용되는 것에서 확인할 수 있다.

ⓔ홍보 처 : (창) 허허 이게 웬일인가, 이것이 웬일이여. 모질고 독한 양반 태산같이 쌓인 곡식 누구 주자고 아끼여서 형제간도 모르시고 저리 몹시 친달 말이요. 동냥은 못 주나마 박적조차 깬다드니 여러 날 굶은 동생 저 지경이 웬일인가. 방약무인 도척이도 이 보다는 성현이오, 춘추때 양주라도 여기대면 군자로세. 국난에 사양상이요 가빈에 사현처라 내 얼마나 얌전허면 불상헌 우리 가장 못 먹이고 못 입힐가. 가장은 처복없이 내 죄로 굶거니와 철 모르는 자식형상 목이 메여 못 보것네. 차라리 내가 죽어 이 꼴 저꼴 안 볼란다.[58]

ⓜ심봉사 : (중중모리) 애끼 내 딸 허망하다. 조석 밥을 얻어서 너를 시켜 뵈는 터에 쌀 삼백석이 어디서 나겠느냐. 불가 오계 중에 거짓 말이 큰 죄로다. 살림을 판다한들 단돈 열량 뉘랴 주며 내 몸을 팔자한들 앞 못보는 봉사놈을 단돈 서푼을 누가 주리. 부처님을 속이며는 앉은뱅이가 된다는데 수중고혼 될지라도 차라리 죽 을 것을 공연한 중을 만나 도리어 내가 후회로구나. 저기 가는 대사 쌀 삼백석 에우고 가소. 차라리 봉사대로 방안에 누었다가 너 빌어다 주는 밥 배부르게 먹게 되면 그것이 편할테니 눈뜨기 내사 싫다.[59]

ⓗ허생처 : 이 한심한 양반아. 그걸 나한테 묻고 있소? (창) 글만 보고 글만 읽어 주린 배가 부룬 다오 평생 과거 보지 않고 글만 읽어 어찌 하려고 그러시오.

허 생 : (창) 여보 내 말 좀 들어보오 출세 위해 글을 읽나 사서삼경 경서 속
　　　에 세상 진리 다 들었네.

허생처 : (자리 옮기며) (창) 굶어죽는 진리 깨쳐 무슨 소용 있단 말이오. 과거
　　　보아 벼슬 얻는 호강은 원치 않소. (대사) 조석 끼니는 이어야 글도 읽지
　　　않겠소이까?

허 생 : (창) 글이 아직 미숙하니 조금만 더 참구료. 내 재주는 글재주 한가지뿐이
　　　라오.

허생처 : (창) 세상사람 태어날 때 어찌 재주 하나겠오. 품팔이 노동이나 무슨 장
　　　사 못하리까?[60]

　ⓗ을 보면 허생과 허생처의 일반적인 대화가 창을 통해 구현되고 있다. 방
송 창극에서 창은 대체로 인물 간의 대화를 맛깔스럽게, 혹은 애절하게 표현
하는데 활용된다. 그리고 이로써 극의 분위기가 살아나고 대사를 하는 배우
들의 감정이 보다 선명하게 전달된다. ⓜ과 ⓗ이 무대 창극에서 볼 수 있는
일반적인 모습이라면 방송에서는 등장인물이 장황하게 자신의 정서나 상황
을 토로하지 않는다. 이는 도창자는 물론이거니와 주인공도 마찬가지이지
다. 주인공이 정서를 토로하는 장면이 있더라도 창으로 길게 부르지 않는다.

　ⓢ홍련 : (창) 언니언니 가지 마오. 아무래도 불길한 예감이 들어

장화 : (창) 부친 분부 거역하랴. 부친께서 가라는 길 나 이제 못 가겠냐. 우
　　　리 서로 의지하고 외로움을 달랬는데 적막한 빈 방에 너를 두고 혼자
　　　가니 이 언니 일노 간장 다 녹는다. 만일 나 떠나 돌아오지 않으면 부
　　　친 계모 잘 섬겨 가내 영화 이룩해라.

홍련 : (창) 못 가요 못가요. 아주 가는 길 같소. 우리 형제 일시라도 떨어지지

　　　않았는데 나를 두고 어딜 가오. 먼 길 가지 마오. 가지 마오. 가지 마오.

◎ 장화 : (창) 하늘이여 굽어 살펴 주옵소서. 세상에 태어나서 문 밖을 모

　　　르거늘 오늘날 애매한 누명을 쓰오니 전생에 무슨 죄 그리 많아

　　　이런 일을 당하릿까. 우리 모친 세상을 떠난 후로 슬픈 인생을 살

　　　았는데 연못 속에 빠져 죽어 짧은 인생 마친다면 속절없는 이 목

　　　숨은 저승으로 가게 되니. 하늘도 야속하오 야속하오. 어찌 그리

　　　가혹하오. 하늘이여.[61]

장화와 홍련이 이별하는 장면과 죽음을 앞둔 장화가 탄식하는 장면은 진
양조로 애절하게 불린다. 이 장면은 정서를 노래로 극대화하여 관객에 감동
을 주는 창극의 특성을 잘 드러낸다. 하지만 이것이 텔레비전을 통해 안방
에서 시청자와 만날 경우, 무대공간에서 만큼의 감동을 줄 수 있는지는 의
문이다. 진양조로 구슬프게 부르는 창이 일반의 시청자에겐 자칫하면 지루
하게 들릴 수 있기 때문이다. 따라서 최대한 서사의 내용을 집약적으로 구
성하여 창으로 표현해야 한다.

기실 무대공연은 극장이라는 약속된 공간에서 출연자와 관람자가 일정
시간동안 부득이한 사정이 없는 한 함께 자리를 지키며 공연을 만들어 간
다. 관람객은 공연 중 지루한 부분이 있다하여도 쉽게 극장 밖을 나가지는
않는다. 반면 방송은 채널 선택권을 쥐고 있는 시청자가 언제든 방송이 지
루하면 채널을 돌리거나 끌 수가 있다. 따라서 창극이 갖는 음악극의 속성
이 지나치게 많이 강조될 경우, 그것은 득이 될 수도 있지만 해가 될 수도

있다. 특히 전통음악으로 판소리가 대중과 점점 유리되어 가는 시기에는 대중의 귀에 익숙하지 않은 장황한 창은 시청자에게 지루함을 줄 수 있다. 〈KBS지정석〉은 많은 작품을 방송하지는 못했지만 창극의 맛과 멋을 최대한 살리면서도 방송에 적합한 드라마적 성격이 두드러진 작품을 만들고자 노력한 것으로 보인다.

그럼에도 〈KBS지정석〉은 이후 더 이상 창극을 방송하지 않았다. 당시 이를 담당했던 이재현 작가와 박경식 PD는 〈해학드라마〉라는 특집 방송을 통해 창극의 형식을 이어가려 했지만, 해학드라마는 음악보다 드라마에 무게가 실리는 구성이었다. 출연진도 기존의 〈KBS지정석〉이 창극배우 중심이었다면 해학드라마 〈매화연풍〉, 〈화촉동방〉, 〈가짜양반타령〉의 경우 창극배우는 물론 다수의 탤런트가 함께 출연했다.[62] '창극'이 아닌 해학'드라마'였기에 도창도 당연히 없고, 창의 비중도 매우 적었다.

아쉽게도 1980년대를 지나며 〈KBS지정석〉을 비롯한 국악프로그램은 정기 편성에서 제외되었다. 방송에서 창극을 제작하는 과정 역시 더 이상 있지 않았다. 하지만 방송에서 제작한 창극이 추구한 지점들은 의미 있게 봐야할 것이다.

지금까지 1970~1980년대 창극의 문화를 검토하며, 다음의 내용을 새롭게 발견할 수 있었다. 첫째, 이 시기 창극 음반의 경우, 창극을 제작하는 음반사가 이전 시기보다 늘어났고, 제작·발매된 작품의 수도 증가했다. 또한, 기존 전승 5가의 레퍼토리인 〈춘향전〉, 〈심청전〉, 〈흥보전〉 외에 〈장화홍련전〉, 〈콩쥐팥쥐〉, 〈이차돈〉, 〈성웅 김대건은 살아있다〉 등의 새로운 레퍼토리도 음반으로 발매되었다.

이 시기 발매된 음반은 작품의 전체 서사를 지향하고, 음악적인 면모에서는 판소리의 성음보다는 연극적 소리를 지향했다. 음반 자체의 면모도 '연극성'을 추구하였는데, 전체 서사에 꼭 필요하지 않은 장면이더라도 흥미가 있다면 삽입하였고, 새로운 인물을 창조하며 극적 재미를 더했다. 잘 짜인 음향효과 역시도 당시 음반이 보여준 특징이다.

둘째, 방송에서의 창극 역시 그 어떤 때보다 활발하게 제작되었다. 전체 방송 편성에 비하면 국악방송, 그리고 창극방송의 비중은 미약하였지만, 텔레비전 프로그램에서 국악방송을 대표하여 '창극'을 제작했다는 것은 상당한 의미가 있다. 특히 1970년대, MBC의 〈내 강산 우리 노래〉와 KBS의 〈KBS지정석〉은 '창극'에 무게를 두고 방송국에서 극화하여 제작한 창극 프로그램이다. 이러한 프로그램은 이전에도 없었고, 이후에도 보기가 어렵다는 점에서 주목을 요한다. 나아가 실제적 자료의 발굴 아래에서 이후 진전된 논의가 필요함을 시사했다.

이 시기 방송으로 제작되었던 창극은 기존의 레퍼토리를 가져오더라도, 내용적 변형을 통해 흥미를 유발했다는 점, 서술체인 도창자의 어투를 대화체로 변형하여 시청자와의 거리를 좁혔다는 점, 대사 중심으로 창을 하고, 대화창이 자연스럽게 드러나도록 판소리의 음악성보다 연극 소리를 더 지향했다는 점 등에서 특징적이다. 즉, 텔레비전 드라마의 속성을 고려하며 창극이 제작된 것이다.

제5장

미디어의 형성과 발전으로 본 20세기 창극 문화

1. 초기 음반·방송 창극과 무대 창극의 관계

지금까지 1900년대 초반에서 1980년대까지 무대와 음반, 그리고 방송으로 존재한 창극을 검토했다. 본 장에서는 이와 같은 창극의 존재가 서로 어떻게 관계를 맺으며 존재해왔는가를 종합적으로 고찰해보고자 한다.

앞서 강조한 바와 같이 '창극'의 용어 자체는 음반과 방송을 통해 등장했다. 그러나 그것이 포괄한 범주는 처음 그대로 지속되지 않았다. '창극'은 끊임없이 변화를 시도하였기 때문이다. '창극'이 포괄하는 범주는 1930년대 중반으로 가면서 좁혀졌다. 1934년 조선성악연구회가 성립되면서 본격적으로 '창극'을 무대극화하는 과정에서였다. 물론 그 이전에도 창극은 무대에서 공연되었다. 하지만 '창극'의 용어가 등장하기 이전 초기 무대 창극의 모습은 다양한 전통연희 가운데 하나로 짤막하게 판소리의 한 장면이 소개되는 수준이었고, 극적 요소를 두루 갖추지 못했다.

유민영[1)]에 따르면 강용환이 판소리를 창극으로 재창조하여 만든 〈춘향가〉는 대화창으로 극이 진행되었다. 즉, 이도령과 방자의 소리대목^{場面}을 두 사람이 무대에 등장해서 대칭적으로 나누어 했고, 이도령과 춘향의 소리대목은 남녀의 명창이 등장하여 대담식으로 창을 주고 받으며 한 것이다. 그리고 서연호[2]는 초창기 창극은 하나의 완결된 작품을 독립적으로 공연하기보다는 다른 공연물과 더불어 중요한 몇 장면^{場面}만이 공연된 경우가 많았다고 했다. 논자에 따르면 이때의 공연은 명창의 소리^{더늠}을 중심으로 서사적^{敍事的}인 극가^{劇歌}의 분위기를 위주로 한 분창^{分唱}에 치우친 공연이었다. 그리고 관중의 호기심을 이끌기 위해 부분적으로 과장된 분장과 장치를 했다. 그러나 전반적으로 대화나 연기를 위주로 한 연극양식으로서의 독자성을 갖추지는 못했다.

초창기 창극은 완성된 극의 형식과는 거리가 있었다. 서연호가 언급한 바를 보면 '무대상의 사실적인 광경' 즉, 무대장치의 사실적인 면모를 살려보고자 하는 노력은 있었을지 몰라도,[3] 극의 중요한 요소인 배우들, 즉 배역에 있어서는 현실감이 떨어졌다. 예를 들면 여성 명창이 많지 않아 남성이 여성의 역을 대신하기도 하였고, 명창 중심으로 주요 배역을 구성하다 보니 10대의 이몽룡 역을 40~50대의 이동백이 맡아 하는 경우가 빈번했다.

이는 음반을 통해서도 엿볼 수 있다. 1935년에 폴리돌에서 발매된 창극 〈심청전〉과 〈화용도〉 전집은 '창극'의 이름을 갖고 있지만 여러 명창들이 부른 '판소리' 음반의 성격이 짙다. 당시 창극의 지향은 1인 판소리를 여러 명이 수행하는 '새로움'이 아니었을까 한다.

창극은 조선성악연구회가 성립되고서야 비로소 소리로서 '창唱'과 연기로서 '극劇'을 모두 지향했다.

본래 조선에는 가극이 없고 일종 창시의 형식으로써 춘향전 이외 심청전 흥보전 등이 전래하여 오던 터로 근래에 이르러 그 창시를 극화한 것이 그 소위 창극이로되 창극에는 출연자는 출연자대로의 과백科白이 있고 또 창하는 사람은 그 사람대로의 창이 있어 그것은 극도 아니요 창도 아니요 서로서로 시간도 맞지 않고 내용도 틀리던 만큼 오히려 각자의 효과를 감소시키는 것인데 금번 가극 춘향전은 따로 창하는 사람을 내세우지 않고 직접 출연자 그들로 하여금 창케 하는 것이니 구미의 발달된 가극으로 비하는 것보다는 중국의 창희로 비하는 것이 더 적절할 것이다. 「조선일보」, 1936.9.15

1936년 조선성악연구회의 가극 〈춘향전〉을 홍보하면서 작성된 이 기사는 당시 조선성악연구회가 추구한 창극의 지향을 보여준다. 위 기사는 창시의 형식으로 존재하였던 '춘향전', '심청전', '흥보전' 등을 극화한 것이 창극이라고 한다. 아마도 1인창의 판소리를 '창시'로 본 듯하고, 배역을 분화한 것을 창극으로 이해한 듯하다.

기사에 따르면 출연자는 '과백科白'을 하고, 창을 하는 사람은 '창'을 한다고 한다. 그런데 이는 극도 아니요, 창도 아니라고 비판을 한다. 과백은 판소리에서의 발림과 아니리, 특히 대사 및 인물 간 대화를 지칭하는 것으로 파악된다. 그리고 창은 판소리의 소리, 즉 음악적 요소를 말하는 것으로 파악된다. 문제는 연기와 음악이 조화롭지 못하다는 것이다. 이를테면 조선성악연구회의 1936년 〈유충렬전〉은 연쇄창극의 형식이었다. 곧 인물들의 연기가 필요한 부분은 영화로 제작하여 따로 틀어주고, 창이 필요한 부분은 직접 창자가 등장하여 소리를 한 형태였던 것이다. 그러나 영상과 창, 연기가 그리 조화를 이루지는 못했던 듯하다.

가극 "춘향전" 공연

구악舊樂 개척의 신형식

조선성악연구회 주최

본사 학예부 후원

고유한 조선의 구악을 보존해 가는 동시 다시 그것을 향상 발전시키고자 사계의 권위자인 이동백李東伯 송만갑宋萬甲 양씨 이하 여러분들이 조선성악연구회朝鮮聲樂研究會를 조직하여 가지고 혹은 배비장전裵裨將傳을 새로운 창극조로 꾸미고 또 혹은 유충렬전劉忠烈傳을 연쇄창극連鎖唱劇으로 만들어 꾸준한 노력을 하여 오는 것은 수많은 구악 팬들이 다 함께 감사히 아는 바거니와 창극이나 연쇄창극은 이미 시대에 뒤떨어져서 현대인을 만족케 하기 어려운 줄 깨닫고 다시 한번 새로운 형식을 취하여 순연한 가극으로써 구악의 길을 개척기로 결정한 뒤 위선 춘향전을 가극화하여 방금 그 공연을 준비 중이다. 본래 이때까지는 한편으로 극을 극대로 진행하는 동시 다른 한편으로 딴 사람이 창극조를 불러오던 것인데 그 소위 창극이라고 하는 것이나 창과 극이 서로 시간도 맞지 않고 내용도 틀리어 두 가지의 효과를 다 함께 말살시키는 경우가 많은 만큼 차라리 극이나 창만을 따로 하는 것만 효과가 못한지라 단연히 그러한 형식을 버리고 무대에 등장한 인물들로 하여금 직접 창을 부르게 하여 가극으로서의 새 형식을 취하자는 것이다. 조선성악연구회에서는 가극 춘향전을 공연하기 위하여 이미 석 달 전부터 밤을 도와 맹렬한 연습을 더하여 온 터요 또 출연자로는 이동백 송만갑 양씨는 물론 김창룡金昌龍, 정정렬丁貞烈, 오태석吳太石, 박녹주朴綠珠, 정남희丁南希 제씨 등 이미 구악계에 있어 정평이 자자한 분들인 만큼 만도의 인기를 비등시키고 남음이 있다.「조선일보」, 1936.9.12

1936년 가극歌劇 〈춘향전〉은 앞선 공연에 대한 반성이자, 이전과 다른 사실적인 음악극에의 도전이었다. 기존의 무대에서 '창극'이 갖던 이미지를 버리기 위해 '가극'이라는 용어를 쓰면서 '새로움'을 강조했다. 그리고 그 새로움이라는 것은 창과 극을 분리하지 않고, 하나의 자연스러운 형태로 꾸리는 것이었다. 한 인물이 한 배역을 맡아 창과 연기를 모두 소화함으로써, 기존의 창극이 가졌던 문제, 즉 '시간도 내용도 서로 맞추지 못하는 문제'를 해결하고자 한 것이다.

당시 무대와 방송 창극의 실제를 확인하기 어렵지만, 유성기 음반을 통해서 1930년대 창극이 갖는 위와 같은 형식을 일부나마 확인할 수 있다. 시에론의 창극 음반 〈춘향전〉1934과 태양극단의 공연에 판소리 창자 김남수가 포함되어 녹음을 진행한 태평레코드의 〈춘향전〉1933이 그 예이다. 이들 음반은 판소리 창자들로만 녹음을 진행하지 않았고, 신극배우와 더불어 창극 음반을 만들었다.[4] 그 과정에서 연기와 창의 이원화가 이루어졌다.

물론 판소리 창자만으로 창극 음반이 구성된 예도 있다. 1934년 콜럼비아의 〈춘향전〉과 그다음 해 폴리돌에서 발매한 〈심청전〉과 〈화용도〉가 그것이다. 그러나 이들 음반 역시 하나의 배역을 한 인물이 도맡아 하지 않았고, 장면에 따라 같은 배역이라도 창자가 달라졌다. 소위 무대극이 추구하는 사실성이 결여되는 것이다. 음반에서 볼 수 있는 창극의 형식은 무대극으로 창극이 넘어가는 과정에서 쉽게 변하지 않았을 것이다. 더군다나 1930년대 전반기에는 무대에서 창극이 이전 시기에 비해 인기가 줄었다. 신극과 신파극에 극장을 내어줬기 때문이다. 이 무렵 전통연희 공연은 지방 공연과 명창들의 대회 정도로 무대에서의 명맥을 유지했다. 따라서 판소리 창자들, 민요 창자들은 음반을 통해서 자신의 영역을 유지한 경향이 강했다.

문제는 음반에서는 크게 거슬리지 않았던 부분이 무대로 가면서 나타났다는 점이다. 다시 말해, 음반과 방송은 청각 의존이 강하기 때문에 배역의 분화가 완벽하게 이루어지지 않아도, 임의적으로 편집하여 장면을 구성을 하여도 크게 문제되지 않는다. 이른바 극의 사실성이 다소 결여되어도 음반 감상 혹은 방송 청취에 큰 무리가 없다. 하지만 무대의 경우는 청각은 물론 시각적인 것 역시 중요하기 때문에, 한 배역을 한 사람의 인물이 맡는 것은 당연한 일이고, 창과 연기의 조화도 자연스럽게 이루어져야 했다. '창극'을 '가극'이라 바꿔 부르며 그 형식상의 새로움을 강조한 것도 극으로서 창극의 자연스러움을 추구하는 과정이었다고 볼 수 있다. 한 명의 출연자가 하나의 역할에서 수행하는 서양 '가극'의 면모를 우리의 음악에도 적용하고자 한 것이다.[5]

1930년대 전반기 창극 음반에서 볼 수 있었던 '창극'의 다양한 용례와 불분명했던 범주는 점차 정형화의 과정을 거쳤다. 그리고 이는 무대극을 통해 이루어졌다. 전통연희자들은 가극혹은 창극을 통해 무대를 되찾았고, 그 과정에서 보다 자연스럽고 사실적인 무대를 만들어 나갔다. 물론 당대 유행한 신극과 신파극이 갖는 근대극의 리얼리즘 역시 그들의 무대에 영향을 주었음은 당연하다. 1930년대 중·후반 창극 정형화의 과정은 기존의 음반·방송에서 실행되었던 창극의 형식을 변형하고 쇄신하는 속에서 이루어졌다. 조선성악연구회는 방송과 음반으로 소비된 창극의 여러 형식을 바로잡아 나름의 틀을 만들고자 했던 것이다.

2. 일제강점기 음반·라디오 창극과 무대 창극의 상호성

1920년대 조선에 유입된 유성기 음반과 1930년대 라디오는 그야말로 '새로운 문물'이었다. 이것들은 대중에게 급속하게 퍼져나가며 '새로운 문화'를 형성했다. 전통음악의 종사자들뿐 아니라 서양음악, 근대극 등 다양한 공연예술 종사자들은 새로운 문물을 통해 자신들의 재능과 존재를 드러냈다. 이는 마당, 무대에서만 존재하였던 공연문화에 일대 변화를 일으킨 것이나 다름없었다. 기존의 무대예술의 연행공간과 새로운 매체로서 음반과 라디오는 서로 간에 영향을 미칠 수밖에 없었다. 창극을 통해 그 면모를 보도록 한다. 먼저, 1920년대 후반에서 1930년대 창극이 음반, 방송, 무대로 존재한 상황이다.

〈표 15〉 1920년대 후반~1930년대 음반, 방송, 무대 창극 비교[6]

년도	음반		방송		무대	
	음반 수	내용	방송 횟수	내용	공연 횟수	내용
1926	1	일축조선소리반 〈춘향전〉		×		×
1927		×		×	3	광월단의 재담, 연희, 춘향연의 광월단의 재담가극 (춘향전, 심청가, 박타령, 장화홍련 등) 대동권번의 춘향연의
1928		×	5	방송구파극 〈춘향전〉 연속방송	1	광월단의 각종 연희 (평양다리굿, 희극, 소극 등)
1929		×	3	조선구파 〈심청전〉 연속방송	1	광월단 1주년 기념공연
1930		×		×	2	조선음률협회 1회 공연 조선구가극단 춘향가극
1931	1	콜럼비아 〈춘향전〉		×	2	조선음률협회 2회 공연 박월정, 박록주, 김초향 3인 음악회
1932		×		×	2	조선음률협회 3회 공연

년도	음반		방송		무대	
	음반 수	내용	방송 횟수	내용	공연 횟수	내용
						조선음률협회 주최 명창대회
1933	4	빅타 〈단종애곡〉, 〈춘향전〉, 태평 〈춘향전〉, 시에론 〈장한몽〉	9	〈춘향전〉 7회, 〈심청전〉 2회 토막극 형식	1	조선음률협회 주최 명창대회
1934	6	빅타, 〈불운한 김옥균〉, 시에론 〈춘향전〉, 〈배뱅이굿〉, 〈다리굿〉, 태평 〈배뱅이굿〉, 콜럼비아 〈춘향전〉	3	〈춘향전〉 3회 토막극 형식	4	조선음악연구회 명창대회 1회~2회 조선성악연구회 명창대회 1회 조선성악연구회 〈홍보전〉 가극화
1935	2	폴리돌 〈심청전〉, 〈화용도〉	3	〈춘향전〉 3회 토막극 형식	3	조선성악연구회 명창대회 3회
1936	1	리갈 〈배비장전〉	8	〈춘향전〉 3회, 〈심청전〉 1회 토막극 형식 / 〈춘향전〉 2회, 〈배비장전〉, 〈심청전〉 중계방송	6	조선성악연구회 희창극 〈배비장전〉, 연쇄창극 〈유충렬전〉(2), 〈춘향전〉, 〈심청전〉, 〈홍부전〉, 명창대회
1937	2	빅타 〈춘향전〉 오케 〈춘향전〉	3	〈춘향전〉 2회, 〈반석현성의 수훈〉	7	조선성악연구회 〈춘향전〉(3), 〈숙영낭자전〉, 〈배비장전〉, 〈심청전〉, 〈편시춘〉
1938	×		2	〈춘향전〉 1회 토막극 형식 / 〈토끼타령〉 중계방송	7	조선성악연구회 〈토끼타령〉, 〈춘향전〉(2), 〈심청전〉(2), 〈농촌야회〉, 〈옹고집〉
1939	×		4	〈춘향전〉 2회, 〈효녀심청 1회 토막극 형식 / 〈춘향전〉 중계방송	3	조선성악연구회 〈춘향전〉(2), 〈심청전〉
1940	×		×		7	〈옥루몽〉, 〈심청전〉, 〈춘향전〉, 〈백제의 낙화암〉, 〈홍보전〉, 〈배비장전〉, 〈팔담춘몽〉 조선성악연구회, 화랑창극단
1941	1	오케 〈심청전〉	5	〈춘향전〉, 〈팔담춘몽〉, 〈양화정〉, 〈심청전〉 / 〈홍부전〉 중계방송	17	〈신라사회〉, 〈심청전〉(4), 〈춘향전〉(4), 〈백제의 낙화암〉(2), 〈홍보전〉(2), 〈망부석〉, 〈무영탑〉, 〈황진이〉, 〈재봉춘〉 조선성악연구회, 화랑창극단, 창극좌
1942	1	오케 〈홍부전〉	×		12	〈항우와 우미인〉, 〈춘향전〉(4), 〈백제의 낙화암〉(3), 〈삼국지〉,

년도	음반		방송		무대	
	음반 수	내용	방송 횟수	내용	공연 횟수	내용
						〈심청전〉(2), 〈흥보전〉 화랑창극단, 창극좌

1920년대 후반 '창극'이라는 용어가 등장하기 이전, 전통연희자들의 공연은 '구극'의 형식으로 음반과 방송, 그리고 무대에서 모두 연행되었다. 1926년 일축조선소리반의 고대가극 〈춘향전〉이 발매된 것은 분창 형식의 창극이 음반으로 처음 선보였다는 점에서 주목할 만하며, 이후 경성방송국의 설립 후 라디오 방송을 통해 창극 방송이 송출되었다는 것도 주목할 점이다. 새로운 문물인 음반과 라디오가 창극을 수용하여 대중과 만나고 있는 지점이기 때문이다. 특히 이 시기는 무대 창극이 점차 위축되어 공연이 제대로 이루어지지 못하던 때로, 창극은 음반과 방송을 통해 오히려 대중에게 전달되고 있었다.

주의할 것은 무대극과 방송은 일회성을 갖는 반면 음반은 구매로 인해 좀 더 지속성을 갖는다는 점이다. 이는 즉, 매 시기 새로운 음반이 계속해서 발매되지 않았다고 하여 음반으로서 창극이 향유되지 않았다는 의미는 아니라는 것이다.

표에서 보건데, 창극이 무대보다 음반과 방송으로 활발하게 대중에게 유입되는 모습은 1933년과 1934년에 두드러진다. 이 시기는 유성기 음반이 다양한 레퍼토리를 구축하면서 대중적 오락 수단으로 자리를 잡은 때이고, 방송 역시 이중방송의 실시와 라디오 보급의 본격화로 중요한 대중오락이 된 때였다.[7] 따라서 무대극에서 연희 활동이 이전에 비해 제한되었던 전통 연희자들은 당시 유행하던 유성기 음반의 녹음과 방송 출현으로 자신들의 존재 기반을 유지했다. 새로운 매체의 출현은 이들의 활동 공간을 확장시켰고, 연희자들은 개인의 능력과 운에 따라 얼마든지 무대 이외에도 주목받을 수 있는 영역이 생겼다.

<blockquote>
명창의 보수

조선극장이나 단성사에서 가끔 명창대회가 열리는데 그 때에 초빙을 받아 하루 밤 출연하는 명창들에게 얼마나 되는 보수를 주최자 측에서 주는가 하면 이동백, 송만갑, 김창환, 김창룡, 박록주, 김초선 등 일류에게는 10원에서 20원까지가 보통이요 그 밖에 자칭 명창에 이르러는 그 이하라 한다.

경성방송국에서 명사를 초빙하여 라디오 방송을 하는데 얼마나 한 보수를 주는가 하면 대개 한번에 2, 3원짜리 과자 상자를 보내주는 것이 예이요, 조금 힘들인 강연엔 1회 5원 정도로 현금을 주며, 또 명창들은 한 회에 10원씩 주는데 장구 치는 이를 데리고 가면 그중에 3, 4원은 고수에게 주고 박록주요 김초선이요 하는 명류 기생들도 6, 7원의 수입 밖에 아니 된다고 한다.[8]
</blockquote>

『삼천리』에 수록된 위 기사를 통해 명창들의 가장 좋은 활동 공간은 단연 무대였음을 추측할 수 있다. 하지만 명창대회는 늘 있는 것이 아니었다. 1930년대 초 공식적으로 열린 조선음률협회의 공연 횟수는 년 1회 내지 2회로 매우 적었다. 물론 확인되지 못한 지방공연 혹은 개인 초청 공연 등이 있었을 수 있지만, 중앙에서의 무대 공연이 빈약했던 것은 사실이다. 무엇보다 신극과 신파극 등이 무대를 점점 장악하는 1930년대 초의 환경에서 전통연희자들은 무대만으로 생활을 하는 것에 한계가 있었을 것이다.

반면 방송의 경우, 창극조판소리 방송은 월 3~4회에 걸쳐 정기적으로 이루어졌고, 판소리 음반에 대한 수요도 꾸준히 있었다. 새롭게 등장한 음반과 방송은 당대 전통연희자들에게 그들의 기량을 보여줄 수 있는 새로운 매체이자 중요한 삶의 기반이었을 것이다. 실제로 유성기 음반이 유행하고, 이중방송이 실시되면서 전통연희자들은 방송과 음반을 통해 명성을 얻었다. 이화중선은 레코드 소리에 적합한 미려한 음색으로 당대 최고의 명창으로 인정을 받았고, 송만갑, 이동백, 김창환 등은 방송에서 더 많은 보수를 주어서라도 섭외하려는 명창들이었다. 레코드 시장과 라디오 방송으로 활동의 외연이 넓어진 까닭에 굳이 무대가 아니어도 이들은 자신들의 재주를 선보일 수 있었고, 대중 역시 무대에서 이들을 볼 수 없다 하여 '창극'을 비롯한 전통음악을 접하지 못했던 것은 아니었다.

또 하나 주목할 것은 1930년대 후반에서 1940년대에 이르러 음반과 방송에서 판소리와 창극의 연행 수가 점차 줄어들 때, 오히려 무대 창극은 활발하게 공연되었다는 점이다. 상술하면, 1938년을 기점으로 창극 음반은 발매되지 않다가 1941년과 1942년 각각 오케에서 한 차례씩 발매되었다. 1930년대 후반부터 유행가의 인기로 창극을 비롯한 전통음악의 수요가 급격히 줄어든 데다, 1941년 태평양전쟁의 발발로 음반을 생산하는 자원자체가 부족해지면서 전통음반은 위축의 길을 걷게 된 것이다.

방송의 경우를 보면, 1936년 무대 창극이 부활됨과 동시에 중계방송과 직접 방송의 이중 형태로 창극 방송이 이루어졌다. 하지만 이 역시 1937년과 1938년을 거치면서 점차 횟수가 줄어들었다. 그리고 1940년에는 방송이 이루어지지 않았다. 이듬해인 1941년에 다섯 차례 방송이 시행되었지만, 이후에는 방송을 찾아볼 수 없다. 전시 보도 기능이 강화되면서 오락 프로그램이 급격히 줄어든 까닭이다.

하지만 무대극의 경우는 반대의 양상이다. 1936년 조선성악연구회 주도의 창극이 최초로 실시되고 이것이 본격화되면서 창극 공연은 점차 늘어났기 때문이다. 1939년 작품 횟수가 잠시 주춤하는 모습을 보이지만 1940년과 1941년, 그리고 1942년까지 무대극으로 창극은 그 어느 때보다 활발하게 공연되었다. 특히 1940년의 경우, 방송과 음반에서 창극은 전혀 찾아볼 수 없는데, 무대 창극은 〈옥루몽〉, 〈백제의 낙화암〉, 〈팔담춘몽〉과 같은 새로운 레퍼토리를 선보이기까지 하며 공연을 이어나갔다. 전쟁이 발발, 본격화되는 1941년과 1942년에도 창극 공연은 지속되었고, 전시에도 이동극단의 형태로라도 꾸준히 공연이 이루어졌다.[9] 판소리와 창극을 연행하는 전통연희자들은 음반과 방송에서의 활동이 제한될 때에는 무대를 통해 자신들의 예술을 지속적으로 선보였던 것이다.

일제강점기는 그 어느 때보다 문화의 격변이 극심했던 때였다. 식민지 조선에 유입된 일본문화는 '새로움'을 무기로 전통적인 것들의 퇴장 혹은 변화를 요구하였고, 근대의 소리 기술인 유성기와 라디오의 보급은 조선인들의 오락 문화에 상당히 많은 영향을 끼쳤다. 창극의 연희자들은 이와 같은 환경의 변화 속에서, 무대극이 위기를 겪을 때에는 당시 유행을 주도하던 음반과 방송을 통해, 음반과 방송의 활동 공간이 제한될 때에는 부활한 무대를 통해 자신들의 행보를 꾸준히 이어갔다. 음반과 방송에 한하여 그 의의를 언급하자면, 음반과 방송은 무대 창극이 위축되었을 때, 전통연희자들의 활동 공간으로 기능하며 창극을 유지한 주요한 수단이었다.

음반과 방송은 무대 창극의 부활에도 영향을 주었다. 전통연희자들 혹은 기생들의 각종 연희 가운데 하나였던 창극이 관객에게 많은 사랑을 받으면서, 1928년과 1929년에 경성방송국의 한 프로그램으로 정식 방송된 과정은 이후 창극의 부활에 중요한 분기점이 되었다. 방송이라는 공적 형태의 프로그램으로 송출되며 그것의 가치를 공공연히 인정받은 것이기 때문이다. 그리고 이것은 당시 여러 종목의 연희 가운데 창극의 인기가 매우 높았음을 방증하는 것이기도 하다.

또한, 1933년 방송과 유성기 음반으로 소개된 '창극'이라는 장르는 1934년부터 이루어지는 조선성악연구회의 창극 공연에도 일정 부분 영감을 주었을 것이다. 1936년 가극 〈춘향전〉의 새로운 형식을 강조하는 과정에서 전래의 '창극'의 양식과 형식을 비판한 전술의 내용을 보면, 무대 창극이 새롭게 출발할 수 있었던 배경에는 음반과 방송에서 대중에게 유입된 창극의 성격이 영향을 주었다고 할 수 있다.

음반과 방송이 무대극에 영향을 준 것만은 아니다. 반대로 무대 창극 역시 음반 혹은 방송 창극에 영향을 주었다. 그리고 이와 같은 점은 무대극으로 1936년 〈춘향전〉이 성공을 하고, 무대 공연으로 창극이 다시금 주목을 받게 되면서부터이다. 무대극을 방송으로 중계하는 형식은 이를 단적으로 보여준다. 무엇보다 창극 방송에 출연한 출연진들이 조선성악연구회의 단원인 점도 방송과 무대극이 불가분의 관계임을 보여준다. 특히 무대극의 방송 중계는 무대극의 홍보효과도 있지만, 극장에 가지 못한 사람들에게 현장에서 공연되고 있는 창극을 만날 수 있는 또 다른 방편이었다. 창극이 다양한 방식으로 대중에게 수용된 것이다. 창극의 중계방송만이 아니다. 1941년 방송되었던 〈팔담춘몽〉은 1940년 조선성악연구회의 〈팔담춘몽〉을 따른 레퍼토리로, 기존 〈춘향전〉, 〈심청전〉 중심의 방송 창극 레퍼토리가 중계방송 혹은 무대극의 영향 아래에서 좀 더 다양화된 형태를 갖게 된 것이라 해석할 수 있다.

음반의 경우를 보면, 1939년과 1941년, 1942년에 발매된 오케의 음반들을 통해 창극의 변화를 확연히 볼 수 있다. 전술한 오케 음반의 특징, 즉 대사의 사실적 표현과 주요 배역의 명확한 분화, 새로운 장면의 삽입, 그리고 다양한 반주음 등은 이전의 창극 음반에서 보기 어려웠던 중요한 특징들이다. 그리고 이와 같은 음반의 변화는 1930년대 무대 창극이 양식의 확립을 이루어나가는 속에서 나타난 것이라 파악할 수 있다.

3. 1950~1980년대 음반·방송 창극과 무대 창극의 상호성

1) 음반·방송화된 여성국극과 무대 여성국극

무대 창극은 전시에도 이동극단 등을 통해 꾸준히 공연되었지만, 1940년대 후반에 들어서는 점차 약화되었다. 공연 횟수도 줄어들었을뿐더러 1930년대 후반~1940년대 전반 시기만큼 주목받지도 못했다. 그 이유는 전통음악의 성격을 지닌 새로운 장르가 출연하였기 때문이다. 바로 '여성국극'이다.

1948년 박귀희, 김소희, 박록주 중심의 '여성국악동호회'로부터 시작된 여성국극은 1950년대 전통연희는 물론이거니와 당시 공연문화계를 장악할 정도로 큰 인기를 누렸다. 1954년 한국영화가 15편이 제작된 것에 비해 여성국극은 30편이 제작되었다는 사실은 여성국극이 당대 중요한 대중 오락물이었음을 보여준다.

혼성 창극단체는 여성국극에 밀려 극장 공연을 제대로 하지 못했다. 공연을 올릴 극장을 잡기도 어려웠을 뿐더러, 극장을 대관하여 공연하더라도 여성국극에 밀려 흥행에 성공하지 못했다. 박황에 따르면 김연수의 창극단이 여성국극 햇님국극단과 같이 부산에서 공연을 할 때, 거리의 인파가 모두 햇님국극단의 부산극장으로만 모여들고, 자신들이 공연을 하는 대영극장에는 가뭄에 콩 나듯 들어와 김연수가 탄식하였다고 한다.[10]

남성 명창들은 새로운 돌파구를 찾아야 했다. 그리고 그 가운데 하나가 바로 방송 출연이었다. 앞서 보았듯 1950년대 〈라디오 창극〉은 꽤 오랜 시간동안 꾸준히, 그리고 정기적으로 창극 방송을 했다. 당시 신문의 출연진 소개에 주로 등장하는 인물은 남성 창자로, 강장원, 김준섭, 정철호, 강남중의 이름을 확인할 수 있다. 이들은 모두 판소리를 학습한 소리꾼들로 창극에도 참여한 인물들이다. 1954년 이후에는 임유앵, 김소희, 박초월, 박귀희, 김경희 등의 여성 명창들도 출연진으로 기록되어 있는데, 이들 외에 남성 명창도 꾸준히 〈라디오 창극〉에 출현하였을 것이다.

1950년대 여성국극의 인기로 여성 창자들은 활동공간이 많았지만 남성 명창들은 그렇지 못했다. 당시 창극 혹은 판소리 음반 또한 매우 적었다는 점을 생각하면, 남성 명창들의 활동은 방송이나 명창대회의 형식이 아닌 한은 어려웠으리라 추측된다.

한편, 무대에서 여성국극의 인기는 실로 폭발적이어서 1956년 초기 텔레비전이 등장하였을 때도 여성국극은 텔레비전으로 방송되었다. 무대의 인기가 방송에까지 미친 것이다. 여성국극 방송은 1956년 3월부터 1957년 전반기까지 여러 차례에 걸쳐 이루어졌다.

주목할 것은 여성국극의 무대가 급격히 줄어드는 1960년대에도 여성국극은 텔레비전으로 방송되었다는 사실이다. 1962년 3월부터 1964년 6월까지 KBS의 〈국악에의 초대〉이후 〈국악의 밤〉, 〈국극의 밤〉으로 프로그램 명칭 변경에는 기존 무대에서 인기를 얻었던 여성국극의 작품이 방송되었다. 무대에서 점점 설 자리를 잃어가는 여성국극이 방송에 등장한 것을 어떻게 이해해야 할까. 두 가지로 설명이 가능하다고 본다. 첫째, 방송이 갖는 대중적 전파성을 통해 '전통'으로서 국악을 홍보하고 다시 한번 무대의 부활을 꾀한 것이다. 이들의 방송 시간을 보면 처음에는 프로그램을 저녁 8시 반에 편성하다, 9시 반으로 옮겼다. 그리고 끝내는 10시 반~11시로 옮겼다. 평일 이른 저녁의 편성은 여성국극을 프로그램으로 활용하여 대중의 흥미를 끌고, 점차 대중으로부터 멀어지는 국악을 다시 대중에게 알리려는 의도였다고 해석된다. 하지만 기대했던 바가 제대로 이루어지지 못한 것인지, ―즉 시청률이 기대했던 대로 나오지 못했던 것인지―방송은 결국 평일 심야로 옮겨졌다. 방송을 활용하여 무대의 부활을 도모한 의도도 있었을 텐데 끝내 실현되지 못한 것이다.

둘째, 여성국극의 주요 배역들이 방송을 통해 새로운 연행 공간을 모색한 것이다. 당시 텔레비전은 대중에게 쉽게 다가갈 수 있는 미디어였다. 1956년 텔레비전이 처음 등장하였을 때, 그것의 영향력은 미비했다. 값비싼 가격으로 인해 대중적으로 보급되지 못했기 때문이다. 그러나 1960년대로 넘어오면서 텔레비전은 넓은 수요층을 확보하여 일반에게 보급되었다. 마치 일제강점기 유성기 음반과 라디오가 초기에는 일부 수요층만을 가지다가 점차 영역이 확대된 것과 유사하다. 그 과정에서 텔레비전은 새로운 매체로 부상하였고, 무대극에서 소외된 여성국극 연희자들의 새로운 활동 공간이 되었다.

1970~1980년대 발매된 여성국극 음반 역시 당시 무대에서 소외되어가던 여성국극 연희자들이 여성국극을 유지·홍보하기 위해 활용한 매체였

다. 1970~1980년대 발매된 LP음반 가운데 여성국극의 성격을 갖는 음반은 현재까지 파악한 바로 총 8종이다. 1970년에 녹음·제작한 성음제작소의 창극 〈콩쥐팥쥐〉, 1970~1971년 도미도레코드사에서 녹음·제작한 국극 〈춘향전〉, 〈장화홍련전〉, 국악창극 〈흥보전〉, 〈심청전〉, 그리고 1982년에 녹음되었으나 발매는 1996년에 이루어진 국극 〈바보온달과 평강공주〉, 〈선화공주〉, 〈콩쥐팥쥐〉가 그것이다. 전 출연진이 여성으로 구성됐고, 창작레퍼토리인 〈바보온달과 평강공주〉, 〈선화공주〉, 〈콩쥐팥쥐〉는 '왕자와 공주의 사랑이야기'라는 형식의 작품이다. 즉, 여성국극의 특징을 뚜렷하게 가지고 있는 것이다. 이러한 면모로부터 여성국극 역시 무대극의 침체 속에서 음반과 방송을 통해 장르를 지키려 했음을 알 수 있다.

2) 음반·방송화된 창극과 무대 창극

창극은 1962년 국립국극단이 창단되고 국극정립위원회가 결성되면서 본격적으로 무대 부활을 꾀했다. 그리고 1973년에는 국립창극단으로 단체명을 개칭하고, 창극의 발전과 양식의 변화를 모색했다. 그럼에도 음반과 방송 역시 판소리와 창극 예술인들에게 중요한 활동 공간이었다. 1950~1980년대까지 음반과 방송, 그리고 무대에서 창극이 연행된 현황을 살펴보기로 한다.

〈표 16〉 1950~1980년대 음반, 방송, 무대 창극 비교[11]

년도	음반	방송	무대
	내용	내용[12]	내용
1950년대	창극 음반 X	■ 〈라디오 창극〉 1953.7~1959.5 ■ HLKZ-TV 〈국극무대〉 1956.8.30~1958.2.19	■ 대동국악사 〈오월몽(五月夢)〉, 〈검백과 공주(劍白과 公主)〉 ■ 국악사 〈운곡사의 비화〉,

년도	음반	방송	무대
	내용	내용12)	내용
			〈일편단심〉, 〈사도세자〉 ■ 우리창극단 〈평화의 쇠북소리〉, 〈흑진주〉, 〈해는 저도〉 ■ 국극사 〈열녀화〉, 〈애모랑과 더벽머리〉, 〈월하삼경〉 ■ 여성국극 수 백편
1960년대	■ 신세기레코드 창극 〈성춘향〉, 판소리 〈심청전〉, 〈홍보전〉, 〈춘향전 전집〉 ■ 대도레코드 〈춘향전〉, 〈심청전〉, 〈홍보전〉, 〈수궁가〉 ■ 지구레코드 〈대춘향전〉 ■ 시대.유니버샬 〈장화홍련전〉, 〈심청전〉, 〈홍보전〉, 춘향전	■ 서울방송국 〈라디오 창극〉 1961.9.6~1961.9.27 ■ 동아방송 〈연속 창극〉 1964.7~1965.5 ■ KBS-TV 〈국악에의 초대〉(〈국악의 밤〉, 〈국극의밤〉) 1962.3.15~1964.6.29	■국립창극단 1962 : 〈춘향전〉 1963 : 〈배비장전〉, 〈백운랑〉 1964 : 〈서라벌의 별〉 1967 : 〈홍보전〉 1969 : 〈심청전〉
1970년대	■ 성음제작소 〈콩쥐팥쥐〉 ■ 유니버샬 〈성웅 김대건은 살아있다〉, 〈사명대사〉 ■ 대도레코드 〈이차돈〉 ■ 현대음반주식회사 〈대홍보전〉, 〈대춘향전〉, 〈대심청전〉, 〈대장화홍련전〉 ■ 도미도레코드 〈춘향전〉, 〈심청전〉, 〈홍보전〉, 〈장화홍련전〉 ■ 아세아레코드 〈대춘향전〉, 〈대심청전〉, 〈대홍보전〉, 〈대장화홍련전〉 ■ 신세계레코드 〈대춘향전〉, 〈대장화홍련전〉, 〈대홍부전〉, 〈대심청전〉, 〈수궁가〉, 〈적벽가〉 ■ 미도파기획 〈석가모니일대기〉 ■ 미미프로덕션,힛트 〈춘향전〉, 〈심청전〉, 〈홍보전〉	■MBC 〈내강산 우리노래〉 1976.10.26.~1979.10.2. 〈배비장전〉, 〈홍보가〉, 〈춘향가〉, 〈장화홍련〉, 〈방랑시인김삿갓〉, 〈견우직녀〉, 〈콩쥐팥쥐〉, 〈숙영낭자전〉, 〈옹고집전〉, 〈사씨남정기〉, 〈모란등기〉, 〈이춘풍전〉, 〈화순아씨〉, 〈바보온달과 평강공주〉, 〈풍류천하〉	■국립창극단 1970 : 〈춘향가〉 1971 : 〈춘향전〉 1972 : 〈홍보가〉 1973 : 〈배비장전〉 1974 : 〈수궁가〉 (2) 1975 : 〈배비장전〉, 〈대업〉 1976 : 〈춘향전〉, 〈수궁가〉 1977 : 〈심청가〉, 〈홍보가〉 1978 : 〈강릉매화전〉, 〈3대창극연창공연〉 1979 : 〈광대가〉, 〈가루지기〉
1980년대	■ 오아시스레코드 〈바보온달과 평강공주〉, 〈선화공주〉, 〈콩쥐팥쥐〉 ■ 현대음반주식회사 〈순수판소리 창극 춘향전〉	■MBC 〈내강산 우리노래〉 1979.10.2.~1980.9.12. 〈홍보전〉, 〈애랑가〉, 〈장화홍련전〉 ■ KBS 〈KBS지정석〉 1981.9.8.~1982.9.14	■국립창극단 1980 : 〈대춘향전〉, 〈최병도전〉 1981 : 〈수궁가〉, 〈춘향전〉 1982 : 〈심청〉, 〈홍보전〉, 〈춘향전〉

년도	음반	방송	무대
	내용	내용12)	내용
		〈춘향전〉, 〈심청전〉, 〈흥보가〉, 〈강릉매화전〉, 〈이춘풍전〉, 〈옹고집전〉, 〈배비장전〉, 〈허생전〉, 〈장화홍련전〉	1983 : 〈토생원과 별주부〉(2), 〈부마사랑〉(2) 1984 : 〈심청가〉, 〈서동가〉, 〈흥보가〉 1985 : 〈적벽가〉(2), 〈광대의 꿈〉, 1986 : 〈용마골장사〉(3), 〈창극 중 유명대목〉, 〈수궁가〉, 〈윤봉길의사〉 1987 : 〈토끼타령〉, 〈춘향전〉(2), 〈두레〉 1988 : 〈흥보전〉, 〈배비장전〉(4), 〈춘향전〉(2) 1989 : 〈춘풍전〉, 〈심청가〉(2)

1962년 국립극장 산하의 '국립국극단'이하 국립창극단이 창단됐지만, 초기에는 창극 공연이 활발하게 이루어지지 못했다. 1962년 3월 23일 창극 〈춘향전〉으로 창단 공연을 하였지만 다음 공연은 이듬해가 되어서야 할 수 있었다. 시간이 갈수록 한 해에 한 회 공연을 올리는 것조차 쉽지 않았다.

작년 여름 「오페라」단을 개편한 국립극장은 새해 들어 산하에 있는 나머지 3개 단체를 개편할 예정이다. 늦어도 이달 말까지는 개편이 끝날 3개 단체는 무용단 극단 및 국극단인데 이는 예산의 삭감과 아울러 단행하는 것으로 그간의 단원들의 활동을 참작하여 수를 줄인 것 같다. 비공식으로 알려진 바에 의하면 무용은 종전의 10명에 비해 6명, 극단은 11명에 비해 10명, 국극은 20명에서 10명으로 줄어들 것 같다.「동아일보」, 1965.1.19

1965년 단원의 감축을 겪게 된 국립국극단은 결국 12명국립국극단 단장 김연수, 부단장 김소희, 단원 홍갑수, 정권진, 장영찬, 강종철, 성순종, 박초월, 박귀희, 김경희, 박봉선, 김정희

10명으로 무대를 이어가야 했다. 1965, 1966년 국극단의 공연은 시행되지 못했다. 인원의 감축이 이후에도 추가적으로 이루어졌고, 예산 부족도 종합 예술인 창극을 실행하기에 큰 걸림돌이 되었다.

현재 전속단원 6명으로 구성된 국극단은 62년 발족 당시부터 2년간은 22명이 활발한 움직임을 보여 재기의 기틀을 마련하는가 했으나 64년부터는 연 2회의 발표공연도 1회로 줄고 그나마 형식적 발표로 그쳐온 실정. 단장 김연수 씨는 "이런 식의 국극단 운영은 단연 시정돼야 한다"고 말하고 국악단 해체론까지 들고나오면서 "전통문화의 보존"이 위기에 처해있음을 개탄했다. 국립국극단은 연 1회뿐인 공연마저도 국악 삼부문에 걸친 것이 아니고 그 일부분인 판소리에 그쳐왔다. 부단장 김소희 씨는 창극 중심이어야 할 공연이 빈약한 예산 때문에 허울뿐인 명창만의 발표로 만족해야하는 실정이라고 고소^{苦笑}를 머금었다. 그 본래의 사명대로 국극을 전문으로 하기 위해서는 인원 면에서나 예산 면에서나 엄두도 못낼 실정인 것이라는 것. 판소리의 인간문화재 김연수 단장은 판소리나마 일반인들의 관심 밖으로 밀려나고 있다고 애석해하고 있다.「동아일보」, 1968.11.16

1968년 당시 국립국극단의 전속단원 수는 6명이었다. 창극을 공연하기 위해 국가 주도의 단체를 만들었음에도 공연을 제대로 할 수 없었던 것이다. 이 시기 음반과 방송의 창극 현황을 살펴보면 이 역시 활발하게 이루어졌다고 보기는 어렵다. 특히 방송의 경우 라디오에서 방송된 창극은 드라마의 배경음악 정도로만 사용되었고, 텔레비전의 창극 방송은 여성국극에 국한되었기 때문이다.

음반의 경우, 창극 음반이 발매되었다고 하지만, 이 시기 창극 음반은 판소리 음반의 성격이 강했다. 그럼에도 불구하고 이 시기 그나마 대중이 창극을 접할 수 있었던 매개는 음반이었다. 특히 1960년대 중반에 발매된 대도레코드의 창극 음반에는 박초월, 성우향, 한농선, 정철호, 조통달, 조순애, 양옥진 등 비단 국극단에 소속된 이들만이 아닌 그 외의 판소리 예인들도 녹음에 참여했다. 시대·유니버샬 레코드의 취입자로 소개되어 있는 김소희, 성창순, 김경희, 박옥진, 허희, 한일섭의 이름을 보면 이들 가운데 국극단의 소속 단원은 일부였다. 정식으로 무대 공연을 올릴 수 있는 단체가 있었음에도 그 기능이 제대로 작동되지 않는 상황에서 판소리와 창극의 예인들은 새로운 매체로 활로를 모색하고, 활동을 해왔던 것이다.

1970년대는 상황이 나아졌다. 무대 창극이 연 1회~2회로 정기적으로 공연되었고, 방송에서도 1976년에서 1979년까지 약 3년 동안 주 1회 정기적으로, 어떤 때는 비정기적으로 창극이 방송되었기 때문이다. 뿐만 아니라 음반의 발매 수도 앞선 시기 대비, 현격히 늘어났다.

음반과 방송, 그리고 무대와의 관계를 보면, 이 시기 역시 음반과 방송이 무대에 비해 창극을 많이 내보냈다. 레퍼토리를 살펴봐도 무대에 비해 방송에서 제작한 레퍼토리가 더 다양했다. 또한, 판소리의 음악성을 강조한 창극 음반이 있는가 하면, 연극적 성격이 보다 강조된 창극 음반도 이 시기에 본격적으로 발매가 되었다.

그러나 1980년대로 넘어가면 흥미롭게도 상황은 역전된다. 창극 음반의 발매는 정권진, 조상현, 김동애, 신영희, 은희진, 강종철, 안숙선 등이 참여한 〈순수 판소리 창극 춘향전〉 1종이 제작되었을 뿐이고, 방송 창극도 이전에 비해 저조하게 제작되었다. 반면 국립창극단의 창극 공연은 안정화되었고, 무대에 올리는 작품 역시 다양화되었다.

1980년대 이후 음반과 방송에서 창극은 더 이상 새로 제작되지 않았다. 반면 1990년대로 넘어오면서 국립창극단의 창극은 다양한 실험을 거듭하면서 점점 발전하였고 명실상부한 국내 대표 창극단으로 자리를 잡았다.

방송과 음반, 그리고 무대 창극의 관계를 들여다보면 이들이 서로 간에 역학관계가 있음을 파악할 수 있다. 이는 일제강점기의 방송과 음반, 그리고 무대 창극에서도 공통적으로 확인할 수 있는 부분이다. 그 역학관계란 바로 무대극이 저조할 때는 음반과 방송이라는 새로운 매체가 창극을 지탱해주고, 무대극으로 창극이 활발하게 연행될 때는 음반과 방송 매체에서 창극은 약화되는 것이다. 이들의 움직임에 영향을 주는 요인이 무엇인지는 단정할 수 없다. 각 시기 연행자들이 자신의 기량을 가장 잘 발휘할 수 있는 곳으로 움직임에 따라 이러한 현상이 발생하는 것일 수도 있다. 즉, 판소리와 창극의 예인들은 무대극이 저조할 때 새로운 매체로 이동하여 지속적으로 자신들의 재주를 이어가다, 무대극이 다시 안정화의 길을 가게 되면 본연의 무대로 돌아와 이에 집중하여 활동을 해 나가는 방식이다. 또는 새로운 매체가 출연할 때마다 실험적으로 공연 예술 장르_{여기서는} 창극이 매체를 활용하는 것일 수도 있다.

국립극장 산하단체의 하나인 국립창극단의 주요 핵심 멤버들 거의가 지난 연말께 단원 재위촉 과정에서 빠져나와 KBS TV 국악프로에서 활발한 활동을 벌이고 있다. 따라서 국립창극단 쪽은 핵심 멤버들을 잃어버린 채 금년도 상반기 새 공연을 앞두고 배역을 정하는데도 애를 먹고 있다. 국립창극단에서 빠져나온 사람들은 우리가 너무나도 익히 알고 있고 아껴오던 남성 명창 조상현을 비롯, 기라성같은 여성 명창들 한농선 남해성 신영희 강정숙 김동애 그리고 장래가

촉망되고 있는 남창 은희진 왕기창 오병수 임석종 왕기철 등.

이들이 창극단에서 나오게 된 것은 일부는 단원 재위촉과정에서 창극단의 한 간부가 단원의 화목을 깨고 있다고 그를 불신임하는 움직임을 보이면서 동시에 사표를 내자 극장 측이 불쑥 사표를 받아버렸고 조상현과 신영희는 이에 항의하면서 사표를 내자 「무급단원」으로 돌려버렸다. 그러자 조상현과 신영희는 "무급단원이 무슨 의미가 있느냐"며 "창극단의 단원이 아니라"고 주장하고 있다. 앞뒤 사정이야 어떻든 지금 이들 창극단의 핵심 멤버들은 모두 나가 있고 새로 KBS TV의 무대를 확보하고 뛰고 있다. 이들이 나가버림으로써 현재 국립창극단의 멤버들은 허약해졌다는 것이 일반의 평가다 (…중략…) 특히 이번 국립창극단 쪽은 올 상반기 공연작품으로 「심청전」을 정해놓고 있다. 그러나 심 봉사 역을 맡을 인물이 없어 애를 먹고 있다. 편극과 연출을 맡은 이진순 씨는 조상현 씨가 심 봉사 역을 맡아 줬으면 하고 교섭을 나서고 있고 국립창극단 측도 역시 같은 생각이다. 「심청전」의 창 지도를 맡은 인간문화재 김소희 씨도 "많지 않은 식구에 실력자들이 빠져나가버려 아쉬운 생각이 든다"고 말하고 있으며 역시 인간문화재인 명고수 김명환 씨도 "창극단이 허술해졌어요 손잡고 해나가야 될 겁니다"라고 말하고 있다.

이제 국립창극단이 어떤 공연을 보여줄지가 몹시 궁금하고 TV 화면에서 손쉽게 또 다른 창극 무대를 대하게 되는 것도 반가운 일이다. 어쨌든 명창들의 국립창극단 대거 탈락사태는 우리 창극의 발전을 저해하는 결과가 되어서는 큰일이다.[이광협(李光協), 「국립 창극단(唱劇團) 명창(名唱) 빠져 고민」, 『동아일보』, 1982.3.10]

위 기사는 텔레비전의 보급이 활발했던 1980년대에 국립창극단의 전속 배우들이 KBS에서 제작하는 창극 방송 프로그램으로 이동하는 모습을 설명하고 있다. 국립창극단과 창극단원의 갈등이 촉발되면서 주요 인원이 창극단을 사퇴하고 나온 사실에 대한 것이다. 이러한 현상을 두 가지 지점에서 유념하여 볼 필요가 있다. 첫째는 창극 연희자들, 즉 판소리 창자이기도 하면서 창극 배우이기도 한 이들이 단체에 강하게 예속되기 보다는 주도적으로 자신들의 기량을 발휘할 수 있는 활동공간을 찾아 움직이고 있다는 것이다. 그리고 두 번째는 이들이 이와 같이 움직일 수 있는 것, 즉 극장 측의 비합리적 태도인 '무급단원無給團員'을 거부하고 뛰쳐나올 수 있었던 것은 더이상 무대만이 활동공간이 아니라는 것을 창극인들이 정확하게 인식하고 있다는 것이다. 다시 말해 새로운 창극의 수용 공간은 창극 배우들에게 보다 다양한 기회를 제공해 줌과 동시에 일반의 창극 향유자들에게도 보다 쉽게 창극을 접할 기회를 주는 것이다.

일제강점기 유성기, 라디오라는 신매체가 등장하였을 때, '소리' 지향의 공연을 한 전통연희자들은 발 빠르게 이에 대응했다. 음반의 새로운 형식인 LP가 등장하였을 때도 판소리와 창극, 민요 등은 이에 적응하여 기존의 음반을 복각하기도 하고, 새로운 음반을 발매하기도 했다. 마찬가지로 텔레비전이 대중에게 중요한 매체로 부상하였을 때, 무대극의 연희자들은 텔레비전으로의 이동을 서슴지 않았다. 20세기 새로 등장한 매체로 인해 창극 연희자들의 활동 공간이 다양해진 것이다.

특히 창극은 장시간 녹음이 가능하게 되면서 국악 장르 가운데 가장 많은 이점을 본 장르이기도 하다. 기존 SP에서의 아쉬움, 즉 녹음 시간의 제한으로 장면을 끊어서 녹음해야 한다는 점을 극복하였기 때문이다. 텔레비전이라는 새로운 매체 역시 종합예술 장르인 창극의 특징을 잘 드러낼 수 있는 좋은 도구였다. 춤과 노래, 그리고 드라마와 연기가 종합적으로 수행

되는 창극은 시·청각을 동시에 만족해야하는 텔레비전에 적절하게 대응할
수 있기 때문이다.

20세기 새로운 매체가 출연할 때마다 각 시기별로 창극이 매체에 반응하
고 움직인 정황들은 분명 흥미롭다. 그리고 이들 매체가 무대와 서로 역학
관계를 이루며 창극의 존재기반을 유지 혹은 확장, 축소해나갔다는 것은
20세기 창극의 존재 양상을 단지 무대로만 파악하는 태도를 극복해야 함을
시사하기도 한다.

4. '전통문화'로서 창극과 매체의 만남

1) 전통예술 보호의 당위성과 매체의 공공성

'창극'은 음악창과 연기극를 통해 서사를 이끌어가는 일종의 '음악극'이
다. 또한 창극은 그 음악, 곧 '창'이 갖는 독특함으로 인해, '한국의 전통음
악극'을 표방하기도 한다. 우리의 전통음악은 20세기를 거치면 대중의 환
호와 외면이라는 두 가지 태도 사이에서 역사적 부침을 겪어왔다.

일본과 서양 음악의 유입이 본격화되기 시작한 20세기 이전까지 판소리
는 대중이 즐길 수 있는 대표적인 음악문화 가운데 하나였다.

◎ 만고 절창) 외부에서 일전에 유성기를 사서 각항 노래 곡조를 불러 유성기
속에다 넣고 해부 대신 이하 제관인이 춘경을 구경하려고 삼청동 감은정에다
잔치를 배설하고 서양 사람의 모든 기계를 운전하여 쓰는데 먼저 명창 광대의
춘향가를 넣고 그 다음에 기생의 화용과 및 금랑 가사를 넣고 말경에 진고개패 계집

산홍과 및 사나이 학봉 등의 <u>잡가</u>를 넣었는데 기관되는 작은 기계를 바꾸어 꾸미면 먼저 넣었던 각항 곡조와 같이 그 속에서 완연히 나오는지라 보고 듣는 이들이 구름같이 모여 모두 기이하다고 칭찬하며 종일토록 놀란다더라「독립신문」, 1899.4.20

19세기 말 유성기가 도입되었을 때, 기계를 통해 소개한 노래 가운데 하나가 〈춘향가〉였을 만큼 당시 대중에게 익숙한 음악은 판소리였다. 하지만 일제강점기 신민요, 만요, 재즈송, 힛트송 등과 같은 새로운 음악장르가 들어오면서 조선에서 유행하던 판소리, 가사, 잡가, 민요 등은 구악舊樂이 되었고, 점차 대중과 유리되었다. 1930년대 유성기 음반 발매가 본격화되고, 음반 듣기가 대중적 오락으로 자리를 잡아갔음에도 판소리, 민요, 가사, 잡가 등의 전통음악 음반의 발매는 오히려 급격히 줄어들었던 현상이 이를 단적으로 보여준다.

창극은 전통음악을 재료로 하면서도 '이야기'가 있는 음악극이라는 점에서 타 전통음악 장르에 비해 대중에게 쉽게 다가간다. 해방 후에도 창극단은 꾸준한 활동을 해왔고, 전쟁의 소용돌이 속에서도 창극은 '여성국극'으로 장르 전환을 하여 대중의 폭발적 사랑을 받았다. 여성국극의 인기 요인은 남장 여성이 주는 독특한 매력, 상고시대 이야기가 주는 환상성 등 매우 다양하지만, 이런 요소들 못지않게 음악 '드라마'로서 갖는 매력도 매우 컸다. 전통음악을 주재료로 하면서도 다양한 이야기를 담을 수 있는 창극의 서사성이 인기의 요인으로 작동한 것이다.

그러나 1960년대로 넘어오면서 창극을 비롯한 전통예술은 영화, 팝송, 째즈 등의 새로운 장르에 밀려 대중의 외면을 받았다. 그러던 중 1964년

12월 24일 문교부는 '중요무형문화재' 지정을 실시하면서 사라져가는 무형문화에 대한 보호 및 육성을 시행했다. 그리고 창극의 중요한 음악적 기반인 판소리가 중요무형문화재 제5호로 지정되어 보호의 대상이 되었다.

문교부는 지난 연말 문화재위 제2분과위원＝임석재, 예용해, 박헌봉, 석주선, 이혜구, 김천흥의 의결을 거쳐 「양주산대놀이」 등 일곱 가지의 「모습 없는 보물」을 중요무형문화재로 지정했다. 이번 우리나라 최초로 중요무형문화재로 지정된 종류는 「종묘제례악」중요무형문화재 제1호 「양주별산대놀이」제2호 「꼭두각시놀음」제3호 「갓일」제4호 「판소리 춘향가」제5호 「통영오광대」제6호 「고성오광대」제7호 등 7종목이다. 예부터 전승되어 온 우리 고유의 무형문화재는 그동안 보유자의 노쇠와 일반 사회의 관심 밖에 있어 차츰 슬어져 가는 실정에 있었다.

문화재보호법 속에 "연극, 음악, 무용, 공예기술 기타의 무형의 문화적 소산으로서 우리나라 역사상 또는 예술상 가치가 큰 것"은 문교부 장관이 문화재위의 자문을 거쳐 중요문화재로 지정, 보호토록 되어 있는데 그동안 방치되었다가 이번 처음으로 지정되어 국가의 보호를 받게 되었다.

(…중략…) 또 제5호로 지정된 「판소리 춘향가」는 순수하고 찬란한 우리 향토예술이었으나 과거 명창들의 「쩨」와 「더늠」을 이어받은 현존 명창이 불과 몇 사람인데다 거의가 노쇠기에 있어 이대로 두면 머지 않아 사라져 없어질 우려가 있었다.「동아일보」, 1965.1.14

판소리를 학습하고 전승하는 창자가 부재하면 창극도 자연 사멸의 길을 걸을 수밖에 없다. 따라서 판소리에 대한 보호와 육성은 창극의 존재 유지에 중요한 의미를 지닌다. 애초 〈춘향가〉에만 보유자를 지정했던 판소리는 이후 〈심청가〉, 〈흥부가〉, 〈수궁가〉, 〈적벽가〉의 보유자 또한 지정하면서 국가적으로 보호해야 할 대상이 되었다.

1960년대 '전통문화', '전통예술'은 사라져가는 우리의 것으로 보호의 당위성을 가졌다. 대중은 그 가치를 잘 모르고, 즐겨 향유하지도 않지만 그대로 사라지게 두어서는 안 되는 무엇이 '전통문화'로 호명되었다. 문제는 보호의 정책을 마련하여 명맥을 유지하였지만, 전통문화 그 자체가 자생적으로 생명력을 갖지는 못한다는 점에 있었다. 즉, 대중적 관심과 호응 속에서 전통예술이 지속되지 못하는 한계가 있었던 것이다.

당시 매체는 이러한 문제를 해소해줄 수 있는 중요한 도구였다. 바로 매체가 갖는 공공성과 전파성 때문이다. 1960년대 음반과 방송은 당시 대중들이 즐기는 중요한 매체 가운데 하나였다. LP음반의 상업적 유행으로 레코드 문화가 형성되었고, 라디오 드라마의 인기로 라디오는 대중적 오락 도구로 자리 잡았다. 또한 TV, 수상기의 도입도 점차 증가하는 분위기였다.[13] 판소리를 비롯한 국악 전반의 침체를 타계하기 위한 여러 방안 가운데 음반과 방송을 활용하자는 목소리 역시도 이 시기에 나오기 시작했다.

국악을 과학적인 터전 위에서 계승하고 발전시키기 위해 지난 23일 하오 2시 국립국악원장실에 국악부흥위원회^{가칭}가 구성되었다. 공보부가 주선한 이 모임에는 성경린 씨와 김동진 씨 등 음악계의 권위자 가운데 국악에 특별한 관심과 연구 업적을 가진 분들이 참가했다. 23일 하오 2차 회합에서 세워진 구체적인 방안을 살펴보면 다음과 같다.

① 국악악보를 과학적인 토대 위에서 마련하여 양악과 합주할 수 있도록 한다. ② 국악기의 개량을 위해 연차 계획을 세워 점차로 추진시킨다. ③ 국

악의 계승 발전을 위해 기성 국악인들의 확보책과 신진 연구생들의 연구기관 설치 및 연구비의 국고보조를 적극 추진한다. ④ 국악기 제작가들에게 특혜 조치를 주어 보호 육성하고 국악기 제작의 정확과 염가생산을 조장한다. ⑤ 국악 「레코드」 제작에는 면세 또는 감세 조치를 취하도록 당국과 교섭한다. ⑥ 음악 방송 「프로」 중 국악시간을 늘인다. 제2차 모임에서 구성된 「국악부흥위원회」의 위원은 다음과 같다.

▲성경린국립국악원장 ▲박성옥국악연구가 ▲김동진작곡가 ▲이병우국악예술학교강사 ▲정세문문교부편수관 ▲김분기국악기제작가 ▲이혜구서울음대교수 ▲장사운서울음대교수 ▲박헌봉국악예술학교장 ▲이주환국립국악원 ▲홍천공보부선전국장 ▲최인규서울중앙방송국편성과장 ▲한남석공보부문화과장 『경향신문』, 1962.3.25

국악의 계승과 발전을 위해 국악부흥위원회서 제시한 여러 해법 가운데 국악 '레코드' 제작에 대한 면세 혹은 감세 조치, 음악 방송 프로에서 국악 시간을 늘리는 것 등이 속해 있음을 확인할 수 있다. 국악을 대중적으로 알릴 수 있는 방안으로 매체의 효용성을 인지하고 있는 것이다. 이러한 태도는 이후에도 나타난다.

1968년 9월 14일의 『경향신문』을 보면, 국악계의 10대 신인들을 소개하면서 역량 있는 신인들의 활발한 활약으로 앞으로의 국악계가 밝다는 전망의 기사가 있다. 해당 기사는 이러한 점에도 불구하고 고전음악이 국민생활과 접촉할 기회가 부족하다는 박헌봉국악예술고등학교장의 진술을 인용하며 방송을 통해 이를 해소할 수 있다고 한다. 즉, 기사의 집필자는 방송운영자가 젊은 세대의 무관심에 영합하지 말고 적극적으로 국악 방송을 편성하고, 국악 방송에 노장 국악인들만 등장시킬 것이 아니라 젊은 신인들에게도 기회를 주어야 한다고 말한다. 무엇보다 전체 프로의 4%로 위축일로에 있는 국악방송의 시간을 늘려 국민생활에 국악을 자주 접촉시켜야 한다고 주장했다.[14] 즉, 대중에게 국악을 노출하고 새로운 국악 신인들을 소개할 수 있는 창구로 방송의 역할을 강조했던 것이다.

국악 방송시간을 늘릴 필요성에 관해서는 독자들 역시 공감했다. 1969년 9월 6일 『경향신문』의 '독자광장讀者廣場'이라는 코너에 "특히 국악분야는 서양대중음악에 밀려 관심의 뒷전으로 아주 물러앉은 기분마저 듭니다. 이는 국영방송인 KBS에서조차 국악방송시간이 20분(그것도 제2방송을 통해 한밤중인 11시 15분에)밖에 안 된다는 사실만 보아도 쉽게 알 수 있습니다. 우선 대중이 좀 더 국악과 친해지게 하기 위해서는 각 방송국이 좀 더 많은 시간을 국악방송에 할애해야만 할 것입니다"라는 구독자의 의견이 있다. 그러나 이러한 의견에도 불구하고 국악을 비롯한 전통음악에 대한 방송사의 태도는 쉽게 개선되지는 못했다.

각 방송국의 프로그램은 음악 부문이 압도적으로 많아 23% 내지 33%로서 2위이 보도 부문인 15.9%보다 월등히 높은 비율을 차지하고 있다. 그러나 대중가요 외국유행 음악 클래식 세미 클래식 국악 민요 가곡 등을 세분해 볼 때 저속한 흥미위주의 대중가요나 국외 팝송이 판치는 반면 국악과 민요 클래식 프로는 겨우 명맥을 유지하는 정도여서 중점을 두어야 할 전통음악과 고전음악이 소외되고 있는 실정이다. 이러한 경향은 광고 수입에 직결되는 청취율또는 시청률확보 경쟁이 치열한 민방에 더욱 심하나 국민의 세금으로 운영되고 있는 국영방송이나 교양 위주던 기독교 방송국에서조차 이런 경향을 보이고 있어 교육 국민정서 면 등에 큰 문제를 제기해주고 있다. 방윤放倫통계에 의하면 1969년 한 해 동안 52개의 가요가 방송 금지됐는데 이는 각 방송국이 얼마나 저속하고 비문화적인 음악 프로를 방송하고 있는가에 대한 실증이기도 하다. 1969년 말 현재 각 라디오국의 음악 프로 평균 비율은 32% 선이지만 이중 국악과 민요가 차지하는 비율은 가장 많은 중앙 제1방송이 8.6%로 가장 낮은 동양 라디오가 0.9%로서 민방의 평균은 3% 선에도 미치지 못하고 있다.

(…중략…) KBS는 〈국악연주실〉, 〈국악의 향기〉 등 국악 연주프로와 재래민요를 발굴 방송하는 〈민요의 고장〉, 그리고 대중 상대의 공개방송 〈민속의 잔치〉 등으로 다른 민방에 비하면 비교적 건실한 제작을 해왔으나 전문 프로듀서가 적고 제작비가 많은 한편 새롭고 자극적인 것을 좋아하는 시대적 요구 때문에 앞으로 밝은 전망을 갖기는 어렵다는 소식이다. 한편 텔레비전은 라디오에 비해 더욱 한심하다. 국악 프로나 클래식 프로를 방영하면 우선 대중의 시청률이 줄며 라디오보다 제작비가 많이 들고 전문가나 연주가 확보가 어려운 데다 선뜻 광고주가 나서지 않는다는 것. 이러한 현상에 대해 음악에 애호가들과 국악인들은 민족문화유산의 전승을 외면하고 우선 가까운 이익에나 급급하는 방송국 태도에 심한 불만을 나타내고 있다. KBS는 광고가 없어 시청률에 신경을 많이 쓰지 않아도 되는데 본격적인 국악 프로가 없고 MBC TV는 설립 당초에 교육국을 목표함으로써 비교적 큰 비중으로 다루었지만 근래에는 「만고강산」 한 프로가 스폰서 없이 비교적 건실하게 방영되는 정도다. 민족문화의 계승이라는 전제를 인정한다면 방송의 사회적 교육적 기능면에서도 이 방면에 보다 주력해야 한다는 것은 국악인뿐만의 소원은 아닌 것이다. 「동아일보」, 1970.3.21

위의 기사는 1969년의 라디오 방송 음악 프로그램의 현황을 말하고 있다. 이를 통해 라디오에 음악 프로그램이 상당 부분을 차지했음에도 국악에 대해서는 매우 인색했음을 확인할 수 있다. 그리고 이에 대해 '방송의 사회적 교육적 기능'을 언급하여 문제를 제기했다.

요즘 젊은이들은 어떤 음악을 좋아하고 있을까? 민간방송국의 음악담당자들과 음악 비평가들의 이야기를 종합해보면 「클래식」이나 「세미클래식」보다 외래 「팝송」 또는 우리 대중가요가 단연 인기라는 이야기다. (…중략…) 그러니까 우리 젊은이들이 즐기는 음악은 「우리의 것」이 아닌 음악이 더 많다. 우리에게는 함께 즐길만한 「우리 음악」의 전통이 없고, 국악같은 것은 연륜을 요하는 것이다. 더구나 우리 초기 음악교육에서는 국악이나 기타 우리의 민속악에 관한 지도를 게을리하고 있으며 게다가 젊은이들의 감각은 언제나 세계적이기 마련이니까. 음악에 관한한 우리 주인이 없는 시대에 살고 있다. 편식을 하면서 기형아가 되어가고 있는 것 같다.「동아일보」, 1965.1.26

국악 프로그램의 약화는 국악이 인기를 얻지 못하는 현실 속에서 비롯되었다. 그럼에도 불구하고 '국악'이 갖는 '우리 것', '민족문화', '전통'의 가치는 계속해서 강조되었다. 그리고 이의 실천을 위한 매체의 역할이 중요하게 다뤄지며 방송의 공공성이 문제가 되었다.

음반의 경우도 이와 유사한 흐름이었다. 1987년 〈음악동아〉에서 국악음반에 관해 심층취재한 기사를 살펴보면 대중의 외면과 '국악'이 갖는 존재의 당위성 속에서 음반 시장 역시 부유하고 있었음을 알 수 있다.

그러면 왜 국악음반은 잘 나오지도 않고 종류도 다양하지 못한가? 이유는 간단하다. 국악을 찍어봐야 팔리질 않기 때문이다. 찾는 사람이 없으니 레코드 가게에서는 비치해두지 않고, 음반 제조회사에서는 수요가 없으니 더 이상 만들지 않는다.

"국악 음반을 찍어내는 일이 문화적 가치가 있다는 사실을 왜 모르겠습니까? 그러나 근본적으로 영리를 추구하지 않을 수 없는 기업의 생리를 무시하고, 가치는 있지만 안 팔리는 것을 자꾸 만들 수는 없지 않습니까? 국악 음반이 안 팔리는 이유는 사회적 분위기에도 책임이 있습니다. 이런 일은 어느 회사만이 아니라 행정 당국에서 정책적인 배려를 해줘야 합니다." 기획·영업직에서 10여 년간 몸담아 온 (주)성음의 이한우 부장의 '이유 있는' 항변이었다. (…중략…) 음반은 단순히 듣고 즐기는 도구로서가 아니라, 특히 국악 음반의 경우, 음악의 '저장기능'으로서의 비중이 현재로선 더 높은 실정이다. 그런 점에서 지금보다 국악 음반이 더 많이 나와야 함은 물론, 흩어진 과거의 명반을 추적, 재생시켜 놓아야 한다는 여론도 높게 일고 있다. 그러기 위해서는 근본적으로 초·중·고 국악 교육 정상화를 통한 장기적 국악 인구 저변 확대, 음악 방송·TV에서 국악 프로그램 강화 및 국악 전문 프로듀서 양성, 국악 관계 전문 기관 설치, 연주자들의 자질 향상 등이 시급히 요구된다고 하겠다.[15]

해방 이후 전통음악에 대한 대중들의 관심은 약했지만, 그것이 갖는 당위성에 대한 요청만큼은 지속되었다. 매체의 공공성이 전통문화가 지속·발전되어야 하는 당위성과 끊임없이 맞물렸던 것이다.

2) 창극의 대중성과 매체의 전파성

국악에 대한 방송과 음반의 적극적 지원 요청은 1970년대까지 지속되었다. 그런 가운데 1970년대는 그나마 창극 방송이 무척 활발하던 시기였다.

창극은 '전통음악'과 '전통문화'를 소개하는 방송 프로그램의 한 코너로 등장하여 1976년에는 주요 프로그램으로 자리잡았다. 1976년 10월부터 1979년 10월까지 약 3년간 꾸준히 연속극 형식으로 창극이 방송되었다는 것은 큰 의미이다. 특히 이 프로그램에는 조상현, 안향련, 박초월 등 당대 유명한 명창들과 코미디언 배삼용, 구봉서 등이 함께 출연했다. 창극이 갖는 극적 흥미를 돋우며 유명 코미디언을 활용하여 대중에게 가까이 다가가려 한 것이다. 레퍼토리에서도 〈춘향가〉, 〈심청가〉, 〈흥부가〉 등의 전승 5가의 작품만이 아닌, 〈배비장전〉, 〈장화홍련〉, 〈견우 직녀〉, 〈사씨남정기〉 등 고전소설에 기반한 작품들로 다채로움을 추구했다.

창극은 서사가 있는 장르이기 때문에 방송의 대표적인 오락프로그램인 드라마의 형식으로 얼마든지 활용이 될 수 있었다. 〈내 강산 우리 노래〉가 한 작품을 3~4회에 걸쳐 연속극의 형식으로 만들어 제작한 것도 이와 같은 창극의 성격 때문이다. 무엇보다 창극의 주요 레퍼토리인 고전소설은 통속성과 대중성을 갖추고 있어 극적 흥미를 돋운다. 예를 들어『장화홍련전』은 계모의 박대로 인한 주인공의 억울한 죽음과 해원의 서사이다. 그리고 김만중이 쓴 소설『사씨남정기』는 처첩 간 갈등을 흥미롭게 보여주는 작품이다. 또한 창극은 판소리 창과 무용도 함께 결합된 장르이기에 다양한 볼거리를 추구하는 TV에 적합할 수 있다.

"판소리는 국악 중에서도 민중의 음악입니다. 영원히 예악으로 후세에 물려줄 수 있도록 있도록 국민 모두가 깊은 관심을 가져주셨으면 합니다."판소리 보존연구회의 제5대 이사장으로 선출된 조상현 씨43는 "판소리의 사회계몽과 저변확대, 그리고 신인발굴에 최선을 다하겠다"고 다짐했다. (…중략…)

"판소리보존연구회에 창극단을 구성해볼 작정입니다. 창극은 창을 위주로 하여 극과 무용 기악이 함께 뭉쳐진 종합예술이니 그만큼 일반인들과도 가까워질 수 있을 것입니다." (…중략…) 전남 보성에서 태어난 그는 53년 고 정응민 씨에게 사사하면서 판소리에 입문했다. 71년 무형문화재 판소리 후계자로 지정되어 성창순 씨와 함께 정권진 씨에게 3년간 배웠다. 제1회 전국명창대회 1등, 전주대사습 대회 판소리 부문 대통령상 수상 경력을 갖고 있다. 그러나 그는 「고전유머극장」 「내 강산 우리노래」 등 TV를 통해 일반에 더 잘 알려져 있다. "TV는 대중매체로서 국악의 인식과 보급에는 엄청난 힘을 갖고 있습니다. 그동안 TV가 어려운 여건 하에서도 국악보급을 위해 많은 노력을 했다고 봅니다. 그러나 어느 정도의 수준에 오르면 방송 매체에 의한 전통문화의 원형파괴문제도 진지하게 논의되어야겠지요." 「경향신문」, 1982.12.24

누구보다 방송 활동을 활발히 하며 판소리와 창극을 알린 조상현은 창극이 일반과 가까워질 수 있는 장르임을 정확하게 인지하고 있었다. 또한 방송이 국악의 인식과 보급에 상당한 영향력을 줄 수 있다고 생각했다. 그 역시 진작 명창의 반열에 올랐지만, 그를 대중에게 알린 것은 방송의 힘이었기 때문이다.

창극이 여타의 전통예술 장르에 비해 대중성을 갖고 있어 중심프로그램으로까지 도약하였지만, 프로그램은 계속되지 못했다.

「백초를 다 심어도 대는 아니 심으리. 살대 날고 젓대 울고 그리느니 붓대로다. 어이타 날고 울고 그리는 대를 내 어이 심으리」 어느 잔치에 참석했다가 들은 작자미상의 남도창 한곡이다. 작자는 갖은 초목을 다 심어도 대만은 심지 않겠단다. 전쟁 인간사의 갖가지 다툼이나 욕심을 상징하는 살대화살, 예술 사랑 슬픔을 의미하는 젓대, 학문 문학을 의미하는 붓대, 이 모든 것들이 이 세상에 있도록 하는 대나무를 어찌 심을 수 있겠느냐는 것이다. (…중략…) 그러나 막상 이곡을 노래한 명창 신영희는 자신이 백번을 다시 태어나더라도 현재 의 여건에서라면 국악의 길을 걷지 않겠다고 단언한다. 소위 민족의 음악이라는 국 악이 특히 방송매체로부터 외면당해 국악인은 설 땅이 없어졌다는 것이다. 그래서 높은 명성을 얻은 몇몇 극소수인을 제외하고는 거의 모두 비참하기가 이를 데 없다 는 것. 촉망되는 젊은 남성국악인은 도배 수도공사 심한 경우는 공사판에서 막일을 하고 여성국악인은 유흥음식점의 안방무대에나 출연하고 있다는 것이다. 그리고는 대뜸 무엇보다 프로야구 때문에 국악의 숨통이 막히고 있다고 주장한다. 그뒤 한국 판소리보존연구회 이사장 조상현 씨에게 연락해보았더니 조 씨는 한술 더 뜬 다. 79년대 말까지도 KBS 창극무대 MBC 내 강산 우리노래 TBC 향연 등 판소리 위주의 무용 창극프로가 고정으로 골든아워를 차지, 정통창극이 민족음악으로 자리 를 잡아나갔으나 지금은 완전히 의붓자식 취급이라는 것이다. 저질 드라마나 코미 디에 밀리는데다 특히 프로스포츠 중계에 떠밀려 한 달 계속, 어떤 때는 두 달 가까이 중단되고 있다는 것. 또 그나마 방영하는 것도 잡가 정도고 시간도 밤 11시가 넘거나 새벽녘에 조금 비치는 실정이라는 것이다. (…중략…) 기자 도 한 애청자로서 말로만 전통문화의 계승발전 운운하지 말고 프로스포츠 중계 시 간을 조금 줄이더라도 우리 고유의 벗과 가락이 함빡 담긴 국악을 좀 더 대접해주는 식으로 참다운 교양프로를 늘려주었으면 하고 당부해 보고 싶다. 그리고 많은 애 청자들이 이따금 특히 텔레비전을 비롯한 대중매체와 번성하는 프로스포츠 가 우리의 자유민주역량 배양에 어떤 영향을 미치고 있는가에 대해 깊은 회 의를 품고 있다는 것을 잊지 않아야 한다. 조강환, 「TV프로 이대로 좋은가」, 『동아일보』,

기자가 인터뷰를 진행한 신영희 명창은 조상현 명창과 더불어 70년대 〈내 강산 우리 노래〉, 〈창극 무대〉의 주요 출연진이었다. 1980년대로 넘어오면서 국악 프로그램에 대한 방송의 외면은 심화되고, 결국 스포츠중계에 밀려 국악 방송은 점점 설 자리를 잃게 되었다.

그럼에도 '국악' 프로그램으로서 '창극'의 가치는 쉽게 사라지지 않았다. '전통문화', '우리고유의 멋과 가락', '참다운 교양프로그램'으로서 국악 프로그램에 대한 요청은 지속되었기 때문이다. 그리고 국악 프로그램 가운데 그나마 대중과의 친연성을 모색할 수 있는 것으로 창극에 주목하는 현상은 이후에도 있었다.

고정국악프로가 없어 일부 시청자들의 불만을 사온 KBS TV가 다음 달부터 「해학드라마」 시리즈를 마련, 매달 한편씩 창극을 방영한다. 국악인 연극인 TV탤런트들을 출연시켜 한국인의 흥취를 보여줄 「해학드라마」 시리즈는 첫 회로 「옥단춘전」을 내보내고 이어 「정수동전」 「김시습전」 「봉이김선달전」을 방영한다. 8월1일 녹화하여 8월 초에 방영될 「옥단춘전」은 종전 창극과는 달리 스튜디오 녹화와 함께 야외촬영을 시도하는 것이 특징. 주인공 옥단춘 역은 연극배우이자 국악인인 김성녀 씨사진上가 맡고 옥단춘의 힘을 입어 불우한 처지를 극복하고 입신하는 선비 혈용 역은 국악인 조상현 씨사진下 혈용처 역은 국악인 강정숙 씨가 맡았다. TBC시절부터 창극을 연출해 온 이 프로의 연출자 박경식 프로듀서는 「대중들에게 국악을 널리 알리고 누구나 쉽게 이해하고 흥미를 느끼도록 하기 위해 이 시리즈 초반에는 비교적 소리를 절제할 생각」이라고 밝혔다. 제작진은 「해학드라마」시리즈가 본 궤도에 오르게 되면 본격 창극에 들어가면서 동아국악콩쿠르 출신 신인들도 기용할 방침이다. ^{「창극(唱劇) 매달 1편 방영 KBS 「해학드라마」 시리즈」, 「동아일보」 1985.7.16}

창극의 형식을 가진 〈해학드라마〉 시리즈 기획을 소개하고 있는 이 기사는 정기적이고 고정적인 국악프로그램으로 창극이 갖는 실효성을 다시금 환기시킨다. 당시 기획은 〈옥단춘전〉, 〈정수동전〉, 〈봉이 김선달전〉 등 재미있는 고전소설을 차용하여 레퍼토리를 짜고, 대중의 흥미를 위해 '창'의 소리보다는 극적 흥미를 추구하는 방향이었던 듯하다. 그리고 이 프로그램이 본궤도에 오르면 국악 콩쿠르 출신들도 기용하면서 본격적인 국악프로그램으로 자리를 잡아가려 한 것으로 보인다.

이 기사는 당시 '국악'을 대하는 방송의 태도를 명확히 보여준다. 국악 프로그램을 일부라도 마련해야 하는 당위성 앞에서 대중적인 형태로 국악의 변형을 모색한 것이 바로 그것이다. '국악' 자체의 멋을 그대로 보여주는 프로그램은 대중의 관심을 받지 못하고 이에 따라 프로그램의 지속도 어렵기 때문에 국악의 대중적 전달을 고민할 수 밖에 없었던 것이다. 그리고 '창극'은 그것이 갖는 극적 속성으로 인해 변형이 용이하다고 판단한 듯하다. 창을 약하게 두고 드라마의 비중을 높이는 방향이라면 '국악 프로그램'이라는 명분과 '대중적 흥미'라는 두 마리 토끼를 잡을 수 있기 때문이다. 하지만 안타깝게도 기사가 예고한 8월 초 방송은 제대로 이루어지지 못했다. 당시의 방송 프로그램란에서 〈해학드라마〉는 볼 수 없기 때문이다.

당시 〈해학드라마〉가 추구했던 프로그램은 기사가 나온 지 한참 지난 1987년 1월 민속의날 특집 프로그램에서 확인된다. 고전소설 『정수동전』

을 해학창극으로 꾸민 〈가짜양반타령〉이 이재현 극본, 박경식 연출로 방송된 것이다. 이 프로그램에는 명창 조상현 외에 연극배우 김종엽, 탤런트 김진란 등이 함께 출연하였는데, 창은 약하게만 들어갈 뿐, 드라마가 중심인 프로그램이었다.

'창극'은 방송에서 '전통예술'을 가장 대중에게 편안하게 알릴 수 있는 소재이자 장르였음에도 방송제작 제반의 문제로 그 가치를 제대로 발현하지 못했다. 국악을 제대로 알고 있는 전문 프로듀서 및 극작과 작창을 할 수 있는 인물의 부재, 방송에서 활용할 수 있는 창극 배우의 부족, 방송제작 비용의 문제 등이 아마 이에 해당했을 것이다.

그럼에도 창극을 활용한 방송이 창극은 물론 국악에 대한 대중적 관심을 일으킨 것은 분명해 보인다. 방송이라는 대중매체가 갖는 전파력과 홍보성 때문이다. 또한, 그 과정에서 '창극'이 갖는 극드라마의 속성이 부각된 것도 사실이다. 앞서 1970~1980년대의 음반과 방송에서 나타난 창극이 그의 속성 가운데 극의 성격을 강조하며 대중에게 다가간 것도 창극의 대중성을 '음악'보다는 '극'에서 찾고자 한 움직임이었다.

음반과 방송 창극의 여러 양상들은 '전통음악극'으로서 창극의 가치를 '음악'에서만 찾을 것이 아니라 '극'이라는 서사에서도 찾아내어, 창극을 대중화할 필요가 있음을 명확히 보여주었다.

나가며
21세기 창극과 창극의 미래

1. 끊임없이 변화를 모색하는 21세기의 창극

20세기에 무대는 물론 음반과 방송 등 다양한 방면으로 존재한 창극은 21세기에 접어들면서 무대 중심으로 재편되었다. 미디어의 발달은 더욱 가속화되었고 그 종류 역시 더욱 다양해졌지만, 창극은 무대 안에서 새로움을 모색했다. 창극은 판소리와 달리 종합 예술적 면모가 강하여 '소리'만을 드러내는 음원보다 시각적인 것도 함께 드러낼 수 있는 미디어, 무대가 존재 기반으로 적절하다. 그럼에도 21세기에 미디어로 구현된 창극은 거의 찾아보기 어렵다.

반면, 국립창극단을 중심으로 볼 때, 창극의 다양한 면모는 그 어느 때보다 활발하게 나타났다. 특히 2006년 제작된 창극 〈청〉은 "서양 뮤지컬에 대항할 만한 우리 고유의 음악으로서 손색이 없다"[1]는 찬사를 받았다. 〈청〉은 이른바 '국가 브랜드'라는 이름을 얻어 2006년부터 2009년까지 3년 동안 50회의 공연과 6만 관객 동원의 기록을 세웠다.[2] 이후에도 국립창극단은

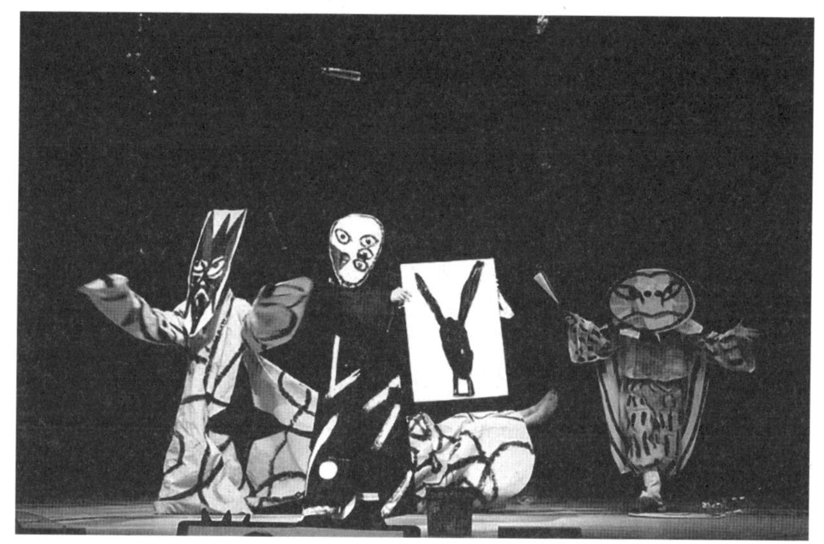

〈그림 1〉 수궁가(2011)

'젊은 창극'이라는 이름으로 〈시집가는 날〉, 〈산불〉, 〈로미오와 줄리엣〉 등
의 작품을 올리며 레퍼토리의 새로움과 연출의 세련됨을 추구했다.

국립창극단은 2010년대에 들어 창극의 세계화를 위해 더욱 적극적으로
움직였다. 해외 연출가를 섭외하여 전통의 레퍼토리를 새로운 무대 디자인
과 스토리텔링으로 구성하였고〈수궁가〉(2011, 아힘 프라이어 연출), 〈다른 춘향〉(2014, 안
드레이 서반), 해외 명작을 창극화 하는 시도를 감행했다〈메디아〉(2013, 그리스 신화),
〈코카서스 백묵원〉(2015, 브레이트의 희곡), 〈트로이의 여인들〉(2016, 그리스 비극), 〈패왕별희〉(2019,
중국 고전) 등.

특히 해외연출가를 섭외한 〈수궁가〉2011와 〈안드레이 서반의 다른 춘
향〉2014은 전통의 〈수궁가〉와 〈춘향전〉을 새로운 방식으로 풀어냈다. 독일
출신의 세계적 연출가 아힘 프라이어가 연출한 〈수궁가〉의 경우 독특하고
추상적인 무대 미술, 가면을 쓰고 공연한 배우와 다양한 표현 기법 등으로

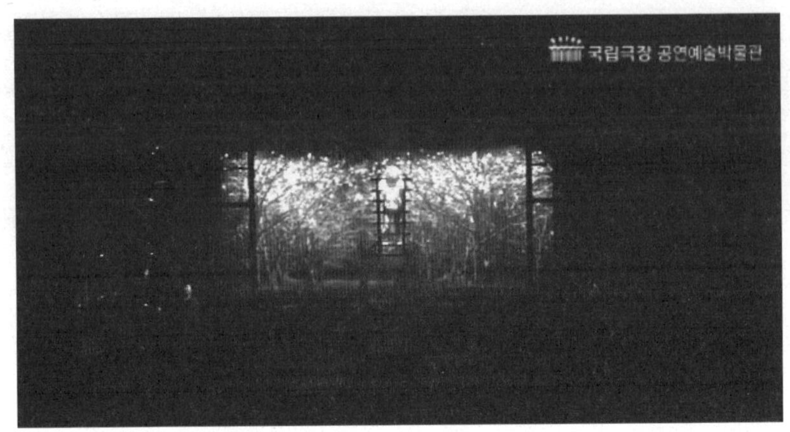

〈그림 2〉〈안드레이 서반의 다른 춘향〉(2014)

기존 창극에서는 보기 어려웠던 새로움을 보여주었다. 그리고 〈안드레이 서반의 다른 춘향〉은 적극적인 미디어 매체를 활용하여 과거와 현대가 어우러지는 시공간의 설정, '사랑'과 '정의'라는 작품 주제에 대한 뚜렷한 재해석의 여지를 드러내었다.[3]

음악적인 면에서의 새로움도 끊임없이 지향했다. 2013년에 공연된 〈메디아〉의 경우, 작곡을 맡은 황호준은 다음과 같이 작곡의 방향을 말했다.

—가창과 음악이 극적 전개에 보다 더 효과적으로 기능할 수 있도록 기존의 판소리 장단 이외에도 다양한 전통 장단을 적극적으로 활용하였으며, 필요에 따라서는 장단의 틀에 머무르지 않고 과감한 리듬 전개와 템포 변화를 적극적으로 구사했다.

—창극 〈메디아〉에서 코러스의 역할은 전통 창극의 도창과 유사하다. 때로는 극의 흐름을 3인칭 시점으로 관조하며 설명하기도 하고 때로는 극의 전개에 적극적으로 개입하기도 한다. 결국 코러스의 역할이 극적으로나 음악적으

로나 매우 중요한 위치를 점하게 되며 필연적으로 합창 앙상블에 대한 고민을 집중하게 되었다. 화성 표현에 의한 서구적 합창 앙상블이 아닌 다양한 시김새 표현과 아티큘레이션이 지배하는 전통 가창에 의한 합창을 통해 공간의 크기와 장면에서 표출되는 정서의 세기를 음악적으로 표현하려 했다. (…중략…)
－반주 편성은 작업 초기부터 재즈 밴드, 체임버 오케스트라, 국악관현악까지 모든 가능성을 열어두고 고민했다. 극적 필요에 의한 것이 아니라면 기악 반주는 최소화하여 되도록 가창자의 소리를 통해 작품을 풀어내려 했다.[4]

〈메디아〉의 황호준은 전통 판소리의 장단과 도창의 역할, 반주 편성 등을 그대로 따르기보다 작품 자체에 어울리는 음악을 만들기 위해 때론 기존의 것을 과감하게 변용하는 시도를 했다. 그러면서도 '가창자의 소리'를 중시하였으며, '전통 가창에 의한 합창'의 면모를 퇴색하지 않으려 했다. 당시 〈메디아〉는 '오페라는 위협하는 수작', '창극의 위대한 혁신'이라는 평가를 받으며 공연예술계의 화제작[5]이 되었다. '새로움'의 지향과 시도가 통했던 것이다.

국립창극단은 이후에도 신창극 〈우주소리〉2018, 〈시〉2019 등의 작품을 통해 레퍼토리의 확장은 물론 음악적 새로움을 지향했다. 창극 〈우주소리〉에서는 전자음, 기계음 등을 음향효과로 충분히 활용하면서 'SF 창극'의 특징을 살리려 하였고, 〈시〉에서는 판소리 창 뿐만 아니라 일반의 노래와 연기도 섞어서 창극이 '전통음악극'이 아닌 하나의 대중적 공연예술임을 드러냈다.

끊임없이 새로움을 추구하고 다양한 것들을 시도하는 가운데 현재의 창극은 상당한 대중성을 확보했다. 창극의 매진은 2012년에 공연한 스릴러 창극 〈장화 홍련〉부터 시작됐다. 당시 기사는 해당 공연에 대해 "국립창극단 50년 역사상 보기 드문 히트작이 탄생"했다고 하며, 무대 위에 가설 객석을 만든 605석의 무대였지만 나흘 공연 중 사흘이 매진이었다고 보도했다.[6] 이후 같은 해 공연된 〈배비장전〉, 2013년의 〈서편제〉가 모두 전회 매진 사례를 이루었고,[7] 2015년의 〈변강쇠 점 찍고 옹녀〉는 6회분이 모두 매진되며[8] 창극의 대중화 바람을 일으켰다.

2. 창극의 정체성은 무엇인가

21세기의 창극은 바야흐로 새로움을 향한 과감하고도 적극적인 도전 속에서 상당한 대중성을 확보했다. 그러나 이러한 창극의 모습은 혼란스러움을 주는 것도 사실이다. 바로 '창극은 무엇이냐' 하는 정체성의 문제이다. 판소리에 기반한 전통음악극의 면모와 절충주의 음악을 바탕으로 현대적 극양식의 면모가 동시대에 펼쳐지는 가운데 창극을 말할 수 있는 핵심이 모호해지는 것이다. 이를테면 "여러 명의 배우가 등장해 배역에 따라 연기하면서 판소리를 부르는 연극 양식"[9]이라는 창극의 정의를 떠올릴 때, 21세기인 현재 공연되고 있는 창극은 그것이 출발하였을 때 기반을 둔 전통 판소리의 레퍼토리를 벗어나는 것은 물론, 창작극에서도 한국 고전 텍스트에 서사의 기반을 두지 않는다. 음악에서도 판소리 음악만을 추구하지 않을뿐더러, 배우의 구성에도 전통 소리를 하는 사람만을 무대에 세우지 않는다.

일례로 2019년에 창극 〈시〉2019.1.18~26. 극본, 연출 박지혜를 본 관객의 경우 창극의 구성요소로 '음악'은 우리의 소리와 현대의 소리, '배우'는 전통 소리를 하는 사람과 현대연극을 하는 사람, '작품 내용'으로 서양의 서정 작품이 가능하다는 생각을 할 것이다. 반면, 같은 해에 공연된 창극 〈심청가〉2019.6.5~16. 대본, 연출 손진책를 본 관객은 전통의 판소리와 전통의 소리꾼, 그리고 전통 판소리 레퍼토리가 창극의 구성요소라는 생각을 할 것이다.

저자는 앞선 연구[10]에서 음악극音樂劇으로서 창극의 정체성은 음악으로서 '전통음악'과 드라마로서 '극 예술'로 봐야 한다고 주장했다. 그리고 이때 전통음악은 판소리를 중심으로 하되, 반드시 이것만 지향하기보다 전통의 민요, 잡가, 무가 등 다양한 전통음악으로 그 폭을 넓힐 수 있다고 했다. 물론 현대음악과의 결합도 가능하다. 다만, 오페라, 뮤지컬 등의 음악극과 비교하였을 때, 창극만의 독특한 음악적 색채는 전통음악에서 비롯되어야 할 것이다.

또한, 창극의 주요체로서 '극적 성격'도 매우 중요하다고도 주장했다. 그리고 드라마적 면모를 강조하면서 20세기를 지나온 창극을 볼 때, 극적 면모는 더욱 발전되어야 한다고 생각한다. 라디오 방송을 통해 판소리 음악을 사용한 드라마가 존재하였고, 1970~1980년대에는 텔레비전으로 창극 드라마가 방영된 것을 생각하면, 드라마에 집중하여 다양한 서사의 창극을 만드는 작업은 향후 창극이 발전하는 데 많은 도움을 줄 것이다.

요컨대, 창극은 그 정체성을 표방하는 것으로서 전통음악과 드라마를 강조하면서 그 안에서 다채로운 변화를 꾀할 수 있다. 20세기 초 다양한 문물과 조우하는 과정에서 판소리는 새로움을 추구했다. 그리고 그 과정에서 나타난 창극은 그 또한 유연하게 주변의 문화들과 교섭하며 장르의 길을 걸어왔다. 창극이 지나온 일련의 과정을 세밀하게 볼 때, 음악극으로서 창극의 정체성은 전통음악과 극예술에 있음을 다시금 확인할 수 있다.

3. 창극의 미래를 위한 제언

창극의 미래는 어떠해야 하는가. 우리는 창극이 다음의 두 가지 성격을 모두 가지고 있음을 안다. 첫째, 한국을 대표하는 전통음악극, 둘째, 대중과 소통하는 동시대의 음악극.

기실 창극은 그 출발에서부터 상당한 논란을 안고 있었다. 일찍이 근대극의 범람 속에서 전통극의 가치를 인식하고 발견한 유민영이 "판소리가 낳은 근대적 요소의 음악극"[11]으로 창극을 설명한 것을 볼 때, 창극 안에는 그것을 낳은 전통적 요소의 '판소리'와 그것이 태어난 시대의 '근대'가 있기 때문이다. 창극의 정체성에 관한 끊임없는 논란 역시도 그것을 낳은 판소리에 무게를 두어야 하는가, 그것이 탄생한 근대라는 시간에 무게를 두어야 하는가의 다툼이었다고 생각한다. 창극은 보존해야 할 전통으로서의 가치와 끊임없이 변화하고 현대화해야 하는 가치라는, 결코 양립하기 어려운 과제를 안고 가는 운명을 타고난 것이다. 전통 판소리 중심의 음악과 레퍼토리를 고수하는 창극 공연은 구태의연한 것이라는 비판을 받을 수밖에 없고, 현시대의 흐름 속에서 변화와 실험을 중시하는 창극 공연은 도대체 전통은 어디에 있느냐라는 비판을 받을 수밖에 없다. 과거 창극의 행보도 그러하지만, 2010년대 들어 두드러지게 다변화된 창극의 면모 안에서도 위의 논란은 지속될 것이다.

이에 저자는 창극의 하위 장르가 필요함을 말하며 그 세부를 모색한 바 있다. 먼저 저자는 하위 장르의 필요성을 다음과 같이 말하였다. 첫째, 새로움과 변화를 추구하며 역사를 쌓아온 창극의 성격을 대중적으로도, 학술적으로도 인정하고 정립할 때가 되었다는 것. 둘째, 음악적으로도 극예술적으로도 창극에 많은 자유를 줌으로써 창극의 범주를 확대할 필요가 있다는 것. 셋째, '창극'이라는 장르에 대한 학술적 정립이 어느 정도는 필요하다는 것. 넷째, 창극에 관한 소모적인 논쟁을 줄이고, 발전적인 공연예술로 창극을 대할 필요가 있다는 점.[12] 이후 저자는 창극의 정체성으로 언급한 '전통음악'과 '극 예술'을 중심에 두고 다음과 같이 창극의 하위 체계를 제시했다. 먼저, 음악적 지향을 전통음악에 두느냐, 아니면 전통음악과 현대음악의 결합 등 음악적 절충주의에 두느냐로 나누었다. 이후 각각의 경우를 다시 극 예술의 성격으로 나누었다. 즉, 전통극의 면모, 이른바 전통연희 중심의 배우와 연출자가 주축이 되어 전통극의 양식[13]을 지향하는 흐름과 현대극을 지향하는 연출자가 중심이 되어 극예술의 다양성을 추구하는 면모가 그것이다. 이를 1차로 제시해 보면 다음과 같다.

<표 1> 창극의 하위 체계 제시 1

1. 음악으로서 판소리와 전통음악 추구
   1) 전통극의 양식 중시
   2) 현대극의 면모 중시
2. 음악으로서 절충주의 추구
   1) 전통극의 양식 중시
   2) 현대극의 면모 중시

여기에서 각각의 하위 항목을 다시 레퍼토리에 따라 전통 판소리의 작품 또는 전통 판소리를 포함한 고전 서사의 레퍼토리를 재해석한 작품, 창작 작품, 서양 원작의 작품 혹은 서양 원작을 재해석한 작품으로 다시 나눠볼 수 있다. 이를 다시 제시하면 다음과 같다.

1. 음악으로서 판소리와 전통음악 추구
   1) 전통극의 양식 중시
      ① 전통 판소리 작품, 국내 서사물을 수용 및 재해석한 작품
      ② 창작 작품
      ③ 국외 원작의 작품, 국외 원작을 번안 및 재해석한 작품
   2) 현대극의 면모 중시
      ① 전통 판소리 작품, 국내 서사물을 수용 및 재해석한 작품
      ② 창작 작품
      ③ 국외 원작의 작품, 국외 원작을 번안 및 재해석한 작품

2. 음악으로서 절충주의 추구
   1) 전통극의 양식 중시
      ① 전통 판소리 작품, 국내 서사물을 수용 및 재해석한 작품
      ② 창작 작품
      ③ 국외 원작의 작품, 국외 원작을 번안 및 재해석한 작품
   2) 현대극의 면모 중시
      ① 전통 판소리 작품, 국내 서사물을 수용 및 재해석한 작품
      ② 창작 작품
      ③ 국외 원작의 작품, 국외 원작을 번안 및 재해석한 작품

이 기준을 2010년 이후 국립창극단의 작품에 한해 넣어보면 다음과 같다.[14]

〈표 3〉 2010년대 국립창극단 정기공연[15]

작품명	연도	작창, 작곡, 음악감독	연출	레퍼토리 구분	유형 분류
로미오와 줄리엣	2009.2	안숙선 작창, 이용탁 음악감독	박성환	국외작품 수용	1-1)-③
민들레를 사랑한 리틀맘 수정이	2009.3	김경숙 작창, 이용탁 작곡	김형철	국내서사	1-2)-②

작품명	연도	작창, 작곡, 음악감독	연출	레퍼토리 구분	유형 분류
적벽	2009.10	김경숙 작창, 이용탁 작곡 지휘	이윤택	판소리계 작품	1-1)-①
춘향 2010	2010.4	안숙선 작창, 이용탁 작곡 지휘	김홍승	판소리계 작품	1-1)-①
화선 김홍도	2011.7	엄기영 음악감독	손진책	국내서사	2-2)-①
수궁가	2011.9	안숙선 작창 박위철, 이용탁 작곡	아힘 프라이어	판소리계 작품	1-2)-①
장화홍련	2012.11	왕기석 작창, 원일 음악감독	한태숙	국내서사 재해석	2-2)-①
배비장전	2012.12	안숙선 작창, 황호준 작곡	이병훈	판소리계 작품	1-1)-①
서편제	2013.3	안숙선 작창, 양방언 작곡 연주	윤호진	국내서사 수용	1-1)-①
메디아	2013.5	황호준 작곡, 작창	한아름, 서재형	국외작품 수용	2-2)-③
내 이름은 오동구	2013.6	이향하 타악감독	남인우	국내서사 수용	1-2)-①
숙영낭자전	2014.1	신영희 작창, 양승환 음악	김정숙, 권호성	판소리계 작품	1-1)-①
변강쇠 점 찍고 옹녀	2014.5	한승석 작창, 작곡, 음악감독	고선웅	판소리계 작품	1-1)-①
안드레이 서반의 다른 춘향	2014.11	유수정 작창	안드레이 서반	판소리계 작품	1-2)-①
코카서스의 백묵원	2015.3	김성국 작창, 작곡	정의신	국외작품 수용	1-2)-③
적벽가	2015.9	송순섭 작창 김주현 음악감독	이소영	판소리계 작품	1-2)-①
아비, 방연	2015.11	박애리 작창, 황호준 음악감독	한아름, 서재형	창작	2-2)-②
오르페오전	2016.9	음악감독 황호준	이소영	국외작품 수용	2-2)-③
트로이의 여인들	2016.11	안숙선 작창, 정재일 음악감독	옹켕센	국외작품 수용	1-2)-③
홍보씨	2017.4	이자람 작창, 음악감독	고선웅	판소리계 작품	1-2)-①
산불	2017.10	장영규 작곡, 음악감독	이성열	국내서사 수용	1-2)-①
신창극 소녀가 (모노드라마식)	2018.2	이자람 작창, 작곡	이자람	창작	1-2)-②
심청가	2018.3	안숙선 작창	손진책	판소리계 작품	1-1)-①
신창극 우주소리	2018.10	출연배우공동	김태형	창작	2-2)-②
신창극 시	2019.1	출연배우 공동	박지혜	국외작품 수용	2-2)-③
패왕별희	2019.3	이자람 음악감독	우상귀	국외작품 수용	1-2)-③

저자는 창극의 유형은 12가지로 제안하였지만, 향후 이를 더 세분화하여 다양한 면모의 창극을 나타낼 수 있다고 생각한다. 그리고 각 유형에 맞는 명칭도 부여할 수 있다고 생각한다.

유형을 분류하고 체계화한다고 하여 '새로움'을 향한 창극의 시도가 퇴색하지는 않을 것이다. 창극은 동시대의 요구와 변화의 흐름을 적극적으로 수용하며 언제든 그 모습을 변주할 수 있는 장르이기 때문이다. 또한 '전통성'을 지향하는 창극 작품 역시 줄지 않을 것이다. 국립창극단의 단원들은 기본적으로 전통 판소리를 충분히 수련한 이들이기 때문이다. 그리고 이는 반드시 지켜져야 하는 부분이 되어야 한다.

다양한 창극의 유형 속에서, 각 유형별로 창극을 바라보는 관점과 시선은 달라야 한다. 이를테면 1-1)에 속하는 유형의 경우, 전통극의 면모와 전통음악이 얼마나 극 속에서 잘 구현되었는지, 레퍼토리가 이러한 극의 지향과 얼마나 잘 어우러졌는지가 작품제작과 감상의 중요한 기준이 되어야 할 것이다. 무대, 의상, 음향, 현대적 감각의 연출 등 극 예술로서의 도전과 실험은 차순위가 되어야 한다. 나아가 전통연희로서 창극의 면모를 만나보고 싶은 관객은 해당 유형을 통해 갈증을 해소할 수 있을 것이다.

2-2)에 속하는 유형의 경우에는, 전통음악을 무대 속에 활용하면서 극 예술로서의 새로운 시도와 동시대성을 얼마나 잘 구현하였는가가 중요한 제작과 감상의 기준이 되어야 할 것이다. 이러한 유형은 전통음악을 기본으로 하되, 다양한 음악과 절충하는 음악적 도전을 독려할 것이고, 이로써 극 예술로서 창극의 지평을 확대해 나갈 수 있을 것이다. 무엇보다 전통음악에 익숙하지 않더라도 창극을 현대의 '공연예술' 가운데 하나로 즐길 수 있는

관객에게 즐거움을 줄 것이다.

다양한 하위장르를 바탕으로 창극은 더 적극적으로 대중과 소통할 필요가 있다. 앞서 살폈듯, 창극은 음반, 라디오, 텔레비전 등 20세기의 다양한 문화 매체와 더불어 존재해왔다. 다매체 시대인 현대에 창극은 비단 무대에서만 수용될 것이 아니라, 운신의 폭을 넓혀 많은 매체 속에서 존재할 수 있다. 뮤지컬이 영화로 제작되듯, 창극 역시 영화로 제작될 수 있으며, 방송에서 소품 형태의 창극 드라마로 대중과 소통할 수 있다. 유튜브 등의 전 세계적 영상 채널을 통해서도 전통음악극인 창극의 매력을 소개하는 것이 가능한 일인 만큼 적극적인 시도가 필요하다고 생각한다.

스테디셀러의 창극 작품 계발에도 관심을 기울여야 한다. 2000년대 창극 〈청〉과 2010년대 창극 〈변강쇠 점 찍고 옹녀〉의 사례에서 보듯, 관객에게 사랑받고, 작품성 역시 뛰어난 작품을 꾸준히 공연하여 '대표 창극'으로 거듭나도록 해야 한다. 〈캣츠〉, 〈레미제라블〉, 〈오페라의 유령〉 등이 대표 뮤지컬로 거론되고 개별 '뮤지컬 넘버'가 그것대로 대중의 사랑을 받는 것을 생각해보자. 〈마술피리〉, 〈라보엠〉, 〈아이다〉 등의 오페라 작품과 대표 아리아도 마찬가지다. 우리 창극에도 그와 같은 작품과 소리가 충분히 있을 수 있으며 그 실현이 가능하다. 창극을 대중적으로, 그리고 세계적으로 선보이며 한국의 대표 음악극이자, 동시대의 문화예술로 거듭나게 하기 위해선 지금까지 해왔던 다양한 시도를 점검하며 숨 고르기를 할 필요가 있다. 대표 작품과 대표 소리를 어떤 방식으로 만들고 선보일 것인지 고민하며 창극의 미래를 생각할 때다.

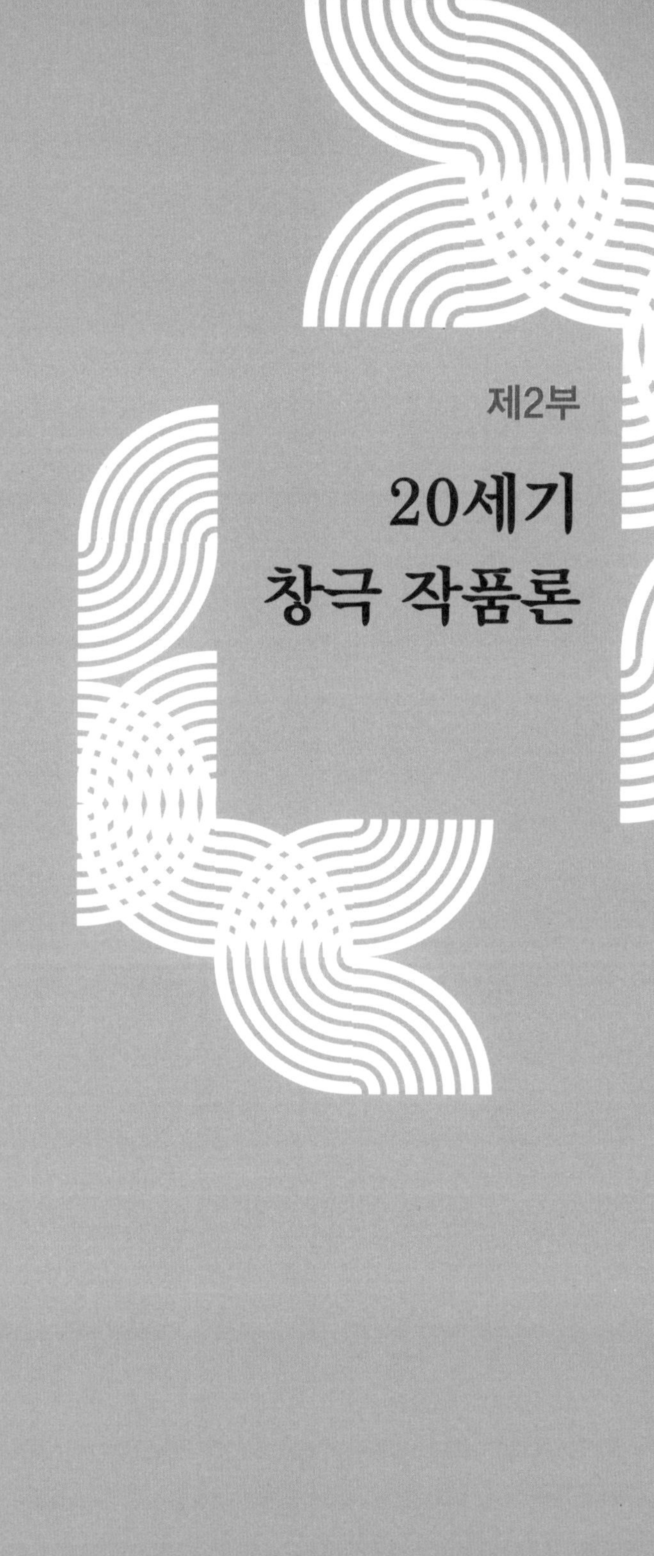

제2부

20세기
창극 작품론

20세기 창극 〈장화홍련전〉의 존재 양상과 특징적 면모

1. 들어가며

〈장화홍련전〉은 계모의 박해로 인한 전처 자식의 억울한 죽음과 해원, 그리고 계모의 징치로 이야기가 구성된 한국의 대표적인 고전소설 가운데 하나이다. 17세기 중반에 실제로 일어났던 '철산사건'[1]을 배경으로 하여 18세기 중·후반에 소설화되고, 19세기에 걸쳐 다양한 이본을 양산한 이 소설[2]은 두 자매의 억울함 죽음에 따른 비극과 원귀 출몰 서사에서 느낄 수 있는 공포와 환상 등 대중적 흥미를 자아내는 서사 구조를 갖추고 있다. 이러한 이유로 〈장화홍련전〉은 소설은 물론, 영화 및 연극, 창극 등 타 장르로도 전환되면서 오늘날까지 향유되었다.[3]

이 글은 소설 『장화홍련전』이 시도한 여러 장르전환 가운데 창극으로 전환된 예에 집중하여 20세기 창극으로 공연된 〈장화홍련전〉의 실상을 정리하고, 현재 남아있는 창극본 〈장화홍련전〉의 존재를 파악하여 그 특징을 탐색하는 것을 목적으로 한다. 그간 소설『장화홍련전』에 관한 연구는 다양한 이본을 정리 및 분석하여 계열화한 이본 연구[4]와, 계모형 가정 소설의 자장에서 작품에 내포된 당대 사회를 다양한 시각에서 분석한 작품론[5]을 중심으로 진행되었다.

선학들의 연구를 통해 실화에서 출발하여 소설화 과정을 거친『장화홍련전』의 연원과 이본의 흐름이 어느 정도 정리가 되었고, 작품이 갖는 문학적, 사회적 의미 역시 풍부하게 해석되었다. 그리고 2002년 영화로 제작되어 작품성은 물론 흥행성에서도 성공을 거둔 〈장화, 홍련〉김지운 감독을 통해 영화의 원천인 원작 소설에 관한 관심과 흥미가 다시 일어나기도 했다.[6]

〈장화홍련전〉의 장르전환은 영화뿐만이 아니라 일찍이 창극으로도 이루어졌다. 창극 〈장화홍련전〉은 극장이 성립된 20세기 이후로 일찍이 무대에서 공연이 되었고, 1943년 조선창극단에 의해 본격적으로 막이 올랐다. 이후 여성국극의 형태로 공연되기도 하였고, 음반과 방송을 통해 제작되기도 했다. 그러나 창극 〈장화홍련전〉에 관한 연구는 2012년 국립극장에서 초연된 창극 〈장화홍련전〉정복근 극작, 한태숙 연출, 2012.11.27~30, 2014.4.1~5을 대상으로 한 연구[7] 이외에는 이루어진 바가 없다. 국립창극단의 〈장화홍련전〉2012, 2014은 고전소설『장화홍련전』을 기반으로 하지만 서사의 변형이 상당히 일어난 작품으로, 원작과는 거리가 있는 21세기의 새로운 이본이다. 반면, 20세기에 존재하였던 창극 〈장화홍련전〉은 고전소설의 자장 아래에서 당대 공연의 면모를 보여주는 한도에서 변형을 가하며 서사가 구성되었다. 따라서 19세기 다양한 이본을 파생시키며 유통되어 20세기까지 많은 인기를 모은 고전소설『장화홍련전』이 공연물로서 어떠한 형식과 내용으로 존재했는가를 살피는 작업이 필요하다.

20세기의 공연물로서 〈장화홍련전〉을 탐색한 연구는 없지만, 판소리와 〈장화홍련전〉의 관계를 조명한 연구는 미약하게나마 이루어졌다. 판소리계 소설로서『장화홍련전』의 면모는 김동기[8]에 의해 가장 먼저 언급이 되었다. 김동기는 1976년 10월 12일 부산의 한 고서점에서 입수한 필사본『장화홍련가』를 바탕으로 그것의 내용을 살펴봄으로써『장화홍련전』이 판소리계 소설에 속함을 입증하고자 했다. 김동기가 소개한『장화홍련가』는『장화홍련전』의 새로운 이본으로 볼 수 있으며, 판소리계 소설의 특징 역시 갖고 있었다. 이후 이성권[9]이 가람본『장화홍련전』을 대상으로 〈장화홍련전〉의 판소리적 면모를 세밀하게 논의했다. 논자는 작품에서 확인할 수 있는 8가지의 특징[10]을 통해 가람본이 갖는 판소리 문체의 특징을 드러냈다. 그리고 이를 통해『장화홍련전』은 판소리적 서민의 현실 세계에 그 문학적 기반을 두고 있으며, 작품 자체 안에 판소리적 세계관과 정서에 부합되는 면모가 있다고 주장했다. 논자가 주장하는 바와 같이 "재취한 서민적 가정의 가산 분급에 얽힌 현실적 갈등과 전처 자식들의 눈물겨운 고난 및 무참한 희생을 통한 서민 현실의 비극성"[11]은 판소리적 비장미와 현실성으로 설명할 여지가 있다. 그리고 이는 이후 20세기 판소리와 창극으로 연행된 〈장화홍련전〉의 대중성을 견인하는 요소가 되었다.

이 글에서는 20세기 존재하였던 〈장화홍련전〉의 공연 양상을 정리하고, 현재 남아있는 창극본 〈장화홍련전〉의 특징을 분석함으로써 공연예술로서 〈장화홍련전〉이 갖는 가치를 고찰하고자 한다.[12] 이는 판소리 사설로서 〈장화홍련전〉의 면모를 직접적으로 검토하는 것이 될 뿐만 아니라, 창극 대본이라는 새로운 이본으로 〈장화홍련전〉을 소개하고 특징을 파악하는 작업이기도 하다. 이를 통해 20세기 창극 대본으로 거듭난 〈장화홍련전〉을 통해 작품을 향한 대중적 지향을 엿볼 수 있으리라 기대한다.

2. 20세기 창극 〈장화홍련전〉의 존재양상

1) 20세기 초 극장에서 연행된 〈장화홍련전〉의 존재

창극본 〈장화홍련전〉을 살펴보기에 앞서, 20세기 창극으로 공연된 〈장화홍련전〉을 먼저 검토하기로 한다. 창극이 지금의 '창극'여러 명의 판소리 창자가 배역을 나누어서 판소리 음악 어법을 바탕으로 꾸민 음악극으로 형식과 내용을 갖춘 시기는 1934년 조선성악연구회의 결성 이후다. 그 이전에는 '창극'이라는 용어가 존재하지 않았고, 이후 창극이라는 용어가 등장한 후에도 그 외연은 현재 창극과는 다른 범주였다. '창극'이라는 용어가 생기기 이전에도, 전통연희자들이 주축이 되어 이루어지는 공연은 존재했다. 그 동안 이 역시 '창극'으로 호명하며 당대 공연의 실상을 파악하였는데, 이와 같은 시각에서 창극 〈장화홍련전〉을 파악한다면 '(전통연희자들이 행한) 창극' 〈장화홍련전〉은 1917년부터 공연되었다고 할 수 있다.

[자료 1]

지금 단성사에서 개연하는 신구극 개량단 일행은 고대소설 장화홍련전을 신파로 꾸며 그동안 실습을 다 마치고 24일부터 흥행을 한다는데 매우 재미가 있다더라.『매일신보』, 1917.2.25

[자료 2] 개량단 일행의 개연

경성구파배우조합의 신파개량단新派改良團 일행은 그동안 삼남다방에서 순일 흥행 중이던 바 이번에 도로 올라와서 23일부터 동구안 단성사에 개연하게 되었는데 향자 장화홍련전의 갈채 받던 대신에 더욱 재미있는 가본을 만들어 흥행할 터라더라.『매일신보』, 1918.1.24

20세기 초 극장무대가 마련되면서 성립된 창극은 기존 판소리와는 다른 분창 형식으로 이루어지면서 '신극新劇'의 명칭을 갖게 되었다. 그러나 1910년대 일본의 신파극이 유입되면서 전통연희자들이 행하는 판소리 분창 형태의 공연은 '구파극舊派劇' / '구극舊劇'이 되었고, 연희자들 역시 '구극배우舊劇俳優', '구파배우舊派俳優'로 지칭되었다. 경성구파배우조합은 판소리 중심의 구극배우들의 결합체로 신파극에 대항하여 전통연희를 지키는 것은 물론 구국의 활로를 모색하고자 성립되었다. 이들은 자신들이 그동안 해왔던 전통연희를 무대에서 연행하는 것은 물론 당시 인기가 있었던 신파극을 구극과 결합하여 공연하기도 하였는데, 이때 공연된 〈장화홍련전〉은 바로 이의 일환이었다.

경성구파배우조합은 1917년 2월 〈장화홍련전〉을 '신파로 꾸며' 공연하였고, 이 공연은 '매우 재미가 있으며' 또한 '갈채를 받았던' 것으로 파악된다. 그리고 〈장화홍련전〉은 이후에도 전통연희자들의 무대 공연으로 꾸준히 올라갔다.

[자료 3] 경화기연주회京和妓演奏會

기생의 장화홍련극 15일부터 단성사

그동안 시내 각 권번이 수해 구제를 하자는 생각에서 일어나서 연주회를 열고 사회 동정금을 모집한 일은 있었으나 경화권번京和券番은 여태껏 아무 소식이 없던 바 그 권번 임원과 모든 기생의 발의로 수해 동포를 구제하여 보자는 결의를 한 결과 오는 15일 밤부터 닷새 동안 동구안 단성사에서 연주회를 개최하기로 작정하였다는데 이 경화권번의 연주회는 다른 것과 방식이 달라서 전부 기생이 돈을 많이 들여 일신한 남자 복색으로 정극 신파극新派劇을 하기로 된 바 여러 가지 배운 중에 제일 조선의 이야기 소설의 비극인 장화홍련전薔花紅蓮傳을 실제처럼 한 달 동안 연습을 하여 매우 능란함에 한번 볼만한 기생의 신파극이 환영을 받을 터이며 그 외 기술과 춤 노래 등이 풍부하여 자못 경화권으로는 특색인 장기라 더라. 『매일신보』, 1922.11.13

[자료 4] 광월단 대만원 매야 광무대에

조선구파 가극단 광월단이 광무대에서 열흘 동안을 흥행하여 매야 만원의 성황을 일구는데 더욱이 일반 관객들의 기다리고 보고 싶어하는 것은 김상문의 줄 타는 재주가 제비같이 날쌘 중에도 모험 기예가 많아서 갈채를 받는다는 바 모든 종목 중에도 합창대의 댄스와 철봉 등이 첫째이며 끝막에는 조선 고래의 문예극 춘향전이나 심청가 또는 박타령 장화홍련의 연극을 한다는데 재담 가극이 끼여서 볼만하다 하여 광무대가 생긴 이후 이번이 처음으로 밤마다 대만원을 이루는 까닭에 만원패가 걸리지 않고 붙어 있다 하며 임명옥 형제의 신파 희극도 있어서 자못 번창을 이룬다더라. 『동아일보』, 1927.11.5

[자료 5] 10일부터 단성사서 장화홍련전 신무대 연쇄극

시내 단성사團成社에서 흥행 중에 있는 신무대新舞臺에서는 10일부터 돌연히 예정의 『프로그램』을 변경하여 고대비극으로 누구나 모를 사람이 없는 장화홍련전薔花紅蓮傳을 실연과 영화의 연쇄극 3막 10여 장을 상연한다 하며 신무대의 전원

이 총출연한다고 한다.『조선중앙일보(朝鮮中央日報)』, 1933.8.11

1920년대는 근대극과 영화의 등장, 유성기음반의 유행 등 새로운 문물이 지속해서 밀려오고 성장을 거듭하던 때였다. 전통연희자들은 경성구파배우조합, 기생조합 등을 중심으로 자신들의 연희활동을 하였고, 위의 기사[3]은 기생조합의 활동을 설명하고 있다. 1919년 말에 경성에는 한성漢城권번, 한남漢南권번, 대정大正권번, 대동大同권번, 경화京和권번 등 다섯 권번이 있어 서로 경쟁하고 있었다. 그리고 이 가운데 경화권번은 창기들의 조합이었던 신창新彰조합이 기생권번으로 허가가 나 경화권번의 이름을 내걸었다.[13] 경화권번은 수혜구제 모금을 위한 연주회를 여는 와중에 〈장화홍련전〉을 공연했다. 이때의 〈장화홍련전〉이 어떤 형식이었는지 단정할 수는 없지만 기사에서 보는 바와 같이 '정극 신파극'의 형식이었을 것으로 추정된다. 당시 권번들은 가무歌舞 중심의 연주회를 펼치면서도 연주회에 반드시 연극을 넣었는데, 그 연극의 형식은 대개가 '신파같이 꾸민 연극',[14] '고대소설에서 가장 유명한 옥루몽, 춘향전, 심청전 등의 연극',[15] '별별 희극, 신구파 병하야 만든 연극',[16] '희극적으로 꾸민 재미있는 신파극'[17]이었다. 신파극의 화려한 유행 속에서 전통연희자들 역시 신파극 형식을 그대로 혹은 구파극과 혼합하여 연행하였던 것이다.

1925년 경성구파배우조합이 사라지고, 기생조합 역시 점차 위상이 흔들리면서 전통연희자들의 입지도 약화되었다. 이 무렵 '광월단'이라는 단체가 광무대에서 줄타기, 철봉, 가극 등을 선보이며 인기를 끌었는데, 이때 광월단에서 선보인 가극의 레퍼토리 가운데 하나가 〈장화홍련전〉이었다.자료[4] 〈춘향전〉, 〈심청전〉, 〈박타령〉은 '창'이 있는 작품들이기 때문에 '가극'

으로 선보일 경우 어떤 형식이었는지 짐작할 수 있으나, 〈장화홍련전〉은 창이 있는 작품이 아니기 때문에 이때의 〈장화홍련전〉이 새롭게 창작한 창을 삽입한 가극 형식의 공연이었는지, 아니면 이전과 같이 신파형식의 연극이었는지는 판단하기가 어렵다.

이후 〈장화홍련전〉은 1933년 '연쇄극'의 형식으로도 공연되었다.^{자료 [5]} 1924년 김영환이 무성영화로 〈장화홍련전〉을 만들어 대중적 관심과 인기를 끌었던 것을 생각하면, 1933년의 연쇄극은 영화로 제작된 〈장화홍련전〉과 연극 〈장화홍련전〉을 결합하여 무대에 올린 것으로 파악된다.

〈장화홍련전〉은 20세기 초 극장 문화가 성립했을 때부터 전통연희자들의 공연 레퍼토리 가운데 하나였다. 다만 그 형식이 지금의 '창극'과 같지는 않았고, 신파극 혹은 신구파극의 형식을 띠었다. 1910~20년대 신파극의 유행 아래 전통연희자들이 행한 이러한 형식의 공연은 자신들의 연희 기량을 보여주면서도 대중적 관심을 끌기 위한 그들만의 방편이었다.[18] 〈장화홍련전〉은 당시 인기가 있는 고전소설이자 전통판소리 5가에서는 벗어난 작품이었기에 '구舊 / 신新'의 적절한 조화가 될 수 있는 레퍼토리였다. 이는 비단 〈장화홍련전〉만이 아니라 당시 경성구파배우조합과 권번에서 공연했던 〈사씨남정기〉, 〈옥루몽〉, 〈구운몽〉 등의 작품도 마찬가지이다. 전통 판소리 5가의 작품을 벗어난 새로운 작품, 그러나 인기 있는 '고전'소설을 레퍼토리로 삼아 신파극의 형식으로 연행했던 것이다.

2) 창극 공연 〈장화홍련전〉과 창극본 〈장화홍련전〉의 존재양상

〈장화홍련전〉은 1943년에 이르러서 조선창극단에 의해 정형화된 창극의 형식으로 연행되었다.

[자료 6] 창극으로 각색되는 장화홍련전

　　조선 고대소설로 오늘까지 전해오는 것이 많은 중 춘향전은 여자의 절행과 남자의 신의를 가르친 것이라면 심청전은 효를 가르친 것이고 장화홍련전은 세계 어느 나라에도 있음직한 계모와 전실 자식 간의 일어나는 비극을 취재로 하여 권선징악의 교본으로 소설 이후에 세인의 눈물을 짜낸 것만 해도 바다에 넘칠 것이고 근자에 와서 연극으로 혹은 영화로 각색이 되어 또한 눈물을 짜냈다. 그러나 춘향전이나 심청전은 본래 춘향가요 심청가라 하여 전편을 곧 노래로 부를 수 있으므로 창극이라면 곧 춘향전 심청전을 연상하게 되나 장화홍련전은 노래가 아니라 순전한 소설로 아직 창극으로 각색이 되지 않았던 것이다. 듣건대 금번에 조선창극단에서는 이 장화홍련전의 창극화를 꾀하던 중 드디어 극 연출가 박진 씨의 각색으로 창극의 새로운 경지를 개척하여 놓게 되었다. 금번 동씨의 각색이 장화홍련전으로는 처음 되는 창극으로 악惡에 대하여는 천벌과 인벌이 있는 것을 확연히 하여 소설 이상의 해석을 내린데 각색자의 의도가 있다 한다. 『매일신보』, 1943.10.28

[자료 7] 창극 장화홍련전

－제1 극장에서 첫 공연－

　　기보한 바와 같이 조선창극단에서는 금번에 새로운 계획으로 된 박진 씨 각색의 장화홍련전을 11월 1일부터 제1 극장에서 상연키로 되었다 한다. 이번이 극은 창극으로 종래에 없던 면을 보여주고 취재의 핵심을 권선징악 충효에 치중하여 이제까지 침체하였던 창극계에 획기적 기록을 지었다 한다. 각색자 박진 씨는 연극연출가로 다년 반도 연극운동에 힘써 왔으며 각본작가로도 뚜렷한 존재이니만큼 창극 장화홍련전은 기대되는 바가 많다. 더욱이 출연자들은 명창들이나

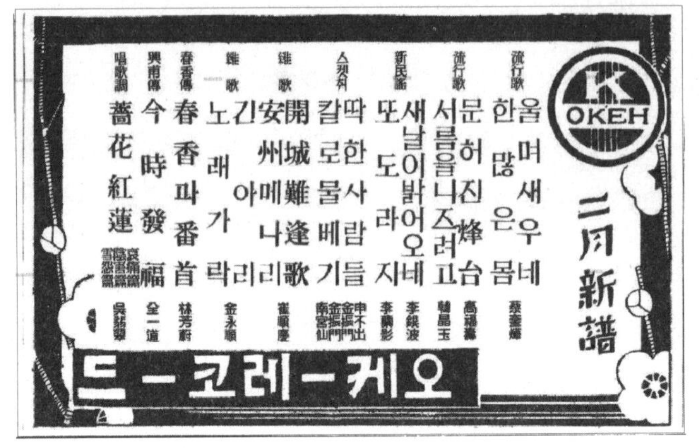
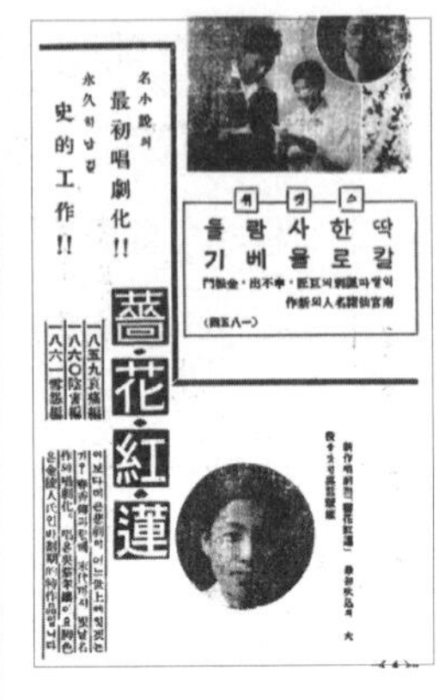

〈그림 1〉『동아일보』, 1936.2.5

〈그림 2〉『매월신보-오케매월신보』, 1936.2

특히 홍련으로 분한 김옥련 양은 노래뿐 아니라 신극 배우 중에서도 돋운 연기를 가서 한 이채異彩이다.『매일신보』, 1943.10.31

위의 기사는 조선창극단의 공연 〈장화홍련전〉에 대한 것이다. 이 기사를 통해 다음의 사실을 파악할 수 있다. ①〈장화홍련전〉은 영화는 물론 연극으로도 이미 여러 차례 공연되었다. ②〈장화홍련전〉은 창극으로는 이전까지 연행되지 않았다. ③신극 연출가 박진의 연출로 창극 〈장화홍련전〉이 제작되었다. 또한, 창극화된 〈장화홍련전〉을 소개하는 기사의 논조에서 확인할 수 있는 것은 ① 소설『장화홍련전』이 갖는 서사의 보편성, ② 창극 레퍼토리로서 〈장화홍련전〉의 새로움, 그리고 ③ 천벌과 인벌을 통해 악인을 징치, 권선징악을 추구하는 〈장화홍련전〉의 핵심 서사가 창극에서도 중요하게 다뤄졌다는 점이다. 즉, 기사는 레퍼토리로서 〈장화홍련전〉이 갖는 위의 매력들로 창극 〈장화홍련전〉을 홍보하는 것이다.

기사가 홍보하고 있는 〈장화홍련전〉의 서사적 가치는 타당하다. 다만 주

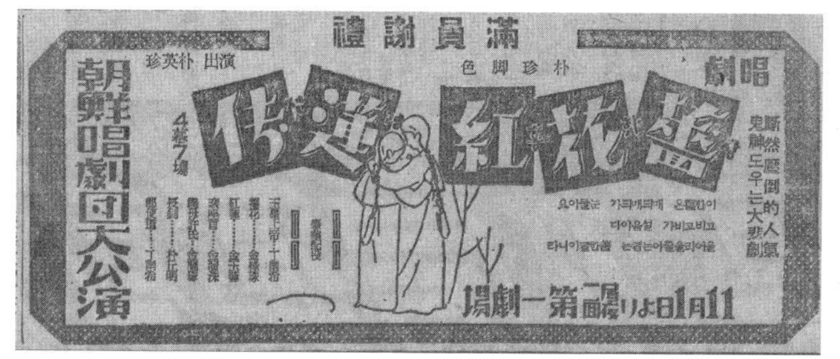
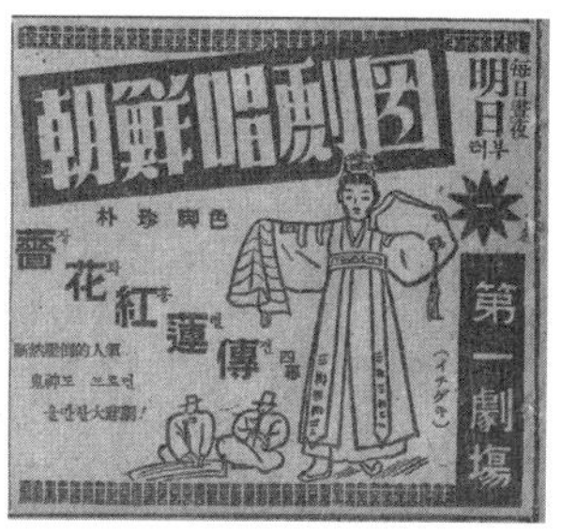

〈그림 3〉『매일신보』. 1943.11.3   〈그림 4〉『매일신보』. 1944.3.9

의해서 봐야 할 것은 창극 〈장화홍련전〉이 이 시기에 처음으로 제작되었을지는 모르지만, 판소리 음악으로 〈장화홍련전〉은 이전 시기에 이미 존재했다는 것이다.

1936년 2월 오케는 오비취의 창으로 '애통편Okeh 1859', '음해편Okeh 1860', '설원편Okeh 1861'의 唱劇調 〈장화홍련전〉전 3매를 발매했다.

1930년대 '창극조'는 '창극'과 대비되어 판소리를 지칭하는 용어였다. 〈장화홍련전〉은 '명소설名小說을 최초창극화最初唱劇化'한 작품으로 소개되었다. 오케는 '이 보다 더 큰 비극悲劇이 어느 세상世上에 잇겠는가? 춘향전春香傳과 함께 말대末代까지 빗날 명작名作의 창극화唱劇化. 창唱은 오비취양吳翡翠孃이요 각색脚色은 김릉인씨金陵人氏인바 획기적특작품劃期的特作品입니다'의 문구로 이 음반을 광고했다. 그리고 1936년 2월부터 1937년 4월까지 '남도南道 창극조唱劇調', '창극唱劇', '창극조唱劇調'의 장르명으로 오케의 신보에 꾸준히 소개했다.[19]

현재 이 음반의 음원은 '음해편'만을 확인할 수 있다.[20] 음해편은 총 6분 40여 초로 장화가 허씨의 계략으로 집에서 쫓겨나 연못에 빠져 죽고, 홍련역시 언니 뒤를 따라 죽는 내용이다. 서사의 많은 부분이 변사의 설명으로 축약되어 이어지지만, 누명으로 억울함과 슬픔을 표하며 홍련과 이별하는 장화의 심정, 연못 앞에서 죽기 전 원통해하는 장화의 고백이 오비취의 소리로 절절하게 표현되었다.

조선창극단에서 창극 〈장화홍련전〉을 기획, 연출하며 음반의 창을 수용하였는지 여부는 알 수 없다. 그러나 오케의 창극조 〈장화홍련전〉은 창이 들어갈 경우 호소력이 짙어지는 〈장화홍련전〉의 특색을 확실히 보여주었다. 실제로 창극 〈장화홍련전〉을 광고하면서 '이 한 편은 매듸매듸가 눈물이요 고비고비가 설움이라 울어라 울 줄 아는 사람은 선한 자이다',[21] '단연 압도적 인기, 귀신도 드르면 울 만한 대비극'[22]과 같은 문구가 들어갔는데, 창극 〈장화홍련전〉의 지향이 비극적 정조를 드러내는 것에 있었음을 알 수 있다.

[자료 8] 창극 장화홍련전을 보고서

조선의 전래 가곡이 대체로 쇠잔한 이때 남도 판소리만이 명맥을 유지하고 있는 것은 창극이 새로운 형식을 취하여 소위 악극이라는 것의 영역을 비집고 든 것에도 까닭이 있겠지만 양악에 대한 일종의 반발 내지 내 것에 대한 회고 반성이기도 하다. 그러나 창극이 아직 대중을 고루 파악 못하고 어딘지 진부하여 자리가 못 잡힌 것은 『소리』 때문이 아니라 극면에 대한 요리가 덜 된 탓일 것이다. 우선 이런 의미에서 『장화홍련전』제1 극장 공연 중을 본다면 우려는 적이 일소된다. 소설에서 각색하니 만큼 80%의 원작이라고 볼 수 있다. 각색자 박진 씨가 극작가요 연출가인 줄 알지만 판소리의 『고쓰』를 움켜잡아 가사에 운을 붙여 잡아빼고 휘몰아치우고 하면서 고장鼓張에 호흡을 마친 것은 비범한 솜씨다. 전 4막 7장 중 제1장 천상편은 뚱딴지같으나 소설의 의도를 각색자가 적중한 것으로 통하여 색잖다. 전편의 중력은 실상 제3막 2장에 쏠려 있으니 홍련이가 파랑새를 부르며 우는 장면은 기법도 부드럽거니와 홍련(김옥련)이 실제로 울면서 관중을 끌어잡는다. 배좌수^{김연수}의 청도 여전히 좋아 성공이라고 볼 수 있으나 일반적으로 본다면 연기자 진용이 좀 무력한 감이 있다. 『매일신보』, 1943.11.6

창극 〈장화홍련전〉을 보고 난 후 쓴 감상을 살펴보면, 이 작품은 이전 창극이 갖는 극적 미숙함을 해소한 것으로 보인다. 연출가 박진이 보여준 사설과 음악, 그리고 장단의 조화가 자연스러웠고, 언니를 그리워하며 부른 홍련의 창과 연기 역시 호소력이 있었다. 1943년 11월에 초연된 창극 〈장화홍련전〉은 이후에도 세 차례에 걸쳐 공연되었다.[23] 그리고 1944년 6월 조선이동창극단이 창설되면서 1944년 12월 4~8일에 걸쳐 한 차례 더 공연이 이루어졌다.[24]

1950년대에도 창극 〈장화홍련전〉은 레퍼토리로 활용되었다. 김연수가 이끄는 우리국악단이 1955년 7월 5일부터 중앙극장에서, 7월 9일 계림극장에서, 7월 15일 광무극장에서 〈장화홍련전〉을 공연했다.[25] 1955년 6월에 연극 〈장화홍련전〉이 약 한 달간 경보京寶극장에서 공연된 것을 떠올릴 때, 이 시기 연극과 창극으로 〈장화홍련전〉이 활발하게 공연되었음을 알 수 있다.

〈장화홍련전〉은 1959년 2월 8일부터 13일까지 다시 한번 무대에 올라갔다. 서항석 각색, 이진순 연출로 김연수, 강장원, 박초월, 박귀희, 홍갑수 등 국극계 원로들과 대한국악원 직속 시범 단원들이 주축이 되어 국립극장 시공관에서 공연한 것이다.[26] 그러나 이를 관람한 지식인의 공연평은 그리 좋지 못했다.

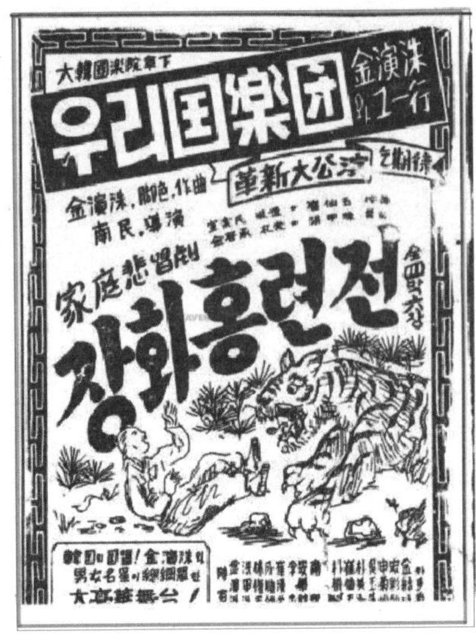
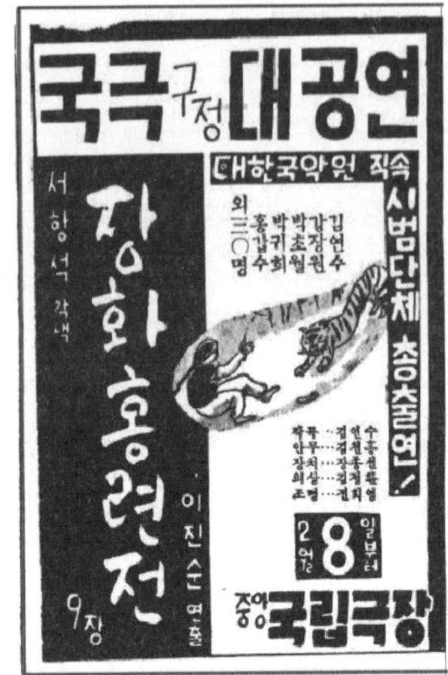

〈그림 5〉『경향신문』. 1955.7.6　　〈그림 6〉『경향신문』. 1959.2.5

[자료 9]

솔직히 말하여 나는 그간의 소위 국극이니 창극이니 하는 무대에 회의하고 있던 한 사람이다. 부질없이 허식된 배경, 천편일률의 진부한 제재. 그것은 차라리 아니 보는 것이 쾌했다. 저속한 것을 가지고 국극이라 표방하는 것부터 나는 참람하다고 분개하였던 것이다. 그러나 객년 국립극장에서 시도한 흥보가는 확실히 새로운 국극의 지표로서 우리를 당목케 했다. 국극이 가져야 할 형식과 국극이 지향할 길이 그 무대에 비로소 태동되고 있었다. 국극은 우선 고유한 전통에의 환원에서부터 새로이 출발할 것을 분명히 하였기 때문이다. 연극으로 난점이 있었는지 모르나 판소리를 완전히 살리는 방도부터 강구된 것이 지난 흥보가의 주안이 아니었던가. 이번 장화홍련전은 국립극장이 두 번째 묻는 국극이다. 전래하는 12마당 이외의 제목이매 원곡에 충실 여부를 따질 도리가 없는 것이지만 무대가 사뭇 흥보가 이전으로 반전한 것은 웬일일까? 이것은 지나치게 아름답고 사실적인 장치를 결코 그르다는 뜻이 아니다. 하나의 전통을 위하여 국극은 가급적 소박하고 간이한 배경을 모색한 것이 흥보가의 그것이었다면 우리는 이점부터 다시 논의하여야 할 것이다. 생경한 것은 그뿐이 아니오 무대에 광채를 더할 악대가 전혀 생기를 잃고 조잡한 연주에 시종한 것을 들 수 있다. 정제한 편곡으로서 완미한 무대와의 협주를 당장 기대키 어렵더라도 악사의 태도라도 정중해서 나쁠 것이 있을까?성경린, 「생경한 도창, 조잡한 연주＝국극 "장화홍련전" 공연평＝」, 「동아일보(東亞日報)」, 1959.2.12

성경린1911.9.18~2008.3.5은 1961년 국립국악원 원장을 역임한 바 있는 국악계의 지식인으로 그가 남긴 공연평을 주의 깊게 볼 필요가 있다. 당시 창극 / 국극을 부흥하고자 하는 국악계의 움직임은 긴박하고도 절실했다. 이에 국극을 향한 다양한 실험들이 모색되었는데, 성경린의 공연평을 통해 당시 〈장화홍련전〉으로 시도한 국극의 모습을 유추할 수 있다. 그는 '판소리를 완전히 살리는 방도' 아래서 국극을 모색했던 지난 〈흥보가〉와 대비하여 국극 〈장화홍련전〉은 '흥보가 이전으로 반전反轉'했다고 평했다. 이를 통해 〈장화홍련전〉은 판소리의 음악성 보다는 연극성을 보다 강조하지 않았나 싶다. 그리고 이는 각색자와 연출자가 주로 연극계에서 활동하던 인사였다는 사정, 1950년대 여성국극의 폭발적 인기 속에서 극적 요소가 전통음악극의 중요한 요소로 자리를 잡았던 사정을 떠올릴 때, 충분히 가능한 일이었다. 무대장치에서도 '가급적 소박하고 간이한 배경'을 추구하였던 〈흥보가〉와 달리 '아름답고 사실적인 배경'을 추구한 것으로 파악된다. 악대樂臺 역시도 '생기를 잃은 조잡한 연주에 시종'했다고 평하고 있는 논조 속에서, 정통 창극 반주보다는 새로운 악기를 사용한 연주가 시도되었다고 추측할 수 있다.

창극 〈장화홍련전〉은 이후 1998년 3월 여성국극예술협회가 무대에 올리기까지[27] 무대공연으로 이루어지지 못한 것으로 파악된다. 물론 지방, 혹은 해외에서 공연되었을 가능성이 있고,[28] 버라이어티 행사 시 짧은 공연으로 무대에 올라갔을 수는 있다.[29] 그러나 1962년 국립국극단1973년 국립창극단으로 개칭이 결성된 후에도 〈장화홍련전〉은 정기 공연 레퍼토리로 활용되지 못했다.

그러나 창극 〈장화홍련전〉은 무대 외에 음반과 방송으로 대중에 노출되었다. 먼저 방송으로 전파된 창극 〈장화홍련전〉을 보자.[30]

방송 일시	프로그램명	출연자	비고
1953.10.15.	〈HLKA 라디오 창극〉 장화홍련 상편	성금련(成錦蓮), 정철호(鄭喆鎬)	성춘풍 구성
1953.10.22.	장화홍련 중편	창(唱) 정송이(鄭松伊)	
1953.10.23.	장화홍련		
1953.10.29.	장화홍련 하		
1953.10.30.	장화홍련 하편	창(唱) 정송이(鄭松伊)	
1956.6.5.	〈국악무대〉 장화홍련		
1977.2.1.	〈MBC 내강산 우리노래〉 창극 장화홍련 시리즈	장화 : 안향련, 홍련 : 김영자, 장쇠 : 구봉서, 중쇠 : 허희, 허씨 : 오정숙, 단심 : 안옥선, 노복 : 이영일, 도창 : 강종철, 고수 : 김득수	
1977.2.8.	창극 장화홍련 시리즈		
1977.2.15.	창극 장화홍련 시리즈	구봉서, 조상현, 오정숙, 안향련, 김영자, 안옥선, 허희, 강종철, 이은관, 김일남.	
1977.2.22.	창극 장화홍련		
1977.3.8.	창극 장화홍련		
1977.3.15.	창극 장화홍련		
1977.3.22.	창극 장화홍련		
1977.3.29.	창극 장화홍련 마지막회		
1980.6.12~ 1980.9.11.	〈MBC 창극무대〉 창극 장화홍련전		매주 목요일 방송
1982.8.31.	〈KBS지정석〉	한농선(도창), 조상현, 강정숙, 유수정,	이재현 극본, 박경식 연출

방송 일시	프로그램명	출연자	비고
	창극 장화홍련전	신영희, 안병경, 왕상희, 임석종, 왕기석, 공경주, 김경애, 김동애 등	
1982.9.14.	창극 장화홍련전		

1950년대 라디오 방송이 본격적으로 시행된 이후 〈라디오 창극〉이라는 프로그램이 1953년부터 1959년까지 명칭을 바꾸어가며 존재했다. 〈장화홍련전〉은 이 프로그램에서 시리즈로 5회에 걸쳐 한 번, 그리고 1회 분량으로 한 번 방송되었다.[31] 현재 이 방송의 실상을 확인할 수 없어 그 내용 역시 정확히 알 수는 없지만, 1953년 5회에 걸쳐 이루어진 방송은 기존 무대 공연과 같이 전 서사의 내용을 담았을 것이라 추측된다. 반면 1956년 1회로 이루어진 방송은 창극 가운데 일부만이 방송이 되었을 것으로 보인다.

이후, 창극 〈장화홍련전〉은 텔레비전이 안방극장화되는 1970년대에 TV 프로그램으로 자체 제작되어 방송되기도 했다. MBC 〈내 강산 우리노래〉라는 프로그램이 바로 그것이다. 이 프로그램에서 〈장화홍련전〉은 총 7회에 걸쳐 창극 형태로 방송되었고, 이후 1980년 MBC 〈창극무대〉라는 프로그램에서도 매주 목요일에 3개월 동안 방송되었다. 1982년대 〈KBS지정석〉에서도 창극 〈장화홍련전〉은 2회에 걸쳐 방송되었다.

〈장화홍련전〉은 1936년 오케 음반 이후, 몇 차례에 걸쳐 창극 음반으로도 제작되었다. 그 내용을 살펴보면 다음과 같다.[32]

녹음 / 제작 년도	제목	가창자 / 연주자	레코드 제작사 / 음반번호	비고 (재발매 상황)
1960년대 후반	창극 장화홍련전[33]	김소희, 성창순, 김경희, 박옥진,	시대 · 유니버샬 SL515~517	힛트 재발매

녹음 / 제작 년도	제목	가창자 / 연주자	레코드 제작사 / 음반번호	비고 (재발매 상황)
		한일선, 허희	CLS545~547 (3LP)	
1970년대 초 녹음, 1979년 제작	대장화홍련전	김소희, 성우향, 조상현, 성창순, 김경희, 박옥진	현대음반주식회사 HSJ민17-1~3 12인치 3LP	1984년 현대음반주식회사 HSJ민17(2MC) 재발매.
1970년 녹음, 1971년 제작	국극 장화홍련전	박미숙, 박옥진, 김정희, 조금앵, 박정화, 이소자, 조영숙	도미도레코드	1976년 대한음반제작소(株) 재발매(DL-119, DH-LD170A, LD-66~67(1LP / 재판)).
1974년 녹음, 1974.5.10. 제작	장화홍련전	김소희, 조상현, 남해성, 김경희, 안향련, 김소연, 장석원, 김동준, 박양덕	아세아레코드사 ALS-350~352 3LP	1976년 1월 26일 아세아레코드에서 카세트테입(AAL-3164, 2MC)으로 발매
1976년 녹음, 1977.3.25. / 1978. 1. 제작	대장화홍련전	박송희, 김진진, 강종철, 정란영, 이용배, 김혜리 등	신세계레코드사 S민-4026~4027 2LP	

창극 〈장화홍련전〉은 1960년대 후반 시대·유니버샬 레코드의 발매를 기점으로, 현대음반주식회사, 도미도레코드사, 아세아레코드사, 신세계레코드사에서 다섯 차례에 걸쳐 제작되었다. 당시 각 음반회사가 창극 음반을 낼 때, 〈춘향전〉, 〈심청전〉, 〈흥보전〉을 주된 레퍼토리로 삼았음을 고려하면, 다섯 차례의 〈장화홍련전〉 음반 발매는 눈여겨 볼 지점이다.[34]

20세기 극장의 성립 이후, 창극 〈장화홍련전〉은 여러 차례, 다양한 형태로 공연되었지만, 이의 실상을 확인하기란 쉬운 일이 아니다. 실상을 파악할 수 있는 방법은 남아있는 창극대본을 검토하거나 공연 영상을 확인하는 것일 텐데, 이 두 가지가 모두 이뤄지기 어렵기 때문이다. 그러나 현재 남아있는 창극 〈장화홍련전〉의 음반이 있기 때문에 이를 통해 당대 창극 〈장화홍련전〉의 모습을 어느 정도 짐작할 수는 있다. 또한, 저자가 입수한 경상대학교 소장의 창극 〈장화홍련전〉 공연 대본과 1980년대 〈KBS지정석〉에

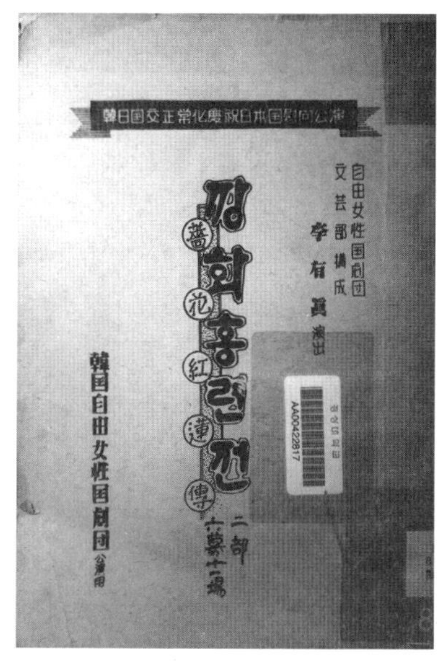

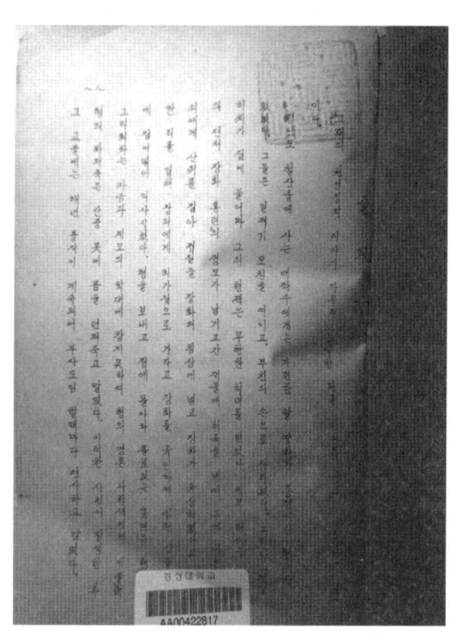

〈그림 7〉〈장화홍련전〉 대본 앞 표지　　　　〈그림 8〉〈장화홍련전〉 대본 첫째 면

출연했던 신영희 명창이 제공한 방송대본 〈장화홍련전〉의 일부를 통해, 무대에서 연행되었던 〈장화홍련전〉을 재구再構할 수 있을 것이다.

현재 저자가 보유하고 있는 창극 대본 〈장화홍련전〉은 경상대학교 소장 '한국자유여성국극단 공연용' 〈장화홍련전〉이다. '한일국교정상화경축일본국위안공연韓日國交正常化慶祝日本國慰安公演'이라는 문구 아래 이유진李有眞 연출演出의 이부二部 육막십일장六幕十一場으로 구성되었다. 이 공연이 정확하게 언제, 어디에서 연행되었는지는 현재로서는 확인되지 않는다. 다만 '한일국교정상화경축일본위안공연'이라는 문구를 통해 한일국교정상화가 이루어진 1965년 12월 18일을 즈음하여 공연되었으리라 추측하고, '일본 위안 공연'이라는 문구로부터 일본에서 공연되었으리라 짐작할 뿐이다.

한편, 저자가 음반으로 보유하고 있는 창극 〈장화홍련전〉은 다음의 4종이다.

① 〈장화홍련전〉제1집~제3집^{CLS547~545}, 유니버어샬레코드사, 연도표기 없음.[35]

② 〈장화홍련전〉제1집~제3집^{ALS350~352}, 아세아레코드사, 1974.5.10.

③ 〈대장화홍련전〉제1집^{S민4026}, 신세계레코드사, 1977.3.25.

   〈대장화홍련전〉제2집^{S민4027}, 신세계레코드사, 1976.3.25.

④ 〈장화홍련전〉^{LD170}, 도미도레코드, 제작연도 표기 안 됨.[36]

방송으로 보유하고 있는 대본은 한국방송공사, 창극 〈장화홍련전〉 제1부^{이재현 극본, 박경식 연출, 이영국 조연출}이다. 이 대본은 〈KBS지정석〉 대본으로 1982년 8월 31일에 방송된 대본이다.

현재 남아있는 창극본 〈장화홍련전〉은 모두 1960~1980년대 것이다. 따라서 이들 창극본을 통해 1960~1980년대의 창극 〈장화홍련전〉의 특징과 공연물로서 갖는 의미를 파악할 수 있다. 더불어, 이들 대본이 갖는 공통적 특징을 바탕으로 1940~1950년대의 〈장화홍련전〉의 재구再構도 일부 가능할 것이라 기대한다.

3. 창극본 〈장화홍련전〉의 특징적 면모

창극본 〈장화홍련전〉은 음반과 방송 모두 전체적으로 유사한 서사 구조를 가지고 있는데, 그 내용을 정리하면 다음과 같다.

① 꽃노래를 부르며 합창하는 처녀들.

② 좋은 봄날 죽은 모친을 그리워하는 장화와 홍련.

③ 장쇠 등장하여 처녀들을 희롱함.

④ 배좌수, 장화와 홍련을 불러 나쁜 꿈을 꾸었다며, 계모를 들인 것을 후회함. 그리고 계모의 구박으로 딸들이 힘들지 않은지 살핌.

⑤ 허씨 등장하여 배좌수와 장화, 홍련을 타박함.

⑥ 허씨, 장쇠에게는 먹을 것을 나누어 주며 잘 해주나 장화, 홍련은 구박함.

⑦ 배좌수 그런 허씨를 못마땅해하며 허씨와 말다툼.

⑧ 장쇠, 배좌수와 허씨를 말림. 그러면서 배좌수가 집안 재산을 장화와 홍련에게만 줄까봐 어머니 허씨가 장화, 홍련을 미워하는 것이라고 이야기함.

⑨ 배좌수, 허씨에게 본디 집안 재산이 전처의 것이기에 장화와 홍련이 가져가는 것은 응당하며, 이후부터 재물에 욕심을 내지 말라고 말함.

⑩ 허씨, 장쇠를 불러 돈 10냥을 주며 쥐를 잡아오라고 함.

⑪ 허씨, 장쇠가 잡아온 쥐를 들고 껍질을 벗겨 장화의 방에 몰래 가져다 둠. 배좌수를 불러 장화가 낙태를 했다는 거짓을 말함.

⑫ 당황한 배좌수는 어쩔 줄을 몰라 하고, 허씨는 계책을 내어 장화를 당장 외가로 보내라고 함.

⑬ 번민하던 배좌수는 마침내 허씨의 뜻에 따르기로 하고 장화에게 외가로 가라고 명령함.

⑭ 억울하고 속상해 하는 장화. 그러나 아버지의 뜻을 거역하지 못하고 홍련과 이별한 후, 장쇠를 따라 집을 나섬.

⑮ 연못으로 장화를 데려간 장쇠는 장화에게 물에 빠지라고 함. 장화는 살려달라고 애원해보지만 장쇠가 들어주질 않자, 마침에 못에 몸을 던짐.

⑯ 갑자기 나타난 호랑이에게 장쇠는 팔과 얼굴을 다침.

⑰ 언니를 그리워하는 홍련. 갑자기 찾아온 파랑새를 보며 언니 생각으로 슬픔에 잠김.

⑱ 홍련 곁에 있던 몸종 단심은 장쇠에게 사정을 물어본다고 하며 장쇠를 찾아감. 장쇠를 꾀여 자초지종을 들음. 마침내 홍련과 더불어 모든 사실을 알게 됨.

⑲ 절망한 홍련은 유서를 남기고 집을 떠남.

⑳ 홍련이 없어진 사실을 알고 찾아 나선 배좌수와 단심, 노복. 이들을 바라보며 수군대는 마을 사람들. 귀신이 출연한다는 소문을 이야기하는 마을 처녀들.

㉑ 파랑새를 따라 산속 연못 장화가 죽은 곳에 이른 홍련은 언니의 혼을 보고 따라서 물에 빠짐.

㉒ 홍련의 신발을 뒤늦게 발견한 배좌수 일행은 홍련의 죽음을 알고 절망함.

㉓ 천상 옥황. 장화와 홍련의 원혼으로 철산 고을의 좌수가 계속해서 죽자 옥황상제는 이들의 한을 풀어줄 무관을 선전관에게 찾으라고 함. 선전관은 정동흘을 추천하고, 정동흘이 옥황상제의 부름으로 천상에 와서 철산 고을을 살리고 불쌍한 자매의 원을 풀어주기로 함.

㉔ 기근과 재난으로 고통 받는 철산 고을. 배고픈 주민들과 아이들의 모습.

㉕ 정부사, 철산에 부임하여 고을 사정을 이방과 사령에게 들음.

㉖ 밤이 되자 장화, 홍련의 원귀가 나타나 원을 풀어달라고 함.

㉗ 정부사, 날이 밝자 배좌수와 허씨 가족을 불러 문초를 함.

㉘ 두 딸이 병들어 죽었다는 배좌수의 말에 정부사가 사실 여부를 추궁하자, 허씨가 대신 이야기를 함. 장화는 失行하여 스스로 자결하였고, 홍련

역시 동리 총각과 정을 통해 야밤에 도주한 후 돌아오지 않았다고 함.

㉙ 장화가 낙태한 것을 가져오라 하자, 허씨 증거를 보여주며 자신은 죄가 없다고 주장함. 정부사는 형리를 시켜 낙태한 것을 자르게 한 후, 그 안에 쥐똥이 담겨 있음을 확인함. 장쇠가 참지 못하고 전후 사정을 모두 이야기 하여 허씨의 죄가 밝혀짐.

㉚ 정부사, 허씨와 장쇠에게 벌을 내리고, 배좌수 역시 벌을 수려 할 때, 장화와 홍련의 혼이 나타남. 아버니와 잠깐 만난 후, 승천하라는 정부사의 영을 받고 장화, 홍련의 혼은 하늘로 승천함.

위의 서사는 1965년의 대본으로 추정되는 자유여성국극단 〈장화홍련전〉의 것이다. 음반 창극은 이를 기본 골격으로 하여 구성되었다. 특히 유니버샬, 아세아레코드사의 〈장화홍련전〉은 이와 거의 같은 서사를 띠고 있다. 다만 음반의 경우 공연 대본에 있는 모든 장면을 담고 있지는 않다. 이를테면 ①~③, ⑳, ㉓~㉔의 장면은 생략되었다. 도미도레코드의 경우는 1장짜리 음반약 40분이기에 도창을 이용하여 축약적으로 장면을 구성하면서 세부 서사가 더 많이 삭제되었다.

신세계 레코드의 경우는 역순행적 구성을 취하였는데, 사또의 부임 장면을 시작으로, 그 앞에 장화와 홍련이 나타나 그들의 이야기가 회상되는 방식이다. 신세계 〈장화홍련전〉은 아세아 〈장화홍련전〉 이후에 녹음, 제작된 것으로 구성에 차별화를 두기 위해 변형을 가한 것으로 해석된다. 대사의 내용이나 장면은 이전 것들과 큰 차이를 보이지 않는다. 이는 방송 창극의 경우도 마찬가지이다.[37] 이제 이를 바탕으로 창극본 〈장화홍련전〉의 특징적 면모를 살펴보도록 하겠다.

1) 재생담의 미반영을 통한 '억울한 죽음과 신원' 중심의 서사

고전소설 『장화홍련전』의 이본은 현재 소개된 것만 50여 종에 이른다. 많은 수의 이본을 어떻게 계열화할 것인가에 대한 논의는 선학들의 많은 논의 끝에 어느 정도 합의에 이르렀다. 즉, 〈장화홍련전〉의 결말 부분 재생담이 있는 것과 없는 것을 기준으로 나누는 것이다.[38]

서혜은[39]은 재생담의 유무로 〈장화홍련전〉을 계열화하고, 이를 다시 결말의 내용에 따라 세부적으로 나누어 4계열로 〈장화홍련전〉의 이본을 나누었다. 그의 논의에 따르면 1계열의 결말은 장화와 홍련의 억울한 죽음이 알려지고, 계모가 처형이 되면서 끝이 난다. 2계열은 1계열의 결말 뒤에 염라왕의 명령으로 계모 허씨가 온갖 지옥을 돌면서 고난을 겪는 내용으로 끝이 난다. 즉, 1계열과 2계열이 재생담이 존재하지 않는 이본에 속하는 것이다. 3계열과 4계열은 재생담이 존재하는 이본인데, 이를 다시 회생3계열과 환생4계열으로 나누었다. 즉, 죽었던 장화가 회생을 하여 부사와 혼인을 하고 장수하는 것으로 끝이 나는 이본을 3계열로, 장화와 홍련이 환생하여 행복한 삶을 살다 죽음에 이르기까지의 일대기를 담으며 이야기를 확장하는 이본을 4계열로 나눈 것이다.[40]

재생담이 없는 이본은 1818년 한문본인 박인수본 이전부터 존재하였고, 이후에도 필사본 형태로 꾸준히 생산되었다. 재생담이 있는 이본은 필사본, 방각본과 활자본 모두에서 확인되었고, 후대에 재생담이 삽입되었다고 보는 견해가 지배적이다. 활자본 이본은 모두 재생담을 포함하고 있다. 활자본 고소설이 1910년대에 이르러서 나타났다는 것을 고려할 때, 1910년대 이후 〈장화홍련전〉이 무대에서 연행되던 시기에는 이를 바탕으로 각본이 짜였을 가능성이 높다. 그러나 흥미롭게도 저자가 가지고 있는 모든 창극본

〈장화홍련전〉에는 공통적으로 재생담이 존재하지 않는다.

창극본 〈장화홍련전〉의 종류	결말 형태
한국자유여성국극단 대본 〈장화홍련전〉(1965년)	계모 허씨와 장쇠 징치. 장화, 홍련 하늘로 승천
유니버샬 레코드 〈장화홍련전〉 (1960년대 후반)	계모 허씨와 장쇠 징치. 장화, 홍련 원한 풀렸다는 합창으로 마무리
도미도레코드 〈장화홍련전〉 (1970년)	허씨 재판 부분이 도창으로 요약적으로 제시. 허씨와 장쇠 징치된다는 설명. 장화, 홍련의 원한이 풀렸다는 내용의 합창으로 마무리.
아세아레코드 〈장화홍련전〉 (1974년)	허씨 사형, 장쇠 극형에 처함. 장화, 홍련의 시체를 건져서 안장하고 넋을 위로함. 장화, 홍련 신선되어 승천했다는 합창.
신세계레코드 〈장화홍련전〉 (1976년)	허씨 사형, 장쇠 극형에 처함. 장화, 홍련의 시체를 건져서 안장하고 넋을 위로함. 장화, 홍련 신선되어 승천했다는 합창.
〈KBS지정석〉 방송 대본 〈장화홍련전〉(1982년)	마을 사람들이 계모 허씨와 장쇠 징치하고, 억울한 장화, 홍련을 위해 비를 세워달라 간청, 허씨와 장쇠를 죽임. 장화, 홍련의 시신을 수습하고 불망비를 세워 혼령을 위로. 장화, 홍련 승천.

창극본 〈장화홍련전〉은 장화와 홍련의 누명이 벗겨지고, 부사가 허씨와 장쇠를 징치한 후, 장화와 홍련이 하늘로 승천하는 것으로 마무리가 된다.

[인용 1]

장화, 홍련 : 감사하오 이제 억울한 누명을 풀고 지하에 고요히 잠드오리다 이

　　　　　은혜 초보은 하오리다 아버지 사또님 잘 게시오

배좌수 : 오냐 아가 장화야 홍련아 이 애비를 욕하여라 너이들 죽은 연못을

　　　　찾어가 초혼제를 정성끝 드러 너의 혼령이나와 위로하지 아가

장화, 홍련 : 아버지 가요 하늘로 오르오 잘 세기오

배좌수 : 잘들 가거라

정부사 : 승천하라

장화, 홍련 : 하늘의 즐거움을 보여드리 오리니 안심하옵소서

데그레이숀. 선녀들 춤 속에 장화, 홍련 화려한 옷에 나온다. 음율과 창무[41]

[인용 2]

사또 : 간밤에 네 딸 장화 홍련의 원귀가 나타나 오늘 일을 이렇게 환원하
　　　게 된 것이다.

배죄수 : 장화야, 홍련아

장화, 홍련 : 아버지. 아버지.

사또 : 이 골 백성들은 모두 잘 들어라. 장화, 홍련이 억울이 빠져 죽은 연못
　　　에 가서 그 영혼을 건져 양지 바른 곳에 고이 안장토록 하고 넋을 위
　　　로해 주도록 하여라.

형리 : 네-잇.

온백성 : 네.

사또 : 오 천하로다, 천하다. 과연 천하로다.

합창 : 장화 홍련 맺힌 원한 명관 성주 다스리사 소원 성취한 연후에 신선되여 올
라가니 이런 경사 또 있느냐. 얼씨구 절씨구 지화자 좋네. 얼씨구나 절씨구.[42]

1960년대 이후의 창극본 〈장화홍련전〉은 장화와 홍련의 넋이 하늘로 올
라가 신선 혹은 선녀가 되는 것으로 끝난다. 이는 '갈등'을 핵심으로 하는
무대공연의 특성 안에서 설명이 가능하다. 공연물로서 〈장화홍련전〉은 '장
화, 홍련의 억울한 죽음과 신원의 과정'에 이야기의 초점을 맞추고 있다. 무
대극은 핵심 갈등을 중심으로, 사건이 발단-전개-위기-절정-대단원으로
나아가는 구성이다. 따라서 〈장화홍련전〉에서도 단일한 갈등, 즉 억울한
죽음과 해원을 중점적으로 다룬다. 또한 공연물은 독서물과 달리 제한된 시
간이 있다. 따라서 작품을 통해 관객에게 각인될 수 있는 사건과 이에 따른
갈등은 하나면 족하다. 더군다나 이후 재생담은 환생한 장화와 홍련의 일대

기적 내용을 담고 있는 바, 갈등을 기반으로 한 극적 요소가 부족한 것이 사실이다.

하나의 갈등에 서사의 초점을 맞추면서 주제 역시 '권선징악'의 '징악懲惡'에 무게가 실렸다. 환생한 장화와 홍련의 복스러운 후일담이 생략됨으로써 선한 자의 행복보다는 그를 괴롭히고 음해한 악인들의 징치가 중요해졌기 때문이다. 앞서 1943년 조선창극단의 창극 〈장화홍련전〉에 대한 '[자료 6] 금번 동씨의 각색이 장화홍련전으로는 처음되는 창극으로 악惡에 대하야는 천벌天罰과 인벌人罰이 잇는 것을 확연히하야 소설 이상의 해석을 나린데 각색자의 의도가 잇다한다'[43]라는 언사는 이와 같은 창극본의 지향을 드러낸다. 1943년의 〈장화홍련전〉은 어쩌면 장쇠를 징치한 호랑이를 '천벌'로, 허씨와 장쇠를 재판을 통해 벌하는 것을 '인벌'로 해석하여 이를 좀 더 부각하여 구성하였을 것이다.

장화와 홍련의 죽음은 전통극의 축제적 결말로 해소된다. 사실 〈장화홍련전〉에서 '환생담'은 후대에 삽입이 된 것으로, 이른 나이에 죽게 된 장화와 홍련에 대한 민중적 연민과 이에 대한 진정한 해소의 열망에서 비롯되었다.[44] 그런데 창극본에서는 환생담이 제거되어 끝내 현세에서 평온한 삶을 살지 못한 장화와 홍련에 대한 연민이 그대로 남게 된다. 이에 창극본은 환생이 아닌 사후세계에서의 행복으로 이들에 대한 연민을 해소하고자 했다. 죽음은 분명 가장 안타까운 사건이다. 더군다나 이른 나이에 억울한 누명으로 죽은 젊은 처녀의 한은 그 무엇으로도 위로를 할 수가 없다. 설령 그들의 누명이 벗겨졌다 하더라도 이미 죽음 목숨이 돌아오는 것은 아니기 때문이다.

장화와 홍련은 '억울한 누명을 풀고 지하에서 고요히 잠들고', '누명을 벗겨준 은혜를 갚으며', '하늘의 즐거움을 보여드릴테니 안심하라'는 그들

자신의 목소리로 스스로를 위로한다. 죽음은 절망적이지만 '땅 위'에만 세계가 있는 것이 아니라, '하늘'에도 또 다른 세계가 있다는 것을 믿는다면 극복할 수 있는 것이다.

[인용 3]

창 : 장화 홍련 장화 홍련 착하고도 아름다운 장화화와 홍련화가 계모의 구박속에 땅우에서 못핀꽃이 하늘위에 피어나네 눈물도 슬음도 우슴속에 사러지고 하늘나라 꿈나라에 아름답게 꽃 떠나네

장화 (창) : 땅우에 슬음아 사러가라 악독함도 나가거라 다 피여본 꽃도 한은 잇다지 피지도 못한 그 꽃이야 더 무슨 말로 위로가 될까 땅우에 벗님네들 땅우에 아버지 장화의 이 모습 보옵소서

홍련 (창) : 언니야 장화언니 땅에서 못 핀 꽃 하늘에 피여 천년이고 만년이고 장화화 홍련화 곱게 곱게 기리기리 피어나리

합창 : 땅위에 괴로움아 사라져 가거라 땅우에 악함도 다지거라 찬란하고 아름다움이 바탕이 되어 장화화 홍련화 기리기리 후세에 본이되게 선하게 착함을 뿌려주세 장화화 홍련화 향기 풍겨 고웁게 고웁게 피고 지고 기리기리 피워주세

•장화 홍련 높은 대상에 오르고 무하를 폼짜 둘러스고

•장화 홍련 머리위에 오색꽃이 활짝 펴고

•강한 음률에 막 나린다.[45]

지상에서의 못 다한 생을 천상에서 살며, 지상의 눈물과 슬픔은 천상의 웃음으로 사라진다는 인물의 노래로써, 죽음의 절망을 극복하고, 장화와 홍

련의 천상에서의 행복을 기약하는 것으로 작품은 마무리된다. 창극 음반은 이 장면의 상당 부분을 생략하고, 장화와 홍련이 신원伸寃을 한 후 신선이 되었음을 '경사'라고 표현하며 '얼씨구 절씨구 지화자 좋다'라는 관습적 사설로 마무리한다.[인용 2] 끝내 죽은 두 자매의 운명은 결코 경사일 수 없으나 전통극의 축제화된 관습 어법이 환생담을 대체하여 결말의 비극성을 제거한 것이다.

2) 창을 활용하여 인물의 정서의 극대화

창극본 〈장화홍련전〉의 특징 가운데 하나는 인물의 정서를 '창'을 통해 구현하고 있다는 것이다.

[인용 4]

허씨 : (벌떡 일어나며) (창) 허허 이 말좀 들어보소 헌헌 장부 삼형제를 줄줄이 낳어주는 그 공은 어데가고 죽은 아내 칭찬이오 딸자식만 귀엽다네 이 재물이 뉘 재물이야 죽은 안해 재물이라 딸자식은 모다줘도 아들에겐 못주겠다 의기질림 하는구나 가시밥을 먹고살면 무슨영화 보겠다고 지긋지긋 살았느냐 아이구 장쇠야 너와 나와 같이 죽자 재물찾아 해보기는 애저녁에 틀렸구나 아이고 원통하고나 (마루치고 앉어 운다)[46]

[인용 5]

배좌수 : (고통하며) (창) 허허 이게 웬 말이냐 허허 이게 웬 말이야 유시에 어미잃고 근근히 자라날제 심귀에 고히있어 문밖을 모르드니 애

비눈을 속여가며 외간출입 있었드냐 가문을 더럽히고 애비망신

시킬려고 이지경이 웬일이며 이광경이 웬일이냐 아이고 내일이야

아이고 내일이야[47]

배죄수는 허씨에게 전처가 남겨 준 재산에 다른 마음을 품지 말라는 따끔한 충고를 한다. 연이어 허씨의 분노와 원망이 창을 통해 표현된다. 이는 소설에서 허씨의 마음을 서술자가 '시랑같은 마음이 어찌 뉘우치리요? 이후로 더욱 불측하여 두 자매를 죽일 꾀를 밤낮으로 생각하더라'[활자본] 또는 '죄슈나간사이의 흉척한 믜을 늬여 아달불너가'[박순호본]와 같이 직접 서술하는 것과는 차별화된 것으로, 대사와 표정을 통해 흉계를 꾸미는 허씨를 선명하게 드러낸다. 이는 배죄수도 마찬가지이다. 허씨의 꾀에 속아 장화를 오해한 배죄수는 딸에 대한 배신감과 원통한 마음을 창으로 표현한다.

이와 같이 인물의 정서를 표현하는 창은 작품 곳곳에서 나오며 무대 위의 사건을 역동적으로 이끌어간다. 특히 주인공 장화와 홍련의 창은 창극본 〈장화홍련전〉의 핵심이라고 할 정도로 많이 나올 뿐 아니라, 절절함이 녹아 있어 무대를 보는 관객의 마음을 울렸을 것으로 짐작된다.

[인용 6]

장화 : (창) 아버님 들조시오 어머님 들조시오 소녀나이 二八이나 모친복

중 나온후로 규방에 깊이묻혀 지게밖과 외인을 모르오며 와가행정

을 모르온대 심양삼경 깊은밤에 산을어이 넘사오며 외가로 윤친이

나 안차즐법 있아오리까많은 내죄를 내가 아니 이밤으로 가라심은

피이하고 답답하오 내 죄를 일러주오 죽으라 하시온들 살기를 바라

릿가 이제 당장 죽드라도 죄명이나 알고싶소 내죄를 일러주오 낱낱
이 일러주오 (운다)[48]

[인용 7]

홍련 : (창) 아이고 언니 웬일이요 간단말이 웬일이요 언니 나이 여섯이요
내 나이 네 살때에 자모를 사별하고 지중하신 부친 은덕 이만치 자
라나서 규방에 깊이 깊이 떠남없이 지낼 적에 형제 서로 의지하고
일각을 안 노터니 무삼 죄가 지중하야 심야삼경 야밤중에 가는 데가
어디이며 쫓겨가긴 웬일이요 죽어도 같이 죽고 살어도 같이 살지 형
을 잃은 홍련이가 혼자살어 무엇하리 나도 가요 나도 가요 언니 따
라 나도 가요 (부여안고 운다)[49]

누명을 쓰고 쫓겨나는 장화의 심사와 언니와 이별해야 하는 홍련의 절망
이 창을 통해 절절히 흘러나온다. 사실 〈장화홍련전〉은 원귀가 출현한다는
점에서 공포를 자아내는 이야기이기도 하다. 억울하게 죽어 한을 품은 처녀
귀신이 밤에 나타나 마을의 관장을 죽게 한다는 이야기는 그것 자체에 공포
의 요소를 가지고 있다.[50] 그러나 당시 창극 〈장화홍련전〉은 공포극보다는
비극으로 인식되었다. 전술한 바와 같이 1943년 조선창극단의 창극 〈장화
홍련전〉은 '이 한 편은 매듸매듸가 눈물이요 고비고비가 설움이라 울어라
울 줄 아는 사람은 선한 자이다',[51] '단연 압도적 인기, 귀신도 드르면 울 만
한 대비극'으로 광고되었기 때문이다. 작품에 흐르는 슬픔의 정조는 장화와
홍련의 가련한 처지로 드러나고, 이를 극대화하기 위해 창극본 〈장화홍련
전〉은 장화와 홍련의 창에 많은 무게를 뒀다. 귀신도 '드르면' 이라는 문구는

서사에서의 비극성이 '창'이라는 '노래'를 통해 구현되고 있음을 드러낸다.

[인용 8]

장화 : (마음속에 결정하고 언덕에 올라서서) (창) 유유창천이여 어엿전 일

　　　이닛까 무삼일로 장화내여 원혼되게 하시는고 장화 나이 二八이나 문밖을

　　　로 모르거늘 오늘 악명 웬일이며 이 죽엄이 웬일이요 전생에 무삼죄로 악

　　　명 싫고 죽어가니 우리 모친 어델 가시고 이 원한을 모르신고[52]

[인용 9]

홍련 : (창) 새야 새야 파랑새야 숲이우는 파랑새야 너는 비록 미물이나 홍련의

　　　우는 가슴 홍련의 답답한 정 너는 응당 알것이니 어서 빨리 일러다오 불쌍

　　　한 우리 언니 죽엇느냐 살엇느냐 살엇거든 울지말고 죽엇거든 울어다오 새

　　　야 새야 파랑새야 죽엇느냐 살엇느냐 아는대로 일러다오 (파랑새 운다)

　　　저 새가 울엇으니 우리언니 죽엇구나 아이고 언니 죽엇구려 아이고

　　　언니 죽엇구려 야속할사 우리 언니 죽단 말이 웬 말이요 새야 새야

　　　파랑새야 네 울음이 진정이냐 만만한 홍련이를 조롱하는 울음이냐

　　　불쌍한 홍련이를 조롱말고 일러다오 외가에간 우리언니 죽엇느냐 살

　　　엇느냐 (새운다) 새는 우네 새는 우네 저 파랑새 울음울어 네 울음 진

　　　정이면 우리 언니 죽엇느냐 우리 언니 불으는 홍련소리 들엇는지[53]

[인용 10]

홍련 : (창) 언니 언니 불쌍한 우리 언니 전상에 무삼죄로 악명을 몸에 싫고 이곳

　　　에 홀로 죽어 나를 설게 하나니요 언니 잃은 홍련이가 살어 무엇 하오릿가

나도 죽어 그 원이 되고 나도 죽어 넋이 되어 허공을 해매면서 원통 풀가
하나이다 (언덕에 올라서서) 비나이다 비나이다 하나님전 비나이다
장화 홍련 어린 형제 억울이 죽사오니 황천호토 산신제를 명찰하람
하옵시고 장화홍련의 지극 원통을 밝혀 살펴 주옵소서[54]

자신이 살아온 날들을 되뇌이면 죽음 앞에 선 장화의 창과 죽은 언니를
그리워하며 파랑새를 보고 노래하는 홍련의 노래는 관객으로 하여금 눈물
을 자아내게 한다. 특히 홍련의 경우, 장화와 이별하고 그를 그리워하며 끝
내 자결하는 과정에서, 그녀가 느낀 짙은 슬픔을 창으로 절절히 표현한다.

[자료 10]

이두현 : 성악연구회의 첫 공연작품은 「배비장전」이었고 주로 「춘향전」
「심청전」「홍보전」「토끼타령」「화용도」 등을 많이 공연했는데
그 중에서도 가장 인기가 있었던 작품은 무엇이었나요?

김연수 : 말할 것도 없이 「춘향전」이었어요. 그 다음에 「심청가」가 인기작
품이었죠.

유민영 : 가장 인기창으로는 누구를 꼽을 수 있을까요?

김연수 : 박록주 김옥연 김소희 그리고 불초소생 등을 들 수 있겠읍니다만
그 중에서도 김옥운은 굉장한 인기였어요. 김옥운이 「장화홍련전」의
홍련 역을 하면 울지 않은 사람이 없었어요. 그래서 신파극의 최고 인
기였던 청춘좌의 차홍녀와 겨룰 정도라는 평까지 돌았어요. 그녀는 본
래 계모 밑에서 자랐기 때문에 그런지 홍련역만하면 두 눈에서 눈
물이 비오듯 쏟아졌어요. 성경린, 「생경한 도창, 조잡한 연주 = 국극 "장화홍련전" 공연평
」, 「동아일보」, 1959.2.12

　　1959년에 이루어진 이두현, 유민영, 김연수의 대담을 통해 창극〈장화홍련전〉에서 홍련 역은 매우 중요하였음을 알 수 있다. 그리고 홍련 역을 맡은 김옥운이 관객의 눈물을 가장 많이 자극하였음도 확인할 수 있다. 홍련의 처지와 비통함, 그리고 이를 표현하는 창이 창극〈장화홍련전〉의 비극성을 견인한 것이다. 창극 음반〈장화홍련전〉에서도 홍련의 창은 거의 빠짐이 없이 수록되었다. 또한, 홍련 역에 연기와 창을 잘 할 수 있는 창자가 배치되었음도 확인할 수 있다.[55] 무엇보다〈장화홍련전〉이 판소리 전통 5가에 해당하는〈수궁가〉,〈적벽가〉보다도 여러 차례 창극음반으로 제작이 되었다는 사실은, 창극〈장화홍련전〉의 울림과 극적 감동이 매우 컸음을 보여준다.

3) 장쇠의 부각을 통한 극적 긴장과 이완, 사건의 추동

　　창극본〈장화홍련전〉의 특징 가운데 하나는 '장쇠'의 형상이다. 소설『장화홍련전』에서 '장쇠'는 허씨의 아들이다. 그는 장화를 모해하려는 허씨의 말을 듣고 쥐를 잡아 허씨에게 주고, 이후 집에서 쫓겨난 장화를 물에 데려가 빠트린다.[56] 장화가 죽는 그 순간 장쇠는 하늘의 벌을 받아 호랑이에게 팔과 다리, 그리고 귀를 잃는 신세가 된다.[57] 그리고 이후에는 특별히 등장하지 않다가, 작품의 말미에 계모를 처단하려는 부사 앞에서 "소인 등은 다시 아뢸 말씀이 없사오니 다만 늙은 부모를 대신하여 죽고자 바라옵니다"활자본라고 한 후, 허씨와 함께 벌을 받는다. 소설 속에서 장쇠는 '개도야지 같은' 인물로, '불측하고 무정한'활자본 자이다. 그는 허씨의 흉계를 도와 장화를 죽음에 이르게 한다. 그리고 허씨와 같은 '악인'으로 마침내 하늘과 인간의 벌을 받는다.

반면 창극본에서 장쇠는 소설과는 다른 면모로 형상화되었다. 그는 '출생 시 태독으로 천치'[58]가 된 자로, 눈치가 없고 바보스러운 모습으로 묘사된다. 아버지에게 어머니의 재물욕심을 발설하는가 하면, 허씨가 장화와 홍련을 구박한다는 사실을 배좌수에게 버젓이 이야기한다. 그리고 돈 10냥을 줄 테니 쥐를 잡아오라는 허씨의 말에 아무런 거리낌 없이 쥐를 잡아오고, 몸종 단심이와 결혼을 시켜 주겠다는 허씨의 꾐에 장화를 곤경에 빠트린다.

이와 같은 그의 바보스러움은 극적 긴장을 유발하기도 하는데, 허씨가 짠 계략이 '바보', '천치'인 그로 인해 아슬아슬하게 유지되는 것이다.

[인용 11]

허씨 : (돈을 주며 쥐를 받아들고) 엣다 너는 밖에서 누가 오나 보아라

장쇠 : 누가오면 그래 온다고 그래

허씨 : 그래 (방으로 들어간다)

장쇠 : (살펴보고)어머님 (뛰어들어온다)

허씨 : (절급하여 뛰여나오며) 쉿-왜 그러니

장쇠 : 아무도 안와

허씨 : (숨을 돌고) 아이고 이 자식아 잠자코 가봐

△ 장쇠 다시 자기 자리로 돌아오고 허씨 방으로 들어간다

장쇠 : 멀하는 거야 (들어가 본다) (그림자 비친다) 오라 저 저렇게 할려고
　　　 그랫구나 저런 바보들 저것도 모르고 잠만자고 헤헤헤헤

허씨 : (급히 나오며) 떠들지 마라

장쇠 : 재미있우 바보들은 그것도 몰으고 잠만 자지

허씨 : 아무에게도 오늘 일을 말해서는 안 된다 혹시 누가 묻든지 말해서도 안된다

남이 알면 너도 죽고 나도 죽어

장쇠 : 걱정 말어 누가 물으면 돈 열 냥받고 쥐 안 잡았다고 할테야

허씨 : 그냥 모른다고 해 글쎄 돈과 쥐 소리는 빼고

장쇠 : 글쎄 걱정 말어요 나를 바보로 아나봐 누나 자는데 어머니가 오라고 해서

　　　쥐 잡어 넣었다면 그만 아니냐

허씨 : 그런 말도 말고 잠자코 있어[59]

　장쇠는 모든 것을 알고 모든 것을 지켜보지만, 바보, 천치인 관계로 그가 하는 행동과 말은 심각하고 조심스럽게 이루어져야 할 허씨의 계책을 불안하게 만든다. 관객들은 허씨가 장화의 방에 몰래 들어가 쥐를 두고 오는 모습에서 긴장을 느끼면서도 한편으로 눈치 없이 구는 장쇠의 모습에 실소한다. 또한 바보이기에 상황 판단을 잘 못할 듯함에도 의외로 벌어진 일에 대해 잘 알고 있어 의아함을 느낀다. 창극본 〈장화홍련전〉에서 장쇠는 그야말로 시한폭탄 같은 존재로, 사건을 어디로 튀게 할지 모르는 인물인 것이다.

　창극본 〈장화홍련전〉에서 장쇠는 장화의 죽음을 방조할 뿐 아니라, 홍련이 죽음을 결심하게 하는 역할까지 한다.

[인용 12]

홍련 : 죽었구나 계모의 모해로서 불쌍히 죽었구나

장쇠 : 어머니가 알면 큰 야단난다 괜히 말했나봐

허씨 : (안에서) 장쇠야

장쇠 : 어머니한테 그런 말하면 둘 다 못에 넣는다

(…중략…)

△ 홍련 방에 들어가 편지 써놓고 오동밑에 선다

홍련 : 새야 새야 파랑새야 네가 분명 넋이드냐 우리 언니 넋이드냐 언니 넋이 분명커든 어서 빨리 나려와서 산중험한 길을 찾어 언니 죽은 못에 가서 나도 언니 따라 죽어 수중원귀 같이 되자 언니 죽고 나 살아서 무슨 영화 보랴하며 모진 목숨 오래살다 계모의 흉계입고 애매히 죽을바엔 세상사를 잊으라니 어서 빨리 인도하오. [60]

장화가 떠난 후 슬픔에 빠진 홍련은 아버지에게 언니가 자결을 했다는 이야기를 듣고 절망을 한다. 그리고 기왕 죽은 언니의 죄에 대해 진상을 밝혀, 원한이 있다면 풀어주자고 한다. 그러나 배좌수는 걱정 말라는 말만 할 뿐이다. 잠시 후, 노복에게 연못가에서 장화의 혼령이 떠돈다는 이야기를 들은 홍련은 또 한 번 깊은 시름에 빠진다. 어떤 일이 있었는지 알기를 원하는 홍련에게 단심은 장쇠를 꾀어 물어보자고 한다. 단심은 자신을 좋아하는 장쇠의 마음을 이용하여 장화의 행방과 사건의 전말을 물어보고 어리석은 장쇠는 모든 것을 발설하는 실수를 저지른다. 이야기를 다 듣고 난 홍련은 명백해진 장화의 죽음 앞에 절망하고, 그 모든 것을 계획하고 실행한 계모와 장쇠에게 두려움을 느낀다. 의지하던 언니가 세상에 없다는 사실과, 언젠가는 자신도 언니와 같이 모해를 당하여 죽을 수도 있다는 생각에 홍련은 죽기로 결심한다. 소설에서 홍련은 꿈을 통해 장화의 혼을 보고 장화의 죽음과 억울함을 직감한다. 그리고 파랑새를 쫓아 연못에 간 후 죽음을 맞는다. 반면 창극은 홍련의 죽음을 장쇠라는 인물을 활용하여 진행시킨다.

장쇠의 역할은 여기에서 끝나지 않는다. 장쇠는 배좌수와 허씨를 문초하는 자리에서 결국 죄를 자백하여 사건의 진실을 드러낸다.

[인용 13]

정부사 : 장쇠야 너는 네 누이가 어떻게 죽은 줄 모르냐

장쇠 : 알아요 어머니 말해?

허씨 : 이놈아 네가 무얼 안다고 그래. 저 이 자식은 출생시 태독으로 천치가 되어

　　　아무것도 분별치 못하오니 모든 것을 소첩에게 물어보시지오

(…중략…)

장쇠 : 엣 그제 헷헷

정부사 : 왜 웃는고

허씨 : 장쇠야 저 이놈은 바보라서

정부사 : 바보

장쇠 : 왜 내가 바보냐

정부사 : 오냐 똘똘하다 아는대로 말해야 더 똑똑하지

장쇠 : 그래요 옴마 말할까?

허씨 : 장쇠얏 사또님 예 그저 못나빠진 바보놈이라서요[61]

　　장화와 홍련의 죽음을 밝히기 위해 문초를 하는 자리에, 모든 것을 알고 있는 장쇠의 존재는 재판의 긴장과 이완을 반복하게 한다. 장쇠는 진실을 이야기할 듯, 말 듯 하는 태도를 보이며 극적 인물들은 물론 관객들에게도 긴장감을 부여한다. 부사의 문초에 바보스럽게 웃고 있는 장쇠가 어떤 일을 저지르리라는 예감이 드는 것이다. 이후 장쇠는 장화 낙태의 물증이라며 허씨가 내민 물건을 갈라 그 속의 쥐똥을 발견한 부사를 보고 '허허 정말 용타 참 용한걸'이라며 사건의 진실에 다가가게 한다. 쥐똥이 발견되었음에도 끝까지 부인하는 허씨와 달리 장쇠는 결국 모든 사실을 이야기한다.

소설에서 무정한 악인으로 등장하였던 장쇠는 창극본에서는 '천치'로 등장하여 소설과는 다른 역할과 기능을 한다. 그의 바보스러움은 사건의 발생과 고조, 그리고 해결에 긴장감을 주고, 때론 어리석은 행동으로 비극과 애환이 넘치는 무대를 이완한다. 아울러 장쇠는 장화의 죽음과 홍련의 자결, 그리고 재판에 영향을 미치며 극적 사건을 추동한다.

무대 공연을 전제로 하는 창극본은 주요 인물만이 아니라 부수적 인물을 추가하여 장면을 풍부하게 구성한다. 단심과 노복의 등장, 처녀들과 마을 아낙들의 등장 등이 이에 해당한다. 무엇보다 장쇠라는 인물을 극적으로 새롭게 변형하여 사건에 일정 부분 개입시킨 것은 원작 소설의 적극적인 변용이라고 할 수 있다.

4. 나가며

창극 〈장화홍련전〉은 20세기 초 극장문화가 유행하는 무렵부터 무대에서 연행되었다. 당시 〈장화홍련전〉은 1910년대 신파극의 유입과 흥행 속에서 신파극 혹은 신구파극의 형태로 공연되었고, 경성구파배우조합 중심의 전통연희자들이 공연 연행의 핵심 주체들이었다. 경성구파배우조합이 시들해질 무렵에는 권번의 연주회에서 〈장화홍련전〉이 연희 형태로 공연되었다.

〈장화홍련전〉은 20세기 초 인기가 있었던 고전소설 가운데 하나였다. 따라서 창극이 전승 5가 중심의 레퍼토리를 벗어나 새로운 작품을 모색할 때 〈장화홍련전〉은 이에 부합하는 것이었다.

〈장화홍련전〉은 1943년에 이르러서 조선창극단에 의해 정형화된 창극의 형식으로 연행되었고, 이후 1950년대에는 김연수가 이끄는 창극단체인 우리국악단의 공연 레퍼토리로 활동되었다. 창극 〈장화홍련전〉은 1950년대 이후 음반, 방송으로도 제작되었는데, 현재 남아있는 음반 창극 〈장화홍련전〉은 5종유니버살 레코드사, 현대음반 주식회사, 아시아 레코드사, 신세계 레코드사, 도미도레코드사이며, 대본도 2종경상대학교 소장 '한국자유여성국극단 공연용' 〈장화홍련전〉, 〈KBS지정석 장화홍련전〉(1982)이 확인된다.

저자는 음반과 대본으로 남아있는 〈장화홍련전〉을 통해 1960~1980년대 창극본 〈장화홍련전〉의 특징을 다음의 3가지로 언급했다. 첫째 창극 〈장화홍련전〉은 장화, 홍련의 억울한 죽음의 한을 풀어주고 악인을 징치하는 것에 서사를 집중했다. 무대극이라는 특성으로부터 갈등을 집약하고 단일화하여 이야기를 끌어가도록 한 것이다.

두 번째는 '창극'이라는 특성으로부터 인물의 정서를 '창唱'을 통해 극대화했다. 창극 〈장화홍련전〉은 작품에 내재되어 있는 공포의 요소처녀 원귀의 등장보다 억울하게 죽은 인물의 비극성에 초점이 맞춰졌다. 장화와 홍련의 창은 구구절절하여 작품 내 비극성을 강조한다. 이는 1940년대 창극 〈장화홍련전〉에서도 마찬가지로 확인할 수 있으며, 창극 〈장화홍련전〉에 흐르는 비극성은 이때부터 강조된 것으로 보인다.

마지막으로 창극 〈장화홍련전〉은 소설과는 달리 '장쇠'라는 인물에 새로운 성격과 역할을 부여했다. 창극에서 장쇠는 바보, 천치로 등장한다. 그러한 까닭에 극 속에서 벌어지는 갈등에 긴장을 부여하기도 하고, 그의 바보스러움으로 사건의 긴장을 이완하기도 했다. 또한 장쇠의 존재는 홍련의 자결과 재판에서 진실을 밝히는 열쇠로 기능했다. 소설 속의 보조 인물이 무대극에서는 보다 기능적인 인물로 재창조된 것이다.

〈장화홍련전〉은 20세기에 영화로도 여러 차례 제작되었고, 21세기에는 창극과 연극으로도 새롭게 재해석되었다. 향후 〈장화홍련전〉은 물론 고전소설의 타매체로의 전환 양상과 이에 따른 의미가 지속해서 논의되길 바란다.

제2장

음반 창극 〈사명대사〉[1971]의
형식적 · 내용적 특징 고찰

1. 들어가며

이 글은 1971년에 녹음, 제작된 유니버샬 레코드사의 음반 창극 〈사명대사〉의 음반의 형식적·내용적 특징을 살펴보고 자료가 갖는 의미를 탐색한 것이다.

음반 창극 〈사명대사〉는 이종익의 소설 『사명대사』[1957]를 원작으로 국악인 이용배가 중심이 되어 제작한 2매 4면의 LP 음반[75분][1]이다. 이 음반은 '창극唱劇 레코드'를 표방하고 있지만 실제로 음원을 들어보면 통상적인 창극의 양식[2]과는 다르다는 점에서, 당대 창극의 외연과 내포를 재검토할 수 있는 대표적인 자료이다. 또한, 이와 같은 양식의 창극이 20세기 음반과 방송을 통해 여러 차례 등장했다는 점에서, 본 자료 통해 20세기에 존재하였던 다양한 창극의 면모와 그 등장 배경을 고구해 볼 수 있다.

나아가 창극 〈사명대사〉는 창작 창극이자 종교 창극의 범주에서 논의될 수 있는 작품이다. 창작 창극은 현대에도 꾸준히 산출되어야 하는 창극의 과제이자 과거 어떤 방식으로 제작 및 유통되었는지 확인할 필요가 있는 창극의 주요 분야이다. 창극의 레퍼토리 가운데 종교적 인물을 대상으로 한 몇몇 작품들이 있다는 것을 생각할 때, 이들의 세부 내용과 특징, 그 의미에 대한 검토 역시 필요하다.

2. 음반 창극 〈사명대사〉의 형식적 특징 창극을 향한 미디어의 실험

1) 해설, 대화 중심의 서사 전개

음반 창극 〈사명대사〉는 해설자, 배역의 연기를 통해 이야기를 이끌어간다. 해설자가 이야기의 중심 서사를 설명하고, 그 와중에 등장하는 인물들이 대사를 하고, 때론 창을 하는 형식이다. 주목할 것은 이 음반은 창'극'을 표방하였음에도, 해설이 상당 부분을 차지하고 있다는 점이다. 해설은 인물에 대한 설명, 사건의 전개, 상황의 묘사, 인물의 감정 묘사를 수행한다.

① 사명당의 성명은 임응규로 자는 이환이니 중종 39년 즉, 서기 1544년 10월 17일 밀양부 괴나루곳, 현재의 경남 밀양군 무안면 상강동에서 임수성의 둘째 아들로 태어났다. 그의 조상은 본래 황해도 풍천의 명문이었으나 증조 임효근 대에 이 괴나루골로 옮겨와 살게 되었다. 인물에 대한 설명3)

② 또 다시 일 년이 지났다. 응규의 나이 17이 되었다. 어머니의 대상인 동시에 아버지의 소상을 정성껏 모셨다. 그리하여 애욕의 바다에 그대로 머무

를 것이냐, 아니면 생사가 없는 세계를 개척할 것이냐를 놓고 며칠을 침식을 피하며 심사숙고했다. 마침내 결심은 섰다. 세속 인연을 끊기로 한 것이다. 누나 채온에게 자신의 결심을 이야기했다. 누나는 울며불며 말린다. 그리고 유천 선생 내외분의 따듯한 인정과 비단실로 맺어준 현옥과의 인연마저 외면한 채 집을 나와 황악산 직지사로 발길을 옮겼다.^{사건의 전개 서술}

③ 유정은 연화보감의 능라장상 홍금가사의 청승사의 무지개 광선을 누린 몸이 되어 칠보 꽃가마에 올라타고 꽃가마 뛰는 오백여명의 화동화녀 소년 소년 사미중 및 영산회상 풍악단 그리고 나라에서 오는 국악단이 따랐다. 참으로 장엄한 광경이었다. 축하식이 거행된 봉은사 승과평은 구경꾼으로 인산인해를 이뤘다.^{장면의 묘사}

④ 죽음이란 과연 무엇일까, 그리고 왜 사람은 죽어야만 하는가. 이러한 의문이 쉴 새 없이 응규의 마음을 짓눌렀다. 단장의 비애 속에 아버지를 어머니와 합장하고 부모의 무덤 앞에서 시묘살이를 하게 됐다.^{인물의 감정 묘사}

위의 문장을 살펴보면 해설자는 과거형과 현재형 시제를 고루 사용하여 청취자에게 이야기의 생동감을 주는 동시에 정연한 어휘를 구사하여 세련된 인상을 준다. 이는 3인칭 전지적 작가 시점의 소설을 해설자가 읽어주는 낭독극 형식이라 할 수 있으며, 다만 대화만은 배역을 통해 나타냈다.

기실 창극은 판소리에 등장하는 여러 명의 인물을 분화하여 배역을 설정하고, 인물 간의 대화로 채울 수 없는 부분, 이른바 인물 혹은 장면의 묘사, 인물 간 감정의 묘사, 사건의 압축적 전개 등을 '도창'으로써 해소한다. 모든 창극에 도창이 있는 것은 아니지만, 판소리의 주요 대목을 가져가고자 하는 창극은 도창을 생략하지 않는 경우가 많다. 판소리의 눈대목 가운데 〈춘향가〉의 '신연맞이', 〈심청가〉의 '범피중류', 〈흥부가〉의 '놀부심술대목', 〈수궁가〉의 '약성가' 등이 그 예이다.

'창唱'에 무게를 두느냐, '극劇'에 무게를 두느냐에 따라 창극의 양식은 얼마든지 변모할 수 있다. 판소리의 '창唱'에 무게를 두고자 할 경우, 도창은 필연적이다. 배역으로는 해소할 수 없는 소리 대목을 도창으로 구현해야 하기 때문이다. 그러나 '극劇'에 무게를 둔다면 굳이 도창을 두지 않아도 된다. 오히려 도창이 없는 것이 자연스러울 수 있다. 대신 도창을 다른 형태로 변용하여 해설의 기능만을 취한다.

⑤ 서산대사는 사명대사에게 승군의 지휘를 위촉했다. 사명대사는 승군을 현자군, 적자군, 청자군, 백자군으로 나누고 현자군에는 36종 기밀 탐정법을, 적자군에는 18반 무예를, 청자군에는 구정군로법을, 백자군에는 오정수호법을 가르쳤다. 이렇게 해서 대사는 현자군의 활약으로 가만히 앉아서 적의 일정일동을 모조리 파악하고 있었다. 명장 이어송은 수난으로 서산대사를 찾아와 적종을 물으니 서산대사는 사명대사를 시켜 답변케 했다. 그리고 승병 총 4278명을 명군에게 합세시켜 평양성 공략에 가담케 했다. 선조 26년 정월 초엿세부터 삼일 간에 걸친 치열한 전투 끝에 마침내 평양성을 탈환하였으니 사명대사는 숭호의장으로 함구문을 쳐부수고 돌진하여 왜적의 격군부대를 여지없이 무찔렀던 것이다. 이 싸움에서 (종소리) 왜적은 만 팔천 병력이 6천 명으로 줄었으니 전투가 얼마나 처절하였는가를 짐작할 수 있다. (종소리) 2월 12일에는 권율장군의 행주대첩이 있었다. 이 싸움에는 승병대장 내목당 처영

의 공이 가장 컸으므로 나라에서는 절충장군의 가좌를 내렸다. (함성소리 전투 소리) 대사는 명군을 도와 평양성을 탈환한 뒤에 삼천의 승병으로 임진강 남북을 수비하면서 의병 혹은 기습작전으로 적에게 막대한 피해를 입혔다.

〈사명대사〉에서 해설이 다루는 내용은 상당히 방대하고 내용 역시 자세하다. 음반 창극에서 해설은 도창과는 매우 다른 새로운 양식이다. 즉, 소리꾼이 그 역할을 맡지 않고, 작품에서 부수적 장치가 아닌 주요 장치로 기능하며, 낭독의 형식으로 서사를 이끌어가는 것이다.

그럼에도 음반극은 해설 안에 인물 간의 대화를 넣음으로써 '극'의 성격을 놓치지 않았다.

⑥ 유정은 초장 종장을 1등으로 합격하고 중시를 치르게 되었는데 시관인 선종판사 보우대사 앞에 나아갔다. 보우대사가 유정을 쏘아보며 묻되

"어떤 사미가 그리 거만한고?"

"이 법 가운데 주객이 없고 노소가 없거늘 어떤 것을 거만하다 합니까?"

"어디로부터 왔는고"

"일찍이 간 곳이 없거니 온 것이 어디 있으리이까"

"지금 너의 있는 곳은 어디인고"

"내 마음에 서 있습니다."

"마음이 어떻게 생겼는고"

이렇게 네 번째 질문이 떨어지자 유정은 보우대사 앞에 다가서서 예배하고 단정히 섰다. 이를 본 대사는 유정을 보고

"교만한 소년이로다. 함부로 원숭이의 재주를 부리지 말고. 그러니 어떤 것

을 불법이라 하는고?"

⑦"아, 저 사람은 누군데 무슨 죄를 짓고 빈척이라는 글자를 붙였담"

"아니 절밥을 먹는다면서 그것도 몰라. 바로 저게 작년에 승과 장원한 유정으로서 직지사에서 여자와 밀통하다가 빈척당한 사람이라네."

"아 사람마음을 알 수 없는 거구만. 불교의 자랑이라 생각하였더니 여자와 밀통을 해 빈척이라. 나무아미타불."

"여보게, 빈척당한 중은 어느 절에도 붙이질 않는 법이니, 어서 이곳을 떠나게"

이런 소리를 들은 유정은 가슴을 도려내는 듯한 고통을 느꼈다. 그러나 그는 누구도 원망하지 않고 보련 여성이 있는 백년암으로 찾아갔다. 그리하여 절 종을 불러

"황악산 직지사에 있던 유정 사미다. 밀양부 황유총 선생의 따님이던 보련 사미님을 좀 찾으러 왔다고 여쭈어라."

"예 잠깐만 기다려 주십시오. 곧 다녀오겠습니다."독경소리

⑧ 유정 : 세계는 움직인다, 만물은 움직인다. 우주도 움직이고 인생도 움직인다. 이 움직임은 곧 진리의 실상이다. 진리는 가만히 있는 것이 아니요, 끊임없이 움직이는 것이다. 이 움직임에서 중생세계도 불보살의 세계도 건립된 것이로다. 끊임없는 움직임, 이것만이 참다운 생명이며

　　해설 : 불법의 진리로다.

음반 창극 〈사명대사〉는 해설을 주요하게 활용하면서도 인물 간의 대화, 인물들의 말소리를 직접 구현함으로써 극의 속성을 살려냈다. 대화는 인물의 성격을 드러내고, 사건의 주요 장면을 영향력 있게 보여주는 기능을 한다. 승과에서 두각을 나타내는 유정을 시험하는 보우대사의 질문과 이에 대한 유정의 답변은 고승들의 세계를 보여주며 불법에 관한 사유의 일면을 드러낸다.[6] 그리고 빈척이 되어 쫓겨난 유정의 비참한 신세는 그를 조롱하는 동료 승려들의 목소리와 매정한 현옥의 뜻을 대신하는 시비의 목소리를 통해 더욱 부각된다.[7] 또한, 고난을 딛고 참선을 통해 깨달음을 얻은 유정의 벅차오르는 독백은 감격을 불러일으킨다. 더불어 마지막 유정의 대사인 '불법의 진리로다'를 해설자가 함으로써 해설자가 등장인물들과도 호흡하는 하나의 '배역'임을 드러내기도 한다.[8] 결국 음반 창극 〈사명대사〉는 해설 중심으로 가되, 인물들의 대화, 음성, 독백을 주요 장면에 삽입함으로써 낭독을 더욱 입체화했다.

2) 부수적 장치로서 창, 중심적 장치로서 국악 반주

음반 창극 〈사명대사〉에서 '창'의 비중은 레코드 한 면이 20분 정도인데, 이 가운데 창으로 들을 수 있는 소리는 채 2~4분 남짓이며, 이것은 4면 모두 공통이다. 음반에서 들을 수 있는 창의 내용은 다음과 같다.

1-1면 연주시간 19분 37초	• 중모리 : 임응규에 대한 소개 (50초) • 시조창 : 임응규가 소년 백일장에서 지은 짧은 시 (12초) • 중모리 : 임응규가 부모를 잃고 탄식 (60초) • 중모리 : 직지사 대웅전 주련의 글귀 (76초) • 중모리 : 머리 깎고 중이 된 응규에 대한 묘사 (50초)	4분 8초
1-2면 연주시간	• 중모리 : 유정에게 시련이 다가올 것임을 말함 (57초) • 중중모리 : 빈척으로 삼문에서 쫓겨난 유정의 신세를 탄식 (52초)	3분 11초

18분 05초	· 중모리 : 금강경의 뜻 (47초) · 중중모리 : 불보살의 감응을 받은 유정의 환희 (35초)	
2-1면 연주시간 18분 55초	· 중중모리 : 유정이 운수행각을 떠나 서산대사를 만남 (50초) · 중모리 : 서산대사가 유정에게 사명의 법호를 줌 (48초) · 중모리 : 신립이 패배하고 왕이 의주로 가게 된 상황에 대한 탄식 (50초)	2분 28초
2-2면 연주시간 20분 50초	· 중중모리 : 사명과 가등청정의 담판으로 사명당의 담력 칭송 (50초) · 중모리 : 일본 사신으로 떠나는 사명대사를 배웅하는 임금과 이에 대한 사명당의 대답 (85초) · 중모리 : 벼슬을 내려놓고 다시 산으로 가고자 하는 사명당의 상소 (60초)	3분 15초

창으로 표현된 장면을 살펴보면 14회의 창^{시조창 제외} 가운데 인물의 목소리를 나타낸 것은 1-1면의 부모를 잃고 탄식하는 응규의 목소리와 2-2면에서 잘 다녀오겠다고 답을 하는 사명의 짧은 창, 벼슬을 내려놓고 다시 산으로 가는 사명의 상소뿐이다. 나머지 11회는 모두 서술자적 시각에서 표현된 창이다. 이로 보면 〈사명대사〉에서 창은 장면의 상황과 분위기를 묘사하는 부수적인 장치로만 사용되었다고 할 수 있다. 그 분량 또한 현저히 적은 것은 물론이다.

음반이기에 오히려 '음악' 즉, 소리의 면모를 강조할 법도 하건만, 소리는 1분 남짓으로만 들려주기 때문에 이 음반을 통해 판소리나 창극의 맛을 느끼기는 어렵다. 더불어 대화창이 이어지거나 합창이 이루어지는 부분도 없다는 점에서 창극을 표방하긴 하였으나 온전히 음악극 음반이라고 할 수는 없다.

그러나 '창'이 아닌 국악 반주의 측면에서 이 음반을 바라보자면, 음악을 소홀히 한 음반이라고 쉽게 단정하기도 어렵다. 배경음악으로 국악 반주를 많은 장면에 사용하기 때문이다.

⑨ 해설 : 이렇게 되니 임응규의 이름은 인근 고을을 진동하였으며 뭇 소년

소녀의 선망의 대상이 되었다. (국악 반주) 그해 웅규는 스승 유촌 선생의 외동딸 현옥과 정혼을 했다. (반주) 윤부사도 웅규를 사위로 삼으려고 백방으로 노력하였으나 뜻을 이루지 못하였고 부사의 딸 동옥은 웅규를 애타게 사모하다가 불측의 변을 당하여 살해되고 말았으니 동옥의 죽음은 어린 웅규에게 커다란 충격을 안겨 주었다. (밀양아리랑 반주) 저 사람들이 즐겨 부르는 아랑의 노래는 동옥의 원혼을 위로하기 위하여 불려지게 된 것이다. (…중략…)

응규 : (국악 반주) 날 낳으시고 날 기르신 부모님이 저 세상을 버리셨는데 과거는 보아 무엇하며 벼슬은 하여 무엇하리오. 하늘이 무너지고 땅이 꺼지는 듯하구나. 하 복받치는 이 설움을 어디다 하소할고.

⑩ 또 다시 일 년이 지났다. 웅규의 나이 열 일곱이 되었다. 어머니의 대상인 동시에 아버지의 소상을 정성껏 모셨다. 그리하여 애욕의 바다에 그대로 머무를 것이냐, 아니면 생사가 없는 세계를 개척할 것이냐를 놓고 (국악 반주) 며칠을 침식을 피하며 심사숙고했다. 마침내 결심은 섰다. 세속 인연을 끊기로 한 것이다. 누나 채운에게 자신의 결심을 이야기했다. 누나는 울며불며 말린다. 그리고 유천 선생 내외분의 따뜻한 인정과 비단실로 맺어준 현옥과의 인연마저 외면한 채 집을 나와 황악산 직지사로 발길을 옮겼다.11:41 간주, 목탁 12:07

⑪ 경남 각지를 점거하여 주민을 노략질 하고 가옥을 분탕질했다. 당시 승병 삼천을 거느리고 (국악 반주) 의경에 있던 사명대사는 왜적이 진주성을 공략하리라는 정보를 입수하고 진주로 진군하는 왜적 만 삼천을 죽였다. 그러나 왜적

은 전년의 진주성에서 목사 김시민에게 참패한 보복으로 목숨을 걸고 달려드니, 6월 28일 성은 함락되고 백만여 주민이 도륙 당했다. 이 전투 후 대사에게는 경상도 총수 중추부 첨지사가 제수되었다. (반주 고조) 선조 27년 4월, 대사는 불산에 있는 가등청정의 진중에 들어가 소소행장이 심유경에게 제시한 천자와 결혼할 것, 조선 사도를 베어 일반에 붙일 것, 전과 같이 국교를 맺을 것, 왕자 한 분을 일본에 입질 시킬 것, 조선 대신 대관을 일본에 입질시킬 것 등의 강화조 건을 이치를 들어 조목조목 반박하고 그 조건이 천만부당함을 주장했다.

상당수의 장면에 해설이 끝남과 동시에 가야금, 대금, 아쟁의 연주가 이루어지면서, 장면에 여운을 주고, 서사의 분위기를 고조시켰다. 소년 백일장에 합격한 응규가 뭇 사람들의 선망이 대상이 되었다는 해설과 동시에 밝은 분위기의 가야금 반주가 이루어진다. 이어 응규가 현옥과 정혼했다는 해설의 끝에서는 이전 가야금 반주에 아쟁과 대금의 가락이 더해져 경쾌한 분위기를 자아냈다. 또한, 응규를 좋아한 동옥의 죽음으로 응규가 상심했다는 해설이 끝나고 나면 구슬픈 반주가 흘러나온다. 부모를 잃고 탄식하는 응규의 독백 대목에서는 배경 음악으로 가야금 반주가 지속되면서 극의 분위기를 더욱 애달프게 했다.[9]

배경음악은 해설의 여운을 남겨주는 기능도 했다. 열일곱의 응규가 불법의 세계로 가야겠다는 결심을 한 장면에서는 아쟁 반주가 해설의 중간에 삽입되어 시작되다가 이후 대금과의 합주로 함께 배경음악을 만든다. 그리고 해설이 마쳐지고도 약 25초가량 지속이 된다.[10]

이러한 국악 반주의 면모는 임진왜란이 일어나는 상황을 다루고 있는 두 번째 음반에서도 마찬가지로 나타난다. 사명이 왜적을 물리치러 출전하는 장면을 해설함과 동시에 국악 반주가 시작되고 반주는 배경음악으로 지속된다. 그리고 전쟁을 승리로 이끌어 응규가 벼슬을 받았다는 내용과 동시에 반주는 고조되어 청자로 하여금 장면의 몰입을 유도한다.[11] 음반에서 국악 반주 음악이 나타나는 부분을 살펴보면 다음과 같다.

1-1면 연주시간 19분37초	· 사명당에 대한 해설 (83초) · 응규가 소년백일장에서 장원을 한 해설 (34초) · 응규의 정혼, 동옥과 부모님의 죽음에 대한 해설 (42초) · 탄식하는 응규의 독백과 이에 대한 해설 (43초) · 응규의 출가에 대한 해설 (60초) · 응규와 직지사 신묵화상의 대화 (197초)	7분 39초
1-2면 연주시간 18분05초	· 승과 시험에 임한 유정에 대한 해설 (22초) · 장원이 된 유정에 대한 해설, 문정왕후와 유정의 대화 (121초) · 장원한 유정을 위해 베푼 연희에 대한 해설 (54초) · 보우 판사가 유정을 아낀다는 해설의 여운 (20초) · 보배에 의해 닥친 유정의 시련 해설 (90초) · 빈척이 되어 쫓겨난 유정의 시련 해설 (41초)	5분 48초
2-1면 연주시간 18분55초	· 유정 빈척 사건의 해결 해설 (41초) · 유정의 깨달음에 대한 해설의 여운, 유정의 불법 공부 해설 (30초) · 문정왕후와 보우대사의 죽음, 운수행각 떠나는 유정 해설 (39초) · 임진왜란의 발발 해설 (15초) · 왜적의 파죽지세와 격파되는 조선군 해설 (39초)	2분 44초
2-2면 연주시간 20분50초	· 진주성 싸움 해설 (38초) · 사명대사와 가등청정의 첫 번째 담판 해설 (34초) · 이순신 장군의 최후 해설의 여운, 사명대사의 사신 임명 해설 (23초) · 사신으로 떠나는 사명대사 전별 해설 (24초) · 일본 사람에게 존경받는 사명대사 해설 (22초) · 담판을 끝낸 사명대사 해설의 여운, 돌아와 환영받는 대사 (22초) · 서산대사의 유서 해설 (11초) · 벼슬을 놓고 떠난 사명대사의 행적 해설 (36초)	3분 30초

'창'에 중심을 두고 제작된 음반이었다면 작창을 하여 소리로 묘사되어야 할 장면들이건만, 창으로 묘사할 수 없으니 국악 반주로 이면을 그린 것이라 파악된다. 이 음반에 '창'이 매우 소략함에도 '창극' 음반임을 표방할 수 있는 것은 음반 전체에 흐르는 국악 반주가 전체 이야기와 잘 어우러졌기 때문이다.

그렇다면 어째서 '창'이 아닌 '국악 반주'로 음반 창극혹은 국악 음반의 정체성을 가지려 하였을까. 불교 작품을 대상으로 한 창작 창극이기에 소리꾼들을 적극적으로 섭외하지 못한 한계가 있었던 것으로 보인다. 김예진[4]은 창극 〈석가모니 일대기〉를 연구하는 과정에서 이생강 명인에게 "작품의 배우로 참여했던 분들 중에서 이용배, 박봉술 명창을 제외하고는 소리꾼을 찾아볼 수 없다"고 하며 그 이유를 물었다. 이에 대해 이생강 명인은 처음부터 불교를 통해 국악을 부흥시키고자 하는 목적으로 만든 작품이었기에 다른 소리꾼을 공연자로 쓸 수 없었다고 말했다. 불교에 기반을 둔 창작 창극을 만드는 과정에서 제대로 작창 및 소리연습, 그리고 제작과 녹음을 함께 할 수 있었던 소리꾼이 없었던 것이다. 때문에 〈사명대사〉에서 '창'이 수행해야 할 부분, 즉 분위기 고조, 인물의 감정 표현, 정서의 환기 등은 상당부분 국악 반주로 대신할 수 밖에 없었다. 그러면서도 '창극'의 명칭을 음반에 붙인 것은 창극을 전통음악의 상징처럼 인식하였기 때문일 것이다. 그리고 이는 당대 창극의 표제에서 상당히 다양한 스펙트럼의 작품이 존재했음을 보여주는 예다.

3) 창극을 향한 미디어의 실험과 창극의 양식 문제

음반 창극 〈사명대사〉는 창극을 표제어로 삼았지만, 국악 반주를 중심으로 부분부분 짧은 창을 넣어 만든 해설 중심의 낭독이다. 소리꾼이 등장하여 창으로 전체 극을 이루는 공연과는 양식상 큰 차이가 있다.

이와 같은 양식적 차이는 '이 음반이 과연 창극이긴 한가'라는 물음을 준다. 만약 창극을 표제어로 한 이런 종류의 양식이 이 음반 하나라면 그 물음은 유효할 수 있다. 창극이라는 표제어 자체를 오기誤記로 보거나, 창극을 모르는 사람이 붙인 이른바, 오해誤解에서 비롯된 작업이라고 볼 수 있기 때문이다. 그러나 이와 같은 양식의 창극은 비단 〈사명대사〉 하나에 국한되지 않는다. 이 음반을 통해 창극 양식을 재검토할 필요가 있는 것도 여기에 있다.

1970년대에 제작된 〈사명대사〉 이전에도 소리꾼이 등장하되, 창이 아닌, 해설 혹은 연기에 중심을 둔 작품을 '창극'의 표제어로 삼았던 일군의 대상들이 있었다. 송미경[5]은 1933년에 발매된 태평판 〈춘향전〉을 살피면서 이 작품은 태양극장의 배우들이 대사를 하고, 판소리 창자 김남수가 창을 맡아 녹음한 음반극이라 했다. 이어서 논자는 이 음반은 창극으로 명명되긴 하였으나 판소리 창의 비중이 현저히 낮다는 점에서, 음반 창극 보다는 연극 음반에 가깝다는 평을 내렸다. 이 음반 역시 창극을 표제어로 삼았으나, 연극배우들이 중심인 작품이었던 것이다. 또한, 저자[6]는 1950년대 방송제작 창극을 살피는 과정에서 방송 성우들과 김소희, 박초월, 김경희 등의 판소리 창자가 함께 출연한 〈라디오 창극〉의 존재를 밝힌 바 있다. 이로 볼 때, 창극을 내세우긴 하였으나 양식이 현재 무대 창극과는 다른 대상들이 이른 시기부터 존재하였음을 알 수 있다.

흥미로운 것은 이러한 형태들이 음반과 방송이라는 미디어 환경에서 더 두드러지게 나타났다는 점이다. 창극이라는 용어가 등장한 이후, 무대극에서는 어느 정도 전형화된 창극의 양식적 특징이 있었음에도, 새로운 매체는 '창극'을 가져다 쓰면서도 이를 무대극의 방식대로 전형화하지 않았다. 특히 1970년대 음반 창극 〈사명대사〉는 1950~1960년대 라디오 방송의 영향 아래에서 나타났다고 볼 수 있다. 무대극에서의 창극과 방송극에서의 창극을 스펙트럼의 양 끝으로 두었을 때, 무대극에서 가장 멀고 방송극에 가장 가까운 자리에 놓을 수 있는 작품인 것이다.

창극을 표제어로 삼아 1970년대에 제작된 음반은 비단 〈사명대사〉만이 아니었다. 이하는 1970년대에 발매된 종교적 인물을 소재로 한 음반 창극의 현황이다.[7]

녹음 / 제작 년도	제목	가창자 / 연주자	레코드 제작사 / 음반번호
1971년 녹음, 1971.4.30. 제작	창극 드라마 성웅 김대건은 살아있다	작가 : 박진주, 제작자 : 이용배, 창 : 박봉술, 정철호, 이용배, 성창순, 김동애, 반주 : 김동신, 김일구, 유대봉	유니버살레코드사, 음반번호 없음(2LP)
1971년 녹음 · 제작	창극 사명대사	원작 : 이종익, 제작 : 이용배, 각색 : 정현희, 창 : 이용배, 한농선, 반주 : 박봉술, 악사 : 김동진, 김일구, 유대봉, KBS성우 출연,	유니버살레코드사 UL-30591~4(2LP)
1971년 녹음, 1971.11.4. 제작	창극조 순교자 이차돈	정철호, 성창순, 황수옥, 허숙자, 조애랑, 조순애, 박미연, 조상현, 서라벌무용단 (단장: 정철호)	대도레코드사 STLK-7004, TR-3947(2LP)
1977년 녹음, 제작	창극 석가모니 일대기	각본 : 최위불, 해설 : 김혜리, 이용배, 강종철, 박봉술, 김용성, 강종철, 김진진, 김혜리, 이용길, 등	미도파기획실 제공, 힛트레코드사 제작 HLM-17(2LP)

1970년대는 음반 창극의 발매가 비교적 활발하게 이루어졌는데 그 가운데 종교적 인물을 소재로 한 음반은 위 4종이다. 가창자와 연주자의 측면에서 보건대, 〈사명대사〉는 참여하는 창자가 이용배, 한농선으로 가장 적다.

한편 〈성웅 김대건은 살아있다〉와 〈석가모니 일대기〉에는 보다 많은 창자들이 음반 제작에 참여했다. 그럼에도 창이 차지하는 비중이 많았다고 보기는 어렵다. 일례로 〈석가모니 일대기〉의 경우 김예진[8]의 대본 자료와 창에 대한 분석을 살펴보면, 해설과 인물의 대화가 많은 비중을 차지한다. 논자가 정리한 음원 녹음 시간으로 계산을 해보면 〈석가모니 일대기〉는 전체 95분 47초의 음반으로, 이 가운데 창은 17분 23초이다. 창이 차지하는 비중은 전체 음원의 약 18% 정도인 것이다. 이는 전체 77분 27초의 음원 가운데 13분 3초의 창으로, 창이 약 17%를 차지하는 〈사명대사〉와 견주었을 때 큰 차이가 아니라고 하겠다. 〈성웅 김대건은 살아있다〉의 경우는 총 69

분 43초의 녹음 분량 가운데 21분 2초가 창으로 차지하고 있다. 이용배가 제작한 〈사명대사〉와 〈석가모니 일대기〉와는 달리 창의 분량이 30프로 가까이 되는 것이다. 그럼에도 2장의 음반에 고르게 창이 분포되어 있지 않고, 해설 중심으로 서사를 꾸리고 있다는 점, 각각의 창은 비교적 짧다는 점, 그리고 작창보다는 기존 판소리의 창을 활용하여 서사에 맞추고 있다는 점에서 이 역시 드라마 중심의 음반 창극이라고 볼 수 있다.

창의 비중이 전체 작품에서 차지하는 비중이 적음에도 '창극'이라는 표제를 다는 것이 가능했던 이유는 무엇이었을까. 무엇보다 당시 음반에 참여한 이들은 박봉술, 정철호, 성창순, 한농선 등 당대 유명한 소리꾼은 물론 김진진, 김혜리, 허숙자, 조애랑 등 여성국극을 행하던 대표 국악인, 김동진, 김일구, 유대봉 등의 주요 국악 악사들이라는 점을 떠올릴 때, 이들이 이와 같은 양식의 음반에 창극을 붙였다는 것은 당시 창극의 양식이 현재 연구자들이 생각하는 것보다 자유롭고 다층적이었음을 증명한다.

저자는 이러한 자유로운 창극의 양식은 미디어의 영향 아래에서 더 강화되었다고 본다. 20세기 초·중반 음반과 라디오의 인기 속에서 무성영화를 음반화한 영화 음반, 미디어 연극, 라디오 드라마 등이 대중의 기호를 조준하며 타 장르와 교섭하고, 영역의 확장을 시도했다. 1930년대 대중가요와 극이 결합된 음반극 〈춘향전〉, 태양극장 배우들과 판소리 창자 김남수가 함께 한 태평판 〈춘향전〉의 존재는 이를 명확하게 드러내는 대표적인 실물 자료들이다.

1950년대 〈라디오 창극〉의 프로그램 아래 방송되었던 일군의 작품들, 1960년대의 〈연속 창극〉은 드라마 중심의 극에 창이 결합된 대표적인 '창극 드라마'이다. 창극 〈사명대사〉는 이의 영향 아래에서 자연스럽게 도출

된 작품으로 파악된다. 현재 해당 방송 프로그램의 실제를 확인할 수 없는
상황에서 이들 프로그램이 어떤 형식과 내용을 가지고 있었는가는 남겨진
소수의 자료를 바탕으로 추측할 수밖에 없다. 한 예로 1964년 7월에서 9월
사이에 방영된 〈연속 창극〉 '문경새재'의 경우 출연진으로 성우 천선녀, 유
기현, 고은정, 김수희, 이완호, 오승룡, 창 김소희, 박동진, 고수 이정업, 가
야금 황병기를 확인할 수 있다. 또한 "마음을 창으로 표현하는 우리나라 최
초의 창극"[9]이라는 표현, 당시 라디오 드라마가 폭발적인 인기 속에서 활
발하게 제작되었던 정황 등을 고려할 때 이 작품은 '창' 보다는 '드라마'를
중심에 둔 창극임을 알 수 있다.

〈사명대사〉가 국악 반주를 사용하되, 창은 부수적으로 사용하고, 해설을
중심으로 녹음한 음반이었다는 점을 상기하면, 1960년대 창극으로 붙여진
라디오 드라마의 형식과 내용도 짐작할 수 있다. 다만 〈사명대사〉의 경우
해설이 중심이 된 '낭독'이라는 것을 고려할 때, 그 양식상 특징은 1960년
대의 〈연속 창극〉보다, 소수의 창자와 성우들로 짜여진 1950년대의 〈라디
오 창극〉과 더 친연성이 있을 수 있다. 〈라디오 창극〉의 레퍼토리가 이충무
공, 원효대사, 을지장군, 대원군 등 실존했던 인물을 대상으로 꾸며졌다는
점도 〈라디오 창극〉이 〈사명대사〉와 같이 해설을 중심으로 하되, 부분적으
로 창을 차용한 낭독이었음을 짐작게 한다. 매주 진행되는 프로그램에서 새
로운 레퍼토리에 충실한 작창을 넣기란 어려웠을 것이기 때문이다.

1959년 HLKA에서 방송된 연속낭독 프로그램의 〈사명대사〉[10] 또한 유사
한 형식이었다. 이 프로그램에 대한 평 가운데 "뮤드, 뮤직", "극의 연장"보다
는 "소설"을 읽어주는 것에 더 충실해 달라는 요청이 있었기 때문이다.[11]

20세기에는 '창극'을 표방하며 다채로운 형식으로 전통소리를 활용한 서

사가 있었다. 그러한 양식들은 미디어를 통해 소개된 작품에서 보다 뚜렷이 나타나는데, 그 흔적들이 현재 음반을 통해 남아있다. 창작 작품인 〈사명대사〉는 새롭게 유입되는 문화와 매체 속에서 창극이 행한 많은 양식적 실험을 실체적으로 보여주는 주요 자료라고 할 수 있다.

3. 음반 창극 〈사명대사〉의 내용적 특징
1960~1970년대 극화된 '민중영웅'의 한 면모

음반 창극 〈사명대사〉는 음반 자켓에서도 명시하고 있는 바와 같이 이종익1912~1991의 소설을 원작으로 하고 있다. 이종익의 호는 법운으로 금강산에서 득도한 후, 교토 린자이전문학교와 다이쇼대학교 불교학과를 졸업한 학자이자 승려이다. 광복 직후 불교 혁신운동과 청년운동을 주도한 바 있다.[12] 그가 1957년에 내놓은 『사명대사』는 이 글에서 검토하는 음반 창극 〈사명대사〉만이 아니라 1962년에 제작된 중앙방송국의 낭독극, 1965년 동양라디오 방송국의 연속드라마 저본이 되었다. 더불어 30판 이상의 발간을 거치며 '사명대사'라는 인물을 대중에게 각인시킨 작품이기도 하다.

이종익은 초판의 서문에서 이 책은 어떤 문학적인 형식치레나 흥미본위의 소설이 아님을 표명했다. 그는 ① 동양정신의 결정체로서 화엄사상, 지나정신의 결정체로서 조사선도, 민족정신의 정화로서 국선풍류도를 인격으로 구현한 사명대사의 발자취는 더듬는 것, ② 그의 사상을 통해 오늘날 우리 민족에게 삶의 의미와 민족혼을 제시하고자 한 것이 집필 동기라고 했다.[13]

이종익의 『사명대사』는 '속연편', '수도편', '구세편'의 전체 3부로 이루

어졌다. 작가는 이러한 구성을 통해 '인간 사명', '도인 사명', '보살 사명'의
면모를 두루 조명했다. 음반 창극 〈사명대사〉 또한 이종익의 소설을 원작
으로 하는 만큼 그 구성을 충실히 따르고 있다. 음반 각 면의 내용을 살펴보
면 다음과 같다.

1-1면	ⓐ 임진란을 당하여 사명당에게 환속하여 국가의 중책을 맡아달라는 임금의 부탁과 이에 대한 사명당의 거절. ⓑ 사명당 임응규의 소년 시절. 소년 백일장에서 합격 후 유촌 선생의 외동딸 현옥과 정혼. 동옥의 죽음과 부모님의 죽음으로 삶의 무상함을 느낌. ⓒ 부모의 3년 시묘살이 중 대사 한 명을 만나 생사의 고해가 없는 부처의 세계에 관한 이야기를 들음. ⓓ 부모의 시묘살이를 마친 17세에 출가를 결심, 황악산 직지사를 찾아감. 신묵화상에게서 불법 공부를 하며, 법호 유정을 얻음.
1-2면	ⓔ 명종 16년, 유정의 나이 18세에 승과를 보아 장원 급제를 함. ⓕ 성대한 축하와 더불어 직지사로 돌아와 불법공부를 함과 동시에 유생들과 유불 논쟁을 하며 불교의 자랑거리가 됨. ⓖ 보배라는 여인의 연정으로 오해가 생겨 빈척의 몸이 되어 삼문에게 쫓겨남. ⓗ 홀로 영취산에 올라 반고사의 바위굴에서 수행에 정진함. ⓘ 지성으로 수행을 하며 불보살의 감응을 받고 깨달음을 얻기 시작함.
2-1면	ⓙ 보우 대사의 도움으로 빈척사건의 누명이 벗겨짐. 지리산 청학동으로 가서 제법무애관을 닦음. ⓚ 큰 깨달음을 얻고 다시 직지사로 돌아와 불보살의 진리 탐구에 정진함. ⓛ 신묵화상이 세상을 떠남. 선조 8년 대선사로 승급이 되어 선종의 최고 기관장인 판사 임명이 되었으나 사양하고 운수행각을 떠남. ⓜ 묘향산 보현사에서 서산대사를 만나 그의 불제자가 되어, '사명'이라는 법호를 받음. ⓝ 임진왜란이 일어나 국가와 민족이 위태로운 지경에 이름. 사명대사는 쳐들어오는 왜장들에게 불법의 진리와 인간의 도덕을 설파하여 살생 없이 돌아가게 함.
2-2면	ⓞ 서산대사의 명을 받아 승군의 지휘를 맡은 사명대사는 삼천의 승병으로 임진강 남북을 수비하며 전쟁에서 공을 세움. ⓟ 가등청정의 진중에 들어가 왜국의 부당한 강화조건을 반박하고 가등청정의 머리가 우리나라에서 얻길 원하는 가장 큰 보물이라는 말로 그의 간담을 서늘하게 함. 이후 두 차례 더 청정과 만나 강화 회담을 수행함. ⓠ 선조 37년, 왕은 일본의 정세를 탐지하고자 사명대사를 사신으로 임명하여 일본에 보냄. ⓡ 덕천가강과의 담판을 성공적으로 이끌고 돌아온 사명대사에게 왕이 벼슬을 내리고 떠나지 못하게 하는 중 스승 서산대사의 죽음을 알고 떠나게 됨. ⓢ 고향으로 돌아와 지내던 중 합천 해인사로 들어가고, 얼마 뒤 병상에 눕게 됨. 1610년 도승들에게 열심히 공부하라는 말과 함께 금강산 송림사 지팡이에 잎이 피거든 다시 돌아온 줄 알라는 말을 남기고 세상을 떠남.

사명당의 이야기는 전해지는 문헌 기록 이외에도 구비전승으로 이어져
온 설화가 많은 양을 차지하고 있다. 김승호[14]에 따르면 한국정신문화연구
원에서 간행한 한국구비문학대계 소재의 설화를 한정하여 볼 때, 김덕령은
31편, 서산대사 18편, 곽재우 23편, 정기룡 7편, 이순신, 13편, 김응서 3편

의 인물전설이 있는데, 사명당 설화는 무려 45편이나 확인된다고 했다.

저자는 음반 창극 〈사명대사〉가 무엇에 중점을 두고 서사를 꾸렸는지를 살펴봄으로써 그 내용적 특징을 보고자 한다. 장편소설을 80분 남짓의 음반으로 압축하는 과정에서 서사의 선택과 집중은 필연적이다. 따라서 음반 창극 〈사명대사〉의 서사적 지향을 살피려면 우선 이종익의 소설이 갖는 특징을 개괄적으로 검토한 후, 그것에 기반을 둔 음반 창극이 본래 서사의 어떤 점을 부각하였는가를 짚어야 할 것이다.

먼저 이종익의 소설은 김봉희[15]도 언급한 바와 같이, 사명당의 역사적 기록과 소설이라는 갈래가 잘 융화된 작품이다. 저자는 이종익의 『사명대사』가 갖는 서사적 특징을 4가지로 꼽아보고자 한다.

먼저, ① 이 소설은 역사적 인물로서 사명당의 생애를 주요하게 드러내는 것은 물론 그가 살았던 시대의 역사 역시 상세히 묘사하여 역사소설의 면모를 보인다. 즉, 사명당의 가계를 설명하며 그의 조상을 서술하는 과정에서 연산군 대에 일어난 주요 사화는 물론 임진왜란 발발과 전개를 역사소설 『임진록』에 비견할 정도로 상세히 묘사했다. 서산대사의 구국방략, 권율의 행주대첩, 진주성의 참패, 이순신의 해전 등 임진왜란의 주요 전장을 상세히 묘사하여 이야기를 전개해나가고, 사명당이 등장하지 않는 부분이더라도 그가 활동하고 활약한 시기의 주요한 역사적 인물과 사건을 조망했다.

또한, ② '소설'이라는 허구적 장치에 기대어 사명당의 주변 인물을 새롭게 창조하고, 각 인물들의 서사를 만들어 이야기를 풍부하게 마련했다. 어린 시절 사명당을 총애한 윤부사는 물론 스승 유촌 선생, 그리고 사명당을 둘러싼 여인인 누이 채운, 약혼자 현옥, 사명당을 빈척 당하게 한 보배의 이야기를 상세히 마련하여 서사의 편폭을 확장하고 흥미를 돋우었다. 사명당

을 사위로 맞이하고자 하는 윤부사와 유촌 선생의 묘한 갈등과 사명당을 사
모하였으나 연이 닿지 않은 채 불행한 죽음을 맞이한 윤부사의 딸 동옥의
죽음은 초반 속연편의 핵심적인 사건이다. 더불어 사명당의 출가 후 채운과
현옥의 연이은 출가와 보배의 출가까지, 세 여인이 속세를 버리고 불교에
귀의하여 사명당과 함께 불법의 진리를 탐구하는 과정은 그 여인들 자체의
이야기만으로도 흥미롭다.

　다음으로 ③ 이 소설은 유불선의 사상을 매우 자세히 소개하며 사명당을
그려나갔다. 사명당과 유학자들의 '승유혈전'과 사명당이 화엄경과 원효의
제법무애관을 탐구하는 과정, 서산대사로부터 불법의 가르침을 받는 부분
등은 소설 속에서 상당한 지면을 차지한다. 저자는 종교적·사상적 식견이
부족할 수 있는 독자들을 위해 유불선의 사상을 최대한 쉽게 서술하여 독자
의 이해를 도왔다. 이 소설이 역사소설이 아닌 종교·사상 소설의 면모를 보
이는 것은 소설 전체에 흐르는 유불선에 관한 저자의 식견과 통찰이 담겨
있기 때문이다.

　마지막으로 ④ 이 소설은 사명당과 관련한 역사적 사실만을 다루는 것이
아니라 그와 관련된 설화도 수용하여 독자의 흥미를 돋우었다. 특히 동옥의
죽음과 관련된 아랑 전설은 '밀양'이라는 공간적 배경하에 만들어진 대표적
인 사명당 설화이다. 소설은 사명당이 출가하게 된 배경을 동옥의 죽음과
부모의 죽음으로 설정하고 있다. 사명당 출가의 이유와 관련된 설화로 '가
정사의 비극'16)도 있다는 것을 고려할 때, 소설이 아랑 설화를 수용한 점은
흥미롭다.

　이 설화 이외에도 그가 일본에 건너가 왜왕의 항복을 받아오는 과정에서
신이한 능력을 발휘했던 이야기도 소설 속에 담겨있다.17) 이종익은 "그 이

야기가 꼭 사실은 아니라 할지라도 전혀 허무한 이야기 또한 아닌 것이다"[18]라고 하며 위와 같은 설화를 수용하여 사명당의 신이한 능력을 부각시켰다.

이와 같은 면모들을 볼 때, 이종익의 소설은 사명대사와 그를 둘러싼 역사적 사건을 충실히 구현하되, 허구적 인물과 장면을 설정하면서 이야기의 재미 역시 추구했다고 볼 수 있다. 다만, 이종익이 서문에서도 표방한 바와 같이 이 소설은 결코 흥미 본위의 것은 아니었다. 그것은 작가 이종익이 작품 전체를 통해 사명당이 추구하였던 종교적·사상적 가르침을 독자들이 이해하도록 충분히 설명하는 면을 통해 명백히 드러난다. 그렇다면 음반 창극 〈사명대사〉는 이종익의 소설 가운데 무엇에 중점을 두어 각색을 하였는가.

1) 역사적 사실에 중점을 둔 사명당 중심의 일대기적 서사 구성

먼저 창극 〈사명대사〉는 전술한 표에서 보는 바와 같이 '사명당의 이야기'를 핵심으로 한다. 그를 둘러싼 주변 인물의 서사는 아주 간략하게 소개가 될 뿐이다. 이를테면 동옥 살해의 사건도 "부사의 딸 동옥은 응규를 애타게 사모하다가 불측의 변을 당하여 살해되고 말았으니 동옥의 죽음은 어린 응규에게 커다란 죽음을 안겨주었다."로 서술될 뿐이다.

소설에서 동옥의 살해 사건이 하나의 에피소드처럼 구성되어 서사적 긴장감과 슬픔의 정서를 짚은 농도로 표현하고 있다면, 창극에서는 사명당이 출가를 결심하게 되는 하나의 계기로만 간단하게 다뤄진 것이다. 사명당을 둘러싼 세 여인 즉 누이 채운, 정혼자 현옥, 사명당을 곤란에 빠지게 했던 보배의 이야기 역시 창극에서는 모두 소거된다. 사랑과 번민, 불교에의 귀의 과정을 다룬 그녀들의 이야기는 소설 '속연편'의 큰 줄기이다. 더불어 사명당의 인간적 고뇌를 보여주는 장치이자 부처의 가르침을 드높이는 구실을 한다. 그러나 창극은 사명당의 '일대기'에 무게를 두기 때문에 주변 인물들의 이야기는 그의 서사에 영향을 미치는 것에 한해서만 해설로서 다뤘다.

사명당의 일대기 가운데 그가 겪는 시련은 매우 중요한 사건이다. 그리고 그 시련의 원인으로 보배의 어리석은 계책은 반드시 다루어야 하는 부분이다. 중요한 것은 이 장면을 어떤 식으로 가져오느냐이다. 창극은 사명당을 위험에 빠트리는 '보배의 계책'이 아닌 그로 인해 '고통을 겪는 사명당'을 주요하게 부각했다. 앞선 인용문 ⑦에서 보듯 빈척 당하여 손가락질 당하는 사명당의 모습은 그가 겪어내야 하는 절망을 함축적으로 보여준다. 보배가 어떤 계략을 썼는지는 다음과 같은 해설—"그런데 하룻밤 우연히 그녀를 만나 그녀의 애달픈 사랑의 고백을 좋은 말로 달래 마음을 돌리게 하려던 것이 그만 해인이라는 중의 모함으로 유정이 어떤 처녀와 밀통한다는 누명을 쓰고 대중의 결의에 따라 절에서 쫓겨나 삼문 출소를 당하게 됐다."—로만 제시할 뿐이었다. 즉 창극 〈사명대사〉는 전체 서사에서 사명당이 겪어야 하는 시련의 장면을 놓치지 않되, 그가 시련으로 느낄 수 있는 모욕감을 최대로 보여줄 수 있는 사람들의 대화를 주요 장면으로 채택한 것이다.

다음으로 창극 〈사명대사〉는 철저하게 영웅 서사의 관습적 구조를 따른다. '영웅의 탄생 – 영웅의 시련 – 조력자의 도움 – 영웅의 성장 – 영웅의 활약 – 영웅의 부귀영화와 세상의 인정'이 바로 그것이다. 속연편, 수도편, 구국편의 다채로운 장면들은 '사명대사의 탄생, 비범함ⓑ – 1차 시련ⓑ – 1차 조력자 도움ⓒ, ⓓ – 1차 성장ⓔ, ⓕ – 2차 시련ⓖ, ⓗ, ⓘ – 2차 조력자 도움ⓙ – 2차 성장ⓚ, ⓛ, ⓜ – 영웅적 면모와 영광ⓝ~ⓡ – 해탈ⓢ'의 과정으로 재구성되었다. 이로 인해 짧은 시간 동안 청자는 이 음반의 내용을 명확하게 파악하는 것은 물론 어느 음반의 어느 한 장면을 놓쳤다고 하여 전체 이야기를 못 따라가는 일 또한 없다.[19] 각 면의 이야기는 역사 영웅의 일대기적 구성을 떠올릴 때, 수월하게 적용할 수 있는 구조 아래에서 구성되었기 때문이다.

마지막으로 창극 〈사명대사〉는 설화적 내용보다는 역사적 사실에 더 무게를 두고 서사를 전개한다. 소설에서 다루어진 사명당의 기이함을 보여주는 장면은 창극에서는 전혀 장면화되지 않는다. 일례로 사명대사가 왜왕에게 가서 행한 신이한 능력도 창극에서는 전혀 다루어지지 않는다. 대신 주요한 역사적 사건은 구체적 연도를 바탕으로 정확하게 해설된다.

명종 16년 유정의 나이 18살이 되었다. 문정황후의 주장으로 그동안 폐지되었던 승과를 부활시켜 과거를 실시하게 되었다.

선조 25년 4월 13일 마침내 운명의 날은 오고야 말았다. (칼 싸움) 소소 행장 가등청정 흑전장정등이 거느린 15만 왜병이 부산 앞바다로 해서 벌떼처럼 쳐들어 왔다.

5월 5일 마침내 왜적은 서울에 입성했다. (싸움 효과) 유월에는 평양성이 적의 수중에 들어갔다.

구체적인 연월과 인물, 사건, 그리고 병력을 제시하는 위와 같은 해설 방식은 임진왜란을 본격적으로 다루는 두 번째 음반에서 많이 나타난다. 이를 통해 이야기의 진실성을 담보하고 흥미보다는 역사적 사실을 충실히 설명하는 것에 음반의 목적이 있음을 보여준다.

창극 〈사명대사〉는 마지막 사명대사의 죽음의 장면도 소설에 비해 더 현실적으로 구성했다.

⑫ "내가 몇 해 전에 금강산을 지나다가 송림사에다 지팡이를 꽂아 두었으니, 그 지팡이에 잎이 피거든 내가 세상에 나온 줄 알아라."

그런 다음 손수 향 한 가지를 향로에 피우고 가부좌를 틀고 앉더니 그 향이 반쯤 타오를 적에 대사의 몸은 이미 등신이 되었다. (…중략…)

석 달 동안 국장의 준비가 끝난 뒤 해인사 서쪽 산부리에 타오르는 불광명을 타고 오색 구름이 찬란한 서쪽 하늘로 사라지는 푸른 연기 속에서 이상한 새떼는 끝없이 지저울었다. 11월 20일이었다.

대사는 이 땅 위에 그 몇 조각 영골만을 남겨놓았다.

아, 가셨다! 거룩한 님은 가셨도다. 〈사명대사 끝〉[20]

"아, 내가 몇 년 전에 금강산을 지내다가 송림사에 지팡이를 꽂아두었으니 그 지팡이에 잎이 피거든 내가 세상에 나온 줄 알아라."

이렇게 마지막 인사를 남긴 대사는 조용히 입적했다. 대사의 파란만은 일생이 종막을 고한 것이다. 대사의 춘추 향년 67세였다. 아, 큰 님은 가셨다. 송림사 지팡이에 잎이 필 날은 그 언제인가. (목탁소리, 염불소리)

노쇠하여 죽음 직전에 임한 사람이 손수 향을 피우고 가부좌를 앉았다는 소설의 설정은 사실 현실성이 떨어진다. 물론 사명대사가 신이한 능력을 가진 도인인 점을 생각하면 불가능하다고 할 것은 아니나, 대상에 대한 경외에서 비롯된 작가의 상상력으로 봄이 타당하다. 더불어 석 달의 국장 이후 나타나는 기이한 하늘의 현상과 새떼의 울음은 대사의 영험함을 더욱 부각시킨다. 반면 창극은 해설로서 이 모든 부분을 수용할 수 있을 것임에도 "마지막 인사를 남긴 대사는 조용히 입적했다"는 서술로 그의 마지막을 표현할 뿐이다. 또한 대사가 유언하였던 금강산 송림사의 지팡이에 잎이 피었다는 설화가 있음을 생각할 때, 그 설화 역시 그대로 수용하기보다 "송림사 지팡이에 잎이 필 날은 그 언제인가"라는 현실적 기대와 염원으로 마무리한다.

이종익의 소설 『사명대사』는 서사가 매우 방대한 장편소설이다. 창극에서는 이종익이 짠 서사를 가져오되 '사명당'을 중심으로 한 영웅의 일대기적 구성으로 이야기의 구조를 재편했다. 이로써 서사의 주체가 사명당으로 명확해지고 이야기 또한 간략해졌다. 그리고 설화의 내용보다는 역사적 사실의 내용을 충실히 구현하는 방향으로 해설을 짜고, 표현을 정비하여 소설을 수용한 특징을 지닌다.

2) 불교의 가르침과 구국 충정의 메시지 전달

전술한 바와 같이, 음반 창극 〈사명대사〉는 해설과 대화를 통해 주요 이야기를 전개했다. 해설은 방대한 이야기를 압축하여 전달하고 시공간을 훌쩍 뛰어 넘어 이야기를 전달하기에 용이한 장치이다. 그리고 대화는 장면을 구체화하여 선명하게 그려내는데 적절한 방식이다. 창극 〈사명대사〉는 사명당의 불교적 가르침과 구국 충정을 보여주는 부분에서 인물의 대화를 주로 사용했다. 이 음반에서 해설이 아닌 다른 배우의 음성으로서 실현되는 독백, 혹은 대사의 장면은 다음과 같다.

<table>
<tr><td>1-1면</td><td>(1) 인물의 대화 : 환속하여 국가의 중책을 맡아달라는 임금의 부탁에 대한 사명당의 거절</td></tr>
</table>

	⑵ 인물의 음성 : 선비들이 웅규의 시제를 칭찬하는 음성
	⑶ 웅규의 독백 : 부모님을 잃고 서러움을 표현
	⑷ 인물의 대화 : 시묘살이는 하는 중에 만난 대사(훗날 서산대사)와 웅규의 대화
	⑸ 인물의 대화 : 신묵화상과 웅규의 대화
1-2면	⑹ 인물의 대화 : 보우대사와 웅규의 대화
	⑺ 인물의 대화 : 승과급제한 유정과 문정왕후의 대화
	⑻ 인물의 대화 : 유교와 불교에 관한 대화
	⑼ 인물의 음성 : 빈척당한 유정을 비난
	⑽ 인물의 대화 : 보련을 찾는 유정과 절 종의 대화
	⑾ 인물의 음성 : 불교의 진리를 추구하는 과정에서 들리는 불보살의 목소리
2-1면	⑿ 유정의 독백 : 불교의 진리에 대한 깨달음
	⒀ 인물의 대화 : 서산대사와 유정의 재회, 대화
	⒁ 인물의 대화 : 왜장과 유정의 대화 1
	⒂ 인물의 대화 : 왜장과 유정의 대화 2
2-2면	⒃ 인물의 대화 : 가등청정과 사명당의 대화
	⒄ 인물의 대화 : 환속하여 국가의 중책을 맡아달라는 임금의 부탁에 대한 사명당의 거절
	⒅ 인물의 대화 : 열반에 드는 사명당

해설이 아닌 인물의 음성을 통해 표현되는 위 장면들은 불교의 사상과 가르침에 관한 것이다.

⒀ "저는 밀양주에 사는 임웅규라고 합니다. 부모를 잃고 세상이 허망하게 느껴져서 머리를 깎고 중이 되려고 이 곳을 찾아왔으니 저를 가엾게 여겨 거두어 주시옵소서."

"중이 되겠다고? 하하하 중이 되는 것이 그렇게 쉬운 줄 아느냐? 어렵지, 어려워. 나무아미타불관세음보살"

"무엇이 그렇게 어렵다 하십니까?"

"첫째, 중이 되려면 조상의 대를 떼어야하고, 둘째, 세상 영예를 버려야하고, 셋째, 애욕을 끊어야 하고, 넷째 인연 또한 버려야하는데, 니가 이 일을 해내겠느냐." (…중략…)

"웅규야 오늘 너에게 불법을 배우는 근본조건인 오계법을 일러줄테니 잘 배워야 한다. 첫째 모든 생명을 죽이지 말라. 둘째 내 물건이 아니면 갖지 말

라. 셋째 남녀의 관계를 갖지 말라. 넷째 거짓말을 하지 말라. 다섯째 술을 마
시지 말라. 이 다섯 가지 계이니라.”

“잘 알겠습니다.”

“그리고 우리 마음속에는 부처가 될 다섯 가지 씨가 있으니 자비의 씨, 복
덕의 씨, 청정의 씨, 진실의 씨, 지혜의 씨가 그것이다. 남의 생명의 끊는 것은
자기 마음 속 자비의 씨를 끊는 것이오, 남의 물건을 훔치는 것은 자기 마음
속 복덕의 씨를 끊고, 음행은 청정의 씨를 끊고, 거짓말은 진실의 씨를 끊고,
음주는 지혜의 씨를 끊나니 이 다섯 가지 부처님 될 씨를 끊으면 영원히 중생
의 고해에서 벗어나지 못하느니라.”

“명심하겠습니다.”(5) 신묵화상과 응규의 대화

위 장면은 불도의 어려움과 불법에서 경계해야 할 것을 대화로써 보여준
다. 불교의 법도는 대사와 응규의 대화를 통해서만이 아니라 유생과 응규의
짧은 대화,[21] 사명당이 왜장들을 불교의 가르침으로 설득하는 대화[22]에서
도 나타난다.

소설『사명대사』가 사명당의 사상과 정신을 드러내는 목적으로 집필이
되었다는 것을 생각할 때, 이를 기반으로 한 창극〈사명대사〉는 원작의 정
신을 충실히 계승하고 있다. 사명당이 행한 불도에의 길을 중점적으로 그려
내는 동시에 그가 행한 구국에의 길도 최대한 수용하여 음반을 짜고 있기
때문이다. 특히 두 번째 레코드의 경우, 첫 번째 면 중반부터는 임진왜란과
그 안에서 행한 사명당의 업적이 음반의 주요 내용이다.

⑭“귀국의 좋은 보물이 있다는데 어떤 보물잇솟가?”

“흠, 보물? 우리나라에는 보물이라는 것이 없고, 제일 큰 보물 하나가 귀국에 있노라.”

“우리나라에 무슨 보물이 있단 말이오?”

“에, 바로 장군의 머리가 큰 보물이로다.”

“아니 내 머리? 내 머리가 어째 보물이 된단 말이오?”

“일찍이 우리나라에서 장군의 머리를 얻어오는 자는 금 천군과 은 만호를 상 주기로 하였으니 그것이 보물이 아닌가?”

“하하하 그렇소?”⑯가등청정과 사명당의 대화

(창 중중모리 남성) 사명대사는 수천관문이 있는 적국에 들어가 대장 청정 앞에 서슴지 않고 들어가 청정머리가 이웃나라 보물로 등록되었다는 담력이야말로 가등청장 간담을 서늘케 허여 이게 일본에 전파되어 사명대사를 가리켜 설보화상이라 불렀다.

가등청정과의 첫 번째 담판에서 보여준 사명대사의 지혜와 패기를 음반은 최대한 수용하여 대화와 창으로 전달한다. 더불어 오로지 국가와 민족을 생각하는 사명당의 말은 이 음반 전체를 통해 깊은 감동을 준다.

⑮“대사는 선인으로서 대의를 부르짖고 적을 잡아 쳐서 전공을 세우고 적군에 투입하여 험하고 위태함을 경험했으니 나라를 위하는 정성이 지극하도다. 과인이 가상히 여기노라.”

“황공하오이다. 산인이라도 한 개 시민이오며 국가 존망지축을 당하와 어+찌 홀로 백운청산만 지키고 있사오리까. 아무 것도 능한 것이 없사오나 한 팔에 힘을 보태고자 한 것이온데 그것이 무슨 공될 것이 있사오이까."

"국사가 이러한데 대사가 만일 머리를 기르고 환속하며 백리의 소임과 삼군의 장수를 맡길 것이니 이 또한 아름답지 아니한가. 어떻게 생각하느뇨."

"황공한 분부로소이다. 신은 국난이 평정되면 곧 산으로 돌아가는 것이 소원이니 통찰하여 주옵소서."[17]환속하여 국가의 중책을 맡아달라는 임금의 부탁에 대한 사명당의 거절

과거에 합격하여 등용한 무관이 아님에도 국란에 머뭇거리지 않고 응당 나서서 목숨을 걸고 적진에서 싸운 사명당의 모습에 감복한 임금은 사명당에게 환속하고 세상에 나와 벼슬할 것을 권한다. 그러나 부귀와 공명이 삶의 목적이 아니었던 사명대사는 주저함 없이 이를 거절한다. 위 장면은 사명대사의 사심 없는 구국 충정을 선명하게 드러내는 것으로, 승려임에도 속세의 전쟁에 참여하여 헌신한 그의 순결한 정신을 보여준다.

⑯ 너무 황송한 분부로소이다. 신은 본래 흰 구름 푸른 산 속에서 운수생애를 본분으로 익혀왔삽기에 세상의 공명이나 부귀를 꿈에도 뜻하지 않나이다. 불행이 국난을 당하여 법복을 벗고 군문에 종사함은 부처님의 자비를 빌어 고난에 빠진 백성을 위하여 아무런 재조 없사오나 목숨을 바치려 함이며 이는 오직 신자된 본분인가 할 뿐이니 장발 환속이나 백리에 소임, 삼군의 장수를 어찌 감히 뜻하오리까. 하루 속히 국난이 안정되오면 그 날로 산에 돌아가 흰 구름 푸른 솔을 짝하여 참선하다가 여생을 마치는 것이 신의 소원이로소이다. 통찰하옵소서.[1] 환속하여 국가의 중책을 맡아달라는 임금의 부탁에 대한 사명당의 거절

음반 창극 〈사명대사〉의 첫 장면은 사명대사의 위와 같은 답변으로 시작한다. 서사의 후반[15]에 나오는 장면임에도 서두에 한 번 더 배치함으로써 그의 드높은 정신과 사상, 그리고 국가와 민족에 대한 진심 어린 충심을 강조하는 것이다. 이 장면은 소설 속에서도 여실히 드러나는데 다음과 같다.

대사는 머리를 조아려 사례하며 말했다.

"너무 황송하신 분부이옵니다. 신은 본래 물외한종物外閑踪으로 운수생애를 본문으로 익혀 왔기에 세상의 공명이나 부귀를 꿈에도 뜻하지 않았습니다. 불행이 국난을 당하여 법의를 벗고 군문에 종사함은 부처님의 자비를 빌어서 고난에 빠진 백성을 위하여 아무런 재주 없사오나 목숨을 바치려 함이니 이 또한 신민된 본분인가 하올 뿐이며, 장발 환속이나 백리의 소임, 산군의 장수를 어찌 감히 뜻하오리까. 너무 분외의 분부이옵니다. 어서 국난이 안정되오면 그날로 운림에 돌아가 흰구름 푸른 솔을 짝하여 참선하다가 여생을 마치는 것이 신의 소원이옵니다. 통찰하옵소서."[23]

주의하여 볼 점은 소설 속 사명당의 대사가 창극에서의 것과 거의 차이가 없다는 것이다. 전술한 바와 같이 이 창극은 방대한 양의 장편소설을 80분 이내의 음반으로 짰다. 그 과정에서 서사의 상당 부분을 걷어내는 작업을 하고, 구체적으로 드러내고자 하는 부분을 압축하여 제시했다. 소설과 창극의 내용을 비교하였을 때, 한 인물의 대사나 행적을 이처럼 소설과 똑같이 그대로 옮긴 경우는 이 장면 이외에 없다. 이는 원작 그대로를 살려 그 감동을 청자에게 전달하고자 한 것이다.

요컨대 창극 〈사명대사〉는 소설이 지향한 승려 사명당과 구국의 영웅 사명당을 진실하게 조명했다. 그리고 그 가운데에서도 부처의 가르침을 체화한 불자로서 사명당을 강조하고자 소설의 장면을 채택하여 강조했다. 결국 이 음반은 불교적 가르침에 근거한 사명당의 구국 충정과 높은 정신세계를 드러내는 데 목적이 있었던 것이다.

3) 국악인 이용배의 의지와 1960~1970년대의 민족담론의 청각적 응답

창극 〈사명대사〉가 가지고 있는 내용적 지향은 〈사명대사〉를 제작한 이용배 개인의 의지와 1960~1970년대 민족담론의 자장 아래 역사적 인물을 무대로 소환하는 역사극의 지형과 관련이 있다.

김성희는 "역사극은 민족담론을 내장하기에 가장 좋은 매체로 받아들여졌는데, 그 이유는 과거를 호출하면서 민족의 동질성이란 코드로 과거와 현재를 연결 짓고, 민족을 시각적으로 재현하는 연극양식"[24]이기 때문이라 했다. 논자는 1970년대 연극 경향은 단연 국난의 역사와 영웅의 호출이라 말하며 국립극단의 주요 역사극을 예시로 이를 논증했다.[25] 김성희의 논의는 1970년대 박동진이 만든 창작 판소리 〈충무공 이순신〉[1973]과 이 글에서 다루고 있는 이용배가 제작한 음반 창극 〈사명대사〉에도 적확하게 적용된다.[26]

사명대사하면 임진왜란을 생각하게 되고 임진왜란하면 이충무공과 사명대사를 연상케 된다. 이충무공은 하나의 직업적 무인으로서 할 바를 다했다면 사명대사는 탈속이세脫俗離世한 승려로서 법의를 벗어 전포戰袍를 걸치고, 선장禪杖대신 칼을 쥐어 구국의 일선에 몸을 바쳤다는 점에 그 위대함이 있는 것이다.

사명대사는 선량한 인간인 동시에 훌륭한 활불活佛이었고, 충성스러운 신하인 동시에 지용겸비한 무장이었다.

바야흐로 자주국방이 초미의 급선무로 태두되니 오늘, 사명대사의 일대기를 창극으로 생생하게 묘사함으로써 불교신도는 물론 일반 국민의 귀감을 삼고자 하여 이 레코드를 발행한다.[27]

위의 글은 음반 창극 〈사명대사〉의 제작 취지이다. 위 내용을 통해 다음의 두 가지를 생각해볼 수 있다. 첫째는 자주국방이 초미의 급선무로 대두된 현실에서 구국의 영웅을 음반을 통해 소환하고 있다는 점이다. 김성희[28]와 저자[29]의 연구에서 살펴봤듯, 역사극 혹은 판소리를 통해 임진왜란의 인물을 무대 위로 불러들이는 것은 1970년대에 역사인물을 극화하는 과정에서 이루어진 작업이었다. 이러한 작업은 국가와 국민을 밀접하게 연결시켜 국가의 위기가 곧 국민의 위기이며, 국민이야말로 국가가 위기에 처했을 때 자신을 내던져 국가에 희생해야 함을 당연한 것으로 여기도록 했다.[30]

실제로 박정희 체제에서 이순신을 숭배하여 그를 숭고한 영웅으로 선양하는 작업이 구체적이고 치밀하게 이루어졌음은 기존의 연구를 통해 상당 부분 정리되었다.[31] 음반 창극 〈사명대사〉에서 조차 임진왜란을 다룰 때, 이순신 장군의 전투는 비교적 소상히 소개된다.

한편 임진 5월 초에는 이순신 장군의 임진란 제1차 승첩인 옥포 대첩을 거두었고,(전쟁 음향) 5월 29일에는 사천당포와 당항포의 승첩을 거두었다. 또 7월 8일에는 제 3차 한산도 안골포의 승첩을 올렸다. 9월 1일에는 부산 앞바다에서 적선 100여척은 쳐부수는 제4차 부산 대첩을 거두었다.

청정과의 회담은 결렬되고 적해병이 수륙으로 북상하였으나 사명대사의 신출귀몰한 기습작전과 이순신 장군의 눈부신 활약으로 침략의 야욕이 여지 없이 분쇄되어, 전라 경상도 해안에 유진하고 있다가 풍신수길의 죽음으로 철군이 결정되니 퇴각하는 왜적을 모조리 수장하려던 이순신 장군은 노량해전에서 적선 250여 척을 쳐부시는 전공을 남긴 채 장렬한 최후를 장식했다.

임진왜란을 다루는 과정에서 사명대사 개인의 활약만이 아니라 이순신의 활약까지 함께 다루는 것은 이 음반이 국란의 위기 속에서 활약한 구국 영웅을 중요하게 여기는 사회적 분위기와 연결되어 있음을 확인케 한다.

둘째, 그럼에도 이 음반은 이순신이 아닌 사명대사를 부각한다. 즉, 임진왜란의 대표적인 구국 영웅 이순신 장군은 '직업적 무인'으로서 자신의 도리를 충실히 한 것이지만, 사명대사는 이미 탈속한 승려로서 전쟁의 일선에 참여했기 때문이다. 사명대사는 탈속한 자이기 때문에 그가 전쟁에 참여할 의무는 없다. 그럼에도 스스로의 의지에 따라, 부처님의 가르침에 따라 전장에 나선 그의 모습은 국가에 사심 없이 충을 받친 '민중 영웅'의 모습이다.

이 음반은 민족영웅이자 '민중'영웅으로서 사명대사의 위대함을 강조하고, 이를 귀감으로 삼아야 한다는 명확한 제작 의지를 내비치고 있다. 이는 영웅 호출을 '민중'과의 관계 속에서 그리는 역사극이 1970년대 중반 이후 나타나기 시작했다는 김성희의 의견[32]을 보완할 뿐만 아니라, 그 시작점은 좀 더 이른 시기임을 증명한다. 즉, (무대) 역사극에서 민중을 통해 국가 영웅을 소환하는 방식이 1970년대 중반에 나타나기 시작했다면 음반에서는 이와 같은 움직임이 먼저 시작되었다는 것이다.

물론 음반의 제작이 오로지 이와 같은 사회적 측면에서만 비롯되지는 않았다. 음반을 실제적으로 제작한 이용배의 의지가 있어야 하기 때문이다. 실제로 이용배는 사명대사에 대한 진심 어린 존경과 불법의 진리에 대한 열망으로 작품 창작에 임했다.

> 용담이 사명대사의 삶에 '유별난 집착'을 보이는 것은 스님의 삶에서 보고 배운 바가 남달랐기 때문이라고.
> "임방울 명창에게 판소리를 전수받고 국극사에서 창극의 주연으로 활동하다보니 나도 모르게 야만과 탐욕심이 하늘을 찌를 듯 하게 되었지요. 그러다가 크나큰 고비를 만나서 마음고생이 심할 적에 경월스님의 권유로 접한 책이 사명대사의 전기였습니다. 나 자신이 부끄럽고 또 스님의 삶이야말로 진짜 멋진 삶이라는 생각이 들어 판소리로 불러 볼 결심을 하게 되었지요."「21일 판소리 '사명대사전' 공연하는 이용배 거사」, 『법보신문』, 2004.8.10

이용배는 대중의 관심을 받고 사는 자신의 상황 속에서 구도자적 존재인 사명당의 면모에 큰 감화를 받았다. 그러나 그가 이 작품을 만들기까지는 많은 어려움이 있었다. 음반 자켓에도 몇 차례의 중단 위기가 있었다는 말이 적혀있고, 이후 판소리로 다시 재편하여 공연하는 과정에서도 재정적인 문제가 있었다고 했다.[33] 하지만 그런 어려움 속에서도 이용배는 2매의 음반 창극을 내고 전국 사찰에 위 음반을 배포하는 것도 모자라 이후 판소리로 만들어 1997년에 공연했다.[34] 사명대사를 향한 이용배의 존경과 경외가 남달랐던 것이다.

한편, 영웅 사명대사를 전통소리와 연결하여 작품화한 것에는 국악을 통해 불교를 확산하고 창극의 레퍼토리를 확장하고 싶었던 이용배의 의지도 있었다.

　이처럼 위대한 사명대사의 일생을 우리 민족 고유의 국악가락을 빌려 재현하는데 이 레코드가 갖는 획기적인 뜻이 있는 것이다.

　우리 민족은 유구한 역사를 통하여 유불선의 동양적 사상에 젖어왔으며 이러한 사상적 풍토에서 생겨난 음악이 곧 국악임은 주지의 사실이다.

　서구문화의 거센 침식으로 말미암아 날로 쇠퇴하여 가는 우리 국악을 보호 육성하고자 함도 이 레코드가 갖는 의의의 하나이다. 다시 말하면 국민 누구나가 다 알아야 할 사명대사의 거룩한 발자취를 국악의 형식으로 표현함으로써 사명대사의 파란만장한 일생과 더불어 국악에 대한 국민의 인식을 새롭게 하자는 데 노린 바 의도가 있는 것이다.[35]

　이용배 명인의 예술세계나 성향은 어떠셨습니까?

　: 국악의 대중화나 세계화에 굉장히 관심이 많았고 여러 시도를 해보려도 노력했던 국악인이었다. 나와 함께 고민하고 많은 작업을 시도했다. 타고난 성품이 너무 조용해서 나서는 것을 좋아하지 않았다.[36]

　이용배씨는 1950년대 '안중근전' 이래 많은 창작판소리를 만들었다. 특히 70년대에는 '김대건신부전'을 만들어 명동성당을 비롯해서 전국곳곳에서 공연했고 유럽과 미국에까지 진출했다. 또 '석가모니 일대기' '목련존자전' '이루갈다전' 등 종교적 인물들을 판소리로 담아냈다. 이씨는 "위인전은 공연자가 직접 그 인물이 되지 않고는 표현할 수 없어 많은 연구가 필요하다"고 말했다. 이용배씨는 "창작판소리에 대한 관심이 더욱 높아졌으면 좋겠다"며 "앞으로 후계자

를 육성하는데 힘을 쏟을 생각"이라고 말했다.[37]

1970년대는 국악이 상당히 침체되어 있던 시기였다. 해방 이후 서양의 새로운 음악들이 밀려오면서 전통음악은 설 자리를 점차 잃었다. 이런 시기에 국악의 대중화와 세계화에 관심이 많았던 이용배는 침체되는 국악 환경 속에서도 창극의 음반 제작은 물론 창작판소리 공연에도 심혈을 기울였다.

음반 창극 〈사명대사〉가 갖는 내용적 진실함과 무거움은 이용배의 성향도 한몫한 것으로 보인다. 그가 가진 차분한 성격과 창작판소리, 창극에 대한 남다른 열정이 가벼운 창극이 아닌 진지한 창극을 지향케 했다. 무엇보다 그 자신이 '사명대사'라는 인물에 깊이 심취해 있었기 때문에 작품 자체를 그가 묘사하고자 하는 인물의 삶과 의미에 맞게 꾸미려 한 것으로 해석할 수 있다.[38]

1970년대 국란의 민족영웅을 소설과 극, 영화 등의 매체로 소환하는 과정에서 음반과 전통극도 이에 응했다. 음반 창극 〈사명대사〉는 '청각'적 감각에 의존하는 음반물을 통해서도 이러한 문화적 흐름이 있었음을 드러내고, 무엇보다 전통의 소리로 이를 구현해내려 한 당대 현상을 직접적으로 보여주는 음반이라는 점에서 자료의 의미가 적지 않다.

4. 나가며

음반 〈사명대사〉는 '창극'을 표제어로 제작, 발표되었지만 해설과 대화를 중심으로 서사를 전개하고 판소리 창은 부분적으로만 쓰였다는 점에서,

무대극으로 다루어지는 창극의 양식과는 차이가 있다. 저자는 창극을 표제로 하여 나타난 이와 같은 특징이 20세기의 다단한 창극의 양식을 보여준다는 면에서 의미가 있다고 보았다.

1930년대 무대극으로서 창극의 양식, 이른바 '판소리 음악을 중심으로 하여 판소리 창자가 중심이 되어 꾸민 연극'이 성립되기 이전 창극의 면모는 훨씬 다채로웠다. 판소리 음악만이 중심이 아니었고, 전통연희자만이 무대에 등장하지도 않았다. 음반 창극 〈사명대사〉가 갖는 형식적 특징은 1950~1960년대 낭독극, 라디오 드라마의 성행과 더불어 자연스럽게 나타난 창극의 면모였다.

음반 창극 〈사명대사〉의 내용적 특징을 살펴보면, 이 작품은 이종익의 장편소설 『사명대사』1957를 수용하되, '사명대사'의 일대기적 삶에 중심으로 두고 서사를 전개했다. 무엇보다 원작이 추구한 사명대사의 구도자적 삶과 구국 충신으로서의 삶을 80분의 음반에 담아냈다. 이러한 내용적 구성은 이 음반을 제작한 소리꾼 이용배의 의지와 당대 구국의 역사 영웅을 무대로 소환하는 역사극의 흐름 속에서 이해할 수 있다. 먼저, 소리꾼 이용배는 사명대사의 구도자적 삶을 통해 탐욕과 자만심이 가득했던 창극 배우로서 자신의 삶을 반성하고, 대사의 인격적, 사상적 면모에 큰 감화를 받았다. 이에 그는 1971년에 음반을 발매하고, 이후 판소리로 만들어 공연하며 사명대사를 기리는 작업을 했다.

다음으로, 창극 〈사명대사〉는 1970년대 민족과 국가, 민중 담론 아래에서 국란의 민족영웅을 소설과 극, 영화, 등의 매체로 소환하는 흐름 속에서 등장했다고 할 수 있다. 즉 음반과 전통극도 이러한 사회문화적 흐름에 동참한 것이다. 무엇보다 〈사명대사〉는 '민중' 영웅을 강조하는 역사극보다

좀 더 이른 시기에 나왔다는 점, 이를 전통의 소리와 극으로 표현했다는 점
에서 '전통'을 활용한 역사서사물로서 의미가 있다.

제3장

창극 〈가로지기〉[1979]의 서사적 · 연행적 특징과 의미

1. 들어가며

창극 〈가로지기〉는 창을 잃어버린 판소리 〈변강쇠가〉를 20세기에 창극화한 최초의 작품으로 연출가 허규가 1970년대 전통극의 다양한 실험을 모색하는 과정에서 공연되었다.[1] 그는 이 작품을 연출하면서 신재효가 남긴 〈변강쇠가〉의 주요 서사를 수용하면서도 연출가 나름의 의식을 엿볼 수 있는 변형을 가했다. 이 글을 창극 〈가로지기〉의 대본과 무대 영상, 음원을 통해 작품의 서사적 특징과 연행적 특징을 살핌으로써 20세기에 창극화된 〈변강쇠가〉, 이른바 〈가로지기〉가 갖는 의미를 고찰하고자 작성된 것이다.[2]

실창 판소리 〈변강쇠가〉는 2014년 국립창극단의 〈변강쇠 점 찍고 옹녀〉[3]가 괄목할 만한 성과를 거두며 다시금 조명되었다. 위 작품은 원전 〈변강쇠가〉의 서사를 새롭게 구성하고, '옹녀'라는 중심인물을 동시대에 걸맞은 주체적 인물로 재해석함으로써 고전의 창조적 해석을 이끌었다는 평가를 받았다.[4]

주지하듯 〈변강쇠가〉는 상당히 복잡하고 중층적 화소를 가지고 있는 작품이다. 노골적인 성 묘사와 강쇠와 장승의 대결, 강쇠의 비참한 죽음 묘사와 계속되는 치상과 시체 부착, 그리고 결말부 옹녀의 남겨짐까지. 하층민이자 유랑민, 그리고 비도덕적인 인물인 강쇠와 옹녀를 주인공으로 내세워 이야기를 이끌어가는 과정에서, 작품의 표현과 구성 가운데 어느 것 하나도 간단하게 해석되지 않는 작품이다.[5] 그럼에도 불구하고 20세기에 〈변강쇠가〉를 활용한 콘텐츠물은 작품의 '노골적 성묘사'에 무게를 두고 재창작한 것들이 대부분이었다.[6] 21세기의 창극 〈변강쇠 점 찍고 옹녀〉 또한 결말부 서사의 파격적 변형과 여성 인물 옹녀에 대한 새로운 해석을 통해 원전 〈변강쇠가〉와는 다른 이야기를 창출하였지만, 여전히 〈변강쇠가〉에 담긴 성적 요소를 배제하지 않았다. 오히려 무대 위에서 노골적으로 성 묘사를 장면화하여 '19금 창극'이라는 이름까지 얻으며 관객의 관심을 받았다.

주목할 것은 1979년 허규가 연출한 창극 〈가로지기〉는 원작 〈변강쇠가〉를 '성애'의 측면에서 바라보는 관점을 지양했다는 점이다. 〈변강쇠가〉의 각색물 〈가로지기〉는 원전의 성적 요소들을 과감하게 지우고, 결말의 변용을 통해 연출자 나름의 지향을 드러냈다. 그것은 21세기의 창극 〈변강쇠 점 찍고 옹녀〉와 같이 당대로서는 적극적인 서사의 변형이면서, 창극 연행의 새로운 시도였다. 그럼에도 그간 창극 〈가로지기〉에 관한 논의는 본격적으로 이루어지지 못했다. 당대 관극평으로 짧게 언급되거나 허규가 행한 창극 연출 작품 가운데 하나로 범박하게 다루어졌을 뿐이다.[7]

현대 창극이 〈변강쇠가〉를 새롭게 재해석하여 작품을 생산하고 그것의 가치를 발견하고 있는 현시점에 과거 〈변강쇠가〉의 공연이 어떤 형태였는가를 고찰하는 작업은 다음의 두 가지 측면에서 의미가 있다.

첫째, 고전 서사 〈변강쇠가〉의 이본으로서 각색물의 특징을 살피는 측면이다. 19세기 무렵에 연행된 것으로 알려진 〈변강쇠가〉[8]는 현재 신재효본과 서도 창본의 두 이본이 존재한다. 신재효본은 성두본과 고수본 두 계열로 나눌 수 있다. 전자가 완형인 데 비해, 후자는 제일 끝부분이 탈락되어 있을 뿐 이들 사이에 서사적 차이는 없다. 이 밖에도 창으로 전승이 중단된 이 작품을 1970년에 박동진이 신재효본을 참고하여 곡을 새로 붙인 박동진본 〈변강쇠가〉가 있다. 서도 창본은 신재효본의 장황한 사설에 비해서 내용이 단순하다.[9] 창극 각색본은 신재효의 〈변강쇠가〉를 따르면서도 인물의 성격 표현과 서사의 강약에서 차이를 두고 있다. 저자는 이러한 점을 드러내어 허규가 각색, 재창작한 〈변강쇠가〉의 이본상의 특징을 살피고자 한다.

둘째, 창극 공연물로서 〈가로지기〉의 연행적 특징을 짚어보는 측면이다. 20세기 판소리에서 파생된 창극은 현재까지 끊임없는 양식적 실험을 거듭해오고 있는 장르이다. 창극 〈가로지기〉는 창극을 마당 놀이화하는 것은 물론, 창극에 굿의 연행적 요소를 결합함으로써 당시 창극 연출의 새로움을 보여주었다. 이 글은 그와 같은 방향을 구체적으로 확인하여 허규가 〈가로지기〉를 통해 드러내고 싶었던 창극의 지향을 선명하게 제시하고자 한다. 이는 그간 관극평 차원으로 언급되었던 〈가로지기〉의 창극사적 의미를 보다 명확하게 구명하는 것과 동시에 허규라는 인물이 해왔던 창극 연출의 흐름을 체계적으로 이해하는 데 도움이 될 것이다.

2. 창극 〈가로지기〉의 서사적 특징과 의미

1) 노골적 성 묘사의 제거와 후반부 서사의 강조

주지하듯 〈변강쇠가〉는 적나라한 성 표현으로 주목을 받아왔다. 일찍이 조동일[10]은 "판소리 중에서 가장 음란한 내용이어서 부르지 않게 된 것 같다"고 말하였고, 김종철[11]은 〈변강쇠가〉의 특징으로 "두드러진 성의 노출"을 들기도 했다. 기실 〈변강쇠가〉에는 기물타령을 비롯하여 성기와 성행위를 표현하는 노골적인 언어들이 거침없이 나타난다.[12] 그리고 전술하였듯 〈변강쇠가〉를 활용한 20세기의 콘텐츠물 역시도 작품의 이러한 면모에 집착한 것이 사실이다.

반면 창극 〈가로지기〉는 〈변강쇠가〉의 특징이라고 할 수 있는 소재로서 '성'을 상당히 약화시켰다. 가장 두드러진 바로는 〈변강쇠가〉의 '기물타령'을 〈가로지기〉에서는 다루지 않는다는 점이다. 원전 〈변강쇠가〉에서는 평안 양도에서 쫓겨난 옹녀와 삼남에서 올라온 강쇠가 만나 서로 통성명을 한 후 궁합을 맞추고 혼례를 치르기로 정한 후, "멀끔한 대낮에 연놈이 훨썩 벗고 매사니처럼 장난"[13]을 하며 기물타령을 부른다. 이후 등에 업고 사랑가로 놀아보는데, 창극 〈가로지기〉는 '기물타령'은 수용하지 않고, '사랑가'만 빌려 각색했다.

> 강쇠 : 쥐띠로구나. 나는 임술생 개띠요. (읊어댄다) 천간으로 보거드면 갑은 양목이요, 임은 양수이니 수생목이 좋고 납음으로 의론하면 임술 계해 대하수, 갑자을축 해중금, 생수가 좋으니 이는 아주 천생 배필이요 (…중략…) 예물 치레 다 형식이라 맨 입으로 혼례를 치러보는

데 춘향년과 이도령놈이 첫날밤 치루는 뽄으로 놀아보세. (강쇠, 옹녀를 업고 덩실거리고 춤을 춘다.)[14]

뿐만 아니라 〈변강쇠가〉의 노골적인 성기 표현 역시 반영하지 않았다. 양서에서 쫓겨난 옹녀가 "어허 인심 흉악하다. 황해도 평안도 양서 아니면 살 데가 없겠느냐. 삼남 좃은 더 좋다더구나!"[15]라고 외치는 원전 대비 〈가로지기〉에는 옹녀의 이와 같은 대사 없이, "이 년이 할릴 없이 쫓기어 나올 적에 행똥 행똥 거닐면서 남쪽으로 내려온다"[16]는 해설이 있을 뿐이다.

강쇠의 죽음 장면에서도 〈변강쇠가〉가 "속곳 아구대에 손김을 풀쑥 넣어 여인의 보지 쥐고 으드득 힘을 주더니 불끈 일어 우뚝 서며"[17]로 강쇠의 모습을 표현하고 있다면, 〈가로지기〉에서는 강쇠의 유언과 더불어 "장단이 나오며 변강쇠 마지막 잔생을 연소시키려는 듯 죽음의 춤을 춘다. 기절했던 이생원 깨어나서 도망치고 봉사도 도망친다. 변강쇠 한참을 추다가 우지직 기를 쓰더니 오른쪽 덧마루 앞에가 쓸어진다"[18]로 장면을 표현했다.

노골적 성묘사와 관련된 각색은 두 인물의 성행위를 작품 안에 반영하지 않는 방향으로도 나타난다. 옹녀의 재촉으로 산에 나무하러 나갔다가 결국 장승을 패어 온 강쇠가 옹녀의 질책에 맞서 대립한 이후의 장면에서 〈변강쇠가〉와 창극 〈가로지기〉는 차이를 보인다. 원전 〈변강쇠가〉는 강쇠의 호통 후 "밥상을 물린 후에 도끼 들고 달려들어 장승을 쾅쾅 패어 군불을 많이 넣고 유정 부부 훨썩 벗고 사랑가로 농탕치며 개폐문 전례판을 맛있게 하였구나"[19]로 강쇠와 옹녀의 성에 대한 집착과 호색성을 보여준다. 반면 창극 〈가로지기〉는 두 부부의 다툼으로만 장면을 매듭짓는다.

강쇠 : (호령조로) 가장이 하는 일을 보기나 할 것이지 계집이 용망하게 오
두방정을 떨다니? (창) 진나라 충신 계자추는 먼 산에서 타서 죽고,
한나라 장군 기신이는 형양에서 타 죽고, 참된 사람이라고 타 죽어도
아무 탈이 없었는데 나무로 깎은 장승 사람모습 하였은들 패어뗀다
고 상관 있나? 사람이 말 안하면 귀신도 모를테니 요망한 말 다시는
하지 마라. (강쇠 장승을 끌어 안고 퇴장. 옹녀 지게 들고 퇴장.)[20]

강쇠와 옹녀의 분별없는 성행위가 〈가로지기〉에는 나타나지 않는 것이
다. 이러한 면모는 장승을 패어 불을 때고 잔 이후 아침에 일어나는 장면에
서도 볼 수 있다.

이 적에 강쇠놈은 장승 패어 덥게 때고 그 날 밤을 자고 깨니 아무 탈이 없
었구나. 제 계집 두 다리를 양편으로 딱 벌리고 오목한 그 구멍을 기웃이 굽
어보며, 「밖은 검고 안은 붉고 정녕한 부엌일새, 빠끔빠끔하는 것은 조왕동
증 정녕났제」 제 기물 보이면서, 「불끈불끈하는 수가 목신동증 정녕 났제 가
난한 살림살이 굿하고 경 읽겠나, 목신하고 조왕하고 사화 붙여 보세」 아적밥
끼니 에워 한 판을 질끈하고 장담을 실컷하여 [21]

〈변강쇠가〉에는 아침에 일어나 아무 일이 없는 것을 확인한 강쇠가 옹녀
를 희롱하며 또다시 성행위를 하는 장면을 담고 있다. 그러나 창극 〈가로지
기〉에서는 이러한 장면을 역시 수용하지 않는다.

고전 서사 〈변강쇠가〉의 전반부 서사의 핵심은 강쇠와 옹녀의 만남과 이
들의 호색성, 강쇠의 장승패기, 장승 모의, 강쇠 득병, 강쇠 죽음이다. 살펴

본 바와 같이 창극 〈가로지기〉는 강쇠와 옹녀의 호색성, 성애 사설을 과감하게 생략했다.

〈가로지기〉는 이외에도 전반부의 서사를 전체적으로 압축한 형태로 구성되었는데, 그 내용을 살펴보면 다음과 같다.

먼저 장승 모의의 장면이다. 원전 〈변강쇠가〉에는 함양군의 장승이 경기 노들나루 선장목의 대방 장승에게 억울함을 아뢰고, 대방 장승이 사근내 공원님과 지지대 유사님께 전갈을 보내올 것을 요청한다. 이에 공원님과 유사님이 오고, 팔도 동관을 청하여 공론하기를 제안하여 대방 장승, 공원님, 유사님의 이름으로 통문을 써서 각 도의 장승들에게 강쇠의 무도함을 알린다. 이후 모든 장승이 모여 강쇠에게 어떻게 하면 벌을 줄지를 의론하는 장면이 펼쳐진다.

창극 〈가로지기〉의 경우, 함양군 동구마천 장승의 아내가 억울함을 사그내 장승에게 말하고, 사그내 장승 곁이 있던 용인의 지지대 장승과 새남터 장승, 그리고 노량진 대방 장승이 그의 억울함을 풀기 위해서 팔도 장승들을 불러오도록 명을 내린다. 그리고 그사이에 변강쇠에게 벌을 줄 방법을 네 장승이 의론하는 것으로 내용을 구성한다. 강쇠를 징계하기 위해 장승들이 모이고, 회의하고, 의견을 내는 과정을 생략한 채, 이미 무대 위에 등장한 네 장승이 실질적으로 그 자리에서 모의하는 것으로 각색이 된 것이다.

다음으로 득병을 한 강쇠의 형상과 이를 고치기 위해 백방으로 노력하는 옹녀의 모습이다. 〈변강쇠가〉는 강쇠의 몸에 깃든 각종 병을 나열하는 사설을 장황하게 펼치고, 옹녀가 급히 봉사를 불러 축사를 외게 한다. 장승 동증의 점괘가 나오자 소경은 경을 외우고, 그래도 안 되자 옹녀의 부탁으로 의원을 청해 침을 놓고 약을 지어보기로 한다. 그 과정에서 의원의 탕약, 환약, 각종 재료의 약 사설이 나오고, 침을 놓는 침 사설 또한 장황하게 나열

된다. 이른바 강쇠의 질병과 그 질병을 고치기 위한 사설이 전반부의 주요 사설로 존재하는 것이다.

창극 〈가로기지〉에서는 이것을 제한적으로 수용한다. 해설자를 통해 강쇠 질병을 도창으로 부르도록 구성하고, 각종 약을 읊는 옹녀의 대사와 의원이 와서 놓는 침 사설을 압축하여 제시한다. 특히 해설자는 강쇠 득병 사설을 자진모리장단으로 노래하며 "병 이름을 들자하면 만 가지가 넘겠는데 다 외울 수 있겠느냐?", "무수한 병을 얻었다 하나 다 외울 수는 없고"[22]라는 사설을 넣어 원전 사설을 모두 반영하지 못하였음을 오히려 드러낸다.

이렇듯 창극 〈가로지기〉의 전반부는 주요 사건을 장면화하되 창으로 장황하게 표현되는 부분은 과감히 생략하여 진행됐다. 그렇다면 후반부는 어떠한가. 〈변강쇠가〉 후반부의 주요 내용은 강쇠의 죽음 이후 시신을 치우려는 자들의 연쇄적 죽음과 시신 부착 사건, 굿을 통한 문제 해결이다. 창극 〈가로지기〉는 후반부 강쇠의 죽음 이후의 사건을 극적 장면으로 구성하여 원전을 적극적으로 수용했다.

먼저 송장을 치우는 부분을 보면, 원전 〈변강쇠가〉는 강쇠의 송장을 치우려다 죽은 사람을 일곱 명으로 설정한다. 중, 초라니, 다섯 명의 풍각쟁이 한 패가 그것이다. 〈가로지기〉 역시 일곱 명의 사람이 연쇄적으로 죽도록 설정하였으나, 그 세부에는 차이가 있다. 중, 초라니와 더불어 극의 전반부에 등장했던 의원과 새우젓 장수, 그리고 세 명의 각설이패가 그것이다. 흥미로운 것은 원전에서와 같이 다섯 명의 풍각쟁이 한 패를 등장시켜 한 장면에서 다섯 명의 연쇄적 죽음을 구성할 수 있음에도, 의원과 새우젓 장수, 그리고 세 명의 각설이패로 장면을 나누어 설정하고 있다는 것이다. 무엇보다 그 과정에서 옹녀는 관객들에게 송장을 치워달라고 말하고, 해설자는 적선을 요청하여 송장 칠 돈을 마련해보라고 옹녀에게 권하며 장면을 확장한다.

다음으로, 시체를 옮겨야 하는 문제에서 원전 〈변강쇠가〉가 뎁득이를 포함하여 각설이패 세 명을 등장시켜 네 명의 사람이 각각 두 구씩 시체를 옮기는 것으로 하고 있다면, 〈가로지기〉에서는 다섯 명의 풍각쟁이 패가 우선 등장한다. 이어 원전에서는 볼 수 없는 뎁득이의 윗전인 사또와 봉사가 추가로 등장하여 뎁득이 포함 모두 여덟 명의 남성이 각각 한 구씩 시체를 가로 지고 가도록 재편했다. 시체를 지는 사람을 네 명이 아닌 여덟 명으로 설정하면서, 인물의 등장과 이에 따른 장면은 추가되고 서사는 보다 확대되었다. 전반부의 서사를 생략과 압축으로 구성한 것 대비, 후반부의 서사는 원작을 충실히 재현한 것이다.

2) 죽음의 신원伸寃와 해원解寃을 지향한 〈변강쇠가〉의 각색 이본

창극 〈가로지기〉는 〈변강쇠가〉를 새롭게 재편한 각색물이다. 전술한 바와 같이 이 작품은 강쇠와 옹녀의 호색성을 거둬내고 후반부의 서사를 강조함으로써, 원전 〈변강쇠가〉에서 그동안 덜 주목받았던 작품 안의 오락적 요소와 제의적 요소를 부각했다. 본 장에서는 원전 〈변강쇠가〉에는 없는 강쇠 혼령의 신원 장면과 원전 결말의 변용을 근거로 창극 〈가로지기〉가 지향한 제의성, 이른바 죽음의 신원과 해원의 면모를 살펴보고자 한다.

창극 〈가로지기〉에서 강쇠의 혼령은 자신의 죽음이 억울함을 두 번에 걸쳐 호소한다. 그는 자신이 '장승떼'에 의해 무차별적으로 공격당하여 죽었다는 점, 그들에게 복수하기 위해 저주를 내려 송장친구를 모으려 했다는 점을 산 사람에게 말한다.

강쇠소리 : 요년아! 마음을 곱게 써라. 나두 내 맘대로 살자 했는데 떼 장승이
　　　　　모여들어 나를 이지경으로 만들었으니 나도 내 동류패를 지어서 뭍놈
　　　　　들 혼내줄테다. 음심 품고 송장 치러 오는 놈들은 모두 송장에 붙어
　　　　　떨어지지 못하게 할 것이니 그리 알거라!

　첫 번째 강쇠 혼의 등장은 옹녀가 강쇠의 치상을 하려고 하나 계속해서
사람들이 죽는 것을 보고, 강쇠를 원망하며 집에 불을 질러 송장을 모두 화
장시켜버리겠다고 하는 장면에서이다. 옹녀는 불로 인해 화를 입었으니 불
로써 다스리겠다고 하며 변서방은 원망하지 말라고 외친다. 이때 강쇠의 혼
령은 마음대로 살자 하였으나 '떼 장승'들의 공격에 비참하게 죽은 자신의
처지를 말하며, 시신들을 모두 부착하는 저주를 내리겠다고 한다.
　강쇠의 원혼은 실제로 모든 시신을 부착하게 하여 산 사람들을 곤란하게
한다. 결국, 사람들이 무당을 불러 굿을 하자, 강쇠 원혼은 무당에 실려 자
신의 억울함을 다시 한번 호소한다.

해 설 : 뎁득아, 뎁득아! (부르면서 뎁득이 쪽으로 간다.)
뎁득이 : (우악스럽게) 왜 그래 제미를 헐.
해 설 : (강쇠의 혼이 실린 듯) 어이구 불쌍한 뎁득아.
뎁득이 : 내가 왜 불쌍해?
해 설 : 네 녀석이 원망스럽구나. (창) 내가 병을 얻을 적에 장승떼가 몰려들어
　　　　묶고 치고 병을 발로[23] 홀로 당키 어렵더라. 그 원수 갚자하고 송장 친구
　　　　모으쟀더니 네 놈 손에 자빠져서 그 꿈 또한 헛되었다. 네 놈의 뚝심으로
　　　　내 원수를 갚아 줄까 행여나 바랬더니 남의 심부름만 한단 말이냐? 괘씸

한 놈.

강쇠는 자신의 죽음에 대한 원수를 갚기 위해 저주를 내렸다고 하며, 뎁득이가 그의 원수를 갚아줄까 행여나 바랬다고 한다. 강쇠는 자신의 죽음을 납득하지 못하고, 자신을 죽음에 이르게 한 장승떼를 깊이 원망하고 있다. 그렇다면 강쇠의 호소는 설득력이 있는 것일까.

창극 〈가로지기〉는 강쇠의 형상을 원전 〈변강쇠가〉와는 조금 다르게 표현한다. 〈변강쇠가〉에서 강쇠는 '성에만 집착하는 게으르고 비도덕적인 인물', '가부장적 질서에 매몰된 호색성의 하층 천민'으로 표현된다. 따라서 장승을 패어 뗀 그의 행위는 그가 갖춘 기본적인 비도덕성과 결부되어 심각한 비난의 대상이 된다. 그러나 창극 〈가로지기〉에서는 성행위 장면의 삭제로 인해 성에 과도하게 집착하는 강쇠의 면모는 볼 수 없다. 아내를 가부장적 질서로 억압하는 강쇠의 모습 또한 무대에서는 볼 수 없다.

옹 녀 : (창) 산에 올라 산정방아 들에 내려 물방아, 여주 이천에 밑다리 방
　　　　아, 진천 통천 오려방아, 남창 북창 화약 방아, 각대 하님 용정 방아,
　　　　칠야삼경 깊은 밤 헐레벌떡 사랑 방아, 이 방아, 저 방아 다 내 놓고
　　　　지리산 동구마천 강냉이 방아가 웬 말인고.
강 쇠 : 여보 마누라 그 강냉이 방아는 나중 찧고 어여 들어와.
옹 녀 : 찰떡 메떡도 뗄 나무가 있어야 떡을 하지요. 여보 서방님 들으시오.
　　　　천생 만민 필수 직업인디 맨날 낮에도 들어와 젖만 달라면 어째요!
　　　　(창) 이 산중에 살자하면 갈퀴나무 비나무며 물거리 장작 패기 뗄
　　　　나무나 많이 하여 집에도 떼려니와 장에 져다 팔면은 단 두 식구 우

리 부부 생계가 넉넉할터 건장한 그 신체로 병날 짓 그만하고 오늘
부터 지게지고 나무나 하여 오소.

강 쇠 : (어이 없다는 듯) 어허 허망하다. 호달마가 요절하면 왕십리 거름
실고 기생이 잘못되면 길가에 탁주 장사란 말 남의 말로 들었더니
나 같은 천하 한량이 나무지게를 진단 말인가?

옹 녀 : 싫으면 그만 두소. 난 당장 하산 할 터이니. 그만둬. 그만둬.

강 쇠 : 여보 마누라 내가 안 간다고 했나. 내 팔자가 말이 아니라는 것이지. 내
가지. 간단 밖에.

강쇠를 산으로 가게 하는 옹녀와 그녀의 말을 들어주는 강쇠의 대화를
통해 부부의 위치와 강쇠의 성격을 엿볼 수 있다. 원전 〈변강쇠가〉에서는
옹녀가 강쇠에게 "애긍히 사정"을 하며, 나무를 해와 달라고 하고, 강쇠는
"피식 웃으며" 옹녀의 말을 못 이기는 척 들어준다. 그러나 〈가로지기〉에서
는 옹녀가 큰 소리를 치고 강쇠가 그녀의 말을 들어주고 달랜다. 무대 영상
을 보면 "여보 마누라 강냉이 방아는 나중에 찧고 어여 들어와"라는 대사를
강쇠는 무척이나 부드럽고 애교스럽게 한다. 이는 연출과 배우가 원작과는
다르게 강쇠를 해석한 것이라 하겠다.

"천하잡놈"으로 표현되는 사설과 달리, 실제로 무대에서 강쇠는 무지막
지하지도 비도덕적이지도 않다. 옹녀와의 첫 만남에서도 점잖게 나무 밑 의
자에 앉아 대화를 나누고, 사랑가를 부르며 춤을 출 때도 천박하지 않다. 나
무하러 가는 길에 새우젓 장사를 만나 대화를 나누지만 싸움을 하거나 시비
를 걸지 않는다. 옹녀가 혼자 있는 자신의 집 방향으로 새우젓 장수가 가는
걸 보고 "어째 껄쩍지근하다"라는 말만 할 뿐, 더는 문제 삼지 않는다.

무엇보다 성행위에 집착하는 변강쇠의 모습을 삭제하였기에 그에 대한 부정성이 확실히 줄어든다. 정하영[24]은 한국의 서사 전통에서 성은 인간의 도덕성과 성실성을 논하는 잣대로 사용되었다고 언급하며, 특히 부도덕하거나 게으른 사람을 폄하할 때 성적 일탈성과 방탕성을 결부시키는 경향이 있었다고 했다. 이어 〈변강쇠가〉는 이와 같은 서사 관습을 수용하여 성담론을 변강쇠의 성격과 행위를 예고하는 보조 장치로 이용하고 있다고 했다. 논자에 따르면 강쇠의 성격적 부정성은 그의 무분별한 성욕과도 연결된 채 수용자에게 인식되는 것이다. 그러나 〈가로지기〉는 성에 집착하는 강쇠의 면모를 상당 부분 없애면서 그에 관한 수용자의 평가도 달라질 여지를 마련해 두었다.

그의 비도덕성은 오로지 장승을 향해서만 표출된다.

강 쇠 : (주위를 둘러보며) 헌데 벌써 날이 저물지 않았어? 요새 해가 이리 짧아졌나? 그러나 저러나 빈 지게 지고 내려갔다간 계집년이 방정을 떨겠는데 어떻게 한다? (…중략…) (장승을 보더니 갑자기 호령을 한다.) (창)네 이놈 뉘 앞에다 색기를 뿜어 눈방울을 부릅뜨냐? 삼남 설측 변강쇠를 이름도 못 들었느냐? 과거 마전 마시 평과 사당노름 씨름판에 내 솜씨로 사람 칠제 복장 치고 덜마차기 가래딴죽 열두 권번, 조선 천지 다 아는데. 수족 없는 네란 놈이 생심이나 먹을쏘냐? 네 놈이 대체 무슨 염치로 마누라 옆에 세워 두고 낮 바닥 주먹코에 채수염을 점잖히 하고 어영대장 지낸 듯이 입을 크게 벌렸느냐? (천하 대장군을 쑥 뽑아 지게에 가로 지어 짊어지고 노래를 한다.)

장승을 향해 호령하는 강쇠의 말과 장승을 거침없이 뽑아오는 강쇠의 행동은 무지하기 그지없다. 그러나 "사람이라고 타 죽어도 아무 탈이 없었는데 나무로 깎은 장승 사람 모습 하였은들 패어 땐다고 상관 있나?"[25]라는 생각을 하는 그에게 있어 장승은 신앙의 대상도 금기의 대상도 아닌, 그저 '나무'일 뿐이다.[26]

강쇠의 죽음은 오로지 장승금기 위반의 대가이다. 하지만 〈가로지기〉에서 그 대가는 지나치게 가혹하다. 사실 〈변강쇠가〉에서 강쇠의 죽음 장면은 반사회적 인물에 대한 공동체의 혐오를 보여주는 동시에, 그 혐오의 폭력성을 전시[27]하는 장면이기도 하다. 온갖 고통스러운 병이 그의 몸 곳곳에 퍼져 숨을 쉴 수도 꼼짝을 할 수도 없는 상태, 그러나 숨은 붙어 있어 죽지 못하는 상태는 그야말로 한 인간에게 잔혹한 폭력이다.[28]

강쇠 혼령이 나타나 자신의 죽음에 대해 신원하는 것이 무리하게 받아들여지지 않는 까닭도 강쇠의 형상에 대한 연출자의 포석 때문이다. 그리고 이로써 관객은 강쇠 원혼의 신원과 해원의 과정을 자연스럽게 받아들일 수 있다.

해설자 : 변서방 자네는 협기있는 남자로서 술 먹기에 접장이요. 화방에 패두로서 간데마다 이름있고 사람마다 무서워했지. 그 기운 혈기로서 좋은 일 해 봤느냐? 죽어서도 미인을 못 잊으니 모질고 질기구나. 주동지 자네는 부처님의 제자로서 선공부 경문 외어 계행을 닦았으면, 흰 구름 푸른 뫼에 간데마다 도방이요, 비단가사 연화대에 열반하면 부처됐지. 잠시 음욕 못 참아서 가루지기 송장이 웬말. 졸첨지 자네 분수, 고사 동양전업이라. 얼굴에는 탈을 쓰고 목에는

장고 메고 (…중략…) 여덟 송장 각기 설움 다 원통한 송장이라. 살아 있을 제 집이 없고, 죽음 후에 자식 없어 높은 뫼 깊은 구렁. 이리 저릴 구는 뼈를 묻어 줄 리 뉘 있으며, 슬픈 바람 지나갈 때, 애고애고 절하면서 곡해줄 이 뉘 있겠나. 심사 부려 쓸데 있나. 이생 원통 다 버리고, 지부명황 찾아가서 절절히 원정하여 세월이 태평할 제 부귀가에 다시 생겨, 평생행락 하게되면 그 아니 좋겠는가? 제발 덕분 떨어져 주면 청산 명당 터를 잡아 푸짐하게 장례함세. (송장들이 우수수 떨어지는데 강쇠 송장만은 안 떨어진다.)

물론 실제의 공연물을 살펴보면 해설자의 대사가 모두 읊어진 것은 아니다. 원도 없고 탈도 없이 빌어줄 것이니 장사나 잘 치르도록 하라는 말과 더불어 각각의 죽음에 대해 신원은 생략되고 "살아 있을 제 집이 없고, 죽은 후에 자식 없어 높은 뫼 깊은 구렁~푸짐하게 장례함세"로 마무리하기 때문이다. 그럼에도 각색본은 변강쇠를 비롯한 사람들의 죽음을 읊어주는 사설을 원본 〈변강쇠가〉와 대비할 때 빠짐없이 수용하고 있다. 전반부의 사설을 각색 단계에서부터 생략한 것과 사뭇 다르다.

무당의 굿소리에 결국 송장들은 우수수 떨어진다. 그러나 변강쇠의 송장만은 떨어지지 않는다. 이에 뎁득이는 이를 갈아버리려 하는데, 원전 〈변강쇠가〉는 강쇠의 송장을 갈아서 결국 없애버린다. 그러나 창극 〈가로지기〉는 강쇠의 송장마저 결국엔 떨어지는 것으로 마무리를 짓는다.

옹 녀 : (보다못하여) 여보시오, 여러분네! 눈 뜨고 못보겠소. 모질어도 내
　　　낭군, 험악해도 내 낭군. 마지막으로 원 없게 내가 한번 빌어 보리라.

(창) 여보소 변낭군아. 이내 말 좀 들어보소. 천고의 의기 남자. 원통히 죽
은 혼이 맘 아는 벗 못 만나면 위로할 이 뉘 있으리. 원통한 낭군마음 내
모르지 않소이다. 그렇다고 이 씨름 언제까지 하려 하오? 어서 속히
떨어지면 청산에 고이 모셔 년년이 기일 오면 내가 봉사 할터이니 제발
덕분 떨어지오. 만일 이렇게 빌어도 안 떨어지면 수절은 고사하고 나도 자
진하여 당신이 빼어다 땐 그 장승 자리에 서서 장승의 한이나 풀어주겠오!
애고애고 내 신세야. (이때 강쇠 송장이 덜커덩 떨어진다.)

뎁득이는 기어이 자신에게 떨어지지 않는 강쇠의 송장을 벽에 대고 문지
르며 갈이질을 한다. 이에 옹녀는 보다 못하여 마지막으로 원이 없도록 강
쇠 혼을 다시 한번 달랜다. 그녀는 그의 죽음의 '원통함'을 알아주고, 억울
함에 사무친 변강쇠의 마음까지 위로해준다. 그제서야 변강쇠의 시신은 떨
어진다. 결국, 변강쇠 혼령이 바란 바는 자신의 억울함을 알아주고, 자신을
그저 악귀로만 보지 않고, 자신이 내린 저주에도 사정이 있었음을 알아주는
것이었다.

　창극 〈가로지기〉는 무대 위에서 악인으로 변강쇠를 형상화하지 않는다.
그리고 이로써 그의 죽음이 억울할 수 있음을 관객에게 이해시킨다. 그는
갈아 없어져 버려야 할 대상이 아니라 불쌍하게 죽은 하층민으로서 해원 해
줘야 하는 대상인 것이다. 또한 〈가로지기〉는 죽은 자를 대하는 전통적 관
념을 강조한다. 이른바 '해원'의 과정이다.

해 설 : 자 이제 정성이 통하여 송장이 떨어졌으니 불쌍한 고혼들 남은 한을
　　　말끔히 씻어주고 여기 모이신 여러분네 액운도 막아주고 복도 빌어 줄겸

뭇장사나 걸게 치릅시다. (일동 거적말이를 무대 가운데에 모아 놓고
둥글게 서서 풍악을 울리고 춤을 추며 달구지 노래를 부른다.)

　죽은 자는 누구나 불쌍하다는 관념, 그러므로 그 죽음은 언제나 위로의 대
상이 된다는 관념을 〈가로지기〉는 말하고 있다. 이는 원전 〈변강쇠가〉에서
도 엿볼 수 있는 부분이지만, 창극 〈가로지기〉는 강쇠 죽음의 억울함과 신
원, 그리고 해원의 과정을 부각함으로써 그 지향을 더욱 분명히 했다. 실제
로 허규는 이 작품을 무대에 올려야겠다는 생각을 하게 된 계기로 수많은 민
중의 죽음을 말한 바 있다. 아래는 창극 〈가로지기〉의 팜플렛에 기록된 허규
의 글이다.

　잘 아는 바와 같이 '가로지기'라는 말에 대해서는 학자들에 따라 여러 가지
로 구구한 해석을 제시한다. 그러나 나는 이 '가로지기'라는 말로 비정상적인 죽
음을 뜻하는 시쳇말인 '가로갔다'는 말과 같은 의미로 해석하고 싶다. 비명횡사할
수 밖에 없는 신세의 사람들은 어찌보면 자기가 처해 있는 환경이나 역사, 그리고
전통에 대해서도 '가로간' 사람들일지도 모른다. 우리 역사의 밑바탕에 깔려있는 무
수한 민중들도 말하자면 이런 종류의 사람들이라는 생각이 들기도 하는 것은 어쩐
일일까? 이런 생각들이 나로 하여금 이 작품을 무대에 올리게 했다.[29]

　우리 역사 속의 '가로간' 사람들, 즉 비명횡사한 사람들, 그렇게 죽을 수
밖에 없는 사람들의 신세에 대한 고민이 허규로 하여금 〈변강쇠가〉를 〈가
로지기〉라는 이름으로 재탄생하게 했다. 마지막 변강쇠의 원혼까지 끝내
해원해주고자 한 연출자의 각색은 그가 〈변강쇠가〉를 어떠한 관점에서 바

라보고 있는가를 명확히 드러낸다.

　정리하면, 창극 〈가로지기〉는 원작 전반부의 '성'과 후반부의 '시체 치상 및 부착' 사건 가운데 전반부의 축을 제거함으로써, 후반부의 '죽음'의 문제를 강조했다. 〈변강쇠가〉에서 성의 화소는 자극적이면서도 흥미로워 작품의 의미 해석으로 상당한 역할을 해왔다. 그러나 당대 하층민들의 삶과 유랑민의 애환을 보여주기에는 전반부의 화소보다는 후반부의 화소가 더 큰 의미를 지닌다. 만약 〈가로지기〉 역시 기존의 작품들과 같이 '성'의 문제를 적극적으로 다루었다면 후반부의 죽음과 해원 문제는 주목받지 못하였을 것이다. '성'이라는 자극적인 장면에 관심과 해석이 치우쳤을 것이기 때문이다. 허규는 이를 정확히 간파하여 자신의 지향을 드러내는 방향으로 〈변강쇠가〉를 각색하였고, 이 각색본은 20세기에 재창작된 〈변강쇠가〉의 한 이본으로서 독자성을 갖는다.

3. 창극 〈가로지기〉의 연행적 특징과 의미

1) 무당 역할의 도창자와 무대의 굿판화, 민속예능의 다채로운 수용

　주지하듯 창극은 배우들이 나와 연기를 하지만 독특하게도 해설자, 이른바 '도창자'가 존재한다. 이 도창자는 창극이 판소리로부터 나오면서 생긴 독특한 배역으로 판소리의 서술자를 말한다. 그는 주인공 혹은 주변 인물의 성격과 배경, 감정을 해설하고, 극 중 장면을 묘사하는 역할을 한다. 도창자는 창극의 필수 요건은 아니다. 그러나 판소리의 주요 눈대목이 창극의 배역으로 실현되지 못할 때, 도창이 이를 표현할 수 있기 때문에 판소리에 무게를 둔 창극 공연에는 도창이 거의 존재한다. 창극 〈가로지기〉에도 도창자가 존재한다.

> 해설자 : (창)옛날 옛적에 맹랑한 일이 있었구나. 변강쇠라는 천하 잡놈이
> 있었는데 그 화상을 볼작시면 갓 날 때 시궁창에 떨어져서 꾸정물
> 과 흙을 젖대신 먹고 자랐지만 기운이 장사요 성질은 개차반이라.
> 주색잡기에 돈 투정 매일 장취 투전질에 색주가에 치가하고 오입
> 쟁이 친구로다[30]

> 해설자 : 두 년놈이 지리산 중 찾아가 동구마천에 이르니 (창)첩첩 산 중 깊
> 은 골에 빈집 한 채 서 있거늘 난리통에 어떤 부자가 피난하려고
> 이 집을 지었던지 다섯간 달작 기와집이 수백 년 사람 자취 없고
> 흉가로 비어 있어[31]

〈가로지기〉에 등장하는 도창자는 '해설자'로 배역이 소개되어 있으며, 여느 창극의 도창자와 다름없이 인물, 사건, 장소 등에 대한 설명을 창으로 수행한다. 그러나 독특하게도 〈가로지기〉에서 해설자는 단순히 도창의 역할만을 하지 않는다.

창극 〈가로지기〉는 '굿판'의 형식을 전제한다. 무대 소품에 무구巫具와 굿상이 차려져 있는 것도 그러하거니와, 무대의 악사들이 서로에게 "이거 굿을 하는 거야? 안 하는 거야?"라는 대화를 건네며 관객들에게 그들이 있는 곳이 굿판임을 주지시키기 때문이다.

> 해설자 : 이제 가루지기 굿을 하는데 여기 모인 사람들 한테 각기 혼을 실어

서 굿을 하는 것이고나. (해설자 부채와 방울을 흔들며 객석을 두루 돈다. 다음 소리를 하면서 한 男子 배우(관객 가장)에게 가서 혼을 실어 준다.[32)]

공연의 시작과 더불어 '굿'을 한다고 말하고는 부채와 방울을 흔들며 객석을 도는 해설자의 면보는 해설자가 곧 무당임을 관객에게 전한다. 더불어 마지막 열한 번째 장에서는 해설자가 강쇠의 넋을 위로하기 위한 굿을 실제로 수행하기도 한다.

> 해설자 : 에라 만수, 저라 만수. 넋이야 넋이로다. 백양청산 넋이로다. 옛사람 누구 누구, 만고원혼 되었는고, 만승천자 삼공옥경 기구로도 할 수 없고, 천석노적 만금부자 값을 주면 면하겠나. 열대왕림 부리는 사자, 일직 사자 월직 사자, 금강야우 강림도령, 이생망제 잡아갈 제 그 누구라 거역을 할까? 허나 여기 있는 여덟 목숨, 비명에 죽었으니 어느 대왕이 불러 주며 어느 사자가 데려 갈까, 어라 만수 저라 대신이야

고전 서사 〈변강쇠가〉는 변강쇠의 원혼을 달래는 계대네의 굿을 이야기 속에 담고 있다. 원전에서는 무당이 굿을 하고 나자 시체를 졌던 짐꾼 넷만 남겨 놓고 위에 붙은 사람들은 모두 떨어졌다. 이후 뎁득이가 한 번 더 송장에게 빌자 짐꾼 네 명마저 시체에서 떨어졌다.

창극 〈가로지기〉에서는 해설자가 굿을 하는 역할을 하는데, 처음에 한 굿에서는 사람들은 모두 떨어지나 송장이 떨어지지 않고, 두 번째 굿을 하

자 비로소 송장 짐까지도 떨어진다는 설정이다. 〈가로지기〉에서 굿을 하는 사람은 오로지 해설자뿐이며, 이는 해설자가 도창을 넘어서 무당의 '배역'까지 하도록 설정되었음을 의미한다.

실제로 〈가로지기〉의 각 장은 '거리'로 표현되어 있다. 첫째거리, 둘째거리, 셋째거리, 넷째거리 (…중략…). 열한째거리로 장을 표현하고 있으며, 서두와 마지막에 각각 '서장', '종장'의 막을 넣는다. 이 '거리'는 무당의 굿거리를 표현한 것으로 무대 전체를 굿판으로 설명하였음을 드러낸 것이다.

창극을 통해 전통연희의 다양한 면모를 보이려 한 허규의 시도는 그간 여러 연구에서 논의되었다. 허규는 1973년 극단 '민예극장'을 설립하여 전통적 양식을 현대적 작품에 적극적으로 도입하는 시도를 해왔다. '민예극장'은 '민족극 예술극장'의 약칭으로 서구극의 모방에서 벗어나 전통극의 유산을 계승한 민족극의 창조를 그 목표로 삼았다. 이러한 목표 실현을 위해 허규는 굿판에서 밤을 지새기도 하고 탈춤이나 인형극이 공연되는 현장을 찾아다니기도 했다. 서구의 연극과 우리나라의 현대연극이 상실한 연극의 본질과 기능을 되살리는데 우리의 민속극이 큰 몫[33]을 할 것으로 믿은 것이다. 그의 믿음은 창극 연출에도 그대로 적용됐다. 그는 탈춤, 꼭두각시극, 무극 등 다양한 민속예능을 창극에 적용하였고, 이로 인해 그동안의 창극과는 다른 무대를 만들어낼 수 있었다.

창극 〈가로지기〉는 허규가 우리의 굿, 무극에 가졌던 깊은 관심이 무대에서 직접적으로 표출된 대표적인 작품이다. 특히 원전 〈변강쇠가〉에 담겨 있는 계대네 굿을 하나의 삽화로 다루지 않고, 극 전체에 적용하여 도창자를 무당으로 설정한 시도는 창극과 굿을 결합한 파격이라 할 수 있다.

굿 이외에도 〈가로지기〉는 민속예능의 여러 면모를 적극적으로 수용했다. 강쇠치상을 위해 등장하는 초란이, 각설이패의 놀이, 송장 부착 장면에서 등장하는 사당패들이 그러하다.

> 초란이 : 여보소 저 송장아! 이 내 고사 들어보소. (뚜당동당) 오행정기 생긴 사람. 노소간에 죽어지면 혼령은 귀신되고, 신체는 땅속에 묻히는 법, 무슨 원통 속이 있어 혼령은 안 떠나고 송상은 빳빳이 섰노? (장고치고) 이 내 고사 들어보면 자네 원통 다 풀리리. 살았을 제 이생이오. 죽어지면 저 생이라. 만사는 뜬 구름인데 처자 어찌 따라 갈까? 죽어서도 살자하는 자네 원성 가긍하나 자체 처 청춘이니 산 사람은 살아야지.[34]

장고를 치며 고사를 지내는 초란이의 고사 소리는 정통 판소리의 음악과는 상당히 다르다. 각설이패가 등장하며 추는 뻗정다리 춤, 곰배 춤, 채머리 춤, 허리 부러진 춤 등 갖가지 병신춤 역시 정통 창극에서는 보기 어려운 것이다. 무엇보다 〈가로지기〉는 사당패들의 노래와 춤을 한바탕의 '놀이'로 구현한다.

> 초 월 : (다리를 짤뚝이며) 아이고, 다리 아파. 밭가운데 풍악소리 낭자하니 판노름 벌리셨나요?
>
> 옴생원 : 이애, 사당들아! 마침 잘들왔구나. 너희들 장기대로 한마디씩 잘만하면 맛 좋은 상관 담배 두 묶음씩 주고, 돈도 줄테니 놀면서 쉬어가면 어떠하냐?
>
> 초 월 : 고마운 말씀 감지 덕지 올시다.

(배우의 장기대로 소리를 한다.)

일 동 : 잘 한다.

옴생원 : 너 참 잘한다. 내 옆에 와 앉거라. 네 이름이 무어냐?

초 월 : (앉으며) 초월이라 하옵니다.

강산이 : (나서서 자기 장기 노래를 부른다.)

사 또 : 너 참 잘한다. 내 옆에 앉거라. 네 이름이 무어냐?

강산이 : : (앉으며) 구강산이옵니다.

일점이 : (나서서 노래를 부른다.)

옴생원 : 너도 잘 하는구나. 네 이름은 무엇이냐?

일점이 : 홍일점이옵니다.

(이렇게 진행하면서 판은 점점 흥이 넘친다.)[35]

열째 거리에 배치된 이 장면은 열째 거리의 전체 소요시간 약 11분 가운데 5분을 차지한다. 원전 〈변강쇠가〉의 사당패 놀이를 생략함 없이 받아들이면서 다채로운 민속음악과 춤, 노래를 선보이는 방향으로 극을 구성한 것이다.

창극이 판소리를 음악적 특징으로 하여 극을 이끌어가는 '전통극'임을 생각할 때, 〈가로지기〉에 등장하는 다양한 민속춤과 노래는 원전 〈변강쇠가〉가 품고 있는 내적 요인을 허규가 끌어내어 무대 위에 구현한 것이다.[36] 이는 〈가로지기〉 이전 그가 연출한 장막창극 〈심청전〉1977, 〈강릉매화전〉1978, 〈광대가〉1979와는 다른 의미다. 즉, 허규가 위 세 작품을 통해 판소리와 창극의 음악적 차이에 대한 본질과 창극의 연극성, 서사의 재편과 창조에 대한 고민을 드러냈다면,[37] 〈가로지기〉에서는 창극과 결합할 수 있는 다양한 장르의 외연 확장을 본격화한 것이다.

2) 전통극의 소통과 유희성 지향

창극 〈가로지기〉에서 무당의 역을 맡은 해설자는 무당의 배역뿐 아니라 무당이 하는 기능도 공연 전체에 걸쳐 수행한다. 굿판에서 무당이 하는 일은 신과 인간을 만나게 해주는 것, 즉 이른바 다른 세계 간의 소통이다. 〈가로지기〉에서 해설자는 관객과 무대의 소통을 적극적으로 주재[丰후]한다.

해설자 : (주위를 둘러 보고) 정작 굿 할놈들은 안 뵈고 떡먹을 양반들만 모
            여있군.

꽹과리 : 굿은 어찌 됐던 떡 값은 많이 나오겠네.

고 수 : 그나저나 오늘 굿은 비 맞은 베잠뱅이 꼴 되기 십상이겠구나.

꽹과리 : 왜?

고 수 : 온통 뻔지르르한 거시기들 투성이니 흥이 나겠나? (…중략…)

해설자 : (한 관객보고) 굿 구경 좋아하세요? 굿판 자주 가 봤어요? 굿 구경
            어떻게 하는지 알아요?

관 객 : ……굿이나 보고 떡이나 먹는거지.

해설자 : 공짜 좋아하시는군 (다른 관객에게) 「얼씨구」란 말 알아요?

해설자 : 산에 가야 범을 잡고 부뚝막에 소금도 집어 넣어야 맛이 나고 오뉴
            월 복중에 썩은 홍어회도 먹어 봐야 맛을 알고 백번 듣는 것이 한
            번 보는 것만 못하고 백번 보는 것이 한번 보는 것만 못하고 백번
            보는 것이 한번 행하는 것과 같지 아니하니 한 번 해 봅시다. (관객

전체에게) 무엇을 하는고 하니 추임새라는 것을 한 번 해보는데.
(창)추임새라는 것이 꼭 음양 조화 부부의 사랑 같아서 가락과 추
임새가 짝이 맞아야 되는 법이라. 한쪽이 너무 느려지면 힘 빠지고
너무 성급하면 맥 빠지고 (…중략…) 천변 만화 세상사를 함께 즐
겨보는 것이렸다.

악사들: 얼씨구! (합창)

해설자: (악사들을 가르키며) 저렇게 하는 것이오. 한번 해볼까요? 얼씨구.

관객들: 얼씨구— (관객들이 제 맛을 낼 때까지 되풀이 한다.)[38]

해설자가 관객을 바라보며 그들에게 질문하고 또 추임새를 가르치며 함
께 소통하는 모습은 무대와 객석 간의 분리를 무너트린다. 해설자는 굿판의
무당과 같이 때론 근엄하게 창을 하며 관객이 범접할 수 없는 면모를 보이
기도 하고, 때론 무대 밖으로 튀어나와 관객과 적극적으로 소통하며 무대와
객석을 연결하는 중간자적 역할도 한다.

〈가로지기〉에서 해설자는 자신이 직접 관중과 소통하는 것뿐만이 아니
라 극 중 인물과 관객이 소통할 수 있는 가교역할을 하기도 한다.

해설자: 이 사람아, 요즘 꽁짜가 어디있나? 대가가 있어야지.

옹 녀: 내 가진 재산이라군 이 몸둥이 밖에 없으니 무엇으로 대가를 치루리까?

해설자: 돈, 돈, 돈이면 다 돼!

옹 녀: 돈이 있어야지요.

해설자: 송장을 치워달라지 말고 송장 치우게 돈을 적선해 달라고 해.

옹 녀: 그래서? 돈을 안 내면요?

해설자 : 굿판에서 불쌍한 인생, 저승길 잘 가라고 돈 많이 쓰면, 재수 있고
　　　　복 많이 받는다고 해봐!
　　(옹녀, 꽹가리를 잦혀 들고 그 말을 치면서 복타령을 부르면서 객석을 돈다.)

해설자의 도움으로 옹녀는 무대 밖 관객에게 향한다. 그리고 객석에서
강쇠의 시체를 치우는 데 필요한 돈을 각출한다. 옹녀는 객석을 돌며 관객
에게 적선을 요구하고, 한 사람 한 사람에게 대화를 시도하며 극의 분위기
를 활기차게 이끈다.

　창극 〈가로지기〉는 무대와 객석의 소통을 적극적으로 지향했다. 실제로
공연예술박물관에 소장된 리허설 영상을 보면, 연출자는 옹녀가 객석에 들
어가는 장면에서 조명 담당에게 객석에 불을 켤 것을 강하게 요청한다. 허
규는 둘째 마당부터 라이트를 켜두라는 이야기를 하는데, 둘째 마당은 나무
하러 가는 강쇠와 새우젓 장수의 등장 장면이다. 옹녀에게 재촉받아 나무를
하러 나가는 강쇠의 길은 객석으로 향하게 되어 있고, 그곳에서 새우젓 장
수가 등장한다. 둘은 무대로 변한 객석에서 한참 동안 대화를 나누며 관객
들과 직접 호흡한다.

　이번 작품을 무대에 올리면서 나는 본의 아니게 극본을 쓰고 연출을 맡는
입장이 되었다. 연출을 하면서 가장 역점을 둔 것은 현장성이었다. 그것은 전
통적 놀음판의 특성을 최대로 되살리는 일이었다. 관객과 무대의 벽을 허무
는 무차별 공격을 통해서 이 작업이 어느 정도 가능성이 넓어졌다.[39]

허규는 전통극이 가진 특성 가운데 하나로 현장성을 꼽는다. 기실 극장

이라는 무대가 생기기 이전 전통놀이는 마당에서 주로 이루어졌다. 이른바 '판'이라는 것이 놀이판의 판을 말한다는 것은 익히 알려진 사실이다. 중요한 것은 '현장성'을 담보할 수 있는 핵심으로 그는 '관객과 무대의 벽을 허무는 무차별 공격', 이른바 소통을 시도한 것이다.

정혜원[40]은 창극 연출에서 허규가 추구한 것으로 '현장성'과 '놀이성'을 짚었다. 허규 스스로가 '현장성'을 중요하게 여긴 점들을 고려할 때 논자의 의견은 매우 타당하다. 다만 그 현장성을 어떻게 구현할 것인가의 문제에서 허규는 '무대와 관객의 소통'을 지향했다는 점을 주목해야 한다. 강쇠와 새우젓 장수의 만남 장면을 객석에서 수행한 것, 옹녀를 객석으로 직접 밀어넣은 것 등은 막연히 관객에게 질문을 던지고, 대답을 이끌어내는 것에서 한 발 나아가 보다 적극적인 소통을 지향한 것이다. 창극 〈가로지기〉는 이와 같은 그의 지향을 분명히 드러낸 창극이었다.

창극 〈가로지기〉가 갖는 연행적 의미로서 '유희성' 또한 주목하여 볼 필요가 있다. 〈가로지기〉는 〈변강쇠가〉에 등장하는 초란이, 각설이, 사당패 등의 유랑예인집단을 무대 위로 불러들인다. 그리고 이를 통해 후반부의 서사에 힘을 싣고 이를 장면화하면서 강쇠의 죽음으로 인한 비극과 그 저주로 인한 공포, 나아가 원전 〈변강쇠가〉가 갖는 그로테스크한 미학을 유희적으로 상쇄한다. 특히 각설이패가 등장하여 춤을 추고, 재담을 나누는 장면은 무대 영상과 무대실황 음원에서 확인할 때, 관객의 웃음이 가장 많이 터져나온 부분이다.

각설 1 : (변강쇠 송장을 한번 보고 약간 질린다.) 자, 신랑감은 셋이고 색시 감은 하나인데, 누가 먼저 치우려나.

각설 2 : 그야 우리들이 장유유서 빼면 뭐 남겠오? 윗성님이 먼저 하셔야죠.

각설 1 : 나는 이런 일 많이 해봤으니 너 막내가 먼저 해보아라.

각설 3 : 내가요?

각설 1 : 이 세상을 살아가려면 담력을 길러야 한다. 너부터 하거라!

각설 3 : 난 그리 못하겠오. 이 세상에 나오기를 성님들이 먼저 나왔으니 나
보다는 성님들이 많이 살지 않았우? 혹시나 죽는 수가 있을 때 먼
저 나온 사람이 먼저 가는 것이 도리가 아니겠우?

극 중 인물들은 강쇠 송장의 공포스러운 면모로 인해 서로 송장 치우기를 미룬다. 그들은 익살스러운 목소리와 표정으로 이를 표현한다. 송장을 다 같이 치우기로 하고 병풍 뒤 강쇠의 송장이 있는 곳으로 갈 때도, 각설이 가래질 춤을 우스꽝스럽게 추어, 관객에게 웃음을 주는 것을 멈추지 않는다.

그뿐만 아니다. 강쇠 송장 이후 연쇄적으로 죽는 이들도 상당히 해학적으로 연출한다. 장구와 북소리를 활용하여 거꾸러지는 사람들의 모습을 희화화 한다. 강쇠 송장을 치우기 위해 병풍 뒤로 들어갔다가 발만 보이게 표현하기도 하고, 무대에서 발랑 나자빠지게 표현하기도 한다. 시신을 보고 놀라서 나왔다가 우스꽝스러운 행동을 하며 결국 쓰러지게 표현하기도 하는데, 모두 다 유희성을 극대화하기 위한 연출이다.

창극 〈가로지기〉의 유희성은 마지막 달구질 소리를 하며 장례의식을 치르는 장면에서 극대화된다. 원전과 달리 강쇠의 송장마저 떨어졌기 때문에 강쇠의 죽음에 관한 서사는 말끔하게 정리되었다.[41] "풍악을 울리고 춤을 추며 달구질 소리"를 하는 장면으로 마무리가 되는 서사는 〈가로지기〉의

지향이 굿과 놀이를 통한 해원과 산 자를 위한 축원임을 다시 한번 확인케
한다.

> 이 작품에 등장하는 인물들은 붙어 있으면서도 웃고, 노래하고, 짓거리를 그치지
> 않는다는 점이 현실의 우리와 다르다. 그러나 이것으로 끝나는 것이 아니다. 내가
> 마지막 장면에 큰 힘을 쏟은 이유가 바로 여기에 있다. 이 작품의 마지막 장면은 '가
> 로간' 수많은 영혼들의 장례 장면이다.
>
> 죽음마저 흥으로 극복할 수 있는 가능성을 확신하면서, 어쩔 수 없이 '가로
> 간' 숱한 인생들이 그 구수하고 정감어린 달구질 소리를 들으며 포근히 잠들고, 우
> 리의 굿거리를 내려다보며 빙그레 웃을 수 있기를 빌고 또 빈다.[42]

창극 〈가로지기〉는 기존 창극이 갖는 양식을 새롭게 변용함으로써 전통
극의 강점을 적극적으로 활용했다. 전통극의 현장성을 소통을 통해 더욱 분
명하게 지향하고, 놀이적 요소를 모두 살려내면서도 해학을 대전제로 하여
극을 꾸려갔다. 허규가 전통극을 현대에 살려내는 과정에서 고민한 많은 흔
적을 창극 〈가로지기〉는 충실하고도 분명하게 담고 있다.

허규 창극은 전통극을 활용하여 새로운 시도를 했다는 점에서 창극사의
한 획을 긋고 있다. 창극 〈가로지기〉는 허규의 초기 창극 연출 작품으로 그
의 실험정신과 도전정신이 그 어떤 작품에 비해 잘 나타나고 있다. 전통극
과 민속예능을 이토록 다양하고 적극적으로 수용한 면모는 그 이전의 작품
에서는 보기 힘들다.

〈가로지기〉가 허규의 지향을 충실히 재현할 수 있었던 것은 원작 안에
내재하였던 제의성과 유희성에 근거한다. 그간 〈변강쇠가〉 연구에서 활발

하게 다루어지지 못하였지만, 분명 작품 안에 중요한 의미를 차지하였던 제의성과 오락성을 허규는 기민하게 포착하여 무대 위의 연행물로 살려낸 것이다.

4. 나가며

창극 〈가로지기〉는 창을 잃은 판소리 〈변강쇠가〉의 원전을 전반적으로 수용하면서도 연출가 허규 나름의 각색을 통해 원전에 내재된 의미를 본격적으로 드러냈었다는 점에서, 20세기에 산출된 〈변강쇠가〉의 한 이본으로서 서사적 의미가 있다.

〈가로지기〉는 원전의 특색이자 연구의 쟁점으로 논의되어 온 노골적인 성묘사와 성애의 면모를 과감하게 제거하고, 전반부 강쇠의 죽음까지의 내용을 압축적으로 구성했다. 대신 후반부 시체 치상과 부착, 그리고 해원의 굿을 적극적으로 부각했다. 특히 후반부에 자기 죽음의 억울함을 강쇠가 직접 신원하는 장면, 강쇠의 시체마저 결국 떨어짐으로써 모든 송장이 온전히 치상이 되는 장면 등을 추가하면서 강쇠의 신원과 해원에 서사를 집중했다. 이는 그간 미약하게 논의되었던 〈변강쇠가〉의 작품 내적 특징과 지향으로서 '제의성'이 창극 〈가로지기〉에 의해 부각된 것으로, 지금까지 〈변강쇠가〉를 활용한 타장르의 콘텐츠가 '성묘사'를 활용하여 재창조된 것과는 상당히 다른 방식이다. 나아가 이것은 〈변강쇠가〉의 중요한 서사적 지향이 공연물과 접목되면서 특별한 의미를 가질 수 있다는 점에서 의미가 있다.

다음으로, 저자는 〈가로지기〉의 연행적 특징과 의미를 다음과 같이 논의했다. 먼저, 〈가로지기〉는 일반적으로 창극에 도창을 두는 양식을 차용하면서도 도창의 기능을 한 가지 더 마련했다. 그것은 도창에게 '무당'의 역할을 부여하여 공연의 서사적 지향인 죽음의 신원과 해원 문제를 비중 있게 다루었다는 점이다.

연행적 특징의 또 한 가지는 민속예능의 여러 면모를 무대 위에서 충실히 구현했다는 점이다. 원전 〈변강쇠가〉에는 다양한 유랑예인집단들이 등장하고, 이들이 자신들의 연행을 보여주는 사설이 존재한다. 〈가로지기〉는 후반부의 서사를 충실히 다루면서 원전의 이와 같은 면모를 잘 드러내었다.

마지막으로 저자는 창극 〈가로지기〉의 연행적 의미를 소통과 유희성의 확장으로 파악했다. 〈가로지기〉는 굿판 형식의 창극, 민속예능의 수용 등을 통해 오랜 시간 허규가 추구하였던 전통극의 장점, 이른바 현장성과 놀이성을 강조한 작품이다. 허규는 1977년부터 국립창극단의 연출을 해왔다. 이 작품은 그가 연출한 장막 창극의 네 번째 작품으로, 그가 지속해서 관심을 둔 민속극의 본질적인 가치로서 현장성과 놀이성을 창극과 본격적으로 접목했다는 점에서 의미가 있다.

또한, 허규는 그가 추구한 현장성을 '무당'의 역할을 수행하는 도창자를 통해 본격적으로 실행했다. 도창자이자 무당인 해설자는 관객에게 직접 말을 걸고, 관객을 향해 굿을 주재하며 무대와 객석의 경계를 허물었다. 그리고 등장인물인 옹녀, 강쇠 등을 객석으로 직접 향하게 하고, 객석의 라이트를 특정 막에서 켜는 연출법으로 소통의 길을 마련했다. 또한 희극적이고 놀이 중심적인 극 구성과 장면화를 통해 원전 〈변강쇠가〉의 유희성을 극대화했다.

20세기에 산출된 창극 〈가로지기〉는 민속예능에 대한 허규의 깊은 관심

속에서 원작이 가진 놀이성과 제의성이 극대화되며 나타난 작품이다. 이는 〈변강쇠가〉가 1980년대의 시대적 분위기 안에서 에로 영화로 수용된 것과 다른 궤이며, 21세기의 성과 여성의 담론 안에서 창극 〈변강쇠 점 찍고 옹녀〉로 재창작된 것과도 차별화되는 면모이다.

KBS 창극 〈이춘풍전〉¹⁹⁸²을 통해 본
TV 창극의 매체적 특징 고찰

1. 들어가며

이 글은 1982년 KBS에서 방송된 창극 〈이춘풍전〉을 대상으로, 고전소
설이 TV를 통해 창극으로 제작되면서 갖게 된 특징을 텔레비전이라는 영상
매체의 측면에서 살펴본 것이다. 20세기 초 극장의 설립과 더불어 탄생한
창극은 주로 무대를 통해 대중에게 선보였지만, 음반과 방송의 등장과 더불
어 무대 이외의 매체를 통해서도 대중과 만났다. 무대가 아닌 음반과 방송
등의 매체로 전파된 창극은 무대의 그것과 견주어 그 수가 많은 것은 아니
지만, 무대와는 다른 면모로 창극이 갖는 극적, 음악적 속성을 보여주었다.

이 글에서 다룬 KBS의 창극 〈이춘풍전〉은 〈KBS 지정석〉이라는 프로그
램에서 '해학드라마 〈이춘풍전〉'의 이름으로 1982년 2월에서 3월까지 4회
에 걸쳐 발송되었다(1982.2.16., 1982.2.23., 1982.3.23., 1982.3.30.).
이재현 극본, 박경식 연출에 한농선, 조상현, 김동애, 은희진, 왕기창, 남해

성, 임석종, 유미리 등이 출연하였고, 무대극으로 창극화되기 이전에 방송으로 먼저 창극화된 작품으로 파악된다.[1] 따라서 고전소설을 무대 창극으로 전환하고, 이를 중계방송 혹은 녹화방송의 형태로 제공하는 경우와 달리 고전소설을 TV 드라마의 방식, 그리고 창극의 양식으로 만드는 과정에서 나타난 특수함이 있다.

문학작품을 방송의 드라마로 제작하여 방영하는 흐름은 텔레비전 드라마가 자리를 잡아가는 시기에 자연스럽게 생겨났다.[2] 특히 1980년대 KBS에서 제작한 〈TV 문학관〉은 상당한 인기를 끌었던 프로그램으로, 이를 중심으로 문학작품이 TV 매체로 전환됨에 따라 나타나는 서사적 차이에 대한 연구가 그간 활발히 이루어졌다.[3] 그러나 이 시기 고전소설을 활용하여 TV 드라마로 제작된 사례 연구는 해당 방송이 존재했음에도 이루어진 바가 없으며,[4] 창극으로 전환이 된 사례에 대한 논의 역시 진행되지 못했다.

방송을 통해 존재한 창극은 창극사 혹은 판소리사의 연구 범주를 넓혀 이에 대한 이해를 풍부하게 마련한다는 의미 외에도, 고전소설의 영상화를 확인해 볼 수 있는 의미가 있다. 또한, 일반 드라마가 아닌 창극의 형태로 제작 및 방송된 부분에 주목하여 무대 공연과의 차이를 매체의 측면에서 살펴볼 수 있는 기초 자료가 되기도 한다.

이 글에서는 영상자료를 확보할 수 있는 〈이춘풍전〉을 대상으로, 텔레비전이라는 미디어 환경에서 창극의 극적, 음악적 속성이 어떻게 발현되었는지 살펴볼 것이다.

2. 시공간 변화의 자유로움으로 단편 고전소설
   『이춘풍전』의 서사 확대

고전소설 『이춘풍전』은 1972년 'KBS 고전 시리즈'에서 한 차례 드라마로 제작되었다. 윤혁민이 각색하고 이정훈이 연출한 드라마 〈이춘풍전〉은 1972년 10월 4일부터 매주 월요일~토요일 저녁 8시 40분에서 9시까지 방송되었다. 이춘풍 역에 배우 신구, 아내 김씨에 배우 반효정, 추월에 조령일이 캐스팅되어 1972년 11월 11일까지 방송되었다.[5] 해당 드라마는 고전소설 『이춘풍전』의 서사를 그대로 유지[6]하면서 드라마적 흥미를 끌었을 것으로 추측이 되지만 이를 확인할 수 있는 구체적인 자료는 없다.

기실 고전소설 『이춘풍전』은 그리 긴 소설이 아니다. 핵심 등장인물도 많지 않을뿐더러, 갈등구조가 복잡하게 얽혀있는지도 않다. 따라서 드라마로 각색하는 과정에서 얼마든지 이야기를 풍부하게 마련할 여지가 있다. 1982년 텔레비전으로 방송된 창극 〈이춘풍전〉은 총 4부로 구성되었고, 한 부당 40~45분 남짓 방송되어, 전체 방송 시간은 대략 180분 남짓이다.

〈이춘풍전〉은 약 3시간의 방송으로 구성됨에 따라 서사의 확대가 이루어질 수밖에 없었는데, 특히 방송이라는 매체를 통해 시공간의 표현에서 자유를 얻게 되어, 다양한 인물과 서사의 구성이 가능하게 되었다. 다음을 보자.[7]

씬 넘버	내용
씬 7 주막	춘풍은 주막에서 이패두, 오청두, 화전이와 술을 마시며 놀고 있다. 이때 춘풍에게 돈을 빌려주었던 박첨지가 나타나 돈을 갚으라며 춘풍을 다그친다. 당장 돈을 줄 수 없어 곤란해하는 춘풍 앞에 장사랑이 나타나 춘풍의 돈을 대신 갚아 준다. 춘풍이 장사랑에게 고마움을 표시하자 장사랑은 모두 다 자네 아내가 준비한 돈이라는 말을 한다. 춘풍은 의아해한다.
씬 8	참판댁 시비 길례가 봄타령을 부르며 마루를 닦고 있다.

씬 넘버	내용
참판댁 마당	춘풍의 아내 김씨가 보자기에 싼 옷을 들고 참판댁에 들어온다.
씬 9 후원	길례가 춘풍의 아내를 보고 인사를 하며 이야기를 나누고, 별당으로 들어가자고 한다.
씬 10 별당	김씨는 참판댁 부인에게 보자기를 내어주며 지은 옷을 선보인다. 참판댁 마님은 매우 흡족해하며 춘풍의 아내에게 돈을 준다. 춘풍의 아내는 사양하지만 참판 부인은 받으라고 하며 돈을 건네주고, 춘풍의 아내에게 남편이 곧 마음을 잡을 날이 있을 테니 힘을 내라고 한다.
씬 11 주막	장사랑은 춘풍에게 이제 정신을 차리고 자신을 도와 포목점 일을 하며 성실하게 살아갈 것을 제안하고, 춘풍은 장사랑에게 그러겠노라고 약속한다.

고전소설 『이춘풍전』에서 이춘풍은 주색잡기만을 쫓으며 허랑방탕하게 지내다가 아내의 책망에 마음을 고쳐먹겠다고 수기를 써 아내에게 약속한다. 소설에서는 아내와의 대화를 통해 춘풍이 새 마음을 먹겠다는 약속을 하지만,[8) 방송극에서는 '곤란을 겪고 있는 이춘풍을 도와주는 장사랑', '장사랑이 들려주는 아내의 이야기'를 추가함으로써 이춘풍이 깨달음을 얻는 과정을 새로운 이야기로 보여준다. 장사랑은 후에 이춘풍이 호조 돈을 빌려 평양으로 장사를 간다고 할 때에 춘풍 처와 함께 그를 말리는 역할을 하기도 하는데, '김씨-춘풍'의 관계로만 사건을 전개하는 단선적인 구성에서 '김씨-장사랑-춘풍'으로 이야기를 풍부하게 마련한다.

'장사랑'의 등장 씬에서 서사의 확장 이외에도 한 가지를 더 주목할 부분이 있다. 장사랑이 춘풍에게 김씨의 이야기를 전하는 방식이다. 장사랑은 춘풍에게 그의 아내 김씨의 이야기를 단지 대화를 통해 전하지 않는다. 방송은 씬8~씬10에서 보듯 회상을 통해 김씨의 사연을 장면화한다. 이러한 표현은 영상물이기에 가능한 것이다. 각 세트에서 촬영하고 이를 편집하여 내보내는 방송제작의 특성상 회상을 통한 장면의 구성과 전달이 무리 없이 이루어질 수 있는 것이다.

또한, 영상 드라마는 동시간에 각기 다른 장소에서 벌어지고 있는 사건을 표현하는 것도 가능한데, 〈이춘풍전〉에서도 이의 면모를 확인할 수 있다.

호조의 돈을 빌려 평양으로 장사를 하러 간 춘풍은 평양기생 추월을 보자마자 마음을 빼앗겨 추월과 사랑을 나누느라 장사는 안중에도 없게 된다.

씬	내용
씬 32 추월 방	추풍과 추월은 서로 사랑가를 부르며 정을 나눈다.
씬 35 춘풍집 마당	춘풍처는 정화수를 떠놓고 두 손 모아 춘풍의 안위를 기원하는 창을 한다.

같은 시각 춘풍의 아내는 춘풍의 안위를 기원하는 기도를 올리는데, 방송은 이 장면을 바로 교차하여 보여준다.

고전소설에서 흔히 '각설', '차설', '화설' 등의 표현으로 나타나는 장면의 전환이 영상매체에서는 연결되는 장면으로 바로 표현이 되는데, 창극 〈이춘풍전〉의 경우, 아내 김씨가 춘풍을 위해 기원하는 장면을 춘풍이 평양에서 주색에 빠진 것과 대비하여 구성한 것이다. 이로써 춘풍의 어리석음과 아내 김씨의 희생이 더욱 효과적으로 드러난다.

TV 창극 〈이춘풍전〉은 여러 세트를 통해 이야기의 현실성을 구현하고, 공간의 변화도 자연스럽게 보여주었다.

〈이춘풍전〉 1회 세트		〈이춘풍전〉 2회 세트	
1. 이춘풍 집 ○ 방 ○ 마당 2. 참판댁 ○ 안방 ○ 별당 ○ 마당 ○ 후원	3. 우물가 4. 주막 5. 도창석	1. 이춘풍 집 ○ 방 ○ 마당 2. 추월집 ○ 마당 ○ 추월방 3. 객사 ○ 춘풍방 ○ 정과부방 ○ 마당 ○부엌	4. 참판댁 ○ 별당(안) 5. 주막앞 6. 샅길 7. 모랑봉 아래 8. 도창석

방송의 대본상에는 이처럼 세트의 구성이 표시되어 있고, 실제 방송 영상에서도 공간별로 세트의 구성을 다르게 하여 이야기의 사실성을 확보했다.

세간이 소박하고 소탈한 춘풍집의 방과 화려하고 사치스러운 추월의 방은 세트로 대비를 이루면서 〈이춘풍전〉 서사의 리얼함을 TV를 통해 구현했다〈영상사진 1〉, 〈영상사진 2〉. 고전소설에서 춘풍의 집은 "집안 형용이 가련"[9] 하다는 것으로 짧게 표현이 되지만, 추월집의 경우는 "좌우를 살펴보니 집 치레가 휘황하다. 삼간 대청 툇마루며 이층 난간이 제법이구나. 방안으로 들어가서 좌우를 돌아보니 산수병풍, 운무 병풍, 묵화로 포도, 숙엽 등을 그려 사창 위에 붙여두고 부벽서를 돌아보니 동중서의 「책문」이며, 제갈량의 「출사표」며 도연명의 「귀거래서」와 「적벽부」, 「양양가」를 구구마다 붙여놓고, 놋 촛대, 청동 거울이며, 요강, 타구, 재떨이며, 각개, 술대, 들미장에 왜경, 대경, 폐백경과 혈침, 안침, 비취금침은 좌우로 걸어두고, 자개 함롱 반닫이를 여기저기 맵시 있게 놓았구나"[10]로 서술되어 방의 화려함을 보여준다. 판소리에는 창으로 불렸을 법한 내용이 방송에서는 무대 세트로 시각화된 것이다.

아낙들이 모여 춘풍의 주색잡기를 말하는 우물가와 춘풍이 한량들과 모여 시간을 보내는 주막 역시 세트〈영상사진 3, 4〉를 통해 서사의 풍부함을 마련하고, 드라마의 재미를 강조했다.

오청두: 어서오게 춘풍이

화전이: 춘풍이 어서 오게

이패두: 자네 그동안 왜 뵈지를 않았나?

춘풍: 다락골이 답답하여 세상 한 번 휘 들러 봤지.

오청두: 어디엘?

춘풍: 관동엘 다녀왔네.

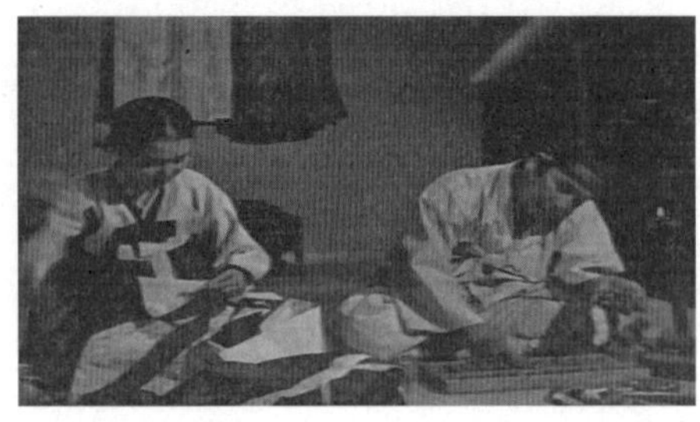

〈영상사진 1〉 춘풍집 방

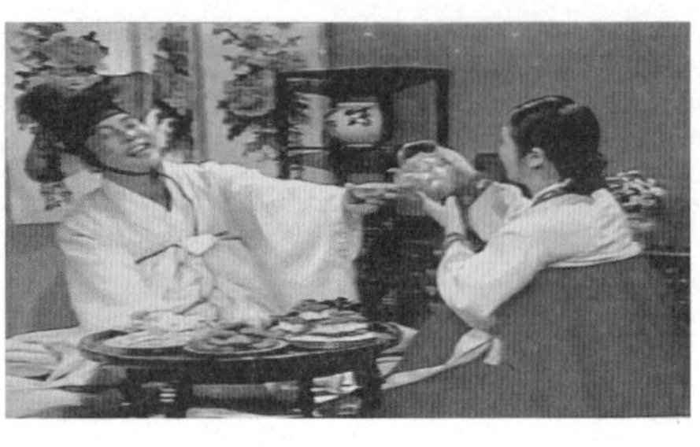

〈영상사진 2〉 추월집 방

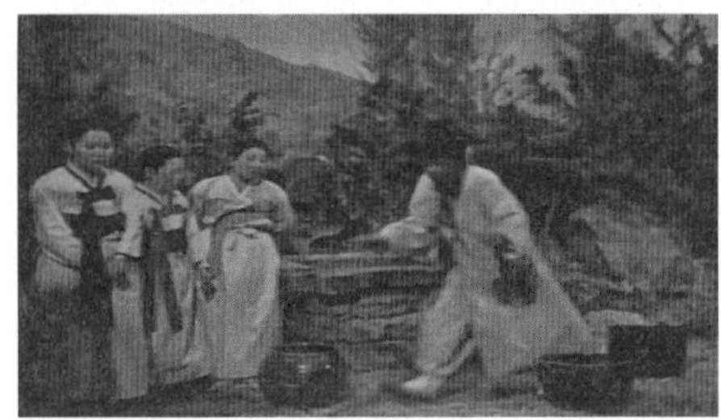

〈영상사진 3〉 우물가

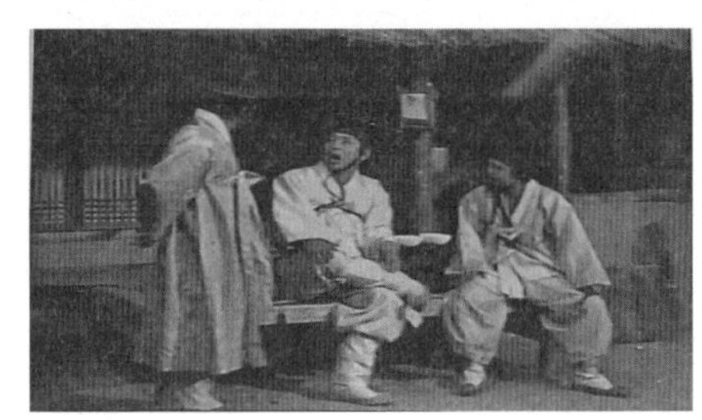

〈영상사진 4〉 주막

세사람 : 관동엘?

춘풍 : (창) 행장을 다 떨치고 석경의 막대 짚고 백천동 곁에 두고 만폭동 들어가니 은같은 무무지개 옥같은 용의 소리 섞여 돌며 뿜는 소리 십 리에 잦았으니, 들을 때는 우레더니 보니까 눈이로세.

이패두 : 좋은 구경은 자네 혼자하고 왔군. 우리 관동 이야기나 들으며 한 잔 나누세.[11]

주막집의 한량들은 바람같이 떠도는 이춘풍의 성격을 드러낸다. 그리고 우물가의 아낙들은 이춘풍에 대한 이야기를 서로 나누며 그가 어떤 인물성을 가졌는지, 이춘풍의 아내가 어떤 처지에 있는지 등의 정보를 제공한다. 더불어 우물가에서 주막으로, 다시 춘풍의 마당에서 춘풍의 집으로 세트를 전환하여 〈이춘풍전〉이 창극의 성격을 가짐에도 '드라마'라는 인상을 강하게 준다. 이는 세트의 구성이 비교적 자유롭고, 편집을 통한 연결이 가능한 영상 제작 방식에서 비롯된다. 고전소설을 텔레비전의 매체로 전환하는 과정에서 무대에서 실연할 수 있는 것과는 다른 면모로 창극의 극적 성격을 드러내는 것이다.

3. 카메라 기법을 활용한 인물의 상황과 정서의 시각화

문학을 영상화하는 과정에서 카메라의 다양한 기법은 상황 및 대상에 대한 설명을 상징화하여 시각적으로 시청자에게 전달한다. 이철우는 close-up세밀한 확대, medium shot신체 일부, full shot전신 및 뒷배경, long shot배경과 인물 전체 등 다양한 카메라의 표현방식에 따른 표현 내용을 도식화하여 정리한 바 있다. 논자에 따르면 영상의 표현방식인 화면과 움직임의 관계는 서사적인 언어수단을 매체적 특성으로 자리매김하는데 가장 주요한 요소다.[12]

TV 창극 〈이춘풍전〉도 카메라의 구성에 따라 인물의 관계 또는 상황의 이해를 효과적으로 표현한다. 몇 가지 예로 이를 살펴보고자 한다. TV 창극 〈이춘풍전〉에는 고전소설에는 등장하지 않는 참판 부인의 어린 시종 길례가 등장한다. 길례는 참판 부인의 몸종으로 춘풍의 아내 김씨가 춘풍으로 마음고생을 할 때에 추월과 춘풍을 혼내주기 위해 참판 부인에게 도움을 청하라는 조언을 해준다. 그리고 끝까지 김씨의 곁에서 그를 지지한다. 길례는 어리지만, 영리하고, 꾀가 많은 인물인데, 그녀의 역할은 카메라의 앵글을 통해서도 시각적으로 드러난다.

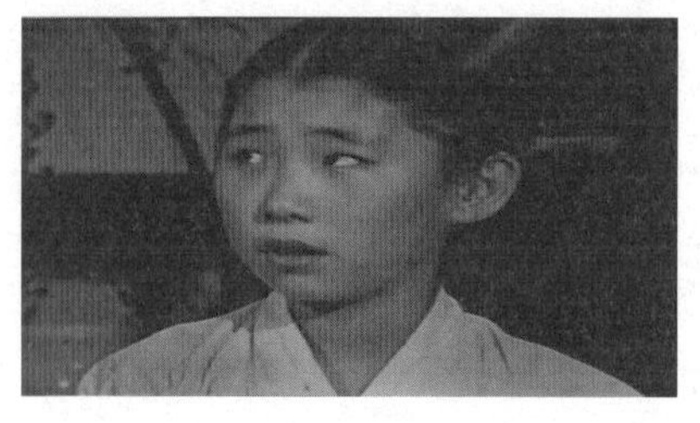
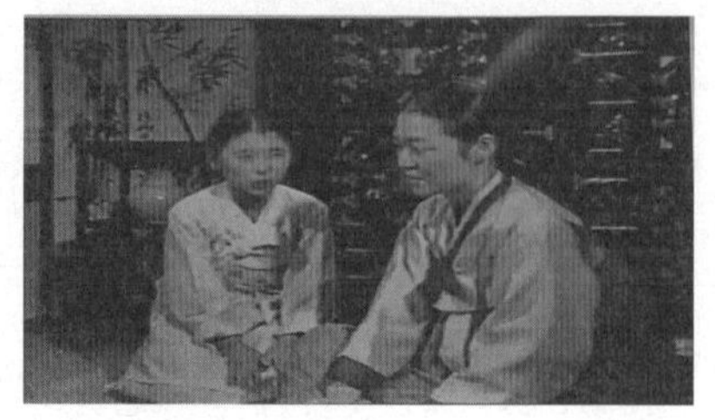

〈영상사진 5〉 고민하는 길례　　　　　　〈영상사진 6〉 길례, 춘풍처

　　평양에서 추월에게 돈을 탕진하고 비렁뱅이가 되었다는 소식에 절망한 김씨를 위로하며 길례는 묘책을 낸다. 이때 전체 이야기의 중심 인물이 춘풍처임에도 길례가 고민하는 장면을 close-up하여 보여준다〈영상사진 5〉. 또한, 두 인물을 full shot으로 잡되, 길례를 전면화하는 카메라 각도를 통해 그녀가 이 상황에서 주요한 역할을 하고 있음을 드러낸다〈영상사진 6〉.

　　또한, 길례는 참판부인과 김씨 사이에 가교 역할을 하며 극적 흥미를 돋우기도 한다.

　　　　길례 : 마님 마님

　　　　마님 : 왜 이리 호들갑을 떠느냐

　　　　길례 : 비장이 이춘풍을 잡아다 태장을 치고 있아옵니다

　　　　마님 : 뭐라고

　　　　길례 : 동헌까지 그 소리가 들려오던뎁쇼

　　　　마님 : 제 서방을 잡아다 태장을 치다니

　　　　길례 : 잘못을 깨치라고 치는 매가 아니겠나이까

　　　　마님 : 추월이년을 잡아들여 호조돈을 받아내야지

　　　　길례 : 차차 그리 될 것이옵니다.[13]

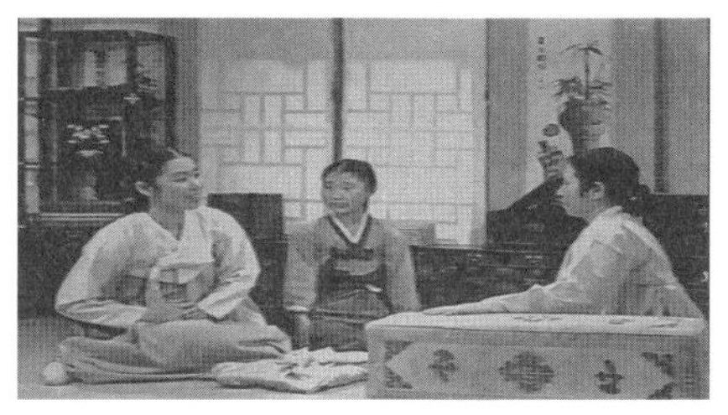
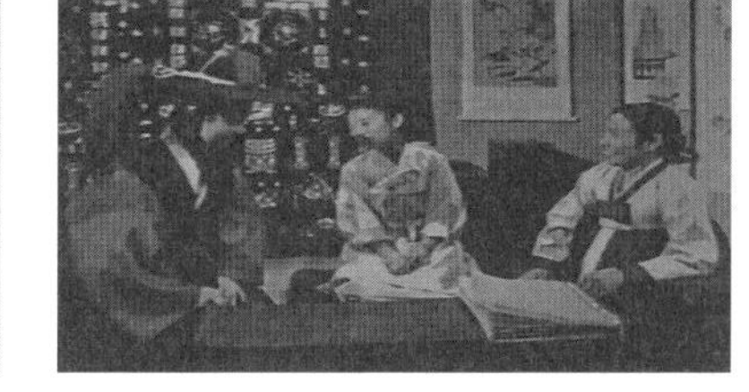

<영상사진 7> 춘풍처. 길례. 참판부인　　<영상사진 8> 남장한 춘풍처. 길례. 참판부인

길례는 남장한 김씨에게 매를 맞는 춘풍의 소식을 참판 부인에게 알려주며 극 중 감초의 역할을 이어가는데, 이러한 면모는 영상에서 배치된 길례의 위치에서도 엿볼 수 있다.

참판 부인을 만나 바느질 솜씨로 인정받는 김씨를 보여주는 장면<영상사진 7>, 참판 부인의 도움으로 평양을 가기로 한 김씨가 떠나기 전 참판 부인에게 인사를 하러 가는 장면<영상사진 8>에서 길례는 언제나 김씨와 참판 부인 사이에 배치되어 있다. 극 전체를 통해 길례가 춘풍처와 참판부인 댁 사이에서 소식을 전달하며 사건의 유기적 연결에 도움을 주는 인물임을 이미지를 통해서 보여주는 것이다.

카메라가 선택하고 구성한 장면에서 이야기를 이해하는 시청자에게 카메라의 눈은 무척이나 중요하다. 따라서 상황의 변화에 따라 인물의 관계 설정이 명확하게 달라지는 것도 영상은 효과적으로 나타낼 수 있다. 이를 보여주는 장면으로 평양에서 다시 서울로 돌아온 후 마주 앉은 춘풍과 춘풍처의 모습을 들 수 있다.

평양에서 호되게 곤욕을 치렀음에도, 서울로 돌아온 춘풍은 여전히 정신을 차리지 못하고 아내 김씨를 타박하며 이런저런 불만을 말한다. 이에 김씨는 다시 회계 비장으로 남장하여 춘풍 앞에 나타나 그를 혼내주기로 한다. 이때 카메라는 두 인물을 각 장면에서 모두 full shot으로 잡아 변화된

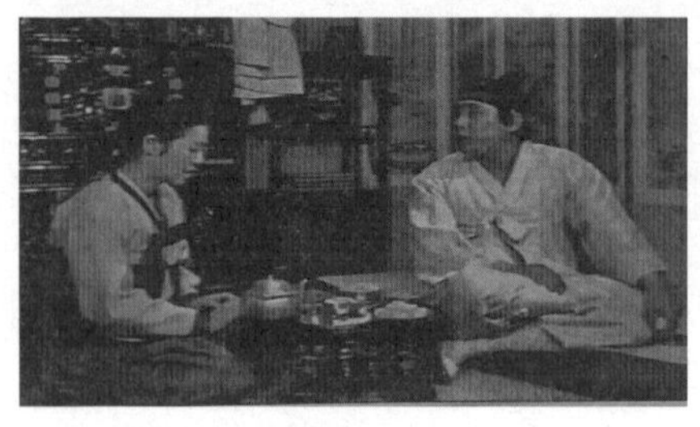
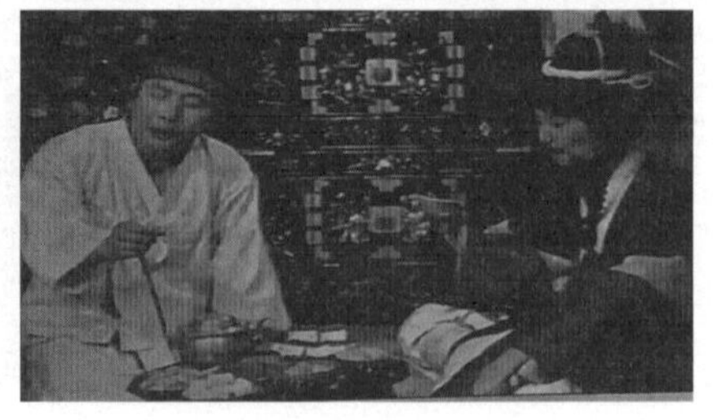

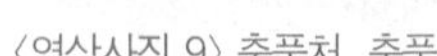

〈영상사진 9〉 춘풍처. 춘풍   〈영상사진 10〉 춘풍. 춘풍처

상황을 대조적으로 보여준다. 왼쪽 상석에 앉은 춘풍과 오른쪽 아랫자리에 앉았던 춘풍처의 위치〈영상사진 9〉는 같은 카메라의 각도이지만, 상황의 변화에 따라 달라진다. 회계 비장으로 남장하여 온 아내가 상석으로, 춘풍은 아래 좌석으로 이동한 것이다〈영상사진 10〉. 바뀐 위치의 설정은 두 인물의 앉음새 연기와 더불어 어리석은 춘풍을 효과적으로 풍자한다. 더불어 현명한 아내 김씨를 통한 통쾌함으로 극적 재미를 부여한다.

카메라의 앵글은 인물의 정서를 드러내는 데에도 큰 역할을 하며 이야기의 몰입을 불러오기도 한다. 특히 TV 창극 〈이춘풍전〉은 close-up을 자주 활용하여 인물의 감정을 직접적으로 전달했다.

우물가에서 일하고 있는 춘풍의 아내 앞에 나타난 박첨지는 춘풍이 자신의 돈을 떼어먹고 나타나지 않는다며 대체 어디를 갔냐고 다그친다. 이에 춘풍 아내는 "뜬 구름처럼 다니는 사람을 제가 어떻게 알겠냐"14)며 애써 태연한 척 하지만〈영상사진 11〉, 박첨지가 자리를 뜬 후 이내 눈물을 흘리며 슬픔을 드러낸다〈영상사진 12〉. 춘풍으로 인해 마음고생을 하는 김씨의 처지를 극 초반부터 명확하게 드러내는 것과 동시에 클로즈업을 통해 김씨의 감정을 시청자들에게 직접 전달하는 것이다.

인물의 얼굴을 세밀하게 비추는 방식은 인물이 느끼는 감정을 보다 명확하게 보여준다. 춘풍이 돈을 모두 탕진했다는 사실을 알고 이내 싸늘해지는

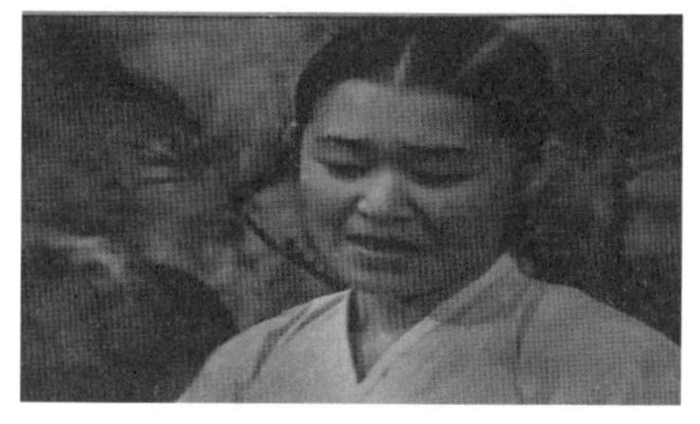

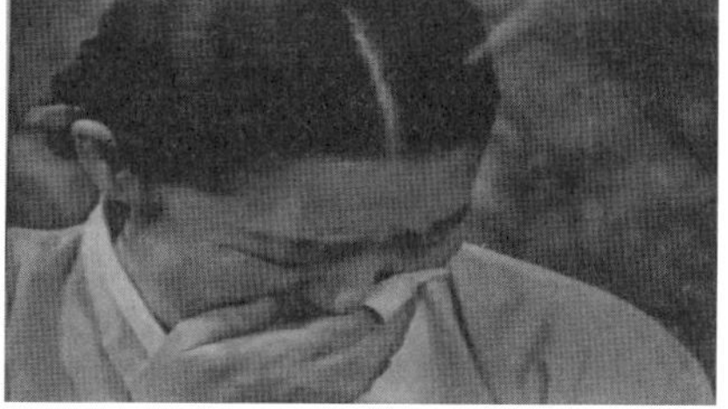

〈영상사진 11〉 김씨의 슬픔　　　　　　　　　　〈엉상사진 12〉 김씨 슬픔

추월의 표정〈영상사진 13〉, 변화한 추월의 마음에 망연자실하여 배신감을 느끼는 춘풍의 표정〈영상사진 14〉 등이 그러하다.

"여보시오, 이 양반아, 성중 한량들 성외 한량들 다들 돌아가니 어디로 가시려요? 가는 노자 부족하면 돈이나 한 돈 보태주리다"

하며 돈 한 돈 내어주고 가기를 재촉하니, 춘풍의 거동보소. 분하고 분한 마음 측량이 없어 추월더러 이른 말이,

"당초에 너와 나랑 원앙금침에 둘이 누워, 살았을 때 이별 없이 살자 하고 태산같이 맺을 적에 대동강 깊은 물이 마르도록 떠나지 마쟀더니 사랑에 흥이 겨워 그러하냐? 참말이냐? 가란 말이 어인 말이냐?"

추월이 말 듣고 질색하여 성을 내며 구박하되,

"여보소, 이 사람아. 자네 그 말 다시 마소. 생긴 것이 멍청이라, 내 생각을 정말 모르는가?"[15]

소설에서 서술된 인물의 감정은 영상으로 수용자에게 전달된다. 무엇보다 카메라 클로즈업으로 인물의 정서를 전달하는 것은 무대에서는 실현하기 어려운 영상매체만의 특징이다. 사실 무대에서는 무대와 객석의 거리로 인물

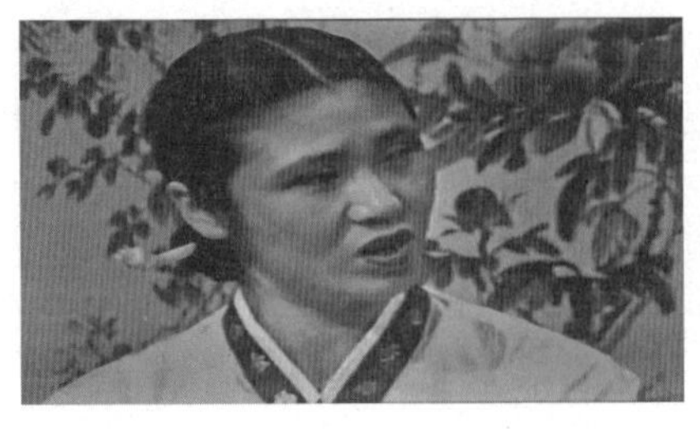
〈영상사진 13〉 추월의 변심

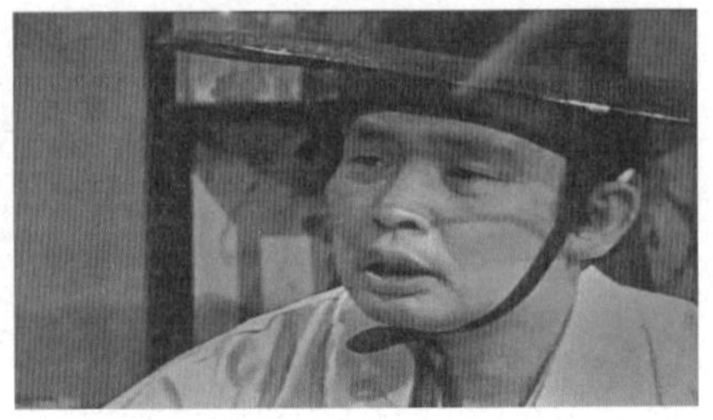
〈영상사진 14〉 춘풍의 배신감

의 세밀한 표정을 하나하나 드러내는 것이 어렵다. 따라서 몸짓과 대사를 하는 음성으로 사건의 분위기와 배역의 감정을 표현한다. 그러나 영상으로 극이 꾸려짐에 따라 표정으로도 인물의 정서 전달이 가능해 진다.

4. 수준 높은 판소리 창의 선명한 전달

〈이춘풍전〉은 전승 5가와 달리 애초 판소리의 창이 있지 않은 작품이다. 방송에서 사용된 판소리는 조상현이 작창한 것이다. 새로 꾸려진 판소리는 안방극장의 드라마라는 특성상 대목이 길지 않고, 대화를 활용한 창이 주를 이루는 것이 특징이다.

춘풍 : 여보 내 오늘 비로서 지난 날을 돌아보고 회과자책 하였으니 앞으로 가중범사 자네 마음대로 하오. 나도 일자리를 얻어 진력할 터이니 우리 뜻을 모아 새 집안을 이룹시다.

춘풍처 : (창) 그 말씀이 참말이오. 믿어지지 않소이다.

춘풍 : (창) 금시작비로세. 이왕지사 덮어두고 앞날 포부나 펼쳐보세.

춘풍처 : (창) 부모조업 수만금을 주색에 다 없애고, 하늘두고 맹세하기 열
　　　　손가락 모자라오. 열 두 번째 하는 맹세 어찌 믿으오리까.

춘풍 : (창) 정희 내 말 못 믿겠다면 수기 써 줄 테이니 어서 지필묵 가져오오.[16]

장사랑 : 자네가 평양엘 가겠다니?

춘풍 : (창) 장부 기상 한번 펴긴 평양이 제일이네. 값진 피륙 짊어지고 먼
　　　　길 평양 가 보려네.

춘풍처 : (창) 여보시오 서방님. 내 말 잠깐 들어보소. 물정도 어두운데 평
　　　　양장사 어인 말이오. 평양 물정 내 들었오. 천하색향 게 아니오.

춘풍 : (창) 색량이라 기생도 많아서 값진 비단 찾는다오.

장사랑 : (창) 색향이란 번화하고 사치하고 유혹 많아 자네 행실 절로 돌아
　　　　패가망신 할 것이네.

춘풍처 : (창) 분벽사창 청루미색 손 흔들며 부르고 붉은 입술 반쯤 열고 흰
　　　　이 보여 웃으면 장사밑천 삽시간에 흔적조차 없어진다오.

장사랑 : (창) 펴양 기생 고태 많아 돈푼 있고 허탕한 자 세워놓고 벗긴다
　　　　니, 행여 평양 생각 꿈밖에도 하지 말게.

춘풍 : (창) 이춘풍인 전과 달라 난봉꾼이 그 아니네. 이십 전에 패가하여
　　　　원통하기 골수에 묻혀 돈으로 맺힌 원한 돈으로 풀어 보려네.

춘풍처, 장사랑 : (함께) (창) 아니 되오. 가지 말게 춘풍이.[17]

　이춘풍이 새롭게 마음을 잡겠다고 다짐하는 내용이 창으로 표현되었고,
평양으로 떠나겠다는 이춘풍을 말리는 장사랑과 춘풍의 처, 그리고 이를 어
기고 가겠다는 춘풍의 갈등 또한 창으로 표현되었다.

창극은 판소리 창을 주로 사용하여 대화하거나, 주요 장면에서 판소리 가락을 풍부하게 보여주면서 음악극의 면모를 드러낸다. 방송에서의 창극 역시 창을 활용하여 인물 간 대화를 표현한다. 이러한 점은 극적 사건을 토대로 한 대화의 내용으로 판소리에 익숙하지 않은 대중들에게 자연스럽게 판소리 가락을 알리는 효과를 준다.

또한, 판소리의 다양한 장단과 곡조로 극의 분위기를 선명하게 드러내기도 한다. 이를테면 춘풍과 아내의 대화는 중중모리 장단으로 표현되어 마음을 잡겠다고 다짐하는 춘풍과 이에 반신반의하면서도 감격하는 아내의 들뜬 정서를 드러낸다. 그리고 춘풍을 말리는 장사랑과 춘풍의 아내, 그리고 이에 반발하는 춘풍의 대화는 자진모리 장단으로 급박하게 표현하여 인물 사이의 좁혀지지 않는 갈등을 음악적으로 보여준다. 또한, 춘풍처의 걱정스러운 창은 계면조로 불리면서 불안함과 안타까움을 함께 전달한다.

이외에도 고전소설 『이춘풍전』에서 판소리로 구성할 수 있을 만한 부분이 작창되어 나오기도 하였는데, 한량 이춘풍을 소개하는 소설의 내용이 그러하다. 이 부분은 창극에서 〈흥보가〉의 놀보 심술 대목, 〈심청가〉의 뺑덕이 심술 대목과 유사한 리듬과 장단으로 작창되었다.

아낙 1 : (창) 남북촌 외입장이와 한 가지로 휩쓸리고

아낙 2 : (창) 날마다 호강하여 주야로 놀아나니

아낙 3 : (창) 도화관 활쏘기와 장악원 풍류하기

아낙 1 : (창) 산병에 바둑두기 장기 골패 쌍윷놀기

아낙 2 : (창) 투전판에 뛰어들어 긴 밤 꼬박 새우기

아낙 3 : (창) 아이 보면 돈 주기 어른 보면 술대접 하기

아낙 1 : (창) 맛 좋은 일년주에 동동 뜨는 동동주

아낙 2 : (창) 벙거짓골 얼구지탕 너비할미 갈비찜에

아낙 3 : (창) 일일장취 노닐 적에 청루미색 달려드니

아낙 1 : (창) 수천금을 시각에 하늘 높이 뿌리는 구나

아낙 2 : (창) 천하부자 석숭인들 그 무엇이 남을쏜가

아낙들 : (창) (함께) 띠끝같이 없어지고 진토같이 다 마른다. 전에 놀던 청

루미색 손 흔들며 가는 구나.[18]

춘풍과 추월이 만나 서로 희롱하며 노는 장면도 고전소설 『이춘풍전』의
차운 부분[19]을 적극적으로 수용하여 창으로 변용되었다.

춘풍 : (창) 초로같은 우리 인생, 한번 돌아가 버리면 뉘랑 같이 놀고 살고.
추월 춘풍 연분 맺어 한가지로 놀아보세.

추월 : (창) 이백도 홍유록시에 춘풍도 좋거니와 노백풍청황국시에 추월이
밝았으니 춘풍이 좋을시고 풍월이 좋을시고. 추월 춘풍 연분맺어 한
평생을 놀아 보소.

춘풍 : (창) 아미산 반윤월, 도기영문 양추월, 북당야야 인사월, 오주의 여
견월, 황산 능명월, 관산월 이월 삼월 뿐이로다.

추월 : 서방님은 월자 운을 차운으로 달았으니 나는 춘풍 풍자 풍자운을 달
겠오이다. (창) 수수산에 서북풍, 낙양성에 견주풍, 만리병전 초목
풍, 무협장취 만리풍, 양류수사 만강풍, 취적강산 낙원풍, 삼월에 화
신풍, 동지섣달 설한풍

춘풍 : (창) 희 달빛 밝은 바람 이와같이 좋은 밤에 나는 춘풍 너는 추월 우

리 둘이 배필되면 천지가 변하기로 풍월이야 변할소냐

추월 : (창) 월자풍자 다 버리고 한마음으로 놀아보소. 추월춘풍 배필되어

동거동락 맹세하면 대동강물 말라도 추월이야 변하리까.[20]

이러한 부분은 기존 판소리의 음악과 사설의 어법을 활용한 것이다. 비록 방송 드라마임에도 판소리를 음악의 중심으로 삼는 '창극'의 정체성을 고수하고자 한 연출자와 작창자의 뜻이었다고 해석할 수 있다.

방송을 통해 제작된 창극 〈이춘풍전〉에서 눈여겨볼 또 다른 지점은 명창들의 수준 높은 창을 선명한 음질로 들을 수 있다는 것이다. 방송 창극은 음향 기기를 활용하기 때문에 무대극에 비해 소리가 깨끗하고 균질하다. 무엇보다 창극 〈이춘풍전〉의 배우들은 모두 국립창극단의 단원들로,[21] 판소리 창의 수준이 상당히 높았다. 특히 주인공 역을 맡은 이춘풍의 조상현, 춘풍처의 김동애, 추월의 강정숙은 모두 국립창극단의 대표 소리꾼이었다.

춘풍, 춘풍 처, 추월 이외의 등장인물도 판소리 명창들로 캐스팅하여, 다양한 명창의 소리를 들을 기회를 제공했다. 작품의 도창을 맡은 한농선, 성참판 부인 역의 남해성, 성참판 역의 강종철, 장사랑 역의 은희진, 박첨지 역의 왕기창 등은 모두 당대 주목받는 판소리 창자였다. 그리고 주연과 조연의 역할이 아닌 단역에 해당하는 아낙들, 주모, 정과부에 각각 박양덕, 김수연, 홍성덕, 신영희, 안숙선을 캐스팅하여 해당 명창들의 소리도 또렷한 음질로 듣도록 했다.

정과부 : 객을 잃은 서러움보다 내 마음이 더 서럽구나

탄실 : 마음이 어떠신데요

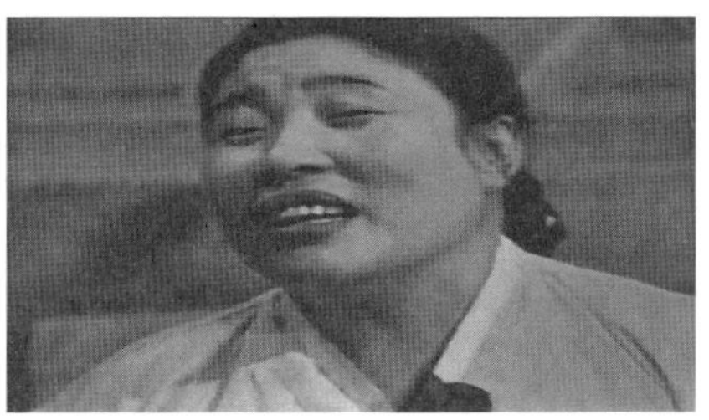
〈영상사진 15〉 아낙 1역의 홍성덕

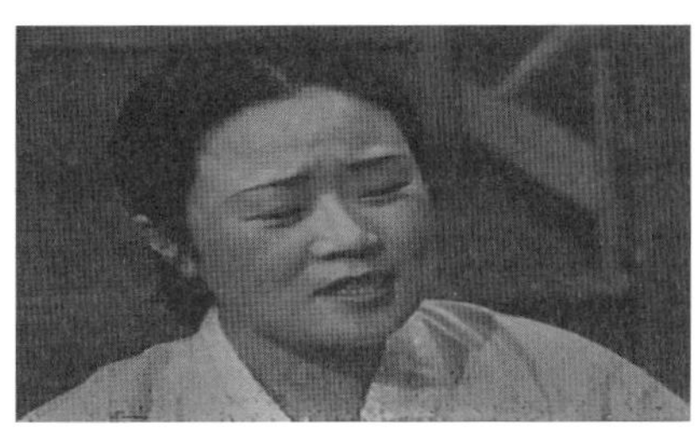
〈영상사진 16〉 아낙 2역의 김수연

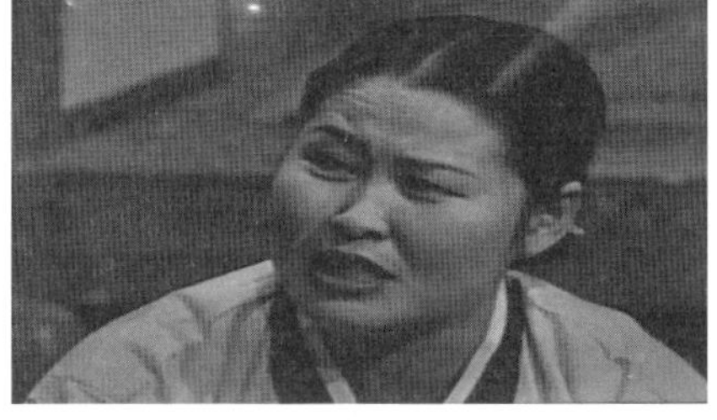
〈영상사진 17〉 아낙 3역의 박양덕

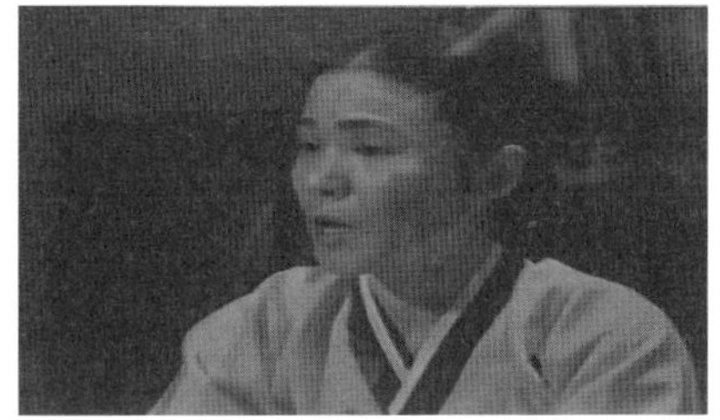
〈영상사진 18〉 정과부역의 안숙선

정과부 : (창) 갓 스물에 청상과수 망부도리 다 하였고, 고운 정절 고히 지녀 해보내고 해 맞았으나 추야장 긴긴밤 금침속에 냉기 돌고, 아침에 일어나 면경보면 백발만 하나 둘 여기저기 피었더라 가는 세월 붙잡고 오는 세월 막았으나 청춘은 저멀리 담너머로 사라지더라.[22]

안숙선이 맡은 정과부는 작품에서 비중 있는 인물이라고 할 수는 없다. 평양에 온 이춘풍이 머무는 객사의 주인으로 등장하여, 몰래 그를 흠모하지만 결국 추월에게 빼앗겨 낙심하는 역할이다. 안숙선은 추월과 춘풍의 사랑을 시샘하는 단역으로 등장하지만, 자신의 감정을 토로하는 창, 이춘풍의 돈 사용 내역을 읊는 해학적 창을 통해 판소리 기량을 선보였다.

조연을 비롯하여 단역의 역할을 한 명창들은 총 4부에 걸친 전체 드라마에서 많은 분량의 창을 하는 것은 아니지만, 짧게라도 개인의 기량을 충분히 보여줄 수 있는 수준 높은 창을 들려주었다. 그리고 단역이더라도 이들이 소리를 할 때에는 close-up, 또는 medium shot을 활용해 인물의 소리에 집중하는 효과를 마련했다〈영상사진 15~18〉. 이들의 창은 방송이라는 매체가 갖는 음악 기술로, 안방극장에 판소리의 매력을 선명하게 제공했다고 할 수 있다.

5. 나가며

지금까지 1982년 KBS에서 제작한 총 4부의 해학드라마 창극 〈이춘풍전〉을 대상으로 방송에서 제작된 창극이 갖는 특징을 살펴보았다. 창극은 주로 무대를 통해 연행되었지만, 텔레비전의 등장으로 수용의 기반을 넓히게 되었다. 텔레비전과 만난 창극은 그것의 극적, 음악적 면모를 영상매체의 속성에 맞게 드러내었는데, 저자는 이를 3가지로 살펴보았다.

먼저, 4부, 총 3시간의 드라마 구성 속에서 고전소설『이춘풍전』의 서사는 더욱 풍부해졌다. 특히 방송이라는 매체가 갖는 시간 표현과 공간 이동의 자유로움이 다양한 장면을 만드는 데 기여했다. 고전소설에는 등장하지 않는 장사랑이라는 인물을 창조하여 그가 회상의 방식으로 춘풍 아내의 수고로움을 춘풍에게 전하는 장면, 춘풍과 추월이 사랑가로 노닐고 있는 시간에 춘풍 아내가 춘풍을 위해 기도하는 장면의 연결 등은 영상매체가 과거의 사건과 현재 사건의 동시성을 효과적으로 전달하는 방식이다. 드라마 환경에서 구성되는 세트와 자연스러운 공간 이동 또한 〈이춘풍전〉의 서사를 현실감 있게 그려냈다. 저자는 우물가와 주막 등에서 벌어지는 에피소드를 통해 이의 면모를 설명했다.

다음으로, 다양한 카메라 촬영 기법은 〈이춘풍전〉 이야기 속 인물의 역할과 정서를 시각화했다. 소설에는 등장하지 않는 길례라는 어린 시종은 춘풍처가 평양에 가서 춘풍을 데려올 수 있는 꾀를 내어줄 뿐 아니라, 춘풍처와 참판댁 부인 사이에서 감초와 같은 역할을 하며 극의 재미를 부여했다. 카메라는 길례가 꾀를 내어 춘풍처를 돕는 장면에서는 그녀를 close-up 함으로써, 그리고 춘풍처와 참판댁 부인 사이에 그녀가 위치한 장면은 full shot을 취함으로써 작품 속 길례의 역할을 시각화했다. 외에도 상황에 따라 주요 인물의 표정을 close-up하여 그의 정서를 직접 전달했다. 이는 창극이 무대에서 연행될 때에는 표현하기 어려운 점으로, 영상매체의 환경 아래에서 창극이 극적 면모를 실현하는 특징이다.

마지막으로 저자는 TV 창극이 판소리를 보다 수월하게 대중에게 전하였을 뿐 아니라, 방송을 통한 음향 장치가 창극 음악의 핵심인 판소리를 선명하게 전달하는 데 이바지했다고 보았다. 고전소설 『이춘풍전』은 판소리계 소설의 성격을 갖기는 하지만, 판소리로 불린 바는 없다. 따라서 창극 〈이춘풍전〉의 소리는 모두 작창되었고, 방송 창극에서는 이를 조상현이 맡아 수행했다. TV 창극 〈이춘풍전〉에서 들을 수 있는 판소리는 주로 대화의 형식을 띠고 있는데 드라마적 상황 속에서 쉽고 편안하게 판소리 음악을 전달하고자 한 의도였다고 볼 수 있다. 또한, 방송은 배우들의 소리를 균질하고 선명한 음향으로 전달했다. 〈이춘풍전〉에 출연하는 배우들은 모두 국립창극단 소속의 소리꾼들로 주연에서부터 조연, 그리고 단역에 이르기까지 모두 뛰어난 실력을 갖춘 명창들이다. 방송의 기술적인 음악 장치는 역할 비중의 정도와 무관하게 그들의 소리를 선명하게 전달했다.

이 글에서는 그간 판소리 및 창극 연구, 방송극 연구에서 다뤄지지 못했던 방송 창극 〈이춘풍전〉을 통해 1980년대 고전소설이 방송으로 극화되면서 갖게 된 특징을 실물 자료를 통해 구체적으로 소개했다. 무엇보다 해당 드라마가 창극의 형식을 띠고 있다는 점에서 서사와 음악의 특징을 매체 환경의 영향 속에서 점검해 보았다. 향후 해당 연구를 기반으로 1970~1980년대 고전소설을 영상매체로 전환한 다양한 사례 탐색, 1980년대 방송 매체가 고전을 전유하는 사회적 의미 등에 대한 논의를 이어가도록 할 것이다.

창극 음반 〈사명대사〉

음반 정보	음반 사진
유니버샬 레코드 社 UL-30591~4 (2LP) 원작 : 이종익, 제작 : 이용배 각색 : 정현희 창 : 이용배, 한농선, 박봉술 악사 : 김동진, 김일구, 유대봉 KBS 성우 출연	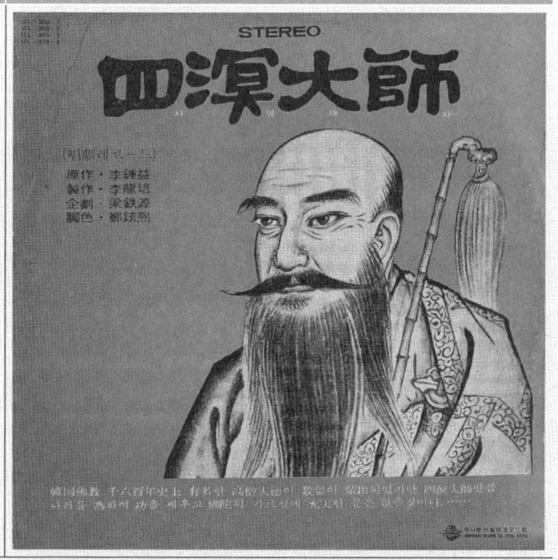

LP 1-1 A면

유정 : 너무 황송한 분부로소이다. 신은 본래 흰 구름 푸른 산 속에서 운
수생애를 본분으로 익혀왔삽기에 세상의 공명이나 부귀를 꿈에도
뜻하지 않나이다. 불행이 국난을 당하여 법복을 벗고 군문에 종사
함은 부처님의 자비를 빌어 고난에 빠진 백성을 위하여 아무런 재
조 없사오나 목숨을 바치려 함이며 이는 오직 신자된 본분인가 할
뿐이니 장발 환속이나 백리에 소임, 삼군의 장수를 어찌 감히 뜻하
오리까. 하루 속히 국난이 안정되오면 그 날로 산에 돌아가 흰 구

름 푸른 솔을 짝하여 참선하다가 여생을 마치는 것이 신의 소원이로소이다. 통찰하옵소서.

해설 : 이는 임진란을 당하여 국가의 존망이 백척간두에 놓였을 때 국왕이 사명대사에게 머리를 기르고 환속하여 장상의 중책을 맡아줄 수 없겠는가 하는 간곡한 분부에 대한 대사의 답변이다. 구구절절이 국가 민족을 사랑하는 충정과 부처님의 자비가 넘쳐 흐른다. 한국불교 천육백년 사상 유명한 고승대덕이 수없이 배출되었지만 사명대사만큼 나라를 위하여 공을 세우고 불타의 가르침에 충실한 분은 없을 것이다. 사명당의 성명은 임응규로 자는 이환이니 중종 39년 즉, 서기 1544년 10월 17일 밀양부 괴나루골, 현재의 경남 밀양군 무안면 삼강동에서 임수성의 둘째 아들로 태어났다. 그의 조상은 본래 황해도 풍천의 명문이었으나 증조 임효근 대에 이 괴나루골로 옮겨와 살게 되었다.

창 : 임응규는 명문의 후예답게 이목이 준수하고 기골또한 헌당하며 재조가 뛰어난 귀공자라. 열두살 때 홍문관 대제학을 지낸 유촌 황여헌을 스승으로 모시고 시경 서경 당송팔대가의 문장이며 시문을 배웠겄다.

해설 : 이듬해 봄에 영남 제일루에서 윤부사의 주최로 소년 백일장이 벌어졌다.

(음악소리. 사람들 웃음.) 헌노 수양버들 숲에서 그네뛰는 아가씨를 두고 글을 짓게 되었는데 응규는 시제를 자랑하는 삼백여명의 경쟁자를 물리치고 당당히 장원이 되었으니, 그 시에 하였으되 (시창) 복숭아꽃 한 송이 떨어져 내리는 거동이요 제비새끼 바람에 날아가는 태도로다.

(음악소리)

사람 1 : 허 그것 참 명문이군.

사람 2 : 과연 유촌 선생의 제자답군 그래.

응규 : 과한 칭찬이시오.

해설 : 이렇게 되니 임응규의 이름은 인근 고을을 진동하였으며 뭇 소년 소녀의 선망의 대상이 되었다. (국악 반주) 그해 응규는 스승 유촌 선생의 외동딸 현옥과 정혼을 했다. (반주) 윤부사도 응규를 사위로 삼으려고 백방으로 노력하였으나 뜻을 이루지 못하였고 부사의 딸 동옥은 응규를 애타게 사모하다가 불측의 변을 당하여 살해되고 말았으니 동옥의 죽음은 어린 응규에게 커다란 충격을 안겨주었다. (밀양아리랑 반주) 저 사람들이 즐겨 부르는 아랑의 노래는 동옥의 원혼을 위로하기 위하여 불려지게 된 것이다. 응규는 14살 때 과거의 예비과정인 초시에 무난히 합격했다. (반주) 그러나 이듬해 그토록 응규를 사랑하던 어머니가 세상을 떠났고 그 슬픔이 채 가시지도 않아 아버지마저 또 돌아가시고 말았다. 죽음이란 과연 무엇일까, 그리고 왜 사람은 죽어야만 하는가. 이러한 의문이 쉴 새 없이 응규의 마음을 짓눌렀다. 단장의 비애 속에 아버지를 어머니와 합장하고 부모의 무덤 앞에서 시묘살이를 하게 됐다.

응규 : (국악 반주) 날 낳으시고 날 기르신 부모님이 저 세상을 버리셨는데 과거는 보아 무엇하며 벼슬은 하여 무엇하리오. 하늘이 무너지고 땅이 꺼지는 듯하구나. 하 복받치는 이 설움을 어디다 하소할고. (창) 아이고 아버지 어머니 불쌍한 응규를 어찌 두고 가셨나이까 해도 졌다 또 돋건마는 한 번 가신 우리 부모님은 오실 줄 모르시나요.

해설 : 이때에 키가 후리후리하고 얼굴이 청수하며 위엄이 서린 대사 한

분이 나타나,

대사 : 아, 참 갸륵한 소년이로군. 부모를 위하여 시묘살이를 허니 장한

일이로다. 아가, 네 심정은 안다만은 그저 울고 슬퍼한들 무슨 소용

이 있겠느냐. 자 이것을 받아라. 이 글 속에 우리 인생이 생사의 고

해를 벗어나서 부처가 되는 법을 써 놓았느니라.

해설 : 대사는 바랑에서 금강경 한권과 마하바라밀다심경 한 권을 꺼내주

신다.

응규 : 대사님 감사합니다. 그 이치를 좀 더 똑똑히 알려주십시오.

대사 : 그것을 말만으로는 알기 어렵다. 바로 알려면 세상 인연을 끊고 산

속에 들어와 일심으로 공부해야 되느니라. 보아하니 법기로고. 그

리고 법연도 있겠군.

응규 : 대사님의 법호를 누구라 하옵니까?

대사 : 이것을 받아두어라. 이것은 만났던 증표로 주는 것이니 잘 간직해

두면은 다시 만날 날이 있으리라.

해설 : 대사는 목에 걸었던 백팔염주를 벗어 그 중에서 제일 큰 구슬 하나

를 끌러주신다.

응규 : 좀 더 좋은 말씀을 해주십시오.

대사 : 부모와 자식의 사랑, 그리고 남녀의 사랑, 애욕, 그것이 바로 생사

의 근본이거든. 생사의 고해를 벗어나려면 이 애욕의 세상을 뛰어

나가야 해. 어렵지. 어려워. 나무아미타불관세음보살.

해설 : 또 다시 일 년이 지났다. 응규의 나이 열일곱이 되었다. 어머니의

대상인 동시에 아버지의 소상을 정성껏 모셨다. 그리하여 애욕의

바다에 그대로 머무를 것이냐, 아니면 생사가 없는 세계를 개척할 것이냐를 놓고 (국악 반주) 며칠을 침식을 피하며 심사숙고했다. 마침내 결심은 섰다. 세속 인연을 끊기로 한 것이다. 누나 채운에게 자신의 결심을 이야기했다. 누나는 울며불며 말린다. 그리고 유천 선생 내외분의 따뜻한 온정과 비단실로 맺어준 현옥과의 인연마저 외면한 채 집을 나와 황악산 직지사로 발길을 옮겼다. (간주, 목탁)

배경 소리 : 마하반야바라밀다~ (목탁과 염불소리)

해설 : 응규가 대웅전에 이르니 그 주련에 하였으되

창 : 높고 높은 □□□ 멀리 □□□ 따라 못가구나. 널리 광명을 보아서 미천한 세계를 비치었도다. 까마득한 그 옛날에 부처가 되셨건만 중생을 구제하기 위하여 세상에 나타나셨네.

해설 : 응규는 이 글을 읽으며 벅찬 감회와 오묘한 신비를 느꼈다. 눈으로 보는 모든 것이 한결같이 새롭고 공맹이나 당송팔대가에서는 볼 수 없던 문구였다.

스님 : 어디서 온 총각인가

응규 : 저는 밀양주에 사는 임응규라고 합니다. 부모를 잃고 세상이 허망하게 느껴져서 머리를 깎고 중이 되려고 이 곳을 찾아왔사오니 저를 가엽게 여겨 거두어 주시옵소서.

스님 : 중이 되겠다고? 하하하 중 되는 노릇이 그렇게 쉬운 줄 아느냐? 어렵지, 어려워. 나무아미타불관세음보살

응규 : 무엇이 그렇게 어렵다 하십니까?

스님 : 첫째, 중이 되려면 조상의 대를 끊어야 하고, 둘째, 세상 영예를 버려야 하고, 셋째, 애욕을 끊어야 하고, 넷째 인연 또한 버려야 하는

데, 네가 이 일을 해내겠느냐.

응규 : 예. 하겠습니다. 아무리 어려운 일이라도 중만 되게 하여주신다면
어떤 일이라도 하겠습니다.

스님 : 대답같이 그렇게 쉽지 않아. 다시 생각해서 후회가 없도록 해라.

해설 : 이처럼 주지 신묵화상은 쉽사리 허락하지 않다가 응규의 사흘에
걸친 정성에 감복하여 드디어 허락을 내렸다. 그리하여 응규는 도
승법의 절차를 따라 머리를 깎았다.

신묵화상은 응규를 불러세우고,

신묵 : 응규야 오늘 너에게 불법을 배우는 근본조건인 오계법을 일러줄테
니 잘 명령하여라. 첫째 모든 생명을 죽이지 말라. 둘째 내 물건이
아니면 갖지 말라. 셋째 남녀의 관계를 갖지 말라. 넷째 거짓말을
말라. 다섯째 술을 마시지 말라. 이 다섯 가지 계목이니라.

응규 : 잘 알겠습니다.

신묵 : 그리고 우리 마음속에는 부처가 될 다섯 가지 씨가 있으니 자비의
씨, 복덕의 씨, 청정의 씨, 진실의 씨, 지혜의 씨가 그것이다. 남의
생명의 끊는 것은 자기 마음 속 자비의 씨를 끊는 것이오, 남의 물
건을 훔치는 것은 자기 마음 속 복덕의 씨를 끊고, 음행은 청정의
씨를 끊고, 거짓말은 진실의 씨를 끊고, 음주는 지혜의 씨를 끊나
니 이 다섯 가지 부처님 될 씨를 끊으면 영원히 중생의 고해에서
벗어나지 못하느니라.

응규 : 명심하겠습니다.

신묵 : 너는 오늘부터 응규가 아니라 유정이라 부르니 그리 알아라.

응규 : 예.

신묵 : 이것은 가사장삼이니 그 옷을 벗고 이것으로 바꾸어 입도록 하여라.

응규 : 예.

(창) 어제까지 곱든 귀공자가 머리 깎고 가사장삼을 걸쳤으니 응규 이름
     간 곳 없고 유정이란 법명 얻어 부처님의 제자 되어 세속인연을
     끊었구나

해설 : 이때부터 유정은 불법 공부에 들어가 세속에 있을 때 낯선 대사에
     게서 받은 바라밀다심경과 금강경의 뜻을 신묵화상에게 물어 익히
     고 전등록 원각경 등을 열심히 읽었다.

LP 1-1 B면

해설 : 명종 16년 유정의 나이 18살이 되었다. 문정황후의 주장으로 그동
     안 폐지되었던 승과를 부활시켜 과거를 실시하게 되었다.(국악 반
     주) 유정은 초장 종장을 1등으로 합격하고 중시를 치르게 되었는
     데 시관인 선종판사 보우대사 앞에 나아갔다. 보우대사가 유정을
     쏘아보며 묻되

대사 : 어떤 사미가 그리 거만한고?

유정 : 이 법 가운데 주객이 없고 노소가 없거늘 어떤 것을 거만하다 합니까?

대사 : 어디로부터 왔는고

유정 : 일찍이 간 곳이 없거니 온 것이 어디 있으리이까

대사 : 지금 너의 있는 곳은 어디인고

유정 : 내 마음에 서 있습니다.

대사 : 마음이 어떻게 생겼는고

해설 : 이렇게 네 번째 질문이 떨어지자 유정은 보우대사 앞에 다가서서

예배하고 단정히 섰다. 이를 본 대사는 유정을 보고

대사 : 교활한 소년이로다. 함부로 원숭이의 재주를 부리지 말라. 그러면 어떤 것을 불법이라 하는고?

유정 : 화상이 묻고 사미가 대답하는 이것이 불법이옵니다.

대사 : 어떤 것이 불법이 아닌고?

유정 : 알고 보면 다 불법이고 알지 못하면 다 불법이 아닙니다.

대사 : 본래 청정한 자기의 참된 마음에서 어찌하여 홀연히 산과 물과 땅 덩이가 생겼는고?

유정 : 본래 청정한 자기의 참되 마음에서 어찌하여 홀연히 산과 물과 땅 덩이가 생겨난단 말입니까?

대사 : 물러가라.

해설 : 보우대사는 문정왕후와 좌우 시관을 둘러보며

대사 : 하하하. 오늘 시험 그물에 큰 용이 한 마리 걸려들었소이다. 저것은 보통 선사가 아닌 줄 아뢰오. 이것은 우리 선종의 복만이 아니고 대비 마마의 복인줄 아뢰오.

대비마마 : 참으로 기특한 제자로구나.

해설 : 이리하여 유정이 장원이 되었다. 문정왕후는 유정을 불러

대비마마 : 기특한 사람이로고. 어떤 가문의 자손이고 어찌하여 중이 되었는고?

유정 : 소승은 본래 밀양부에서 태어났삽고 성명은 임응규라 하오며 증조부 효근은 일찍이 장악원종을 지낸 바 있습니다. 소승이 열다섯에 어미를 여의고 다시 이듬해 아비를 잃어 세상이 뜬구름같이 허무하기만 하여 생사의 초월한 부처의 법을 배우고저 입사하였나이다.

대비마마 : 과연 갸륵한 사람이구나. 저만한 인물과 재조로 세상에 대과 급제를 하여 다 누리고 살텐데 그것을 불법에 귀의했구나. 장차 불법의 동냥이 되어 호국안민하여주기 부탁하네. 그리고 이 염주가 큰 물건을 이뤄내 특히 너에게 주느니 너는 이 사람을 어머니로 생각할 지어다.

해설 : 유정은 머리를 조아려 두 번 절하고 황후의 비취 염주를 받았다.

대비마마 : 보우대사 이 사람은 불문에 승과보는 것이 보고 싶어 이 자리에 참례한 것이니 저 장원한 사람을 위해 한 사흘 동안 축하식을 베풀도록 지휘하여 주오.

대사 : 예. 황공한 분부로소이다.

해설 : 유정은 연화보감의 녹라장상 홍금가사의 청홍사의 무지개 광선을 늘인 몸이 되어 칠보 꽃가마에 올라타고 꽃가마 뛰는 오백여명의 화동화녀 소년 소녀 사미중 및 영산회상 풍악단 그리고 나라에서 오는 국악단이 따랐다.(국악연주 배경음악으로 계속) 참으로 장엄한 광경이었다. 축하식이 거행된 봉은사 앞 승과평은 구경꾼으로 인산인해를 이뤘다. 그 호화로운 축하식이 끝나고 직지사로 돌아왔다. 그러나 유정의 이름은 온 장안이 요란했고 승과평 놀이의 평판은 팔도강산의 화젯거리가 되었다. 이처럼 유정의 이름이 천하를 진동하니 당시 팔제자로 이름난 아계 이산해, 고죽 최경창, 제봉 고경명, 백호 임제, 사암 박순, 하곡 허봉, 고봉 기대승 등이 봉은사로 유정을 찾아 과연 그가 얼마나한 인물인가를 시험해보고자 했다. 보우대사는 당시 선비들이 불교라면은 무조건 배척하고 중을 능멸하기 때문에 유생들의 콧대를 꺾어야겠다는 생각으로 유정

을 봉은사로 불러 이들을 상대케 했다. 그리하여 유정의 종횡무진
한 시제와 풍부한 식견과 정연한 논리는 그들을 탄복케 만들었으
니 사암 박순과의 유불논쟁에서는

박순: 불도를 한다는 자들이 어디 부모를 아나, 임금과 백성을 아나

유정: 예. 그것은 참으로 불법을 알지 못하는 분은 그렇게 말씀을 하실
　　　것이나, 불법을 참으로 알고 보면 불자인 본의는 위로 네 가지 큰
　　　은혜를 갚고 아래로 삼악도의 고통을 받는 중생을 건지려는 도를
　　　닦는 것이 곧 부처님의 도인 줄 아옵니다.

해설: 이처럼 당대 명사들이 유정과 놀고 간 뒤에 그들은 가는 곳 마다
　　　유정의 말을 하게 되어 유정은 더욱 유명한 존재가 되었다. 그래서
　　　보우 판사는 유정을 불교의 자랑거리로 여기며 매우 아끼고 사랑
　　　했다.

(국악 음악)

(창) : 명부성쇠는 어쩔 수 없는 인간의 숙명인가. 불교계의 영광을 한 몸에
　　　모았던 유정에게도 시련의 어두운 그림자가 한발 한발 다가왔네.

해설: 유정이 집을 떠나 직지사로 오는 도중 하룻밤 묵은 적이 있는 밀양
　　　부 전불산의 딸 보배가 그에게 연정을 품고 가슴을 태우다가 직지
　　　사로 찾아왔던 것이다. 그런데 하룻밤 우연히 그녀를 만나 그녀의
　　　애닲픈 사랑의 고백을 좋은 말로 달래 마음을 돌리게 하려던 것이
　　　그만 혜인이라는 중의 모함으로 유정이 어떤 처녀와 밀통한다는
　　　누명을 쓰고 대중의 결의에 따라 절에서 쫓겨나 산문출송을 당하
　　　게 됐다. 유정은 부처님 앞에 세 번 절하고 무릎으로 기어서 대중
　　　앞에 낱낱이 절하고 또 가사장삼 바릿대를 스승 앞에 도로 바치고

흰옷을 입고 등에다 빈척이라 먹으로 크게 쓰고 큰 북을 지고 불전에 아뢴 다음 북을 울리며 여러 중에게 끌려 삼문 밖으로 쫓겨 났다. 이 광경을 바라보던 누이 보은 여승과 보배는 통곡하며 땅에 쓰러진다.

(창) : 허허 이게 왠일이냐 허허 이게 왠일이냐 찬란한 영광빛은 다 사라지고 빈척이 왠 말이냐. 너무나도 허무하고 너무나도 야속하나 이것이 진세고금을 담은 인간이 겪어야 하니 부처님의 안배련가

해설 : 유정의 방향 없는 발길은 천근같이 무겁다. 등에 쓴 빈척 두 글자는 어디를 가나 그에게 경멸만을 안겨준다. 배가 고파도 밥을 청할 수조차 없는 몸이 되고 말았다. 할 수 없이 고향땅으로 가는 도중 우연히 약혼녀 현옥이가 보련이라는 여승이 되어 양산 통도사에 있다는 말을 듣고 방향을 돌려 통도사를 찾아가니 통도사 중들이 나와 제마다 한마디씩 하는데

중 1 : 아, 저 사람은 누군데 무슨 죄를 짓고 빈척이라는 글자를 붙였담

중 2 : 아니 절밥을 먹는다면서 그것도 몰라. 바로 저게 작년에 승과 장원한 유정으로서 직지사에서 여자와 밀통하다가 빈척당한 사람이라네.

중 3 : 아 사람마음을 알 수 없는 거구만. 불교의 자랑이라 생각하였더니 여자와 밀통을 해 빈척이라. 나무아미타불.

중 4 : 여보게, 빈척당한 중은 어느 절에도 붙이질 않는 법이니, 어서 이곳을 떠나게

해설 : 이런 소리를 들은 유정은 가슴을 도려내는 듯한 고통을 느꼈다. 그러나 그는 누구도 원망하지 않고 보련 여승이 있는 백년암으로 찾아갔다. 그리하여 절 종을 불러

유정 : 황악산 직지사에 있던 유정 사미가 밀양부 황유촌 선생의 따님이
    던 보련 사미님을 좀 찾으러 왔다고 여쭈어라.

종 : 예 잠깐만 기다려 주십시오. 곧 다녀오겠습니다. (독경소리)

종 : 유정과 보련은 이미 세속 인연이 끊어졌으니 세속 인연으로 만날 수
    없고, 또 유정은 산문에서 빈척되어 불법의 인연이 끊어졌으니, 불
    법 인연으로도 만날 수 없는데, 그 밖에 무슨 인연으로 만나리오.
    이렇게 여쭈어라 하십니다.

해설 : 유정은 정신이 아득하여 어찌할 바를 몰랐다. 세상 어디에도 몸 담
    을 곳이 없는 가련한 신세가 되었다.

(창) : 이 세상 모든 인연이여. 모든 형상은 꿈과 환영이며 물거품이며 그
    림자로다. 이슬같고 번개같으니 마땅히 이런 줄을 알지어다

유정 : 하! 이제야 금강경의 이 큰 뜻을 뚜렷이 알겠구나.

해설 : 그는 아픈 마음 무거운 몸을 이끌고 백련암 뒤에 우뚝 솟은 영축산
    을 향해 하염없이 올라갔다. 영축산에 올라 옛날 원효대사가 수도
    하던 반고사의 터를 찾은 유정은 바위굴에 돌을 깔고 앉아서 밖으
    로 모든 인연 끊는 공부를 시작했다.

목소리 : 유정아, 제대로 수행을 하려면 첫째 참회, 둘째 발원, 셋째 참선
    이런 순서를 밟아야 되느니라.

해설 : 유정은 지성으로 참회하며 불보살의 감응을 기다렸다. 바로 열이
    레가 되든 날 밤중이다. 별안간 바위굴이 대낮같이 밝아지며 찬란
    한 광명이 하늘에 뻗치더니 여러 부처님과 보살들이 기쁜 얼굴로
    나타나고 그 중에서 흰 코끼리를 탄 보살이 앞으로 다가와 유정의
    이마를 어루만지며

목소리 : 아, 착하다 불자야. 너는 이 최상도를 배우고자 하니 기특하도다. 네 이제부터 부처님의 길을 찾을 수 있으니 더욱이 게을리 말지어다.

해설 : 유정은 너무나 감격하여 두 손을 높이 들어 예배하려 하니 부처님도 보살님도 간 곳이 없구나. 불보살님이 우리 중생을 위하여 지성이면 감응한다는 것을 확연히 믿게 되고 형언할 수 없는 환희와 용기가 솟아났다.

(창) : □□□□ 당하도록 불보살들 □□□ 제자가 되었다. 한량없는 번뇌를 끊고 한량없는 공덕을 쌓고 위로 사륜를 감고, 아래 삼고도를 닦아 중생을 계도해 □□□ 성은을 바랬구나 성은을 바랬네.

해설 : 이때부터 유정은 참다운 신심을 내고 참다운 불제가 된 것이다. 그리고서 참선 공부를 하게 되었는데 원효대사의 제법몽환관, 제법무생관, 제법무애관의 방법을 따르기로 했다. 유정은 이러한 수행을 통하여 진리의 기쁨을 알게 되었다.

LP 2-1 A면

해설 : 한편 유정의 빈척 사건을 석연치 않게 여기던 보우 판사는 직접 이 사건을 조사하게 되었고 결국 유정의 무죄함이 판명되어 그 뜻을 전국 사찰에 알리고 칠 일 내로 유정을 찾으라 명했다. 반고사 옛터에서 수도하던 유정은 자기를 찾는 줄 알게되자 몰래 그곳을 떠나 지리산 청학동 불일폭포 위에 자리를 잡았다. 초근목피로 배를 채우며 제법무애관을 닦던 유정은 석달채 나던 팔월 초 열흘에 크게 깨달았으니

유정 : 아, 그렇도다. 그렇도다. 물과 돌과 고을과 산에는 본래 소리가 없
지만 그러나 물과 돌이 부딪히니 소리가 일어나며 고을과 산이 그
에 응하여 울리도다. 공에서 유로 진공에서 묘유로 무생에서 생생
으로 우주 만물이 근본 공에서 유에 이르렀으니 유가 어찌 꼭 있는
것이며 공이 어찌 아주 없는 것인가. 공과 유가 둘이로되 둘이 아
니로다. 공과 유가 거리낌 없거니 우주 만류가 다시 서로 걸릴 것
이 무엇이랴. 이 세계 만류가 영원히 상대가 없다. 영원히 고정된
것이 없도다. 반야심경에 색즉시공이요 공즉시생이라 함과 화엄경
의 일즉다 다즉일 이즉사 사즉이라 함이나 만법이 자재무해하다
한 도리가 곧 이것이로다.

해설 : 유정은 남해 연화도에 가서 창해 저편에 황금빛 태양이 불끈 솟은
장관을 보고,

유정 : 세계는 움직인다, 만물은 움직인다. 우주도 움직이고 인생도 움직
인다. 이 움직임은 곧 진리의 실상이다. 진리는 가만히 있는 것이
아니요, 끊임없이 움직이는 것이다. 이 움직임에서 중생세계도 불
보살의 세계도 건립된 것이로다. 끊임없는 움직임, 이것만이 참다
운 생명이며

해설 : 불법의 진리로다.

(국악반주)

해설 : 유정은 다시 직지사로 돌아와 신묵화상을 모시고 선도를 닦고 팔
만대장경을 모조리 열람하며 광대무변한 불보살의 진리를 배워 익
히는 한편 후생도 지도했다. 명종 십구년 사월 유정은 대선에서 중
덕의 법계를 받았다. 이듬해 10월에는 유생들의 극성스러운 참소

로 보우대사가 순교하고 말았다. 문정황후와 보우대사가 돌아가신 뒤 불교는 국가로부터 매장을 당했다. 선조 5년 유정의 나이 스물아홉 되던 해 은사 신묵화상이 세상을 떠났다. 그래서 대중의 강요로 직지사 주지 겸 조식이 되었다. 선조 팔년 을해에 대선사로 승급되어 선종의 최고 기관장인 판사로 임명되었으나 석 달 뒤에 사양하고 운수 행각을 떠났다.

(창) 충청도 계룡산을 거쳐 속리산으로 다시 출렁을 하고 소백산을 닫고 태백산에 올라 강원도 오대산 근처 설악산을 결국 찾어 금강산 더듬었다. 오월산으로 거쳐 묘향산으로 들어가니 묘향산 보현사에 청허대사를 만났으니 그분이 바로 서산대사라.

해설 : 유정은 대사 앞에 절하고 합창하여 한 쪽에 섰다.

서산 : 사, 어디를 쫓아 왔는고

유정 : 예. 옛길을 쫓아 왔나이다.

서산 : 음. 어떤 것이 옛길인고.

유정 : 예. 삼세제불과 역대 조사가 밟아오던 길이 그것입니다.

서산 : 사, 그래. 황폐한 옛길을 찾기에 얼마나 헤맸던고. 남의 발자국을 더듬느라고.

유정 : 대선 지시께 큰 길을 묻고자 참방하였사오니 바로 가르쳐 주옵소서.

서산 : 음. 대장부 스스로 하늘을 찌를 뜻이 있거늘 불죄에 다니시던 길을 향하여 다니지 말라.

해설 : 이 말을 들은 유정은 황연히 깨닫는 바가 있었다. 서산대사는 유정이 어려서 시묘살 때 금강경과 염주를 주고가신 스님이었다. 옛 인연을 추억하며 눈물을 지었다. 그리하여 대사를 스승으로 모시고

3년을 하루같이 수도했다. 이제야 말로 불법의 깊고 오묘한 이치를 깨닫게 된 것이다.

(창) 하루는 서산대사가 유정을 불러 놓고 은금가사 바리떼 각 부씩을 떼어주며 이 말을 유정에게 전해더니 '그대는 나의 법을 잘 받아 지켜라'하고는 경법계 한수와 법어를 속언커늘 사경이라 불렀겄다.

해설 : 그해 10월부터 남방에 가 있던 기허당 영규 내묵당 처영과 함께 유정선사는 서산대사에게서 검술과 풍수를 배워 모두 절묘한 경지에 이르렀다. 어느 날 서산대사는 사명당을 불러 10년 이내에 개국일에 처음당하는 큰 재난이 닥칠 것을 예언하고 장차 국난을 당하면 나라를 위하여 진충갈력할 것을 당부했다. 사명당은 서산대사 앞을 물러나 해주 석담으로 율곡 선생을 찾아 국가 민족을 구할 중대한 방안을 제의한 뒤 금강산으로 들어갔다. 선조 22년 12월 정여립의 역모 사건에 관련된 혐의로 강릉부에 감금되었으나 그를 잘 아는 유생들의 탄원으로 무죄함이 밝혀져 곧 풀려나왔다. 중의 무죄를 변호하기 위하여 유생이 발벗고 나선 일은 역사상 이것이 처음이다. (국악기 연주) 선조 25년 4월 13일 마침내 운명의 날은 오고야 말았다. (칼 싸움) 소소 행장 가등청정 혹전장정등이 거느린 15만 왜병이 부산 앞바다로 해서 벌떼처럼 쳐들어 왔다. 14일 새벽 부산 첨사 정발이 싸우다 전사하니 부산성이 함락되고 이어 동래성을 포위한 왜적은 성밖에 글을 써 붙이되 싸울테면 싸우고 싸우지 않을 테면 우리에게 길을 빌리라 하니 부사 송상현은 글을 써 왜적에게 죽기는 쉽지만 너희에게 길을 빌리기는 어렵다 하고 고군 약졸로 힘차게 대항하여 싸우다가 장렬한 최후를 마치니 드디

어 동래성도 함락되고 말았다. 왜적은 송부사의 충절에 감동하여 그 시체를 거두고 동문 밖에 장사를 지냈으니 그 비장한 전사는 길이 후세에 빛났다. (배경음) 이리하여 왜적은 승승장구 파죽지세로 서울을 향해 노도처럼 밀어닥쳤다. 조정에서는 신립을 삼도 도순변사로 명하여 문경새재에 가서 방어케 하였으나 탄금대에서 배수진을 치고 싸우던 맹장 신립도 적의 충고 안에 이슬이 되고 마니 오직 신립만을 믿고 의지하던 조정과 백성은 창황망조하여 어찌할 바를 모르고 장하는 온통 울음바다로 화했다.

(창) 남부여대의 기차만한 행렬이 개미떼처럼 산길로 쇄도하고 상감은 파천길에 올라 평양을 거쳐 의주에 당도허니 일국의 국왕으로 이 꼴이 왠 말이냐 임금의 잘못인가 신하의 잘못인가. 나라의 운명인가. 이를 장차 어찌허리.

해설 : 오월 오일 마침내 왜적은 서울에 입성했다. 유월에는 평양성이 적의 수중에 들어갔다. 이 무렵 사명대사는 금강산 유점사 건너편에 있는 반야암에 있었는데 하루는 천여 명 왜적이 유점사를 점거한다. 사명대사는 주장자 하나를 짚고 왼손으로 수용을 쓰다듬으며

사명 : 아무리 못 배운 군사기로 수도하는 불전을 짓밟다니 이게 무슨 무엄한 짓인고. 어서 길을 비켜라.

해설 : 이를 본 왜병들은 대사의 그 천연한 태도와 늠름한 위풍에 스스로 머리가 숙여지며 감히 해하지 못하고 길을 비킨다. 법당에 이르니 70여 명의 중들이 결박을 당해 꿇고 앉아 있다. 대사는 붓을 들어 일장 설교를 하는데

사명 : 그대들이 우리나라 백성과 무슨 원한이 있길래 이처럼 군사를 움

직여 만리창해를 건너와서 무고한 생명을 박해하려는가. 천지 이치는 인과응보로 된 것이니 그대들이 우리나라 백성을 하나 죽이면 다음에 그대 나라 백성에게 또한 그 보복이 돌아가거늘 그대들이 우리나라의 독해를 입히는 것이 곧 그대 나라의 독해를 입히는 것임을 왜 모르는가. 부처님과 천지신명이 그대들의 하는 일을 다 증명하고 계시나니 그대들은 한 생각 바로 돌릴지어다.

왜장 : 여봐라, 그 중들의 결박을 즉시 풀도록 해라. 이 절에 도로라는 고승이 있으니 모든 군사는 다시 들어오지 말라는 표말을 써붙이도록 하라. 모두 물러가자.

해설 : 이튿날 대사는 포성에 있는 산길성의 군진으로 찾아가 그에게 붓을 들어

사명 : 모든 동물은 그 생명을 가장 귀중히 여기며, 사람은 도덕을 가장 귀중히 여긴다. 만물을 내는 것은 하늘의 덕이요, 만물을 기르는 것은 땅의 덕이요, 만물을 살도록 하는 것은 사람의 도덕이다. 그러므로 산 생명을 죽이는 것보다 더 큰 죄악이 없고 죽을 생명을 살리는 것보다 더 큰 공덕이 없다. 장군은 널리 이런 도리를 장병에게 가르쳐 큰 죄를 짓지 말고 큰 복을 닦도록 하라. 그러면 그가 곧 불보살이니라.

왜장 : 알았습니다. 잘 알았습니다. 대사의 말씀 잘 알았습니다. 우리는 귀국 사람을 잘 보호하겠습니다. 함부로 사람을 죽이고 재물을 빼앗은 일이 없도록 하겠습니다. 대사의 가르침을 잘 알았습니다.

사명 : 총명하고 영특한 장군을 만나 이 뜻을 전하게 되니 이내 마음이 흡족하오. 대자대비 관세음보살.

해설 : 이때에 서산대사는 의주에 계시는 임금을 찾아뵙고 구국책을 건의하자 국왕은 매우 칭찬하시며 팔도 선교 16정 도청석 판병부 승리병대장의 직첩을 내렸다. 서산대사는 팔도에 격문을 돌려 각 사암의 중들은 늙고 병든 자는 지성으로 나라를 위하여 기도하고 청장년은 모두 항마 구국군으로 뛰어나오라 명했다. 이 격문이 돌자 각처에서 승병이 일어나고 사명대사는 금강산 건봉사에서 700명 승병을 모집하여 인솔하고 서산대사의 승병 본부인 순안 법흥사로 나아갔다. 이곳에는 각처에서 모여든 승병이 3700명이었다.(싸우는 음향효과) 한편 임진 5월 초에는 이순신 장군의 임진란 제1차 승첩인 옥포 대첩을 거두었고,(전쟁 음향) 5월 29일에는 사천당포와 당항포의 승첩을 거두었다. 또 7월 8일에는 제 3차 한산도 안걸포의 승첩을 올렸다. 9월 1일에는 부산 앞바다에서 적선 100여 척은 쳐부시는 제4차 부산 대첩을 거두었다. 조정에서는 8월 24일 지돈영부사 정권수를 진주사로 임명하여 명나라에 보내 구원병을 요청하였으며 명나라에서는 이여송에게 오만군을 주어 조선을 돕게 했다.

LP 2-2 B면

해설 : 서산대사는 사명대사에게 승군의 지휘를 위촉했다. 사명대사는 승군을 현자군, 적자군, 청자군, 백자군으로 나누고 현자군에는 36종 기밀 탐정법을, 적자군에는 18반 무예를, 청자군에는 구정군로법을, 백자군에는 오정수호법을 가르쳤다. 이렇게 해서 대사는 현자군의 활약으로 가만히 앉아서 적의 일정 일동을 모조리 파악하고 있었다. 명장 이여송은 순안으로 서산대사를 찾아와 적중을 물으니 서산대사는 사명대사를 시켜 답변케 했다. 그리고 승병 총 4278명

을 명군에게 합세시켜 평양성 공략에 가담케 했다. 선조 26년 정월 초엿세부터 삼일 간에 걸친 치열한 전투 끝에 마침내 평양성을 탈환하였으니 사명대사는 숭호위장으로 함구문을 쳐부수고 돌진하여 왜적의 격군부대를 여지없이 무찔렀던 것이다. 이 싸움에서 (종소리) 왜적은 만 팔천 병력이 6천명으로 줄었으니 전투가 얼마나 처절하였는가를 짐작할 수 있다. (종소리) 2월 12일에는 권율장군의 행주대첩이 있었다. 이 싸움에는 승병대장 내목당 처영의 공이 가장 컸으므로 나라에서는 절충장군의 가좌를 내렸다. (함성소리 전투소리) 대사는 명군을 도와 평양성을 탈환한 뒤에 삼천의 승병으로 임진강 남북을 수비하면서 의병 혹은 기습작전으로 적에게 막대한 피해를 입혔다. 삼월 그믐, 나라에서 대사에게 중추부 첨지사를 제수하였으나 대사가 이를 사양하여 선교 양종 판사직을 맡겼다. 그러나 유생들의 반대 상소가 빗발치듯하여 4월 12일 판사직을 거두고 절충장군 승병장을 삼았다. 4월 8일 드디어 왜군은 명나라 유격장군 심유경과의 단판으로 서울을 철수했다. 그리하여 경남 각지를 점거하여 주민을 노략질하고 가옥을 분탕질했다. 당시 승병 삼천을 거느리고 (국악 반주) 의령에 있던 사명대사는 왜적이 진주성을 공략하리라는 정보를 입수하고 진주로 진공하는 왜적 만 삼천을 죽였다. 그러나 왜적은 전년의 진주성에서 목사 김시민에게 참패한 보복으로 목숨을 걸고 달려드니, 6월 28일 성은 함락되고 육만여 주민이 모두 도륙 당했다. 이 전투 후 대사에게는 경상도 총속 중추부 첨지사가 제수되었다. (반주 고조) 선조 27년 4월, 대사는 불산에 있는 가등청정의 진중에 들어가 소소행장이 심유경에게 제시한 천자

와 결혼할 것, 조선 사도를 베어 일반에 붙일 것, 전과 같이 국교를
맺을 것, 왕자 한 분을 일본에 입질시킬 것, 조선의 대신 대관을 일
본에 입질시킬 것 등의 강화조건을 이치를 들어 조목조목 반박하고
그 조건이 천만부당함을 주장했다.

가등청장 : 귀국의 좋은 보물이 있다는데 어떤 보물잇숫가?

사명 : 흠, 보물? 우리나라에는 보물이라는 것이 없고, 제일 큰 보물 하나
　　　가 귀국에 있노라.

가등청장 : 우리나라에 무슨 보물이 있단 말이오?

사명 : 에, 바로 장군의 머리가 큰 보물이로다.

가등청장 : 아니 내 머리? 내 머리가 어째 보물이 된단 말이오?

사명 : 일찍이 우리나라에서 장군의 머리를 얻어오는 자는 금 천군과 은
　　　만호를 상 주기로 하였으니 그것이 보물이 아닌가?

가등청장 : 하하하 그렇소?

(창) 사명대사는 수천관문이 있는 적국에 들어가 대장 청정 앞에 서슴지
　　 않고 들어가 청정머리가 이웃나라 보물로 등록되었다는 담력이야
　　 말로 가등청장 간담을 서늘케 허여 이게 일본에 전파되어 사명대사
　　 를 가리켜 설보화상이라 불렀구나.

해설 : 7월 10일 대사는 두 번째 청정진에 들어가 청정을 충동하여 소서
　　　행장과의 반목을 조장하고 강화 조건 중 오직 국교 맺는 문제만을
　　　논의할 여지가 있다는 뜻을 전했다. 대사는 청정진을 다녀온 후 나
　　　라의 토조보민소 즉, 적을 무찌르거나 아니면 속히 강화하여 백성
　　　을 편안케 하자는 상소문을 올렸다. 이 상소문을 접한 국왕은 대사
　　　를 불러

국왕 : 대사는 산인으로서 대의를 부르짖고 적을 잡아 쳐서 전공을 세우
　　　고 적군에 투입하여 험하고 위태함을 고루 경험했으니 나라를 위
　　　하는 정성이 지극하도다. 과인이 가상히 여기노라.

사명 : 황공하오이다. 산인이라도 한 개 시민이오며 국가 존망지축을 당
　　　하와 어찌 홀로 백운청산만 지키고 있사오리까. 아무것도 능한 것
　　　이 없사오나 한 팔에 힘을 보태고자 한 것이온데 그것이 무슨 공될
　　　것이 있사오이까.

국왕 : 국사가 이러한데 대사가 만일 머리를 기르고 환속한다면 백리의
　　　소임과 삼군의 장수를 맡길 것이니 이 또한 아름답지 아니한가. 어
　　　떻게 생각하느뇨.

사명 : 황공한 분부로소이다. 신은 국난이 평정되면 곧 산으로 돌아가는
　　　것이 소원이니 통찰하옵소서.

국왕 : 가상하오. 과연 고승이로고.

해설 : 12월에 세 번째 청정진을 다녀온 대사는 선조 28년 9월 격무로 병
　　　을 얻어 목민관 선택을 엄격히 하여 백성을 사랑할 것, 국방력을
　　　기를 것 등 9계조의 시국 대책을 상소하고 산으로 돌아가고자 하
　　　였으나 나라에서 불허하여 할 수 없이 계속 군무를 맡고 정유 재천
　　　을 대비했다. 그때 일본군은 심유경의 사기적 강화 조약을 곧이듣
　　　고 일단 조선에서 철군하여 본국으로 돌아갔으나 사명대사는 그들
　　　이 다시 침입할 것을 알았기 때문이다. 선조 30년 정유년 정월
　　　130여 척의 전함을 끌고 온 가등청정의 요청으로 사명대사는 네
　　　번째 청정진을 다녀왔다. 청정과의 회담은 결렬되고 적대병이 수
　　　륙으로 북상하였으나 사명대사의 신출귀몰한 기습작전과 이순신

장군의 눈부신 활약으로 침략의 야욕이 여지없이 분쇄되어, 전라 경상도 해안에 유진하고 있다가 풍신수길의 죽음으로 철군이 결정되니 퇴각하는 왜적을 모조리 수장하려던 이순신 장군은 노량해전에서 적선 250여 척을 쳐부수는 전공을 남긴 채 장렬한 최후를 장식했다. (국악 배경음) 이렇게 해서 왜적이 모두 도망친 후 대마도주 종이진은 여러 차례 조선 포로를 돌려보내며 강화를 요청하여 왔으나 조정에서는 명나라의 허락 없음을 빙자로 이를 미루어 왔다. 선조 37년 정월 조정에서는 일본의 정세도 탐지할 겸 사명대사를 사신으로 임명하여 일본으로 보내게 되었다.

(창) 사명대사가 갑전에 속배하니 임금은 승자칼을 내어 손수 대사에게 채워주며 만리원행에 사명이 중대하니 속힘하여 다녀오오

임금 : 사명은 크다.

해설 : 28일에는 임금의 명으로 문무백관이 경회루에 모여 성대한 환송연을 베풀었다. 영의정 이덕형을 비롯하여 기라성같은 명공 재상들이 자리를 메웠으며 이들이 쓴 전별시가 큰 두루마리를 이뤘다. (국악 반주) 7월 1일 마침내 출발의 날이 왔다. 선교 도청서 의승병 대장군 겸지 이조판소 의금부사 송은대사 유정 통제군사명이라 쓴 사명기를 앞세운 대사의 사신 행렬 120여 명이 서울을 떠나 장도에 올랐다. 8월 중순 대마도에 도착 석 달을 머물면서 대마도의 지사 종이지의 전범죄를 실책하고 조선인 포로를 전부 본국에 송환케 한 후 11월 초 일본에 도착했다. 사명대사가 온다는 말을 들은 일본 조야는 기쁨으로 떠들썩했다. 연도에는 조선 칙사 행렬을 구경하는 사람으로 인산인해를 이루었으며 더욱이 금강산에서 수도

하던 설보화상이 오신다 하여 인기가 굉장했다. 일본 조정은 대사를 선종의 고승으로 대우하며 도가 높은 원광, 송원 두 선사를 시켜 접대케 했다. 그들과 지내던 중 한 번은 일본의 시를 평가해달라는 그들의 요청을 받고 대사가 입경시에 도로 연변에 둘러친 병풍에서 잠깐 본 실을 줄줄이 외며 하나하나 평가하니 그들은 혀를 내두르며 과연 신승이라고 탄복했다. 또한 대사의 훌륭한 인격과 높은 도덕에 군신 상하가 모두 감복했다. (국악 반주)

해설 : 드디어 덕천 가강과의 담판이 시작됐다. 선조 38년 3월 20일부터 3일에 긍한 강화 회담에서 그간의 원한을 잊고 앞으로 강화하여 잘 지내도록 하자는 가강에게 대사는 강화조건으로 조선 침범 주모자의 목을 베고, 풍신수길의 묘를 파서 목을 끊어 조선에 보낼 것, 조선에서 죽은 인명과 재산을 보상할 것, 조선 포로를 하나 남김없이 송환할 것, 조선을 다시는 침범치 않겠다는 맹세를 천왕의 친필로써 보낼 것 등을 내걸었다. 이렇게 처음에는 상대방을 위압한 다음 그가 대사의 강화조건 전부에 대해서는 난색을 표하되 성심성의로 강화를 요청하자 대사도 조건을 완화하여 조선 포로와 보물을 전부 찾아 보내고, 매년 군사 3천 명씩을 보내어 북방을 수비케 하고, 전쟁 주모자를 힘껏 찾아보내라는 정도로 합의를 보고 담판을 끝냈다. (국악 반주) 이렇게 어려운 사명을 성공적으로 완수한 대사가 6월 초 서울에 당도하니 환영하는 군중이 국왕의 특명으로 남대문에서 한강까지 뻗쳤다. 곧 나라에서는 대사에게 선무 일등 공신의 훈작을 봉하고 정이품 가희대부 지중추부사 겸지병조 판서에 직품을 내렸다. 또한 대사의 부모로부터 중조 부모에

이르기까지 벼슬을 봉했다. 10월이 되어 대사가 떠나려 하니 상감이 붙들고 영의정직을 맡아달라는 간곡한 분부를 내린다. 대사는 극구 사양하였으나 굳이 명함으로 할 수 없이 명의만을 지니고 사□를 지냈다. 그때 사명대사와 서산대사의 제자가 찾아와 서산대사의 유서와 바릿대 한 벌 가사 장삼 한 벌씩을 전한다. 유서에는 이 깨끗한 바랑을 물려주니 깨끗한 바랑을 물들이지 말라 했다. 대사는 눈물을 비웃듯 쏟으며

(창) 상명을 거행함은 임금 명을 거역할 수 없사오며 야밤에 산에 들어감은 스승의 가르침 저버릴 수 없음이니 부디 통촉을 하옵소서

해설 : 이런 내용의 상소문을 승정원에 드리고 서울에서 자취를 감추었다. 고향으로 돌아온 대사는 초암을 짓고 백하암이라 이름하여 말년을 참회하면서 지내다가 합천 해인사로 들어갔다. 대사의 노구에도 병마가 찾아들었다. 그리하여 병상의 삼계 성상이 말없이 흘렀다. 서기 1610년 8월 26일 대사는 시자를 시켜 종을 울려 대중을 모아놓고

사명 : 지수화풍 사대가 거짓 합하여 이 몸이 되었으니 이제 나는 참된 모양으로 돌아 가고저 하오. 이 허깨비같은 몸을 오래 지켜도 이익이 없습니다. 내가 장차 열반에 들어가니 여러분은 부지런히 공부를 하오. (목탁소리)

시자 : 스님께서 이제 세상을 떠나면은 언제 또 오시렵니까.

사명 : 아, 내가 몇 년 전에 금강산을 지내다가 송림사에 지팡이를 꽂아두었으니 그 지팡이에 잎이 피거든 내가 세상에 나온 줄 알아라.

해설 : 이렇게 마지막 인사를 남긴 대사는 조용히 입적했다. 대사의 파란

만은 일생이 종막을 고한 것이다. 대사의 춘추 향년 67세였다. 아,
큰 님은 가셨다. 송림사 지팡이에 잎이 필 날은 그 언제인가. (목탁
소리, 염불소리)

창극 음반 〈장화홍련전 薔花紅蓮傳〉

음반 정보	음반 사진 〈장화홍련전 제 1집〉

아세아레코드사
ALS-350~352 （3LP）
도창 : 김소희
배좌수 : 조상현
계모 : 남해성
장쇠 : 김경희
장화 : 안향련
홍련 : 김소연
사또 : 장석원
노복 : 김동준
단심 : 박양덕
악사 : 서용석, 윤윤석

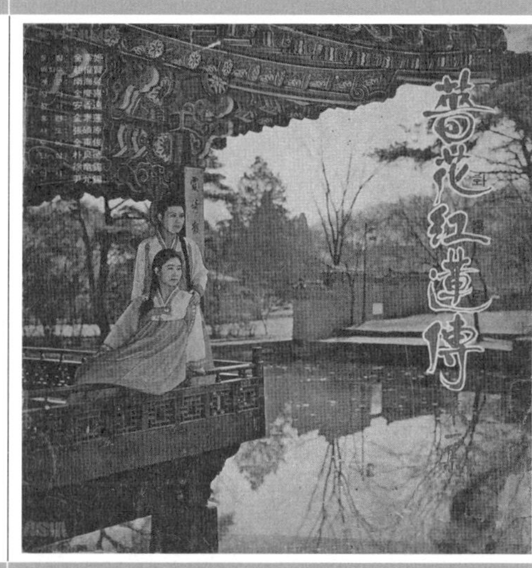

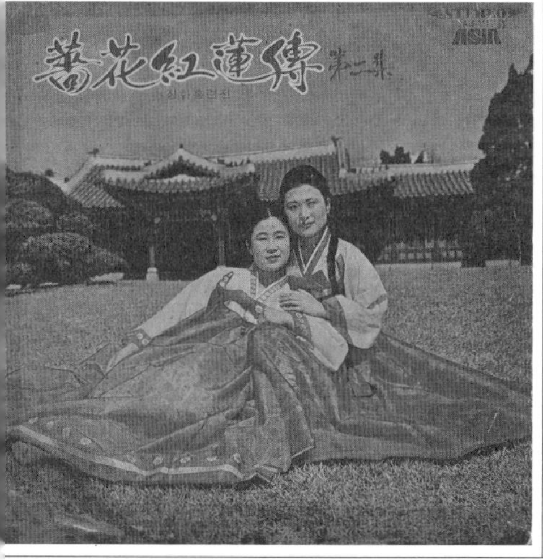

음반 사진 〈장화홍련전 제 2집〉

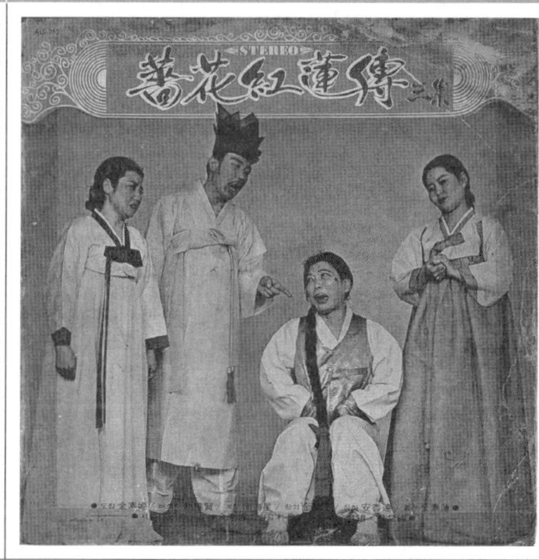

음반 사진 〈장화홍련전 제 3집〉

第一集 A面

합창 : 이산저산 봄이 오면 가지각색 꽃이 피고 꽃 포기에 사이사이 파릇
파릇 싹이 돋아 씀바귀는 내 님 상에 오붓하게 무쳐놓고 달룽게는
부모 상에 맛이 있게 무쳐놓세. 이산저산 봄이 오면 가지각색 꽃이
피고 꽃 포기에 사이사이 파릇파릇 싹이 돋네.

장쇠 : 처녀야~ 아롱아롱 처녀들아 나물일랑 캐었거든 장쇠 장군 잊지
말고 오붓하게 무쳐놓고 내게로 시집 오려나

처녀들 : 아유 바보천치

장쇠 : 달래야 같이 가

달래 : 싫어

도창 : 평안도 철산읍에 살고 있는 배좌수란 사람이 있어 불행히도 그 아
내는 딸 형제를 남기고 세상을 떠나니 가련하다 장화와 홍련은 부
친 손에 자라날 때 의지 없는 배좌수는 후처를 맞게 되었구나. 간
악하고 요사한 허씨 부인을 계모로 맞게 되었으니 장화홍련의 운
명이 장차 어찌 될 것인가.

배좌수 : (낮꿈) 장화야 홍련아. 애 명심불망 하겠나이다.

홍련 : 언니 아버지가 잠깐 누우셨나봐 깨 드릴까.

장화 : 고히, 주무시는데 깨드리지 마라.

배좌수 : 장화야 홍련아, 예~예~

홍련 : 빨리 깨워드려. (문 여는 소리)

장화홍련 : 아버지 아버지

배좌수 : 아니 내가 꿈을 꾸었나 보구나.

장화 : 무슨 꿈을 꾸셨기에 그러세요.

배좌수 : 참, 꿈도 이상한 꿈도 있지.

장화 : 꿈이라뇨.

배좌수 : 이럴줄 알았다면 공연한 짓을 해서 너희에게 이런 꼴을……

홍련 : 아버님, 그런 말씀하시지 않는다고 하시고 또 하세요.

배좌수 : 오냐. 안하마. 그 대신 이젠 계모가 학대 못하게 하마.

장화 : 학대는요. 저희가 모두 잘못하니까 꾸지람을 듣는 게지요.

홍련 : 아버지. 그런 말씀하시지 마셔요. 어머니께서 들으시면 또 저희만
    야단 맞어요.

배좌수 : 오냐 불쌍한 내 자식들.

장화 창 : 아버님 들으시오 옛 성현이 하였으되 효자불여악처라 하였으니
    저희 형제 장성하여 출가외인 되고 보면 노령의 부친 뒤를 그 누
    가 받들어. 학대 구박 심하다 해도 저희 복이 있고 보면 후일 영화
    없으리까 부디 걱정 말으시고 가사 일을 정리하사 홍복을 누리소
    서. 아버지.

배좌수 : 오냐. 과연 너희가 효녀로구나.

홍련 : 아버지 저희로 해서 너무 심려치 마세요. 계모가 지금은 어쩌지 못
    하게 군다 해도 자기도 사람인데 옳은 마음이 돌아서겠지요.

배좌수 : 오냐 오냐. 이렇게 착한 너희들을 그 몹쓸 년이 구박을 하다니.
    그런데 계모는 어디를 갔느냐.

장화 : 장쇠 데리고 굿 구경 가셨어요.

배좌수 : 흥. 잘 돌아 다닌다. 잘 돌아 다녀.

계모 : 세 식구가 모여 앉아 내 욕들 잘 하는구나. 아니 이년들아 어디를
    가니? 어서 내 욕들 더 좀 해 봐라.

장화 : 어머니 욕을 언제 해요.

계모 : 욕이 아니면 험담이냐. 영감 이러시니까 저년들이 나를 더 업신이
여겨요. 나만 없는 기색만 보면 두 년을 끼고 앉아서 계모가 학대
를 하느니 내 험담을 하니 들라든 정도 삼만 리나 달아나겠오. 대
체 내가 구박하는 것이 무엇이란 말인가. 아니 저희들 사람되라고
꾸짖는 게 그게 구박이란 말이요.

배죄수 : 글쎄. 임자가 허구한 날 죄가 있건 없건 들볶으니 그게 잘되라고
꾸짖는 거요. 그야 내 속으로 낳지만 앉었다 뿐이지 이자식이나
저자식이나 다른 게 뭐요.

장화 : 난 아들이니까 더 위해야지요.

계모 : 암. 도대체 영감부터 틀려요.

배죄수 : 뭐? 왜 내가 틀려.

계모 : 야 이년들 앞에서 이러니까 내 눈만 슬슬 살피고 밤낮 마주 앉아
쫄쫄 울기만 하니 될 일도 안되겠소.

배죄수 : 그레, 네기 틀렸군. 임지는 허늘이 내러다보고 있어. 내가 아까
꿈에 옥황상제에게 불려 갔다 왔어.

계모 : 옥황상제? 왜 염라대왕은 안 부릅디까?

배죄수 : 하늘이 무섭거든 명심하고 마음을 똑바로 가지라 했단 말이야.

장쇠 : 응! 인제 나도 알았어. 아버지, 엄마 벼락 맞는단 말이지.

계모 : 듣기 싫어 이 자식아.

배죄수 : 잘 생겼다.

계모 : 홍. 한참 획책을 쓰는 구려. 내 심보는 한 가지 밖에는 없어요. 잘
못이 있으면 어련히 처벌을 받을까. 아 누가 대신 받어 달랠까 겁

이 나요?

배좌수 : 에잇. 말못한 사람.

계모 : 그만 두시구려.

장쇠 : 어머니, 쌈하지 말어. 누나, 떡 먹어. 굿하는데서 가지고 왔어.

계모 : 너나 두고 먹오. 그년은 배때기가 터지도록 먹었을텐데 주긴 뭘 주
    니. 너아밀로 배고프겠다. 점심차러 줄까?

장쇠 : 싫어 싫어. 떡 먹어서 배불러.

계모 : 요년들아 왜 또 쫄쫄 울고 있니. 네 어미를 잡아먹고 그래도 모자
    라서 나 죽으라는 방자냐! 방자여!

배좌수 : 애들아, 울지 말고 어서 점심이나 먹도록 해라.

계모 : 점심은 무슨 점심. 흥. 요새같이 짧은 해에.

배좌서 : 아서. 해야 길고 짧고 간에 같은 해요. 배야 크고 작고 간에 고프
    기는 마찬가질텐데 왜 장쇠더런 점심 먹으라 해놓고 저것들은 점
    심을 못 먹게 하오. 그래도 그게 사람 되라고 꾸짖는 짓이구만.

계모 : 엇다. 자식 역성 대단하오. 그래. 이년들이 자식이면 장쇠 이건 자
    식 아니란 말이요. 이게 이렇게 못났어도 이게 정작 자식이예요.

장쇠 : 그럼. 내가 제일이지 딸 소용있나.

계모 : 밥이 아까워서 굶겼다면 죽은 지가 오래겠오.

배좌수 : 글쎄. 장쇠가 배가 고프면 저것들도 매한가지가 아니오.

계모 : 고만 좀 위하시오. 장쇠는 장정이 나이요. 하루에 열 끼를 먹어도
    눈 녹듯 할텐데.

장쇠 : 싫어 싫어. 나 열 끼 안 먹어. 요전에 엄마가 자꾸 먹으래서 점심
    두 번 먹고 체해서 죽을 뻔했어.

계모 : 이 자식아. 네가 달라구 했지!

장쇠 : 내가 언제 달라고 했어. 아이고 아버지, 어머니는 거짓말쟁이야.

배좌수 : 모를 소리. 제 자식은 체하도록 먹이고 전실 자식은 허기가 나도
록 안 맥인다. 하- 팔자가 사나워 내 이런 것을 계집이라 얻었지.

계모 : 흥- 인제는 냄새가 나는 모양이구려. 누가 부득 부득 살자하오. 청
승맞은 저년들 등살에 못 살겠으니 어서 장쇠 앞으로 재산이나 돌
려줘요. 당장이라도 따로 나가 살테니.

장쇠 : 아버지. 왜 누이를 미워하는지 아시오?

계모 : 이 자식아 잠자코 입이나 다무려.

장쇠 : 입술 다물면 근지러운걸.

계모 : 아, 그래도 또?

장쇠 : 죽어도 해야겠어. 아버지, 재물을 나 안 주고 누나들한테 많이 줄
까 봐 그러는 거요.

배좌수 : 뭣이! 재산? 아, 똑바로 좀 앉아요.

계모 : 앉았는데 또 어떻게 앉으란 말이요.

배좌수 : 글쎄 임자가 재산 말을 하니 말이지, 본시 내 빈곤히 지나던 터
이나 쟤들의 모친이 친정에서 가지고 온 재산으로 지금 이만큼이
라도 살고 있는거요. 말하자면 지금 우리가 먹고 사는 것이 다 저
의들 모친의 덕이란 말이오. 생각하면 크게 감동할 바거늘 왜 저
희들을 못살게 심히 군단 말이오.

계모 창 : 허허-허허- 이 말 들어 보소. 헌헌장부 삼형제를 줄줄이 낳아
거늘 그 공은 어디가오 죽은 아내 칭찬이며 딸자식만 귀엽다네.
이 재물이 뉘 재물이냐. 죽은 아내 재물이라 딸 자식은 모두 줘도

아들에겐 못 주겠다 의기질럼을 하는구나. 가시밥을 먹고 살면 무슨 영화 보겠다고 지긋지긋이 산단 말이냐. 아이구 장쇠야. 너 하고 나하고 같이 죽자.

장쇠 : 응-응- 엄마 울지 마라. 나는 안 죽어. 어머니나 죽어.

배좌수 창 : 예- 이년 말 들어라. 예- 이 천하에 몹쓸 년아. 넋두리는 웬 일이며 울기는 왜 우느냐. 산악하고 방사하고 흉흉하고 악덕한 년. 재물에 탐을 내어 전실 자식을 구박하고 가진 모해를 하고서도 천벌이 없을소냐. 소행은 괘씸하나 자식보고 참는지라. 이 어찌 모르느냐.

배좌수 : 네 이년. 또다시 심히 굴면 당장 내쫓으리라.

계모 : 앗다. 큰소리는. 날 내쫓을 놈은 누구고 내쫓길 년은 어디 있어?!

배좌수 : 무엇이! 쫓아낼 놈은 누구냐고? 네이년 당장 버릇을 고쳐 놓을 테다 이년.

계모 : 버릇을 고쳐놔? 그래 내쫓아봐.

장쇠 : 허-허- 우리 엄마 경친다.

장화 : 아버지 고정하셔요.

홍련 : 어머니 참으세요. 아버지, 어서 사랑으로 나가셔요. 남의 이목이 있사오니.

배좌수 : 에이 이 고약한 거 같으니라고.

장화 : 어머니.

계모 : 비켜 요년들. 너 이년들 보기만 해도 소름이 쪽쪽 끼친다. 썩 들어가지 못해? 흥! 그러면 내 마음이 돌아설 줄 알고.

도창 : 간악한 허씨 계모는 재산에 탐이 나서 흉계를 꾸미난디 전처 딸을

모함 잡아 누명 씌워 죽일 량으로 자기가 나은 자식 장쇠를 데리고
계획을 꾸미는 구나.

계모 : 헤이 이걸 그래도 두어서는

장쇠 : 이걸 그대로 두어서는 떡 쉴 걸. 옛수, 엄마도 하나 잡슈.

계모 : 에이구, 이 못난 자식아.

장쇠 : 괜히 나만 가지고 야단이야. 못나게 낳아놓고 밤낮 날더러 못났다
　　　고 하지.

계모 : 아이구 이 못난 자식아, 말이나 말어.

장쇠 : 어~ 저는 나보다 더 못나서도 나보고 못났다지. 옛다. 떡 먹어라.

계모 : 아니 무엇이 어째 이놈아.

장쇠 : 허-참말이야. 우리엄마 참말이야.

계모 : 이 자식아 어딜가. 이구 이 못난 자식아 속 좀 차려라.

장쇠 : 엄마나 속 좀 차려. 아버지에게 매 맞지 말고.

계모 : 이 자식 시끄러워 남이 듣는다. 옛다. 엿이나 먹어라.

장쇠 : 음— 싫이. 엿 안 먹고 띠들테야.

계모 : 잠자코 먹고 심부름이나 해.

장쇠 : 히히히 엿 달다. 무슨 심부름?

계모 : 어서 먹고 내 말 좀 들어봐.

장쇠 : 응— 무슨 말인데? 힘들은 일은 싫어.

계모 : 아무렴. 하나도 힘드는 일은 아니야. 장쇠야!

장소 : 응.

계모 : 너는 내 아들이지.

장쇠 : 그럼 어머니 아들이지. 내 아들 일라고.

계모 : 그럼 참 착하다. 너 얼른 어디가서 저저 쥐 한 마리 잡아오너라.

장쇠 : 쥐? 나 그럴 줄 알았어. 엿주고 내 아들이지야~ 하면서 살살 꾀는
　　　폼이. 싫어. 못난 자식이 쥐는 어떻게 잡아?

계모 : 쉬- 네가 왜 못나. 여기는 너하구 나만 있는디, 때는 이때다. 응.

장쇠 : 무슨 때? 쥐 잡는 때?

계모 : 떠들지 말고. 내 돈 줄게.

장쇠 : 얼마 줄테야?

계모 : 두 냥.

장쇠 : 싫어. 고까짓 두 냥.

계모 : 그럼 열 냥줄게.

장쇠 : 열 냥? 아유 열 냥?

계모 : 그래.

장쇠 : 그럼 줘.

계모 : 잡아오면 어련히 줄까.

장쇠 : 꼭 줘. 응 또 속일려고.

계모 : 왜 속여. 꼭 줄게. 어서 잡아와.

장쇠 : 꼭 주지. 호호 신난다.

계모 : 어서 떠들지 말고 커다란 놈으로 잡아 오너라. 그래야 네게도 좋은
　　　일이 있어.

장쇠 : 쥐 잡는데 무슨 좋은 일? 어머님 먹을려구. 난 징그러서 안 먹어.

계모 : 아, 내가 고양이냐 쥐를 먹게.

장쇠 : 나는 뭐 고양인가 쥐를 잡게. 뭐 할려우?

계모 : 글쎄. 얼른 잡아와 그래야 너에게 좋은 일이 있어.

장쇠 : 응 그래, 재미있는 일이 있나보다. 나 얼른 잡아올게. 단심이한테
　　　장가 보내줘. 응?

계모 : 아구 이 못난 자식. 하필이면 그 허구많은 색씨중에 네 집에서 종
　　　질하는 단심이가 맞이야?

장쇠 : 색시가 많으면 뭘해? 달래도 시집 안 온다 하는데.

계모 : 그래 단심이는 너에게 시집오겠다던?

장쇠 : 그게 요새 나만 보면 생글생글 웃겠지.

계모 : 아이구 못도 생겼지 에이그.

장쇠 : 또 못났지. 쥐 잡으면 잘났다고 하구.

계모 : 그럼 용치 용해. 아주 껍질까지 벗겨오너라.

장쇠 : 내가 뭐 고깐 놈의 껍질하나 못 벗길가봐 나보다 조그만 놈을. (노
　　　래) 쥐야 쥐야 나오너라. 쥐 한마디 돈이 열 냥. 쥐야 쥐야 나오너
　　　라. 너 한 마리 돈이 열 냥. 단심이하고 나하고 엿 사먹고 떡 사먹
　　　고 짝짝궁 어허 쥐야.

세모 : 장쇠야! 아 떠들시 말어.

단심 : 마님. 여태 안 주무세요?

계모 : 응— 오 단심이냐. 왜 너는 자지 않니?

단심 : 바느질하다가 아가씨 처소에서 인기척이 나기에 나왔어요.

계모 : 오, 그래 나도 잠이 안 오고 해서 집안을 돌봤드니 아가씨 방에서
　　　앓는 소리가 나기에 나왔다. 작은 아가씨가 어디 아픈 모양이다.

단심 : 글쎄요. 아까도 괜찮으시더니. 아가씨 아가씨.

계모 : 쉿—앓는 사람 깨지 말고 어서 너나 가서 자도록 해라.

단심 : 혹시 모르니 쉰네가 아가씨들 방에서 잘까요? 심부름이나 하게요.

계모 : 걱정 말고 어서가 자고 내일 아침 일찍 일어 나도록 해.

단심 : 예. 안녕히 주무세요.

계모 : 오냐. 후유—고 방정맞은 년이 그때사 툭 튀여 들까.

장쇠 : 어머니-어머니-어머니.

계모 : 에-그. 깜짝이나

장쇠 : 애~

계모 : 에그머니 아구 이 자식아.

장쇠 : 용치? 나 용치?

계모 : 오냐, 용치 용다.

장쇠 : 그런데 이걸 뭘하오.

계모 : 이리 다오.

장쇠 : 애-비

계모 : 애-그머니

장쇠 : 어머니 겁쟁이야, 돈!

계모 : 옛다, 너는 밖에 나가서 누가 오나 봐라

장쇠 : 누가 오면 그래 온다고 그래?

계모 : 그래

장쇠 : 어머님! 어머님! 어머님!!

계모 : 왜 그래?

장쇠 : 아무도 안온다고 할려고.

계모 : 아이고 이 자식아! 잠자코 나가봐

장쇠 : 무얼하는 거야. 나는 좀 봐야지. 오라 저렇게 할려고 그랬구나. 저
　　　 런 바보들은 저것도 모르고 잠만 자고 헤헤

계모 : 아, 떠들지 말어.

장쇠 : 참 재미있수. 바보들은 그것도 모르고 잠만 자지.

계모 : 너 아무에게도 오늘 일을 말해서는 안 된다. 누가 물어도 이 말하
면 너도 죽고 나도 죽어.

장쇠 : 걱정말어. 누가 물으면 돈 열 냥받고 쥐 안 잡았다고 할테야

계모 : 아, 그냥 모른다고 해. 글쎄 돈과 쥐 소리는 빼고.

장쇠 : 글쎄 걱정 말어요. 나를 바보로 아나 봐. 아, 누나 자는데 어머니가
쥐 잡아서 안 넣다고 하면 그만 아니야?

계모 : 아 그런 말도 말고 잠자코 있어!

장쇠 : 그럼, 나 꼭 단심이한테 장가 보내줘 응.

계모 : 알았다 알았어. 아구 못난 자식. 어서 사랑에 가서 아버님 모시고
오너라 응.

장쇠 : 쥐잡은 거 보시라구?

계모 : 글쎄. 쥐소리는 빼놓고 어서가.

장쇠 : 응~ 나 단심이에게 장가 보내자는 말할라고?

계모 : 그래 빨리!

장쇠 : 참 좋다. 헤. 아버지, 아버지 얼른 들어오시오.

第一集 B面

도창 : 적적한 심야간에 청천벼락이 떨어졌네. 그때의 배좌수는 아무런
줄을 모르고 허씨부인의 요사에 빠져 사랑하는 장화에게 누명을
씌워 죽음의 길로 보내는구나.

배좌수 : 이 자식아 저리 비켜. 못난 것이 까불기는. 이놈아 아닌 밤중에

장가는 무슨 장가야.

장쇠 : 어머니가 할 말이 있대요.

배좌수 : 밤중에 웬 일이요.

계모 : 이리 좀 올라오시오.

배좌수 : 밤이 깊었는데 자지 않고 할 말이란 뭐요.

계모 : 장쇠야.

장쇠 : 응

계모 : 어서 가서 자거라. 아 죄없는 너까지 잠을 못자는 구나.

장쇠 : 싫어. 안 졸려.

배좌수 : 무슨 말이요. 갑갑하오.

계모 : 이런 말씀을 하면 계모 년의 모해라 하겠기에 참았더니 아, 잠자코
있는 것이 도리가 아니 것기에 나오시라고 여쭈었어오.

배좌수 : 무슨 말인지 못 알아듣겠으니 시원히 말하시오.

계모 : 집안에 불측한 일이 있어요.

배좌수 : 불측한 일이라니?

계모 : 영감은 나와 달라 그것들을 애지중지 하지만은 아 그것들이야 그
마음을 털끝만치도 아는 줄 아시오? 오늘 밤은 잠도 아니오고 영
감께서 하신 말씀을 곰곰이 생각하고 집안을 돌보자니 애들 방에
서 앓는 소리가 나기에 혹시 병이나 나지 않았나 해서 들여다 보았
드니, 쯧쯧쯧쯧

배좌수 : 그래 들여다 보았드니

계모 : 큰 계집애년이

배좌수 : 큰 계집애년이 어째

계모 : 에이 참아 내 입이 더러워서

배좌수 : 허허, 참 이런 사람을 봤나?

계모 : 낙태를 했어요. (음악)

배좌수 : 뭐? 낙태?

계모 : 그래요. 낙태를 해 가지고 뒷수습을 하자 하나 밖에는 인기척이 있
는지라 황망히 굴다가 모진 잠이 든 모양이요. 아 이러니 장차 이
일을 어찌 했으면 좋겠오?

배좌수 : 그럴 리 없어.

계모 : 응 그러실 줄 알았오. 나도 애민데 그런 무서운 모함을 했다가 천
벌을 어떻게 받겠오. 아 이번 일은 영감 눈으로 보시면 알 일이 아
니오. 자, 이리 와서 보시오.

배좌수 : 어

계모 : 자 이래도 내 마음을 모르시겠오.

배좌수 : 허허 청천벽력도 분수가 있지 이게 웬일이란 말인고.

계모 : 그러니 이 일을 어찌했으면 좋아요. 우리만 알고 만나손 치녀라도
하인들 소문에 누설이 되면 대대로 행세하는 우리 가문에 똥칠은
고사하고 남이 부끄러워서 어찌 산단 말이오.

배좌수 : 앞이 캄캄하오.

계모 : 나도 앞이 캄캄하오.

배좌수 창 : 아 이것이 웬일이냐. 이것이 웬일이야. 유시에 어미 잃고 근
근이 지내날 적 고이 있어 문밖을 모르드니 애비 눈을 속여 가며
외갓 출입 있었드냐. 가문을 더럽히고 애비 망신을 시키려고 이
지경이 웬일이냐, 이 광경이 웬일이냐 아이고 내일이야 흑흑흑.

계모: 고정하시오. 아 영감이야 이렇게 복통을 하시지만 그년들이야 그
　　　마음을 아는 줄 아시오.

배좌수: 그러니 이 일을 장차 어찌했으면 좋겠오.

계모: 그러니까 부모로서 자식을 죽일 수도 없고 살려두자니 수치를 면
　　　치 못할거고. 차라리 내가 이꼴 저꼴 안 보고 내가 죽는 것이 상수
　　　여. 아이고 나는 죽을라네.

배좌수: 아이고 마누라. 여보 마누라. 이번 일은 내 눈으로 보았는데 누
　　　가 계모의 모해라 하겠오. 고정하시고 후사나 처리합시다.

장쇠: 어머니 왜 울어. 아버지에게 단심이 이야기했오?

배좌수: 네 이놈 집안에 변이 생겼는 줄 모르고 단심이가 다 무어냐?

장쇠: 모르긴 내가 왜 몰라요?

배좌수: 알다니?

계모: 네가 알다니 무얼 알아 이놈아!

장쇠: 허- 난 아무것도 몰라요.

계모: 휘유- 자결이라도 할까 했더니 영감께서 만류하시어 참소마는 그
　　　걸 그대로 두어서는

배좌수: 글쎄 어떻게 할지 모르겠구려. 그러니 저걸 당장 죽일 수도 없고.

계모: 죽이다니오. 내 의견이 하나 있는데.

배좌수: 무슨 의견이요. 하자는 대로 하리라. 원 이런 변이.

계모: 아 변이면 이만저만한 변이요. 아 집에다가 불을 질렀으면 끄기라
　　　고 하지만은. 그러니 저 애는 얼마 동안 지 외가에 가 있으라고 보
　　　내버립시다.

배좌수: 그럽시다. 내입으로는 말하기 싫으니 날이 밝은 대로 단심이란

　　　년 안동해서 삼순 애비 더러 데려다 두고 오랍시다.

계모: 아이구 딱도 하시오. 이래서 집안 꼴이 망했어.

배좌수: 아니 그건 또 왜?

계모: 또라니요? 밝은 날은 뭐고 단심이와 삼순 애비는 다 뭐요?

배좌수: 그래도 날이 밝어야 길떠날 차비를 차릴게고. 단심이란 년을 보
　　　내야 손심부름이라도 해줄게 아니요.

계모: 집안 망해 논 년인줄 모르고 자애심이요. 백주천명에 그년이 쫓겨
　　　가는 꼴을 동리 사람들이 보게 되면 그 소문은 어찌되고 또 그 입
　　　싼 단심이란 년을 보낸다니 고년이 우리집 큰 아가씨는 요리고 조
　　　리고 했음네 해만 보시오. 그 담으로 당장 쫓겨올테니! 그러니 쥐
　　　도 새도 모르게 지 오라범 장쇠더러 데려다 두고 오라고 합시다.
　　　어떻소 영감.

배좌수: 그도 그래.

계모: 아이구. 이 택덩어리 같은 영감아! 이래도 그도 그래. 저래도 그도
　　　그래. 아니 대체 그놈의 그도 그래가 어찌됐던 말이요.

배좌수: 아 나를 너무 시달리지 마오. 내가 지금 무슨 정신이 있겠소. 마
　　　누라 의견대로 합시다.

계모: 아 어떻게 하겠단 말씀이요.

배좌수: 글쎄 날이 새기 전에 단심이도 고만두고 장쇠 시켜 보냅시다.

계모: 이야기를 똑똑히 해요. 보내기 싫은 것을 계모 년의 모해로 억지로
　　　보내고 싶단 말 난 듣고 싶지 않어.

배좌수: 누가 마누라 더러 억지로 보냈다 하겠오. 내 눈으로 본 게 아니요.

계모: 아니. 그럼 빨리 얼른 불러내요. 멍하니 있지만 말고.

배좌수 : 부르지 불러.

계모 : 아, 어서 불러요.

배좌수 창 : (부르고 말고) 아이고 아이고 내 신세야 아이고 아이고 내 팔
자야. 딸이 되어 섭섭하다 금을 주고 못사리다 불면 날가 쥐면 깰
까 애지중지 기른 자식 저의 모친 급사하야 인물 곱고 행실 있어
심금에 숨겼으되 다투어 청혼하나 서의 모친 유언 있어 같은 지체
짝을 지어 백년행락을 볼랐드니 폐가망신이 웬 일이냐 아이고 내
팔자야 아이고 내 일이야.

계모 : 좋소 좋아. 곧 죽어도 죽은 마누라 생각 그 딸이 귀엽단 말이지?
그럴테지. 아 계모 년이야 무슨 영화 있겠오. 죽어 원혼 될 것이니
아이고 나는 죽을라네. 나 죽는 것을 만류하지 마시오. 아이고 나
는 죽을라네.

배좌수 : 아이고 이게 무슨 지각 없는 소리요. 마누라마저 이러시면 자식
잃고 내 무슨 죄로 도토리 귀신이 되란 말이요.

계모 : 아 이꼴저꼴 안 보면 그만 아니요.

배좌수 : 여보 마누라 자식은 또 나면 자식이지. 마누라 없이는 나 혼자
어찌 살겠오. 내가 처리 하리다. 예 이년 장화야, 장화 이리 썩 못
나와.

계모 : 낙태는 해산보다 더 어려운데 오직 몸이 아프겠오. 저 어서 얼른
더 크게 부르시오.

배좌수 : 장화야 장화야, 장화 이리 썩 못나와

계모 : 아무리 뻔뻔시런 년이기로 핏덩이를 내질러 놓고 잠이 깊이 들었
을까. 냉큼 못 나와.

장화 : 어머니 이게 무슨

계모 : 어머니고 주머니고 듣고 싶지 않다. 냉큼 나오지 못할까?

배좌수 : 장화 이리 썩 못 나와?

장화 : 아버지 주무시지 않고 웬 일이십니까?

계모 : 웬 일은 무슨 웬 일? 니 죄를 니가 모를까? 여보 영감. 딱 잘라 애
　　　기 하시오.

배좌수 : 아이고 나도 길게 말하고 싶지 않소. 장화야 부채단 아니하고 당
　　　장 너의 외가에 잠시 가 있거라.

장화 : 별안간 외가는요? 더구나 이 밤중에

계모 : 아버지가 가라시면 예하고 갈것이지.

장화 : 그렇지만...

배좌수 : 네 이년 부명을 거역하겠느냐?

장화 : 부명을 거절하는 게 아니라 별안간 이 밤중에 외가로 가라 하신 분
　　　부의 뜻을 몰라 그랬사옵니다. 지금까지 문밖을 모르고 자라옵건
　　　데 이 밤중에 알지 못하는 길을 가라 하옵시니 어쭈어 보았습니다.

계모 : 원, 누가 널더러 혼자 가라느냐. 장쇠더러 데려다주라 할 것이니
　　　빨리 떠날 차비나 해라.

장화 : 아버님의 령이시니 거역하오리까만은 날이나 밝거든 가겠습니다.

배좌수 : 오냐 그래라. 그 청쯤이야 하나 못들겠냐. 날이 밝거든 가거라.

계모 : 글공부를 그만큼 했으면 효와 불효를 알 것이며 더욱 네 죄상을 알
　　　것이니 만류하지 않겠다만은 자식된 도리로 앙탈하고 핑계로서 부
　　　명을 거역하려느냐? 영감, 어떡하시겠소?

배좌수 : 에이, 나도 모르겠다. 당장 가거라.

장화 창 : (아버님), 아버님 듣조시오. 어머님 듣조시오. 소녀 나이 이팔
　　　이나 모친 복중을 나온 후로 규방에 깊이 묻혀 지개 밖을 모르옵
　　　고 외가 행정을 모르온데 심야삼경 깊은 밤에 산을 어이 넘사오
　　　며 냉냉한 새벽 바람 강을 어이 건느오리. 죽으라 하옵신들 살기
　　　를 바라리까. 이제 당장 죽드래도 죄명이나 알고 싶소.

장화홍련 : 아버지.

계모 : 곧 죽어도 현철하고 갸륵한 부인 속에서 나온 딸님이라 다르군 그
　　　래. 요년아 쓸데없는 말 말고 어서 떠날 차비나 해라. 영감은 사랑
　　　에 나가 계시오. 고 엉덩이 깨질 자애심 때문에 결심이 시그러지리
　　　다. 나는 장쇠더러 떠날 차비나 하라 하겠오. 아 어서 차비나 해요

배좌수 : 아. 그래 지금 나가. 에이. 이 몹쓸 년.

장화 : 아버지.

홍련 : 아버지.

계모 : 요년아 왜 울어. 내 형년꼴 되어 쫓겨 가고 싶니? 청승을 떨지 말
　　　고 어서 떠날 차비나 해라.

장화 : 홍련아, 홍련아 내죄상을 내가 모르겠다마는 아버지의 분부 지엄
　　　하시니 가기는 가되 발이 촉박하니 할 말을 다 못한다. 우리 형제가
　　　한시도 떨어져 보지 않았으니 천만이일 당하니 앞이 캄캄하고나
　　　다행히도 이 길이 무사하면 곧 만날 수 있겠지? 그렇지 못하면 영
　　　영 못 만날지 모르니 우리 옷이나 바꾸어 입자.

홍련 창 : 아이고 언니 웬 말이요. 간단 말이 웬일이요. 언니 나이 여섯이
　　　요 내 나이 네 살 때에 생모를 사별하고 지중하신 부친 은덕 이만치
　　　자라나서 규방에 깊이깊이 변함없이 지낼 적에 형제 서로 의지하고

일각을 안 놓쳤으니 무슨 죄가 지중하여 심야 삼경 야밤중에 가는
데가 어디이며 쫓겨 가긴 웬일이요. 나도 가요 나도 가요 언니 따라
서 나도 가요.

홍련 : 언니

장화 창 : 망종가는 형의 부탁 명심하여 들어다오. 형은 비록 죄가 있어
부지생사 쫓겨가되 너는 부디 내 말 쫓아 부친 공경 극진하여 계
모에게 득죄 말고 동생들과 우애 있어 화목하게 지내다가 좋은 혼
처 선비 만나 유자 생녀 복을 받고 길이길이 잘 살아라.

第二集 A面

(닭 소리)

노복 : 애 별안간 웬일이냐

단심 : 모르겠어요

노복 : 영감 마님은 사랑에 계시냐

단심 : 예

노복 : 마님은

단심 : 마님은 도련님에게 말안장 지우라고 하셔서 지금 밖에서 길떠날
차비를 차린대요.

노복 : 길 떠날 차비? 아니 누가?

단심 : 큰 아가씨가 떠나신대요.

노복 : 큰 아가씨가? 아니, 아가씨 연유는 모르오나 이 밤에 가시는 곳이
어데십니까. 이 늙은 몸이 대신하여 될 일이면 죽기라도 하오리라.
아가씨 가시는 연유를 일러주길 바랍니다.

단심 창 : 아가씨 (창) 소녀 비록 천비오나 어려서 댁에 자라 아가씨 몸종
　　　 으로 여일시종하였삽고 오늘까지 모실 적에 출가하여 가시는 길
　　　 가마 뒤에 따렸어라. 영감마님 분부 받고 아가씨만 바랬거늘 소
　　　 녀 두고 가시는 길 궁금하고 알고 싶소, 아가씨

장화 : 단심아, 기특하다. 삼순아버지, 고마워요. 내가 가는 길이 외가라
　　　 하니 그런 줄만 알아주오. 그동안 의지하고 살다가 오늘 잠시라도
　　　 이별하게 되니 그것이 서운하지 다른 한이 있겠소. 나 없는 동안이
　　　 라도 변치 말고 작은 아가씨를 잘 보살펴주오. 삼순아가씨, 단심
　　　 아, 홍련아.

계모 : 이년들 빨랑 빨랑 떠나지 않고 뭘 망설이고 있어? 아니 너희들은
　　　 자지 않고 왜 나와 있니? 아, 어서들 들어가 자거라! 그런데 이놈
　　　 은 무엇하고 있는 거야? 장쇠야, 장쇠야!

장쇠 : 말이 자꾸만 졸고 있어.

계모 : 아 빨리 다리고 가지 않고 무얼 해?

노복 : 마님 무슨 여유인지는 모르오나 큰 아가씨 가시는데 까지 소인이
　　　 모셔다 드리고 오겠습니다. 마님.

단심 : 마님 소녀는 빗첩을 들고 모시고 갔다 오겠습니다.

계모 : 이 잡것들이 누구 앞에서 이래! 저리 비켜지 못해? 요망한 것들.
　　　 장쇠야!

장쇠 : 아, 장쇠고 단쇠고 야단만 쳐요.

계모 : 너도 이 애미 말 안 들을 테야? 빨리 끌고 가지 못해?

장쇠 : 어서 가요. 괜히 울고 짜고 몸부림쳐도 소용없어요. 아 나만 야단
　　　 맞지. 뭐. 나서요.

홍련 : 언니

계모 : 너 이년 홍련아 놓지 못해? 아버지가 부르신다. 얼른 가 보아라.

홍련 : 언니 아버지께 갔다 올게 그동안 가지 말어 응.

장화 : 그래.

장쇠 : 어서 나가요

노복 : 마님

단심 : 마님

노복 창 : 비나이다. 비나이다 마님 전에 비나이다. 소인들은 미천하와 양
　　　 반댁 종으로써 천명을 잇사오나 사람된 인정 도리 양반만 못하리
　　　 까. 아가씨 두 분 형제 만일 득죄 하였으면 소인들이 대신하여 그
　　　 벌을 당하리다.

노복 : 마님.

단심 : 마님.

노복 : 불쌍한 아가씨를 용서해 주옵소서.

계모 : 이 잡것들이 누구 잎에서 이래? 대신 갈 수 있다면 내가 대신 가겠
　　　 다. 저리 물러가지 못해!

노복, 단심 : 마님.

장쇠 : 으흐흑, 아닌 게 아니라 생각하니 불쌍허다.

계모 : 야 이놈! 장쇠야

장쇠 : 어머니 불쌍하니 고만둡시다.

계모 : 이 자식아 그래야 네게 좋은 일이 있어.

장쇠 : 그럼 나 단심에게 장가 보내줘?

계모 : 걱정 말고! 데리고 가다가 내가 시키는 데로, 그래라

장쇠 : 정말……히 단심이에게? 그럼 참 좋다. 그럼 가다가 저—

계모 : 쉬!! 아, 빨리 가지 못해.

장쇠 : 아이고 깜짝이야! 목구멍에 왕방울 달았나 봐. 그렇지 않아도 생
　　　각하면 무서운데 자꾸만 그래! 어서 가요.

계모 : 아, 빨리 가지 못해.

장쇠 : 어서 나서요.

장화 : 아버지 만수무강 하십시요. 어머니 안녕히 계십시요.

장쇠 : 어서가!

장화 : 홍련아!

단심 : 아가씨!

도창 : 목석같은 장쇠 놈은 급급히 말을 몰아 한 곳을 다다르니 산은 첩첩
　　　산중이요 물은 잔잔 백곡이라 초목이 무성하고 송백이 자욱한데
　　　인적이 있을손가 창망야월 두견소리 일촌 간장을 다 녹인다. 한곳
　　　을 다다르니 연못이 있는지라. 둘레가 삼십 리요 깊이는 모를네라
　　　불쌍하다 장화 신세 사지를 모르고 따라간다.

장쇠 : 빨리 내려와.

장화 : 장쇠야, 여기가 어디야?

장쇠 : 어데를 알아서 뭘해? 빨리 내려와

장화 : 애. 장쇠야.

장쇠 : 어서 이리와

장화 : 여기가 외가로 가는 길이야?

장쇠 : 오 애 꽤 먹이네. 하라는 대로 해요.

장화 : 어데로 가는지 알고나 가야 할 게 아니야.

장쇠 : 그럼 알지도 못하고 왔단 말이요?

장화 : 내가 어떻게 아니? 외가로 간다기에 가는 줄만 알았지?

장쇠 : 홍, 누이는 누이 죄를 알 테지.

장화 : 죄라니? 내가 무슨 죄가 있단 말이냐?

장쇠 : 무슨 죄? 뻔뻔스럽지 그럼 일러줄 테야. 시집도 안간 처녀가 낙태를 했으니 될 번이나 한일이야?

장화 : 낙태?

장쇠 : 그래! 그것도 탄로가 안 났으면 어머니가 모른 체 했지만 탄로가 났으니 집안 체모를 생각해서 살려둘 수 있는 일이야? 그렇지? 울면 소용이 있어? 날더러 외가에 가는 체하고 저 연못에 밀어넣고 오랬어.

장화 : 연못에다?

장쇠 : 저속에 들어가면 나올 수 있어?

장화 : 나를 연못에 넣으라고 아버지가 그러시드냐?

장쇠 : 별걸 다 물어. 난 어머니 말반 듣는단 말이오. 생각해봐. 울어도 소용없어. 어서 뛰어 들어가.

장화 창 : 유유창천이여. 이 어쩐 일이랄까. 무슨 일로 장화 내여 원혼되게 하시는고. 장화 나이 이팔이나 문밖을 모르난디 오늘 악명 웬일이며 이 죽음이 웬일이요. 우리 모친은 어데를 가고 이 원한을 모르신고.

장화 : 어머님.

장쇠 : 에이, 빨리해. 앙탈하고 통곡하면 살려줄 줄 알고. 홍 어림없어. 갈 길이 머니 빨리 들어가.

장화 : 장쇠야 우리가 이복이나 전일에 우애를 잊었느냐. 그 정을 생각해

　　　서라도 죽어가는 누이를 가련히 여기거든 청 하나만 들어다오.

장쇠 : 청은 무슨 청 살려달라는 말이지?

장화 : 아니다. 내가 목숨을 보존할라면 부명을 거역하는 것이니 어찌 살

　　　기를 바라겠느냐.

장쇠 : 아니야, 이번 일은 부명이 아니라 모명이야. 어서 들어가.

장화 : 그럴 테지 계모 손에 어찌 베겨 나겠느냐. 청은 다른 청이 아니라

　　　기왕 죽을 목숨이나 잠시 말미를 주면 외삼촌 댁에 가서 인사나 드

　　　리고 돌아가신 어머님 묘소에 가 하직이나 하고 원통한 넋이라도

　　　위로해 달라고 부탁하고 오겠다.

장쇠 : 헤헤헤 저만 꾀가 있는 줄 알고 내가 못났다 못났다 하니까 정말

　　　못난줄 알고 그따위 꾀를 써서 저는 살고 나는 죽게 할려고? 잔말

　　　말고 빨리 들어가.

장화 : 마지막 부탁이다. 비록 악명을 입고 죽는다만 홍련이는 형의 본 보

　　　지말고 부모에게 효도하고 좋은 사람이 되어 달라고. 홍련아, 빈방

　　　에 홀로 앉아 추야장 긴긴밤에 눌과 같이 세울거냐. 차마 너를 두

　　　고 어찌 죽는단 말이냐.

장쇠 : 웬 잔말이 이렇게 많어? 어서 뛰어들가지 않고! 에잇!

장화 : 으악! (호랑이 나온다)

장쇠 : 누나야 아 누나야 아이고! 호랑이 엄마야 엄마야 아이고 내팔

도창 : 네 이놈 장쇠놈아 네가 나를 모르리라 나는 산중 대호로다 신령님

　　　의 명을 받어 너를 잡으러 내왔노라 네 애미 무도 하야 성한 자식

　　　모함해서 원통히 죽었으니 천벌을 받으리라 네놈이 사람이면 애매

히 죽은 누이 살려줌이 옳겠거늘 그죄 어찌 생각하고 살길을 바랄
소냐.

장쇠 : 아이고, 아이고 내팔!

도창 : (아니리) 무도한 장쇠 놈이 장화를 죽인 후 천벌을 받어 팔 하나를
잃고 돌아왔으나 외로운 홍련은 장화 언니가 외가로 가 있는 줄만
알고 밤낮으로 그립고 그리워서 눈물로 세월을 보내는데 (창) 불
쌍하다 홍련이는 형을 잃고 혼자 앉어 곰곰이 생각하니 전후사가
눈물이라 추야장 긴긴밤을 홀로 세우니 몇 번인고. 날이 가고 달이
가고 그리운 정 끝이 없네. 올 기약이 전혀 없이 오늘이나 소식 올
까 내일이나 형이 올까. 답답할 손 홍련 심사 어이하여 지낼 건가.

홍련 : 언니, 언니.

홍련 창 : 새야 새야 파랑새야 슬피 우는 파랑새야 너는 비록 미물이나 홍
련의 우는 가슴 홍련의 답답한 정 너는 응당 알 것이니 어서 어서
일러다오. 불쌍한 우리 언니 죽었느냐 살었느냐, 살았거든 울지 말
고 죽었거든 울어나오. 새야 새야 파랑새야 죽었느냐 살었느냐. 아
는 대로 일러를 다오.

第二集 B面

(새소리)

홍련 : 어? 새가 우네 파랑새가 우네. (창) 우네 우네 새가 울어. 파랑새가
울음을 우네 저 새가 울었으니 우리 언니는 죽었구나 아이고 언니
죽었구려 죽었구려. 야속사 우리 언니 죽단 말이 웬말이요. (대사)

새야 파랑새야 만만한 홍련이를 조롱하는 울음이냐 불쌍한 홍련이
　　를 조롱 말고 알려다오. 외가에 간 우리 언니 죽었느냐 살았느냐
　　(새가 운다) 오 틀림없이 죽었어. 언니 언니.

단심 : 아가씨 진정하세요.

홍련 : 단심아.

단심: 네.

홍련 : 우리 언니는 죽었구나

단심 : 원 아가씨도, 돌아가시다니요.

홍련 : 분명 죽었어, 불쌍한 우리언니.

단심 : 큰 아가씨는 외가에 가셔서 작은 아가씨 생각하고 하루 속히 돌아
　　오셨으면 하고 계실 텐데요.

홍련 : 난 안다. 나는 알어.

단심 : 아시다니요?

홍련 : 파랑새가 오동나무 가지에 앉어 슬피 울기에 물어 보았어

단심 : 새가 말을 하나요?

홍련 : 말은 못해도 내 말은 알아듣잖아.

단심 : 네 그래 뭐라고 하셨기에요?

홍련 : 새야 새야 파랑새야 슬피 우는 파랑새야 너는 비록 미물이나 이내
　　답답한 정을 안다면은 불쌍한 우리 언니 죽었느냐 살았느냐, 살았
　　거든 울지 말고 죽었거든 울어다오.

단심 : 그래 안 울었지요?

홍련 : 울었어 분명 울었어.

단심 : 그까짓 미물이 무얼 안다고 그러세요?

홍련 : 알지. 장쇠도 알고

단심 : 참, 장쇠 도련님 더러 물어볼까요?

홍련 : 내가 그렇게 물어봤는데도 말을 안하는데 네가 물어 본다고?

단심 : 참 이상한 일이에요 큰 아가씨를 외가에 모셔다 드리고 오는 길에
산중에서 큰 호랑이가 도련님을 잡아먹지 않고 팔만 하나 띠어 갔
으니

홍련 : 우리 언니는 잡아 먹히고 장쇠만 도망쳐 온거지

단심 : 그 말만 하면 모두 쉬쉬하니 이상해요

홍련 : 얼마 후에 외가에 데려다 주신다고 하시드니. 내가 찾어가 볼까?

단심 : 마님께 또... 참, 영감마님께서도 궁금해 하실 텐데

홍련 : 그것보아 분명히 죽었어

단심 : 쇤네도 그런 의심이 들기도 해요. 그날밤 아가씨 타고 간 말이 땀
을 흘리고 왔기에 동네 사람들을 불러 가는 길을 찾아가니 장쇠 도
련님이 원통 피투성이가 되여 있었대요. 그러나 혹시나

계모 : 요망힌 년들 또 수근대고 있느냐? 너 이년 넌 무얼 안다고 조동아
리를 놀리고 있어?

단심 : 저……

계모 : 저는 다 뭐냐. 네 이년 행실 궂은 형이야 죽었든 살든 무엇이 슬프
다고 쫄쫄 울고 요망을 피우느냐 응. 너 청승에 성한 애비 병들어
죽으라는 방자냐 응, 방자야?

홍련 : 어머니 잘못했습니다.

단심 : 쇤네를 때려 주십시요.

계모 : 요런 천하에 당돌한 년, 저리 비키지 못해!

홍련 : 단심아, 어서 나가봐

계모 : 너 이년. 툭하면 청승을 떨고 우니 내가 구박한다고 알려지란 말이냐?

홍련 : 잘못했습니다.

계모 : 잘못한지 인제야 알았어?

배좌수 : 왜 집안이 소란이야

계모 : 홍련아, 어디가 아프냐?

배좌수 : 왜 그러우

계모 : 글쎄 몸이 아프다구 우는구려

배좌수 : 몸이 좀 아프기로 커다란게 울긴

계모 : 영감도 아 아픈데야 어른 아이가 다르단 말씀이요. 오죽 아프면야
　　　　울기까지 하겠오. 약 지어다 줄까?

홍련 : 아니오

배좌수 : 어디가 아프다면서 그래 말을 하지 않고 울긴.

홍련 : 배가 좀 아퍼서 그래요.

계모 : 저런 저녁 먹은 것이 체했나 보다. 단심아, 단심아.

단심: 네!

계모 : 아이고 거기 있는걸 소리쳐 불렀구나. 저 아가씨가 저녁 먹은 것이
　　　　체해셨나 보다. 안방 벽장 열고 오동 괫속에 사향소화환 하고 더운
　　　　물 어서 떠오느라, 어서!

단심 : 네.

홍련 : 단심아, 고만두어.

배 좌수 : 아니긴 배가 아프다면서

홍련 : 괜찮아요.

계모: 오—그새 다 났나. 병두 지 성미를 닮아서 싹싹도 하구나

배좌수: 여보 장쇠가 아직도 앓는 소리를 합디다. 들어가 보오.

계모: 아구 그게 다 장화란 년 까닭이예요. 그저 불쌍한 건 우리 장쇠야.

　　　순해 빠져서 호랑이가 물어도 가만히 있었지. 아구 장쇠야, 장쇠야.

홍련: 아버지

배좌수: 홍련아 우지마라. 이 애비가 못나서 알고도 모르는 체 한다마는

　　　어찌 네 서름을 모르겠느냐만 참고 지내어라.

홍련: 아버지, 언니는 어떻게 되었어요. 죽었어요, 살았어요? 네 아버지

배좌수: 네 형은 죽었단다.

홍련: 죽다니요 아버지!

배좌수: 행실이 불측해서 외가로 보내든 중 저도 면목이 없어 그랬는지

　　　장쇠가 붙잡을 사이도 없이 연못가으로 뛰여 들어 자결을 했다는

　　　구나. 장쇠는 호랑이에게 고만

홍련: 자결이요?

홍련 창: 아이고 아버지, 아버지 듣조시오. 이 밀씀이 징밀이요, 죽었다

　　　니 정말이요. 형의 무삼 죄가 있어 외가 간다 핑계하고 못에 빠져

　　　자결하니 이 말이 웬 말이요. 아버지는 인자해서 자식 마음을 아시

　　　거늘 형의 죄가 중타기로 용서 아니 하였으니 계모 말만 옳다 여겨

　　　아버지도 속았구려 살려내요, 살려내요. 불쌍한 우리 언니를 살려

　　　내요. (대사) 아버지

배좌수 창: 홍련아. 울지 말고 애비 말을 들어다오. 애비 나이 사십 여에

　　　너희 형제를 나았으되 후사가 염려되어 너으 계모 맞었드니 불측하

　　　고 고약해서 너희 형제 구박을 해도 아들 자식 삼형제를 낳아준 그

공을 생각을 하여 모르는 체 하였드니 오늘날 이 지경을 꿈속에나
생각허리. 홍련아.

배좌수 : 네 형은 명이 그뿐인 것을. 형 생각 말고 너나 어서 편히 쉬도록
　　　해라.

홍련 : 아버지, 형이 무슨 죄를 지었기에

배좌수 : 내 입으로는 차마

홍련 : 형이 기왕 죽었으니 진상을 밝히시어 원한이나 풀어주세요.

배좌수 : 걱정말고 어서 잠이나 편히 자거라.

홍련 : 아버지, 저는 누굴 의지하고 살어야 해요.

배좌수 : 애비를 의지하고 살자 홍련아

홍련 : 아버지.. 안녕히 주무세요.

배좌수 : 어서 들어가 자.

홍련 : 오 아까 그 파랑새가 분명 언니 죽은 넋이로구나. 불쌍한 우리 언
　　　니. 원통하여 어찌하나 홍련 곁을 떠나지 말고 나를 위로해 다오.

노복 : 아가씨, 몸에 해로우세요. 이러신다고 큰아가씨가 돌아오시겠습니까?

홍련 : 할아범두

노복 : 네. 할아범은 나이 먹고 가난하나 남은 것은 눈치뿐이지요. 큰아가
　　　씨는 영영

홍련 : 영영 못 온단 말이지?

노복 : 그러니 사신 분이나 사셔야지요. 고정하시고 주무세요.

홍련 : 우리 언니가 죽었단 말 누구에게 들었어?

노복 : 엊그제 건너 마을 박포수가 사냥을 갔다가 밤늦게 돌아오는 길에
　　　연못가를 지내게 되었드라나요.

홍련: 그래서?

노복: 별안간 찬바람이 불고 어두워지드니 연못 속에서 곡성이 나면서

홍련: 그래서?

노복: 그만 둡시다. 공연히 이 늙은 것이 쓸데없이

홍련: 어찌 되었단 말이요? 응, 할아범?

노복: 물이 뒤흔들리고 파도가 일어나드니 예- 무서워

홍련: 파도가 일드니, 응?

노복: 하얗게 소복한 처녀가 나타나드니 원통하오 원통하오 하고 울드라
　　　나요. 겁결에 보아서 모르긴 하지만 큰아가씨 드라나요.

홍련: 뭣이?

노복: 아니 비슷허드래요. 에이 무서워. 거짓말이지. 공연한 말을 해서.
　　　아가씨 지금 이 얘기는 이 할아범이 꾸며낸 얘기입니다. 어서 주무
　　　세요. 마님은 다녀가셨나? 이 단심이는 어딜 갔을까, 애가.. 아가
　　　씨 모시고 자지 않고.

홍련: 귀신……

노복: 공연한 말씀. 애 단심아 단심아.

단심: 아가씨 마님이 다녀가셨으니 다시는 안 오겠지요. 어서 주무세요.

홍련: 고만두어. 날 위해서 도적잠 자는 너도 몹시 졸릴께 아니냐

단심: 쇤네가 이야기책 읽어 드릴까요.

홍련: 다 못 믿을 말. 언니가 죽다니…… 장쇠는 알텐데……

단심: 알고 말구요. 쇤네가 물어볼까요?

홍련: 어머니가 아시면 큰일나게.

단심: 쇤네가 똑바로 말을 하도록 하지요.

홍련 : 어이구 그러다 큰일난다.

단심 : 염려마세요. 마침 저기 장쇠 도련님이 오는군요. 어서 방으로 들어

　　　가세요.

홍련 : 묻지 말아다오. 무섭다. 어디서 살아있어, 찾아 오실 날을 기다리

　　　고 싶다.

장쇠 : 단심아 단심아, 요게 여기 있는 걸 찾았지.

단심 : 나도 도련님만 찾어 다녔다오.

장쇠 : 정말? 나는 네가 퍽 좋아. 참. 나 너한테 장가보내 달라구 어머님

　　　더러 자꾸 졸랐다.

단심 : 나도 다 알았어요.

장쇠 : 벌써 알았어?

단심 : 그럼, 내가 도련님을 좋아하는데 그걸 몰라?

장쇠 : 점점 더 좋아진다.

단심 : 도련님, 내가 물어볼 말이 있는데 바른대로 대답해야지 날 좋아하

　　　는 거지. 그렇지 않으면 난 싫어!

장쇠 : 저게 물어보지도 않고 싫어? 뭐든지 물어봐. 네가 묻는 말이면 뭐

　　　든지 이야기를 한다, 뭐

단심 : 꼭 뭐든지 말해야 한다.

장쇠 : 걱정말어

단심 : 그럼 자!

장쇠 : 음! 그럼 손가락으로 맹세하잔 말이지. 그럼 자. 그럼 말한 대신 싫

　　　다하면 안 된다.

단심 : 그럼 손가락을 걸고 단단히 맹세했어.

장쇠 : 어서 물어봐.

단심 : 장화 아가씨 정말 외가에 갔우?

장쇠 : 요런 깍쟁이. 그걸 물어볼려구 그랬구나. 싫다 뭐

단심 : 싫으면 고만두구려. 내가 싫은가봐.

장쇠 : 뺏족하긴! 그건 왜 물어?

단심 : 글쎄 말이유 한집에 살다가 없으니 궁금하잖우. 외가에 정말 데려
　　　다 주구 왔오?

장쇠 : 요게 나를 살살 꾀어. 싫다, 뭐.

단심 : 싫으면 고만두지 뭐.

장쇠 : 요게. 아니야 아니야 말할께.

단심 : 그럼 무슨 죄를 지었기에 외가로 데려다 주라고 했오?

장쇠 : 죄는 무슨 죄. 데려다주지도 않고. 그렇지만 아무것도 모른다. 쥐
　　　잡는 것 밖에는.

단심 : 쥐를 잡어?

장쇠 : 요런 맹꽁이, 이미니가 밀아.

단심 : 응.

장쇠 : 요게 왜 덤벼. 난 싫다.

단심 : 그럼 고만 둬.

장쇠 : 아냐 아냐, 말할게. 저 어머니가 엿 사주면서 돈 열 냥 주면서. 음...
　　　말할까 말까.

단심 : 그만 두어요.

장쇠 : 말할게. 너만 알어. 홍련이 누나보고 말하면 안돼. 어머니한테 큰
　　　일난다.

단심 : 알았어요.

장쇠 : 어머니가 쥐잡아서 껍질을 벗겨 오라더니. 그건 너 피투성이다. 그
　　　걸 장화 누나 자는 이불 속에 넣었지. 그럼 낙태한 게 되지 않어?

단심 : 그래서?

장쇠 : 뭐 그래서야. 그게 죄라고 외가로 보낸다고 하고, 날더러 데리고
　　　가서 연못에 넣으라고 해서 내가 연못에 풍덩 밀어 넣었지.

홍련단심 : 장쇠야!

장쇠 : 아니 이것들이 왜 이래?

홍련 : 네가 장화 누나를 연못에 빠뜨렸구나!

장쇠 : 단심아. 그래야만 내게 좋은 일이 있다고 해서 그랬어 왜.

단심 : 에이 개, 돼지, 독사, 천치.

장쇠 : 요게 물어볼 것 다 물어보고 욕해요.

홍련 : 죽었구나. 계모의 모해로 불쌍히 죽었구나.

장쇠 : 어머니가 알면 큰일난다. 괜히 말했나봐.

계모 : 장쇠야.

장쇠 : 예! 어머니가 알면 큰일 나. 너희들 둘다 다 못에다 넣는다.

계모 : 장쇠야.

장쇠 : 네 가요.

계모 : 자지 않고 뭘 하니.

장쇠 : 네, 정말가요. 정말이다. 너 그런 말하면 죽인다. 아이고 괜히 말했
　　　나봐. 죽인다. 죽인다 말이야.

단심 : 아가씨, 할아범을 불러올께요. 의논하자구요.

홍련 : 오, 새야 파랑새야. 네가 분명 우리 언니 넋이드냐? 우리 언니 넋

이 분명커든 어서 빨리 나려와서 우리 언니 간 곳을 인도해다오. 새야. (새 우는 소리)

第三集 A面

도창 : 그때의 홍련이는 형이 원통이 죽은줄 알고 방으로 들어가 부친께 마지막 편지를 써놓고 형의 뒤를 따라가는 것이었다.

홍련 : 오 새야. 파랑새야. 니가 분명 우리 언니 넋이더냐? 우리 언니 넋이 분명커든 어서 빨리 나려와서 우리 언니 간 곳을 인도해다오. 새아. (창) 저 파랑새 가자 허네. 저 파랑새가 재촉하네. 이내 팔자 기박하여 이팔에 죽고 보면 이 문전을 언제 오며 부친 얼굴 언제 볼까. 아이고, 아버지 아버지 홍련이는 죽사오니 만수무강 하옵소서. 언니, 언니.

단심 : 삼순 할아버지 어서 오세요, 어서 오세요. 작은 아가씨, 작은 아가씨!

노복 : 아니, 도대체 마님은…… 아뿔싸 큰일났구나!

단심 : 작은 아가씨가 이 편지를요

노복 : 응응? 영감마님께 여쭈어야지. 영감마님, 영감마님, 영감마님!

배좌수 : 아니, 우리 홍련이가 어째? 홍련아, 홍련아.

단심 : 안 계세요.

노복 : 영감마님, 이 편지를 읽어보세요.

배좌수 : 아구, 편지!

홍련 : (편지) 부주 전 아뢰옵니다. 소녀 형제 일찍 모친 여의고, 아버님 슬하에서 귀히 자라옵더니 계모가 들어와 학대 극심하온바, 참고 지내옵드니 계모 간계에 빠져 형이 원통히 죽은 줄 이제야 알았삽

기에 소녀 홍련은 이제 형을 따라 명도로 가오니

배좌수 : 무엇이, 명도?

홍련 : 다시 부주 용모를 뵙지 못함이 어찌 원통치 않사오리까. 불초 여식
　　　은 지원하야 애사 아뢰오며 눈물이 앞을 가려 이만 끊히오니 부주
　　　께서는 만수무강 하옵시고 불초 여식을 염려치 마옵소서.

배좌수 : 아니. 자식 형제가 모두 다 죽었단 말이냐? 이제야 우리 집안은
　　　다 망했구나. 망했어. 네 이놈 장쇠야, 장쇠야.

계모 : 아니, 야밤에 왜 이리 소란히 구시오?

배좌수 : 이년! 전실 자식이 둘씩이나 죽었으니, 이제는 네 속이 시원하
　　　겠다, 이년.

계모 : 무엇이 어째요? 아이고, 생때같은 자식이 둘씩이나 죽다니. 이것
　　　이 모두 이년의 박복한 탓이구려.

배좌수 : 이런 귀찮던 전실 자식이 다 죽어서 니 속이 시원할 것인디 울기
　　　는 왜 울어 이년아.

계모 : 아니, 그년 형제가 죽은 것이 모다 내 탓이란 말이요?

배좌수 : 절로 터진 입이라고 말은 잘한다 이년. 아이고. 내 눈에서 피가
　　　나온다.

장쇠 : 에 우리 어머니 경친다. 하. 하. 하.

배좌수 : 엑기―이 버러지만도 못한 자식. 여 할아범 어서 횃불을 켜고
　　　찾아가 보세. 어서.

노복 : 예예. 애 단심아, 동네 사람들을 깨워라.

단심 : 여보세요. 동네 사람들.

배좌수 : 아이고 홍련아.

노복 : 아가씨, 아가씨

계모 : 아이고 아이고, 내 팔자야.

장쇠 : 어머니. 어머니.

계모 : 망할 자식, 그렇게 말하지 말라고 일렀드니. 망할 자식. 죽자 죽어,
    이 놈아.

장쇠 : 어머니, 다시는 말 안할게.

계모 : 다 말해놓고 말 안 한다고 그래, 이놈아. 아이고 이놈아 죽자 죽어,
    이놈아.

장쇠 : 으아~ 다신 말 안 할게.

도창 : 이때 오경이라. 산천이 고요하고 첩첩산중 안수중의 인적도 끊쳤
    구나. 바람도 잠을 자고 물결도 잠자는디 달빛도 고요하다. 무슨
    흉사 있으려나 천지가 무심하고 인생이 야속하다. 불쌍한 장화 홍
    련, 살 길이 바이 없네. 저 파랑새가 울음 우네. 저 파랑새가 울음
    을 우네. 장화 죽은 넋을 따라 홍련이가 예 왔도다.

장화 창 : 저기 오는 홍련아. 나는 장화 혼이로다. 나는 계모 모함으로 수
    중원귀 되었으나, 너는 무슨 죄가 있어 천금같은 명을 끊고 나를 따
    라 오라느냐.

홍련 : 언니. 언니!

장화 창 : 어서 빨리 돌아가서 홀로 계신 아버님을 위로하길 바라노라.

홍련 : 언니. 언니, 싫어, 언니! 틀림없이 죽었구나. 불쌍한 우리 언니, 흐
    흑 하나님. (창) 비나니다. 비나니다. 하나님 전에 비나니다. 장화
    홍련 어린 형제 억울이 죽사오니 황천호토 삼신제불 명천하감 하
    옵시고, 장화 홍련 지원 고통 굽어살펴 주옵소서.

홍련 : 언니, 언니.

장화 (혼) : 홍련아, 형의 부탁을 저버리지는 마라.

홍련 : 언니 언니, 언니! (풍덩 물에 빠지는 소리.)

노복 : 영감마님. 이 신!

배좌수 : 내 이 신! 어허……(창) 늦었구나, 늦었구나. 한걸음 늦었구나. 이놈이 어리석고 눈이 멀고 미련하야 흉녀 간계 모르옵고 자식 형제를 죽였구나. 자식 죽인 이내 몸이 내 살아서 무엇하리. 한자식 죽인 것도 철천지 한이련만 자식 둘을 죽였으니 내 살아서 무엇할고. (대사) 예라, 나도 빠져 죽을란다.

노복 : 영감마님, 고정하세요. 저것이 저렇게 오색 무지개를 타고 귀히 되어 가지 않습니까.

배좌수 : 장화야, 홍련아. 나도 같이 가자.

노복 : 영감마님.

단심 : 영감마님.

배좌수 : 장화야.

도창 : 그때의 배좌수는 장화와 홍련 두 딸을 죄없이 죽게되니, 분하고 원통한 마음 하늘에나 호소할까. 재추재취 맞는 사람이 다 그럴 리가 없지만은 허씨 부인 간악한 그 죄가 땅에 묻혀 있을 리가 있것느냐. 청천백일 하에 그 죄만은 받으리라. (징소리)

정부사 : 알았다. 이방, 게 있느냐.

이방 : 네

정부사 : 자세히 듣거라, 서울서 듣자하니, 이 고을이 여러 해 폐읍이 될 지경에 이르렀다 하며 여러 동네가 지난 해 정사를 베풀 사이도

없이 죽는다 하기에 내 자원하여 왔으니 묻는대로 대답하여라.

이방: 예.

정부사: 우선, 이 고을에는 빈 농터와 공가가 많다니 그건 무슨 연유인고?

이방: 예, 본시 이 고을은 서북의 곡창이오매, 연연이 풍년이라 백성이 요부하고 번창하옵더니 오륙 년 전부터 흉년이 들어 백성이 아사 지경에 이르매 동서로 분산하고 수사로 폐할 지경에 이르름에 호구는 나날이 줄어가고 있습니다.

정부사: 음— 그래? 그리고 네 이 고을에 관장이 도임하면 즉시 죽는다 하니. 그 말이 과연 사실이냐?

이방: 예, 오륙년 전부터 등남하다 암문에 드시면은 시정도 하시기 전에 밤이면은 비몽사몽 간에 꿈을 깨닳지 못하고 이내 변사를 하시니 그 까닭은 알지 못하옵니다.

정부사: 음— 오륙년 전부터 흉년과 등네마다 변사를 한다? 음— 사람의 죽음엔 반드시 병들어 죽는 법이거늘 비몽사몽을 깨닳지 못하다 니 뭔 그릴 법이 있겠느냐. 이는 필시 요악한 잡귀의 작해가 분명 하다. 여 보아라.

이방: 예.

정부사: 내 짐작한 바가 있으니, 너희들은 물러가 등촉을 갖추어 안팎을 밝히고, 철야 순행토록 하라. 나는 이곳을 지킬테니 즉각 영대로 하여라.

이방: 예, 군노사령 금야부터 안팎에 등촉을 밝히고 제번하여 순행하랍 신다.

사령: 네—잇

일동 : 네-잇

정부사 : 너는 대황촉에 불을 켜놓고 육초 두어 가락 예비해 놓아라.

통인 : 네-잇

정 부사 : 너는 서역과 주역을 가져오고, 서초 한쌈지 잔뜩 넣어 오너라.
  사람은 만물지장이어늘 요사스러운 잡귀를 억제치 못한단 말이냐.

통인 : 예-잇

(바람소리)

정부사 : 과연 음산하구나. 그간 여러 등네가 변사를 했다느니. 에이 이까
  짓 것쯤은. 음 이게 무슨 소리까? 이 밤에 파랑새가?

장화홍련 창 : 이이 이이 등장 가세. 등장 가세, 성주 전에 등장 가세 우리
  형제 원사한 지 몇몇 해나 되었는고. 오늘 오신 성주님은 성품이 강
  직하고 체구가 웅대하니 과연 명관 만났도다. 등장 가세 등장 가세.
  명관 성주 전으로 등장 가세.

정부사 : 아니, 너희들은 어떠한 여자인데 이곳에 당돌히 왔는고?

장화 : 네, 소녀들은 이 고을 사는 배좌수의 딸, 장화 홍련 한 형제이옵니다.

第三集 B面

정부사 : 음 네가 장화이고, 네가 홍련이냐?

홍련 : 네, 홍련이로소이다.

정부사 : 무삼 일로 이 깊은 밤에 예까지 왔는고?

홍련 : 네, 성주님께 설원 호소할 일이 있어 왔나이다.

정부사 : 무슨 설원인가.

홍련 : 네, 아뢰리다.

홍련 창: 성주전에 아뢰리다. 소녀 나이 사 세때요. 형의 나이 육 세시에 생모를 사별하고 애비에게 의지하여 근근히 사옵더니, 계모 허씨 들어와서 소녀 형을 모함하여 원통히 죽인 후에 소녀를 또한 학대하여 형을 따러 가 죽었네다. 소녀 형제 천추의 맺힌 원한을 어진 성주님이 풀어주오.

정부 사: 오냐. 알았다. 그런 천하에 용납치 못할 죄인이 있었구나. 곧 사실하여 너희들 원한을 풀어 줄 것이니, 어서 돌아가라.

홍련: 애비는 죄가 없아오니 애비만은 죄를 사하여 주옵소서.

정부사: 걱정 말고 물러가 있거라.

장화홍련: 처분만 바라옵니다.

(닭우는 소리)

정부사: 응― 비몽사몽이라드니 이것이였구나. 여봐라.

통인: 네

정부사: 상하 관속 대령하여라.

통인: 싱하 관속 대하이라.

통인 2: 네.

급창: 네.

통인 1 :상하 관속 대령하신다.

급창: 네

사령: 네

급창: 상하 관속 대령이요.

정부사: 이방 게 있느냐.

이방: 네

정부사 : 이 고을에 배좌수라는 사람이 있느냐?

이방 : 네. 배무용이라는 좌수를 지낸 분이 살고 있나이다.

정부사 : 그래, 배좌수의 집이 여기서 머냐?

이방 : 바로 이 근방이로소이다.

정부사 : 여봐라, 그 배좌수의 집 식구들을 하나도 빠짐없이 모두 잡아들
여라.

이 방 : 네, 예, 이봐라.

형리 : 네.

이방 : 배수의 집 식구를 하나도 남김없이 즉각 잡아 들여라 하신다.

형리 : 네-잇

(음악소리)

정부사 : 이름이 무엇인고?

배좌수 : 네. 배무용이라 하나이다.

정부사 : 음. 관직을 지냈다지?

배좌수 : 네, 황송하오나 상덕을 입사와 좌수를 좀 지낸 바 있사옵니다.

정부사 : 전처 몸에 딸 둘이 있고, 후처에 아들이 있다지?

배좌수 : 네 그러하옵니다.

정부사 :다 살았는가?

배좌수 : 전처에 낳은 딸 형제는 병들어 죽사옵고 후처에 낳은 아들 삼형
제만 이렇게 살아있습니다.

정부사 : 딸 둘은 무슨 병으로 죽었는가? 바른대로 알리면 죽기를 면하려
니와 그렇지 않으면 자하에 죽을 것이니 그리 알라.

관속들 : 바른대로 아뢰어라.

배좌수 : 네- 저저..

정부사 : 저- 어째.

계모 : 저. 안전께서 아시옵고 물으시니 어찌 일호라도 기망하오리까. 전
　　　실에 두 딸이 있어, 정성껏 길렀드니 큰 딸은 행실이 궂어 낙태를
　　　하였고, 지 아우 또한 나가 형을 본떠 동네 총각과 정을 통하여, 야
　　　밤에 도주하여 못에 빠져 자결을 하오니, 양반의 체면으로 어찌하
　　　여 그런 자식을 찾을바 되오리까.

정부사 : 분명 그러한가?

계모 : 추호도 틀림이 없사옵니다.

정부사 : 좌수도 분명한가?

배좌수 : 네- 그저 그러하온가 봅니다.

정부사 : 자식들의 이름은 무엇이냐?

장쇠 : 저는 장쇠예요.

중쇠 : 저는 중쇠예요.

직은쇠 : 나는 끝쇠예요.

정부사 : 예, 장쇠야 너는 네 누이가 어떻게 죽은 줄 모르느냐?

장쇠 : 알아요. 엄마 말할까?

계모 : 야 이놈아, 알기는 네가 무얼 안다고 그래? 그저 저 자식은 출생시
　　　태독으로 천치가 되어 아무것도 분별치 못하오니, 모든 것을 소첩
　　　에게 물어 보십시오.

정부사 : 음- 천치라. 그럼 너희들도 모르느냐?

중쇠 : 저는 밤낮으로 잠만 자서 몰라요.

정부사 : 또 너는?

작은쇠 : 나는 어렸을 때라 몰라요.

정부사 : 분명 그러한가?

배좌수 : 네, 그저 그런 줄로 아뢰옵니다.

정부사 : 음. 순순히 말로 해서 아니되면 그 따로 방법이 있느니라. 네 형리.

형리 : 네.

정부사 : 형틀을 갖추어라.

이방 : 네 사령. 형틀을 갖추라신다.

사령 : 네.

정부사 : 이 형틀이 눈에 보이느냐?

배좌수, 허씨, 아들들 : 살려 주옵소서.

정부사 : 무엇을 살려 달라는 건고?

계모 : 예, 그저 아무 죄도 없는 몸이오니 살려 보내만 주십시오.

정부사 : 그래도 바른 말을 못하는구나.

계모 : 아무 죄도 없사옵니다요.

정 부사 : 그래? 그럼 낙태했다는 것은 어떻게 했느냐?

계모 : 예예 명관나리. 산에 버리자니 산천이 부끄럽고, 물에 띄우자니 물
고기가 흉을 볼까 두려워 가문을 생각하여 이런 일이 있을 줄 알고
잘 숨겨 두었습니다.

정부사 : 어디다 두었느냐?

계모 : 예...저..저..

정부사 : 어서 바른 말을 못할까?

계모 : 예, 이런 말씀 하실줄 알고, 이 품에 안고 왔습지요.

정부사 : 그래? 어디보자.

계모 : 예, 자요.

정부사 : 음 이게 낙태한 것이냐?

계모 : 그렇습지요. 틀림이 없습지요.

정부사 : 허. 거 말리 비틀어져 잘 모르겠구나. 이런 걸 품에 품고 다니다니.

계모 : 예, 창피하고 부끄럽고 누가 볼까 두려워서 감추었지요.

정부사 : 그래, 그 참 장한 일이고.

계모 : 예예, 아 세상 사람들은 이런 줄은 모르고 계모가 어떻느니 계모가
　　　학대를 했느니 탈을 잡을까 두려워서요.

정부사 : 좌수는 어떻게 생각하는가?

배좌수 : 예 그저 그런줄로 아뢰옵니다.

정부사 : 좌수도 그런가?

배좌수 : 예, 사또님

정부사 : 음. 장쇠 이놈. 너는

장쇠 : 옛? 그게 헤헤헤엣.

정부사 : 왜 웃는고?

계모 : 장쇠야, 저놈은 바보라서

장쇠 : 내가 왜 바보야?

정부사 : 오냐, 똘똘하다. 아는대로 말해야 더 똑똑하지.

장쇠 : 그래요. 엄마 말할까?

계모 : 장쇠야. 사또님, 그저 못나빠진 바보 놈이라서요.

정부사 : 그래 알만하다. 네 형리 듣느냐

형리 : 예

정부사 : 나는 아무리 보아도 잘 모르겠구나.

장쇠 : 헤헤 바본데.

계모 : 이 자식아.

장쇠 : 아 그렇지 뭐야. 나보고 바보라더니 나만도 못한걸 뭐.

정부사 : 형리, 자세히 보아라 분명히 낙태한 것이냐?

형리 : 글쎄올씨다. 여러 해 말라 비틀어진 것이라 잘 모르겠습니다.

장쇠 : 바보들, 아, 그걸 몰라?

정부사 : 알아볼 도리가 없을까?

형리 : 별로 도리가 없는 줄 아뢰오

정부사 : 예끼. 이 못 생긴 것 같으니

형리 : 예 사또님

장쇠 : 정말 못 생긴걸

정부사 : 조용하라 형리 듣거라.

형리 : 예

정부사 : 너 같은 형리가 이 고을에 있으니 이런 일이 생기는 것이다.

형리 : 아무리 명형리라 하온들 수년 동안 말라붙은 고깃덩어리를 어찌
　　　　분간하오리까?

장쇠 : 햇

정부사 : 이놈!

장쇠 : 아이고, 나 죽네.

정부사 : 형리 그 허리에 찬 장도를 무엇에 쓰려는고? 불쌍한 백성들의
　　　　등골이나 깎어 먹자는 것이냐?

형리 : 네?

정부사 : 그 장도를 뽑아 저 고기덩이를 갈러 보아라.

형리: 예.

장쇠: 용타 용해.

계모: 글쎄 이 바보자식아.

정부사: 어서 뭘 할꼬!

형리: 예.

정부사: 한복판을 쭉

형리: 예.

장쇠: 엄마, 참 용치?

계모: 뭐가 이놈아? 백번 싹 갈러도 낙태한 건 낙태한 거지.

정 부사: 형리, 뭐가 들어 있느냐.

형리: 음, 쥐똥이 잔뜩 들어 있습니다.

정부사: 쥐똥이? 음 쥐똥, 쥐똥이라

계모: 아니옵니다. 아니예요. 그럴리가 여보, 여보 영감도 말 좀 해요.

배좌수: 아니 그럴리가…….

장쇠: 허허, 정말 용타. 참 용한 걸

정부사: 이래도 바른 말을 못할까?

계모: 아니, 아니옵니다. 그럴 리가…….

배좌수: 아니 이게 어떻게 된 일인지.

계모: 여보, 영감도 분명 보았지, 장화가 낙태한 것을 말이요. 애 장쇠야.
    너도 보았지?

장쇠: 헤헤헤헤헤 우리 엄마 거짓말 참 잘한다.

계모: 아이구 내가 어쩌다 이런 바보 같은 자식을 낳았을고?

장쇠: 나는 왜 이런 거짓말쟁이 엄마를 두었을까?

정부사 : 조용들 하라. 네 여봐라, 형리 게 있느냐?

형리 : 예.

정부사 : 저 흉녀 모자를 형틀에 올려 두고 매우 쳐라.

형리 : 예. 사령!

사령 : 네.

형리 : 저 흉녀 모자를 형틀에 매 놓고 매우 치랍신다.

사령 : 예!

계모 : 아이고 억울하오, 사또님.

장쇠 : 아야, 아야, 나 죽는다. 엄마 날 살려요. 이게 다 엄마 때문에 이렇다.
　　　왜 죄없는 날보고 쥐를 잡으라고 해서…… 엄마. 엄마, 날 살려요.

정부사 : 장쇠, 너 이놈아.

장쇠 : 예예, 아파요, 때리지 좀 마요.

정부사 : 오냐, 아니 때릴 터이니 바로 말을 하라.

장쇠 : 정말 안 때리지요?

정부사 : 오냐.

징쇠 : 정말이죠?

정부사 : 약속하지.

장쇠 : 엄마, 그럼 나 바른말 할까?

계모 : 네가 뭘 알어. 이 바보자식아!

장쇠 : 내가 왜 몰라. 고걸 내가 기억 못 할까 봐서! 헤헤 엄마는 나를 정
　　　말 바보로 아나봐. 잘 들어봐. 응, 바본가 아닌가.

정부사 : 어서 말해봐. 장쇠야 똑똑하지.

장쇠 : 똑똑하지요. 그럼 죽 다 말할께요. (노래) 쥐야 쥐야 나오너라. 요

놈의 쥐야. 어디를 갔느냐. 쥐야 쥐야 나오너라. 너를 잡으면 돈이
열 냥, 떡 사먹고, 엿 사먹고, 단심이하고 짝짝꿍. 이럴 때 쥐가 쑥
나왔거든요. 껍질을 싹 벗기고, 피가 줄줄 나는 걸 달밤에……

계모 : 이 자식아!

장쇠 : 엄마, 맞지? 하나도 안 틀리지. 응? 엄마한테 돈 열냥 받고 팔았어요.

정부사 : 그래서?

장쇠 : 그랬더니 엄마가, 피가 줄줄 나는 쥐를 들고 슬쩍 장화누나 자는
방문을 열고 가만이 가만이 들어갔는데.

배좌수 : 아니 뭐라고?

정부사 : 조용해라.

장쇠 : 조금 후에 저 엄마가 아버지 데리고 나오라고 했거든요.

정부사 : 그래? 네 이 요망 무쌍 요사하고 당돌한 년. 그래도 네 죄를 숨
기느냐?

배좌수 창 : 죽여주오. 죽여주오. 이놈 먼저 죽여주오. 이놈이 어리석어
흉녀 간계를 모르옵고 자식 형제를 죽였으니 자식 죽인 이 죄인이
내 살아서 무엇하리. 죽여주오. 죽여주오. 죽여주오 당장의 목숨
을 끊어주오. 죽여주오!

정부사 : 응, 형리 게 있느냐. 저 흉악한 년을 꺼내어 사형에 처하도록 하고

형리 : 예.

정부사 : 그리고 장쇠 저놈은 비록 천치라고는 하나, 저 놈도 응당 죽여
마땅하니 저 놈마저 끌어다가 극형에 처하도록 해라.

형리 : 네. 사령.

사령 : 네-잇

형리 : 이 흉년 모자를 끌어내어 극형에 처하신다.

사령 : 네 잇

계모 : 아이고, 이 못난 자식아. 내가 그렇게 말을 말랬더니 기여이 이 지
　　　경을 당하는구나.

장쇠 : 아니야, 불쌍한 누이 둘을 내가 다 죽였으니, 나도 마땅히 죽어야 해.

계모 : 이 바보 자식아. 어서 가자. 어서 가자.

정부사 : 그리고 죄수 듣거라.

배죄수 : 예.

정부사 : 그대도 죄상으로 보아서는 응당 죽여 마땅하나, 장화홍련의 간
　　　　곡한 청이 있으므로

배죄수 : 예? 장화홍련의 청으로?

정부사 : 그의 죄를 사하는 것이니, 그리 알고 명심하여라.

배죄수 : 아이고, 장화홍련이요.

정부사 : 간밤에 장화홍련의 원귀 혼령이 나타나서 오늘 일을 이렇게 사
　　　　실하게 된 것이다.

배죄수 : 장화야, 홍련아

장화홍련 (혼) : 아버지, 아버지.

배죄수 : 장화야, 홍련아.

정부사 : 조용히들 해라. 이 고을 백성들은 모두 들어라. 장화 홍련이 억
　　　　울이 빠져 죽은 연못에 물을 축이고 그 영혼을 건져 양지바른 곳
　　　　에 고이 안장하고 넋을 위로해 주도록 하여라.

형리 : 네-잇

정부사 : 오! 천하로다. 천하다.

합창 : 장화 홍련 맺힌 원한 명관 성주 다스리사, 소원 성취한 연후에 신

선되어서 올라가니 이런 경사가 또 있나. 얼씨구 절씨구 좋을씨구

지화자 좋네.

녹음년도 / 제작년도	작품	출연진	레코드 제작사 / 음반사, 음반번호 /	비고 및 재판 정보
1962.2	대춘향전	임방울, 김소희, 정정렬, 이화중선, 박록주	킹스타	빅타판 춘향전 복각
1960년대 초	창극 성춘향	박초월, 성우향, 한농선	신세기 SLN10612~4, LN-50073~50078 10인치 3LP	음반의 내용을 재편십하여 여러 차례 새발내.
1960년대 초	가극 성춘향	박초월, 성우향, 한농선, 김소희, 황금심, 김용만 등 가수들, 일반 배우들	신세기 SLN10618, LN-50085~50090, 10인치 3LP	1971.1.8. 신세기레코드 재발매 - 唱劇 成春香 其一~三 (민1209-1~3, 12인치 3LP)
1960년대 초	판소리 춘향전 李道令科擧·御使出道	김소희, 김경희, 김정희	신세기 SLN10637 LN-50127~50128 10인치 1LP	1960~1980년대 신세기, 신세계, 힛트, 아시아에서 재편집하여 재발매
1960년대 초	판소리 심청전	김소희, 김경희, 김정희	신세기 SLN10638~9 LN-50129~50132, 10인치 2LP	1960~1970년대 신세기, 신세계, 힛트, 아시아에서 재발매 - 판소리 沈淸傳 全二枚組 唱:金素姬·金慶喜·金貞姬 (신세기 SLN-10638~10639, LN-50129~50132, 10인치 2LP, 신세계 SL-1059, 12인치 2LP, 힛트 민1211-1~2,LN-민1211-1~2, 12인치 2LP, 아세아 ALC-1041~1042, HL-4303, 2MC)
1960년대 초	판소리 흥보전	김소희, 김경희, 김정희	신세기 SLN10640~1 10인치 2LP	김소희·김정희·김경희·박봉술 홍보가(1)~(2)로 재편집되어 신세기, 신세계, 힛트, 아시아에서 재발매, 박봉술 '흥보전' 10인치 LP(신세기레코드 SLN-10621, 1LP)의 녹음과 짜깁기하여 제작. 이 편집반은 1960년대 후반, 1975년 신세기레코드와 신세계레코드, 힛트레코드에서 12인치 LP(HL-4302, 2LP)로 제작되었고, 1983년에 카세트테입(HL-4302, 2MC)으로 재발매되었음. 1994년에는 삼성미디어 /

녹음년도 / 제작년도	작품	출연진	레코드 제작사 / 음반사, 음반번호 /	비고 및 재판 정보
				오아시스레코드에서 낸 '국악대전집' 가운데 제17~18집(OSKC-1067~1068, 2CD)에도 담겨 발매되었음.
1960년대 초	판소리 춘향전 전집	김소희, 김경희, 김정희, 박초월, 성우향, 한농선	신세기 SLN10645 1~5,LN-50143~50 152, 10인치 5LP	1968,1971 新世紀레코오드株式會社, 新世界레코드社, 힛트레코드(민1218-1~3, SL-1218, SLN-10645-1~3, 3LP)로 제작. 1976.7.1 아세아레코드에서 카세트테입(ALC-1043~1045, HL-4301, 3MC)으로 제작. 재발매
1960년대 초	창극 춘향전	박초월, 성우향, 양옥진, 정철호, 한농선, 박봉선, 김옥주, 조통달 등	대도 TLM713~717 10인치 5LP	1968년 4월, 1975년 12월 13일 大都레코드社에서 12인치 5LP(STLK-708~712, TR-1956~1960, M-508~512, TFL-508~512)로 제작, 재발매. 이후 1977년 12월 5일 대도레코드사에서 카세트 테이프(DC-129~133 (4MC), TR-1956~1960 (4MC))로도 재발매. 이때는 1960년대 중반에 취입된 〈농부가〉(소리: 박초월, 조순애 등, 대금: 서용석, 북·아쟁: 정철호, 나머지 취입자 미상) 녹음을 가미하여 재편집하여 수록. 2006년 대도레코드 / Red Music 제작으로 2CD(RM-003,004) 발매.
1960년대 중반	국창 심청전	박초월, 성우향, 한농선,박봉선 등	대도 TLM722 1~2 10인치 2LP	1960년대 후반 大都레코-드會社에서 TLM-513~514, TR-1961~1962, TLM-721~722, TFL-513~514, 12인치 2LP 발매, 1970년 4월 7일 대도레코드에서 카세트테입(DC-181~182, 2MC)으로도 발매.
1960년대 중반	국창 홍보전	박초월, 성우향, 양옥진, 성우춘, 정철호, 한농선, 박봉선, 김옥주, 조통달, 조순애 등	대도 TLM721~723 10인치 3LP	1970년대 대도레코드에서 12인치로 재발매(TLM-720,721 / TLM-515~517(3LP /). 1987년 4월 1일 대도레코드에서 카세트테입 (DC-175~176, 2MC, 삼판~오판)로도 발매.
1960년대 중반	국창 수궁가	박초월, 성우향, 양옥진, 성우춘,	대도 TLM723~5 10인치 3LP	1968년, 1970년 4월 3일, 1987년, 1991년 大都레코-드會社

녹음년도 / 제작년도	작품	출연진	레코드 제작사 / 음반사, 음반번호 /	비고 및 재판 정보
		정철호, 한농선 박봉선, 김옥주, 조통달		TLM-723~725, 12인치 3LP로 제작, 1970년 4월 3일, 1987년 4월 1일 대도레코드에서 카세트테입(DC-178~180, 3MC, 삼판~사판)으로도 발매.
1968년	창극 대춘향전	김연수, 박록주, 박귀희, 김여란, 박초월, 김소희 등	지구 JLS120235 1~5 LM-120235-1~5 (5LP)	1997년 4월 지구레코드에서 컴팩트디스크(JCDS-0575~0577, 3CD)로 재발매.
1960년대 후반 녹음, 1970년대 제작	창극 춘향전	김소희, 성창순, 김경희, 박옥진, 한일선, 허희	시대·유니버샬레코드 음반번호 없음 3LP	힛트 재발매 (음반 번호 미상)
1960년대 후반	창극 장화홍련전[1]	김소희, 성창순, 김경희, 박옥진, 한일선, 허희	시대·유니버샬 SL515~517 CLS545~547 (3LP)	힛트 재발매
1960년대 후반	판소리 심청전	김소희, 성창순, 김경희,박옥진, 한일선, 허희	시대·유니버샬 SL519(2LP)	힛트 재발매
1960년대 후반	창극 홍보전	김소희, 성창순, 김경희,박옥진, 한일선, 허희	시대·유니버셜.힛트 SL520~522(3LP)	힛트 재발매

녹음 / 제작 년도	제목	가창자 / 연주자	레코드 제작사 / 음반번호	비고(재발매 상황)
1970년 녹음, 1970.11.25 제작.	창극 콩쥐팥쥐	作曲 : 정철호, 창 : 성창순, 조애랑, 박송희, 조금앵, 김동애, 김화자, 조대불.	成音製作所 DG가-23~24, SEL-13-23~24, SEL-3678 (2LP)	1970년대 중반 힛트레코드(DG가-23~2 4, SEL-3678(2LP / 재판)), 1982년 現代音盤株式會社(HSJ 가9, C-40(1MC / 삼판) 재발매.
1971년 녹음, 1971.4.30 제작.	창극 드라마 성웅 김대건은 살아있다	작가 : 박진주, 제작자 : 이용배, 창 : 박봉술, 정철호, 이용배, 성창순, 김동애, 반주 : 김동식, 김일구, 유대봉	유니버살레코드社, 음반번호 없음 (2LP)	
1971년 녹음 · 제작	창극 사명대사	원작 : 이종익, 제작 : 이용배, 각색 : 정현희, 창 : 이용배, 한농선, 반주 : 박봉술, 악사 : 김동진, 김일구, 유대봉, KBS성우 출연,	유니버살레코드사 UL-30591~4 (2LP)	1980년 UL-3059, 2MC 재발매
1971년 녹음, 1971.11.4 제작.	창극조 순교자 이차돈[1]	정철호, 성창순, 황수옥, 허숙자, 조애랑, 조순애, 박미연, 조상현	대도레코드사 STLK-7004, TR-3947 (2LP)	
1970년대 초 녹음, 1979년 제작	대흥보전	김소희, 조상현, 강종철, 성창순, 성우향, 김경희, 박옥신, 남해성, 한농선, 신영희, 조남희, 조통달	現代音盤株式會社 HSJ민16-1~4 12인치 4LP	1984년 唱劇(판소리) 完全 大興甫傳 其一~三 카세트테입(現代音盤株式 會社 HSJ민16, 3MC) 재발매.
1970년대 초 녹음, 1979년 제작	대심청전	김소희, 조상현, 한농선, 성창순, 안향련, 장영찬, 성우향, 조통달, 조남희, 남해성, 박봉술, 박춘경, 신영희, 김동애, 박송희, 박옥진, 김경희	現代音盤株式會社 HSJ민15-1~5 12인치 5LP	1984년 唱劇(판소리) 完全 大沈淸傳 其一~四 카세트테입(現代音盤株式 會社 HSJ민15, 4MC) 재발매.
1970년대 초 녹음, 1979.6.1 제작.	대춘향전	김소희, 조상현, 안향련, 성창순, 박송희, 한농선, 김경희, 강종철, 조통달	現代音盤株式會社 HSJ민14-1~6 12인치 6LP	1982년 唱劇(판소리) 完全 大春香傳 其一~五 카세트테입(現代音盤株式 會社 HSJ민14, 5MC) 재발매.
1970년대 초 녹음, 1979년 제작	대장화홍련전	김소희, 성우향, 조상현, 성창순, 김경희, 박옥진	現代音盤株式會社 HSJ민17-1~3	1984년 現代音盤株式會社

녹음 / 제작 년도	제목	가창자 / 연주자	레코드 제작사 / 음반번호	비고(재발매 상황)
			12인치 3LP	HSJ민17(2MC) 재발매.
1971년 제작	국극 춘향전	김정희, 조애랑, 이소자, 박송희, 조금앵, 김춘시, 이정임 외	도미도레코드 LD-184 2LP	1976년 대한음반제작소(株) 재발매(LD-184, LD-97~98, 7802-752(2LP / 재판)), 1984~1985년 오아시스레코드사에서 카세트테입(GS-321, 2MC / 삼판)으로 재발매.
1970년 녹음, 1971년 제작	국극 장화홍련전	박미숙, 박옥진, 김정희, 조금앵, 박정화, 이소자, 조영숙	도미도레코드	1976년 대한음반제작소(株) 재발매(DL-119, DH-LD170A, LD-66~67(1LP / 재판)).
1970년 녹음, 1971년 제작	국악 창극 심청전	박봉선, 김정희, 박순해, 김정자, 박송희 외	도미도레코드 LD-235 2LP	1976년 대한음반제작소 재발매(LD-235,1469(2 LP / 재판)). 1981년 1월 15일 대한음반제작소에서 카세트테입(SLD-019, 2MC / 삼판)으로 재발매. 1984~1985년에는 오아시스레코드사에서 카세트테입(GS-322, 2MC / 사판)으로 발매, 1990년 주식회사 예음사 YS-019(1MC / 카세트테입 재판), 2015년 도미도레코드 / MRC MUSIC ENTERTAINMENT에서 MRCD-1516(2CD 박스물)로 제작.
1970년 녹음, 1971.2.10 제작.	국악 연극 홍보전	박송희, 박봉선, 김효순, 박순해, 김정자 외 다수	도미도레코드 LD-236, 2LP	1976년 대한음반 제작소(株)에서 재발매(LD-236, 7802-754(2LP / 재판)), 1984~1985년 오아시스레코드사에서 카세트테입(GS-323,

녹음 / 제작 년도	제목	가창자 / 연주자	레코드 제작사 / 음반번호	비고(재발매 상황)
				2MC / 삼판)으로 발매, 1990년 1월 15일 주식회사 예음사에서 7802-754(2MC / 카세트테입 재판)발매, 2015년 도미도레코드 / MRC MUSIC ENTERTAINMENT에서 MRCD-1516(2CD 박스물)로 제작.
1974년 녹음, 1974.5.10 제작.	장화홍련전	김소희, 조상현, 남해성, 김경희, 안향련, 김소연, 장석원, 김동준, 박양덕	아세아레코드사 ALS-350~352 3LP	1976년 1월 26일 아세아레코드에서 카세트테입(AAL-3164, 2MC)으로 발매
1975년 녹음, 1975.3 제작.	대춘향전	성우향, 박초월, 남해성, 조상현, 조통달, 김수연 등	아세아레코드사 ALS-500~502 3LP	1977년 9월 15일 아세아레코드에서 카세트테입(ALC-500~502, 3MC)으로 발매
1978년 녹음, 제작.	대흥보전	박초월, 강종철, 김수연, 조통달, 오갑순, 최영길, 윤충일 등	아세아레코드사 ALS-591,592 2LP 7803-S115	1978년 9월 10일 아세아레코드에서 카세트테입(ALC-591~592, 2MC)으로 발매
1978년 녹음, 제작.	대심청전	박초월, 강종철, 김수연, 조통달, 오갑순, 최영길, 윤충일 등	아세아레코드사 ALS-593~594 2LP, 7803-S116	1978년 9월 10일 아세아레코드에서 카세트테입(ALC-593~594, 2MC)으로 발매
1976년 녹음, 1977.3.25. / 1977.10 제작.	대춘향전	이용배, 김진진, 박송희, 강종철, 은희진, 김혜리 등	新世界레코드사 S민-4020~4021 12인치 2LP	솔파 / 新世界音響工業株式會社에서 1980년9월30일 SC-0076, 0077 2M 재발매
1976년 녹음, 1977.3.25. / 1978.1 제작.	대장화홍련전	박송희, 김진진, 강종철, 정란영,이용배, 김혜리 등	新世界레코드사 S민-4026~4027 2LP	
1976년 녹음, 1977.3.25 제작.	대흥부전	강종철, 김진진, 이용배, 정란영, 박송희, 이은화 등	新世界레코드사 S민-4024~4025 2LP	1977년 8월 1일 新世界音響工業株式會社에서 카세트테입(SC-0080~0081, 2MC)으로 발매.
1976년 녹음,	수궁가	이용배, 은희진, 박춘경,	新世界레코드사	1978년 6월 25일

녹음 / 제작 년도	제목	가창자 / 연주자	레코드 제작사 / 음반번호	비고(재발매 상황)
1977.11 제작.		박봉술, 김진진, 강종철, 김일구, 박봉술 등	S민-4028~4029 12인치 2LP	新世界音響工業株式會社에서 카세트테잎(SC-0101, 0102 2MC)으로 발매.
1976년 녹음, 1976.3.25. / 1977.10 제작.	대심청전	김진진, 강종철, 이은화, 정란영, 이용배, 박종희, 김혜리 등	新世界레코드社 S민-4022~4023 12인치 2LP	1977년 8월 1일 新世界音響工業株式會社에서 카세트테입(SC-0078~0079, 2MC)으로 발매.
1976년 녹음, 1977.11 제작.	적벽가	이용배, 은희진, 박봉술, 김진진, 강종철, 김일구, 박홍출 등	新世界레코드社 S민-4030~4031 12인치 2LP	1978년 6월 25일 솔파 / 新世界音響工業株式會社에서 카세트테잎(SC-0099~0100, ST-0092~0093) 발매.
1977년 녹음, 제작	석가모니 일대기	각본 : 최위불, 해설 : 김혜리, 이용배, 강종철, 박봉술, 김용성, 강종철, 김진진, 김혜리, 이용길, 등	미도파기획실 제공, 힛트레코드사 제작 HLM-17 2LP	
1979년 녹음, 제작	KOREAN FOLK SONGS 창극 홍보전	박동진, 김소희, 박후성, 오정숙, 김수연, 성창순	미미프로덕션 힛트레코드사 7704-B4276 12인치 2LP	1980년에 서라벌 레코드사에서 장시간 음반(8009-S330, 12인치 2LP 박스물)으로도 발매. 1980년 미미프로덕션 / 태광음반(주) HMC-1014(1MC)으로도 발매, 1994년 무렵에 '우리 민속의 전통음악 홍보전 1~2'라는 컴팩트디스크(문화레코드 MMHCD-7038 / 7046, 2CD 박스물)로 재발매
1979년 녹음, 제작	KOREAN FOLK SONGS 창극 심청전	박동진, 김소희, 박후성, 오정숙, 김수연, 성창순	미미프로덕션 힛트레코드사 7704-B4275 (3LP / 초판)	1980년에 서라벌 레코드에서 장시간 음반(HMC-1010, 3LP)과 카세트테입(3MC)으로 재발매, 1994년 (주)문화레코드 MMHCD-7033~7034(2CD 박스물) 재발매
1979년 녹음,	KOREAN FOLK	박동진, 김소희, 박후성,	미미프로덕션	1980년에 서라벌

녹음 / 제작 년도	제목	가창자 / 연주자	레코드 제작사 / 음반번호	비고(재발매 상황)
제작.	SONGS 창극 춘향전	오정숙, 김수연, 성창순	힛트레코드사 7704-B4277 (4LP / 초판)	레코드에서 장시간 음반(8009-S328, 4LP)과 카세트 테입(4MC)으로 재발매, 1994년 (주)문화레코드 MMHCD-7035~7037 (3CD 박스물)
1982년 녹음 1996년 10월 제작.	국극 바보온달과 평강공주	구성 : 이일파, 출연 : 이군자, 박송희, 조금앵, 조애랑, 이은주, 김미령, 조희자, 김진수	오아시스레코드 ORC-1562(1CD)	
1982년 녹음, 1996년 10월 제작	국극 선화공주	구성 : 이일파, 출연 : 이군자, 박송희, 조금앵, 조애랑, 이은주, 김미령, 조희자, 김진수	오아시스레코드 ORC-1561(1CD)	
1982년 녹음, 1996년 10월 제작	국극 콩쥐팥쥐	구성 : 이일파, 출연 : 이군자, 박송희, 조금앵, 조애랑, 이은주, 김미령, 조희자, 김진수	오아시스레코드 ORC-1560(1CD)	
1983년 녹음, 제작.	순수 판소리 창극 춘향전	정권진, 조상현, 김동애, 신영희, 은희진, 강종철, 안숙선 등	現代音盤株式會社 HDT-0009 (4MC / 초판)	1996년 5월 '조상현 판소리 창극 춘향가 (1)~(4)' (서울음반 SRCD-1336~1339, SXCC-183~186, 9603-G110, 4CD / 4MC) 로 재발매

미주

들어가며 —————————————————————————————

1)   유영대, 「창극의 전통과 새로운 무대」,『판소리연구』27, 판소리학회, 2009, 248쪽.
2)   배연형, 「창극 유성기 음반의 녹음과 음악적 변화 양상」,『한국어문학연구』58, 동악어문학회, 2012.
3)   마틴 에슬린(Martin Esslin)은 극의 본질을 '행해지는 허구'에 있다고 보고, 그런 점에서 연극, 즉 무대극은 20세기 후반부에 있어서 단지 하나의 표현 형식이라고 했다. 논자는 기술적으로 재생된 영화, 텔레비전, 라디오 등 매스 미디어의 극은 기법상으로는 다소 다르지만 또한 근본적으로 극이라고 했다. 따라서 이제 극의 본질에 대한 것은 소포클레스나 셰익스피어의 희곡뿐만이 아니라 텔레비전 상황 희극, 또는 간단한 극 형식인 텔레비전이나 라디오 광고에도 적용될 수 있다고 주장했다(마틴 에슬린, 원재길 역,『드라머의 해부』, 청하, 1987, 13~15쪽). 기실 오늘날 뉴미디어 시대에서 '극'을 '무대'로만 바라보는 것은 더 이상 가능하지도 않고, 유용하지도 않다. 영상매체를 통해 만나는 극이 무대의 그것보다 훨씬 많음을 우리는 모두 이미 알고 있기 때문이다.
4)   물론 음반과 방송에 수용된 창극이 무대극에서 연행된 창극과 일치한다고 말할 수는 없다. 매체의 속성상 차이는 불가피했기 때문이다. 그럼에도 소리를 하는 방식, 사설의 내용, 작품의 구성에 관한 구체적인 실상은 이들을 통해 확인할 수 있기에, 당시 창극을 유추하고 상상하는데 음반과 방송 자료는 매우 중요하고도 반드시 검토가 필요한 대상이다.
5)   동국대학교 한국음반아카이브연구소는 '한국음반아카이브홈페이지'를 개설하여 1898~1945년 사이 한국에 유통된 모든 한국유성기 음반 관련 기록을 집대성하고 데이터베이스화했다. 이 작업은 그동안 파편화되어 조사 및 연구되었던 모든 유성기 자료를 체계화하여, 본격적으로 이를 연구할 수 있는 기반을 마련해주었다는 점에서 큰 의미를 지닌다. '한국음반아카이브'의 웹주소는 다음과 같다. http://www.sparchive.co.kr/v2/index.php
6)   이에 관한 논의는 이하 상술하기로 한다.
7)   양식적 특징에 관한 대표 연구로는 김우탁, 「한국창극의 고유 무대구성을 위한 연구 - 무대의 이론과 구조를 중심으로」, 성균관대 박사논문, 1974; 서연호, 「창극연출론」,『한국 전승연희의 현장연구』, 집문당, 1997; 이보근, 「창극 연출 방법론 연구 -『완판장막창극〈춘향전〉』을 중심으로」, 단국대 석사논문, 1999; 류경호, 「창극 연출의 역사적 전개와 유형에 관한 연구」, 전북대 박사논문, 2011; 이재성, 「창극 공연양식의 현대화 연구 - 국립창극단 활동을 중심으로」, 세종대 박사논문, 2012; 이진주, 「현대 창극의 공연기법과 양식적 특성 연구 - 2000년대 국립창극단의 공연작품을 중심으로」, 서울대 박사논문, 2015; 정현철, 「창극의 무대형태에 따른 극적효과에 관한 연구 - 2012년 이후의 국립창극단 공연 중심으로」, 홍익대 석사논문, 2016; 유동혁, 「2000년대 이후 국립창극단 창극 공연의 연극성 연구」, 동국대 박사논문, 2019; 손봉금, 「번안창극의 상호문화적 공연 양상 연구 - 2000년 이후 국립창극단의 공연작품을 중심으로」, 서울대 박사논문, 2021; 홍란주, 「2000년대 이후 국립창극단 공연 양상 연구」, 동국대 박사논문, 2024 등이 있다.
8)   음악적 특징에 관한 주요 연구로는 김만석, 「창극 심청가의 소리 구성과 음악에 대한 연구 - 김소희 작창 창극 심청가를 중심으로」, 한양대 석사논문, 1995; 김은자, 「창극의 작창기법 고찰 - 국립창극단의 창극〈심청전〉을 중심으로」, 한국예술종합학교 석사논문, 2004; 윤명원, 「창극의 청 운용양상과 방향 모색」, 고려대 박사논문, 2006; 유미영, 「창극(唱劇)〈오-케판 홍보전〉의 음악연구 - '기악 반주 음악'을 중심으로」, 한국예술종합학교 석사논문, 2007; 최진숙, 「창작 창극『제비』의 음악분석 연구」, 중앙대 석사논문, 2007; 유성신, 「창극음악에 관한 연구」,『한국전통음악학』8, 한국전통음악 학회, 2007; 신사빈, 「창극〈메디아〉에 나타난 황호준의 절충주의 음악어법」, 경희대 석사논문, 2014; 이진주, 「창극의 서양음악 수용 양상과 그 의미」, 한국음악사학보 59, 한국음악사학회,

2017; 왕윤정, 「'이별대목'을 통해 본 창극 〈배비장전〉의 음악적 변모양상과 그 의미」, 한국예술종합학교 석사논문, 2017; 김지숙, 「김소희 〈춘향가〉의 판소리·창극 비교연구」, 이화여대 박사논문, 2020; 임교빈, 「창극 〈청〉의 편곡기법과 지휘법 연구」, 고려대 박사논문, 2020 등이 있다.

9) 창극 작품과 관련한 연구는 2010년대 이후 국립창극단의 작품이 다양하게 산출되면서 점차 활발해졌다. 제한된 지면으로 모두 소개하지 못함에 양해를 바란다. 2010년대 이전의 창극 작품에 관한 주요 연구로는 백현미, 「국립창극단 공연을 통해 본 창극 공연대본의 양상」, 『한국극예술연구』 3, 한국극예술학회, 1995; 「창극 〈논개〉의 연행 양상」, 『고전희곡연구』 4, 한국공연문화학회, 2002; 김유미, 「수궁가의 아동극화에 관한 일고찰」, 『어문논집』 55, 민족어문학회, 2007; 주호종, 「창극 '장끼전' 연출법 연구」, 중앙대 석사논문, 2006; 김기형, 「허규 연출 완판 창극의 특징과 의의」, 『공연문화연구』 20, 한국공연문화학회, 2010 등을 소개한다. 2010년대 이후의 창극 작품에 관한 연구로는 김동건·진은진, 「어린이 창극 〈토끼와 자라의 용궁여행〉 연구」, 『판소리연구』 29, 판소리학회, 2010; 김향, 「창극(唱劇) 〈산(山)불〉에서 경험되는 시간의식과 그 의의」, 『현대문학의 연구』 44, 한국문학연구학회, 2011; 「창극 〈청〉과 〈춘향 2010〉의 공공 의식」, 『국어국문학』 161, 국어국문학회, 2012; 「창극 〈적벽가〉들의 '이면'과 연출적 감수성」, 『판소리연구』 42, 판소리학회, 2016; 「창극공연에서의 젠더 구현과 그 의의 - 국립창극단의 〈내 이름은 오동구〉(2013)와 여성국극 〈변칙 판타지〉(2016)를 중심으로」, 『드라마연구』 54, 한국드라마학회, 2018; 김기형, 「국립창극단 공연 '창극 대본'의 현황과 특징」, 『판소리연구』 38, 판소리학회, 2014; 송미경, 「청소년 판소리 / 창극에 나타난 갈등 스토리텔링의 구조와 의의 - 〈10대 애로가〉(2004), 〈내 이름은 오동구〉(2013), 〈女울★곡〉(2014)을 중심으로」, 『어문론총』 78, 한국문학언어학회, 2018; 「창극 〈변강쇠 점 찍고 옹녀〉에 나타난 환상성」, 『우리문학연구』 64, 우리문학회, 2019; 「창작 창극에 나타난 고전소설의 수용과 변용」, 『구비문학연구』 66, 한국구비문학회, 2022; 이진주, 「창극 〈서편제〉의 자기반영성 연구」, 『공연문화연구』 32, 한국공연문화학회, 2016; 「창극 〈배비장전〉의 공연사와 무대화 양상」, 『한국극예술연구』 55, 한국극예술학회 2017; 「〈적벽가〉 창극화의 전략과 한계」, 『공연문화연구』 39, 한국공연문화학회 2019; 이소정, 「실전 판소리의 재탄생 연구 - 창극 〈변강쇠 점 찍고 옹녀〉를 중심으로」, 『공연문화연구』 33, 한국공연문화학회, 2016; 이태화, 「창극 《심청전》 공연의 변천과 양식화 방안 모색」, 『판소리연구』 44, 판소리학회, 2017; 「국립창극단 창극 〈춘향〉(2020)의 개작과 실험」, 『판소리연구』 50, 판소리학회, 2020; 곽병창, 「두 편의 창작창극에 드러난 전통성과 현대성 - 〈어매 아리랑〉과 〈호영의 희망일기〉를 중심으로」, 『판소리연구』 46, 판소리학회, 2018; 「고선웅 창극의 민화적 요소 연구 - 〈변강쇠 점 찍고 옹녀〉와 〈홍보씨〉를 중심으로」, 『판소리연구』 50, 판소리학회, 2020; Sun Fengqin, 「창극 〈메디아〉의 문화상호적 각색에 대한 고찰 - 메디아의 네 차례 '범죄'의 극적 구현을 중심으로」, 『한국극예술연구』 66, 한국극예술학회, 2019 등을 소개할 수 있다. 외에도 학위논문과 학술지논문, 평론 등을 통해 개별 창극 작품에 대한 논의가 그 어느 때에 비해 활발하게 이루어졌음을 거듭 강조한다.

10) 이에 관한 대표적인 논의로는 차범석, 「창극의 새로운 방향」, 『동시대의 연극인식』, 범우사, 1987; 서연호, 「창극의 발전과 과제」, 『동시대적 삶과 연극』, 열음사, 1988; 「창극 발전의 새로운 방향과 방법 재고」, 『판소리연구』 2, 판소리학회, 1991; 최종민, 「창극정립의 제문제」, 『'89 창극 〈심청가〉에 대한 학술연찬』, 국립극장, 1989; 김대행, 「창극의 미래를 위한 여건들」, 『판소리연구』 4, 판소리학회, 1993; 전인평, 「창극의 미래를 위하여 - 작창과 반주음악을 중심으로」, 『판소리연구』 9, 판소리학회, 1998; 유영대, 앞의 글, 2009; 김유미, 「청소년 창극의 가능성과 방향 - 국립창극단의 〈내 이름은 오동구〉를 중심으로」, 『공연문화연구』 34, 한국공연문화학회, 2017; 졸고, 「창극의 성격과 양식에 관한 재고찰 - '창극논쟁'을 넘어서기 위하여」, 『민족문화연구』 91, 고려대 민족문화연구원, 2021 등.

11) 박황, 『창극사연구』, 백록출판사, 1976.

12) 성경린, 「현대창극사」, 『국립극장 30년』, 국립극장, 1980.

13) 백현미, 「창극의 변모과정과 그 성격」, 이화여대 석사논문, 1989.

14) 김성혜, 「조선성악연구회의 음악사적 연구」, 영남대 박사논문, 1990.

15) 이수정, 「일제시대 창극활동의 연구」, 중앙대 석사논문, 1993.
16) 유민영, 「일제의 병탄과 전통연희」, 『국악원논문집』 6, 국립국악원, 1994; 「전통연희의 쇠퇴와 자구운동」, 『연극영화학연구』 2, 현대미학사, 1995; 「조선성악연구회와 본격 창극운동」, 『국악원논 문집』 7, 국립국악원, 1995(이들 논문은 유민영, 「개화기와 전통극의 변모」, 『한국근대신극사신론』 상권, 태학사, 2011 재수록).
17) 백현미, 『한국창극사연구』, 태학사, 1997.
18) 김향, 『창극의 이면론』, 아카넷, 2024.
19) 김재석, 「1900년대 창극의 생성에 대한 연구」, 『한국연극학』 38, 한국연극학회, 2009.
20) 김민수, 「초창기 창극의 공연양상 재고찰 – 협률사와 원각사의 공연활동을 중심으로」, 『국악원논문 집』 27, 국립국악원, 2013; 「1910년대 중·후반 판소리와 창극의 전개양상 – 『매일신보』의 기사를 중심으로」, 『국악원논문집』 30, 국립국악원, 2014; 「1940년대 판소리와 창극 연구」, 한국학중앙연 구원 박사논문, 2013; 「일제하 전시체제기의 창극」, 『이화음악논집』 23(4), 이화여대 음악연구소, 2019; 「1900년대 창극의 형성에 관한 재고찰」, 『음악과 민족』 62, 민족음악학회, 2021. 한편 논자는 그간 진행한 연구를 토대로 1940년대 판소리와 창극의 실상을 종합적으로 정리한 연구서를 최근에 제출한 바 있다. 김민수, 『1940년대 판소리와 창극』, 부크크, 2025.
21) 김남석, 「조선성악연구회 〈춘향전〉의 공연양상 – 1936년 9월 창극 〈춘향전〉을 중심으로」, 『민족문 화논총』 59, 영남대 민족문화연구소, 2015; 「조선성악연구회와 창극화의 도정」, 『인문논총』 72(2), 서울대 인문학연구원, 2015; 「조선성악연구회의 창극 〈흥보전〉과 〈심청전〉에 관한 일 고찰」, 『국학연구』 27, 한국국학진흥원, 2015; 「조선성악연구회의 창극 대본 산출 방식과 대본 작가의 활동 양상 – 1937~1938년 김용승의 공연 활동을 근간으로」, 『한국전통문화논총』 16, 한국전통문 화대 한국전통문화연구소, 2015; 「한문연본 〈춘향전〉을 통해 살펴 본 조선성악연구회 〈춘향전〉의 장면 구성 방식과 그 의미」, 『열상고전연구』 52, 열상고전연구회, 2015; 「조선성악연구회의 「옥루 몽」 창극화 도정과 창극사적 의의 연구」, 『국학연구』 29, 한국국학진흥원, 2016; 「1930년대 〈숙영낭자전〉의 창극화 도정 연구 – 1937년 2월 조선성악연구회의 공연사례를 중심으로」, 『열상고 전연구』 59, 열상고전연구회, 2017; 「완판본 〈심청전〉을 통해 본 조선성악연구회의 창극 〈심청전〉 연구」, 『열상고전연구』 64, 열상고전연구회, 2018.
22) 손태도, 「한국창극사를 통해서 본 해방공간 창극 연구」, 『국문학연구』 31, 국문학회, 2015.
23) 한국정신문화연구원, 『경성방송국 국악방송곡 목록』, 민속원, 2001; 송상현·송방송, 『경성방송국 국악방송곡 목록 색인』, 민속원, 2002.
24) 송방송, 「1920년대 방송된 전통음악의 공연양상」, 『한국학보』 26(3), 일지사, 2000; 「경성방송국 에 출연한 기생의 공연활동」, 『한국근대음악사연구』, 민속원, 2003.
25) 송방송, 『한국근대음악사연구』, 민속원, 2003. 논자는 저서의 제3편 "일제강점기 전통음악의 명인· 명창편"에서 송만갑, 이동백, 김창룡, 박종기, 백낙준, 김소희, 김운선, 박녹주의 생애를 중심으로 일제강점기 이들의 방송과 음반 활동을 각각 개관했다. 이외에도 경성방송국의 국악 프로그램은 가야금병창, 단가, 이왕직아악부를 대상으로 연구가 진행되었다(송정민, 「20세기 전반기 가야금음 악의 전개 양상 – 경성방송국 라디오 방송과 유성기 음반을 중심으로」, 서울대 박사논문, 2017; 권오경, 「일제강점기 단가(短歌) 유통 현황」, 『국학연구론총』 17, 택민국학연구원, 2016; 박인혜, 「근대 5명창 단가의 음악적 특성」, 한국예술종합학교 석사논문, 2013; 김명주, 「일제강점기 이왕직 아악부의 방송활동」, 『한국음악사학보』 30, 한국음악사학회, 2003; 정영진, 「매스미디어를 통한 이왕직아악부의 음악활동」, 『음악과민족』 23, 민족음악학회, 2002 등).
26) 이 책에서 사용하는 '국악방송'이라는 용어는 2000년에 설립, 2001년 3월에 개국하여 현재까지 진행되고 있는 '국악전문 라디오방송'(http://www.gugakfm.co.kr/gugak_web/main/)과는 전 혀 다르다. 2001년 3월부터 실시된 '국악방송'은 대한민국 전통 및 창작 국악 보급 교육과 국악의 대중화를 위하여 2000년 2월 14일 설립된 문화체육관광부 소관의 재단법인'국악방송국'에서 주도하 는 것으로, 대한민국의 국악 전문 공영 라디오 방송이다. 반면 이 책에서 사용하는 '국악방송'은 그 글자 그대로의 의미를 가지고 있다. 즉 '국악에 대한 방송'이다. 저자는 1980년대까지를 논의의 시대적 범위로 삼고 있기 때문에 2000년대부터 실시되어 현재까지 진행되고 있는 '국악방송'은

언급하지 않는다.

27) 정영진, 「일제강점기 전통음악의 전개양상 연구」, 경성대 박사논문, 2002. 이후 논자는 학위논문 가운데 매체 속의 판소리 부분을 떼어서 「일제강점기 대중매체 속의 판소리」, 『한국음악사학보』 33, 한국음악사학회, 2004로 제출했다.

28) 배연형, 「유성기음반으로 보는 근대 판소리 지형」, 『한국음반학』 20, 한국고음반연구회, 2010; 「창극 유성기 음반의 녹음과 음악적 변화 양상」, 『한국어문학연구』 58, 동악어문학회, 2012.

29) 배연형, 「콜럼비아판 창극 춘향전 고찰」, 『한국어문학연구』 24, 동악어문학회, 1989; 「시에론판 춘향전 전집 사설」, 『한국어문학연구』 43, 동악어문학회, 2004; 「오케판 춘향전전집연구」, 『한국어 문학연구』 45, 동악어문학회, 2005; 「유성기음반 판소리사설 (5) - 오케판 興甫傳 (唱劇)」, 『판소리연구』 13, 판소리학회, 2002; 「유성기음반 판소리사설 (6) - 일축판 春香傳 전집 사설」, 『판소리연구』 14, 판소리학회, 2002; 「유성기음반 판소리사설 (7) - 오케판 심청전 전집」, 『판소리 연구』 15, 판소리학회, 2003. 한편, 배연형은 유성기 음반과 이를 둘러싼 문화 환경을 기술한 저서를 발간했다(배연형, 『한국 유성기 음반 문화사』, 지성사, 2019). 이 저서는 유성기 음반이 전래된 배경, 유성기가 만들어낸 근대의 형상, 해당 시기 유성기 음반을 제작한 여러 음반회사 등 유성기 음반의 역사를 다각도로 소개하는 것은 물론 유성기 시대 판소리와 창극, 가야금병창, 창가 등 여러 장르의 음악을 다루었다.

30) 김경자, 「대중매체의 발달이 판소리에 끼친 영향 고찰」, 중앙대 석사논문, 2010.

31) 그러나 김경자의 논의는 주장하고자 한 핵심 사항들의 중요성에도 불구하고 프로그램의 현황에 대한 꼼꼼한 검토가 이루어지지 못하였고, 앞선 정영진의 논의를 상당 부분 그대로 가져왔다는 점에서 문제적이다.

32) 노재명, 「판소리 장시간 음반(LP)에 관한 연구」, 『한국음반학』 2, 한국고음반연구회, 1992.

33) 김태현, 「국악음반 제작 현황에 대한 역사적 고찰」, 추계예술대 석사논문, 2006.

34) 최혜진, 「20세기 후반 판소리 관련 장시간 음반(LP Record)의 발매 양상과 의미」, 『판소리연구』 46, 판소리학회, 2018.

35) 송미경, 「아세아레코드 〈춘향〉(1968)의 특징 및 음반극 자료로서의 의의」, 『우리문학연구』 60, 우리문학회, 2018; 「창극 흥보전 중 '돌남이 쫓겨나는 대목'과 '마당쇠 박쥐 잡는 대목'의 창극소리적 특징 및 전승 문제」, 『구비문학연구』 58, 한국구비문학회, 2020.

36) 졸고, 「음반 창극 〈사명대사〉(1971)의 형식적·내용적 특징과 자료의 의미」, 『공연문화연구』 39, 한국공연문화학회, 2019.

37) 최공섭, 「창극과 방송」, 국립중앙극장 편, 『세계화 시대의 창극』, 연극과인간, 2002, 227~233쪽.

38) 졸고, 「1950~80년대 방송 제작 창극의 현황과 특징」, 『민족문화연구』 71, 고려대 민족문화연구소, 2016; 「미군정기 전통음악 방송의 현황과 의미 재고찰」, 『한국음악사학보』 63, 한국음악사학회, 2019; 「1950~1960년대 라디오에 수용된 전통음악 프로그램의 특징 고찰 - 교육프로그램과 민요프 로그램을 중심으로」, 『한국연구』 10, (재)한국연구원, 2021.

39) 졸고, 「KBS 창극 〈이춘풍전〉(1982년)을 통해 본 TV 창극의 매체적 특징 고찰」, 『한국연구』 8, (재)한국연구원, 2021.

40) TV의 예능·오락프로그램과 관련된 주요 저서로 강태영·윤태진, 『한국TV예능·오락 프로그램의 변천과 발전』, 한울아카데미, 2002가 있다. 이 저서는 "예능·오락 프로그램의 방송사별 연도별 연출자/진행자, 방송일시, 장르, 기타 관련정보"(155~554쪽)를 부록으로 수록하고 있는데 국악프 로그램의 경우는 연출자와 진행자, 방송시간, 프로그램 내용이 대부분 기록되어 있지 않다. 또한 이 책에서 다루는 1980년대 KBS의 〈KBS지정석〉은 목록에서 누락되어 있기까지 하다.

41) 이유진, 「라디오방송을 위한 판소리 다섯 바탕 - 김연수 판소리의 특질과 지향」, 『구비문학연구』 35, 한국구비문학회, 2012.

42) 이유진, 「동아방송(DBS)의 판소리 녹음의 보존 현황 및 활용 방안」, 『판소리연구』 38, 판소리학회, 2014; 「동아방송(DBS) 연속창극 연구」, 『구비문학연구』 56, 한국구비문학회, 2020.

43) 문학과 음악을 비롯하여 근대의 문화를 라디오와 유성기 음반을 통해 살펴본 대표 연구로는 장유정, 『오빠는 풍각쟁이야 - 대중가요로 본 근대의 풍경』, 민음인, 2006; 서재길, 「한국 근대 방송문예 연구」, 서울대 박사논문, 2007; 장유정, 「20세기 전반기 음반회사의 마케팅 전략에 대한 일고찰」,

『한국음반학』14, 한국고음반연구회, 2004; 「대중매체의 출현과 음악문화의 변모 양상」, 『대중서사연구』18, 대중서사학회, 2007; 「매체에 따른 글쓰기 방식의 변화 고찰」, 『한국언어문학』65, 한국언어문학회, 2008; 우수진, 「미디어극장의 시대, 유성기와 라디오」, 『한국학연구』34, 인하대 한국학연구소, 2014; 「유성기 음반극 - 대중극과 대중서사, 대중문화의 미디어극장」, 『한국극예술연구』48, 한국극예술학회, 2015 등이 있다.

44) 백현미, 앞의 책, 25쪽.
45) 이러한 태도는 이후 창극을 연구하는 후속 논문에서도 이어졌다. 즉 1902년 경성 최초의 실내극장이었던 '희대'에서 이루어진 전통연희 공연은 물론, 이후 협률사와 원각사에서 행해진 판소리 중심의 공연을 '창극'이라 일컬으며 이를 통해 '초기 창극'의 모습을 조명해 나가는 연구 경향이 자연스럽게 이어진 것이다.
46) 그 방식은 크게 두 가지였는데, 전통극을 소재로 하여 창극 배우가 주축이 되고 일반 배우가 이에 참여하거나, 혹은 일반 배우 중심의 드라마에 판소리 창자가 등장하여 간간히 소리를 넣어주며 극을 진행하는 것이다.
47) 노재명, 앞의 글.
48) 김태현, 앞의 글.
49) http://www.hearkorea.com/
50) 신문의 프로그램란에는 〈국악 무대〉, 〈국악한마당〉으로만 소개될 뿐이어서 프로그램에 어떠한 국악 장르가 포함되는지 알기가 어렵다.
51) 방송의 경우 확보할 수 있는 실질적 자료가 매우 미흡하였다. 창극이 제작되어 프로그램으로 송출되었다는 신문 기사는 있으나 이 방송 자료에 대한 영상 및 대본에의 접근이 용이하지 않았기 때문이다. 1950년대와 1960년대에 창극방송을 맡았던 서울중앙방송, 동아방송이 모두 KBS로 통폐합되면서 이곳에 있던 관련 자료가 KBS로 이관되었다. 그러나 KBS아카이브는 자료의 접근에 상당한 제한을 하고 있어, 방송의 실상을 파악하는 데 많은 어려움이 있다. 1970년대 〈내 강산 우리노래〉라는 프로그램을 통해 창극을 방송하였던 MBC의 경우, 당시 자료를 보유하고 있지 않음이 확인되었다. 관계자에게 확인을 해 보니, 1970년대 릴테잎의 경우 없을 가능성이 매우 크며, 혹여 창고에 있을 수도 있지만, 찾아낸다는 것은 거의 불가능하다고 했다. 무엇보다 일반인은 방송국의 창고에 접근할 수 없어 자료의 존재를 확인하는 것조차 어렵다. 그러나 2016년 즈음 신영희 명창이 〈KBS지정석〉의 대본을 저자에게 일부 제공해주었고, KBS에서도 방송자료를 제한적으로나마 열람할 수 있게 허가해주었다. 이로써 저자는 1980년대 방송되었던 〈KBS지정석〉의 창극 자료 일부를 직접 확인할 수 있었다. 덧붙여 2017년 KBS와 국립중앙도서관이 업무협약을 맺어 KBS의 방송영상자료 비디오테이프 약 38만 개와 디지털 파일이 국립중앙도서관에 보존되었다 (「KBS 방송 자료, 국가중앙도서관서 열람 가능」, 『KBS NEWS』, 2017.2.27). 이로 인해 KBS에서 제작한 일부 자료에 대한 공식적 접근이 가능해졌다. 하지만 국립중앙도서관에 소장된 KBS의 방송 자료도 충분치 못한 것이 사실이다. 저자가 KBS아카이브(archive@kbs.co.kr)에 연락하여 확인한 〈KBS 지정석〉의 작품 목록은 현재 국립중앙도서관에 소장된 것보다 더 많았기 때문이다. 자료의 이관이 온전히 다 이루어지지는 못한 것으로 파악되는 이유이다. 추후 KBS는 물론 MBC, CBS, DBS(동아방송) 등에서 제작한 방송자료 역시 연구자들은 물론 관심 있는 대중이 접근할 수 있는 방편이 마련되어야 할 것이다. 부족한 자료이지만 이를 중심으로 연구의 물꼬가 트여야 이후 연구의 확장이 이루어질 수 있다고 믿는다. 아울러 시대를 읽어낼 수 있는 다양한 분야의 실증적 자료를 보유하고 있는 방송사와 학계의 긴밀한 공조가 있어야 많은 분야의 연구가 진전을 이룰 것이다. 이와 같은 현실 속에서, 〈KBS 지정석〉의 창극 대본을 제공해준 신영희 명창과 일부 자료 열람을 허가해준 KBS아카이브 담당자에게 다시 한번 감사의 마음을 전한다.

1)　최남선, 이영화 역,『조선상식문답 속편』, 경인문화사, 2013, 223~224면(원문은 최남선,『조선상식
　　문답』, 동명사, 1947, 344~345쪽).

2)　이태화,「20세기 초 協律社 관련 명칭과 그 개념」,『판소리연구』24, 판소리학회, 2007, 278~
　　284쪽.

3)　조영규,『바로잡는 협률사와 원각사』, 민속원, 70~95쪽.

4)　이태화, 앞의 글, 2007, 285~293쪽.

5)　최종민,「창극의 대중화 운동 그 성과와 전망」,『한국전통음악학』2, 한국전통음악학회, 2002;
　　김재석,「1900년대 창극의 생성에 대한 연구」,『한국연극학』38, 한국연극학회, 2009; 김민수,
　　「초창기 창극의 공연양상 재고찰 - 협률사와 원각사의 공연활동을 중심으로」,『국악원논문집』
　　27, 국립국악원, 2013;「1910년대 중·후반 판소리와 창극의 전개양상 -『매일신보』의 기사를
　　중심으로」,『국악원논문집』30, 국립국악원, 2014; 이재성,「창극의 양식적 변천과 발전과정
　　연구」,『연극교육연구』20, 연극교육학회, 2012 등. 한편, 백두산이 1902년의 '소춘대유희'에서
　　행한〈춘향이 놀이〉가 창극이 아닌 광대의 화극이었을 가능성을 제기했다(백두산,「협률사 '소춘대유
　　희'(1902~1903) 공연활동 재론 - 외국인 기행문에 등장한 개화기 광대화극과의 비교를 중심으로」,
　　『한국극예술연구』64, 한국극예술학회, 2019). 그러나 이에 대해 김민수는 판소리 창자들의 구술
　　기록 및 신문에 근거한 정황 등을 토대로 이를 반론하였고, 저자 역시 김민수의 견해가 타당하다고
　　생각한다(김민수,「1900년대 창극의 형성에 관한 재고찰」,『음악과 현실』62, 사단법인 민족음악학
　　회, 2021). 이에 1902년 '소춘대유희'에서의〈춘향이 놀이〉가 판소리 광대들이 행한〈춘향전〉의
　　일부였을 가능성이 크다고 본다. 자세한 논증은 김민수의 연구 참고.

6)　"本社에셔 陰正月十二日 붓터 門票價를 上等一元中等五十錢下等二十五錢으로 更定ᄒ
　　오니 僉君子는照亮爲荷 協律社 告白"『제국신문』, 1903.2.9; "本社事務를 停止하엿다가
　　來陰曆七月初四日부터 更設 하오니 內外國僉君子난 以此來玩 하심을 望 하나이다 協律社
　　告白"『황성신문』, 1903.8.22 등.

7)　『대한매일신보』, 1906.8.8. 한편, 조영규에 따르면 복설된 협률사는 이전과는 소속이 달랐다고
　　한다. 즉, 이전의 협률사(1902년 초기)가 궁내부의 소관이었다면, 복설된 협률사는 궁내부 소관이
　　아니고 이것을 사칭했다고 한다. 협률사 복설 상황 및 복설된 협률사의 성격에 관한 자세한 논의는
　　조영규, 앞의 책, 112~132쪽 참고.

8)　"二月十日下午一時에 本部(前協律社)에셔 總會를 開ᄒ깃스오니 僉部員은 屆時來臨ᄒ심
　　을 爲要 官人俱樂部"『대한매일신보사』, 1907.2.8.

9)　조영규에 따르면 희대가 관인구락부 본부로 사용된 이후부터는 영업을 목적으로 하는 연희는
　　물론, 당시 흔하던 환등회나 활동사진회조차도 개최된 사실이 없었고, 10개월이 지난 후에야 연희장
　　으로 복원될 조짐이 보였다고 한다(조영규, 앞의 책, 137쪽).

10)　"李人植朴晶東兩氏가 官人俱樂部의 演劇場을 設施ᄒ다ᄂ 說은 本報의 已爲報道ᄒ얏거
　　니와 昨日의 희場設施ᄒ 請願을 警視廳의 承認ᄒ얏다더라",『대한매일신보사』, 1908.7.21.

11)　〈은세계〉를 창극으로 볼 것이냐, 신연극으로 볼 것이냐는 오랜 논쟁의 대상이었다. 창극으로 보는
　　관점은 유민영(「연극(판소리)개량시대」,『연극평론』봄호, 1972), 서연호(『한국근대희곡사연
　　구』, 고려대 민족문화연구소, 1982, 17~24쪽), 최원식(「은세계연구」,『창작과비평』48, 1978)
　　등이 제기했다.〈은세계〉의 공연에 창부들이 참여했다는 것("夜珠峴 圓覺社에셔 新演劇 銀世界
　　를 每日 倡夫等이 演習ᄒ야 未久에 設行ᄒ다더라"(『대한매일신보』, 1908.8.13)), 창부들이
　　타령으로 극의 일부를 보여줬다는 것("草綠은 同色 永宣君李埈鎔氏가 三昨夜에 圓覺社銀世
　　界를 觀覽ᄒ 時에 倡夫等이 鄭監司의 貪餮不法ᄒ던 歷史을 打令으로 論駁呼唱 홈이 李埈鎔
　　氏가 該曲調를 聞ᄒ다가 倡夫를 招致ᄒ야 分付ᄒ야 曰兩班의 攻駁은 眞之ᄒ라ᄒ얏다더라"
　　(『황성신문』, 1908.11.21)) 등이〈은세계〉가 창극이었음을 보여주는 주요 근거이다. 한편,〈은세
　　계〉를 창극으로 보되, 신연극의 성격에서 분석한 연구도 있다. 대표적으로 다음을 소개한다. 백현미,

「창극의 형성」, 『한국 창극사 연구』, 태학사, 1997, 59~81면; 양승국, 「'신연극'과 〈은세계〉 공연의 의미」, 『한국현대문학연구』 6, 한국현대문학회, 1998; 김향, 「창극 장르 형성과 이면 의식」, 『창극의 이면론』, 아카넷, 81~96면.

12) "이인직은 원각사에서 신극을 상연하였으나, 그 극장은 일시에 구극의 극장으로 변하여 관기의 가무장이 되었고, 광대의 재담 등이 속출하며 그때에 「춘향전」 「심청전」 등의 구극을 무대에 상연하여 일반 관중 앞에 연출하게 되었다. 그러나 무대의 엉성한 장치는 말할 수 없이 유치하였으니, 후면에는 백포를 치고 백배경을 사용하였고 무대 위에 다소의 물품을 나열하였으나 하여튼 유치하기가 짝이 없었다." 김재철, 『조선연극사』(조선어문학회, 1933.5.18), 동문선, 2003, 195쪽.

13) "近日에 와서는 演劇을 하여도보고십고 또한 朝鮮의 文化를생각하여서라도 演劇이업슬수는업 겟다는 義憤도일어나며헛그웁운도난다 그러나 今年에는 꼭 劇團體가 하나 生겨야만될 것이다 넘우나 外國人을 對할 때 붓그러운생각이난다 五千年歷史國이란말하기가 正筆이될는지 漫筆 이될는지 何如間엇더한 意味로보든지그나라의 文化程度라든지 또는 人情과 風俗을 아야고하 면 演劇이아니고는 容易히맛볼수가업는 것이다 그럼으로 엇더한나라이든지 國立劇場이라는 것이 잇다 朝鮮에도 圓覺寺라는것이그것이엇다 그러나오늘날의 代表劇場은 光武臺이다 外國人이오면 반드시 그곳으로 案內한다 가서보겟나는 注文이이잇슴으로엇절수업는 事勢일 것이다 勿論朝鮮내음새가 나는 所謂舊劇(歌舞唱劇)은 틀림업겟지만어린아이의쏘곱질가튼 意味에서 滋味잇을 것이다", 金永八, 「新春隨想 新春漫筆」, 『조선일보』, 1928.3.2.

14) 이혜구, 「1930년대의 국악방송」, 『국악원논문집』 9, 국립국악원, 1997, 673쪽.

15) 정노식, 『조선창극사』, 민속원, 1998, 2쪽(초판은 조선일보사에서 1940년에 출간되었다).

16) 위의 책, 5~6쪽.

17) 이보형, 「정노식의 '조선광대의 사적 발달과 그 가치'에 대하여」, 『판소리연구』 1, 판소리학회, 1989.

18) 草兵丁, 「大亂戰中의 東亞日報對朝鮮日報 新聞戰 - 六大會社 레코-드 戰」, 『삼천리』 5-10, 1933.10.1.

19) 「라디오」, 『조선일보』, 1933.6.10.

20) "민멸되여가는 조선 고유의 음악을 개량부흥식히기위하야 조선음률협회등여러가지긔관을만들고 만혼로력을 하여 오든 리긔세(李基世)씨는 이번씨의 창안으로단종대왕(端宗大王)의 사실을 제재로 윤백남(尹白南)씨와박월정(朴月庭)씨의 창(唱)으로『판소리』의 정화를 시험하야 경성 방송국에서 방송도하고『빅타』축음긔회사에서『레코드』취입도하엿는바 예긔이상의 수확을어덧다 한다", 「『판소리』改良運動 尹,李兩氏 于先端宗哀曲을新編」, 『조선일보』, 1933.6.15.

21) 신문 기사에는 '李賢鄕'으로 표기되어 있지만, 이는 빅타 문예부장이었던 이기세의 필명인 '李賢卿' 의 誤字일 가능성이 있다. 당시 이기세는 「왕소군」 외에도 박월정과 더불어 판소리 정화의 명분으로 「단종애곡」을 취입한 바가 있기 때문이다. 「『판소리』改良運動 尹,李兩氏 于先端宗哀曲을新 編」, 『조선일보』, 1933.6.15 참고.

22) 물론 '창극조'가 '판소리'를 지칭하는 용어로 가장 많이 쓰인 것은 사실이다. 그러나 '판소리'와는 다른 성격의 음악을 '신창극'이라 했고, 그와 같은 새로운 소리를 가리키는 용어로 '창극'을 썼다는 것은 흥미로운 지점이다.

23) 태평판 〈춘향전〉에 관한 자세한 내용은 송미경, 「태평판 〈춘향전〉(1933)의 녹음 경위 및 특징적 면모」, 『구비문학연구』 42, 한국구비문학회, 2016 참고.

24) 서도소리인 배뱅이굿도 '창극'으로 호명하였던 것을 당시 음반에서 확인할 수 있다. 『동아일보』, 1934.8.18; 『조선일보』, 1934.9.8.

25) 이에 관한 논의는 '제2장 일제강점기 창극의 존재' 2, 3항목에서 조금 더 상세히 진행하도록 하겠다.

제1부 제2장 ───

1) 1910년대 사설극장에서 연행된 공연 정보는 『매일신보』의 '연극과 활동', '연예계' 등의 란에서

확인할 수 있다. 이들 자료를 토대로 당대 전통연희의 행방 및 연행자들의 활동, 창극의 면모를 정리한 연구 역시 충실히 이루어졌다. 대표 연구를 소개하면 다음과 같다. 백현미, 『한국창극사연구』, 태학사, 1997; 서대석·손태도·정충권, 『전통 구비문학과 근대 공연예술』 II, 서울대 출판부, 2006; 정충권, 「1900~1910년대 극장무대 전통공연물의 공연양상 연구」, 『판소리연구』 16, 판소리 학회, 2003; 「초기 唱劇의 공연 형태와 위상」, 『국어교육』 114, 한국어교육학회, 2004; 「근대초 기생들의 창극 공연 양상과 의의」, 『판소리연구』 54, 판소리학회, 2022; 송미경, 「1910년대 판소리 여성연행주체의 형성과 성장」, 고려대 석사논문, 2008; 김민수, 「1910년대 중·후반 판소리와 창극의 전개양상 - 『매일신보』의 기사를 중심으로」, 『국악원논문집』 30, 국립국악원, 2014 등.

2) 신문에는 '연국'으로 되어 있으나 '연극'의 오타로 생각된다.

3) "演劇과活動 ▲演興社 혁신단림성구(林聖九)일힝은 신파연극각종 ▲光武臺 박승필(朴承弼)일힝은 구연극어ᄉ출도(御史出道) 기타홍힝 ▲長安社 김지죵(金在鍾)일힝은구연극별감타령(別監打令)기타각종 …… 『매일신보』, 1913.12.28; 演劇과活動 ▲ 광무디(光武臺) 구극 쟝ᄌ고분지탄산옥옥엽판소리한량무 줄타ᄂ지ᄌ션소리사이조기타 …… ▲ 쟝안사(長安社)구극 츈향가, 희션의판소리 승무시타령기타 ▲단성사(團成社) 구극심쳥가쳐란의셩쥬푸리가야금방ᄌ노름기타 ……" 『매일신보』, 1914.3.27.

4) 「광대죠합의셜립」, 『매일신보』, 1915.4.1. 경성구파배우조합은 1915년 광무대와 연흥사 두 극장에 소속되어 활동하던 전통 예인 28명이 모여 3월 26일 김창환, 이동백을 선생으로, 장재옥을 조합장으로, 김인호, 김봉이를 부조합장으로, 조양운, 한문필 등을 총무로, 관천희를 사찰로, 윤병두를 장리로 하여 출범했다. 조직의 성격 및 활동, 의의 등에 관해서는 이진원, 「조선구파배우조합(朝鮮舊派俳優組合) 시정오년기념(始政五年紀念) 물산공진회(物産 共進會) 참여의 음악사적 고찰」, 『한국음반학』 13, 한국고음반연구회, 2003; 김민수, 앞의 글, 2014 참고.

5) 조선성악연구회에 관한 연구는 그간 창극사의 논의 안에서 주요하게 다뤄졌고, 이들이 작업한 창극 작품에 대한 논의 역시 상당수 제출되었다. 관련 논고를 소개하면 다음과 같다. 김성혜, 「조선성악연구회의 음악사적 연구」, 영남대 박사논문, 1990; 유민영, 「조선성악연구회와 본격 창극운동」, 『국악원논문집』 7, 국립국악원, 1995; 백현미, 위의 책, 1997; 노재명, 『조선성악연구회 발자취를 따라서』, 채륜, 2017; 김남석, 조선성악연구회 관련 앞의 글, 2015~2018; 김향, 「1930년대 조선성악연구회(朝鮮聲樂研究會)의 창극적 상상력과 식민성」, 『공연문화연구』 39, 한국공연문화학회, 2019 등.

6) 조선음률협회에 대한 자세한 설명은 백현미, 위의 책, 1997, 206~210쪽 참고; 박주희, 「1920~1930년대 전통예술 전문단체의 활동 연구 - 신문 기사를 중심으로」, 중앙대 박사논문, 2022 참고.

7) 이들의 구체적인 공연 연보에 관해서는 백현미, 위의 책, 1997, 214~215·311~312쪽 참고. 〈춘향전〉, 〈심청전〉, 〈홍보전〉, 〈옥루몽〉, 〈숙영낭자전〉 등의 작품에 대해서는 김남석, 위의 글, 2015~2018 참고.

8) 백현미, 위의 책, 1997, 215~221쪽 참고.

9) 한편 이러한 변화는 조선성악연구회만의 노력은 아니었고, 동양극장이라는 전문적인 극장이 있었기에 가능한 것이기도 했다. 유민영은 동양극장의 지원이 조선성악연구회가 창극을 정립케하는데 기여했다고 하며, 그 내용으로 동양극장 사람들로부터 받은 연기지도, 연극 제작기술 전반, 홍보술 등을 짚었다(유민영, 앞의 글, 1995; 「조선성악연구회와 창극 정립」, 『세계화 시대의 창극』, 연극과인간, 2002, 42~54쪽).

10) 배연형, 『한국유성기음반 1907~1945 5권 해제·색인』, 한걸음더, 2011, 15~21쪽. 배연형은 1899년 유성기가 우리나라 일반에 소개되던 때로부터 1907년 첫 상업음반이 발매되기 이전까지를 한국음반의 여명기로 본다. 그리고 미국 콜럼비아에서 평원반 음반을 판매하며 유성기를 일반에 보급한 1907년부터 전기녹음 방식이 생성되기 이전인 1927년까지를 유성기 음반의 성장기라 칭한다. 끝으로 전기녹음 방식으로 생산되기 시작한 1928년부터 해방이 되는 1945년까지를 유성기 음반의 전성기로 보고 있다.

11) 초기 유성기개발자들은 음성을 저장하고 재현하는 기술이 문자의 왜곡을 방지할 것이라고 생각했다. 유성기를 유언장 등을 녹음하는 구술 기록기로 발명한 에디슨의 생각이 이를 반방한다. 그러나

에디슨의 유성기는 기술적으로 우위에 있었음에도 이 기계를 오락 도구로 여긴 대중들의 욕망을 수용하지 않음으로써 시장에서 밀려났다. 유성기와 음반은 18세기 이후 대두되기 시작한 대중들의 음악 향유 욕망을 반영함으로써 재생적 기능이 중시된 오락 도구가 된다(단국대 동양학연구소, 『일상생활과 근대음성매체 (유성기·라디오)』, 민속원, 2007, 7~8쪽). 그리고 개화기 조선에 유입된 유성기는 이미 오락의 도구였다. 사람의 음성만을 재생하여 기계를 소개한 것이 아닌, '음악'을 활용하여 기계의 신기함을 소개했기 때문이다.

12) 당시 제국신문 기사 가운데 다음과 같은 내용이 1899년 3월 13일부터 다음 달 4월 3일까지 꾸준히 광고되었다. "이전업든 전어긔통이 식로나왓스되 각식 말과 긔이흔 풍류소릭가 나는지라 하 신긔흐기로 세상에 구경식히 기을 위흐야 만상공부 인가를 엇어싸오니 농이들 와셔 구경 흐시되 **어룬은 빅통젼** 흔긔오 으희는 적 **동젼 셰긔오** 봉상시 건너 북물골 젼어긔 쥬인 고빅" 이를 통해 어른과 아이에게 차등하여 관람료를 받았음을 알 수 있다. 또한, 유성기를 활용하여 음악을 들려주고 돈을 받는 경우가 일반적이었음을 짐작할 수 있다.

13) 사실 유성기가 처음 도입되었을 때, 그것은 상당히 고가의 물건이었다. 1912년 한 대가 무려 25원이나 했다. 1910년 당시 하위 관료의 월급은 30원에 불과했고, 1920년대 노동자의 월급이 1원에서 22원 사이를 맴돌았던 현실에 비추면 그것이 얼마나 비싼 물건인지 짐작할 수 있다. 처음 유성기는 부유한 특권층만이 가질 수 있는 것이었다. 그러나 점차로 유성기 음반의 인기가 가속화되면서 1938년 무렵에는 40만 대의 유성기가 보급되었다(이정희, 「유성기 대중을 사로잡는 소리 기계」, 『민족』 21(91), 민족21, 2008, 143~144쪽 참조).

14) 배연형은 야마구치 가메노스케의 기록을 통해 평양, 경성, 대구, 동래, 청주, 성주, 이천, 김해, 전라도, 경상도의 각지에서 소집된 빅타의 음반 참여자들을 소개하고, 곡목 역시 소개했다. 초기 유성기 음반 전개와 관련하여 배연형, 앞의 책, 2011, 22~36쪽; 배연형, 앞의 책, 2019, 59~152쪽 참조.

15) 배연형, 앞의 책, 2011, 37~44쪽.

16) 위의 책, 49~61쪽.

17) 다음의 목록은 위의 책, 22~67쪽; 한국정신문화연구원, 『한국 유성기음반 총목록』, 민속원, 1998, 17~72쪽, 『매일신보』 신문기사의 광고란 등을 참고하여 작성했다. 1911년 일축부터는 음반의 발매가 늘어나면서 곡 목록이 많아지는 관계로 모든 곡 목록을 다 기록하지는 않았다. 표에서 기술된 것 이외의 곡명은 위의 참고문헌에서 확인할 수 있다.

18) 『매일신보』, 1913.6.3. NIPPONOPHONE 음반목록 광고 참조.

19) 1913년 5월 30일의 매일신보는 주식회사 일본축음기상회의 새로운 음반을 광고하며 연주자명단과 연주종목을 안내하고 있다. 신문에 소개된 바에 따르면, 취입자는 宋萬甲, 宋基德, 朴春載, 趙牧丹, 金連玉, 李正華, 文永洙, 具昇鉉, 韓應泰, 金永植, 金恩植이고, 취입 종목으로는 唱歌, 讚義歌, 詩, 歌, 雜歌, 朝鮮樂隊, 動物凶出이다. 찬의가와 동물흉내 소리를 이전에 비해 새롭게 넣은 것으로 파악된다.

20) 이때 취입된 곡에 대한 소개로 〈대장부가〉, 〈곽씨부인고용가〉, 〈곽씨부인별세유언가〉, 〈곽씨부인별세시유언가〉, 〈백구타령〉, 〈춘화추동가〉, 〈류자백〉, 〈긴양조산조〉, 〈중어리산조〉, 〈편〉, 〈소시편〉, 〈공명가〉, 〈개성난봉가〉, 〈신고산타령〉, 〈수심가〉, 〈자진수심가〉, 〈난봉가〉, 〈자진난봉가〉, 〈새타령〉이 있었다(『매일신보』, 1925.8.26 광고 참고).

21) 『매일신보』, 1926.2.6; 『조선일보』, 1927.7.14. 일동축음기주식회사 광고 참고.

22) 배연형은 이 밖에도 유성기음반의 판소리 전곡 녹음은 당시 판소리 자체의 문제, 즉 전체 바디의 음악적 구성이나 사설의 짜임에 즉흥성이 많아서 3분 내외로 압축해서 담게 되는 유성기음반에 적합하지 않은 부분이 많았기 때문이라고 설명한다(배연형, 앞의 글, 2011, 373쪽).

23) 위의 글, 371~372쪽.

24) 『한국유성기음반총목록』을 통해 정리하면, '李夢龍廣寒樓求景歌'(1-10) 5매, '夢龍春香離別歌'(1-6) 3매, '春香守節歌'(1-6) 3매, '守節獄中歌'(1-2) 1매, '科擧 보난데 飛鳥歌'(3-4) 1매, '御使發行, 農夫歌'(入農夫歌 1매, 南原當到 1매) 2매, '再逢歌'(1-4) 2매, '再逢歌'(5-6) 1매로 구성되어 총 18매이다.

25) 『조선일보』, 1927.5.7.
26) 『동아일보』, 1927.7.2.
27) 『동아일보』, 1927.9.4.
28) 배연형, 앞의 글, 2012, 377쪽; 한국정신문화연구원, 『한국유성기음반총목록』, 민속원, 1998. 이 목록은 배연형의 논문을 참고하고, 『한국유성기음반총목』에서 '창극'으로 기록되어 있는 것을 참고하여 정리한 것이다.
29) 1934년 10월 '태평'레코드의 매월신보에는 '배맹이굿'으로 표기되어 있다. 그러나 '배뱅이굿'의 오자(誤字)로 파악된다.
30) 「六大會社 레코-드 戰」, 『삼천리』 5(10), 1933.10.1.
31) 무대극의 경우에도, '新唱劇 - 王昭君'이라는 광고 아래 '◇오늘밤 唱劇◇에 歌手 朴月庭 鼓手 韓成俊'이 소개되고 있다(『조선일보』, 1933.10.20). '왕소군'이라는 새로운 레퍼토리에 '창극'의 장르명을 붙여 광고한 것이다. 박월정이 이미 창극 〈단종애사〉로 음반에서 인기를 얻었고 시에론에서는 박록주가 〈장한몽〉으로 인기를 얻었다는 정황을 염두에 둘 때, 무대극 〈왕소군〉 역시 '창극'의 이름 아래 흥행을 기대했을 것이다.
32) 이준희, 「시에론 레코드 음반목록에 대한 보론」, 『한국음반학』 13, 한국고음반연구회, 2003, 69쪽.
33) 시에론 레코드에 관한 자세한 내용은 배연형, 앞의 책, 2019, 405~419쪽 참고.
34) 전기녹음 방식으로 1929년 2월부터 조선음반을 발매한 콜럼비아 레코드의 레퍼토리 목록을 살펴봐도 변화의 흐름을 감지할 수 있다. 즉, 1929년 2월의 첫 신보(『동아일보』, 1929.2.26)에는 정악, 남도단가, 가야금병창, 남도잡가, 재담소리, 경기굿, 경기잡가, 테너독창, 동요동창, 영화해설, 영화극이 담겼는데, 전통연희자들의 레퍼토리가 그렇지 않은 것에 비해 많은 비중을 차지하고 있다. 하지만 1932년 2월의 특별신보(『동아일보』, 1932.3.20)를 살펴보면 유행가요, 유행소곡, 넌센스 등으로만 음반을 구성하고 있다. 전통음악은 한 곡도 들어있지 않은 것이다. 그 해 6월의 특별신보(『동아일보』, 1932.5.27)에도 테너와 바리톤 독창, 유행소곡, 동요, 합창, 태양극장의 연극, 넌센스가 주를 이루고, 전통음악으로 보이는 것은 '도라지타령', '홀애비타령'의 민요가 있을 뿐이다. 이마저도 콜럼비아관현악단의 반주에서 녹음된 것으로 전통음악의 형식이었는지는 확언할 수 없다. 이후의 음반신보를 살펴봐도 전통음악이 레퍼토리로 들어가 있기는 하지만 점차 줄어드는 양상이다.
35) 『삼천리』 5(10), 1933.10.1 참고.
36) "시에론의 이서구씨는 문예부장을 사임하고 이 시에론은 주식회사가 되고 김봉규씨가 그 후임으로 취임했다." (「레코-드 欄」, 『조광』, 1935.12)
37) 〈사랑의 나그네〉(1932.12), 넌센스 풍경 〈속 신가정생활〉(1932.12), 가정극 〈黃菊白菊〉(1934. 6), 향토극 〈동백꽃〉(1934. 11)을 확인할 수 있다. 이서구는 李孤帆이라는 필명을 사용했는데, 1932년의 음반에는 이고범 작으로 표시되어 〈사랑의 나그네〉와 〈속 신가정생활〉이 수록되었다. 1932년 12월에도 이서구가 문예부장이었는지 확인할 수 있는 명확한 자료는 없으나, 그의 작품이 지속적으로 시에론의 레퍼토리였음은 확인할 수 있다.
38) 한국유성기음반(http://www.78archive.net/v2/index.php), 〈시에론 매월신보〉, 1934.9.
39) 한국유성기음반(http://www.78archive.net/v2/index.php), 〈태평 매월신보〉, 1934.10.
40) 이러한 이유로 송미경은 태평레코드의 창극 〈춘향전〉은 '창극'이라 말하기에 무리가 있으며, 이 음반은 창극이라는 장르의 실상에 맞지 않는다고 했다(송미경, 「태평레코드 〈춘향전〉(1933)의 녹음 경위 및 특징적 면모」, 『구비문학연구』 42, 한국구비문학회, 2016, 3쪽). 하지만 현재적 관점의 창극 개념에는 부합하지 않을지 모르지만, 당시로선 '창극'에 대한 범주가 이를 포괄하고 있었다는 점을 유의해야 한다.
41) 배연형 또한 1935년 폴리돌에서 나온 〈심청전 전집〉과 〈화용도 전집〉을 "명창의 소리 위주로 취입하여 창극적 효과보다는 더늠 위주의 분창에 가까워서 완창판소리 감상의 효과를 내고 있음"이라고 정리했다. 그리고 오케의 〈춘향전〉에 대해서는 "소리의 축소와 대사의 증가로 연극적 효과를 살리면서 사실적인 대화창의 구성, 반주와 효과음의 도입", 오케의 〈흥보전〉에 대해서는 "배역의 고정, 기악 반주 적극적인 활용, 소리제의 통일, 대사 비중의 증가, 합창의 활용으로 극적 효과 높임", 오케의 〈심청전〉에 대해서는 "사실주의 연극에 가까운 대사, 합창과 반주의 적극적인 활용,

고정된 배역 등 현대창극에 가까움"이라고 정리하며 각 음반의 특징을 짚은 바 있다(배연형, 앞의 글, 2012, 398쪽).

42) 배연형, 앞의 글, 2011, 109쪽; 폴리돌 레코드에 대한 보다 자세한 설명은 배연형, 앞의 책, 2019, 420~426쪽.

43) 첨자의 날짜는 각 음반회사의 첫 음반 광고가 이루어진 시기.

44) 원문은 '池奉事'로 표기되었는데, '沈奉事'의 오기(誤記)로 파악된다.

45) 『폴리돌 심청전』, 신나라레코드, (창: 이동백, 정정렬, 김창룡, 조학진, 임소향, 문연향. 북: 한성준. 녹음: 1935년 폴리돌레코드(SP 음반 복각) / 폴리돌 음반 599~617(609 빠짐) 18장과 19256~19258의 3장을 합하여, 총 21장 42개 대목이 복각되었다.

46) 복각된 레코드에 담긴 대목은 총 42개이지만, 한 대목을 한 명의 창자가 부른 것은 아니다. 한 대목을 여러 명의 창자가 역할을 나누어 부르기도 하고, 합창으로 부르기도 했다. 저자는 창자가 한 소절이라도 창을 한 경우를 모두 세어 표기하였다.

47) 최동현, 「폴리돌 판 적벽가에 관하여」, 『폴리돌판 적벽가』, 신나라레코드.

48) 이를 두고 배연형은 "창극 〈심청전〉과 〈화용도〉는 당대 대명창들이 부르는 심청가와 적벽가의 완창 개념 녹음"이라고 평한 바 있다(배연형, 앞의 글, 2012, 390쪽).

49) 배연형, 앞의 글, 2005, 309쪽, '김소희 증언' 부분 재인용.

50) 『동아일보』, 1938.12.28.

51) 빅타 레코드 〈춘향전〉의 경우, 일부 대목이 명창 한 사람의 창과 아니리로 구성되기도 하였고, 배역이 수시로 바뀌면서 입체창 식으로 분화되어 소리하는 면이 강했다. 이런 점은 비교적 완벽한 배역의 분화를 바탕으로 구성된 오케의 〈춘향전〉에 비하면 연극적 사실성은 약하다. 한편, 오케의 〈춘향전〉은 정정렬이 중심이 되어 구성을 한 만큼 빅타의 〈춘향전〉과 내용적인 면에서는 큰 차이가 없었다.

52) 배연형도 오케의 〈심청전〉은 배역을 철저히 나누고 각 장면도 소리 위주가 아니라 연극적인 효과를 최대한 살리는 쪽으로 재편되었다고 분석했다. 그리고 사설도 판소리 아니리 식이 아닌 완전히 연극 대사와 같은 사실주의적 표현 방법을 쓰면서 현대 창극과 거의 다름없다고 평가했다(배연형, 앞의 글, 2012, 396쪽).

53) 정규방송을 실시하기 이전 1924년 11월 29일 최초의 '방송 무선 전화 실험'을 실시하며 시험방송이 이루어졌다. 경성방송국의 시험 방송과 설립과정에 관한 자세한 설명은 서재길, 「JODK 경성방송국의 설립과 초기 연예방송」, 『서울학연구』 27, 서울시립대 서울학연구소, 2006, 149~156쪽; 쓰가와 이즈미, 김재홍 역, 『JOKD, 사라진 호출 부호』, 커뮤니케이션북스, 1999, 35~44쪽 참고.

54) 조선총독부 체신국 공무과에 근무하면서 실험방송 계획안을 수립하여 실시한 기술자. 경성방송국 개국부터 기술자로 참여한 후 1945년 8월 해방 당시에는 경성중앙방송국장으로 재직했다고 한다(김성호, 「경성방송의 성장 과정에 관한 연구 - 경영 정책과 가입자 확대 과정을 중심으로」, 광운대 박사논문, 2006, 30쪽).

55) 임동욱·이용준, 「일본제국주의와 조선어 방송」, 『저널리즘』 24, 한국기자협회, 1991, 199~201쪽.

56) 위의 글, 194~225쪽.

57) 장유정은 경성방송국 라디오 방송의 공공영역을 논하면서, "라디오 방송을 둘러싼 공공영역은 단순히 일제의 동화정책을 추종하거나 아니면 일제의 동화정책에 저항하는 등의 극단적인 형식으로만 존재한 것은 아니라고 할 수 있다. 극단적이고 대척적인 두 가지 형식보다는 오히려 다양한 담론과 논쟁이 오고간 투쟁의 장이 바로 이 라디오 방송의 공공영역이었다고 할 수 있다. **즉 라디오 방송을 둘러싼 공공영역에서 일제의 의도와 강제가 반드시 그들이 원하는 방향으로 흘러가 소리의 목표를 달성한 것은 아니다**"라고 서술했다(장유정, 「대중매체의 출현과 음악문화의 변모 양상」, 『대중서사연구』 18, 대중서사학회, 2007, 267~268쪽. 강조는 저자). 논자의 위 같은 시각은 경성방송에 대한 시각이 어느 한쪽으로 편중되기 되기보다는 다양한 관점으로 그 의미를 짚어낼 필요가 있음을 재확인하게 한다.

58) 경성방송국은 청취료를 2엔에서 1엔으로 내렸으며, 1938년 4월에는 조선방송협회에서 청취료 월 1엔을 75전으로 인하하여 청취자를 보다 늘리고자 했다(『동아일보』, 1938.3.16).

59) 김성호의 보고에 따르면 경성방송국은 개국 당시 라디오의 3대 사명으로 보도, 교화, 위안 등을
    내걸었다. 보도 장르에는 내외·선내 뉴스, 천기예보(기상통보), 시장가격, 경제시황 등이, 교화에는
    명사강연, 각종 강좌, 초등학습강좌, 어린이 시간 등이, 위안에는 서양음악, 조선음악, 연극, 기타
    내선(內鮮)의 각종 오락물이 포함되어 있었다. 초기 편성방침을 살펴보면 개국 1차 연도(1927년)에
    는 ① 한·일 양 국어에 의한 방송을 균등하게 하며, ② 오락 방송을 주축으로 했다. 개국 2차
    연도(1928년)에는 도쿄방송국의 편성방침을 본받아 ① 보도·오락 방면에 중점을 두었고, ②
    기술상의 진보에 따라서 옥외방송을 실시하며, ③ 한·일 양국어의 균등한 편성 등으로 설정했다.
    개국 3차 연도(1929년)에는 ① 등한시했던 교양 방면에 주력(문화 정책에 따라 일본 문화의 소개로
    조선 문화의 향상 발전에 기여하는 프로그램 편성)하고, ② 보도·교양·오락의 안배를 균등하게
    하여 편중적 편성의 폐해를 배제하며, ③ 야간의 연예방송은 일본 프로그램을 중계하고, ④ 스포츠
    방송 확대 등으로 일본 방송에 접근한 편성방침을 설정했다. 개국 4차 연도(1930년)에는 일정한
    편성 방침을 확립하지 않고 변동하는 사회 현상에 따라 임기응변적 편성을 지향했다. 방송개시
    5차 연도(1931년)나 6차 연도의 편성은 전년도와 큰 차이가 없는 것으로 나타나지만, 특이 사항으로
    야구경기 같은 스포츠방송을 연일 편성한 것으로 보이며 내지(일본)방송 중계가 계속되었는데,
    야간에는 강연 중계가 두드러지게 나타났다(김성호, 앞의 글, 2006, 61~62쪽). 한편, 서재길에
    따르면 한·일 양국어의 균등한 방송을 지향한 방침은 사실상 제대로 지켜지지 않았다. 논자가
    검토한 자료를 바탕으로 보면 조선어와 일본어의 비율이 3:7 정도여서 조선어로 진행되는 방송
    시간은 대략 한 시간 반 정도에 불과했고, 그 시간마저도 뉴스와 더불어 각종 강연·강좌나 교양
    프로그램을 중심으로 편성되었다. 음악과 방송극 등의 연예 오락 프로그램은 오후와 밤에 각각
    한 차례씩의 시간이 주어졌다(서재길, 앞의 글, 2004, 165쪽). 이러한 형태는 결국 조선인 청취자의
    불만으로 이어졌고, 결국 1933년 한국어 방송의 독립을 가져오는 주된 요인이 되었다.
60) 今夜의 放送할 朝鮮歌曲目錄 방송국에서 일주일에 한번식 조선음악도 방송한다함은 이미
    보도하엿거니와 십일일 오후 칠시부터 방송할 프로그램은 아래와 갓더라 朝鮮歌 曲目 南道雜歌
    (六字백이) 伽倻琴竝唱 演奏者 漢城券番 金弄雲 / 朝鮮器樂 玄琴,洋琴合奏 (打令) 演奏
    者 漢城券番 吳雲深 同上 金彩雲 / 朝鮮童謠 우는갈매기 (濱千鳥) 人形아가 (靑目의
    人形) 노래 (歌) 演奏者 鄭順哲 (『조선일보』, 1926.7.12).
61) 경성방송국에서는 이십륙일 오후 칠시부터 괴계를 조절하기 위하야 뎐파(電波)를 방송하기로
    하고 방금 경성에 톄재중인 청수금태랑(淸水金太郎)씨 부처를 초빙하야 다음의「프로그람」을
    방송하리라더라 一, 奉悼歌 淸水金太郎 同 靜子 伴奏 金永煥 二, 德惠翁主作『春』靜子
    三,「위태한세레ㄴ다」淸水金太郎 四, 伊太利人形 (가) 나의 太陽子 同靜子 (나)「세브라」理
    髮師 同靜子 (『조선일보』, 1927.1.27).
62) 조선일보에 소개된 방송 프로그램과 내용은 같으나, 마지막 프로그램에 京城管絃團의 '京城管絃
    樂團連續演奏'가 하나 더 붙여있다. 또한 덕혜옹주의 작품을 '德惠翁主童謠(椿名湖)'로 소개
    하여 덕혜옹주의 곡이 동요곡임을 확인하게 한다(『동아일보』, 1927.1.27 참고).
63) 시험방송 시기 전통음악은 꾸준히 주요한 프로그램이었다. '朝鮮소리', '朝鮮音律'이라는 명칭
    아래 南道雜歌, 西道雜歌, 朝鮮音律(正樂), 伽倻琴竝唱 등의 종목이 방송되었다(한국정신문
    화연구원 편,『경성방송국 국악방송국 목록』, 2000, 25~31쪽 참고).
64) '남도단가', '남도잡가'라는 명칭으로 남도민요와 판소리는 거의 매일 방송이 되었다. 방송에서
    '판소리'라는 명칭대신 '남도단가'라는 명칭으로 판소리 곡을 방송한 것은 눈여겨보아야 할 지점이다.
65) 한국정신문화연구원 편, 앞의 책, 30~123쪽;『동아일보』'라디오 방송' 란을 참고하여 정리하였다.
66) 김재철,「朝鮮演劇史 ◇三國以前으로부터 現代까지◇ (三四) 金在喆 第三編 舊劇과新劇
    第一章 舊劇 3. 舊劇의 發達」,『동아일보』, 1931.7.2.
67) 「歌劇 光月團 群山讀者優待 三日間興行」,『조선일보』, 1928.2.17.
68) 「光月團의 一週年紀念에 조선구극회개최」,『동아일보』, 1929.7.20.
69) 홍해성은 1929년 10월 '극예술운동과 문화적 사명'이라는 논설을 기재하며 최근 근 일년간 광무대에
    서 흥행을 허엿던 광월단에 대해 언급한 바 있다(「劇과映畵 最近의우리 劇壇(一) 東京 洪海星

劇藝術運動과 文化的 使命(六)」, 『동아일보』, 1929.10.23).

70) 1930년 5월 광무대의 화재 사건을 보도한 매일신보의 기사를 살펴보면, 광월단에 소속된 여배우들로 김추월과 임명옥의 이름이 거론된다. 남자배우는 임종성이 언급되는데 고수 임종성으로 파악된다 (「世年前에 創設한 歷史깁흔 光武臺 ◇……조선고전예술의전당 光月團 街頭에 彷徨」, 『매일신보』, 1930.5.3 참고). 이 기사에서는 임명옥을 '任命玉'으로 임종성을 '任鍾聲'으로 표기하고 있는데, '林明玉', '林鍾成'을 잘못 표기한 것으로 동일 인물로 보는 것이 옳다고 본다.

71) 이혜구, 「1930년대의 국악방송」, 『국악원논문집』 9, 국립국악원, 1997(전통예술원, 『한국 근대음악의 전개양상』, 민속원, 2005, 659쪽).

72) 일본방송협회, 『ラジオ年鑑』, 1934, 433쪽(박용규, 「일제하 라디오 방송의 음악 프로그램에 관한 연구」, 『언론정보연구』 47(2), 2010, 145쪽에서 재인용).

73) 강혜경, 「일제말기 조선방송협회를 통해 살펴본 방송통제」, 『한국민족운동사연구』 69, 한국민족운동사학회, 2011, 311쪽.

74) 장옥임, 「1930년대 후반의 국악방송 연구」, 서울대 석사논문, 1995, 18쪽.

75) 박용규, 위의 글, 147쪽.

76) 한국정신문화연구원 편, 앞의 책, 참고. 『매일신보』, 『동아일보』, 『조선일보』를 참조하여 누락된 내용 보완하고, 오류를 수정하여 작성했다.

77) 『경성방송국 국악방송국 목록』의 작품 제목 표기에 오류가 있어 정정한다.

78) 이혜구, 앞의 글, 673쪽.

79) 위의 기사에 적혀있는 '판소리'라는 용어는 상당히 이례적으로 당시 신문의 방송 프로그램 란에서 '판소리'라는 용어는 거의 볼 수가 없다.

80) "南道短歌 〈沈淸歌〉 金昌龍", 『매일신보』, 1927.2.18.; "南道短歌 〈萬古江山, 春香傳中 離別歌〉 河美珠(漢城券番)", 『매일신보』, 1927.2.20.; "南道短歌 〈短歌, 瀟湘八景〉, 河弄珠(漢南券番) / 崔眞紅(漢南券番)", 『매일신보』, 1927.3.6. 판소리 대목을 이와 같이 소개하는 방식은 1932년 6월까지 지속되었다.

81) 방송프로그램 소개란에서 가장 이른 시기에 확인할 수 있는 '唱劇調'의 명칭은 1933년 6월 28일이다 (한국정신문화연구원 편, 앞의 책 참고).

82) "新倡劇調 〈端宗哀曲〉 朴月庭 / 韓成俊(鼓手)", 『매일신보』, 1933.6.22.

83) 대개의 경우 〈춘향가〉, 〈심청가〉, 〈흥보가〉 등의 전승 5가의 판소리 레퍼토리에 해당이 되지만, 이에 해당하지 않는 작품에도 '창극'을 붙였음을 감안하여 '전통음악극'이라 명명했다.

84) 특별한 대목의 소개가 안 되어 있는 경우. 1941년 8월 8일.

85) 전막을 프로그램으로 소개. 1939년 7월 25일.

86) 특별한 대목의 소개가 안 되어 있는 경우. 1936년 7월 1일, 1941년 2월 4일.

87) 한국정신문화연구원 편, 『경성방송국 국악방송국 목록』 참고. 누락된 경우 및 오류가 있는 곳은 동아일보와 매일신보 참조 후 보완. '날짜, 시간' 항목의 굵은 글씨는 연속판소리 프로그램을 몇 회에 걸쳐 하였는지 알기 위해 새 프로그램의 첫 날을 표시한 것이다.

88) 1회와 2회는 1월2일과 3일에 방송되었을 것으로 추측이 되나 신문에 방송 소개란이 없기 때문에 확인할 수는 없었다.

89) 동아일보는 〈興夫傳〉으로 표기되어 있으나 오류로 파악된다. 다음날인 8월 6일은 〈沈淸傳〉으로 기록하고 있다.

90) 동아일보는 '金昌煥'으로 표시하고 있다.

91) 동아일보는 '連續舊劇詞'로 표시. 글자 오류로 파악됨.

92) 장옥임, 앞의 글, 11쪽.

93) 정정렬의 경우는 1933년 8월 21일의 방송에서, 김창룡의 경우는 1933년 11월 23일의 방송에서 이름을 확인할 수 있을 뿐이다.

94) 당시 대표적인 여류명창으로 이화중선과 김추월, 신금홍 등을 떠올릴 때, 주난향이 이들보다 연령이 앞서기는 어렵다.

95) 1936년 9월 26일 중계방송 〈춘향전〉. 1936년 12월 16일 중계방송 〈심청전〉. 1938년 3월 15일 중계방송 〈토끼타령〉.

1)　“秋期中央公演 新作大歌舞劇 無心燈 三幕五場 朝鮮聲樂研究會 直屬 劇團 唱劇座”
　　『매일신보』 1941.9.1; 유민영, 위의 글, 2002, 48쪽.
2)　백현미, 앞의 책, 1997, 312쪽.
3)　박황, 앞의 책, 1976, 123~124쪽. 1943년 4월 16일의 『매일신보』에 수록된 동일창극단의 구성원은
　　임방울, 김준섭, 강남중, 조몽실, 박록주, 박초월, 조농옥이다. 이 기사는 동일창극단의 북조선
　　제1회 순회공연을 광고하고 있다.
4)　백현미, 앞의 책, 1997, 328~332쪽 참고. 이 시기 창극 현황에 관한 상세한 정보는 김민수, 「1940년대
　　판소리와 창극 연구」, 한국학중앙연구원 박사논문, 2013; 성기련, 「1940~1950년대의 판소리
　　음악문화 연구」, 『판소리연구』 22, 판소리학회, 2006 참고.
5)　文化 「國樂院」 創立, 『新朝鮮報』, 1945.11.9.
6)　「大春香傳 公演 國樂院創立記念으로」, 『동아일보』, 1945.12.2.
7)　『경향신문』, 1947.2.4; 『한성일보』, 1947.2.8.
8)　김민수, 「1950년대 민속악계의 공연활동 고찰」, 『한국음악사학보』 57, 한국음악사학회, 2016,
　　166~170쪽.
9)　여성국극의 역사적 전개에 관해서는 김병철, 『추억의 여성국극 53년사』, 남산예술원, 1999.(해당
　　저서는 그의 동국대 석사논문(1997)을 정리 및 보완한 것이다); 김기형, 『여성국극 60년사』,
　　문화체육관광부, 2000; 전성희, 「한국여성국극연구(1948~1960) - 여성국극 번성과 쇠퇴의 원인
　　을 중심으로」, 『드라마연구』 29, 한국드라마학회, 2008; 김지혜, 「1950년대 여성국극의 단체활동과
　　쇠퇴과정에 대한 연구」, 『한국여성학』 27(2), 한국여성학회, 2011; 송송이, 「근대 이후 여성국극의
　　형성과 활동에 관한 연구 - 1894년~1960년을 중심으로」, 중앙대 박사논문, 2021 등 참고.
10)　여성국극을 소재로 한 다큐멘터리 영화 〈왕자가 된 소녀들〉(2013, 김혜정 감독)은 원로 배우들의
　　증언과 그들이 소장한 자료를 중심으로 당대 여성국극의 인기를 조명했다.
11)　여성국극 특유의 독특한 무대양식 및 분장에 관한 자세한 내용은 김유순, 「동양의 전통극 여성국극,
　　경극, 가부키의 化粧에 대한 비교연구」, 성균관대 석사논문, 2003; 심현주, 「林春鶯 女性國劇의
　　양식 研究」, 동국대 석사논문, 2008; 박소윤, 「한국 여성국극과 일본 다카라즈카의 분장에 관한
　　연구」, 성신여대 석사논문, 2013 등 참고.
12)　백현미는 여성국극의 작품은 막연한 시공간에서 벌어지는 전쟁을 배경으로, 그 전쟁 속에서 얽히고설
　　킨 애정관계를 보여주는데 치중한다고 했다. 이에 따라 전쟁이라는 상황 설정이 6·25전쟁을
　　겪은 관객의 체험을 환기시킨다면, 왕이나 공주, 장군 등의 애정갈등은 현실을 도피하고 싶어하는
　　관객의 심리를 적극 반영한다고 했다(백현미, 앞의 책, 1997, 349쪽). 이외 여성국극의 작품이
　　가진 대중성에 관한 논의는 졸고, 「여성국극의 멜로드라마적 요소와 현실대응 양상」, 고려대 석사논
　　문, 2010 참고.
13)　국립창극단의 역사 및 활동에 관한 논의는 그간 상당 부분 진행되었다. 국립창극단의 역사는
　　국립중앙극장, 『세계화시대의 (세계화 시대의) 창극 - 창극 100년, 국립창극단 40년사』, 연극과
　　인간, 2002에서 한 차례 정리되었고, 이후 『국립극장 70년사』에서 다시 한번 정리가 되었다(최혜진,
　　「국립창극단사」, 『국립극장 70년사』 역사편, 국립중앙극장, 2020, 156~261쪽). 이외 유영대,
　　「창극의 전통과 국립창극단의 역사」, 『한국학연구』 33, 고려대 한국학연구소, 2010; 김기형,
　　「국립 창극단 공연 ‘창극 대본’의 현황과 특징 - ‘전승 5가 창극 대본’을 중심으로」, 『판소리연구』
　　38, 판소리학회, 2014; 이재성, 「창극 공연 양식의 현대화 연구 - 국립창극단 활동을 중심으로」,
　　세종대 박사논문, 2012; 유동혁, 「2000년대 이후 국립창극단 창극 공연의 연극성 연구」, 동국대
　　박사논문, 2019; 이진주, 「현대 창극의 공연 기법과 양식적 특성 연구 - 2000년대 국립창극단의
　　공연작품을 중심으로」, 서울대 박사논문, 2015; 손봉금, 「번안 창극의 상호문화적 공연 양상 연구 -
　　2000년 이후 국립창극단의 공연작품을 중심으로」, 서울대 박사논문, 2021 등도 국립창극단의
　　역사와 활동에 관한 주요 연구이다. 이외 국립창극단에서 공연되었던 개별 작품, 연출가 등을

중심으로 한 연구논문도 상당수 제출되었다.
14) 최혜진, 위의 글, 2002, 163~164쪽. 1960년대 국립국극단의 공연 활동에 대한 자세한 논의는 백현미, 「판소리 명창의 연출력과 '판소리극'」, 국립중앙극장편, 『세계화 시대의 창극』, 연극과 인간, 2002, 87~94쪽.
15) 유영대, 앞의 글, 2010, 154쪽.
16) 이준희, 「1940년대 후반(1945~1950) 한국 음반산업의 개황」, 『한국음반학』 14, 한국고음반연구회, 2004, 141~144쪽.
17) 이동순에 따르면, 고려레코드는 충무로에서 악기점을 운영하던 최성두가 일제말 일본인에 의해 설립 준비 중이던 '국화 레코드사'를 흡수해서 1946년 9월에 창립한 회사이다(이동순, 「1950년대 한국대중음악사의 형성과 전쟁 테마의 수용(I) – 대구 오리엔트레코드사 제작 음반을 중심으로」, 『민족문화논총』 35, 영남대 민족문화연구소, 2007, 163쪽).
18) 한편, 해방 이후 최초의 음반 회사 및 음반 제작에 관해서는 '조선레코드'와 '코로나레코드'로 학자들의 이견이 존재한다. 먼저, 이준희는 광복 후 가장 이른 시기에 등장한 조선레코드(1946.12)의 존재를 확인하고, 조선레코드를 '광복 이후 최초의 음반회사'로 본다. 그리고 조선레코드의 창설주체와 당 회사가 발매하기로 계획했던 〈애국가〉, 〈건국의 노래〉, 〈예명의 노래〉를 근거로, 이후 설립된 고려레코드와의 관련성을 언급하기도 했다(이준희, 앞의 글, 144~148쪽 참고). 다음으로 이진원은 황문평, 반아월, 이병주의 증언과 논자가 소장하고 있는 음반 〈부산 부르스〉의 제작 상태를 통해 해방 후 처음으로 음반을 제작한 회사는 코로나 레코드(1946)일 가능성을 짚고 있다(이진원, 「해방 공간의 유성기음반 문화 연구」, 『한국음반학』 24, 한국고음반연구회, 2014, 156~161쪽 참고).
19) 이준희, 앞의 글, 2004, 150~151쪽.
20) 김태현, 「국악음반 제작 현황에 대한 역사적 고찰」, 추계예술대 석사논문, 2006, 20~21쪽.
21) 자세한 사항은 이준희, 앞의 글, 2004; 이진원, 앞의 글, 2014; 이동순, 앞의 글 참고. 이하 본문의 당시 음반 현황에 대한 개략적 소개는 위 논문들을 참고하여 정리하였음을 밝힌다.
22) 이준희, 앞의 글, 2004, 163쪽.
23) 김태현, 앞의 글, 20~51쪽. 김태현은 김문성(서울소리보존회 회장)이 소장한 1,800매의 유성기 음반 및 1,200매의 LP 음반을 바탕으로 당시 레코드의 목록을 확인하고, 이를 바탕으로 정리를 했다고 밝혔다.
24) 각 음반회사에서 발매한 국악레코드의 종류와 그 양, 그리고 취입자에 관해서는 상기 김태현의 논문에 상세히 소개되어 있는 바, 관련 정보는 이를 참고하면 알 수 있다.
25) 1950년대 유성기 음반의 전반적인 내용에 대해 이준희는 다음과 같이 설명했다. "1930년대 중반 이후 확고해진 대중가요의 득세 현상은 광복 이후 1950년대까지 그대로 유지되는 큰 흐름이었다. 그런데 1950년대 유성기 음반의 내용을 보면 대중가요 주도 외에 특징적인 변화를 몇 가지 확인할 수 있으니 이른바 경음악의 부상과 전통음악의 축소·재편, 극 분야의 몰락, 기타 1950년대의 시대상을 반영하는 특이현상 등을 볼 수 있다"(이준희, 「1950년대 유성기음반사 연구」, 『한국음반학』 16, 한국고음반연구회, 2006, 196쪽).
26) 이준희, 앞의 글, 2006, 197쪽.
27) 이에 관한 논의는 추후 제5장 '미디어의 형성과 발전으로 본 20세기 창극 문화'에서 음반·방송 창극과 무대 창극의 상호 관련성 속에서 보다 상세히 보도록 하겠다.
28) 노재명, 「판소리 장시간음반(LP)에 관한 연구」, 『한국음반학』 2, 한국고음반연구회, 1992, 326~327쪽.
29) 「LP圈으로 前進하는 國內 레코오드界」, 『동아일보』, 1959.10.9.
30) 이준희, 앞의 글, 2007, 92쪽.
31) 「복고조의 연예계」, 『동아일보』, 1962.2.15.
32) 이하 제시된 레코드는 해당 레코드사에서 직접 제작한 초판이다. 이후 다른 음반회사에서 타음반회사의 것을 복사하여 재발매한 것은 따로 작성하지 않았으며, 재발매의 내용을 포함하여 각 음반의 취입 시기, 음반번호, 취입자 등 음반과 관련한 상세한 정보는 부록 '1960년대 창극 음반의 목록'에 기입했다.
33) "〈「대춘향전」 LP 「레코드 드라마」로 임방울씨 등 명창 망라〉, 「킹스타레코드」에서는 「레코드

드라마」 "대춘향전"(LP12인치 3매조)의 제작에 착수했다. 창극으로 된 이 대춘향전은 임방울씨를 비롯한 국악계의 명창을 망라하여 취입하고 있는데 오는 15일까지는 제작이 완료될 예정이다. 출연진은 다음과 같다. ▼이도령＝임방울 ▼춘향＝김소희 ▼방자＝정정렬 ▼향단＝이화중선 ▼월매＝박록주" (『경향신문』, 1962.2.2)

34) 신세기 SLN10609,10.
35) 신세기 SLN10612~4, LN-50073~50078.
36) 신세기 SLN10618, LN-50085~50090.
37) 신세기 SLN10637, LN-50127~50128.
38) 신세기 SLN10645 1~5,LN-50143~50152.
39) 노재명, 「김연수 도창 '창극 춘향전' 음반에 대하여」, 『김연수 도창 창극 춘향전』 CD 1~3, 지구레코드, 1997.
40) 「人間文化財 金演洙 씨가 엮은 唱本 『춘향전』」, 『경향신문』, 1967.8.7.
41) 노재명은 이에 대해, "어찌 보면 김연수의 춘향가 창본 출판 기념음반인 것 같은 느낌도 든다"라고 말한 바 있다(노재명, 앞의 글, 1997).
42) 각 음반에 관한 상세한 정보는 부록의 '1960년대 창극 음반의 목록'을 참고하길 바란다. 이 음반의 내용은 저자가 직접 듣고 정리한 것이다. 각 내용에 담겨있는 소리대목의 상세 내용은 제시하지 않았는데, 본문에 음반의 특징을 분석하며 설명하기로 한다. 강조한 부분은 2개 이상의 음반사에서 겹치는 대목을 표시한 것이다. 다만, 〈흥보전〉의 경우는 세 음반사가 모두 겹치는 장면을 표시했다.
43) 정확한 시간은 각 음반마다 조금씩 차이가 있다. 예를 들어 같은 12인치 음반이더라도 재발매한 경우는 한 면이 18분 남짓이고, 초판인 경우는 22분 남짓이다. 저자가 수집한 12인치 음반은 초판 음반인 경우도 있고, 재발매 음반인 경우도 있었다.
44) 第一集 〈春香歌 中에서 사랑가 이별가 上〉(TLM 713), 대도레코드사, 1971.1.9.
45) 〈春香傳 全集其二〉(민1218-2), 新世紀 레코드株式會社, 제작일자 미상. 녹음자로 어사는 김소희, 방자는 김경희로 파악된다.
46) 그 내용은 다음과 같다. "(어사) 어따 애" "(방자) 왜 불러 갭시오" "(어사) 그래" "(도창) 그때에 어삿도가 아히를 불러 수작을 하더니 경성 이몽룡에게 가는편지를 달래서 보더니 대성통곡허고 웁니다." 〈콜럼비아 〈춘향가〉 中〉
47) 〈春香傳 全集其三〉(SLN10645), 新世紀 레코오드株式會社, 제작일자 미상.
48) 저자가 가지고 있는 음반은 1960년대 후반 시대·유니버살의 〈춘향전〉을 재발매한 힛트의 〈춘향전〉 음반이다. 이에 '힛트레코드'로 출처를 적었다. 〈唱劇 春香傳 1〉, 힛트레코드社 제작, 연도표기 미상. 음반번호 미상. 음반 녹음자의 경우, 어사는 김소희, 방자는 김경희로 파악이 되나 춘향과 향단의 경우는 불분명하다.
49) 김기형, 「판소리와 창극소리의 상관성」, 『판소리연구』 31, 판소리학회, 2011, 125~133쪽.
50) 위의 글, 125~133쪽.
51) 그럼에도 이 음반들을 온전히 판소리 음반이라 말할 수 없는 것은 여러 기악반주들이 사용되고, 배역을 나눈 등장인물이 분창(分唱)을 하기 때문이다. 따라서 신세기의 음반들을 창극 음반으로 분류하는 것이 맞다. 초기 창극은 반드시 한 사람이 한 배역을 맡아 부르는 형식이 아니라, 한 사람이 여러 배역을 맡더라도, 한 소리대목에서 역할을 나누어서 분창하는 형식을 띠었다. 대부분의 창극 음반 역시 이와 같은 형식이다. 이는 한 작품에 등장하는 배역을 각각 나누어 음반 취입자를 섭외하는데 한계가 있었기 때문일 것이다. 중요한 것은 한 장면에서 창자들이 배역을 나누어서 대화창의 소리를 한다는 점인데, 이것이 판소리와의 가장 큰 차이라고 하겠다.
52) 이 음반에는 취입자로 '김소희, 성창순, 김경희, 박옥진, 한일선, 허희'가 기록되어 있지만, 저자가 과문한 탓인지 김소희, 성창순, 김경희의 목소리만 확인할 수 있었다. 이는 시대·유니버살 레코드의 다른 음반 〈심청전〉과 〈흥보전〉에서도 마찬가지이다. 시대·유니버살의 〈장화홍련전〉에서는 보다 많은 인물이 등장하기 때문에 이들 가운데 박옥진, 한일선, 허희가 있을 수 있으나, 각 인물의 음성을 분별해 내는 일은 어려웠다. 아마도 시대·유니버살의 창극 음반 전체에 참여한 인물을 모든 음반에 다 기록했을 가능성이 있다.
53) 국악음반박물관의 기록에 따르면 박봉술의 10인치 LP 〈흥보전〉(신세기레코드, SLN- 10621, 1LP)의 녹음은 짜깁기되어 발매된 것이라고 한다. 박봉술의 녹음이 들어간 형태의 〈흥보전〉은

이후 신세계, 힛트 레코드, 오아시스레코드에서도 재발매되었다.
54) 박봉선의 오기로 판단된다.
55) 〈심청전〉의 음반 표지에는 成又春으로 기록되어 있는데, '成又香'의 오기로 판단된다.
56) 〈심청전〉의 음반 표지에는 朴奏善으로 기록되어 있는데, '朴奉善'의 오기이다. 〈흥보전〉 음반에는 '朴奉善'으로 옳게 표시되어 있다.
57) 성우향과 한농선은 박초월에게 판소리를 배운 사람들이다. 성우향은 24세에 〈흥보가〉를 박초월과 박록주에게 배웠고, 한농선은 21살에 〈수궁가〉를 박초월에게 배웠다. 또한 박록주에게 본격적으로 〈흥보가〉를 사사받기 이전 역시 박초월에게 〈흥보가〉도 학습했다. 이러한 관계 속에서 이들은 당시 무대 활동도 함께 하였을 것이고, 음반 취입 역시도 함께 하였을 것이다.
58) 이에 덧붙이자면, 미처 소개되지 않은 취입자도 있다. 〈춘향전〉 두 번째 음반 1면에서 신관사또와 집장사령으로 등장하는 남성은 이름이 없어 누구인지 알 수가 없다.
59) 최현철·한진만, 『한국 라디오 프로그램에 대한 역사적 연구』, 한울아카데미, 2004, 15~16쪽.
60) 출처 : 『조선일보』, 『경향신문』, 『동아일보』. 당시 『조선일보』, 『경향신문』, 『동아일보』는 프로그램의 세부 정보(제목, 구성, 창을 맡은 소리꾼 등)을 소개한 경우도 있고, 그렇지 않은 경우도 있었다. 경우에 따라서는 신문에 아예 프로그램 소개 란이 빠진 경우도 있다. 따라서 구체적인 내용이 소개되지 않은 채 프로그램의 명칭(이를테면 〈라디오 창극〉, 〈국악무대〉)만 제공된 경우는 세부 내용이 빠졌다고 하여 누락하지 않고 명칭만이라도 기록했다.
61) 훗날 KBS-TV의 탄생에 직접적인 기여를 했던 HLKZ-TV는 1956년 5월 12일 종로구 관철동 296번지 동일빌딩에서 채널 9로 개국하게 되었다. 출력은 100W이고 호출부호는 HLKZ. 영상 주파수 186~192MHz로 첫 전파를 발사했다(최창봉·강현두, 『우리방송 100년』, 현암사, 2001, 117~122쪽).
62) 위의 책, 98~108쪽.
63) 최동민, 「아악에 왕성한 생명력을 불어넣은 궁중음악의 산 역사 - 성경린」, 『방일영 국악상 10년』, 방일영문화재단, 2003, 146~175쪽.
64) 이는 1960년대의 동아방송이 기획한 '연속창극'이라는 라디오 프로그램의 전 단계였을 것이라 추측된다. 동아방송에서는 1960년대 '새로운 형식의 창극'이라는 이름으로 드라마적 속성을 강하게 가진 창극을 제작했다. 이는 1960년대의 방송 창극 현황에서 후술하기로 한다.
65) 윤태진·김정환·조지훈, 『한국 라디오 드라마사』, 나무와 숲, 2015, 124쪽.
66) 위의 책, 47~60쪽. 〈국악무대〉에 출연한 복혜숙, 염석주, 이혜경은 당시 방송의 대표 성우들이었고, 연출을 맡은 이상만은 연출계의 주요 인물이었다.
67) 최현철·한진만, 앞의 책, 109면.
68) 최창봉·강현두, 앞의 책, 148~167쪽.
69) 『동아일보』, 『경향신문』의 방송프로그램란을 확인하여 작성하였다.
70) 〈문경새재〉는 약 두 달간 방송이 되었는데, 53회를 하는 동안 총 17회가 광고되었다. 주에 최소 2번씩 8주간 꾸준히 광고된 것이다. 이는 동아방송이 이 작품에 많은 공을 들였고, 광고회사 역시 이에 많은 기대를 하였음을 짐작케 한다. 이후 방송된 〈연속창극〉의 다른 작품은 이처럼 많은 광고가 이루어지지는 못했다. 〈항일화〉 8회(富光藥品提供), 〈대충신〉 4회(富光藥品提供), 〈꽃가마〉 2회(富光藥品提供), 〈홍대문집〉 6회(第一藥品提供), 〈화촉동방〉 2회(第一藥品提供)가 전부였다.
71) 「오늘의 동아방송」, 『동아일보』, 1964.7.2; 1964.7.21; 1964.7.28; 1964.9.11.
72) 명창 김소희와 박동진의 창에 실려, 심금을 울리는 창과 감격어린 대사가 넘친다는 광고를 통해 짐작할 수 있다(「오늘의 동아방송」, 『동아일보』, 1964.7.7; 1964.8.11).
73) "항일화 꽃과 같은 아낙의 일편단심 제 남편 빼앗기고 생과부가 될까보냐 우리영감 난봉났네 멱살잡고 사생결단 강짜한다 웃지마소"(「오늘의 동아방송」, 『동아일보』, 1964.9.14).
74) 『동아일보』, 1965.2.19.
75) 「화촉동방」 이후 9시 5분 연속극 프로그램에 역사극 「北征鼓」(1965.5.4~1965.6.5), 동아일보 장편소설 입선작 「빛이 쌓이는 해구」(1965.6.7~1965.7.6), 연속극 「대동강」(1965.7.7~8.13), 「얼룩진 면사포」(1965.8.15~9.18) 등을 배치하면서 더 이상 창극 형식의 라디오 드라마를 방송으로 제작하지 않았다.

76) 「오늘의 동아방송」, 『동아일보』, 1964.7.21.
77) 출처 : 『조선일보』, 『동아일보』, 『경향신문』. 라디오 방송목록과 마찬가지로 신문이 제공하는 정보에 한 해 표를 작성했다. 방송시간의 표시는 시간이 바뀐 경우를 중심으로 표시하였고, 시간을 기록하지 않은 것은 이전 시간과 동일한 것이다.
78) 1957년 1월부터 방송한 〈춘향전〉의 경우도 박귀희를 이도령 역으로 한 여성국극 〈춘향전〉으로 볼 수 있다.
79) 한국방송공사편, 『한국방송사』, 한국방송공사, 1977, 298쪽. 〈민요만담〉에 관한 보다 자세한 논의는 졸고, 「1950~1960년대 라디오에 수용된 전통음악 프로그램의 특징 고찰 - 교육프로그램과 민요프로그램을 중심으로」, 『한국연구』 10, (재)한국연구원, 2022, 61~67쪽 참고.
80) 출처 : 『동아일보』, 『경향신문』.
81) 무대 공연이 이루어진 시기와 단체, 작가와 연출을 기록한 것으로 김기형, 『여성국극 60년사』, 문화체육관광부, 2009, 219~237쪽을 참고하여 저자가 작성했다.
82) 이후 〈국극의 밤〉은 〈국악의 밤〉으로 명칭이 변경되고, 다양한 국악의 내용을 다루는 프로그램으로 재편되었다. 그리고 〈국악의 밤〉은 1964년 8월부터는 국악인들이 출연하여 민속무용과 국악의 여러 가지를 보여주는 〈국악놀이〉로 다시 명칭이 바뀌었다. 이후 정기적인 창극방송은 1970년대 중반까지 볼 수 없게 된다.
83) 신문을 통해 확인해 본 결과 춘향전은 8회, 선화공주는 5회가 방송되었다.
84) 강태영·윤태진, 앞의 책, 157~161쪽.
85) 강태영과 윤태진의 글을 통해 이 프로그램이 텔레비전에 맞도록 무대 창극에 변화를 주어 방송한 것으로 파악되지만, 〈달님〉의 경우는 여성창극단의 극장 무대를 스튜디오로 옮긴 것으로 보인다. 1962년 11월 15일 동아일보에 작성된 TV주평을 보면, "월요일의 「國樂에의 초대」를 통해서 연 5주간 연속한 女性唱劇 「달님」은 劇場舞臺를 송두리째 「스튜디오」로 옮겨다가 중계한 것. 그런데 TV劇化하지도 않은 이 典型的인 新派劇이 시청자에게 큰 흥미를 돋우어 줬다는 사실은 주목할 만하다."로 평가되고 있기 때문이다(「TV劇 週評 - 水準넘은 "밤의 抒情", 新派調의 連續唱劇 "달님"」, 『동아일보』, 1962.11.15).

제1부 제4장 ─────────────────────────────

1) 국극정립위원회의 대본 및 양식 정립과 관련한 상세한 논의는 김기형, 「국립 창극단 공연 '창극대본'의 현황과 특징 - '전승 5가 창극 대본'을 중심으로」, 『판소리연구』 38, 판소리학회, 2014, 19~30쪽 참고. 한편 당시 창극 양식의 방향은 '첫째, 고수나 악사를 무대에 노출시켜 추임새도 하고 극의 일부가 되도록 한다. 둘째, 판소리의 설명 부분을 도창이라는 이름으로 무대 한 편에서 판소리식으로 부르도록 한다. 셋째, 연출 대신 도연(導演)이라는 용어를 사용하도록 한다'(성경린, 「현대창극사」, 『국립극장 30년』, 국립극장, 1980, 348쪽)로 서구의 극과 다른 창극만의 특징이 있어야 함을 강조하는 것이었다.
2) 김기형, 앞의 글, 2014, 32쪽.
3) 유영대, 앞의 글, 2010, 165쪽. 허규 창극 작품의 특징과 의의에 대한 논의는 김기형, 위의 글, 2014; 김향, 「허규 연출 완판창극의 창극술 연구 - 〈흥보전〉(1982)과 〈흥보가〉(1984)를 중심으로」, 『공연문화연구』 34, 한국공연문화학회, 2017; 「허규의 창작창극에서 구현되는 창극술과 그 의의 - 〈광대가〉(1979)와 〈부마사랑〉(1983)을 중심으로」, 『한국극예술연구』 55, 한국극예술학회, 2017; 졸고, 「창극 〈가로지기〉(1979)의 서사적·연행적 특징과 의미」, 『고전문학과 교육』 43, 한국고전문학교육학회, 2020 등 참고.
4) 최혜진, 「국립창극단사」, 『국립극장 70년사』 역사편, 국립중앙극장, 2020, 168쪽.
5) 허규, 『민족극과 전통예술 - 연극 30년 연출작업』, 문학세계사, 1991, 375쪽.
6) 국립창극단의 공연 연표 및 이 시기 창극 작품에 대한 상세 설명은 유영대, 앞의 글, 2010; 최혜진, 앞의 글, 2020; 전성희, 「전통 연희를 활용한 무대극식 연출」, 국립중앙극장 편, 『세계화 시대의

창극』, 연극과 인간, 2002, 95~108쪽; 최종민, 「국립창극단과 허규의 창극」, 국립중앙극장 편, 『세계화 시대의 창극』, 연극과 인간, 2002, 109~128쪽 참고.

7) 「판도바뀌는 디스크 業繫 - 5~6 群小메이커 活氣, 불꽃튀는 競爭 예상」, 『경향신문』, 1975.2.4.
8) 「현재까지 모두 180여種 나와 軌道잡힌 國産 라이센스 音盤」, 『동아일보』, 1972.12.21.
9) 이 시기의 음반사별 제작 작품은 앞서 '1960년대 음반사별 창극 음반'과 마찬가지로 해당 레코드사에서 직접 제작한 초판을 말하는 것이며, 이후 다른 음반회사에서 타음반회사의 것을 복사하여 재발매한 것은 따로 작성하지 않았다. 재발매의 내용을 포함하여 각 음반의 취입 시기, 취입자와 관련한 상세한 정보는 부록 '1970~1980년대 창극 음반의 목록'에서 제시했다.
10) 오아시스레코드의 국극 음반들은 모두 1980년대에 녹음되었지만 제작 시기는 1996년 10월이다. 따라서 1980년대 제작·발매된 음반이라 말하기에 무리가 있지만, 녹음시기를 고려하여 포함했다.
11) 김길운 편저, 성경린 감수, 『한국 판소리 대전집』, 보림출판사, 1979, 27쪽.
12) 위의 책, 7쪽.
13) 위의 책, 8쪽.
14) 이 음반은 현대음반 주식회사의 〈대장화홍련전〉으로 재발매되었다. 다만 현대음반 역시 조상현의 해설이 추가 삽입되었다.
15) 〈薔花紅蓮傳〉(LD170), 도미도레코드, 제작연도 표기 안 됨.
16) 최동현은 19세기까지 판소리는 기본적으로 부분창으로 연행되었고, 설령 한 바탕을 다 부르는 일이 있었다고 해도 그것은 극히 이례적인 경우이거나, 판소리에 탐닉하는 공연에서 며칠 동안에 걸쳐 한 바탕을 다 부르는 방식, 곧 단속적(斷續的)으로 부르는 방식이었다고 했다(최동현, 「판소리 완창의 탄생과 변화」, 『판소리연구』 38, 판소리학회, 2014, 339~341쪽).
17) 서대석·손태도·정충권, 『전통 구비문학과 근대 공연예술』 III, 서울대 출판부, 2006, 42~43쪽·46~47쪽.
18) 최동현, 앞의 글, 2014, 346쪽.
19) 박동진 명창은 1968년 판소리 〈흥부가〉를 시작으로 〈춘향가〉(1969년), 〈심청가〉(1970년), 〈변강쇠타령〉(1970년)을 매년 하나씩 선보였다. 1970년에는 박초선 명창이 〈흥부가〉 완창을 2시간에 걸쳐 행하였고, 박초월은 같은 해 11월에 〈수궁가〉 완창을 3시간에 걸쳐 공연했다(동아일보, 1970.10.31). 이후, 성우향(1972년 〈심청가〉), 오정숙(1972년 〈춘향가〉), 신영희(1973년 〈춘향가〉), 박초선(1975년 〈춘향가〉) 등이 완창판소리를 시도했다. 1980년대 초까지 완창 공연을 한 사람에 대한 정보는 최동현, 앞의 글, 2014, 355쪽 참고.
20) 녹음은 1982년에 하였지만, 제작은 1996년에 이루어진 것으로 파악된다. (국악음반박물관, http://www.hearkorea.com/)
21) 〈대춘향전 제1집〉(S민4020), 신세계레코드사, 1977.10.
22) 〈대흥보전 제1집〉(S민4024), 신세계레코드사, 1977.3.25. 창은 이용배, 해설은 김혜리가 한 것으로 파악이 된다.
23) 〈국극 콩쥐팥쥐〉(ORC-1560), 오아시스레코드사, 1996.10.
24) 김길운 편저, 앞의 책, 1979, 8쪽.
25) 현대음반주식회사의 〈흥보전〉은 이후 2003년 주식회사 이엔미디에서에 〈명창 흥보전〉의 음반명으로 2장의 CD로 재발매되었다. 이 글에서는 이를 참고하여 전사하였음을 밝힌다. 놀보 역은 강종철, 흥보역은 김소희로 파악된다.
26) 〈국악창극 興甫傳〉(LD236), 대한음반제작소, 1976.2.10. 마당쇠 역은 김효순, 놀보 역은 조복란, 놀보처는 박순애가 맡았다.
27) 〈대흥보전 제1집〉(S민4024), 신세계레코드사, 1977.3.25. 돌남 역은 이은화, 마당쇠 역은 최영길, 놀보 역은 이용배가 맡았다.
28) 〈대흥보전 제1집〉(S민4024), 신세계레코드사, 1977.3.25.
29) 신영희 명창 인터뷰, 2013.3.8. 신영희 선생님 자택.
30) 한편 송미경은 '돌남이 쫓겨나는 대목'과 '마당쇠 박쥐 잡는 대목'에 주목하여 이 대목의 전승 과정과 창극 대목으로서의 의미를 고찰한 논의를 제출했다. 논자는 해당 대목은 1930년대 후반에서 1940년대 초반 사이 창극 더늠으로 정립되었으며, 조상선이 이 과정에서 상당한 역할을 했을 것으로 추정했다. 그리고 1940년대 초 발매된 〈오케판 흥보전〉을 통해 그 일부를 엿볼 수 있다고

했다. 더불어 '돌남이 쫓겨나는 대목'과 '마당쇠 박쥐 잡는 대목'은 1960~1970년대까지 창극이나 여성국극 안에서 호응을 얻으며 무대 공연이나 방송, 음반 등을 통해 널리 유행했으나, 토막극 공연마저 점차 자취를 감추어 '낯선 대목' 또는 '추억의 대목'으로 인식되기에 이르렀다고 했다. 자세한 논의는 송미경, 「창극 홍보전 중 '돌남이 쫓겨나는 대목'과 '마당쇠 박쥐 잡는 대목'의 창극소리적 특징 및 전승 문제」, 『구비문학연구』 58, 한국구비문학회, 2020 참고.

31) 〈大春香傳 第一集〉(ALS-500), 아세아레코드社, 1975.3.5. 이몽룡 역은 조상현, 방자 역은 조통달이 맡은 것으로 파악이 된다. 그러나 처녀들은 누가 맡았는지 확인이 되지 않는다.

32) 그 내용을 살펴보면 다음과 같다. "도련님 호사헐 제, 신수좋은 고운 얼굴 분세수 정히 허고, 말채 같은 채진머리 동백기름 방울 흘려 갑사댕기 느려두고, 쌍문호 진동웃 청중초막을 받쳐 분홍띠 둘러두고, 한쪽 발을 잘잘 끌어 '방자 나귀 붙들어라' 등자 짚고 선 듯 올라 수인방자 앞을 세워 남문 밖 나갔을 적, 황학의 날개 같은 채금별선 따르르 피어 일광을 가리우고, 관도성남 넓은길 호기있게 나가실 적, 봉황의 나는 티끌 광풍 쫓아서 펄펄 난 듯 도화 점점 붉은 꽃 보리향풍 뚝 떨어져 쌍옥저 두발굽을 걸음걸음이 생향이라. 일담선풍 도화색 위절도 적토마가 이어서 돌아오면 남한 장수 해쳐나가 이예사도 알소냐. 서그렁 석제 하여 광한루 당도하니."(김길운 편저, 앞의 책, 1979, 28쪽).

33) 이 프로그램은 〈민속백일장〉, 〈민요잔치〉를 거쳐 〈국악의 향기〉로 바뀌었다. 〈국악의 향기〉는 창극 이외에 남도잡가, 민요, 판소리, 대금산조, 가야금병창 등 국악의 다양한 프로그램으로 구성되었다. 매주 화요일 7시 20분에 정기적으로 방송이 되다가 1979년 11월 6일부터 이 시간에 〈교양국사〉가 편성됨에 따라 종방한 것으로 파악된다.

34) 1970년 10월부터 시작한 프로그램으로, 기존의 코미디 극장을 없애고 민족정서의 개발이라는 캐치프레이즈 아래 민속음악과 흘러간 노래를 중심으로 엮은 50분짜리 쇼 프로그램이었다(「TBC향연」(TBC TV 밤 8시 45분), 『경향신문』, 1970.10.12). 1979년까지 중간 중간 시간이 옮겨지기는 하였지만 꾸준히 방송되었다.

35) 출처:『동아일보』, 『경향신문』, 『매일경제』. 스포츠 중계와 특집 방송 등으로 방송이 빠진 날도 있었으나, 대개의 경우 빠짐없이 매주 화요일에 정기적으로 방송됐다.

36) 문화방송, 『문화방송 30년 편성자료집』, 문화방송, 1991, 378쪽.

37) 위의 책, 392쪽.

38) 〈창극무대〉가 신설된 '1980년대 춘하계 개편 방향'의 폐지 프로그램 목록에 〈내 강산 우리노래〉는 없다. 또한 〈창극무대〉가 신설되었음에도 프로그램에 대한 소개가 기록되지 않았다. 이로 보아 신설된 〈창극무대〉는 〈내강산 우리노래〉를 이은 프로그램이었다고 생각된다.

39) 문화방송, 앞의 책, 1991.

40) 「MBC TV 프로개편」, 『동아일보』, 1980.12.13.

41) 문화방송, 위의 책, 1991, 368~378쪽; 「「MBC대항연」 放送(방송)시간 내용 바꿔」, 『경향신문』, 1975.2.3.

42) 문화방송, 위의 책, 1991. 신문의 프로그램 란을 살펴보면, 폐지 전까지도 정규적으로 제시간에 프로그램이 방송된 건 아니었다. 목요일, 토요일, 일요일로 프로그램의 일정이 자주 바뀌었고, 편성되지 못하는 때도 상당히 많았다. 국악 프로그램에 대한 경시가 심했던 것이다.

43) 김원술, 「국악협회 국악진흥법 제정, 창극부흥운동도」, 『경향신문』, 1981.1.8.

44) 문화방송, 앞의 책, 1991; 「MBC TV 가을프로 改編」, 『동아일보』, 1981.9.22; 「KBS 「인생무대」·MBC 「실화극장」 등 新設物 방영 "龍頭蛇尾"」, 『매일경제』, 1984.8.18; 「국악프로는 천덕꾸러기인가」, 『동아일보』, 1987.3.10.

45) 출처:『동아일보』, 『경향신문』, KBS아카이브 방송자료실.

46) 1983년 신년특집으로 해학드라마 형식의 창극 〈화촉동방〉(KBS 이재현 극본, 박경식 연출)이, 새봄맞이 초대석으로 해학드라마 창극 〈매화연풍〉(KBS 이재현 극본, 박경식 연출)이 방송되었다. 또한 1985년 12월 송년특집에 맞추어서 〈가는 세월 그 누구가〉(MBC 라디오)라는 창작 창극이 제작 방송되었고, 1987년 1월에는 민속의 날 특집으로 〈가짜양반타령〉(KBS 박경식 극본, 이재현 연출)이 제작 방송되었다.

47) 2012년 4월 12일 인터뷰. 신영희 선생 자택.

48) 조상현 선생님 전화 인터뷰, 2015.3.7.
49) 한국방송공사, 〈창극 허생전〉 방송 대본.
50) 위의 글.
51) 위의 글.
52) 신탁은 창극 〈허생전〉이 새롭게 창조한 인물 가운데 하나다. 그는 극 초반 집을 나온 허생에게
    변진사에게 가서 돈을 빌리라는 조언을 해주고, 백석도에 도둑들을 데리고 들어간 허생을 격려하며,
    후반 큰 뜻을 펼 것을 독려하는 동자이다. 수성궁터에 나타나 홀연히 사라지곤 하는 신비로운
    인물로 허생의 심리적 조력자로 기능한다.
53) 한국방송공사, 창극 〈이춘풍전〉 방송 대본.
54) 한국방송공사, 창극 〈허생전〉 방송 대본.
55) 한국방송공사, 창극 〈장화홍련전〉 방송 대본.
56) 〈옹고집전〉, 〈장화홍련〉에서도 도창자는 서술로만 이야기를 시작한다.
57) 무대극의 도창자 역시 창극의 다양한 실험 속에서 변화를 겪었다. 1970년대와 1980년대의 창극은
    정통 창극의 도창 형식을 따르는 경우가 많았으나, 90년대로 넘어오면서 도창을 무대극에서 아예
    활용하지 않는 경우도 있었고(대표적으로 김홍승 연출, 강한영 각색의 1993년 국립창극단 제80회
    정기공연 〈춘향전〉), 등장인물이 도창자의 기능을 함께 수행하는 경우도 있었다. 이를테면 1999년
    국립창극단 제99회 정기공연 〈흥보전〉의 경우, 극 중 배역 마당쇠가 도창자의 기능을 함께 수행하며
    극을 진행했다. 하지만 이러한 시도는 90년대에 이르러서야 나타났다는 점에서, 도창이 극 중
    자연스럽게 보이도록 하는 시도는 방송 창극에서 먼저 이루어졌다고 할 수 있다.
58) 국립창극단 1977년 27회 정기공연, 〈흥보전〉 중에서.
59) 국립창극단 1977년 26회 정기공연, 〈심청전〉 중에서.
60) 한국방송공사, 창극 〈허생전〉 방송 대본.
61) 한국방송공사, 창극 〈장화홍련전〉 방송 대본.
62) 〈화촉동방〉 출연자: 조상현, 남해성, 신영희, 안병경, 이종만, 장미자, 장항선 등, 〈매화연풍〉 출연자
    : 강종철, 남해성, 신영희, 조상현, 안병경, 김동애, 박준금, 임혁주, 유동근 등, 〈가짜양반타령〉
    출연자: 조상현, 김종엽, 김진란 등, 이 작품의 경우 창극 배우는 조상현이 유일하다.

제1부 제5장 ──────────

1) 유민영, 『한국근대연극사』, 단국대 출판부, 2000, 62쪽.
2) 서연호, 「창극 발전의 새로운 방향과 방법 재고」, 『판소리연구』 2, 판소리학회, 1991, 8쪽.
3) 정충권은 서연호의 이 부분을 좀 더 면밀히 살폈는데, 논자는 예기들을 중심으로 한 당시 '노름'의
    형태를 통해 초기 창극이 서사적 내용의 극화에 중점을 두어, 인물 의상, 무대 장치, 배우의 동작
    등을 실제에 가깝게 재현하려는 공연 형태를 지녔다고 언급했다(정충권, 「초기 唱劇의 공연 형태와
    위상」, 『국어교육』 114, 한국어교육학회, 2004, 258~259쪽).
4) 시에론 레코드의 〈춘향전〉 연주자는 김정문, 신금홍, 심영, 남궁선이고, 태평레코드 〈춘향전〉의
    연주자는 태양극장 배우 일동과 김남수이다. 이 음반에 대한 상세한 정보는 http://www.sparchive.
    co.kr/v2/index.php 한국음반아카이브 연구소 참고.(검색일 2022.10.20)
5) '가극(歌劇)'은 1920년대 신파극이 널리 유행하면서 공연 도중에 막간을 이용하여 출연 배우들이
    짤막한 코미디나 만담, 대중가요 등의 숨은 장기를 보여주면서 출발했다. 토월회, 취성좌 등의
    극단에서 연극 속에 노래를 몇 개를 삽입하며 '가극'의 이름 아래 공연이 되었고, 1929년에는
    가극과 쇼를 전문으로 하는 '삼천 가극단', '배구자 소녀 가극단' 등이 조직되기도 했다(백현미,
    앞의 책, 1997, 158쪽). 한편 김향은 1930년대 '가극'과 '창극'의 용어를 설명하며, '가극'의 지향점은
    송만갑, 이동백, 김창룡, 정정렬, 즉 당대 4명창의 무대화와 직접적인 관련이 있다고 했다. 논자는
    '가극'이라는 용어는 수준 있는 명창들이 무대에서 대사와 소리 연기를 함께하는 '새 형식'을
    표방하는 것이었고, '창극'은 연기하는 배우와 소리하는 배우가 따로 존재하는 공연을 지칭하는

것이었다고 했다. 그리고 이후 가극의 주체였던 4명창이 영면하거나 은퇴하여 더 이상 무대에 서지 못하는 상황이 되었을 때에 '창극'이라는 용어가 정착되었다고 했다(김향, 「1930년대 조선성악 연구회(朝鮮聲樂研究會)의 창극적 상상력과 식민성」, 『공연문화연구』 39, 한국공연문화학회, 2019, 370~378쪽). '창극'과 '가극'의 구분 기준이 수준 높은 명창의 소리였는가는 사실 명확히 말하기 어렵다. '음악극'으로 창극의 정체성을 부각하고자 '가극'이라는 용어가 혼재되어 사용되었을 수는 있지만, 창의 '수준' 차이로 이를 구분했다는 핵심 근거를 찾기는 어렵기 때문이다.

6) 여기에서 '창극'은 창극이라는 용어가 등장하기 이전의 전통연희자들의 공연, 창극이라는 용어가 등장한 이후 이 용어를 통해 소개된 음반과 방송, 무대극을 모두 포함한다. 다만, 무대극의 경우 조선음률협회(이후 조선성악연구회로 개칭)의 명창 대회도 기록하였다. 명창대회는 엄밀히 말해 창극 공연이라 말하기에 무리가 있다. 그러나 창극 공연의 주된 주체였던 전통연희자들이 이 시기에 어떤 무대 활동을 하였는가를 설명하기 위해 창극의 범위에 포함될 수 없는 무대도 해당 표에 기록하였음을 밝힌다. 더불어 이 표는 음반과 방송, 무대에서 창극이 등장하였던 횟수와 그 내용을 정리한 것이다. 무대극의 경우 작품 뒤 ()안의 숫자는 작품이 공연된 횟수이다. 음반과 방송의 경우는 앞선 장에서 정리한 표를 토대로 작성하였다. 그리고 무대극의 경우는 백현미(1997)의 저서를 참고하고, 당대 신문기사를 확인하여 정리하였음을 밝힌다. 각 작품의 발매, 방송, 공연이 된 정확한 시기는 앞선 장의 자료들을 참고하면 될 것이다.

7) 다음의 기사를 통해 당시 분위기를 보도록 한다. "이중방송을 실시한 이래 조선 사람측 「라듸오」 청취자가 점점 증가되야 십오일 현재로 오천사백이십삼 호나 되는데…… 수만혼 청취자로부터 매일 희망 혹은 불평을 렬거하야 투서가 여러 장식 오게 되는데 한 집안 가족으로서도 늙은 아버지는 신식류행가는 듯기 실흐니 고래의 조선노래를 만히 듯겨다오 혹은 양악은 도모지 몰으겟스니 가야금가튼 것을 만히 듯겨다오 하는 반면에 젊은 아들로부터는 케케묵은 예전 조선노래는 듯기 실흐니 신식류행가를 듯겨주오 가야금가튼 시대느진 악기는 듯기 실흐니 최신식 양악을 듯겨주오 하는 등 신구충돌과 또는 지방별로는 왜 남도노래만 만히 하고 서도노래는 적게 듯겨주느냐 하는 서도지방의 불평과 또 그 반대로 남도지방에서는 왜 수심가만 만히 하고 남도노래는 적게 듯겨주느냐 하는 등 불평 희망 등의 투서가 작구 들어옴으로 방송국 「푸로그람」 편즙부에서도 그 조절을 맞추는데 여간 힘드는 바가 아니라 한다"(『조선일보』, 1933.12.17).

8) 「名唱의 報酬」, 『삼천리』, 1931.12.

9) 김민수, 「1940년대 판소리와 창극 연구」, 한국학중앙연구원 박사논문, 2013 참고.

10) 박황, 앞의 책, 1976, 211~212쪽.

11) 음반과 방송 창극의 현황은 잎선 표를 요약하여 가져온 것이고, 무대 창극의 경우는 국립중앙극장편, 『세계화 시대의 창극』, 연극과 인간, 2002, 247~266쪽의 연보를 참고하여 정리했다.

12) 라디오 창극, 텔레비전 창극 모두 주 1회 방송되는 것이 기본이었다.

13) 강준만에 따르면 1961년 당시 국내에는 TV 수상기가 약 1만대 있었지만 그것으로는 모자랐기 때문에 군사정부는 1962년 2월부터 총 2만대의 TV를 미국과 일본에서 긴급 도입해 월부로 배포했다. 논자는 이렇게 수입된 TV수상기를 갖기 위한 경쟁은 매우 치열하였는데, TV수상기 신청서 1장에 100원씩 팔았던 당시 상황에서 신청서를 사러 온 시민의 운집으로 세종로와 정동방송국 부근은 인산인해를 이루는 대혼잡으로 교통순경까지 출동했다고 한다(강준만, 『한국대중매체사』, 인물과 사상사, 2007, 410쪽).

14) 「명창명수 노리는 국악계 10대 신인들」, 『경향신문』, 1968.9.14.

15) 손정주, 「국악 듣고 싶어도 음반이 없다」 『음악동아』 1987.5, 129~130쪽.

나가며 ————————————————————————————————

1) 유민영, 「국가브랜드로서의 '창극'에 대한 이해와 사랑」, 『무대 위 세상 무대 밖 세상』, 푸른사상, 2016. 〈다른 춘향〉의 주제의식에 관한 연구로, 졸고, 「창극 〈다른 춘향〉(2014)에 활용된 무대

영상의 양상과 작품의 지향」, 『공연문화연구〉』 50,　한국공연문화학회, 2025 참고.
2)　유영대, 「국립창극단사」, 국립중앙극장 편, 『국립극장 60년사 – 역사편』, 태학사, 2010, 251쪽. 이후 〈청〉은 2010년 국립극장 60주년 기념 공연, G20정상회의 개최 기념 특별 공연, 2011년 5월 15~28일까지의 추가 공연 등을 거듭하며 2006년부터 71회 공연, 7만여 명의 관객을 동원한 작품으로 창극의 대중화에 크게 기여했다는 평가를 받았다(최혜진, 「국립창극단사」, 국립중앙극장 편, 『국립극장 70년사 – 역사편』, 국립중앙극장, 2020, 201쪽).
3)　〈안드레이 서반의 다른 춘향〉의 연출자 안드레이 서반은 춘향을 사랑을 위해 자신의 모든 것을 던지는 '영웅적 인물'로 그려내고, 몽룡은 자신의 이해관계 속에서 사랑을 이용하는 인물로 해석했다 (국립창극단, 「국립창극단 〈안드레이 서반의 다른 춘향〉 보도자료」, 2014.11.5). 이로부터 춘향은 '몽룡'이 아닌, 자신이 믿는 '사랑' 그 자체를 신념화하는 인물로 재탄생했다. 〈다른 춘향〉의 주제의식에 관한 연구로, 졸고, 「창극 〈다른 춘향〉(2014)에 활용된 무대 영상의 양상과 작품의 지향」, 『공연문화연구』 50, 한국공연문화학회, 2025 참고.
4)　황호준, 「나는 어떻게 〈메이다〉의 음악을 만들었나」, 『미르』, 2013.5, 15쪽.
5)　최혜진, 앞의 글, 2020, 220쪽.
6)　「[공연리뷰] '뉴 창극' 대중의 품에 안기다」, 『동아일보』, 2012.12.4.
7)　「"창극 전회매진은 상상 못할 사건"」, 『동아일보』, 2013.7.9.
8)　「창극 사상 최초 18금……창극 '변강쇠 점 찍고 옹녀' 5월 공연」, 『한국경제』, 2015.4.17.
9)　전경욱, 『한국전통연희사전』, 민속원, 2014.
10)　졸고, 「창극의 성격과 양식에 관한 재고찰 – '창극논쟁'을 넘어서기 위하여」, 『민족문화연구』 91, 고려대 민족문화연구원, 2021, 279쪽.
11)　유민영, 『우리 시대의 연극운동사』, 단국대 출판부, 1996, 14쪽.
12)　졸고, 위의 글, 2021, 279~288쪽.
13)　여기서 말하는 '전통극의 양식'이란 전통연희에서 추구하는 화해와 통합성, 마당놀이성, 신명풀이성 등을 말한다. 더불어 전통 판소리의 서사와 의미를 고수하는 방향 역시도 이에 속한다고 보았다.
14)　음악적 지향의 경우, 반주는 물론 노래(창)에 있어 판소리는 물론 전통음악으로 극 전반의 음악을 구성한 경우는 1로, 전통음악뿐 아니라 다양한 서양악기의 편성과 더불어 노래(창)에 있어서도 전통소리의 색채만을 고수하지 않은 경우는 2로 두었다. 극예술로서의 지향과 관련하여서, 전통극의 배우와 연출자를 중심으로만 극을 구성하며, 전통극의 양식적 면모를 강조한 경우는 1)로, 현대적 감각의 연출로 작품을 구성한 경우는 2)로 구분했다. 마지막으로, 레퍼토리에 따라 전통 판소리 작품, 국내 서사물을 수용 및 재해석한 작품은 ①, 창작 작품은 ②, 국외 원작의 작품, 국외 원작을 번안 및 재해석한 작품은 ③으로 분류해 보았다. 한편, 저자가 직접 관람하지 못한 작품의 경우는 국립창극단에서 제공한 홍보 팸플릿과 공연 리뷰 자료, 국립극장, 『국립극장 70년사』 자료편, 국립극장, 2020, 6~91쪽을 참조하여 분류했다. 또한, 직접 관극이 아님으로 인해 다소 오류가 있을 수 있음도 인정한다. 다만, 저자는 작품이 일정 기준을 토대로 유형 분류될 수 있으며, 이러한 유형 분류를 통해 창극에 대한 다양한 이해가 가능해질 수 있다는 점을 강조한다. 더불어 유형 분류는 언제나 포섭되지 못하는 항목, 명확하게 분류체계에 삽입할 수 없는 항목이 존재하기 마련이다. 이와 같은 부분 역시 인정하며, 이 작업을 통해 창극을 학술적으로 정밀하게 이해할 수 있는 기초가 마련되길 바란다.
15)　「국립창극단」, https://www.ntok.go.kr/kr/Changgeuk/Main/Index(2021.3.30 검색); 국립극장, 위의 책, 2020, 6~91쪽을 참고하여 작성. 목록으로서 제시한 작품의 연도는 정기공연의 초연을 대상으로 하였음을 밝힌다. 덧붙여 저자가 이후 작품을 공연영상박물관에서 실제로 확인하면서 수정하여 앞선 소논문으로 제출한 것과 유형분류에서 달라진 점이 있음을 역시 밝힌다.

제2부 제1장 ─────────────────────────────────

1) 철산 사건은 1656년 효종 연간에 전동흘이 철산부사로 가서 배씨의 딸 장화, 홍련이 계모의 학대로
    억울하게 죽은 사건을 처리한 것을 말한다. 전동흘의 자손이 엮은 한문본 「嘉齋公實錄(嘉齋事實
    錄)」(1865)에 〈장화홍련전〉의 내용이 담기면서 소설과 전동흘, 그리고 철산사건은 긴밀하게
    연계되며 연구되어 왔다.
2) 현재 확인할 수 있는 〈장화홍련전〉의 가장 이른 시기의 이본은 朴仁壽본으로 한문본 〈장화홍련전〉
    이다. 박인수가 純祖 무인년(1818년)에 한글본의 이야기를 한문본으로 옮겨 적었다는 기록을
    통해 1818년에 한문본 〈장화홍련전〉이 생겨났고, 그 이전에도 이미 한글본 〈장화홍련전〉이 존재하였
    음을 알 수 있다. 1818년 이전의 〈장화홍련전〉에 대한 이본은 현재로서는 확인된 바가 없어 1656년의
    철산사건과 1818년 한문본 탄생 사이에 한글본이 있을 것이라는 짐작만이 가능하다. 한글본의
    존재를 18세기 중후반으로 산정하는 까닭은 正祖 21년 1797년 박종설이 쓴 전동흘의 행장이나
    1806년 정달린이 쓴 행장에도 가재 전동흘이 철사부사가 되어 장화홍련의 원한을 처리해주었다는
    말이 있기 때문이다. 즉, 1797년 이전에 국문으로 쓴 〈장화홍련전〉이 있었을 가능성이 있는 것이다.
    이에 관한 자세한 논의는 김재용, 『계모형 고소설의 시학』, 집문당, 1996, 83~86쪽; 김준영,
    「전동흘과 장화홍련전」, 『전라문화논총』 5, 전북대 전라문화연구소, 1992, 2~5쪽 참고.
3) 〈장화홍련전〉에 관한 최초의 영화는 1924년 박정현이 감독한 무성영화 〈장화홍련전〉이다. 이후
    홍개명 감독의 유성영화 〈장화홍련전〉(1936년), 정창화 감독의 1956년 〈장화홍련전〉, 다시 정창화
    의 1962년 〈대장화홍련전〉, 그리고 이유섭 감독의 1972년 〈장화홍련전〉, 마지막으로 2003년
    김지운 감독의 〈장화, 홍련〉이 영화로 제작되었다. 〈장화홍련전〉은 영화 뿐 아니라 연극으로도
    공연되었다. 연극 〈장화홍련전〉은 1937년 동양극장의 전속극단인 청춘좌에서 김건 각색으로 처음
    공연된 후, 1943년 7월에 이르기까지 여러 차례 지속적으로 공연이 되었다. (백현미, 『한국창극사연
    구』, 태학사, 1997, 324쪽; 「演藝案內」, 『동아일보』, 1955.6.7 참고. 연극공연을 광고한 기사는
    이 시기 6월 7일 이후에도 여러 차례 확인된다) 그리고 2001년 정복근 작, 한태숙 연출의 연극
    〈배장화 배홍련〉이 새롭게 해석된 〈장화홍련전〉으로 많은 화제를 모았다. 창극으로서 〈장화홍련전〉
    에 관한 내용은 다음 항목에서 상술하기로 한다.
4) 대표적인 연구는 다음과 같다. 전성탁, 「장화홍련전의 일연구 - 박인수작 한문본을 중심으로」,
    『국어교육』 13, 한국어교육학회, 1967; 「『장화홍련전』의 국한문본과 한문본의 내용 및 저작연대에
    관한 고찰」, 『춘천교육대학논문집』 8, 춘천교육대학, 1970; 「『장화홍련전』의 일연구」, 『춘천교육
    대학논문집』 16, 춘천교육대학, 1976; 김기현, 「「장화홍련전」의 한 이본 - 고대본 「장이홍연전」에
    대하여」, 『어문논집』 14·15, 안암어문학회, 1973; 박태상, 「장화홍련전의 구조적 의미」, 『동방학
    지』 36·37, 연세대 국학연구원, 1983; 서혜은, 「〈장화홍련전〉 이본 계열의 성격과 독자 의식」,
    『어문학』 97, 한국어문학회, 2007 등.
5) 대표적인 연구는 다음과 같다. 김재용, 『계모형 고소설의 시학』, 집문당, 1996; 이원수, 『가정소설
    작품세계의 시대적 변모』, 경남대 출판부, 1997; 이기대, 「『장화홍련전』 연구」, 고려대 석사논문,
    1998; 조현설, 「남성지배와 「장화홍련전」의 여성형상」, 『민족문학사연구』 15, 민족문학사연구소,
    1999; 정지영, 「장화홍련전 - 조선 후기 재혼가족 구성원의 지위」, 『역사비평』 12, 역사비평사,
    2002; 「윤정안, 「『장화홍련전』 연구」, 서울시립대 석사논문, 2009 등.
6) 영화의 인기와 원작에 대한 관심은 이후 〈장화, 홍련〉 자체를 하나의 이본으로 보는 시각 속에서
    연구되기도 했다. 대표적인 연구로는 조현설, 「고소설의 영화화 작업을 통해 본 고소설 연구의
    과제 - 고소설 〈장화홍련전〉과 영화 〈장화, 홍련〉의 사례를 중심으로」, 『고소설연구』 17, 한국고소
    설학회, 2004; 이정원, 「영화 〈장화, 홍련〉에서 여성에 대한 기억과 실제」, 『한국고전여성문학연구』
    15, 한국고전여성문학회, 2007; 성현자, 「소설 모티프의 차용과 변용 - 소설 〈장화홍련전〉과 영화
    〈정화, 홍련〉의 경우」, 『비교문학』 45, 한국비교문학회, 2008; 권도경, 「고소설 〈장화홍련전〉
    원형서사의 서사적 고정관념과 영화 〈장화, 홍련〉의 새로쓰기 서사전략」, 『비교문학』 61, 한국비교
    문학회, 2013 등.
7) 신사빈, 「창극 〈장화홍련전〉의 환상적 현실 세계」, 『음악과 민족』 49, 민족음악학회, 2015; 박종혁,
    「연행 환경의 변화에 따른 창극의 가창 성격에 관한 연구 - 창극 〈서편제〉, 〈장화홍련〉, 〈메디아〉를

중심으로」, 홍익대 석사논문, 2014; 김향, 「유아적 자아의 도피와 창극과 포스트드라마 사이-국립창
극단 〈장화홍련〉을 보고」, 『공연과이론』 48, 공연과이론을위한모임, 2012.
8) 김동기, 「판소리系 「장화홍련가」에 對하여」, 『한국언어문학』 19, 한국언어문학회, 1980.
9) 이성권, 「〈장화홍련전〉의 판소리 사설적 성격 - 〈가람본〉을 중심으로」, 『고소설연구』 7, 한국고소
설학회, 1999.
10) 위의 글. 논자가 분석하여 제시한 가람본의 판소리 사설적 요소는 다음과 같다. ① 극적 장면의
확대, ② 삽입가요적 요소, ③ 현재(진행)형 시제, ④ 극적 관용어, ⑤ 구어적 일상어, ⑥ 시점의
자유 이동, ⑦ 비장과 골계의 이중적 정서, ⑧ 서사적 불통일성.
11) 위의 글, 255쪽.
12) 이 글에서 다루고자 하는 창극본 〈장화홍련전〉은 고전소설 『장화홍련전』의 자장 아래에서 연행된
20세기의 작품에 한함을 밝힌다. 따라서 2014년 국립창극단의 창극 〈장화홍련전〉은 논의 대상으로
다루지 않는다.
13) 백현미, 앞의 책, 1997, 152쪽.
14) "…… 직리의 춤 갓흔 것은 일절 조금식 ㅎ도록 ㅎ고 **일반관긱의 질겨ㅎ는 소리와 연극 갓을 것을**
무대 우에서 출연ㅎ기도 되야 **신파갓치 쉼인 연극과 희극을** ㅎ며……"(『매일신보』, 1921.4.12).
15) "…… 긔싱의 가무가 잇슬 쑨이라 **고대소설에 가쟝 유명ㅎ 옥루몽과 춘향뎐 심청뎐 등의 연극으로**
대대뎍 연주를 거힝한다더라"(『매일신보』, 1921.11.15).
16) "…… 가무 등도 이와 것과는 전혀 다르게 하야 긔싱들의 별별 희극이 만타 하며 **신구파 병하야**
만든 연극도 잇서서 자못 볼만ㅎ 중에 더욱이 처음의 가극이 잇다더라"(『매일신보』, 1922.5.20).
17) "…… 식로 쟝치한 무대에서 온갖 가무를 출연하야 여러분에게 위안을 하야 드릴 작뎡이오 긔싱의
자미로운 신파극도 세막을 하야 아죠 희극뎍으로 일단의 흥치를 도아드리기로 되엿는대……"(『매일
신보』, 1922.10.8).
18) 8월 25일브터 3주일간을 한ㅎ야 동구내 단성사에서 秋期연주회를 開ㅎ옵니다 今般에는 舊劇의
技藝도 잘 練習ㅎ얏습고 內地人 劇師를 招聘ㅎ야 新派의 技藝도 透得ㅎ와 每夜 舊劇과
新劇으로써 興行ㅎ겟스오니 愛劇家 諸氏는 倍舊贊成之地를 伏望 京城舊派俳優組合 告白
(『매일신보』, 1916.8.26).
19) http://www.sparchive.co.kr/v2/sub/search/music.php?at_opt = &at = view&content
= %EC%9E% A5%ED%99%94%ED%99%8D%EB%A0%A8&id = 20025&page = 1 참조. (검
색일 : 2017.10.7).
20) http://blog.daum.net/bansong0729/14652 참조.(검색일 : 2017.10.7).
21) 『매일신보』, 1943.11.3.
22) 『매일신보』, 1944.3.9.
23) 그 내용은 다음과 같다. 1944년 3월 9일~13일 第一劇場 공연, 1944년 4월 9일~11일 新富座
공연, 1945년 5월 7일~11일 제일극장 공연.
24) "장화홍련전의 最高峰!! 半島唱劇의 無人境 !! 朴珍 脚色演出 唱劇 薔花紅蓮傳 全四幕
今 日 부터 五日間 第一劇場, 朝鮮移動唱劇團 公演"(『매일신보』, 1944.12.4).
25) 『경향신문』, 1955.7.4; 1955.7.10; 1955.7.15.
26) 「國劇界元老들動員 "장화홍련전"公演」, 『동아일보』, 1959.2.10.
27) "한국여성국극예술협회는 「장화홍련」을 28~29일 문예회관 대극장(오후 4시 30분, 7시 30분)에
서 공연한다. 계모와 전처소생 두 딸 장화-홍련의 갈등을 그린 설화소설. 장화-홍련의 억울한
죽음을 수사와 재판형식을 빌려 재구성한 한국판 전통뮤지컬이다." (「여성국극 예술협회 「장화홍련
전」」, 『조선일보』, 1998.3.25).
28) 저자가 입수한 창극본 〈장화홍련전〉은 '한일국교정상화경축일본위안공연' 대본이다. 이 공연에
관한 신문 기사는 나와 있지 않지만, 대본의 존재로 봤을 때, 공연이 이루어졌을 가능성이 있다.
이에 관한 것은 다음 항목에서 상술하겠다.
29) 1971년 10월 국악예술학교는 국악 연례 발표회를 9일, 10일 양일간에 걸쳐하며 창극 장화홍련
가운데 「홍련의 노래」를 공연했다.(『동아일보』, 1971.10.6 참고).
30) 이하 표는 본 책의 1950~80년대의 방송 창극 목록에서 가져옴.
31) 사실 〈장화홍련전〉은 이외에도 〈라디오 창극〉 프로그램하에서 또 방송이 되었을 수도 있다. 당시

신문을 통해 〈라디오 창극〉을 소개한 기사란에는 작품명을 누락한 채 그저 '라디오 창극'이라는 프로그램명만을 다루기도 했기 때문이다. 당시 방송 실상을 명확하게 파악할 수 없는 현재로서는 여러 가지 가능성을 염두에 두고 기사를 볼 필요가 있다.

32) 이하 표는 본 책의 1950~80년대의 음반 창극 목록에서 가져옴.

33) 이 음반은 1979년 힛트레코드사에서 '장화홍련전'의 이름으로 발매되면서 연주자로 '김소희, 김정희, 성창순, 박옥진, 성우향, 한일섭'이 소개되었다. 그러나 힛트의 '장화홍련전'과 시대 / 유니버샬의 '장화홍련전'은 같은 것이다. 다만 취입자 기록 때문에 다소 헷갈릴 만한 여지가 있다. 시대 / 유니버샬의 '한일선'은 소리를 한 녹음자로 파악이 되고, 힛트 / 서라벌에 소개된 '한일섭'은 아쟁 연주자 한일섭(1929~1974)으로 봄이 옳다. 1979년 한일섭은 이미 타계하였기로 1979년에 '장화홍련전'이 힛트레코드에서 처음으로 녹음·제작되었다고 할 수 없다. 또한 음원을 들어 확인한 결과, 힛트 / 서라벌의 음반과 시대 / 유니버샬의 음반은 같았다. 따라서 이 음반은 1960년대 말 시대 / 유니버샬레코드에 의해 처음으로 발매되고, 이후 여러 음반사에서 재발매의 과정을 거쳤다고 할 수 있다.

34) 1950~80년대에 이르기까지 새롭게 발매된 창극음반은 〈춘향전〉 12회, 〈심청전〉 8회, 〈흥보전〉 8회, 〈수궁가〉 2회, 국극 〈콩쥐팥쥐〉 2회, 그리고 〈적벽가〉, 〈성웅 김대건은 살아있다〉, 〈사명대사〉, 〈순교자 이차돈〉, 〈석가모니 일대기〉, 국극 〈바보온달과 평강공주〉, 국극 〈선화공주〉가 각각 1회씩이다. 〈춘향전〉, 〈심청전〉, 〈흥보전〉 다음으로 〈장화홍련전〉이 5회에 걸쳐 발매되었다는 것은 음반으로써의 상업성이 〈수궁가〉, 〈적벽가〉와 같은 전통 판소리 작품에 비해 높았다는 것을 방증한다.

35) 음반에는 연도표기가 없지만 시대, 유니버샬레코드의 창극 음반 발매는 1960년대 후반에 이루어진 것으로 볼 수 있다. (http://www.hearkorea.com/ 참고, 2017.10.8 검색).

36) 음반에는 연도표기가 없지만 1970년에 초판이 제작되었다. (위의 사이트 참고).

37) 저자는 방송 대본은 1편 밖에 가지고 있지 않다. 그러나 KBS자료실에서 3편으로 구성된 테이프를 직접 열람하여 내용 전체를 확인했다.

38) 이러한 견해는 김재용, 앞의 책, 1996에 의해 제시된 이후, 이기대, 앞의 글, 1998; 이강엽(「〈장화홍련전〉의 再生談」의 의미와 기능」, 『열상고전연구』 13, 열상고전연구회, 2000; 서혜은, 앞의 글, 2007, 윤정안, 앞의 글, 2009 등에 의해 자연스럽게 받아들여졌다.

39) 서혜은, 앞의 글, 2007, 390~395쪽.

40) 각 계열에 속한 이본의 종류는 서혜은, 위의 글, 391~392쪽 참고.

41) 한국자유여성국극단, 〈장화홍련전〉, 저자소장, 135~137쪽.

42) 신세계 창극 음반 〈장화홍련전〉 2-B. 다른 음반들의 경우도 미세한 차이만 있을 뿐 거의 같음.

43) 『每日申報』, 1943.10.28.

44) 이강엽은 〈장화홍련전〉의 '재생담'의 기능 가운데 한 가지로, 주인공 장화와 홍련이 갖고 있는 근본적인 恨 ─ 곧, 친모의 短命에 대한 한과 두 자매가 끝내 同樂하지 못한 한─ 의 해소를 말하였고(이강엽, 앞의 글, 2000, 37~42쪽), 서혜은은 〈장화홍련전〉의 환생담으로 가정 비극의 극복과 가족주의를 지향하는 민중적 열망을 포착했다(서혜은, 앞의 글, 2007, 409~411쪽).

45) 한국자유여성국극단, 〈장화홍련전〉, 저자소장, 135~140쪽.

46) 위의 대본, 19쪽.

47) 위의 대본, 39쪽.

48) 위의 대본, 47쪽.

49) 위의 대본, 49쪽.

50) 특히 2003년 영화로 제작된 김지운의 〈장화, 홍련〉은 공포, 스릴러 장르에 속하며, 시각적 공포 뿐만이 아니라, 심리적 공포까지 자아내게 하여 호평을 받은 바 있다.

51) 『매일신보』, 1943.11.3.

52) 한국자유여성국극단, 앞의 대본, 66쪽.

53) 위의 대본, 71~72쪽.

54) 위의 대본, 98쪽.

55) 아시아레코드의 경우 장화 역은 안향련, 홍련 역은 김소연이, 신세기 레코드의 경우 장화 역은 박송희, 홍련 역은 김진진이 맡았다. 그리고 도미도 레코드의 경우 장화 역에 박미숙, 홍련 역에 박옥진이 캐스팅되었다. 유니버샬 레코드의 경우는 김소희, 김경희, 성창순, 박옥진, 한일선 등이 참여하고 있으나 정확한 배역은 구분되어 있지 않아 단정하기 어렵다. 다만 음반을 들었을 때,

박옥진이 홍련 역을 맡은 것으로 보인다.
56) 이본에 따라 장쇠가 직접 장화를 밀기도 하고, 장쇠의 겁박에 장화가 직접 물에 빠지기도 한다.
57) 이본에 따라 두 눈과 손목, 코를 잃기도 한다.
58) 한국자유여성국극단, 앞의 대본, 122쪽.
59) 위의 대본, 34쪽.
60) 위의 대본, 87~88쪽.
61) 위의 대본, 121~125쪽.

제2부 제2장

1) 원작: 이종익, 창: 이용배, 한농선, 반주: 박봉술, 악사: 가야금 유대봉, 대금 김동진, 아쟁 김일구, 해설: 김인배, 염불: 보문사 여승, 출연: KBS 성우 9명
2) 한국전통연희 사전은 창극이란 "여러 명의 배우가 등장해 배역에 따라 연기하면서 판소리를 부르는 연극 양식을 지칭하는 용어"라 정의하고 있다. 이 정의를 토대로 '창극'의 특성을 꼽아보면 ① 여러 명의 배우, ② 배역에 따라 연기, ③ 판소리, ④ 연극 양식임을 알 수 있다. 그러나 창극은 여러 명의 배우를 누구로 하고 있느냐, 즉 소리꾼만으로 구성하느냐, 그 이외의 배우들로도 구성을 하느냐, 배역을 1인 1역으로 하느냐 1인 다역으로 하느냐, 음악을 판소리만으로 삼느냐 서양음악과 혼종 하느냐, 연극 양식을 서구의 극 양식으로 하느냐 전통극의 양식으로 하느냐, 혹은 이를 혼합하느냐 등에 따라 상당히 다양한 형태로 존재해 왔다. 여기서 말한 '통상적인 창극의 양식'은 1930년대 이후 정립된 형태로 '판소리 창자 중심으로 배우를 구성하여, 1인 1역의 연기를 하고, 판소리만을 음악적 특징으로 하는 연극 양식'이다. 1960년대 국립창극단이 성립된 이후에도 이와 같은 형식을 한 연행물이 '창극'을 표제로 하여 무대에서 공연된 것이 사실이다. 그러나 무대 밖에서는 '창극'이라는 용어가 더 다채로운 형태의 공연물에도 붙여졌다.
3) 음반 창극 〈사명대사〉, 이하 인용은 모두 음반을 직접 듣고 저자가 채록한 것이다.
4) 김예진, 「창작 창극 〈釋迦牟尼 一代記〉의 선율 분석 연구」, 한국예술종합학교 석사논문, 2011, 77쪽.
5) 송미경, 앞의 글, 2016.
6) 졸고, 「1950-80년대 방송 제작 창극의 현황과 특징」, 『민족문화연구』 71, 고려대 민족문화연구원, 2016.
7) 1970년대 음반 창극의 발매 현황과 관련된 본 책의 부록 참조.
8) 김예진, 앞의 글, 33 · 79~128쪽 참고.
9) 「오늘의 동아방송」, 『동아일보』, 1964.7.21.
10) 〈연속낭독〉 '사명대사'는 이종익의 소설 〈사명대사〉를 기반으로 하여, HLKA에서 1959년 6월 26일부터 7월 4일에 걸쳐 방송되었다. 방송은 오후 6시 25분에 시작하여 25분간 이어졌다(『동아일보』, 1959.6.25~7.8 기사 참조). 또한 〈사명대사〉는 이후 1962년 5월 초순부터 중앙 방송국에서 매일 아침 성우 구민이 1년간 진행한 낭독 프로그램이었다. 그리고 1965년 4월부터 동양라디오 방송국에서는 30회의 연속 드라마로 제작되기도 했다(이종익, 『사명대사』 上, 민성사, 1992, 12쪽).
11) "신문·잡지의 연재소설이 연속낭독 「푸로」로 등장하는 것은 무방하지만 독자 아닌 청취자에게 무엇인가 모자라는 느낌을 준다. 朗讀者와 「뮤드·뮤직」이 있으니까 방송소설이 아니냐는 손쉬운 方便보다 "들리는 소설"로서의 企劃不足이 눈에 따우는 것은 감출 수 없다. KA가 내세운 「사명대사」·「나는코리안의 아내」나 KY의 「통일천하」·「자라지않는아이」가 「베스트·쎌러」는될망정 방송의 「베스트·원」이된다고 단정못한다. 各局이 방송극의 대사를 가다듬고 「뉴스」用語를 淨化하는 努力과 熱意를 "듣는 소설"의 특성을 키우는데도 기우린다면 「푸로」自體가 시간메꾸기에, 낭독자는 극의 연장으로 생각하기 쉬운 폐단을 없애는 捷勁이 될 수 있겠다." (「안테나」, 『동아일보』, 1959.11.11)

12) 김봉희, 「이종익의『사명대사』와 사명당 서사」, 『지역문학연구』8, 경남부산지역문학회, 2003, 52쪽. 이종익의 소설『사명대사』에 관한 연구 논문은 김봉희의 것이 유일하며, 논자는 소설에 나타난 사명당 서사를 통해 밀양의 특수한 장소성과 사명당의 형상화를 살펴보았다.
13) 이종익, 앞의 책, 1992, 15~18쪽.
14) 김승호, 「사명당 설화의 발생 환경과 수용 양상」, 『불교어문논집』2, 한국불교어문학회, 1997, 63쪽. 신동흔 역시『한국구비문학대계』에만 50편가량의 사명당 자료가 수록되어 있다고 서술했다. (신동흔, 「사명당 설화에 담긴 역사인식 연구」, 『고전문학연구』38, 한국고전문학회, 2010, 283쪽) 한편 이외에도 사명당 설화에 관한 주요 연구로 다음의 것이 있다. 임철호, 「사명당 설화연구」, 『한국언어문학』23, 한국언어문학회, 1985; 김승찬, 「사명당 구비서사물의 연구」, 『인문논총』, 56, 부산대 인문학연구소, 2000; 손정희, 「사명당 설화연구」, 『한국문학논총』13, 한국문학회, 1992 등. 문헌을 토대로 사명당의 일생을 정리한 저서는 조영록, 『진리의 길 구국의 생애 사명당 평전』, 한길사, 2009; 사명당기념사업회, 『사명당 유정 – 그 인간과 사상과 활동』, 지식산업사, 2000 참고.
15) 김봉희, 앞의 글, 52쪽.
16) '사명당 일화', '사명당 출가', '사명당의 복수', '사명당의 후처와 누명 쓴 며느리' 등의 이름으로 구비문학대계에 수록되어 있다. 사명당은 본래 승려가 아니라 임씨 성의 진사였다. 그는 아내가 아들을 남긴 채 세상을 떠나자 재취를 맞이하여 그 사이에 다시 아들을 얻었다. 그런데 후처가 전실 자식을 미워하여, 그가 혼례를 치르는 날에 하인을 매수해서 목을 자르게 했다. 사람들은 신부에게 간부가 있어 그런 일이 벌어진 것이라고 신부를 죄인으로 지목했다. 누명을 쓴 며느리는 각지를 방황하던 끝에 어느 외딴집에서 한 사내의 잠꼬대를 듣고서 그가 남편의 목을 자른 자임을 알아냈다. 그녀가 시아버지인 사명당(임진사)를 찾아와 모든 곡절을 아뢰자, 사실을 확인한 사명당은 후처와 그 아들을 집에 가둔 후 불을 질러서 죽여 버렸다. 그는 며느리를 재가시키고 집안 재물을 사람들에게 나누어 준 뒤 출가하여 서산대사 밑으로 들어가 도를 깨우쳤다. (설화의 요약 내용은 신동흔, 앞의 글, 286쪽 재인용)
17) 그가 길가에 서 있는 수만 폭 병풍의 글귀를 빠짐없이 외웠다든가, 뜨겁게 달군 무쇠 방에 갇힌 상태에서 도술로 얼음을 얼렸다든가, 물 속 능구렁이와 독사 수십 마리가 꿈틀거리는 목욕탕에서 지혜로서 담력을 보였다는 이야기 등이 그것이다.
18) 이종익, 『사명대사』下, 민성사, 1992, 262쪽.
19) 소설『사명대사』는 장편소설인 만큼 등장인물도 많고 사건도 지속적으로 일어난다. 따라서 처음부터 소설을 읽어야 서사의 내용을 원만하게 따라갈 수 있고, 인물 간의 관계 파악도 용이하다.
20) 이종익, 앞의 책, 325~326쪽.
21) "불도를 한다는 자들이 어디 부모를 아나, 임금과 백성을 아나" "예. 그것은 참으로 불법을 알지 못하는 분은 그렇게 말씀을 하실 것이나, 불법을 참으로 알고 보면 불자인 본의는 위로 네 가지 큰 은혜를 갚고 아래로 삼악도의 고통을 받는 중생을 건지려는 도를 닦는 것이 곧 부처님의 도인 줄 아옵니다."((8) 유교와 불교에 관한 대화) 소설『사명대사』에는 보다 많은 지면을 할애하여 유불논쟁을 보여준다.
22) "모든 동물은 그 생명을 가장 귀중히 여기며, 사람은 도덕을 가장 귀중히 여긴다. 만물을 내는 것은 하늘의 덕이요, 만물을 기르는 것은 땅의 덕이요, 만물을 살도록 하는 것은 사람의 도덕이다. 그러므로 산 생명을 죽이는 것보다 더 큰 죄악이 없고 죽을 생명을 살리는 것보다 더 큰 공덕이 없다. 장군은 널리 이런 도리를 장병에게 가르쳐 큰 죄를 짓지 말고 큰 복을 닦도록 하라. 그러면 그가 곧 불보살이라."((15) 왜장과 유정의 대화)
23) 이종익, 앞의 책, 127~128쪽.
24) 김성희, 「국립극단을 통해 본 한국 역사극의 지형도 – 1950년부터 1979년까지의 시기를 중심으로」, 『드라마연구』34, 한국드라마학회, 2011, 20쪽.
25) 논자에 따르면 1970년대 국립극단의 공연은 창작극이 거의 전부를 차지하며, 국난 극복을 다룬 역사극이나 새마을극 등 국책극이 주를 이뤘다고 한다. 이는 또한 기념의 표상 연극이기도 했는데, 대부분의 공연이 3.1절, 한국전쟁, 8.15광복절, 이순신탄신일 등 국가 기념일에 공연되었다고

한다. 위의 글, 33쪽.
26) 박동진의 창작 판소리 〈충무공 이순신〉을 1970년대 박정희 정부가 추구한 이순신 상과 관련하여 분석한 논의로 졸고, 「박동진 창작 판소리 〈충무공 이순신〉의 정서 지향과 역사서사물로서의 의미」, 『공연문화연구』 28, 한국공연문화학회, 2014 참고.
27) 〈사명대사〉 레코드 표지.
28) 김성희, 앞의 글.
29) 송소라, 앞의 글, 2014.
30) 지수걸은 국가와 민족 담론이 교과서를 통해 얼마나 치밀하게 형성되었는가를 살피며 다음과 같이 말한 바 있다. "국가와 민족을 초역사화, 혹은 신성화하는 기법 중의 하나가 바로 역사(민족사)발전 혹은 위기극복의 주체로서 국가와 민족을 부각시키는 역사서술이다. 이런 역사서술 과정에서 국가와 민족은 거부할 수 없는 초역사적이며 신성한 존재라는 역사인식이 정당화된다." (지수걸, 「근현대 국가·민족담론의 실상과 허상」, 『내일을 여는 역사』 6, 재단법인내일을여는역사재단, 2001, 65쪽)
31) 노영구, 「역사 속의 이순신 인식」, 『역사비평』 69, 한국역사연구회, 2004, 겨울; 이상록, 「이순신 – '민족의 수호신' 만들기와 박정희 체제의 대중 규율화」, 권형진, 이종훈 편, 『대중독재의 영웅 만들기』, 2005 참고.
32) 김성희는 "1970년대 중반 이후 역사극에는 영웅 호출이 민중과의 관계 속에서 그려지기 시작하며 영웅과 민중이 손을 잡을 때 진정한 역사의 추동세력이 될 수 있다는 새로운 경향이 나타났다"라고 하며 "1970년대 역사학계가 변혁운동의 주체로서 민중을 '발견'하고, '민중적 민족주의'의 가치에 주목한 이래 민중담론이 부상하게 된 것"으로 설명했다. "영웅이 역사의 주체로 그려지던 일방적 시각이 교정되고 민중과의 관계가 부각되거나 민중주체가 역사극의 주인공으로 등장하는 현상, 이른바 영웅담론과 민중담의 제휴, 혹은 담론 투쟁의 양상"이 드러나는 것이다(김성희, 앞의 글, 41쪽).
33) "가사와 대본을 쓰고 곡을 만들 때는 절로신명이 났지만 완성된 작품을 무대에 올리는 일만큼은 쉽지 않았다. 무대화하는 일에 재정적인 도움을 주겠다고 흔쾌히 나서는 이를 구하기가 너무 어려워 결국은 '소리를 팔아서' 제작, 공연비를 마련했다."(위의 글)
34) "원로국악인 이용배(70)씨가 임진왜란 때 의병장으로 유명한 사명 대사의 일대기를 창작 판소리로 만든 '사명대사'를 처음으로 무대에 올린다. 21일 오후 3시와 7시 서울 동숭동 문예회관 대극장에서 열리는 이번 공연은 사명대사의 출생과 출가, 수도, 의병장 활동, 열반 등을 1시간 동안 구성진 가락에 담는다."(「[사람들] 원로국악인 이용배씨」, 『조선일보』, 1997.6.18)
35) 음반 창극 〈사명대사〉 레코드 표지.
36) 김예진, 앞의 글, 78쪽. 이생강 면담자료 인용.
37) 「[사람들] 원로국악인 이용배씨」, 『조선일보』, 1997.6.18.
38) 이와 관련하여 똑같이 종교적 인물을 다룬 창극 〈이차돈〉의 경우는 이차돈을 둘러싼 여성인물과 이차돈의 애정갈등을 부각시키고 있다. 물론 창극 〈이차돈〉의 경우도 원작 소설이 있다. 이광수의 소설 『이차돈의 사』(1935.9.28~1936.4.12)가 그것이다. 흥미로운 것은 창극으로 변용을 하는 과정에서 이광수의 소설이 지향하였던 통속적 흥미를 소거하지 않고 적극적으로 수용했다는 것이다.

제2부 제3장 ────────────────────────────────

1) 판소리 〈변강쇠가〉는 신재효가 정리한 판소리 여섯 마당에 포함되었으나 창을 상실한 채 사설만 전해오다, 1971년 박동진이 신재효의 사설을 정리하여 최초로 완창판소리로 부른 바 있다. 이후 1979년 허규에 의해 창극으로 공연되기 전까지 〈변강쇠가〉의 창을 살려 무대에서 활용된 예는 사실상 없었다. 한편, 허규는 전통극을 현대적으로 연출한 대표적인 인물에 해당한다. 특히 1970년대 후반에서 1980년대 국립창극단에서 창극 연출을 맡으며 행한 그의 작업은 연극사는 물론 창극사에서

상당히 중요한 위치를 점하고 있다. 국립창극단에서 행한 허규 연출에 관한 논의는 김향, 「허규의 창작창극에서 구현되는 창극술과 그 의의」, 『한국극예술연구』 55, 한국극예술학회, 2017; 「허규 연출 완판창극의 창극술 연구」, 『공연문화연구』 34, 한국공연문화학회, 2017; 유영대, 「창극의 전통과 국립창극단의 역사」, 『한국학연구』 33, 고려대 한국학연구소, 2010 등을 참고할 수 있다.

2) 창극 〈가로지기〉의 공연영상과 공연실황을 담은 음원, 그리고 대본은 국립극장의 공연예술박물관에서 열람할 수 있다. 다만, 공연예술박물관에 소장된 영상은 1979년 10월 7일 촬영본으로 기록되어 있지만, 영상을 살펴보면 공연실황을 녹화한 것이 아닌 공연 전 리허설을 녹화한 것이다. 배우들이 연기하는 와중 연출자 허규의 연기 지도와 무대 배치에 대한 의견이 수시로 나타나기 때문이다. 객석 또한 관객들이 아닌 공연제작자들, 실무자들이 채우고 있다. 배우들과의 적극적인 소통, 즉각적인 피드백 등이 이의 근거가 된다. 이 영상은 아쉽게도 작품 전편을 담고 있지는 못하다. 그러나 공연실황을 담고 있는 음원 자료와 대본이 존재하고, 이들 간의 큰 차이가 없어 영상으로 미처 확인할 수 없는 장면은 실황 음원과 대본을 통해 파악했다.

3) 창극 〈변강쇠 점 찍고 옹녀〉는 2014년 6월 국립창극단에서 초연된 이후 지금까지 한 해도 거르지 않고 매년 공연된 국립창극단의 고정 레퍼토리다. 2019년 8월 공연을 앞두고 기사화된 자료에 따르면 〈변강쇠 점 찍고 옹녀〉는 관객과 평단의 뜨거운 호평을 받으며 총 88회 공연에서 4만1365명의 관객과 만났고, 2016년에는 유럽 현대공연의 중심이라 평가받는 프랑스 파리의 테아트르 드 라 빌에 창극 최초로 공식 초청되기도 했다.(https://www.asiae.co.kr/article/ 2019081017490941561 참고, 검색일 2020.2.5)

4) 〈변강쇠 점 찍고 옹녀〉와 관련한 주요 평론 및 연구논문은 다음과 같다. 김태희, 「진화하는 창극 《변강쇠 점 찍고 옹녀》」, 『연극평론』 74, 한국연극평론가협회, 2014; 김향, 「통티살에 상부살로 맞서기 창극 〈변강쇠 점 찍고 옹녀〉」, 『공연과 이론』 55, 공연과이론을위한모임, 2014; 신사빈, 「창극 변강쇠 점 찍고 옹녀의 서사와 음악」, 『한국콘텐츠학회논문지』 14-12, 한국콘텐츠학회, 2014; 이소정, 「실전 판소리의 재탄생 연구- 창극 〈변강쇠 점 찍고 옹녀〉를 중심으로」, 『공연문화연구』 33, 공연문화학회, 2016; 송미경, 「창극 〈변강쇠 점 찍고 옹녀〉에 나타난 환상성」, 『우리문학연구』 64, 우리문학회, 2019.

5) 〈변강쇠가〉를 둘러싼 다양한 시각의 논의들이 제출된 것도 작품 자체가 갖는 복잡한 이야기성에 기인한다. 기실 〈변강쇠가〉는 작품 전면에 나타나는 성묘사, 강쇠와 옹녀의 인물성, 혹은 그들의 계층성, 장승패기 서사, 강쇠 죽음과 계속되는 치상이라는 '죽음' 화소, 병에 짓눌려 죽은 신체와 시신에 부착되는 '몸'의 화소, 강쇠와 옹녀를 향한 폭력적 서술자의 시선, 치상 장면에서의 제의적 화소 능 작품 내 어떤 인물, 어떤 화소 혹은 어떤 사건을 중심에 두느냐에 따라 작품 전체에 대한 이해가 달라질 수 있다. 전술한 내용을 쟁점화한 대표적인 연구는 다음과 같다. 강진옥, 「〈변강쇠가〉연구 2 - 여성인물의 '쫓겨남'을 중심으로」, 『이화어문논집』 13, 이화어문학회, 1993; 김종철, 「19세기 판소리사와 변강쇠가」, 『고전문학연구』 3, 고전문학연구회, 1986; 「변강쇠가와 기괴미」, 『판소리의 정서와 미학- 창을 잃은 판소리를 중심으로』, 역사비평사, 1996; 박경신, 「무속제의의 측면에서 본 변강쇠가」, 서울대 석사논문, 1985; 박일용, 「〈변강쇠가〉의 사회적 성격」, 『고전문학연구』 6, 한국고전문학연구회, 1991; 박진태, 「〈변강쇠가〉의 희극적 구조」, 『논문집』 18, 한국국어교육연구회, 1981; 서유석, 「〈변강쇠가〉에 나타난 기괴적 이미지와 그 사회적 함의」, 『판소리연구』 16, 판소리학회, 2003; 서종문, 「〈변강쇠가〉 연구」, 서울대 석사논문, 1975; 「변강쇠와 유랑민의 삶」, 『판소리 사설 연구』, 형설출판사, 1986; 신동원, 「변강쇠가로 읽는 성·병·주검의 문화사」, 『역사비평』 67, 역사문제연구소, 2004; 윤분희, 「〈변강쇠전〉에 나타난 여성의식」, 『판소리연구』 9, 판소리학회, 1998; 이정원, 「〈변강쇠가〉의 성 담론 양상과 의미」, 『한국고전연구』 23, 한국고전연구학회, 2011; 이주영, 「'기괴하고 낯선 몸'으로 〈변강쇠가〉 읽기」, 『고전과 해석』 6, 고전문학한문학연구학회, 2009; 정지영, 「변강쇠전-조선 후기 성 통제와 하층여성의 삶」, 『역사비평』 65, 역사비평사, 2003; 최동현, 「문화적 갈등으로 본 『변강쇠가』」, 『국어문학』 61, 국어문학회, 2016; 하은하, 「변강쇠의 위반과 반문명적 성격-장승과 강쇠의 대결을 중심으로」, 『태릉어문연구』 7, 서울여대

국어국문학회, 1992 등.

6) 〈변강쇠가〉는 20세기에 영화로 제작되면서 대중에게 작품의 주인공인 '변강쇠'와 '옹녀'를 알리는 데 이바지했다. 엄종선 감독의 〈변강쇠〉(1986), 〈변강쇠(속)〉(1987), 〈변강쇠3〉(1988), 고우영 감독의 〈가루지기〉(1988)가 이에 해당한다. 이들 작품은 원작 〈변강쇠가〉의 서사를 일부 수용하되, 인물들의 성적 면모를 극대화하는 방향으로 서사와 장면을 구성하여, 1980년대 대표적인 성애영화의 범주에서 다뤄졌다. 21세기에도 '변강쇠'를 내세운 작품들이 등장하였는데, 신한솔 감독의 〈가루지기〉(2008), 경석호 감독의 〈옹녀뎐〉(2014), 정진호 감독의 〈가루지기 : 변강쇠 더 비기닝〉(2017)이 그것이다. 이들 영화는 원작 〈변강쇠가〉의 서사와는 전혀 무관한 것으로 다만 변강쇠와 옹녀가 갖는 음남, 음녀, 강한 성욕의 면모만을 차용했다. 영화 〈변강쇠가〉에 관한 논의는 황혜진, 「〈변강쇠가〉의 영화적 변용과 그 문화적 의미」, 『고소설연구』 31, 한국고소설학회, 2011; 정제호, 「〈변강쇠가〉에 나타난 '성'의 표면화 진략과 미디어서시로의 전이」, 『동양고전연구』 72, 동양고전학회, 2018을 참고할 수 있다.

7) 당대 〈가로지기〉의 공연에 대해 서연호와 이보형은 판굿 형식의 공연에서 볼 수 있는 연출자의 색다른 창극 구성을 의미 있게 보았다(서연호, 「창극의 새로운 모색」, 『극장예술』, 중앙국립극장, 1979.11, 7쪽; 이보형, 「허규다운 창극놀이판」, 『극장예술』, 중앙국립극장, 1979.11, 8쪽). 그리고 성경린은 "70년대 최종의 작품이라는 의미뿐만이 아닐 창극의 역사 70년에 있어서 바야흐로 창극의 정립에 접근하고 있다는 가능성만으로 기억될 작품"이라고 평했다(성경린, 「현대창극사」, 국립극장, 『국립극장 30년』, 고려서적, 1980, 365쪽). 한편, 유영대는 허규 창극 〈가로지기〉를 본격적 마당극의 도입으로 보았고, 정혜원은 〈변강쇠타령〉의 희극적 장면들을 우리 전통 놀음판의 특성을 활용한 공연으로 〈가로지기〉를 언급했다(유영대, 위의 글, 166쪽; 정혜원, 「허규의 전통극, 그 현대적 수용과 과제」, 『연극교육연구』 17, 한국연극교육학회, 2010, 245쪽). 기존 〈가로지기〉에 대한 해설은 작품의 구체적인 서사와 연행의 면모를 분석하여 제시된 것이 아닌, 관극 후의 평가과 '허규 창극'이라는 주제 아래에서 이루어진 것이다. 따라서 이에 관한 보다 정밀한 분석이 필요하다.

8) 〈변강쇠가〉는 1843년 저술된 송만재의 『관우회』에 〈변강쇠가〉가 수록된 것으로 미루어 그 이전부터 가창 되었음이 분명하다. 그 후 여러 사람에 의해 부연, 첨삭되어 오다가 1881~1884년 사이에 신재효에 의해 최종 정리, 개작되었다(황인환, 「변강쇠가의 줄거리 체계와 작중인물들의 성격과 작중 기능」, 고려대 석사논문, 1988, 43쪽).

9) 김태준 역주, 『한국고전문학전집 14 - 흥부전 / 변강쇠가』, 고려대 민족문화연구소, 1995, 243~244쪽. 한편 김종철은 김동욱 소장 두 본의 〈변강쇠가〉를 소개한 바 있다. 논자에 따르면 이 두 본은 가람 이병기 소장의 『신오위장전집』에서 뽑은 것으로, 고수본 계열이라 했다(김종철, 앞의 글, 1996, 16쪽).

10) 조동일, 「판소리의 전반적인 성격」, 조동일·김흥규 편, 『판소리의 이해』, 창작과 비평사, 1978, 14쪽.

11) 김종철, 「『변강쇠가』의 미적 특질」, 『판소리연구』 4, 판소리학회, 1993, 276쪽.

12) 〈변강쇠가〉에 등장하는 성과 관련된 표현의 양상과 의미를 고구한 연구로 이문성, 「性描寫의 傳統 속에서 본 『변강쇠가』의 〈기물타령〉」, 『한국학연구』 22, 고려대 한국학연구소, 2005; 「신재효 사설에 나타난 성적 어휘와 성묘사」, 『판소리연구』 29, 판소리학회, 2010을 참고할 수 있다.

13) 김태준 역주, 앞의 책, 254~255쪽, 향후 〈변강쇠가〉의 인용은 위 서지를 따르되, 〈변강쇠가〉, 페이지로 표기하기로 한다.

14) 허규 각색, 창극 〈가로지기〉 대본, 5쪽. 이하 〈가로지기〉로 적고 페이지만 적도록 한다.

15) 〈변강쇠가〉, 251쪽.

16) 〈가로지기〉, 4쪽.

17) 〈변강쇠가〉, 299쪽.

18) 〈가로지기〉, 13쪽.

19) 〈변강쇠가〉 275쪽.

20) 〈가로지기〉, 10쪽.

21) 〈변강쇠가〉, 283쪽.

22) 〈가로지기〉, 11쪽.

23) '발러'의 오타로 파악이 됨.
24) 정하영, 「〈변강쇠가〉 性談論의 기능과 의미」, 『고소설연구』 19, 한국고소설학회, 2005, 184~185
면. 한편 이정원은 〈변강쇠가〉에서 옹녀를 내쫓고, 변강쇠를 죽이는 데에는 성과 성욕에 대한
공동체의 공포가 도사리고 있다고 하며 특히 변강쇠의 성욕은 사회적 불건전함의 표지로 간주되어
그를 괴물취급한 것으로 해석했다(이정원, 앞의 글, 114쪽).
25) 〈가로지기〉, 9~10쪽.
26) 그간의 연구들은 강쇠의 이러한 면모를 공동체에 대한 저항, 질서에 대한 반항과 거부로 해석하곤
했다. 특히 김종철은 강쇠를 뒤틀린 성격의 소유자로 바라보며 장승을 패어 때는 그의 행동을
사회적 금기의 능멸로 보았다. 특히 장승을 뽑아온 날 그것을 때어 더운 방에서 옹녀와 성행위를
하는 장소의 행동이야말로 그의 뒤틀리고 부정적인 면모가 명확히 드러나는 지점이라 분석했다(김종
철, 「「변강쇠가」 와 기괴미」, 『판소리의 정서와 미학』, 역사비평사, 1996, 53~54쪽). 그러나 강쇠의
성욕도, 반사회성도 두드러지게 표출되지 않는 〈가로지기〉에서 그의 장승패기를 강쇠 자신의 반사회
적 성격으로 인한 것으로 보기는 어렵다. 질서에 저항하기 위한 몸짓으로 해석하는 것도 상당히
과장된다. 창극 〈가로지기〉에서 형상화된 강쇠의 면모를 고려할 때, 그의 장승패기 행위는 그의
게으름의 소산이며, 장승금기에 대한 무지, 혹은 무관심의 소산으로 보는 것이 적절하다.
27) 이정원, 앞의 글, 118쪽.
28) 오성준은 마을 집단의 경계 밖으로 축출된 상태에서 장승을 땔감으로 사용하는 일탈을 저지른
강쇠에게 행해지는 폭력의 잔혹함을 언급한 바 있다. 특히 강쇠의 징치 방법을 결정할 때 장승들이
경쟁하듯 발언하는 대목은 집단이 공동체 의식과 결속을 확인하는 동시에 윤리적·도덕적 분별력과
죄책감이 마모되어 잔혹해지는 집단 심리의 특성이 드러난다고 했다(오성준, 「〈변강쇠가〉에 나타난
폭력 연구」, 서울대 석사논문, 2019, 35~70쪽). 공동체에 타자로 규정된 강쇠와 옹녀에게 있어
'응징'이라고 말하는 공동체의 가해는 관점을 조금만 달리하면 가혹한 집단의 폭력이다.
29) 허규, 창극 〈가로지기〉 팜플렛.
30) 〈가로지기〉, 4쪽.
31) 〈가로지기〉, 6쪽.
32) 〈가로지기〉, 4쪽.
33) 최종민, 「국립창극단과 허규의 창극」, 국립중앙극장 편, 『세계화시대의 창극』, 연극과인간, 2002,
110쪽.
34) 창극 〈가로지기〉 대본, 16쪽.
35) 창극 〈가로지기〉 대본, 24쪽.
36) 유민영은 5, 6년에 걸쳐서 민속예능의 현장 답사와 이론 습득으로 그 분야 전문가의 수준에 오른
허규가 창극 연출에 손을 대었기 때문에 과거의 창극 연출과는 다른 작품을 만들어낼 수 있었다고
이야기하며, 허규는 창극에 내재된 무궁무진한 에너지를 뽑아내는 한편, 다양한 민속예능을 동원하여
창의 외연을 극대화시키는 쾌거를 이뤘다고 평했다(유민영, 박현령 편, 「변신을 거듭한 실험연출가
허규」, 『허규의 놀이마당』, 인문당, 2004, 282쪽).
37) 허규는 창극 〈심청가〉(1977)를 연출하며 창의 음역과 음색, 음질 성량이 다 각기 다르고 기술의
불균형 때문에 판소리에서 얻을 수 있는 극적 효과를 거두는 데 무리함을 느꼈다. 판소리와 다른
창극, 연극성이 살아있는 창극을 정립하는 문제를 체화하여 느끼고 이에 대한 문제를 제기한 것이다
(성경린, 앞의 책, 359쪽). 그럼에도 〈심청가〉는 심청의 적극적인 효행과 심봉사의 품위 있는
인격을 강조하는 방향으로 작품의 서사적 지향을 설정하여 허규 나름의 작품에 대한 해석이 담겨
있다는 점에서 의미를 얻었다(이태화, 「창극 〈심청전〉 공연의 변천과 양식화 방안 모색」, 『판소리연
구』 44, 판소리학회, 2017, 134쪽). 두 번째 연출인 〈강릉매화타령〉(1978)은 새로운 창극의
레퍼토리를 제시했다는 점에서 가장 큰 연출적 의미를 얻었다. 〈강릉매화전〉은 판소리 12마당
중에 하나이지만 창본도 전하는 것이 없고, 줄거리마저 분명하지 않은 작품이다. 극작가 이재현이
여러 자료를 정리하고 종합하여 써 내려간 것을 허규가 연출하면서 무대에 올렸다. 이 작품은
그가 시도한 창작 창극의 첫 번째로서 의미를 가지며, 새로운 작창을 해나가며 연출을 해냈다는
점에서 창극사적 의미가 있다(성경린, 앞의 책, 361쪽 참고). 그의 세 번째 창극 연출작인 〈광대가〉의

경우는 연기 전반의 실력 향상을 도모했다는 점(구희서, 「지속적인 관심을 끌 수 있어야」, 『극장예술』, 중앙국립극장, 1979.6, 17쪽)에서 인정을 받았다. 즉, 창극의 연극성을 끌어내는 것에서 성과를 얻은 것이다. 더불어 신재효 말년의 생애를 극화하는 과정에서 당시로써는 상상조차 할 수 없었던 여명창 진채선을 탄생시켰다는 점, 민족 가무극의 무대연출 양식을 만듦으로써 전통예술을 오늘날의 '현대적' 의미로 나아가게 했다는 점에서 호평을 받았다(이상일, 「창작창극과 예술 지향성 - 〈광대가〉가 뜻하는 것」, 『극장예술』, 중앙국립극장, 1979.5, 8~9쪽).

38) 〈가로지기〉, 1쪽.
39) 허규, 창극 〈가로지기〉 팜플렛.
40) 정혜원, 앞의 글, 242~243쪽.
41) 원전의 경우, 갈이질로 없어져 버린 강쇠의 송장과 옹녀를 두고 떠나는 뎁득이로 서사가 미완성된 인상을 남긴다. 색을 경계하고 음탕하게 지내지 말라는 계도 차원으로 〈변강쇠가〉를 받아들이기에는 결말에 이르는 과정과 결말 자체의 잔상이 짙게 남는 까닭이다.
42) 창극 〈가로지기〉 팜플렛.

제2부 제4장

1) 1980년대 이전 무대 창극 〈이춘풍전〉이 공연되었을 수도 있지만, 이에 관한 기록은 현재까지 확인하지 못했다. 창극단에서 공식적으로 〈이춘풍전〉을 공연한 예는 1989년 국립창극단의 〈춘풍전〉(허규 각색, 연출)으로 확인된다.
2) 텔레비전의 문예드라마에 흐름에 관해서는 박유희, 「1980년대 문예드라마 〈TV문학관〉 연구」, 『한국극예술연구』 57, 한국극예술학회, 2017, 109쪽 참고.
3) 주요 연구로 최현경, 「소설의 영상화에 관한 연구 - 영화 〈서편제〉와 TV문학관 〈소리빛〉을 중심으로」, 중앙대 석사논문, 1998; 정진아, 「소설과 소설 원작 드라마의 비교 연구」, 인하대 석사논문, 2010; 이철우, 「텔레비전 드라마의 표현양식 고찰 - TV문학관을 중심으로」, 『한국문학논총』 42, 한국문학회, 2006; 주창윤, 「텔레비전 분석과 소설 분석의 차이 - 〈TV문학관〉을 중심으로」, 『한국언어문화』 26, 한국언어문화학회, 2004 등. 이외에도 1980년대 TV문학관이 TV드라마에서 갖는 의미와 당대 사회에서의 정체성을 탐구한 주요 논의로 송희복, 「영상문학으로서의 TV드라마, 그 내력과 의의」, 『영화』 3권 2, 부산대 영화연구소, 2010, 96쪽; 박유희, 앞의 글을 참고할 수 있다. 그리고, 이후 2000년대에 다시 제작된 HD TV 문학관을 대상으로 문학서사와 영상서사를 비교 분석하는 연구들이 계속해서 진행되었다. 이외에도 소설을 활용하여 드라마로 제작된 작품의 서사적 차이와 의미를 분석한 연구도 상당히 진행되었다. 대표적으로 손정희, 『소설, TV 드라마를 만나다 - 소설을 각색한 TV 드라마의 왜곡과 재해석』, 푸른사상사, 2008; 오명환, 「TV 드라마, 그 문학적 접근」, 『텔레비전드라마 예술론』, 나남, 1994, 215~282쪽 참고.
4) 이를테면 1971년 〈고전시리즈〉의 이름으로 KBS에서 〈춘향전〉과 〈심청전〉이 일일연속극의 형태로 방송되었고, 1972년에는 〈이춘풍전〉, 〈흥부전〉, 〈허생전〉 역시 일일연속극으로 방송되었다. MBC에서도 1974년 40부작의 일일연속극으로 고전소설 〈춘향전〉을 각색한 〈성춘향〉이 방송되었다. 이외에도 1979년 TBC에서 3부작 〈대춘향전〉이 방송되었고, 1980년에는 MBC에서 고전소설 〈채봉낭자전〉을 극화한 〈채봉전〉이 방송된 바 있다(한국 TV드라마 50년사 발간위원회, 『한국 TV드라마 50년사 연표』, 한국방송실연자협회, 2014, 72~167쪽 참고). 1980년대에도 고전소설을 활용하여 방송드라마로 제작한 사례는 확인이 되는데, 해당 시기의 방송극화된 고전소설에 대한 연구는 진행되지 못했다. 이 역시 자료의 확보가 어려웠기 때문이 아닌가 추측해 본다.
5) 「四日 부터 〈李春風傳〉 KBS 古典시리즈」, 『동아일보』, 1972.10.4; 『조선일보』, 1972.10.9~11.11.
6) 드라마 〈이춘풍전〉에 대해 "政事에 참여하는 적극적 여성상을 그린다. 방탕하던 남편이 어질고 착한 아내의 지혜로 가정으로 돌아온다는 줄거리"(『조선일보』, 1972.10.6), "허랑과 방랑에 들뜬

사나이가 지혜로운 아내의 노력으로 가정으로 돌아오게 된다는 줄거리로 고금을 통해 변함없는 부부윤리의 재건을 모색해 본다"(『경향신문』, 1972.10.9)라고 소개한 것으로 보아 고전소설의 기본적인 서사를 유지하였음을 알 수 있다.

7)　이하 표의 내용은 저자가 확보한 〈이춘풍전〉의 방송 대본을 참고하여 작성한 것이다. 저자는 4부의 방송 가운데 3부를 제외한 1부, 2부, 4부의 방송 대본을 소장하고 있는데, 대본과 영상자료를 대조하여 확인하니, 방송 대본의 몇몇 부분은 삭제되기도 했다. 해당 부분은 필요에 따라 본문을 통해 밝히기로 한다(이재현 극본, 박경식 연출, 창극 〈이춘풍전〉 1부·2부·4부, KBS 방송공사, 1982).
8)　작자 미상, 최혜진 역, 『계우사 / 이춘풍전』, 지식을만드는지식, 2009, 98~101쪽.
9)　작자 미상, 최혜진 역, 앞의 책, 97쪽.
10)　위의 책, 107쪽.
11)　창극 〈이춘풍전〉 대본 1부.
12)　이철우, 앞의 글, 6쪽.
13)　창극 〈이춘풍전〉 대본 4부.
14)　창극 〈이춘풍전〉 대본 1부.
15)　작자 미상, 최혜진 역, 앞의 책.
16)　창극 〈이춘풍전〉 대본 1부.
17)　창극 〈이춘풍전〉 대본 1부.
18)　위의 대본.
19)　작자 미상, 최혜진 역, 앞의 책, 109~110쪽.
20)　창극 〈이춘풍전〉 대본 2부.
21)　「국립창극단 명창 빠져 고민」, 『동아일보』, 1982.3.10.
22)　창극 〈이춘풍전〉 대본 2부.

부록 2

1)　*이 음반은 1979년 힛트레코드사에서 '장화홍련'의 이름으로 발매되면서 연주자로 '김소희, 김정희, 성창순, 박옥진, 성우향, 한일섭'으로 소개된 바 있다. 그러나 힛트의 '장화홍련'과 시대·유니버샬의 '장화홍련'은 같은 것으로, 취입자 기록으로 다소 헛갈릴 만한 여지가 있다. 시대·유니버샬의 '한일선'은 소리를 한 녹음자로 파악이 되고, 힛트에 소개된 '한일섭'은 아쟁 연주자 한일섭(1929~1974)으로 봄이 옳다. 1979년 한일섭은 이미 타계하였기로 1979년에 '장화홍련'이 힛트레코드에서 처음으로 녹음·제작되었다고 말할 수는 없다. 또한 음원을 들어 확인한 결과, 힛트와 시대·유니버샬의 음반은 내용 역시 똑같다. 따라서 이 음반은 1960년대 말 시대·유니버샬레코드에 의해 처음으로 발매되고, 이후 지속적으로 여러 음반사에서 재발매되었다고 할 수 있다.

부록 3

1)　*감수 : 徐京保, 李靑潭, 李空田, 후원 : 서울特別市大學敎育會, 統一自活開拓團, 韓國佛敎太古宗, 서라벌무용단(단장 : 정철호).

참고문헌

1. 자료

1) 신문 및 잡지

『황성신문』, 『제국신문』, 『독립신문』, 『매일신보』, 『대한매일신보사』, 『공업신문』, 『조선
　　　일보』, 『동아일보』, 『경향신문』, 『삼천리』, 『한성신문』, 『조광』, 『법보신문』, 『민
　　　중의 소리』, 『이데일리』

2) 음반

〈한국의 첫 음반 1907 한인오 최홍매〉, 동국대 한국음반아카이브, 2007.(유성기음반 발매
　　　일 1907.3.19)
〈일축조선소리판 춘향가 전집〉, ㈜킹레코드, 1995.7.(1927년 발매된 SP음반 복각)
〈콜롬비아판 춘향가〉, 신나라, 1990.(1935년 발매된 SP음반 복각)
〈폴리돌판 적벽가〉, 신나라, 1992.(1935년 발매된 SP음반 복각)
〈빅터유성기원반시리즈 1 춘향전 전집〉, ㈜서울음반, 1993.(1937년 발매된 SP음반 복각)
〈오케판 홍보전〉, 신나라, 2004.(1941년 발매된 SP음반 복각)
〈김연수 도창 창극 춘향전〉, 지구레코드, 1997.(1968년 녹음)
〈春香傳 全集其一〉(민1218-1), 新世紀레코드株式會社, 제작일자 미상.
〈春香傳 全集其二〉(민1218-2), 新世紀레코드株式會社, 제작일자 미상.
〈春香傳 全集其三〉(LN10645-3), 新世紀레코드株式會社, 제작일자 미상.
〈판소리 沈淸傳〉 1~2(민1211 1~2), 新世紀레코오드株式會社, 1968.10.9.
〈판소리 興甫傳〉 1~2(민1212-1~2), 히트레코드社 , 1975.11.1.
〈國唱 興甫傳〉 1(TLM515), 대도레코-드사, 연도표기 없음.
〈國唱 興甫傳〉 2(TLM514), 대도레코-드사, 연도표기 없음.
〈國唱 興甫傳〉 3(TLM517), 대도레코-드사, 연도표기 없음.
〈國唱 沈淸傳〉 1(TLM513), 大都레코-社, 연도표기 없음.
〈國唱 沈淸傳〉 2(TLM509), 大都레코-社, 연도표기 없음.
〈春香歌 中에서 사랑가, 이별가 上〉 第一集(TLM713), 대도레코-드社, 1971.1.9.
〈春香歌 中에서 이별가 下, 십장가 上〉 第二集(TLM714), 대도레코-드社, 1970.9.11.

〈春香歌 中에서 상사별곡, 남원어사도〉第三集(TLM715), 대도레코-드社, 연도표기 없음.

〈春香歌 中에서 南原御史道 上 下, 春香母相逢篇〉第四集(TLM716), 대도레코-드社, 1970.9.11.

〈春香歌 中에서 獄中相逢歌 上 下, 春香傳後篇〉, 第五集(TLM717), 대도레코-드社, 연도표기 없음.

〈唱劇 春香傳〉 1~3, 힛트레코-드社, 연도표기 없음.

〈唱劇 沈淸傳〉 1~2, 유니버샬레코드사제작, 연도표기 없음.

〈장화홍련전〉第1集~第三集(CLS547~545), 유니버어샬레코-드社, 연도표기 없음.

〈大春香傳〉第一集~第三集(ALS-500~502), 아세아레코드社, 1975.3.5.

〈薔花紅蓮傳〉第一集~第三集(ALS350~352), 아세아레코드사, 1974.5.10.

〈大春香傳〉第一集~第二集(S민4020~4021), 신세계레코드사, 1977.10.

〈大沈淸傳〉第一集(S민4022), 신세계레코드사, 1976.3.26.

〈大沈淸傳〉第二集(S민4023), 신세계레코드사, 1978.1.

〈대홍보전〉제1집~제2집(S민4024~4025), 신세계레코드사, 1977.3.25.

〈大薔花紅蓮傳〉第一集(S민4026), 신세계레코드사, 1977.3.25.

〈大薔花紅蓮傳〉第二集(S민4027), 신세계레코드사, 1976.3.25.

〈春香傳〉(LD-184-A), 대한음반제작소, 연도표기 없음.

〈국악창극 心淸傳〉(LD235), 대한음반제작소, 1976.2.10.

〈국악창극 興甫傳〉(LD236), 대한음반제작소, 1976.2.10.

〈薔花紅蓮傳〉(LD170), 도미도레코드, 제작연도 표기 안 됨.

〈名唱 春香歌〉上, ㈜이엔이미디어, 2003.5.(1979년 현대음반주식회사 녹음 재발매)

〈名唱 興甫歌〉, ㈜이엔이미디어, 2003.5.(1979년 현대음반주식회사 녹음 재발매)

〈名唱 沈淸歌〉, ㈜이엔이미디어, 2001.12.(1979년 현대음반주식회사 녹음 재발매)

〈국극 콩쥐팥쥐〉(ORC-1560), 오아시스레코드사, 1996.10.

〈국극 선화공주〉(ORC-1561), 오아시스레코드사, 1996.10.

〈창극 드라마 성웅 김대건은 살아있다〉, 유니버살레코드社, 1971.

〈창극 사명대사〉, 유니버살레코드사, 1971.

〈창극 순교자 이차돈〉, 대도레코오드사, 1971.

3) 대본

한국방송공사, 창극 〈이춘풍전〉 방송 대본.

한국방송공사, 창극 〈허생전〉 방송 대본.

한국방송공사, 창극 〈장화홍련전〉 방송대본.

한국방송공사, 창극 〈옹고집전〉 방송대본.

한국방송공사, 창극 〈배비장전〉 방송대본.

국립창극단 1977년 26회 정기공연, 〈심청전〉 공연대본.

국립창극단 1977년 27회 정기공연, 〈흥보전〉 공연대본.

국립창극단 1979년 31회 정기공연, 〈가로지기〉 공연대본.

韓國自由女性國劇團 公演用 〈장화홍련전〉. (李有眞 演出, 二部 六幕十一場)

창극 〈가로지기〉 대본, 극본·연출 허규, 작창 박귀희, 국립창극단, 1979.

4) 자료집

감수 성경린, 편저 김길운, 『한국 판소리 대전집』, 보림출판사, 1979.

문화방송, 『문화방송 30년 편성자료집』, 문화방송, 1991.

한국정신문화연구원, 『한국 유성기음반 총목록』, 민속원, 1998.

한국정신문화연구원 편, 『경성방송국 국악방송국 목록』, 민속원, 2000.

송상현·송방송, 『경성방송국 국악방송곡 목록 색인』, 민속원, 2002.

2. 저서

강준만, 『한국대중매체사』, 인물과사상사, 2007.

강태영·윤태진, 『한국TV예능·오락 프로그램의 변천과 발전』, 한울아카데미, 2002.

구인환 편, 『장화홍련전』, 신원문화사, 2003.

국립극장, 『국립극장 30년』, 국립극장, 1980.

국립중앙극장, 『세계화 시대의 창극』, 연극과인간, 2002.

김기형, 『여성국극 60년사』, 문화체육관광부, 2009.

김민수, 『1940년대 판소리와 창극』, 부크크, 2025.

김병철, 『추억의 여성국극 53년사』, 남산예술원, 1999.

김재용, 『계모형 고소설의 시학』, 집문당, 1996.

김종철, 『판소리의 정서와 미학 – 창을 잃은 판소리를 중심으로』, 역사비평사, 1996.

김태준 역주,『한국고전문학전집 14 – 흥부전 / 변강쇠가』, 고려대 민족문화연구소, 1995.

김향,『창극의 이면론』, 아카넷, 2024.

단국대 동양학연구소,『일상생활과 근대음성매체 (유성기·라디오)』, 민속원, 2007.

마틴 에슬린, 원재길 역,『드라머의 해부』, 청하, 1987.

박황,『창극사연구』, 백록출판사, 1976.

배연형,『한국유성기음반 1907~1945』5권 해제·색인, 한걸음더, 2011.

______,『한국 유성기음반 문화사』, 지성사, 2019.

백현미,『한국창극사연구』, 태학사, 1997.

사명당기념사업회,『사명당 유정 – 그 인간과 사상과 활동』, 지식산업사, 2000.

서대석·손태도·정충권,『전통 구비문학과 근대 공연예술』III, 서울대 출판부, 2006.

서연호,『한국근대희곡사연구』, 고려대 민족문화연구소, 1982.

______,『동시대적 삶과 연극』, 열음사, 1988.

______,『한국 전승연희의 현장연구』, 집문당, 1997.

서종문,『판소리 사설 연구』, 형설출판사, 1986.

손정희,『소설, TV 드라마를 만나다 – 소설을 각색한 TV 드라마의 왜곡과 재해석』, 푸른사
        상사, 2008.

송방송,『한국근대음악사연구』, 민속원, 2003.

쓰가와 이즈미, 김재홍 역,『JOKD, 사라진 호출 부호』, 커뮤니케이션북스, 1999.

유민영,『한국근대연극사』, 단국대출판부, 2000.

______,『한국연극운동사』, 태학사, 2001.

______,『한국근대신극사신론』상권, 태학사, 2011.

윤태진·김정환·조지훈,『한국 라디오 드라마사』, 나무와 숲, 2015.

이원수,『가정소설 작품세계의 시대적 변모』, 경남대 출판부, 1997.

이종익,『사명대사』上, 中, 下, 민성사, 1992.

작자 미상, 최혜진 역,『계우사 / 이춘풍전』, 지식을만드는지식, 2009.

장유정,『오빠는 풍각쟁이야 – 대중가요로 본 근대의 풍경』, 민음인, 2006.

전통예술원,『한국근대음악의 전개양상』, 민속원, 2005.

정노식,『조선창극사』, 민속원, 1998.

조영규,『바로잡는 협률사와 원각사』, 민속원, 2008.

조영록,『진리의 길 구국의 생애 사명당 평전』, 한길사, 2009.

차범석, 『동시대의 연극인식』, 범우사, 1987.

최남선, 『조선상식문답 속편』, 동명사, 1947.

최동민, 『방일영 국악상 10년』, 방일영문화재단, 2003.

최동현·김만수, 『일제강점기 유성기 음반 속의 극·영화』, 태학사, 1998.

최창봉·강현두, 『우리방송 100년』, 현암사, 2001.

최현철·한진만, 『한국 라디오 프로그램에 대한 역사적 연구』, 한울아카데미, 2004.

한국 TV드라마 50년사 발간위원회, 『한국 TV드라마 50년사 연표』, 한국방송실연자협회,
     2014.

허규, 『민족극과 전통예술-연극 30년 연출작업』, 문학세계사, 1991.

3. 논문

1) 학위논문

고광영, 「국립창극단 창극 〈심청가〉 연구」, 고려대 석사논문, 2015.

김경자, 「대중매체의 발달이 판소리에 끼친 영향 고찰」, 중앙대 석사논문, 2010.

김만석, 「창극 심청가의 소리구성과 음악에 대한 연구-김소희 작품 창극 심청가를 중심으
     로」, 한양대 석사논문, 1995.

김민수, 「1940년대 판소리와 창극 연구」, 한국학중앙연구원 박사논문, 2013.

김성혜, 「조선성악연구회의 음악사적 연구」, 영남대 박사논문, 1990.

김성호, 「경성방송의 성장 과정에 관한 연구」, 광운대 박사논문, 2006.

김예진, 「창작창극 〈釋迦牟尼 一代記〉의 선율 분석 연구」, 한국예술종합학교 석사논문, 2011.

김우탁, 「한국창극의 고유무대구성을 위한 연구-대의 이론과 구조를 중심으로」, 성균관
     대 박사논문, 1974.

김유순, 「동양의 전통극 여성국극, 경극, 가부키의 化粧에 대한 비교연구」, 성균관대 석사논
     문, 2003.

김은자, 「창극의 작창기법 고찰-국립창극단의 창극 〈심청전〉을 중심으로」, 한국예술종합
     학교 석사논문, 2004.

김태현, 「국악음반 제작 현황에 대한 역사적 고찰」, 추계예술대 석사논문, 2006.

노재명, 『조선성악연구회 발자취를 따라서』, 채륜, 2017.

류경호, 「창극 연출의 역사적 전개와 유형에 관한 연구」, 전북대 박사논문, 2011.

박경신, 「무속제의의 측면에서 본 변강쇠가」, 서울대 석사논문, 1985.

박소윤, 「한국 여성국극과 일본 다카라즈카의 분장에 관한 연구」, 성신여대 석사논문, 2013

박종혁, 「연행 환경의 변화에 따른 창극의 가창 성격에 관한 연구－창극 〈서편제〉, 〈장화홍련〉, 〈메디아〉를 중심으로」, 홍익대 석사논문, 2014.

백현미, 「창극의 변모과정과 그 성격」, 이화여대 석사논문, 1989.

서재길, 「한국 근대 방송문예 연구」, 서울대 박사논문, 2007.

서종문, 「〈변강쇠가〉 연구」, 서울대 석사논문, 1975.

손봉금, 「번안 창극의 상호문화적 공연 양상 연구－2000년 이후 국립창극단의 공연작품을 중심으로」, 서울대 박사논문, 2021.

송소라, 「여성국극의 멜로드라마적 요소와 현실대응 양상」, 고려대 석사논문, 2010.

______, 「20세기 창극의 음반·방송화 양상과 창극사적 의미」, 고려대 박사논문, 2017.

송송이, 「근대 이후 여성국극의 형성과 활동에 관한 연구－1894년~1960년을 중심으로」, 중앙대 박사논문, 2021.

신사빈, 「창극 〈메디아〉에 나타난 황호준의 절충주의 음악어법」, 경희대 석사논문, 2014.

심현주, 「林春鶯 女性國劇의 양식 硏究」, 동국대 석사논문, 2008.

오성준, 「〈변강쇠가〉에 나타난 폭력 연구」, 서울대 석사논문, 2019.

유동혁, 「2000년대 이후 국립창극단 창극 공연의 연극성 연구」, 동국대 박사논문, 2019.

윤명원, 「창극의 청 운용양상과 방향 모색」, 고려대 박사논문, 2006.

윤정안, 「『장화홍련전』 연구」, 서울시립대 석사논문, 2009.

이기대, 「『장화홍련전』 연구」, 고려대 석사논문, 1998.

이보근, 「창극 연출 방법론 연구－『완판장막창극〈춘향전〉』을 중심으로」, 단국대 석사논문, 2000.

이수정, 「일제시대 창극활동의 연구」, 중앙대 석사논문, 1993.

이은아, 「창극 흥보가의 음악적 특징 및 공연형태 변천 연구」, 원광대 박사논문 2015.

이진주, 「현대 창극의 공연 기법과 양식적 특성 연구－2000년대 국립창극단의 공연작품을 중심으로」, 서울대 박사논문, 2015.

장옥임, 「1930년대 후반의 국악방송 연구」, 서울대 석사논문, 1995.

정영진, 「일제강점기 전통음악의 전개양상 연구」, 경성대 박사논문, 2002.

정진아, 「소설과 소설 원작 드라마의 비교 연구」, 인하대 석사논문, 2010.

최현경, 「소설의 영상화에 관한 연구－영화 〈서편제〉와 TV문학관 〈소리빛〉을 중심으로」,

중앙대 석사논문, 1998.

하재희, 「1930년대 유성기 음반 드라마 연구」, 서울대 석사논문, 2015.

2) 소논문

강진옥, 「〈변강쇠가〉연구 2 – 성인물의 '쫓겨남'을 중심으로」, 『이화어문논집』 13, 이화어
　　　문학회, 1993.

강혜경, 「일제말기 조선방송협회를 통해 살펴본 방송통제」, 『한국민족운동사연구』 69, 한
　　　국민족운동사학회, 2011.

구희서, 「지속적인 관심을 끌 수 있어야」, 『극장예술』, 중앙국립극장, 1979.6.

권도경, 「고소설 〈장화홍련전〉 원형서사의 서사적 고정관념과 영화 〈장화, 홍련〉의 새로쓰
　　　기 서사전략」, 『비교문학』 61, 한국비교문학회, 2013.

김향, 「유아적 자아의 도피와 창극과 포스트드라마 사이–국립창극단 〈장화홍련〉을 보
　　　고」, 『공연과이론』 48, 공연과이론을위한모임, 2012.

＿＿, 「창극 〈청〉과 〈춘향 2010〉의 공공 의식」, 『국어국문학』 161, 국어국문학회, 2012.

＿＿, 「통티살에 상부살로 맞서기 창극 〈변강쇠 점 찍고 옹녀〉」, 『공연과 이론』 55, 공연과
　　　이론을위한모임, 2014.

＿＿, 「허규 연출 완판창극의 창극술 연구–〈흥보전〉(1982)과 〈흥보가〉(1984)를 중심
　　　으로」, 『공연문화연구』 34, 한국공연문화학회, 2017.

＿＿, 「허규의 창작창극에서 구현되는 창극술과 그 의의–〈광대가〉(1979)와 〈부마사
　　　랑〉(1983)을 중심으로」, 『한국극예술연구』 55, 한국극예술학회, 2017.

＿＿, 「일츅죠선소리판 〈춘향가 전집〉(1926~1927)의 매체적 특징과 그 의의」, 『인문과
　　　학』 114, 연세대 인문과학연구소, 2018.

＿＿, 「1930년대 조선성악연구회(朝鮮聲樂研究會)의 창극적 상상력과 식민성」, 『공연문
　　　화연구』 39, 한국공연문화학회, 2019.

김기현, 「「장화홍련전」의 한 이본–고대본 「장이홍연전」에 대하여」, 『어문논집』 14, 15,
　　　안암어문학회, 1973.

김기형, 「허규 연출 완판 창극의 특징과 의의」, 『공연문화연구』 20, 한국공연문화학회,
　　　2010.

＿＿＿, 「판소리와 창극소리의 상관성」, 『판소리연구』 31, 판소리학회, 2011.

＿＿＿, 「국립 창극단 공연 '창극 대본'의 현황과 특징–'전승 5가 창극 대본'을 중심으로」,

『판소리연구』 38, 판소리학회, 2014.

김남석, 「조선성악연구회의 「옥루몽」 창극화 도정과 창극사적 의의 연구」, 『국학연구』 29, 한국국학진흥원, 2016a.

김남석, 「1930년대 〈숙영낭자전〉의 창극화 도정 연구-1937년 2월 조선성악연구회의 공연 사례를 중심으로」, 『열상고전연구』 59, 열상고전연구회, 2017.

______, 「완판본 〈심청전〉을 통해 본 조선성악연구회의 창극 〈심청전〉 연구」, 『열상고전연구』 64, 열상고전연구회, 2018.

______, 「조선성악연구회(朝鮮聲樂硏究會)와 창극화의 도정-1934년 4월부터 1936년 9월 「춘향전」 공연 직전까지의 활동상을 중심으로」, 『인문논총』 72(2), 서울대 인문학연구소, 2015a.

______, 「조선성악연구회 〈춘향전〉의 공연 양상-1936년 9월 창극 〈춘향전〉을 중심으로」, 『민족문화논총』 59, 민족문화연구소, 2015b.

______, 「조선성악연구회의 창극 〈흥보전〉과 〈심청전〉에 관한 일 고찰」, 『국학연구』 27, 한국국학진흥원, 2015c.

______, 「조선성악연구회의 창극 대본 산출 방식과 대본 작가의 활동 양상-1937~1938년 김용승의 공연 활동을 근간으로」, 『한국전통문화논총』 16, 한국전통문화대 한국전통문화연구소, 2015d.

______, 「한문연본 〈춘향전〉을 통해 살펴 본 조선성악연구회 〈춘향전〉의 장면 구성 방식과 그 의미」, 『열상고전연구』 52, 열상고전연구회, 2016b.

김대행, 「창극의 미래를 위한 조건들」, 『판소리연구』 4, 판소리학회, 1993.

김동기, 「판소리系 「장화홍련가」에 對하여」, 『한국언어문학』 19, 한국언어문학회, 1980.

김만수, 「'유성기 음반에 수록된 영화설명 대본'에 대하여」, 『한국극예술연구』 6, 한국극예술학회, 1996.

김명주, 「일제강점기 이왕직 아악부의 방송활동」, 『한국음악사학보』 30, 한국음악사학회, 2003.

김민수, 「초창기 창극의 공연양상 재고찰-협률사와 원각사의 공연활동을 중심으로」, 『국악원논문집』 27, 국립국악원, 2013.

______, 「1910년대 중·후반 판소리와 창극의 전개양상-『매일신보』의 기사를 중심으로」, 『국악원논문집』 30, 국립국악원, 2014.

______, 「1950년대 민속악계의 공연활동 고찰」, 『한국음악사학보』 57, 한국음악사학회,

2016.

김민수, 「1900년대 창극의 형성에 관한 재고찰」, 『음악과 현실』 62, 사단법인 민족음악학
　　회, 2021.

김봉희, 「이종익의 『사명대사』와 사명당 서사」, 『지역문학연구』 8, 경남부산지역문학회,
　　2003.

김성희, 「국립극단을 통해 본 한국 역사극의 지형도－1950년부터 1979년까지의 시기를
　　중심으로」, 『드라마연구』 34, 한국드라마학회, 2011.

김승찬, 「사명당 구비서사물의 연구」, 『인문논총』 56, 부산대 인문학연구소, 2000.

김승호, 「사명당 설화의 발생 환경과 수용 양상」, 『불교어문논집』 2, 한국불교어문학회,
　　1997.

김유미, 「수궁가의 아동극화에 관한 일고찰」, 『어문논집』 55, 민족어문학회, 2007.

김재석, 「1930년대 유성기음반의 촌극 연구」, 『한국극예술연구』 2, 한국극예술학회,
　　1992.

＿＿＿, 「1900년대 창극의 생성에 대한 연구」, 『한국연극학』 38, 한국연극학회, 2009.

김종철, 「『변강쇠가』의 미적 특질」, 『판소리연구』 4, 판소리학회, 1993.

김준영, 「전동흘과 장화홍련전」, 『전라문화논총』 5, 전북대 전라문화연구소, 1992.

김지혜, 「1950년대 여성국극의 단체활동과 쇠퇴과정에 대한 연구」, 『한국여성학』 27(2),
　　2011.

김태희, 「진화하는 창극 《변강쇠 점 찍고 옹녀》」, 『연극평론』 74, 한국연극평론가협회,
　　2014.

노영구, 「역사 속의 이순신 인식」, 『역사비평』 69, 한국역사연구회, 2004, 겨울.

노재명, 「판소리 장시간 음반(LP)에 관한 연구」, 『한국음반학』 2, 한국고음반연구회,
　　1992.

박명진, 「30년대 유성기 음반 희곡의 근대성」, 『국어국문학』 124, 국어국문학회, 1999.

박용규, 「일제하 라디오 방송의 음악 프로그램에 관한 연구」, 『언론정보연구』 47(2),
　　2010.

박유희, 「1980년대 문예드라마 〈TV문학관〉 연구」, 『한국극예술연구』 57, 한국극예술학
　　회, 2017.

박일용, 「〈변강쇠가〉의 사회적 성격」, 『고전문학연구』 6, 한국고전문학연구회, 1991.

박진태, 「〈변강쇠가〉의 희극적 구조」, 『논문집』 18, 한국국어교육연구회, 1981.

박태상, 「장화홍련전의 구조적 의미」, 『동방학지』 36, 37, 연세대 국학연구원, 1983.

배연형, 「콜럼비아판 창극 춘향전 고찰」, 『한국어문학연구』 24, 동악어문학회, 1989.

______, 「유성기음반 판소리사설 (5) – 오케판 興甫傳 (唱劇)」, 『판소리연구』 13, 판소리학회, 2002.

배연형, 「유성기음반 판소리사설 (6) – 일축판 春香傳 전집 사설」, 『판소리연구』 14, 판소리학회, 2002.

______, 「유성기음반 판소리사설 (7) – 오케판 심청전 전집」, 『판소리연구』 15, 판소리학회, 2003.

______, 「시에론판 춘향전 전집 사설」, 『한국어문학연구』 43, 동악어문학회, 2004.

______, 「오케판 춘향전 전집 연구」, 『한국어문학연구』 45, 동악어문학회, 2005.

______, 「유성기음반으로 보는 근대 판소리 지형」, 『한국음반학』 20, 한국고음반연구회, 2010.

______, 「창극 유성기 음반의 녹음과 음악적 변화 양상」, 『한국어문학연구』 58, 동악어문학회, 2012.

백두산, 「협률사 '소춘대유희'(1902~1903) 공연활동 재론 – 외국인 기행문에 등장한 개화기 광대화극과의 비교를 중심으로」, 『한국극예술연구』 64, 한국극예술학회, 2019.

백현미, 「국립창극단 공연을 통해 본 창극 공연대본의 양상」, 『한국극예술연구』 3, 한국극예술학회, 1995.

______, 「창극 〈논개〉의 연행 양상」, 『고전희곡연구』 4, 한국공연문화학회, 2002.

서연호, 「창극의 새로운 모색」, 『극장예술』, 국립중앙극장, 1979.11.

______, 「창극 발전의 새로운 방향과 방법 재고」, 『판소리연구』 2, 판소리학회, 1991.

서유석, 「〈변강쇠가〉에 나타난 기괴적 이미지와 그 사회적 함의」, 『판소리연구』 16, 2003.

서재길, 「JODK 경성방송국의 설립과 초기 연예방송」, 『서울학연구』 27, 서울시립대 서울학연구소, 2006.

______, 「〈창극 서편제〉와 창극의 새로운 가능성」, 『공연문화연구』 28, 한국공연문화학회, 2014.

서혜은, 「〈장화홍련전〉 이본 계열의 성격과 독자 의식」, 『어문학』 97, 한국어문학회, 2007.

성경린, 「현대창극사」, 『국립극장 30년』, 국립극장, 1980, 348면.

성기련, 「1940~1950년대의 판소리 음악문화 연구」, 『판소리연구』 22, 판소리학회, 2006.

성현자, 「소설 모티프의 차용과 변용 – 소설 〈장화홍련전〉과 영화 〈정화, 홍련〉의 경우」, 『비교문학』 45, 한국비교문학회, 2008.

손정주, 「국악 듣고 싶어도 음반이 없다. 『음악동아』 1987.5.

손정희, 「사명당 설화연구」, 『한국문학논총』 13, 한국문학회, 1992.

손태도, 「한국창극사를 통해서 본 해방공간 창극 연구」, 『국문학연구』 31, 국문학회, 2015.

송미경, 「기독교방송 녹음 박록주 〈춘향가〉(1963)의 특징과 판소리사적 의의」, 『공연문화연구』 29, 한국공연문화학회, 2014.

______, 「태평판 〈춘향전〉(1933)의 녹음 경위 및 특징적 면모」, 『구비문학연구』 42, 한국구비문학회, 2016.

______, 「아세아레코드 〈춘향〉(1963)의 특징 및 음반극 자료로서의 의의」, 『우리문학연구』 60, 우리문학회, 2018.

______, 「창극 〈변강쇠 점 찍고 옹녀〉에 나타난 환상성」, 『우리문학연구』 64, 우리문학회, 2019.

______, 「창극 흥보전 중 '돌남이 쫓겨나는 대목'과 '마당쇠 박쥐 잡는 대목'의 창극소리적 특징 및 전승 문제」, 『구비문학연구』 58, 한국구비문학회, 2020.

송방송, 「1920년대 방송된 전통음악의 공연양상」, 『한국학보』 26(3), 일지사, 2000.

송소라, 「박동진 창작 판소리 〈충무공 이순신〉의 정서 지향과 역사서사물로서의 의미」, 『공연문화연구』 28, 한국공연문화학회, 2014.

______, 「1950-80년대 방송 제작 창극의 현황과 특징」, 『민족문화연구』 71, 고려대 민족문화연구원, 2016.

______, 「창극 〈장화홍련전〉의 존재양상과 특징적 면모」, 『우리문학연구』 57, 우리문학회, 2018.

______, 「음반 창극 〈사명대사〉(1971)의 형식적·내용적 특징과 자료의 의미」, 『공연문화연구』 39, 한국공연문화학회, 2019.

______, 「창극 〈가로지기〉(1979)의 서사적·연행적 특징과 의미」, 『고전문학과 교육』 43, 한국고전문학교육학회, 2020.

______, 「창극 〈다른 춘향〉(2014)에 활용된 무대 영상의 양상과 작품의 지향」, 『공연문화연구』 50, 한국공연문화학회, 2025.

송희복, 「영상문학으로서의 TV드라마, 그 내력과 의의」, 『영화』 3권 2, 부산대 영화연구소, 2010.

신동원, 「변강쇠가로 읽는 성·병·주검의 문화사」, 『역사비평』 67, 역사문제연구소, 2004.

신동흔, 「사명당 설화에 담긴 역사인식 연구」, 『고전문학연구』 38, 한국고전문학회, 2010,

신사빈, 「창극 변강쇠 점 찍고 옹녀의 서사와 음악」, 『한국콘텐츠학회논문지』 14(12), 한국콘텐츠학회, 2014.

신사빈, 「창극 〈장화홍련전〉의 환상적 현실 세계」, 『음악과 민족』 49, 민족음악학회, 2015.

양승국, 「'신연극'과 〈은세계〉 공연의 의미」, 『한국현대문학연구』 6, 한국현대문학회, 1998.

오명환, 「TV 드라마, 그 문학적 접근」, 『텔레비전드라마 예술론』, 나남, 1994.

우수진, 「미디어극장의 시대, 유성기와 라디오」, 『한국학연구』 34, 인하대 한국학연구소, 2014.

______, 「유성기 음반극 – 대중극과 대중서사, 대중문화의 미디어 극장」, 『한국극예술연구』 48, 한국극예술학회, 2015.

유민영, 「연극(판소리)개량시대」, 『연극평론』 봄호, 1972.

______, 「일제의 병탄과 전통연희」, 『국악원논문집』 6, 국립국악원, 1994.

______, 「전통연희의 쇠퇴와 자구운동」, 『연극영화학연구』 2, 현대미학사, 1995.

______, 「조선성악연구회와 본격 창극운동」, 『국악원논문집』 7, 국립국악원, 1995.

______, 「변신을 거듭한 실험연출가 허규」, 박현령 편, 『허규의 놀이마당』, 인문당, 2004.

유영대, 「창극의 전통과 새로운 무대」, 『판소리연구』 27, 판소리학회, 2009.

______, 「창극의 전통과 국립창극단의 역사」, 『한국학연구』 33, 고려대 한국학연구소, 2010.

윤분희, 「〈변강쇠전〉에 나타난 여성의식」, 『판소리연구』 9, 판소리학회, 1998.

이강엽, 「〈장화홍련전〉의 再生談의 의미와 기능」, 『열상고전연구』 13, 열상고전연구회, 2000.

이문성, 「性描寫의 傳統 속에서 본 『변강쇠가』의 〈기물타령〉」, 『한국학연구』 22, 고려대 한국학연구소, 2005.

______, 「신재효 사설에 나타난 성적 어휘와 성묘사」, 『판소리연구』 29, 판소리학회, 2010.

이보형, 「허규다운 창극놀이판」, 『극장예술』, 중앙국립극장, 1979.11.

______, 「정노식의 '조선광대의 사적 발달과 그 가치'에 대하여」, 『판소리연구』 1, 판소리학회, 1989.

이보형, 「판소리 公演文化의 變動이 판소리에 끼친 影響」, 『한국학연구』 7, 고려대 한국학
　　연구소, 1995.

이상록, 「이순신-'민족의 수호신' 만들기와 박정희 체제의 대중 규율화」, 권형진·이종훈
　　편, 『대중독재의 영웅 만들기』, 2005.

이상일, 「창작창극과 예술 지향성-〈광대가〉가 뜻하는 것」, 『극장예술』, 중앙국립극장,
　　1979.5.

이성권, 「〈장화홍련전〉의 판소리 사설적 성격-〈가람본〉을 중심으로」, 『고소설연구』 7,
　　한국고소설학회, 1999.

이소정, 「실전 판소리의 재탄생 연구-창극 〈변강쇠 점 찍고 옹녀〉를 중심으로」, 『공연문화
　　연구』 33, 공연문화학회, 2016.

이유진, 「라디오방송을 위한 판소리 다섯 바탕-김연수 판소리의 특질과 지향」, 『구비문학
　　연구』 35, 한국구비문학회, 2012.

_____, 「동아방송(DBS)의 판소리 녹음의 보존 현황 및 활용 방안」, 『판소리연구』 38,
　　판소리학회, 2014.

_____, 「동아방송(DBS) 판소리드라마 〈배비장전〉(1976) 연구」, 『구비문학연구』 50, 한
　　국구비문학회, 2018.

_____, 「동아방송(DBS) 연속판소리 〈치악산〉 연구」, 『판소리연구』 51, 판소리학회,
　　2021.

이재성, 「창극의 양식적 변천과 발전과정 연구」, 『연극교육연구』 20, 한국연극교육학회,
　　2012.

이정원, 「영화 〈장화, 홍련〉에서 여성에 대한 기억과 실제」, 『한국고전여성문학연구』 15,
　　한국고전여성문학회, 2007.

_____, 「〈변강쇠가〉의 성 담론 양상과 의미」, 『한국고전연구』 23, 한국고전연구학회,
　　2011.

이정희, 「유성기 대중을 사로잡는 소리 기계」, 『민족』 21(91), 민족21, 2008.

이주영, 「'기괴하고 낯선 몸'으로 〈변강쇠가〉 읽기」, 『고전과 해석』 6, 고전문학한문학연구
　　학회, 2009.

이준희, 「시에론 레코드 음반목록에 대한 보론」, 『한국음반학』 13, 한국고음반연구회,
　　2003.

_____, 「1940년대 후반(1945~1950) 한국 음반산업의 개황」, 『한국음반학』 14, 한국고

음반연구회, 2004.

이준희, 「가요극 〈춘향전〉의 음반사적 의미」, 『한국음반학』 15, 한국고음반연구회, 2005.

______, 「1950년대 유성기음반사 연구」, 『한국음반학』 16, 한국고음반연구회, 2006.

______, 「1950년대 한국 대중가요의 두 모습, 지속과 변화」, 『대중서사연구』 17, 대중서사학회, 2007.

이진원, 「조선구파배우조합(朝鮮舊派俳優組合) 시정오년기념(始政五年紀念) 물산공진회(物産 共進會) 참여의 음악사적 고찰」, 『한국음반학』 제13호, 한국고음반연구회, 2003.

이진원, 「해방 공간의 유성기음반 문화 연구」, 『한국음반학』 24, 한국고음반연구회, 2014.

이철우, 「텔레비전 드라마의 표현양식 고찰—TV문학관을 중심으로」, 『한국문학논총』 42, 한국문학회, 2006.

이태화, 「20세기 초 協律社 관련 명칭과 그 개념」, 『판소리연구』 24, 판소리학회, 2007.

______, 「창극《심청전》공연의 변천과 양식화 방안 모색」, 『판소리연구』 44, 판소리학회, 2017.

이혜구, 「1930년대의 국악방송」, 『국악원논문집』 9, 국립국악원, 1997.

임동욱·이용준, 「일본제국주의와 조선어 방송」, 『저널리즘』 24, 한국기자협회, 1991.

임철호, 「사명당 설화연구」, 『한국언어문학』 23, 한국언어문학회, 1985.

장유정, 「20세기 전반기 음반회사의 마케팅 전략에 대한 일고찰」, 『한국음반학』 14, 한국고음반연구회, 2004.

______, 「대중매체의 출현과 음악문화의 변모 양상」, 『대중서사연구』 18, 대중서사학회, 2007.

______, 「매체에 따른 글쓰기 방식의 변화 고찰」, 『한국언어문학』 65, 한국언어문학회, 2008.

전성탁, 「장화홍련전의 일연구—박인수작 한문본을 중심으로」, 『국어교육』 13, 한국어교육학회, 1967.

______, 「『장화홍련전』의 국한문본과 한문본의 내용 및 저작연대에 관한 고찰」, 『춘천교육대학논문집』 8, 춘천교육대학, 1970.

전성희, 「한국여성국극연구(1948~1960) —여성국극 번성과 쇠퇴의 원인을 중심으로」, 『드라마연구』 29, 2008.

전인평, 「창극의 미래를 위하여—작창과 반주음악을 중심으로」, 『판소리연구』 9, 판소리학회, 1998.

정영진, 「매스미디어를 통한 이왕직아악부의 음악활동」, 『음악과민족』 23, 민족음악학회, 2002.

______, 「일제강점기 대중매체 속의 판소리」, 『한국음악사학보』 33, 한국음악사학회, 2004.

정제호, 「〈변강쇠가〉에 나타난 '성'의 표면화 전략과 미디어서사로의 전이」, 『동양고전연구』 72, 동양고전학회, 2018.

정지영, 「장화홍련전 – 조선 후기 재혼가족 구성원의 지위」, 『역사비평』 12, 역사비평사, 2002.

______, 「변강쇠전 – 조선 후기 성 통제와 하층여성의 삶」, 『역사비평』 65, 역사비평사, 2003.

정충권, 「초기 唱劇의 공연 형태와 위상」, 『국어교육』 114, 한국어교육학회, 2004.

정하영, 「〈변강쇠가〉 性談論의 기능과 의미」, 『고소설연구』 19, 한국고소설학회, 2005.

정혜원, 「허규의 전통극, 그 현대적 수용과 과제」, 『연극교육연구』 17, 한국연극교육학회, 2010.

조동일, 「판소리의 전반적인 성격」, 조동일·김흥규 편, 『판소리의 이해』, 창작과 비평사, 1978.

조현설, 「남성지배와 「장화홍련전」의 여성형상」, 『민족문학사연구』 15, 민족문학사연구소, 1999.

______, 「고소설의 영화화 작업을 통해 본 고소설 연구의 과제 – 고소설 〈장화홍련전〉과 영화 〈장화, 홍련〉의 사례를 중심으로」, 『고소설연구』 17, 한국고소서학회, 2004.

주창윤, 「텔레비전 분석과 소설 분석의 차이 – 〈TV문학관〉을 중심으로」, 『한국언어문화』 26, 한국언어문화학회, 2004.

지수걸, 「근현대 국가·민족담론의 실상과 허상」, 『내일을 여는 역사』 6, 재단법인내일을 여는역사재단, 2001.

최동현, 「판소리 완창의 탄생과 변화」, 『판소리연구』 38, 판소리학회, 2014.

______, 「문화적 갈등으로 본 『변강쇠가』」, 『국어문학』 61, 국어문학회, 2016.

______·김만수, 「1930년대 유성기 음반에 수록된 만담·넌센스·스케치 연구」, 『한국극예술연구』 6, 1996.

____________, 「일제강점기 SP음반에 나타난 대중극에 관한 연구」, 『한국극예술연구』

8, 한국극예술학회, 1998.

최원식, 「은세계연구」, 『창작과비평』 48, 1978.

최종민, 「창극정립의 제문제」, 『89 창극 〈심청가〉에 대한 학술연찬』, 국립극장, 1989.

______, 「창극의 대중화 운동 그 성과와 전망」, 『한국전통음악학』 2, 한국전통음악학회, 2001.

최혜진, 「국립창극단사」, 『국립극장 70년사』 역사편, 국립중앙극장, 2020.

하은하, 「변강쇠의 위반과 반문명적 성격 – 장승과 강쇠의 대결을 중심으로」, 『태릉어문연구』 7, 1992.

황인환, 「변강쇠가의 줄거리 체계와 작중인물들의 성격과 작중 기능」, 고려대 석사논문, 1988.

황혜진, 「〈변강쇠가〉의 영화적 변용과 그 문화적 의미」, 『고소설연구』 31, 한국고소설학회, 2011.

4. 인터넷 사이트

http://www.sparchive.co.kr

http://www.hearkorea.com

찾아보기

영문

국문

(재)한국연구원　　　　　　　　신진한국학연구총서 목록

1. 강혜정, 한국 고시조 영역의 태동과 성장 (2024)
2. 송소라, 20세기 창극의 문화사 (2025)

(재)한국연구원　　　　　　　　신진한국학연구총서 목록

1. 강혜정, 한국 고시조 영역의 태동과 성장 (2024)
2. 송소라, 20세기 창극의 문화사 (2025)